中国现代文学经典
1915—2021（两卷本）（上）

朱栋霖 主编

北京大学出版社
PEKING UNIVERSITY PRESS

图书在版编目(CIP)数据

中国现代文学经典 1915—2021：两卷本. 上 / 朱栋霖主编. —北京：北京大学出版社，2021.10
（博雅大学堂·文学）
ISBN 978-7-301-32432-5

Ⅰ.①中… Ⅱ.①朱… Ⅲ.①中国文学—现代文学—作品综合集—高等学校—教材 Ⅳ.①I216.1

中国版本图书馆 CIP 数据核字(2021)第 176696 号

书　　　名	中国现代文学经典 1915—2021（两卷本）（上） ZHONGGUO XIANDAI WENXUE JINGDIAN 1915—2021（LIANGJUANBEN）(SHANG)
著作责任者	朱栋霖　主编
责任编辑	张雅秋
标准书号	ISBN 978-7-301-32432-5
出版发行	北京大学出版社
地　　　址	北京市海淀区成府路 205 号　100871
网　　　址	http://www.pup.cn　新浪微博：@北京大学出版社
电子邮箱	编辑部 wsz@pup.cn　总编室 zpup@pup.cn
电　　　话	邮购部 010-62752015　发行部 010-62750672　编辑部 010-62757065
印　刷　者	三河市北燕印装有限公司
经　销　者	新华书店
	965 毫米 × 1300 毫米　16 开本　34.5 印张　619 千字 2021 年 10 月第 1 版　2025 年 6 月第 2 次印刷
定　　　价	88.00 元（上）

未经许可，不得以任何方式复制或抄袭本书之部分或全部内容。
版权所有，侵权必究
举报电话：010-62752024　电子邮箱：fd@pup.cn
图书如有印装质量问题，请与出版部联系，电话：010-62756370

中国现代文学经典 1915—2021

(两卷本)

领衔执笔(按姓氏笔画为序)

方　忠　方长安　王中忱　许　霆
朱栋霖　汤哲声　杨　义　邹　红
吴义勤　吴福辉　汪卫东　汪文顶
汪应果　张福贵　赵小琪　赵学勇
骆寒超　项仲平　钱理群　徐德明
秦林芳　黄维樑　温儒敏

《中国现代文学经典 1915—2021》(两卷本)出版和使用说明

《中国现代文学经典 1915—2021》(两卷本,全二册),与朱栋霖主编的《中国现代文学史 1915—2020》(精编版,全一册)相配套。

使用对象为中国语言文学各专业方向(含师范教育、文秘、对外汉语专业方向)、新闻传播学各专业方向、戏剧影视学专业等。随着教学改革的进行,作为中文系主干课的中国现代文学(含中国当代文学)的教学课时有所压缩,在新闻传播学、广告学、中文文秘、对外汉语、戏剧影视文学各专业方向,该课程的教学时数更短。我们根据各方面要求编著了这部精编版教材。

本书也可作为大学语文课程教材。

本书的一个特点是,大多数作品后面都附有二维码,二维码内含两部分内容,一是"作家自述""名家要评""作品解读""拓展阅读"等,一是关于作品的研究论文。同时,我们在配套的文学史教材《中国现代文学史 1915—2020》(精编版)中,各章节增加了"声音"栏目,即在相关的文学史重要现象、作品评述中以"声音"的方式,介绍学术界的不同观点。所提供的各种观点之间甚至是相互抵牾的,但它们共同构成了文学史的复杂性,我们也借此一并呈现出来。

我们旨在提供一个贯彻新世纪教学改革理念的新教材,提倡启发式、开放式的专业课教学,探索建构思考型、探究型、教学互动型的教学方法与教学模式。各校教师在教学时,可有机结合各项学术信息资料,通过加强对经典作品的研讨来加深对文学史的理解、把握,师生互动,开展各种形式的教学活动,加强自学与写作指导,培养创新型人才。

入选作品,多采用通行的重要版本。限于篇幅,部分作品只能以存目的方式出现,对其中几部重要的小说作品,编者提供了相关的故事梗概。

多位海内外学术名家为本书提供了大量的作品解读文字,提高了本书的学术品位,并为我们提供了不少宝贵意见与建议;教育部高教司和文科处领导一贯高度重视与支持我们的工作;在此,向大家表示衷心的感谢!

我们恳切希望海内外同行教师、大学生对本教材提出宝贵意见。

朱栋霖

2021 年 5 月 18 日

目录

《中国现代文学经典1915—2021》(两卷本)
出版和使用说明/1

上　册
1915—1949

小　说

鲁　迅
　　狂人日记/1
　　阿Q正传/8
　　孤独者/33
　　伤逝(存目)/47
郁达夫
　　沉沦/49
许地山
　　缀网劳蛛/73
叶圣陶
　　潘先生在难中/86
废　名
　　竹林的故事/99
台静农
　　拜堂/103
丁　玲
　　莎菲女士的日记/108
柔　石
　　为奴隶的母亲/135
茅　盾
　　春蚕/151
　　子夜(第二章)/166
巴　金
　　家(第二十六章)/186

目 录

施蛰存
  梅雨之夕/197
沈从文
  边城(十四—二十一)/205
李劼人
  死水微澜(第四部分)/224
老 舍
  骆驼祥子(第六章)/239
张天翼
  华威先生/246
萧 红
  呼兰河传(第四章)/252
赵树理
  小二黑结婚/264
苏 青
  蛾/275
张爱玲
  倾城之恋/280
钱锺书
  围城(长篇存目)/307

诗 歌

梁启超
  二十世纪太平洋歌/308
郭沫若
  天狗/310
  太阳礼赞/311
冰 心
  繁星(节选)/312
汪静之
  伊底眼/314
冯 至
  蛇/315
  十四行诗(四 十五)/316

目录

李金发
　　弃妇/317

闻一多
　　死水/318
　　发现/319
　　一句话/319

徐志摩
　　雪花的快乐/320
　　再别康桥/321
　　我不知道风是在哪一个方向吹/322

冯乃超
　　红纱灯/323

陈梦家
　　一朵野花/324

殷　夫
　　别了,哥哥/325
　　血字/327

戴望舒
　　雨巷/329
　　我的记忆/331
　　我用残损的手掌/333

何其芳
　　预言/334

臧克家
　　老马/336

艾　青
　　雪落在中国的土地上/337
　　手推车/339

卞之琳
　　距离的组织/340

穆　旦
　　春/341
　　诗八首/342

绿　原
　　给天真的乐观主义者/346
李　季
　　王贵与李香香(节选)/354

戏　剧

田　汉
　　获虎之夜/357
鲁　迅
　　过客/375
陈楚淮
　　骷髅的迷恋者/379
曹　禺
　　雷雨(第四幕)/388
　　北京人(第三幕)/417
夏　衍
　　上海屋檐下(第二幕)/442

散　文

梁启超
　　少年中国说/457
俞平伯
　　重刊《浮生六记》序/461
叶圣陶
　　藕与莼菜/463
朱自清
　　荷塘月色/465
　　给亡妇/467
周作人
　　故乡的野菜/470
　　谈酒/471
鲁　迅
　　影的告别/474

目录

　　春末闲谈/475
　　小品文的危机/477
　　推背图/480
　　"题未定"草（六、七）/481
冰　心
　　寄小读者/487
徐志摩
　　我所知道的康桥/491
丰子恺
　　给我的孩子们/498
陈寅恪
　　清华大学王观堂先生纪念碑铭/501
　　王静安先生遗书序/501
梁遇春
　　"春朝"一刻值千金
　　　——懒惰汉的懒惰想头之一/503
林语堂
　　《人间世》发刊词/507
　　二十二年之幽默/508
何其芳
　　墓/511
　　扇上的烟云（代序）/514
李健吾
　　边城
　　　——沈从文先生作/517
梁实秋
　　雅舍/521
丁　玲
　　三八节有感/524
张爱玲
　　更衣记/527

《中国现代文学经典1915—2021》(两卷本)(上)二维码内容目录

小 说

鲁迅

狂人日记/7
1. 《狂人日记》导读
2. 严家炎:论《狂人日记》的创作方法
3. 汪应果:《狂人日记》评析
4. 李怡:作为文学的《狂人日记》

阿Q正传/32
1. 《阿Q正传》导读
2. 吴宝林:重返中国革命话语——论近年对《阿Q正传》的几种新解
3. 夏华安:论《阿Q正传》的心理描写特色

伤逝(存目)/48
1. 《伤逝》导读
2. 宋剑华、邹婧婧:《伤逝》:鲁迅对思想启蒙的困惑与反省

郁达夫

沉沦/72
1. 《沉沦》导读
2. 朱寿桐:论创造社文学的现代化品格
3. 席建彬:论郁达夫小说的欲望叙述理路及文学史意义

叶圣陶

潘先生在难中/98
1. 《潘先生在难中》导读

2. 张福贵:错位的批判:一篇缺少同情与关怀的冷漠之作

台静农
　　拜堂/107
　　1.《拜堂》导读
　　2. 郭大章:阴冷悲剧中的反抗和欢欣——台静农《拜堂》再解读

丁　玲
　　莎菲女士的日记/134
　　1.《莎菲女士的日记》导读
　　2. 梅仪慈:不断变化的文艺与生活的关系(节录)
　　3. 周扬:批判丁玲冯雪峰

茅　盾
　　春蚕/165
　　1.《春蚕》导读
　　2. 李国栋:《春蚕》研究的回顾与展望

　　子夜(第二章)/185
　　1.《子夜》导读
　　2. 茅盾:《子夜》是怎样写成的
　　3. 汪晖:关于《子夜》的几个问题
　　4. 叶子铭:谈《子夜》的结构艺术(一、二部分)

巴　金
　　家(第二十六章)/196
　　1.《家》导读
　　2. 巴金:《家》十版代序

施蛰存
　　梅雨之夕/204
　　1.《梅雨之夕》导读
　　2. 黄晓娟:都市文化与传统文化撞出的心理旋涡——施蛰存的《梅雨之夕》赏析

沈从文

边城(十四—二十一)/223

1. 《边城》导读
2. 李健吾:《边城》
3. 龙永干、凌宇:"自然人性"的纯化、规约及其困窘:《边城》创作心理新论

李劼人

死水微澜(第四部分)/238

1. 《死水微澜》导读
2. 高静:《死水微澜》的创作本末与社会史意识的自觉

老　舍

骆驼祥子(第六章)/245

1. 《骆驼祥子》导读
2. 龙治民:虎妞其人
3. 冯波:《骆驼祥子》中的双重乡愁与老舍的跨文化焦虑

张天翼

华威先生/251

1. 《华威先生》导读
2. 袁国兴:《华威先生》的"速写"艺术与"展演"技巧

萧　红

呼兰河传(第四章)/263

1. 《呼兰河传》导读
2. 茅盾:《呼兰河传》序

赵树理

小二黑结婚/274

1. 《小二黑结婚》导读
2. 周扬:论赵树理的创作
3. 傅修海:赵树理的革命叙事与乡土经验

张爱玲

    倾城之恋/306

    1.《倾城之恋》导读

    2. 袁少冲:《倾城之恋》与张爱玲的自我追寻及自我困囿

    3. 石杰:论张爱玲《倾城之恋》的哲学内涵

钱锺书

    围城(长篇存目)/307

    1.《围城》导读

    2. 温儒敏:《围城》的三层意蕴

诗 歌

郭沫若

    天狗/310

    1.《天狗》导读

    2. 王元中:天狗·动词·我——郭沫若《天狗》一诗的三种解读方法

冰 心

    繁星(节选)/313

    1.《繁星》导读

    2. 石婷:冰心诗歌意象的古典性特征与现代性转型——以《繁星》《春水》为例

汪静之

    伊底眼/314

    《伊底眼》导读

冯 至

    蛇/315

    1.《蛇》导读

    2. 何雪凝:冯至诗歌中蛇的思想谱系探析

李金发

    弃妇/317

1. 《弃妇》导读
2. 谈蓓芳：由李金发的《弃妇》诗谈古今文学的关联

闻一多
死水／318
《死水》导读

徐志摩
再别康桥／321
1. 《再别康桥》导读
2. 孙绍振：《再别康桥》重析

殷　夫
别了，哥哥
血字／328
《别了，哥哥》《血字》导读

戴望舒
雨巷／330
1. 《雨巷》导读
2. 南志刚：古典意境的现代性转换——戴望舒《雨巷》解析

何其芳
预言／335
1. 《预言》导读
2. 谭德晶：何其芳《预言》艺术奥秘探寻

臧克家
老马／336
《老马》导读

艾　青
雪落在中国的土地上／338
1. 《雪落在中国的土地上》导读
2. 贺仲明：自我与时代的心史——重读《雪落在中国的土地上》兼及艾

青的诗歌意义

卞之琳

距离的组织/340

1.《距离的组织》导读

2. 高蔚:卞之琳《距离的组织》情感线索追踪

穆　旦

春/341

1.《春》导读

2. 吴投文:在生命的限制中对自由的张望——穆旦诗歌《春》导读及相关问题

李　季

王贵与李香香(节选)/356

《王贵与李香香》导读

戏　剧

田　汉

获虎之夜/374

《获虎之夜》导读

鲁　迅

过客/378

《过客》导读

曹　禺

雷雨(第四幕)/416

1.《雷雨》导读

2. 曹禺:《雷雨·序》

3. 朱栋霖:曹禺戏剧与我国话剧文学样式的发展

4. 朱栋霖:曹禺与西方戏剧

夏　衍

上海屋檐下(第二幕)/456

《上海屋檐下》导读

散　文

俞平伯
　　重刊《浮生六记》序/462
　　《重刊〈浮生六记〉序》导读

叶圣陶
　　藕与莼菜/464
　　《藕与莼菜》导读

朱自清
　　给亡妇/469
　　1.《给亡妇》导读
　　2. 张玉飞:哀歌一曲悼亡妻——读朱自清的《给亡妇》

周作人
　　故乡的野菜
　　谈酒/473
　　1.《故乡的野菜》《谈酒》导读
　　2. 张鹏振:淡语家山情味长——周作人《故乡的野菜》赏析
　　3. 哈迎飞:论周作人闲适散文的思想品质和艺术特色

鲁　迅
　　影的告别
　　春末闲谈
　　小品文的危机/479
　　1.《影的告别》《春末闲谈》《小品文的危机》导读
　　2. 汪卫东:《野草》的诗心
　　3. 徐张杰:论鲁迅向个体生命寻求"和谐"的艺术精神——以散文诗《影的告别》透析
　　4. 张中良:论鲁迅杂文的审美构成

冰　心
　　寄小读者/490

1. 《寄小读者》导读
2. 徐敏:论冰心散文的审美观照方式及其形成——读《寄小读者》

丰子恺
给我的孩子们/500
1. 《给我的孩子们》导读
2. 冯毅:独特的童真世界——论丰子恺的儿童题材散文

梁遇春
"春朝"一刻值千金——懒惰汉的懒惰想头之一/506
1. 《"春朝"一刻值千金》导读
2. 黄科安:梁遇春:创作别具一格的"杂谈式"随笔文体

林语堂
《人间世》发刊词/507
1. 《〈人间世〉发刊词》导读
2. 季剑青:1930年代林语堂小品文中"个人笔调"的建构

何其芳
扇上的烟云(代序)/516
1. 《〈扇上的烟云〉代序》导读
2. 魏洪丘:"独语体"朦胧散文的独特创造——略论何其芳的《画梦录》
3. 杨思中:工笔重彩画离情——读何其芳《秋海棠》

梁实秋
雅舍/523
1. 《雅舍》导读
2. 刘炎生:20世纪中国散文的奇葩——梁实秋"雅舍"系列散文略论

丁 玲
三八节有感/526
1. 《三八节有感》导读
2. 刘飞娥:女性意识的深化与超越——重读丁玲杂文《三八节有感》

狂人日记

鲁 迅

某君昆仲,今隐其名,皆余昔日在中学校时良友;分隔多年,消息渐阙。日前偶闻其一大病;适归故乡,迂道往访,则仅晤一人,言病者其弟也。劳君远道来视,然已早愈,赴某地候补矣。因大笑,出示日记二册,谓可见当日病状,不妨献诸旧友。持归阅一过,知所患盖"迫害狂"之类。语颇错杂无伦次,又多荒唐之言;亦不著月日,惟墨色字体不一,知非一时所书。间亦有略具联络者,今撮录一篇,以供医家研究。记中语误,一字不易;惟人名虽皆村人,不为世间所知,无关大体,然亦悉易去。至于书名,则本人愈后所题,不复改也。七年四月二日识。

一

今天晚上,很好的月光。

我不见他,已是三十多年;今天见了,精神分外爽快。才知道以前的三十多年,全是发昏;然而须十分小心。不然,那赵家的狗,何以看我两眼呢?

我怕得有理。

二

今天全没月光,我知道不妙。早上小心出门,赵贵翁的眼色便怪:似乎怕我,似乎想害我。还有七八个人,交头接耳的议论我,又怕我看见。一路上的人,都是如此。其中最凶的一个人,张着嘴,对我笑了一笑;我便从头直冷到脚跟,晓得他们布置,都已妥当了。

我可不怕,仍旧走我的路。前面一伙小孩子,也在那里议论我;眼色也同赵贵翁一样,脸色也都铁青。我想我同小孩子有什么仇,他也这样。忍不住大声说,"你告诉我!"他们可就跑了。

我想:我同赵贵翁有什么仇,同路上的人又有什么仇;只有廿年以前,把古久先生的陈年流水簿子,踹了一脚,古久先生很不高兴。赵贵翁虽然不认识他,一定也听到风声,代抱不平;约定路上的人,同我作冤对。但是小孩子呢?那时候,他们还没有出世,何以今天也睁着怪眼睛,似乎怕我,似乎想害我。这真教我怕,教我纳罕而且伤心。

我明白了。这是他们娘老子教的!

三

晚上总是睡不着。凡事须得研究,才会明白。

他们——也有给知县打枷过的,也有给绅士掌过嘴的,也有衙役占了他妻子的,也有老子娘被债主逼死的;他们那时候的脸色,全没有昨天这么怕,也没有这么凶。

最奇怪的是昨天街上的那个女人,打他儿子,嘴里说道,"老子呀!我要咬你几口才出气!"他眼睛却看着我。我出了一惊,遮掩不住;那青面獠牙的一伙人,便都哄笑起来。陈老五赶上前,硬把我拖回家中了。

拖我回家,家里的人都装作不认识我;他们的眼色,也全同别人一样。进了书房,便反扣上门,宛然是关了一只鸡鸭。这一件事,越教我猜不出底细。

前几天,狼子村的佃户来告荒,对我大哥说,他们村里的一个大恶人,给大家打死了;几个人便挖出他的心肝来,用油煎炒了吃,可以壮壮胆子。我插了一句嘴,佃户和大哥便都看我几眼。今天才晓得他们的眼光,全同外面的那伙人一模一样。

想起来,我从顶上直冷到脚跟。

他们会吃人,就未必不会吃我。

你看那女人"咬你几口"的话,和一伙青面獠牙人的笑,和前天佃户的话,明明是暗号。我看出他话中全是毒,笑中全是刀。他们的牙齿,全是白厉厉的排着,这就是吃人的家伙。

照我自己想,虽然不是恶人,自从踹了古家的簿子,可就难说了。他们似乎别有心思,我全猜不出。况且他们一翻脸,便说人是恶人。我还记得大哥教我做论,无论怎样好人,翻他几句,他便打上几个圈;原谅坏人几句,他便说"翻天妙手,与众不同。"我那里猜得到他们的心思,究竟怎样;况且是要吃的时候。

凡事总须研究,才会明白。古来时常吃人,我也还记得,可是不甚清楚。我翻开历史一查,这历史没有年代,歪歪斜斜的每叶上都写着"仁义道德"几个字。我横竖睡不着,仔细看了半夜,才从字缝里看出字来,满本都写着两个字是"吃人"!

书上写着这许多字,佃户说了这许多话,却都笑吟吟的睁着怪眼睛看我。

我也是人,他们想要吃我了!

四

早上,我静坐了一会。陈老五送进饭来,一碗菜,一碗蒸鱼;这鱼的眼睛,白而且硬,张着嘴,同那一伙想吃人的人一样。吃了几筷,滑溜溜的不知是鱼是人,便把他兜肚连肠的吐出。

我说,"老五,对大哥说,我闷得慌,想到园里走走。"老五不答应,走了;停一会,可就来开了门。

我也不动,研究他们如何摆布我;知道他们一定不肯放松。果然!我大哥引了一个老头子,慢慢走来;他满眼凶光,怕我看出,只是低头向着地,从眼镜横边暗暗看我。大哥说,"今天你仿佛很好。"我说"是的。"大哥说,"今天请何先生来,给你诊一诊。"我说"可以!"其实我岂不知道这老头子是刽子手扮的!无非借了看脉这名目,揣一揣肥瘠:因这功劳,也分一片肉吃。我也不怕;虽然不吃人,胆子却比他们还壮。伸出两个拳头,看他如何下手。老头子坐着,闭了眼睛,摸了好一会,呆了好一会;便张开他鬼眼睛说,"不要乱想。静静的养几天,就好了。"

不要乱想,静静的养!养肥了,他们是自然可以多吃;我有什么好处,怎么会"好了"?他们这群人,又想吃人,又是鬼鬼祟祟,想法子遮掩,不敢直捷下手,真要令我笑死。我忍不住,便放声大笑起来,十分快活。自己晓得这笑声里面,有的是义勇和正气。老头子和大哥,都失了色,被我这勇气正气镇压住了。

但是我有勇气,他们便越想吃我,沾光一点这勇气。老头子跨出门,走不多远,便低声对大哥说道,"赶紧吃罢!"大哥点点头。原来也有你!这一件大发见,虽似意外,也在意中:合伙吃我的人,便是我的哥哥!

吃人的是我哥哥!

我是吃人的人的兄弟!

我自己被人吃了,可仍然是吃人的人的兄弟!

五

这几天是退一步想:假使那老头子不是刽子手扮的,真是医生,也仍然是吃人的人。他们的祖师李时珍做的"本草什么"上,明明写着人肉可以煎吃;他还能说自己不吃人么?

至于我家大哥,也毫不冤枉他。他对我讲书的时候,亲口说过可以"易子而食";又一回偶然议论起一个不好的人,他便说不但该杀,还当"食肉寝皮"。我那时年纪还小,心跳了好半天。前天狼子村佃户来说吃心肝的事,他也毫不奇怪,不住的点头。可见心思是同从前一样狠。既然可以"易子而食",便什么都易得,什么人都吃得。我从前单听他讲道理,也胡涂过去;现在晓得他讲道理的时候,不但唇边还抹着人油,而且心里满装着吃人的意思。

六

黑漆漆的,不知是日是夜。赵家的狗又叫起来了。

狮子似的凶心,兔子的怯弱,狐狸的狡猾,……

七

我晓得他们的方法,直捷杀了,是不肯的,而且也不敢,怕有祸祟。所以他们大家连络,布满了罗网,逼我自戕。试看前几天街上男女的样子,和这几天我大哥的作为,便足可悟出八九分了。最好是解下腰带,挂在梁上,自己紧紧勒死;他们没有杀人的罪名,又偿了心愿,自然都欢天喜地的发出一种呜呜咽咽的笑声。否则惊吓忧愁死了,虽则略瘦,也还可以首肯几下。

他们是只会吃死肉的!——记得什么书上说,有一种东西,叫"海乙那"的,眼光和样子都很难看;时常吃死肉,连极大的骨头,都细细嚼烂,咽下肚子去,想起来也教人害怕。"海乙那"是狼的亲眷,狼是狗的本家。前天赵家的狗,看我几眼,可见他也同谋,早已接洽。老头子眼看着地,岂能瞒得我过。

最可怜的是我的大哥,他也是人,何以毫不害怕,而且合伙吃我呢?还是历来惯了,不以为非呢?还是丧了良心,明知故犯呢?

我诅咒吃人的人,先从他起头;要劝转吃人的人,也先从他下手。

八

其实这种道理,到了现在,他们也该早已懂得,……

忽然来了一个人;年纪不过二十左右,相貌是不很看得清楚,满面笑容,对了我点头,他的笑也不像真笑。我便问他,"吃人的事,对么?"他仍然笑着说,"不是荒年,怎么会吃人。"我立刻就晓得,他也是一伙,喜欢吃人的;

便自勇气百倍,偏要问他。

"对么?"

"这等事问他什么。你真会……说笑话。……今天天气很好。"

天气是好,月色也很亮了。可是我要问你,"对么?"

他不以为然了。含含胡胡的答道,"不……"

"不对? 他们何以竟吃?!"

"没有的事……"

"没有的事? 狼子村现吃;还有书上都写着,通红斩新!"

他便变了脸,铁一般青。睁着眼说,"有许有的,这是从来如此……"

"从来如此,便对么?"

"我不同你讲这些道理;总之你不该说,你说便是你错!"

我直跳起来,张开眼,这人便不见了。全身出了一大片汗。他的年纪,比我大哥小得远,居然也是一伙;这一定是他娘老子先教的。还怕已经教给他儿子了;所以连小孩子,也都恶狠狠的看我。

九

自己想吃人,又怕被别人吃了,都用着疑心极深的眼光,面面相觑。……

去了这心思,放心做事走路吃饭睡觉,何等舒服。这只是一条门槛,一个关头。他们可是父子兄弟夫妇朋友师生仇敌和各不相识的人,都结成一伙,互相劝勉,互相牵掣,死也不肯跨过这一步。

十

大清早,去寻我大哥;他立在堂门外看天,我便走到他背后,拦住门,格外沉静,格外和气的对他说,

"大哥,我有话告诉你。"

"你说就是,"他赶紧回过脸来,点点头。

"我只有几句话,可是说不出来。大哥,大约当初野蛮的人,都吃过一点人。后来因为心思不同,有的不吃人了,一味要好,便变了人,变了真的人。有的却还吃,——也同虫子一样,有的变了鱼鸟猴子,一直变到人。有的不要好,至今还是虫子。这吃人的人比不吃人的人,何等惭愧。怕比虫子的惭愧猴子,还差得很远很远。

"易牙蒸了他儿子,给桀纣吃,还是一直从前的事。谁晓得从盘古开辟

天地以后，一直吃到易牙的儿子；从易牙的儿子，一直吃到徐锡林；从徐锡林，又一直吃到狼子村捉住的人。去年城里杀了犯人，还有一个生痨病的人，用馒头蘸血舐。

"他们要吃我，你一个人，原也无法可想；然而又何必去入伙。吃人的人，什么事做不出；他们会吃我，也会吃你，一伙里面，也会自吃。但只要转一步，只要立刻改了，也就人人太平。虽然从来如此，我们今天也可以格外要好，说是不能！大哥，我相信你能说，前天佃户要减租，你说过不能。"

当初，他还只是冷笑，随后眼光便凶狠起来，一到说破他们的隐情，那就满脸都变成青色了。大门外立着一伙人，赵贵翁和他的狗，也在里面，都探头探脑的挨进来。有的是看不出面貌，似乎用布蒙着；有的是仍旧青面獠牙，抿着嘴笑。我认识他们是一伙，都是吃人的人。可是也晓得他们心思很不一样，一种是以为从来如此，应该吃的；一种是知道不该吃，可是仍然要吃，又怕别人说破他，所以听了我的话，越发气愤不过，可是抿着嘴冷笑。

这时候，大哥也忽然显出凶相，高声喝道，

"都出去！疯子有什么好看！"

这时候，我又懂得一件他们的巧妙了。他们岂但不肯改，而且早已布置；预备下一个疯子的名目罩上我。将来吃了，不但太平无事，怕还会有人见情。佃户说的大家吃了一个恶人，正是这方法。这是他们的老谱！

陈老五也气愤愤的直走进来。如何按得住我的口，我偏要对这伙人说，

"你们可以改了，从真心改起！要晓得将来容不得吃人的人，活在世上。

"你们要不改，自己也会吃尽。即使生得多，也会给真的人除灭了，同猎人打完狼子一样！——同虫子一样！"

那一伙人，都被陈老五赶走了。大哥也不知那里去了。陈老五劝我回屋子里去。屋里面全是黑沉沉的。横梁和椽子都在头上发抖；抖了一会，就大起来，堆在我身上。

万分沉重，动弹不得；他的意思是要我死。我晓得他的沉重是假的，便挣扎出来，出了一身汗。可是偏要说，

"你们立刻改了，从真心改起！你们要晓得将来是容不得吃人的人，……"

十一

太阳也不出，门也不开，日日是两顿饭。

我捏起筷子，便想起我大哥；晓得妹子死掉的缘故，也全在他。那时我妹子才五岁，可爱可怜的样子，还在眼前。母亲哭个不住，他却劝母亲不要哭；大

约因为自己吃了,哭起来不免有点过意不去。如果还能过意不去,……

妹子是被大哥吃了,母亲知道没有,我可不得而知。

母亲想也知道;不过哭的时候,却并没有说明,大约也以为应当的了。记得我四五岁时,坐在堂前乘凉,大哥说爷娘生病,做儿子的须割下一片肉来,煮熟了请他吃,才算好人;母亲也没有说不行。一片吃得,整个的自然也吃得。但是那天的哭法,现在想起来,实在还教人伤心,这真是奇极的事!

十二

不能想了。

四千年来时时吃人的地方,今天才明白,我也在其中混了多年;大哥正管着家务,妹子恰恰死了,他未必不和在饭菜里,暗暗给我们吃。

我未必无意之中,不吃了我妹子的几片肉,现在也轮到我自己,……

有了四千年吃人履历的我,当初虽然不知道,现在明白,难见真的人!

十三

没有吃过人的孩子,或者还有?

救救孩子……

1918 年 4 月

《狂人日记》导读　　　拓展阅读

拓展阅读

1. 严家炎:论《狂人日记》的创作方法
2. 汪应果:《狂人日记》评析
3. 李怡:作为文学的《狂人日记》

阿Q正传

鲁迅

第一章 序

　　我要给阿Q做正传,已经不止一两年了。但一面要做,一面又往回想,这足见我不是一个"立言"的人,因为从来不朽之笔,须传不朽之人,于是人以文传,文以人传——究竟谁靠谁传,渐渐的不甚了然起来,而终于归结到传阿Q,仿佛思想里有鬼似的。

　　然而要做这一篇速朽的文章,才下笔,便感到万分的困难了。第一是文章的名目。孔子曰,"名不正则言不顺"。这原是应该极注意的。传的名目很繁多:列传,自传,内传,外传,别传,家传,小传……,而可惜都不合。"列传"么,这一篇并非和许多阔人排在"正史"里;"自传"么,我又并非就是阿Q。说是"外传","内传"在那里呢?倘用"内传",阿Q又决不是神仙。"别传"呢,阿Q实在未曾有大总统上谕宣付国史馆立"本传"——虽说英国正史上并无"博徒列传",而文豪迭更司也做过《博徒别传》这一部书,但文豪则可,在我辈却不可的。其次是"家传",则我既不知与阿Q是否同宗,也未曾受他子孙的拜托;或"小传",则阿Q又更无别的"大传"了。总而言之,这一篇也便是"本传",但从我的文章着想,因为文体卑下,是"引车卖浆者流"所用的话,所以不敢僭称,便从不入三教九流的小说家所谓"闲话休题言归正传"这一句套话里,取出"正传"两个字来,作为名目,即使与古人所撰《书法正传》的"正传"字面上很相混,也顾不得了。

　　第二,立传的通例,开首大抵该是"某,字某,某地人也",而我并不知道阿Q姓什么。有一回,他似乎是姓赵,但第二日便模糊了。那是赵太爷的儿子进了秀才的时候,锣声镗镗的报到村里来,阿Q正喝了两碗黄酒,便手舞足蹈的说,这于他也很光采,因为他和赵太爷原来是本家,细细的排起来他还比秀才长三辈呢。其时几个旁听人倒也肃然的有些起敬了。那知道第二天,地保便叫阿Q到赵太爷家里去;太爷一见,满脸溅朱,喝道:

　　"阿Q,你这浑小子!你说我是你的本家么?"

阿Q不开口。

赵太爷愈看愈生气了,抢进几步说:"你敢胡说!我怎么会有你这样的本家?你姓赵么?"

阿Q不开口,想往后退了;赵太爷跳过去,给了他一个嘴巴。

"你怎么会姓赵!——你那里配姓赵!"

阿Q并没有抗辩他确凿姓赵,只用手摸着左颊,和地保退出去了;外面又被地保训斥了一番,谢了地保二百文酒钱。知道的人都说阿Q太荒唐,自己去招打;他大约未必姓赵,即使真姓赵,有赵太爷在这里,也不该如此胡说的。此后便再没有人提起他的氏族来,所以我终于不知道阿Q究竟什么姓。

第三,我又不知道阿Q的名字是怎么写的。他活着的时候,人都叫他阿Quei,死了以后,便没有一个人再叫阿Quei了,那里还会有"著之竹帛"的事。若论"著之竹帛",这篇文章要算第一次,所以先遇着了这第一个难关。我曾经仔细想:阿Quei,阿桂还是阿贵呢?倘使他号叫月亭,或者在八月间做过生日,那一定是阿桂了;而他既没有号——也许有号,只是没有人知道他,——又未尝散过生日征文的帖子:写作阿桂,是武断的。又倘若他有一位老兄或令弟叫阿富,那一定是阿贵了;而他又只是一个人:写作阿贵,也没有佐证的。其余音Quei的偏僻字样,更加凑不上了。先前,我也曾问过赵太爷的儿子茂才先生,谁料博雅如此公,竟也茫然,但据结论说,是因为陈独秀办了《新青年》提倡洋字,所以国粹沦亡,无可查考了。我的最后的手段,只有托一个同乡去查阿Q犯事的案卷,八个月之后才有回信,说案卷里并无与阿Quei的声音相近的人。我虽不知道是真没有,还是没有查,然而也再没有别的方法了。生怕注音字母还未通行,只好用了"洋字",照英国流行的拼法写他为阿Quei,略作阿Q。这近于盲从《新青年》,自己也很抱歉,但茂才公尚且不知,我还有什么好办法呢。

第四,是阿Q的籍贯了。倘他姓赵,则据现在好称郡望的老例,可以照《郡名百家姓》上的注解,说是"陇西天水人也",但可惜这姓是不甚可靠的,因此籍贯也就有些决不定。他虽然多住未庄,然而也常常宿在别处,不能说是未庄人,即使说是"未庄人也",也仍然有乖史法的。

我所聊以自慰的,是还有一个"阿"字非常正确,绝无附会假借的缺点,颇可以就正于通人。至于其余,却都非浅学所能穿凿,只希望有"历史癖与考据癖"的胡适之先生的门人们,将来或者能够寻出许多新端绪来,但是我这《阿Q正传》到那时却又怕早经消灭了。

以上可以算是序。

第二章　优胜记略

阿Q不独是姓名籍贯有些渺茫,连他先前的"行状"也渺茫。因为未庄的人们之于阿Q,只要他帮忙,只拿他玩笑,从来没有留心他的"行状"的。而阿Q自己也不说,独有和别人口角的时候,间或瞪着眼睛道:

"我们先前——比你阔的多啦!你算是什么东西!"

阿Q没有家,住在未庄的土谷祠里;也没有固定的职业,只给人家做短工,割麦便割麦,舂米便舂米,撑船便撑船。工作略长久时,他也或住在临时主人的家里,但一完就走了。所以,人们忙碌的时候,也还记起阿Q来,然而记起的是做工,并不是"行状";一闲空,连阿Q都早忘却,更不必说"行状"了。只是有一回,有一个老头子颂扬说:"阿Q真能做!"这时阿Q赤着膊,懒洋洋的瘦伶仃的正在他面前,别人也摸不着这话是真心还是讥笑,然而阿Q很喜欢。

阿Q又很自尊,所有未庄的居民,全不在他眼睛里,甚而至于对于两位"文童"也有以为不值一笑的神情。夫文童者,将来恐怕要变秀才者也;赵太爷钱太爷大受居民的尊敬,除有钱之外,就因为都是文童的爹爹,而阿Q在精神上独不表格外的崇奉,他想:我的儿子会阔得多啦!加以进了几回城,阿Q自然更自负,然而他又很鄙薄城里人,譬如用三尺长三寸宽的木板做成的凳子,未庄叫"长凳",他也叫"长凳",城里人却叫"条凳",他想:这是错的,可笑!油煎大头鱼,未庄都加上半寸长的葱叶,城里却加上切细的葱丝,他想:这也是错的,可笑!然而未庄人真是不见世面的可笑的乡下人呵,他们没有见过城里的煎鱼!

阿Q"先前阔",见识高,而且"真能做",本来几乎是一个"完人"了,但可惜他体质上还有一些缺点。最恼人的是在他头皮上,颇有几处不知起于何时的癞疮疤。这虽然也在他身上,而看阿Q的意思,倒也似乎以为不足贵的,因为他讳说"癞"以及一切近于"赖"的音,后来推而广之,"光"也讳,"亮"也讳,再后来,连"灯""烛"都讳了。一犯讳,不问有心与无心,阿Q便全疤通红的发起怒来,估量了对手,口讷的他便骂,气力小的他便打;然而不知怎么一回事,总还是阿Q吃亏的时候多。于是他渐渐的变换了方针,大抵改为怒目而视了。

谁知道阿Q采用怒目主义之后,未庄的闲人们便愈喜欢玩笑他。一见面,他们便假作吃惊的说:

"哙,亮起来了。"

阿Q照例的发了怒,他怒目而视了。

"原来有保险灯在这里!"他们并不怕。

阿Q没有法,只得另外想出报复的话来:

"你还不配……"这时候,又仿佛在他头上的是一种高尚的光荣的癞头疮,并非平常的癞头疮;但上文说过,阿Q是有见识的,他立刻知道和"犯忌"有点抵触,便不再往底下说。

闲人还不完,只撩他,于是终而至于打。阿Q在形式上打败了,被人揪住黄辫子,在壁上碰了四五个响头,闲人这才心满意足的得胜的走了,阿Q站了一刻,心里想,"我总算被儿子打了,现在的世界真不像样……"于是也心满意足的得胜的走了。

阿Q想在心里的,后来每每说出口来,所以凡有和阿Q玩笑的人们,几乎全知道他有这一种精神上的胜利法,此后每逢揪住他黄辫子的时候,人就先一着对他说:

"阿Q,这不是儿子打老子,是人打畜生。自己说:人打畜生!"

阿Q两只手都捏住了自己的辫根,歪着头,说道:

"打虫豸,好不好?我是虫豸——还不放么?"

但虽然是虫豸,闲人也并不放,仍旧在就近什么地方给他碰了五六个响头,这才心满意足的得胜的走了,他以为阿Q这回可遭了瘟。然而不到十秒钟,阿Q也心满意足的得胜的走了,他觉得他是第一个能够自轻自贱的人,除了"自轻自贱"不算外,余下的就是"第一个"。状元不也是"第一个"么?"你算是什么东西"呢!?

阿Q以如是等等妙法克服怨敌之后,便愉快的跑到酒店里喝几碗酒,又和别人调笑一通,口角一通,又得了胜,愉快的回到土谷祠,放倒头睡着了。假使有钱,他便去押牌宝,一堆人蹲在地面上,阿Q即汗流满面的夹在这中间,声音他最响:

"青龙四百!"

"咳～～开～～啦!"桩家揭开盒盖子,也是汗流满面的唱。"天门啦～～角回啦～～!人和穿堂空在那里啦～～!阿Q的铜钱拿过来～～!"

"穿堂一百——一百五十!"

阿Q的钱便在这样的歌吟之下,渐渐的输入别个汗流满面的人物的腰间。他终于只好挤出堆外,站在后面看,替别人着急,一直到散场,然后恋恋的回到土谷祠,第二天,肿着眼睛去工作。

但真所谓"塞翁失马安知非福"罢,阿Q不幸而赢了一回,他倒几乎失败了。

这是未庄赛神的晚上。这晚上照例有一台戏,戏台左近,也照例有许多的赌摊。做戏的锣鼓,在阿Q耳朵里仿佛在十里之外;他只听得桩家的歌唱了。他赢而又赢,铜钱变成角洋,角洋变成大洋,大洋又成了叠。他兴高采烈得非常:

"天门两块!"

他不知道谁和谁为什么打起架来了。骂声打声脚步声,昏头昏脑的一大阵,他才爬起来,赌摊不见了,人们也不见了,身上有几处很似乎有些痛,似乎也挨了几拳几脚似的,几个人诧异的对他看。他如有所失的走进土谷祠,定一定神,知道他的一堆洋钱不见了。赶赛会的赌摊多不是本村人,还到那里去寻根柢呢?

很白很亮的一堆洋钱,而且是他的——现在不见了!说是算被儿子拿去了罢,总还是忽忽不乐;说自己是虫豸罢,也还是忽忽不乐:他这回才有些感到失败的苦痛了。

但他立刻转败为胜了。他擎起右手,用力的在自己脸上连打了两个嘴巴,热刺刺的有些痛;打完之后,便心平气和起来,似乎打的是自己,被打的是别一个自己,不久也就仿佛是自己打了别个一般,——虽然还有些热刺刺,——心满意足的得胜的躺下了。

他睡着了。

第三章　续优胜记略

然而阿Q虽然常优胜,却直待蒙赵太爷打他嘴巴之后,这才出了名。

他付过地保二百文酒钱,愤愤的躺下了,后来想:"现在的世界太不成话,儿子打老子……"于是忽而想到赵太爷的威风,而现在是他的儿子了,便自己也渐渐的得意起来,爬起身,唱着《小孤孀上坟》到酒店去。这时候,他又觉得赵太爷高人一等了。

说也奇怪,从此之后,果然大家也仿佛格外尊敬他。这在阿Q,或者以为因为他是赵太爷的父亲,而其实也不然。未庄通例,倘如阿七打阿八,或者李四打张三,向来本不算一件事,必须与一位名人如赵太爷者相关,这才载上他们的口碑。一上口碑,则打的既有名,被打的也就托庇有了名。至于错在阿Q,那自然是不必说。所以者何?就因为赵太爷是不会错的。但他既然错,为什么大家又仿佛格外尊敬他呢?这可难解,穿凿起来说,或者因为阿Q说是赵太爷的本家,虽然挨了打,大家也还怕有些真,总不如尊敬一些稳当。否则,也如孔庙里的太牢一般,虽然与猪羊一样,同是畜生,但既经圣人下箸,先儒们便不敢妄动了。

阿Q此后倒得意了许多年。

有一年的春天,他醉醺醺的在街上走,在墙根的日光下,看见王胡在那里赤着膊捉虱子,他忽然觉得身上也痒起来了。这王胡,又癞又胡,别人都叫他王癞胡,阿Q却删去了一个癞字,然而非常渺视他。阿Q的意思,以为癞是不足为奇的,只有这一部络腮胡子,实在太新奇,令人看不上眼。他于是并排坐下去了。倘是别的闲人们,阿Q本不敢大意坐下去。但这王胡旁边,他有什么怕呢?老实说:他肯坐下去,简直还是抬举他。

阿Q也脱下破夹袄来,翻检了一回,不知道因为新洗呢还是因为粗心,许多工夫,只捉到三四个。他看那王胡,却是一个又一个,两个又三个,只放在嘴里毕毕剥剥的响。

阿Q最初是失望,后来却不平了:看不上眼的王胡尚且那么多,自己倒反这样少,这是怎样的大失体统的事阿!他很想寻一两个大的,然而竟没有,好容易才捉到一个中的,恨恨的塞在厚嘴唇里,狠命一咬,劈的一声,又不及王胡响。

他癞疮疤块块通红了,将衣服摔在地上,吐一口唾沫,说:
"这毛虫!"
"癞皮狗,你骂谁?"王胡轻蔑的抬起眼来说。

阿Q近来虽然比较的受人尊敬,自己也更高傲些,但和那些打惯的闲人们见面还胆怯,独有这回却非常武勇了。这样满脸胡子的东西,也敢出言无状么?

"谁认便骂谁!"他站起来,两手叉在腰间说。
"你的骨头痒了么?"王胡也站起来,披上衣服说。

阿Q以为他要逃了,抢进去就是一拳。这拳头还未打到身上,已经被他抓住了,只一拉,阿Q跄跄踉踉的跌进去,立刻又被王胡扭住了辫子,要拉到墙上照例去碰头。

"'君子动口不动手'!"阿Q歪着头说。

王胡似乎不是君子,并不理会,一连给他碰了五下,又用力的一推,至于阿Q跌出六尺多远,这才满足的去了。

在阿Q的记忆上,这大约要算是生平第一件的屈辱,因为王胡以络腮胡子的缺点,向来只被他奚落,从没有奚落他,更不必说动手了。而他现在竟动手,很意外,难道真如市上所说,皇帝已经停了考,不要秀才和举人了,因此赵家减了威风,因此他们也便小觑了他么?

阿Q无可适从的站着。

远远的走来了一个人,他的对头又到了。这也是阿Q最厌恶的一个人,就是钱太爷的大儿子。他先前跑上城里去进洋学堂,不知怎么又跑到东洋去了,半年之后他回到家里来,腿也直了,辫子也不见了,他的母亲大哭了十几场,他的老婆跳了三回井。后来,他的母亲到处说,"这辫子是被坏人灌醉了酒剪去的。本来可以做大官,现在只好等留长再说了。"然而阿Q不肯信,偏称他"假洋鬼子",也叫作"里通外国的人",一见他,一定在肚子里暗暗的咒骂。

阿Q尤其"深恶而痛绝之"的,是他的一条假辫子。辫子而至于假,就是没有了做人的资格;他的老婆不跳第四回井,也不是好女人。

这"假洋鬼子"近来了。

"秃儿。驴……"阿Q历来本只在肚子里骂,没有出过声,这回因为正气忿,因为要报仇,便不由的轻轻的说出来了。

不料这秃儿却拿着一支黄漆的棍子——就是阿Q所谓哭丧棒——大踏步走了过来。阿Q在这刹那,便知道大约要打了,赶紧抽紧筋骨,耸了肩膀等候着,果然,拍的一声,似乎确凿打在自己头上了。

"我说他!"阿Q指着近旁的一个孩子,分辩说。

拍!拍拍!

在阿Q的记忆上,这大约要算是生平第二件的屈辱。幸而拍拍的响了之后,于他倒似乎完结了一件事,反而觉得轻松些,而且"忘却"这一件祖传的宝贝也发生了效力,他慢慢的走,将到酒店门口,早已有些高兴了。

但对面走来了静修庵里的小尼姑。阿Q便在平时,看见伊也一定要唾骂,而况在屈辱之后呢?他于是发生了回忆,又发生了敌忾了。

"我不知道我今天为什么这样晦气,原来就因为见了你!"他想。

他迎上去,大声的吐一口唾沫:

"咳,呸!"

小尼姑全不睬,低了头只是走。阿Q走近伊身旁,突然伸出手去摩着伊新剃的头皮,呆笑着,说:

"秃儿!快回去,和尚等着你……"

"你怎么动手动脚……"尼姑满脸通红的说,一面赶快走。

酒店里的人大笑了。阿Q看见自己的勋业得了赏识,便愈加兴高采烈起来:

"和尚动得,我动不得?"他扭住伊的面颊。

酒店里的人大笑了。阿Q更得意,而且为满足那些赏鉴家起见,再用力的一拧,才放手。

他这一战,早忘却了王胡,也忘却了假洋鬼子,似乎对于今天的一切"晦气"都报了仇;而且奇怪,又仿佛全身比拍拍的响了之后更轻松,飘飘然的似乎要飞去了。

"这断子绝孙的阿Q!"远远地听得小尼姑的带哭的声音。

"哈哈哈！"阿Q十分得意的笑。

"哈哈哈！"酒店里的人也九分得意的笑。

第四章 恋爱的悲剧

有人说：有些胜利者，愿意敌手如虎，如鹰，他才感得胜利的欢喜；假使如羊，如小鸡，他便反觉得胜利的无聊。又有些胜利者，当克服一切之后，看见死的死了，降的降了，"臣诚惶诚恐死罪死罪"，他于是没有了敌人，没有了对手，没有了朋友，只有自己在上，一个，孤另另，凄凉，寂寞，便反而感到了胜利的悲哀。然而我们的阿Q却没有这样乏，他是永远得意的：这或者也是中国精神文明冠于全球的一个证据了。

看哪，他飘飘然的似乎要飞去了！

然而这一次的胜利，却又使他有些异样。他飘飘然的飞了大半天，飘进土谷祠，照例应该躺下便打鼾。谁知道这一晚，他很不容易合眼，他觉得自己的大拇指和第二指有点古怪：仿佛比平常滑腻些。不知道是小尼姑的脸上有一点滑腻的东西粘在他指上，还是他的指头在小尼姑脸上磨得滑腻了？……

"断子绝孙的阿Q！"

阿Q的耳朵里又听到这句话。他想，不错，应该有一个女人，断子绝孙便没有人供一碗饭，……应该有一个女人。夫"不孝有三无后为大"，而"若敖之鬼馁而"，也是一件人生的大哀，所以他那思想，其实是样样合于圣经贤传的，只可惜后来有些"不能收其放心"了。

"女人，女人！……"他想。

"……和尚动得……女人，女人！……女人！"他又想。

我们不能知道这晚上阿Q在什么时候才打鼾。但大约他从此总觉得指头有些滑腻，所以他从此总有些飘飘然；"女……"他想。

即此一端，我们便可以知道女人是害人的东西。

中国的男人，本来大半都可以做圣贤，可惜全被女人毁掉了。商是妲己闹亡的；周是褒姒弄坏的；秦……虽然史无明文，我们也假定他因为女人，大约未必十分错；而董卓可是的确给貂蝉害死了。

阿Q本来也是正人，我们虽然不知道他曾蒙什么明师指授过，但他对于"男女之大防"却历来非常严；也很有排斥异端——如小尼姑及假洋鬼子之类——的正气。他的学说是：凡尼姑，一定与和尚私通；一个女人在外面走，一定想引诱野男人；一男一女在那里讲话，一定要有勾当了。为惩治他们起见，所以他往往怒目而视，或者大声说几句"诛心"话，或者在冷僻处，便从后面掷一块小石头。

谁知道他将到"而立"之年，竟被小尼姑害得飘飘然了。这飘飘然的精神，在礼教上是不应该有的，——所以女人真可恶，假使小尼姑的脸上不滑腻，阿Q便不至于被蛊，又假使小尼姑的脸上盖一层布，阿Q便不至于被蛊了，——他五六年前，曾在戏台下的人丛中拧过一个女人的大腿，但因为隔一层裤，所以此后并不飘飘然，——而小尼姑并不然，这也足见异端之可恶。

"女……"阿Q想。

他对于以为"一定想引诱野男人"的女人，时常留心看，然而伊并不对他笑。他对于和他讲话的女人，也时常留心听，然而伊又并不提起关于什么勾当的话来。哦，这也是女人可恶之一节：伊们全都要装"假正经"的。

这一天，阿Q在赵太爷家里舂了一天米，吃过晚饭，便坐在厨房里吸旱烟。倘在别家，吃过晚饭本可以回去的了，但赵府上晚饭早，虽说定例不准掌灯，一吃完便睡觉，然而偶然也有一些例外：其一，是赵大爷未进秀才的时候，准其点灯读文章；其二，便是阿Q来做短工的时候，准其点灯舂米。因为这一条例外，所以阿Q在动手舂米之前，还坐在厨房里吸旱烟。

吴妈，是赵太爷家里唯一的女仆，洗完了碗碟，也就在长凳上坐下了，而且和阿Q谈闲天：

"太太两天没有吃饭哩，因为老爷要买一个小的……"

"女人……吴妈……这小孤孀……"阿Q想。

"我们的少奶奶是八月里要生孩子了……"

"女人……"阿Q想。

阿Q放下烟管，站了起来。

"我们的少奶奶……"吴妈还唠叨说。

"我和你困觉，我和你困觉！"阿Q忽然抢上去，对伊跪下了。

一刹时中很寂然。

"阿呀！"吴妈楞了一息，突然发抖，大叫着往外跑，且跑且嚷，似乎后来带哭了。

阿Q对了墙壁跪着也发楞，于是两手扶着空板凳，慢慢的站起来，仿佛觉得有些糟。他这时确也有些忐忑了，慌张的将烟管插在裤带上，就想去舂米。蓬的一声，头上着了很粗的一下，他急忙回转身去，那秀才便拿了一支大竹杠站在他面前。

"你反了，……你这……"

大竹杠又向他劈下来了。阿Q两手去抱头，拍的正打在指节上，这可很有一些痛。他冲出厨房门，仿佛背上又着了一下似的。

"忘八蛋！"秀才在后面用了官话这样骂。

阿Q奔入舂米场,一个人站着,还觉得指头痛,还记得"忘八蛋",因为这话是未庄的乡下人从来不用,专是见过官府的阔人用的,所以格外怕,而印象也格外深。但这时,他那"女……"的思想却也没有了。而且打骂之后,似乎一件事已经收束,倒反觉得一无挂碍似的,便动手去舂米。舂了一会,他热起来了,又歇了手脱衣服。

脱下衣服的时候,他听得外面很热闹,阿Q生平本来最爱看热闹,便即寻声走出去了。寻声渐渐的寻到赵太爷的内院里,虽然在昏黄中,却辨得出许多人,赵府一家连两日不吃饭的太太也在内,还有间壁的邹七嫂,真正本家的赵白眼,赵司晨。

少奶奶正拖着吴妈走出下房来,一面说:

"你到外面来,……不要躲在自己房里想……"

"谁不知道你正经,……短见是万万寻不得的。"邹七嫂也从旁说。

吴妈只是哭,夹些话,却不甚听得分明。

阿Q想:"哼,有趣,这小孤孀不知道闹着什么玩意儿了?"他想打听,走近赵司晨的身边。这时他猛然间看见赵太爷向他奔来,而且手里捏着一支大竹杠。他看见这一支大竹杠,便猛然间悟到自己曾经被打,和这一场热闹似乎有点相关。他翻身便走,想逃回舂米场,不图这支竹杠阻了他的去路,于是他又翻身便走,自然而然的走出后门,不多工夫,已在土谷祠内了。

阿Q坐了一会,皮肤有些起栗,他觉得冷了,因为虽在春季,而夜间颇有余寒,尚不宜于赤膊。他也记得布衫留在赵家,但倘若去取,又深怕秀才的竹杠。然而地保进来了。

"阿Q,你的妈妈的!你连赵家的用人都调戏起来,简直是造反。害得我晚上没有觉睡,你的妈妈的!……"

如是云云的教训了一通,阿Q自然没有话。临末,因为在晚上,应该送地保加倍酒钱四百文,阿Q正没有现钱,便用一顶毡帽做抵押,并且订定了五条件:

一 明天用红烛——要一斤重的——一对,香一封,到赵府上去赔罪。

二 赵府上请道士被除缢鬼,费用由阿Q负担。

三 阿Q从此不准踏进赵府的门槛。

四 吴妈此后倘有不测,惟阿Q是问。

五 阿Q不准再去索取工钱和布衫。

阿Q自然都答应了,可惜没有钱。幸而已经春天,棉被可以无用,便质了二千大钱,履行条约。赤膊磕头之后,居然还剩几文,他也不再赎毡帽,统统喝了酒了。但赵家也并不烧香点烛,因为太太拜佛的时候可以用,留着了。那破布衫是大半做了少奶奶八月间生下来的孩子的衬尿布,那小半破烂的便都做了吴妈的鞋底。

第五章　生计问题

阿Q礼毕之后，仍旧回到土谷祠，太阳下去了，渐渐觉得世上有些古怪。他仔细一想，终于省悟过来：其原因盖在自己的赤膊。他记得破夹袄还在，便披在身上，躺倒了，待张开眼睛，原来太阳又已经照在西墙上头了。他坐起身，一面说道，"妈妈的……"

他起来之后，也仍旧在街上逛，虽然不比赤膊之有切肤之痛，却又渐渐的觉得世上有些古怪了。仿佛从这一天起，未庄的女人们忽然都怕了羞，伊们一见阿Q走来，便个个躲进门里去。甚而至于将近五十岁的邹七嫂，也跟着别人乱钻，而且将十一岁的女儿都叫进去了。阿Q很以为奇，而且想："这些东西忽然都学起小姐模样来了。这娼妇们……"

但他更觉得世上有些古怪，却是许多日以后的事。其一，酒店不肯赊欠了；其二，管土谷祠的老头子说些废话，似乎叫他走；其三，他虽然记不清多少日，但确乎有许多日，没有一个人来叫他做短工。酒店不赊，熬着也罢了；老头子催他走，噜苏一通也就算了；只是没有人来叫他做短工，却使阿Q肚子饿：这委实是一件非常"妈妈的"的事情。

阿Q忍不下去了，他只好到老主顾的家里去探问，——但独不许踏进赵府的门槛，——然而情形也异样：一定走出一个男人来，现了十分烦厌的相貌，像回复乞丐一般的摇手道：

"没有没有！你出去！"

阿Q愈觉得稀奇了。他想，这些人家向来少不了要帮忙，不至于现在忽然都无事，这总该有些蹊跷在里面了。他留心打听，才知道他们有事都去叫小Don。这小D，是一个穷小子，又瘦又乏，在阿Q的眼睛里，位置是在王胡之下的，谁料这小子竟谋了他的饭碗去。所以阿Q这一气，更与平常不同，当气愤愤的走着的时候，忽然将手一扬，唱道：

"我手执钢鞭将你打！……"

几天之后，他竟在钱府的照壁前遇见了小D。"仇人相见分外眼明"，阿Q便迎上去，小D也站住了。

"畜生！"阿Q怒目而视的说，嘴角上飞出唾沫来。

"我是虫豸，好么？……"小D说。

这谦逊反使阿Q更加愤怒起来，但他手里没有钢鞭，于是只得扑上去，伸手去拔小D的辫子。小D一手护住了自己的辫根，一手也来拔阿Q的辫子，阿Q便也将空着的一只手护住了自己的辫根。从先前的阿Q看来，小

D本来是不足齿数的,但他近来挨了饿,又瘦又乏已经不下于小D,所以便成了势均力敌的现象,四只手拔着两颗头,都弯了腰,在钱家粉墙上映出一个蓝色的虹形,至于半点钟之久了。

"好了,好了!"看的人们说,大约是解劝的。

"好,好!"看的人们说,不知道是解劝,是颂扬,还是煽动。

然而他们都不听。阿Q进三步,小D便退三步,都站着;小D进三步,阿Q便退三步,又都站着。大约半点钟,——未庄少有自鸣钟,所以很难说,或者二十分,——他们的头发里便都冒烟,额上便都流汗,阿Q的手放松了,在同一瞬间,小D的手也正放松了,同时直起,同时退开,都挤出人丛去。

"记着罢,妈妈的……"阿Q回过头去说。

"妈妈的,记着罢……"小D也回过头来说。

这一场"龙虎斗"似乎并无胜败,也不知道看的人可满足,都没有发什么议论,而阿Q却仍然没有人来叫他做短工。

有一日很温和,微风拂拂的颇有些夏意了,阿Q却觉得寒冷起来,但这还可担当,第一倒是肚子饿。棉被,毡帽,布衫,早已没有了,其次就卖了棉袄;现在有裤子,却万不可脱的;有破夹袄,又除了送人做鞋底之外,决定卖不出钱。他早想在路上拾得一注钱,但至今还没有见;他想在自己的破屋里忽然寻到一注钱,慌张的四顾,但屋内是空虚而且了然。于是他决计出门求食去了。

他在路上走着要"求食",看见熟识的酒店,看见熟识的馒头,但他都走过了,不但没有暂停,而且并不想要。他所求的不是这类东西了;他求的是什么东西,他自己不知道。

未庄本不是大村镇,不多时便走尽了。村外多是水田,满眼是新秧的嫩绿,夹着几个圆形的活动的黑点,便是耕田的农夫。阿Q并不赏鉴这田家乐,却只是走,因为他直觉的知道这与他的"求食"之道是很辽远的。但他终于走到静修庵的墙外了。

庵周围也是水田,粉墙突出在新绿里,后面的低土墙里是菜园。阿Q迟疑了一会,四面一看,并没有人。他便爬上这矮墙去,扯着何首乌藤,但泥土仍然簌簌的掉,阿Q的脚也索索的抖;终于攀着桑树枝,跳到里面了。里面真是郁郁葱葱,但似乎并没有黄酒馒头,以及此外可吃的之类。靠西墙是竹丛,下面许多笋,只可惜都是并未煮熟的,还有油菜早经结子,芥菜已将开花,小白菜也很老了。

阿Q仿佛文童落第似的觉得很冤屈,他慢慢走近园门去,忽而非常惊喜了,这分明是一畦老萝卜。他于是蹲下便拔,而门口突然伸出一个很圆的头来，又即缩回去了，这分明是小尼姑。小尼姑之流是阿Q本来视若草芥的，但世事须"退一步想"，所以他便赶紧拔起四个萝卜，拧下青叶，兜在大襟里。然而老尼姑已经出来了。

"阿弥陀佛，阿Q，你怎么跳进园里来偷萝卜！……阿呀，罪过呵，阿唷，阿弥陀佛！……"

"我什么时候跳进你的园里来偷萝卜？"阿Q且看且走的说。

"现在……这不是？"老尼姑指着他的衣兜。

"这是你的？你能叫得他答应你么？你……"

阿Q没有说完话，拔步便跑；追来的是一匹很肥大的黑狗。这本来在前门的，不知怎的到后园来了。黑狗哼而且追，已经要咬着阿Q的腿，幸而从衣兜里落下一个萝卜来，那狗给一吓，略略一停，阿Q已经爬上桑树，跨到土墙，连人和萝卜都滚出墙外面了。只剩着黑狗还在对着桑树嗥，老尼姑念着佛。

阿Q怕尼姑又放出黑狗来，拾起萝卜便走，沿路又捡了几块小石头，但黑狗却并不再出现。阿Q于是抛了石块，一面走一面吃，而且想道，这里也没有什么东西寻，不如进城去……

待三个萝卜吃完时，他已经打定了进城的主意了。

第六章　从中兴到末路

在未庄再看见阿Q出现的时候，是刚过了这年的中秋。人们都惊异，说是阿Q回来了，于是又回上去想道，他先前那里去了呢？阿Q前几回的上城，大抵早就兴高采烈的对人说，但这一次却并不，所以也没有一个人留心到。他或者也曾告诉过管土谷祠的老头子，然而未庄老例，只有赵太爷钱太爷和秀才大爷上城才算一件事。假洋鬼子尚且不足数，何况是阿Q：因此老头子也就不替他宣传，而未庄的社会上也就无从知道了。

但阿Q这回的回来，却与先前大不同，确乎很值得惊异。天色将黑，他睡眼蒙胧的在酒店门前出现了，他走近柜台，从腰间伸出手来，满把是银的和铜的，在柜上一扔说，"现钱！打酒来！"穿的是新夹袄，看去腰间还挂着一个大搭连，沉钿钿的将裤带坠成了很弯很弯的弧线。未庄老例，看见略有些醒目的人物，是与其慢也宁敬的，现在虽然明知道是阿Q，但因为和破夹袄的阿Q有些两样了，古人云，"士别三日便当刮目相待"，所以堂倌，掌柜，酒客，路人，便自然显出一种疑而且敬的形态来。掌柜既先之以点头，又继之以谈话：

"嚄，阿Q，你回来了！"

"回来了。"

"发财发财,你是——在……"

"上城去了!"

这一件新闻,第二天便传遍了全未庄。人人都愿意知道现钱和新夹袄的阿Q的中兴史,所以在酒店里,茶馆里,庙檐下,便渐渐的探听出来了。这结果,是阿Q得了新敬畏。

据阿Q说,他是在举人老爷家里帮忙。这一节,听的人都肃然了。这老爷本姓白,但因为合城里只有他一个举人,所以不必再冠姓,说起举人来就是他。这也不独在未庄是如此,便是一百里方圆之内也都如此,人们几乎多以为他的姓名就叫举人老爷的了。在这人的府上帮忙,那当然是可敬的。但据阿Q又说,他却不高兴再帮忙了,因为这举人老爷实在太"妈妈的"了。这一节,听的人都叹息而且快意,因为阿Q本不配在举人老爷家里帮忙,而不帮忙是可惜的。

据阿Q说,他的回来,似乎也由于不满意城里人,这就在他们将长凳称为条凳,而且煎鱼用葱丝,加以最近观察所得的缺点,是女人的走路也扭得不很好。然而也偶有大可佩服的地方,即如未庄的乡下人不过打三十二张的竹牌,只有假洋鬼子能够叉"麻酱",城里却连小乌龟子都叉得精熟的。什么假洋鬼子,只要放在城里的十几岁的小乌龟子的手里,也就立刻是"小鬼见阎王"。这一节,听的人都赧然了。

"你们可看见过杀头么?"阿Q说,"咳,好看。杀革命党。唉,好看好看,……"他摇摇头,将唾沫飞在正对面的赵司晨的脸上。这一节,听的人都凛然了。但阿Q又四面一看,忽然扬起右手,照着伸长脖子听得出神的王胡的后项窝上直劈下去道:

"嚓!"

王胡惊得一跳,同时电光石火似的赶快缩了头,而听的人又都悚然而且欣然了。从此王胡瘟头瘟脑的许多日,并且再不敢走近阿Q的身边;别的人也一样。

阿Q这时在未庄人眼睛里的地位,虽不敢说超过赵太爷,但谓之差不多,大约也就没有什么语病的了。

然而不多久,这阿Q的大名忽又传遍了未庄的闺中。虽然未庄只有钱赵两姓是大屋,此外十之九都是浅闺,但闺中究竟是闺中,所以也算得一件神异。女人们见面时一定说,邹七嫂在阿Q那里买了一条蓝绸裙,旧固然是旧的,但只化了九角钱。还有赵白眼的母亲,——一说是赵司晨的母亲,待考,——也买了一件孩子穿的大红洋纱衫,七成新,只用三百大钱九二串。于是伊们都眼巴巴的想见阿Q,缺绸裙的想问他买绸裙,要洋纱衫的想问他

买洋纱衫,不但见了不逃避,有时阿Q已经走过了,也还要追上去叫住他,问道:

"阿Q,你还有绸裙么?没有?纱衫也要的,有罢?"

后来这终于从浅闺传进深闺里去了。因为邹七嫂得意之余,将伊的绸裙请赵太太去鉴赏,赵太太又告诉了赵太爷而且着实恭维了一番。赵太爷便在晚饭桌上,和秀才大爷讨论,以为阿Q实在有些古怪,我们门窗应该小心些;但他的东西,不知道可还有什么可买,也许有点好东西罢。加以赵太太也正想买一件价廉物美的皮背心。于是家族决议,便托邹七嫂即刻去寻阿Q,而且为此新辟了第三种的例外:这晚上也姑且特准点油灯。

油灯干了不少了,阿Q还不到。赵府的全眷都很焦急,打着呵欠,或恨阿Q太飘忽,或怨邹七嫂不上紧。赵太太还怕他因为春天的条件不敢来,而赵太爷以为不足虑:因为这是"我"去叫他的。果然,到底赵太爷有见识,阿Q终于跟着邹七嫂进来了。

"他只说没有没有,我说你自己当面说去,他还要说,我说……"邹七嫂气喘吁吁的走着说。

"太爷!"阿Q似笑非笑的叫了一声,在檐下站住了。

"阿Q,听说你在外面发财,"赵太爷踱开去,眼睛打量着他的全身,一面说。"那很好,那很好的。这个,……听说你有些旧东西,……可以都拿来看一看,……这也并不是别的,因为我倒要……"

"我对邹七嫂说过了。都完了。"

"完了?"赵太爷不觉失声的说,"那里会完得这样快呢?"

"那是朋友的,本来不多。他们买了些,……"

"总该还有一点罢。"

"现在,只剩了一张门幕了。"

"就拿门幕来看看罢。"赵太太慌忙说。

"那么,明天拿来就是,"赵太爷却不甚热心了。"阿Q,你以后有什么东西的时候,你尽先送来给我们看,……"

"价钱决不会比别家出得少!"秀才说。秀才娘子忙一瞥阿Q的脸,看他感动了没有。

"我要一件皮背心。"赵太太说。

阿Q虽然答应着,却懒洋洋的出去了,也不知道他是否放在心上。这使赵太爷很失望,气愤而且担心,至于停止了打呵欠。秀才对于阿Q的态度也很不平,于是说,这忘八蛋要提防,或者竟不如盼咐地保,不许他住在未庄。但赵太爷以为不然,说这也怕要结怨,况且做这路生意的大概是"老鹰不吃窝下食",本村倒不必担心的;只要自己夜里警醒点就是了。秀才听了这"庭训",非常之以为然,便即刻撤消了驱逐阿Q的提议,而且叮嘱邹七嫂,请伊万不要向人提起这一段话。

但第二日,邹七嫂便将那蓝裙去染了皂,又将阿Q可疑之点传扬出去了,可是确没有提起秀才要驱逐他这一节。然而这已经于阿Q很不利。最先,地保寻上门了,取了他的门幕去,阿Q说是赵太太要看的,而地保也不还,并且要议定每月的孝敬钱。其次,是村人对于他的敬畏忽而变相了,虽然还不敢来放肆,却很有远避的神情,而这神情和先前的防他来"嚓"的时候又不同,颇混着"敬而远之"的分子了。

只有一班闲人们却还要寻根究底的去探阿Q的底细。阿Q也并不讳饰,傲然的说出他的经验来。从此他们才知道,他不过是一个小脚色,不但不能上墙,并且不能进洞,只站在洞外接东西。有一夜,他刚才接到一个包,正手再进去,不一会,只听得里面大嚷起来,他便赶紧跑,连夜爬出城,逃回未庄来了,从此不敢再去做。然而这故事却于阿Q更不利,村人对于阿Q的"敬而远之"者,本因为怕结怨,谁料他不过是一个不敢再偷的偷儿呢?这实在是"斯亦不足畏也矣"。

第七章　革　命

宣统三年九月十四日——即阿Q将搭连卖给赵白眼的这一天——三更四点,有一只大乌篷船到了赵府上的河埠头。这船从黑魆魆中荡来,乡下人睡得熟,都没有知道;出去时将近黎明,却很有几个看见的了。据探头探脑的调查来的结果,知道那竟是举人老爷的船!

那船便将大不安载给了未庄,不到正午,全村的人心就很摇动。船的使命,赵家本来是很秘密的,但茶坊酒肆里却都说,革命党要进城,举人老爷到我们乡下来逃难了。惟有邹七嫂不以为然,说那不过是几口破衣箱,举人老爷想来寄存的,却已被赵太爷回复转去。其实举人老爷和赵秀才素不相能,在理本不能有"共患难"的情谊,况且邹七嫂又和赵家是邻居,见闻较为切近,所以大概该是伊对的。

然而谣言很旺盛,说举人老爷虽然似乎没有亲到,却有一封长信,和赵家排了"转折亲"。赵太爷肚里一轮,觉得于他总不会有坏处,便将箱子留下了,现就塞在太太的床底下。至于革命党,有的说是便在这一夜进了城,个个白盔白甲:穿着崇正皇帝的素。

阿Q的耳朵里,本来早听到过革命党这一句话,今年又亲眼见过杀掉革命党。但他有一种不知从那里来的意见,以为革命党便是造反,造反便是与他为难,所以一向是"深恶而痛绝之"的。殊不料这却使百里闻名的举人老爷有这样怕,于是他未免也有些"神往"了,况且未庄的一群鸟男女的慌张的神情,也使阿Q更快意。

"革命也好罢,"阿Q想,"革这伙妈妈的的命,太可恶!太可恨!……便是我,也要投降革命党了。"

阿Q近来用度窘,大约略略有些不平;加以午间喝了两碗空肚酒,愈加醉得快,一面想一面走,便又飘飘然起来。不知怎么一来,忽而似乎革命党便是自己,未庄人却都是他的俘虏了。他得意之余,禁不住大声的嚷道:

"造反了!造反了!"

未庄人都用了惊惧的眼光对他看。这一种可怜的眼光,是阿Q从来没有见过的,一见之下,又使他舒服得如六月里喝了雪水。他更加高兴的走而且喊道:

"好,……我要什么就是什么,我欢喜谁就是谁。

得得,锵锵!

悔不该,酒醉错斩了郑贤弟,

悔不该,呀呀呀……

得得,锵锵,得,锵令锵!

我手执钢鞭将你打……"

赵府上的两位男人和两个真本家,也正站在大门口论革命。阿Q没有见,昂了头直唱过去。

"得得……"

"老Q,"赵太爷怯怯的迎着低声的叫。

"锵锵,"阿Q料不到他的名字会和"老"字联结起来,以为是一句别的话,与己无干,只是唱。"得,锵,锵令锵,锵!"

"老Q。"

"悔不该……"

"阿Q!"秀才只得直呼其名了。

阿Q这才站住,歪着头问道,"什么?"

"老Q,……现在……"赵太爷却又没有话,"现在……发财么?"

"发财?自然,要什么就是什么……"

"阿……Q哥,像我们这样穷朋友是不要紧的……"赵白眼惴惴的说,似乎想探革命党的口风。

"穷朋友?你总比我有钱。"阿Q说着自去了。

大家都怃然,没有话。赵太爷父子回家,晚上商量到点灯。赵白眼回家,便从腰间扯下搭连来,交给他女人藏在箱底里。

阿Q飘飘然的飞了一通,回到土谷祠,酒已经醒透了。这晚上,管祠的老头子也意外的和气,请他喝茶;阿Q便向他要了两个饼,吃完之后,又要了一支点过的四两烛和一个树烛台,点起来,独自躺在自己的小屋里。他说不出的新鲜而且高兴,烛火像元夜似的闪闪的跳,他的思想也迸跳起来了:

"造反?有趣,……来了一阵白盔白甲的革命党,都拿着板刀,钢鞭,炸弹,洋炮,三尖两刃刀,钩镰枪,走过土谷祠,叫道,'阿Q!同去同去'!于是一同去。……

"这时未庄的一伙鸟男女才好笑哩,跪下叫道,'阿Q,饶命!'谁听他!第一个该死的是小D和赵太爷,还有秀才,还有假洋鬼子,……留几条么?王胡本来还可留,但也不要了。……

"东西,……直走进去打开箱子来:元宝,洋钱,洋纱衫,……秀才娘子的一张宁式床先搬到土谷祠,此外便摆了钱家的桌椅,——或者也就用赵家的罢。自己是不动手的了,叫小D来搬,要搬得快,搬得不快打嘴巴。……

"赵司晨的妹子真丑。邹七嫂的女儿过几年再说。假洋鬼子的老婆会和没有辫子的男人睡觉,吓,不是好东西!秀才的老婆是眼胞上有疤的。……吴妈长久不见了,不知道在那里,——可惜脚太大。"

阿Q没有想得十分停当,已经发了鼾声,四两烛还只点去了小半寸,红焰焰的光照着他张开的嘴。

"荷荷!"阿Q忽而大叫起来,抬了头仓皇的四顾,待到看见四两烛,却又倒头睡去了。

第二天他起得很迟,走出街上看时,样样都照旧。他也仍然肚饿,他想着,想不起什么来;但他忽而似乎有了主意了,慢慢的跨开步,有意无意的走到静修庵。

庵和春天时节一样静,白的墙壁和漆黑的门。他想了一想,前去打门,一只狗在里面叫。他急急拾了几块断砖,再上去较为用力的打,打到黑门上生出许多麻点的时候,才听得有人来开门。

阿Q连忙捏好砖头,摆开马步,准备和黑狗来开战。但庵门只开了一条缝,并无黑狗从中冲出,望进去只有一个老尼姑。

"你又来什么事?"伊大吃一惊的说。

"革命了……你知道?……"阿Q说得很含胡。

"革命革命,革过一革的,……你们要革得我们怎么样呢?"老尼姑两眼通红的说。

"什么?……"阿Q诧异了。

"你不知道,他们已经来革过了!"

"谁?……"阿Q更其诧异了。

"那秀才和洋鬼子!"

阿Q很出意外，不由的一错愕；老尼姑见他失了锐气，便飞速的关了门，阿Q再推时，牢不可开，再打时，没有回答了。

那还是上午的事。赵秀才消息灵，一知道革命党已在夜间进城，便将辫子盘在顶上，一早去拜访那历来也不相能的钱洋鬼子。这是"咸与维新"的时候了，所以他们便谈得很投机，立刻成了情投意合的同志，也相约去革命。他们想而又想，才想出静修庵里有一块"皇帝万岁万万岁"的龙牌，是应该赶紧革掉的，于是又立刻同到庵里去革命。因为老尼姑来阻挡，说了三句话，他们便将伊当作满政府，在头上很给了不少的棍子和栗凿。尼姑待他们走后，定了神来检点，龙牌固然已经碎在地上了，而且又不见了观音娘娘座前的一个宣德炉。

这事阿Q后来才知道。他颇悔自己睡着，但也深怪他们不来招呼他。他又退一步想道：

"难道他们还没有知道我已经投降了革命党么？"

第八章　不准革命

未庄的人心日见其安静了。据传来的消息，知道革命党虽然进了城，倒还没有什么大异样。知县大老爷还是原官，不过改称了什么，而且举人老爷也做了什么——这些名目，未庄人都说不明白——官，带兵的也还是先前的老把总。只有一件可怕的事是另有几个不好的革命党夹在里面捣乱，第二天便动手剪辫子，听说那邻村的航船七斤便着了道儿，弄得不像人样子了。但这却还不算大恐怖，因为未庄人本来少上城，即使偶有想进城的，也就立刻变了计，碰不着这危险。阿Q本也想进城去寻他的老朋友，一得这消息，也只得作罢了。

但未庄也不能说是无改革。几天之后，将辫子盘在顶上的逐渐增加起来了，早经说过，最先自然是茂才公，其次便是赵司晨和赵白眼，后来是阿Q。倘在夏天，大家将辫子盘在头顶上或者打一个结，本不算什么稀奇事，但现在是暮秋，所以这"秋行夏令"的情形，在盘辫家不能不说是万分的英断，而在未庄也不能说无关于改革了。

赵司晨脑后空荡荡的走来，看见的人大嚷说，

"嚄，革命党来了！"

阿Q听到了很羡慕。他虽然早知道秀才盘辫的大新闻，但总没有想到自己可以照样做，现在看见赵司晨也如此，才有了学样的意思，定下实行的决心。他用一支竹筷将辫子盘在头顶上，迟疑多时，这才放胆的走去。

他在街上走，人也看他，然而不说什么话，阿Q当初很不快，后来便很

不平。他近来很容易闹脾气了;其实他的生活,倒也并不比造反之前反艰难,人见他也客气,店铺也不说要现钱。而阿Q总觉得自己太失意:既然革了命,不应该只是这样的。况且有一回看见小D,愈使他气破肚皮了。

小D也将辫子盘在头顶上了,而且也居然用一支竹筷。阿Q万料不到他也敢这样做,自己也决不准他这样做!小D是什么东西呢?他很想即刻揪住他,拗断他的竹筷,放下他的辫子,并且批他几个嘴巴,聊且惩罚他忘了生辰八字,也敢来做革命党的罪。但他终于饶放了,单是怒目而视的吐一口唾沫道"呸!"

这几日里,进城去的只有一个假洋鬼子。赵秀才本也想靠着寄存箱子的渊源,亲身去拜访举人老爷的,但因为有剪辫的危险,所以也就中止了。他写了一封"黄伞格"的信,托假洋鬼子带上城,而且托他给自己绍介绍介,去进自由党。假洋鬼子回来时,向秀才讨还了四块洋钱,秀才便有一块银桃子挂在大襟上了;未庄人都惊服,说这是柿油党的顶子,抵得一个翰林;赵太爷因此也骤然大阔,远过于他儿子初隽秀才的时候,所以目空一切,见了阿Q,也就很有些不放在眼里了。

阿Q正在不平,又时时刻刻感着冷落,一听得这银桃子的传说,他立即悟出自己之所以冷落的原因了:要革命,单说投降,是不行的;盘上辫子,也不行;第一着仍然要和革命党去结识。他生平所知道的革命党只有两个,城里的一个早已"嚓"的杀掉了,现在只剩了一个假洋鬼子。他除却赶紧去和假洋鬼子商量之外,再没有别的道路了。

钱府的大门正开着,阿Q便怯怯的蹩进去。他一到里面,很吃了惊,只见假洋鬼子正站在院子的中央,一身乌黑的大约是洋衣,身上也挂着一块银桃子,手里是阿Q曾经领教过的棍子,已经留到一尺多长的辫子都拆开了披在肩背上,蓬头散发的像一个刘海仙。对面挺直的站着赵白眼和三个闲人,正在必恭必敬的听说话。

阿Q轻轻的走近了,站在赵白眼的背后,心里想招呼,却不知道怎么说才好:叫他假洋鬼子固然是不行的了,洋人也不妥,革命党也不妥,或者就应该叫洋先生了罢。

洋先生却没有见他,因为白着眼睛讲得正起劲:

"我是性急的,所以我们见面,我总是说:洪哥!我们动手罢!他却总说道 No! ——这是洋话,你们不懂的。否则早已成功了。然而这正是他做事小心的地方。他再三再四的请我上湖北,我还没有肯。谁愿意在这小县城里做事情。……"

"唔,……这个……"阿Q候他略停,终于用十二分的勇气开口了,但不知道因为什么,又并不叫他洋先生。

听着说话的四个人都吃惊的回顾他。洋先生也才看见:

"什么?"

"我……"

"出去!"

"我要投……"

"滚出去!"洋先生扬起哭丧棒来了。

赵白眼和闲人们便都吆喝道:"先生叫你滚出去,你还不听么!"

阿Q将手向头上一遮,不自觉的逃出门外;洋先生倒也没有追。他快跑了六十多步,这才慢慢的走,于是心里便涌起了忧愁:洋先生不准他革命,他再没有别的路;从此决不能望有白盔白甲的人来叫他,他所有的抱负,志向,希望,前程,全被一笔勾销了。至于闲人们传扬开去,给小D王胡等辈笑话,倒是还在其次的事。

他似乎从来没有经验过这样的无聊。他对于自己的盘辫子,仿佛也觉得无意味,要侮蔑;为报仇起见,很想立刻放下辫子来,但也没有竟放。他游到夜间,赊了两碗酒,喝下肚去,渐渐的高兴起来了,思想里才又出现白盔白甲的碎片。

有一天,他照例的混到夜深,待酒店要关门,才踱回土谷祠去。

拍,吧～～～!

他忽而听得一种异样的声音,又不是爆竹。阿Q本来是爱看热闹,爱管闲事的,便在暗中直寻过去。似乎前面有些脚步声;他正听,猛然间一个人从对面逃来了。阿Q一见,便赶紧翻身跟着逃。那人转弯,阿Q也转弯,既转弯,那人站住了,阿Q也站住。他看后面并无什么,看那人便是小D。

"什么?"阿Q不平起来了。

"赵……赵家遭抢了!"小D气喘吁吁的说。

阿Q的心怦怦的跳了。小D说了便走;阿Q却逃而又停的两三回。但他究竟是做过"这路生意"的人,格外胆大,于是蹩出路角,仔细的听,似乎有些嚷嚷,又仔细的看,似乎许多白盔白甲的人,络绎的将箱子抬出了,器具抬出了,秀才娘子的宁式床也抬出了,但是不分明,他还想上前,两只脚却没有动。

这一夜没有月,未庄在黑暗里很寂静,寂静到像羲皇时候一般太平。阿Q站着看到自己发烦,也似乎还是先前一样,在那里来来往往的搬,箱子抬出了,器具抬出了,秀才娘子的宁式床也抬出了,……抬得他自己有些不信他的眼睛了。但他决计不再上前,却回到自己的祠里去了。

土谷祠里更漆黑;他关好大门,摸进自己的屋子里。他躺了好一会,这才定了神,而且发出关于自己的思想来:白盔白甲的人明明到了,并不来打招呼,搬了许多好东西,又没有自己的份,——这全是假洋鬼子可恶,不准我造反,否则,这次何至于没有我的份呢?阿Q越想越气,终于禁不住满心痛恨起来,毒毒的点一点头:"不准我造反,只准你造反?妈妈的假洋鬼子,——好,你造反!造反是杀头的罪名呵,我总要告一状,看你抓进县里去杀头,——满门抄斩,——嚓!嚓!"

第九章　大　团　圆

赵家遭抢之后,未庄人大抵很快意而且恐慌,阿Q也很快意而且恐慌。但四天之后,阿Q在半夜里忽被抓进县城里去了。那时恰是暗夜,一队兵,一队团丁,一队警察,五个侦探,悄悄地到了未庄,乘昏暗围住土谷祠,正对门架好机关枪;然而阿Q不冲出。许多时没有动静,把总焦急起来了,悬了二十千的赏,才有两个团丁冒了险,踊垣进去,里应外合,一拥而入,将阿Q抓出来;直待擒出祠外面的机关枪左近,他才有些清醒了。

到进城,已经是正午,阿Q见自己被搊进一所破衙门,转了五六个弯,便推在一间小屋里。他刚刚一跄踉,那用整株的木料做成的栅栏门便跟着他的脚跟阖上了,其余的三面都是墙壁,仔细看时,屋角上还有两个人。

阿Q虽然有些忐忑,却并不很苦闷,因为他那土谷祠里的卧室,也并没有比这间屋子更高明。那两个也仿佛是乡下人,渐渐和他兜搭起来了,一个说是举人老爷要追他祖父欠下来的陈租,一个不知道为了什么事。他们问阿Q,阿Q爽利的答道,"因为我想造反。"

他下半天便又被抓出栅栏门去了,到得大堂,上面坐着一个满头剃得精光的老头子。阿Q疑心他是和尚,但看见下面站着一排兵,两旁又站着十几个长衫人物,也有满头剃得精光像这老头子的,也有将一尺来长的头发披在背后像那假洋鬼子的,都是一脸横肉,怒目而视的看他;他便知道这人一定有些来历,膝关节立刻自然而然的宽松,便跪了下去了。

"站着说!不要跪!"长衫人物都吆喝说。

阿Q虽然似乎懂得,但总觉得站不住,身不由己的蹲了下去,而且终于趁势改为跪下了。

"奴隶性!……"长衫人物又鄙夷似的说,但也没有叫他起来。

"你从实招来罢,免得吃苦。我早都知道了。招了可以放你。"那光头的老头子看定了阿Q的脸,沉静的清楚的说。

"招罢!"长衫人物也大声说。

"我本来要……来投……"阿Q胡里糊涂的想了一遍,这才断断续续的说。

"那么,为什么不来的呢?"老头子和气的问。

"假洋鬼子不准我!"

"胡说!此刻说,也迟了。现在你的同党在那里?"

"什么?……"

"那一晚打劫赵家的一伙人。"

"他们没有来叫我。他们自己搬走了。"阿Q提起来便愤愤。

"走到那里去了呢?说出来便放你了。"老头子更和气了。

"我不知道,……他们没有来叫我……"

然而老头子使了一个眼色,阿Q便又被抓进栅栏门里了。他第二次抓出栅栏门,是第二天的上午。

大堂的情形都照旧。上面仍然坐着光头的老头子,阿Q也仍然下了跪。

老头子和气的问道,"你还有什么话说么?"

阿Q一想,没有话,便回答说,"没有。"

于是一个长衫人物拿了一张纸,并一支笔送到阿Q的面前,要将笔塞在他手里。阿Q这时很吃惊,几乎"魂飞魄散"了:因为他的手和笔相关,这回是初次。他正不知怎样拿;那人却又指着一处地方教他画花押。

"我……我……不认得字。"阿Q一把抓住了笔,惶恐而且惭愧的说。

"那么,便宜你,画一个圆圈!"

阿Q要画圆圈了,那手捏着笔却只是抖。于是那人替他将纸铺在地上,阿Q伏下去,使尽了平生的力画圆圈。他生怕被人笑话,立志要画得圆,但这可恶的笔不但很沉重,并且不听话,刚刚一抖一抖的几乎要合缝,却又向外一耸,画成瓜子模样了。

阿Q正羞愧自己画得不圆,那人却不计较,早已掣了纸笔去,许多人又将他第二次抓进栅栏门。

他第二次进了栅栏,倒也并不十分懊恼。他以为人生天地之间,大约本来有时要抓进抓出,有时要在纸上画圆圈的,惟有圈而不圆,却是他"行状"上的一个污点。但不多时也就释然了,他想:孙子才画得很圆的圆圈呢。于是他睡着了。

然而这一夜,举人老爷反而不能睡;他和把总呕了气了。举人老爷主张第一要追赃,把总主张第一要示众。把总近来很不将举人老爷放在眼里了,拍案打凳的说道,"惩一儆百!你看,我做革命党还不上二十天,抢案就是十几件,全不破案,我的面子在那里?破了案,你又来迂。不成!这是我管的!"举人老爷窘急了,然而还坚持,说是倘若不追赃,他便立刻辞了帮办民政的职务。而把总却道:"请便罢!"于是举人老爷在这一夜竟没有睡,但幸而第二天倒也没有辞。

阿Q第三次抓出栅栏的时候,便是举人老爷睡不着的那一夜的明天的上午了。他到了大堂,上面还坐着照例的光头老头子;阿Q也照例的下了跪。

老头子很和气的问道,"你还有什么话么?"

阿Q一想,没有话,便回答说,"没有。"

许多长衫和短衫人物,忽然给他穿上一件洋布的白背心,上面有些黑字。阿Q很气苦:因为这很像是带孝,而带孝是晦气的。然而同时他的两手反缚了,同时又被一直抓出衙门外去了。

阿Q被抬上了一辆没有篷的车,几个短衣人物也和他同坐在一处。这车立刻走动了,前面是一班背着洋炮的兵们和团丁,两旁是许多张着嘴的看客,后面怎样,阿Q没有见。但他突然觉到了:这岂不是去杀头么?他一急,两眼发黑,耳朵里嗡的一声,似乎发昏了。然而他又没有全发昏,有时虽然着急,有时却也泰然;他意思之间,似乎觉得人生天地间,大约本来有时也未免要杀头的。

他还认得路,于是有些诧异了:怎么不向着法场走呢?他不知道这是在游街,在示众。但即使知道也一样,他不过便以为人生天地间,大约本来有时也未免要游街要示众罢了。

他省悟了,这是绕到法场去的路,这一定是"嚓"的去杀头。他惘惘的向左右看,全跟着马蚁似的人,而在无意中,却在路旁的人丛中发见了一个吴妈。很久违,伊原来在城里做工了。阿Q忽然很羞愧自己没志气:竟没有唱几句戏。他的思想仿佛旋风似的在脑里一回旋:《小孤孀上坟》欠堂皇,《龙虎斗》里的"悔不该……"也太乏,还是"手执钢鞭将你打"罢。他同时想将手一扬,才记得这两手原来都捆着,于是"手执钢鞭"也不唱了。

"过了二十年又是一个……"阿Q在百忙中,"无师自通"的说出半句从来不说的话。

"好!!!"从人丛里,便发出豺狼的嗥叫一般的声音来。

车子不住的前行,阿Q在喝采声中,轮转眼睛去看吴妈,似乎伊一向并没有见他,却只是出神的看着兵们背上的洋炮。

阿Q于是再看那些喝采的人们。

这刹那中,他的思想又仿佛旋风似的在脑里一回旋了。四年之前,他曾在山脚下遇见一只饿狼,永是不近不远的跟定他,要吃他的肉。他那时吓得几乎要死,幸而手里有一柄斫柴刀,才得仗这壮了胆,支持到未庄;可是永远记得那狼眼睛,又凶又怯,闪闪的像两颗鬼火,似乎远远的来穿透了他的皮肉。而这回他又看见从来没有见过的更可怕的眼睛了,又钝又锋利,不但已经咀嚼了他的话,并且还要咀嚼他皮肉以外的东西,永是不远不近的跟他走。

这些眼睛们似乎连成一气,已经在那里咬他的灵魂。

"救命,……"

然而阿Q没有说。他早就两眼发黑,耳朵里嗡的一声,觉得全身仿佛尘似的迸散了。

至于当时的影响,最大的倒反在举人老爷,因为终于没有追赃,他全家都号啕了。其次是赵府,非特秀才因为上城去报官,被不好的革命党剪了辫子,而且又破费了二十千的赏钱,所以全家也号啕了。从这一天以来,他们便渐渐的都发生了遗老的气味。

至于舆论,在未庄是无异议,自然都说阿Q坏,被枪毙便是他的坏的证据;不坏又何至于被枪毙呢?而城里的舆论却不佳,他们多半不满足,以为枪毙并无杀头这般好看;而且那是怎样的一个可笑的死囚呵,游了那么久的街,竟没有唱一句戏:他们白跟一趟了。

1921年12月

《阿Q正传》导读

拓展阅读

拓展阅读

1. 吴宝林:重返中国革命话语——论近年对《阿Q正传》的几种新解
2. 夏华安:论《阿Q正传》的心理描写特色

孤独者

鲁　迅

一

　　我和魏连殳相识一场，回想起来倒也别致，竟是以送殓始，以送殓终。

　　那时我在 S 城，就时时听到人们提起他的名字，都说他很有些古怪：所学的是动物学，却到中学堂去做历史教员；对人总是爱理不理的，却常喜欢管别人的闲事；常说家庭应该破坏，一领薪水却一定立即寄给他的祖母，一日也不拖延。此外还有许多零碎的话柄；总之，在 S 城里也算是一个给人当作谈助的人。有一年的秋天，我在寒石山的一个亲戚家里闲住；他们就姓魏，是连殳的本家。但他们却更不明白他，仿佛将他当作一个外国人看待，说是"同我们都异样的"。

　　这也不足为奇，中国的兴学虽说已经二十年了，寒石山却连小学也没有。全山村中，只有连殳是出外游学的学生，所以从村人看来，他确是一个异类；但也很妒羡，说他挣得许多钱。

　　到秋末，山村中痢疾流行了；我也自危，就想回到城中去。那时听说连殳的祖母就染了病，因为是老年，所以很沉重；山中又没有一个医生。所谓他的家属者，其实就只有一个这祖母，雇一名女工简单地过活；他幼小失了父母，就由这祖母抚养成人的。听说她先前也曾经吃过许多苦，现在可是安乐了。但因为他没有家小，家中究竟非常寂寞，这大概也就是大家所谓异样之一端罢。

　　寒石山离城是旱道一百里，水道七十里，专使人叫连殳去，往返至少就得四天。山村僻陋，这些事便算大家都要打听的大新闻，第二天便轰传她病势已经极重，专差也出发了；可是到四更天竟咽了气，最后的话，是："为什么不肯给我会一会连殳的呢？……"

　　族长，近房，他的祖母的母家的亲丁，闲人，聚集了一屋子，豫计连殳的到来，应该已是入殓的时候了。寿材寿衣早已做成，都无须筹画；他们的第一大问题是在怎样对付这"承重孙"，因为逆料他关于一切丧葬仪式，是一定要改变新花样的。聚议之后,大概商定了三大条件,要他必行。一是穿白,二是跪拜,三是请和尚道士做法事。总而言之:是全都照旧。

他们既经议妥,便约定在连殳到家的那一天,一同聚在厅前,排成阵势,互相策应,并力作一回极严厉的谈判。村人们都咽着唾沫,新奇地听候消息;他们知道连殳是"吃洋教"的"新党",向来就不讲什么道理,两面的争斗,大约总要开始的,或者还会酿成一种出人意外的奇观。

传说连殳的到家是下午,一进门,向他祖母的灵前只是弯了一弯腰。族长们便立刻照豫定计画进行,将他叫到大厅上,先说过一大篇冒头,然后引入本题,而且大家此唱彼和,七嘴八舌,使他得不到辩驳的机会。但终于话都说完了,沉默充满了全厅,人们全数悚然地紧看着他的嘴。只见连殳神色也不动,简单地回答道:

"都可以的。"

这又很出于他们的意外,大家的心的重担都放下了,但又似乎反加重,觉得太"异样",倒很有些可虑似的。打听新闻的村人们也很失望,口口相传道,"奇怪!他说'都可以'哩!我们看去罢!"都可以就是照旧,本来是无足观了,但他们也还要看,黄昏之后,便欣欣然聚满了一堂前。

我也是去看的一个,先送了一份香烛;待到走到他家,已见连殳在给死者穿衣服了。原来他是一个短小瘦削的人,长方脸,蓬松的头发和浓黑的须眉占了一脸的小半,只见两眼在黑气里发光。那穿衣也穿得真好,井井有条,仿佛是一个大殓的专家,使旁观者不觉叹服。寒石山老例,当这些时候,无论如何,母家的亲丁是总要挑剔的;他却只是默默地,遇见怎么挑剔便怎么改,神色也不动。站在我前面的一个花白头发的老太太,便发出羡慕感叹的声音。

其次是拜;其次是哭,凡女人们都念念有词。其次入棺;其次又是拜;又是哭,直到钉好了棺盖。沉静了一瞬间,大家忽而扰动了,很有惊异和不满的形势。我也不由的突然觉到:连殳就始终没有落过一滴泪,只坐在草荐上,两眼在黑气里闪闪地发光。

大殓便在这惊异和不满的空气里面完毕。大家都怏怏地,似乎想走散,但连殳却还坐在草荐上沉思。忽然,他流下泪来了,接着就失声,立刻又变成长嚎,像一匹受伤的狼,当深夜在旷野中嗥叫,惨伤里夹杂着愤怒和悲哀。这模样,是老例上所没有的,先前也未曾豫防到,大家都手足无措了,迟疑了一会,就有几个人上前去劝止他,愈去愈多,终于挤成一大堆。但他却只是兀坐着号咷,铁塔似的动也不动。

大家又只得无趣地散开;他哭着,哭着,约有半点钟,这才突然停了下来,也不向吊客招呼,径自往家里走。接着就有前去窥探的人来报告:他走进他祖母的房里,躺在床上,而且,似乎就睡熟了。

隔了两日,是我要动身回城的前一天,便听到村人都遭了魔似的发议论,说连殳要将所有的器具大半烧给他祖母,余下的便分赠生时侍奉,死时送终的女工,并且连房屋也要无期地借给她居住了。亲戚本家都说到舌敝唇焦,也终于阻当不住。

恐怕大半也还是因为好奇心,我归途中经过他家的门口,便又顺便去吊慰。他穿了毛边的白衣出见,神色也还是那样,冷冷的。我很劝慰了一番;他却除了唯唯诺诺之外,只回答了一句话,是:

"多谢你的好意。"

二

我们第三次相见就在这年的冬初,S 城的一个书铺子里,大家同时点了一点头,总算是认识了。但使我们接近起来的,是在这年底我失了职业之后。从此,我便常常访问连殳去。一则,自然是因为无聊赖;二则,因为听人说,他倒很亲近失意的人的,虽然素性这么冷。但是世事升沉无定,失意人也不会长是失意人,所以他也就很少长久的朋友。这传说果然不虚,我一投名片,他便接见了。两间连通的客厅,并无什么陈设,不过是桌椅之外,排列些书架,大家虽说他是一个可怕的"新党",架上却不很有新书。他已经知道我失了职业;但套话一说就完,主客便只好默默地相对,逐渐沉闷起来。我只见他很快地吸完一枝烟,烟蒂要烧着手指了,才抛在地面上。

"吸烟罢。"他伸手取第二枝烟时,忽然说。

我便也取了一枝,吸着,讲些关于教书和书籍的,但也还觉得沉闷。我正想走时,门外一阵喧嚷和脚步声,四个男女孩子闯进来了。大的八九岁,小的四五岁,手脸和衣服都很脏,而且丑得可以。但是连殳的眼里却即刻发出欢喜的光来了,连忙站起,向客厅间壁的房里走,一面说道:

"大良,二良,都来!你们昨天要的口琴,我已经买来了。"

孩子们便跟着一齐拥进去,立刻又各人吹着一个口琴一拥而出,一出客厅门,不知怎的便打将起来。有一个哭了。

"一人一个,都一样的。不要争呵!"他还跟在后面嘱咐。

"这么多的一群孩子都是谁呢?"我问。

"是房主人的。他们都没有母亲,只有一个祖母。"

"房东只一个么?"

"是的。他的妻子大概死了三四年了罢,没有续娶。——否则,便要不肯将余屋租给我似的单身人。"他说着,冷冷地微笑了。

我很想问他何以至今还是单身,但因为不很熟,终于不好开口。

只要和连殳一熟识,是很可以谈谈的。他议论非常多,而且往往颇奇警。使人不耐的倒是他的有些来客,大抵是读过《沉沦》的罢,时常自命为"不幸的青年"或是"零余者",螃蟹一般懒散而骄傲地堆在大椅子上,一面唉声叹气,一面皱着眉头吸烟。还有那房主的孩子们,总是互相争吵,打翻碗碟,硬讨点心,乱得人头昏。但连殳一见他们,却再不像平时那样的冷冷的了,看得比自己的性命还宝贵。听说有一回,三良发了红斑痧,竟急得他脸上的黑气愈见其黑了;不料那病是轻的,于是后来便被孩子们的祖母传作笑柄。

"孩子总是好的。他们全是天真……。"他似乎也觉得我有些不耐烦了,有一天特地乘机对我说。

"那也不尽然。"我只是随便回答他。

"不。大人的坏脾气,在孩子们是没有的。后来的坏,如你平日所攻击的坏,那是环境教坏的。原来却并不坏,天真……。我以为中国的可以希望,只在这一点。"

"不。如果孩子中没有坏根苗,大起来怎么会有坏花果?譬如一粒种子,正因为内中本含有枝叶花果的胚,长大时才能够发出这些东西来。何尝是无端……。"

我因为闲着无事,便也如大人先生们一下野,就要吃素谈禅一样,正在看佛经。佛理自然是并不懂得的,但竟也不自检点,一味任意地说。

然而连殳气忿了,只看了我一眼,不再开口。我也猜不出他是无话可说呢,还是不屑辩。但见他又显出许久不见的冷冷的态度来,默默地连吸了两枝烟;待他再取第三枝时,我便只好逃走了。

这仇恨是历了三月之久才消释的。原因大概是一半因为忘却,一半则他自己竟也被"天真"的孩子所仇视了,于是觉得我对于孩子的冒渎的话倒也情有可原。但这不过是我的推测。其时是在我的寓里的酒后,他似乎微露悲哀模样,半仰着头道:

"想起来真觉得有些奇怪。我到你这里来时,街上看见一个很小的小孩,拿了一片芦叶指着我道:杀!他还不很能走路……。"

"这是环境教坏的。"

我即刻很后悔我的话。但他却似乎并不介意,只竭力地喝酒,其间又竭力地吸烟。

"我倒忘了,还没有问你,"我便用别的话来支梧,"你是不大访问人的,怎么今天有这兴致来走走呢?我们相识有一年多了,你到我这里来却还是第一回。"

"我正要告诉你呢:你这几天切莫到我寓里来看我了。我的寓里正有很讨厌的一大一小在那里,都不像人!"

"一大一小?这是谁呢?"我有些诧异。

"是我的堂兄和他的小儿子。哈哈,儿子正如老子一般。"

"是上城来看你,带便玩玩的罢?"

"不。说是来和我商量,就要将这孩子过继给我的。"

"呵!过继给你?"我不禁惊叫了,"你不是还没有娶亲么?"

"他们知道我不娶的了。但这都没有什么关系。他们其实是要过继给我那一间寒石山的破屋子。我此外一无所有,你是知道的;钱一到手就化完。只有这一间破屋子。他们父子的一生的事业是在逐出那一个借住着的老女工。"

他那词气的冷峭,实在又使我悚然。但我还慰解他说:

"我看你的本家也还不至于此。他们不过思想略旧一点罢了。譬如,你那年大哭的时候,他们就都热心地围着使劲来劝你……。"

"我父亲死去之后,因为夺我屋子,要我在笔据上画花押,我大哭着的时候,他们也是这样热心地围着使劲来劝我……。"他两眼向上凝视,仿佛要在空中寻出那时的情景来。

"总而言之:关键就全在你没有孩子。你究竟为什么老不结婚的呢?"我忽而寻到了转舵的话,也是久已想问的话,觉得这时是最好的机会了。

他诧异地看着我,过了一会,眼光便移到他自己的膝髁上去了,于是就吸烟,没有回答。

三

但是,虽在这一种百无聊赖的境地中,也还不给连殳安住。渐渐地,小报上有匿名人来攻击他,学界上也常有关于他的流言,可是这已经并非先前似的单是话柄,大概是于他有损的了。我知道这是他近来喜欢发表文章的结果,倒也并不介意。S城人最不愿意有人发些没有顾忌的议论,一有,一定要暗暗地来叮他,这是向来如此的,连殳自己也知道。但到春天,忽然听说他已被校长辞退了。这却使我觉得有些兀突;其实,这也是向来如此的,不过因为我希望着自己认识的人能够幸免,所以就以为兀突罢了,S城人倒并非这一回特别恶。

其时我正忙着自己的生计,一面又在接洽本年秋天到山阳去当教员的事,竟没有工夫去访问他。待到有些余暇的时候,离他被辞退那时大约快有三个月了,可是还没有发生访问连殳的意思。有一天,我路过大街,偶然在旧书摊前停留，却不禁使我觉到震悚，因为在那里陈列着的一部汲古阁初印本《史记索隐》，正是连殳的书。他喜欢书，但不是藏书家，这种本子，在他是算作贵重的善本，非万不得已，不肯轻易变卖的。难道他失业刚才两三月，就一贫至此么？虽然他向来一有钱即随手散去，没有什么贮蓄。于是我便决意访问连殳去，顺便在街上买了一瓶烧酒，两包花生米，两个熏鱼头。

他的房门关闭着，叫了两声，不见答应。我疑心他睡着了，更加大声地叫，并且伸手拍着房门。

"出去了罢！"大良们的祖母，那三角眼的胖女人，从对面的窗口探出她花白的头来了，也大声说，不耐烦似的。

"那里去了呢？"我问。

"那里去了？谁知道呢？——他能到那里去呢，你等着就是，一会儿总会回来的。"

我便推开门走进他的客厅去。真是"一日不见，如隔三秋"，满眼是凄凉和空空洞洞，不但器具所余无几了，连书籍也只剩了在S城决没有人会要的几本洋装书。屋中间的圆桌还在，先前曾经常常围绕着忧郁慷慨的青年，怀才不遇的奇士和腌臜吵闹的孩子们的，现在却见得很闲静，只在面上蒙着一层薄薄的灰尘。我就在桌上放了酒瓶和纸包，拖过一把椅子来，靠桌旁对着房门坐下。

的确不过是"一会儿"，房门一开，一个人悄悄地阴影似的进来了，正是连殳。也许是傍晚之故罢，看去仿佛比先前黑，但神情却还是那样。

"阿！你在这里？来得多久了？"他似乎有些喜欢。

"并没有多久。"我说，"你到那里去了？"

"并没有到那里去，不过随便走走。"

他也拖过椅子来，在桌旁坐下；我们便开始喝烧酒，一面谈些关于他的失业的事。但他却不愿意多谈这些；他以为这是意料中的事，也是自己时常遇到的事，无足怪，而且无可谈的。他照例只是一意喝烧酒，并且依然发些关于社会和历史的议论。不知怎我此时看见空空的书架，也记起汲古阁初印本的《史记索隐》，忽而感到一种淡漠的孤寂和悲哀。

"你的客厅这么荒凉……。近来客人不多了么？"

"没有了。他们以为我心境不佳，来也无意味。心境不佳，实在是可以给人们不舒服的。冬天的公园，就没有人去……。"他连喝两口酒，默默地想着，突然，仰起脸来看着我问道，"你在图谋的职业也还是毫无把握罢？……"

我虽然明知他已经有些酒意，但也不禁愤然，正想发话，只见他侧耳一听，便抓起一把花生米，出去了。门外是大良们笑嚷的声音。

但他一出去，孩子们的声音便寂然，而且似乎都走了。他还追上去，说些话，却不听得有回答。他也就阴影似的悄悄地回来，仍将一把花生米放在纸包里。

"连我的东西也不要吃了。"他低声，嘲笑似的说。

"连殳，"我很觉得悲凉，却强装着微笑，说，"我以为你太自寻苦恼了。你看得人间太坏……。"

他冷冷的笑了一笑。

"我的话还没有完哩。你对于我们，偶而来访问你的我们，也以为因为闲着无事，所以来你这里，将你当作消遣的资料的罢？"

"并不。但有时也这样想。或者寻些谈资。"

"那你可错误了。人们其实并不这样。你实在亲手造了独头茧，将自己裹在里面了。你应该将世间看得光明些。"我叹惜着说。

"也许如此罢。但是，你说：那丝是怎么来的？——自然，世上也尽有这样的人，譬如，我的祖母就是。我虽然没有分得她的血液，却也许会继承她的运命。然而这也没有什么要紧，我早已豫先一起哭过了……。"

我即刻记起他祖母大殓时候的情景来，如在眼前一样。

"我总不解你那时的大哭……。"于是鹘突地问了。

"我的祖母入殓的时候罢？是的，你不解的。"他一面点灯，一面冷静地说，"你的和我交往，我想，还正因为那时的哭哩。你不知道，这祖母，是我父亲的继母；他的生母，他三岁时候就死去了。"他想着，默默地喝酒，吃完了一个熏鱼头。

"那些往事，我原是不知道的。只是我从小时候就觉得不可解。那时我的父亲还在，家景也还好，正月间一定要悬挂祖像，盛大地供养起来。看着这许多盛装的画像，在我那时似乎是不可多得的眼福。但那时，抱着我的一个女工总指了一幅像说：'这是你自己的祖母。拜拜罢，保佑你生龙活虎似的大得快。'我真不懂得我明明有着一个祖母，怎么又会有什么'自己的祖母'来。可是我爱这'自己的祖母'，她不比家里的祖母一般老；她年青，好看，穿着描金的红衣服，戴着珠冠，和我母亲的像差不多。我看她时，她的眼睛也注视我，而且口角上渐渐增多了笑影：我知道她一定也是极其爱我的。

"然而我也爱那家里的，终日坐在窗下慢慢地做针线的祖母。虽然无论我怎样高兴地在她面前玩笑，叫她，也不能引她欢笑，常使我觉得冷冷地，和别人的祖母们有些不同。但我还爱她。可是到后来，我逐渐疏远她了；这也并非因为年纪大了，已经知道她不是我父亲的生母的缘故，倒是看久了终日终年的做针线，机器似的，自然免不了要发烦。但她却还是先前一样，做针线;管理我,也爱护我,虽然少见笑容,却也不加呵斥。直到我父亲去世,还是这样;后来呢,我们几乎全靠她做针线过活了,自然更这样,直到我进学堂……。"

灯火销沉下去了,煤油已经将涸,他便站起,从书架下摸出一个小小的洋铁壶来添煤油。

"只这一月里,煤油已经涨价两次了……。"他旋好了灯头,慢慢地说。"生活要日见其困难起来。——她后来还是这样,直到我毕业,有了事做,生活比先前安定些;恐怕还直到她生病,实在打熬不住了,只得躺下的时候罢……。

"她的晚年,据我想,是总算不很辛苦的,享寿也不小了,正无须我来下泪。况且哭的人不是多着么?连先前竭力欺凌她的人们也哭,至少是脸上很惨然。哈哈!……可是我那时不知怎地,将她的一生缩在眼前了,亲手造成孤独,又放在嘴里去咀嚼的人的一生。而且觉得这样的人还很多哩。这些人们,就使我要痛哭,但大半也还是因为我那时太过于感情用事……。

"你现在对于我的意见,就是我先前对于她的意见。然而我的那时的意见,其实也不对的。便是我自己,从略知世事起,就的确逐渐和她疏远起来了……。"

他沉默了,指间夹着烟卷,低了头,想着。灯火在微微地发抖。

"呵,人要使死后没有一个人为他哭,是不容易的事呵。"他自言自语似的说;略略一停,便仰起脸来向我道,"想来你也无法可想。我也还得赶紧寻点事情做……。"

"你再没有可托的朋友了么?"我这时正是无法可想,连自己。

"那倒大概还有几个的,可是他们的境遇都和我差不多……。"

我辞别连殳出门的时候,圆月已经升在中天了,是极静的夜。

四

山阳的教育事业的状况很不佳。我到校两月,得不到一文薪水,只得连烟卷也节省起来。但是学校里的人们,虽是月薪十五六元的小职员,也没有一个不是乐天知命的,仗着逐渐打熬成功的铜筋铁骨,面黄肌瘦地从早办公一直到夜,其间看见名位较高的人物,还得恭恭敬敬地站起,实在都是不必"衣食足而知礼节"的人民。我每看见这情状,不知怎的总记起连殳临别托付我的话来。他那时生计更其不堪了,窘相时时显露,看去似乎已没有往时的深沉,知道我就要动身,深夜来访,迟疑了许久,才吞吞吐吐地说道:

"不知道那边可有法子想?——便是钞写,一月二三十块钱的也可以的。我……。"

我很诧异了，还不料他竟肯这样的迁就，一时说不出话来。

"我……，我还得活几天……。"

"那边去看一看，一定竭力去设法罢。"

这是我当日一口承当的答话，后来常常自己听见，眼前也同时浮出连殳的相貌，而且吞吞吐吐地说道"我还得活几天"。到这些时，我便设法向各处推荐一番；但有什么效验呢，事少人多，结果是别人给我几句抱歉的话，我就给他几句抱歉的信。到一学期将完的时候，那情形就更加坏了起来。那地方的几个绅士所办的《学理周报》上，竟开始攻击我了，自然是决不指名的，但措辞很巧妙，使人一见就觉得我是在挑剔学潮，连推荐连殳的事，也算是呼朋引类。

我只好一动不动，除上课之外，便关起门来躲着，有时连烟卷的烟钻出窗隙去，也怕犯了挑剔学潮的嫌疑。连殳的事，自然更是无从说起了。这样地一直到深冬。

下了一天雪，到夜还没有止，屋外一切静极，静到要听出静的声音来。我在小小的灯火光中，闭目枯坐，如见雪花片片飘坠，来增补这一望无际的雪堆；故乡也准备过年了，人们忙得很；我自己还是一个儿童，在后园的平坦处和一伙小朋友塑雪罗汉。雪罗汉的眼睛是用两块小炭嵌出来的，颜色很黑，这一闪动，便变了连殳的眼睛。

"我还得活几天！"仍是这样的声音。

"为什么呢？"我无端地这样问，立刻连自己也觉得可笑了。

这可笑的问题使我清醒，坐直了身子，点起一枝烟卷来；推窗一望，雪果然下得更大了。听得有人叩门；不一会，一个人走进来，但是听熟的客寓杂役的脚步。他推开我的房门，交给我一封六寸多长的信，字迹很潦草，然而一瞥便认出"魏缄"两个字，是连殳寄来的。

这是从我离开 S 城以后他给我的第一封信。我知道他疏懒，本不以杳无消息为奇，但有时也颇怨他不给一点消息。待到接了这信，可又无端地觉得奇怪了，慌忙拆开来。里面也用了一样潦草的字体，写着这样的话：

"申飞……。

"我称你什么呢？我空着。你自己愿意称什么，你自己添上去罢。我都可以的。

"别后共得三信，没有复。这原因很简单：我连买邮票的钱也没有。

"你或者愿意知道些我的消息，现在简直告诉你罢：我失败了。先前我自以为是失败者，现在知道那并不，现在才真是失败者了。先前，还有人愿意我活几天,我自己也还想活几天的时候,活不下去;现在,大可以无须了,然而要活下去……。

"然而就活下去么?

"愿意我活几天的,自己就活不下去。这人已被敌人诱杀了。谁杀的呢?谁也不知道。

"人生的变化多么迅速呵!这半年来,我几乎求乞了,实际,也可以算得已经求乞。然而我还有所为,我愿意为此求乞,为此冻馁,为此寂寞,为此辛苦。但灭亡是不愿意的。你看,有一个愿意我活几天的,那力量就这么大。然而现在是没有了,连这一个也没有了。同时,我自己也觉得不配活下去;别人呢?也不配的。同时,我自己又觉得偏要为不愿意我活下去的人们而活下去;好在愿意我好好地活下去的已经没有了,再没有谁痛心。使这样的人痛心,我是不愿意的。然而现在是没有了,连这一个也没有了。快活极了,舒服极了;我已经躬行我先前所憎恶,所反对的一切,拒斥我先前所崇仰,所主张的一切了。我已经真的失败,——然而我胜利了。

"你以为我发了疯么?你以为我成了英雄或伟人了么?不,不的。这事情很简单;我近来已经做了杜师长的顾问,每月的薪水就有现洋八十元了。

"申飞……。

"你将以我为什么东西呢,你自己定就是,我都可以的。

"你大约还记得我旧时的客厅罢,我们在城中初见和将别时候的客厅。现在我还用着这客厅。这里有新的宾客,新的馈赠,新的颂扬,新的钻营,新的磕头和打拱,新的打牌和猜拳,新的冷眼和恶心,新的失眠和吐血……。

"你前信说你教书很不如意。你愿意也做顾问么?可以告诉我,我给你办。其实是做门房也不妨,一样地有新的宾客和新的馈赠,新的颂扬……。

"我这里下大雪了。你那里怎样?现在已是深夜,吐了两口血,使我清醒起来。记得你竟从秋天以来陆续给了我三封信,这是怎样的可以惊异的事呵。我必须寄给你一点消息,你或者不至于倒抽一口冷气罢。

"此后,我大约不再写信的了,我这习惯是你早已知道的。何时回来呢?倘早,当能相见。——但我想,我们大概究竟不是一路的;那么,请你忘记我罢。我从我的真心感谢你先前常替我筹划生计。但是现在忘记我罢;我现在已经'好'了。

连殳。十二月十四日。"

这虽然并不使我"倒抽一口冷气",但草草一看之后,又细看了一遍,却总有些不舒服,而同时可又夹杂些快意和高兴;又想,他的生计总算已经不成问题,我的担子也可以放下了,虽然在我这一面始终不过是无法可想。忽而又想写一封信回答他,但又觉得没有话说,于是这意思也立即消失了。

我的确渐渐地在忘却他。在我的记忆中,他的面貌也不再时常出现。但得信之后不到十天,S城的学理七日报社忽然接续着邮寄他们的《学理七日报》来了。我是不大看这些东西的,不过既经寄到,也就随手翻翻。这却使我记起连殳来,因为里面常有关于他的诗文,如《雪夜谒连殳先生》,《连殳顾问高斋雅集》等等;有一回,《学理闲谭》里还津津地叙述他先前所被传为笑柄的事,称作"逸闻",言外大有"且夫非常之人,必能行非常之事"的意思。

不知怎地虽然因此记起,但他的面貌却总是逐渐模胡;然而又似乎和我日加密切起来,往往无端感到一种连自己也莫明其妙的不安和极轻微的震颤。幸而到了秋季,这《学理七日报》就不寄来了;山阳的《学理周刊》上却又按期登起一篇长论文:《流言即事实论》。里面还说,关于某君们的流言,已在公正士绅间盛传了。这是专指几个人的,有我在内;我只好极小心,照例连吸烟卷的烟也谨防飞散。小心是一种忙的苦痛,因此会百事俱废,自然也无暇记得连殳。总之:我其实已经将他忘却了。

但我也终于敷衍不到暑假,五月底,便离开了山阳。

五

从山阳到历城,又到太谷,一总转了大半年,终于寻不出什么事情做,我便又决计回S城去了。到时是春初的下午,天气欲雨不雨,一切都罩在灰色中;旧寓里还有空房,仍然住下。在道上,就想起连殳的了,到后,便决定晚饭后去看他。我提着两包闻喜名产的煮饼,走了许多潮湿的路,让道给许多拦路高卧的狗,这才总算到了连殳的门前。里面仿佛特别明亮似的。我想,一做顾问,连寓里也格外光亮起来了,不觉在暗中一笑。但仰面一看,门旁却白白的,分明贴着一张斜角纸。我又想,大良们的祖母死了罢;同时也跨进门,一直向里面走。

微光所照的院子里,放着一具棺材,旁边站一个穿军衣的兵或是马弁,还有一个和他谈话的,看时却是大良的祖母;另外还闲站着几个短衣的粗人。我的心即刻跳起来了。她也转过脸来凝视我。

"阿呀!您回来了?何不早几天……。"她忽而大叫起来。

"谁……谁没有了?"我其实是已经大概知道的了,但还是问。

"魏大人,前天没有的。"

我四顾,客厅里暗沉沉的,大约只有一盏灯;正屋里却挂着白的孝帏,几个孩子聚在屋外,就是大良二良们。

"他停在那里,"大良的祖母走向前,指着说,"魏大人恭喜之后,我把正屋也租给他了;他现在就停在那里。"

孝帏上没有别的,前面是一张条桌,一张方桌;方桌上摆着十来碗饭菜。我刚跨进门,当面忽然现出两个穿白长衫的来拦住了,瞪了死鱼似的眼睛,从中发出惊疑的光来,钉住了我的脸。我慌忙说明我和连殳的关系,大良的祖母也来从旁证实,他们的手和眼光这才逐渐弛缓下去,默许我近前去鞠躬。

我一鞠躬,地下忽然有人呜呜的哭起来了,定神看时,一个十多岁的孩子伏在草荐上,也是白衣服,头发剪得很光的头上还络着一大绺苎麻丝。

我和他们寒暄后,知道一个是连殳的从堂兄弟,要算最亲的了;一个是远房侄子。我请求看一看故人,他们却竭力拦阻,说是"不敢当"的。然而终于被我说服了,将孝帏揭起。

这回我会见了死的连殳。但是奇怪!他虽然穿一套皱的短衫裤,大襟上还有血迹,脸上也瘦削得不堪,然而面目却还是先前那样的面目,宁静地闭着嘴,合着眼,睡着似的,几乎要使我伸手到他鼻子前面,去试探他可是其实还在呼吸着。

一切是死一般静,死的人和活的人。我退开了,他的从堂兄弟却又来周旋,说"舍弟"正在年富力强,前程无限的时候,竟遽尔"作古"了,这不但是"衰宗"不幸,也太使朋友伤心。言外颇有替连殳道歉之意;这样地能说,在山乡中人是少有的。但此后也就沉默了,一切是死一般静,死的人和活的人。

我觉得很无聊,怎样的悲哀倒没有,便退到院子里,和大良们的祖母闲谈起来。知道入殓的时候是临近了,只待寿衣送到;钉棺材钉时;"子午卯酉"四生肖是必须躲避的。她谈得高兴了,说话滔滔地泉流似的涌出,说到他的病状,说到他生时的情景,也带些关于他的批评。

"你可知道魏大人自从交运之后,人就和先前两样了,脸也抬高起来,气昂昂的。对人也不再先前那么迂。你知道,他先前不是像一个哑子,见我是叫老太太的么?后来就叫'老家伙'。唉唉,真是有趣。人送他仙居术,他自己是不吃的,就摔在院子里,——就是这地方,——叫道,'老家伙,你吃去罢。'他交运之后,人来人往,我把正屋也让给他住了,自己便搬在这厢房里。他也真是一走红运,就与众不同,我们就常常这样说笑。要是你早来一个月,还赶得上看这里的热闹,三日两头的猜拳行令,说的说,笑的笑,唱的唱,做诗的做诗,打牌的打牌……。

"他先前怕孩子们比孩子们见老子还怕,总是低声下气的。近来可也两样了,能说能闹,我们的大良们也很喜欢和他玩,一有空,便都到他的屋里去。他也用种种方法逗着玩;要他买东西,他就要孩子装一声狗叫,或者磕一个响头。哈哈,真是过得热闹。前两月二良要他买鞋,还磕了三个响头哩,哪,现在还穿着,没有破呢。"

一个穿白长衫的人出来了,她就住了口。我打听连殳的病症,她却不大清楚,只说大约是早已瘦了下去的罢,可是谁也没理会,因为他总是高高兴兴的。到一个多月前,这才听到他吐过几回血,但似乎也没有看医生;后来躺倒了;死去的前三天,就哑了喉咙,说不出一句话。十三大人从寒石山路远迢迢地上城来,问他可有存款,他一声也不响。十三大人疑心他装出来的,也有人说有些生痨病死的人是要说不出话来的,谁知道呢……。

"可是魏大人的脾气也太古怪,"她忽然低声说,"他就不肯积蓄一点,水似的化钱。十三大人还疑心我们得了什么好处。有什么屁好处呢?他就冤里冤枉胡里胡涂地化掉了。譬如买东西,今天买进,明天又卖出,弄破,真不知道是怎么一回事。待到死了下来,什么也没有,都糟掉了。要不然,今天也不至于这样地冷静……。

"他就是胡闹,不想办一点正经事。我是想到过的,也劝过他。这么年纪了,应该成家;照现在的样子,结一门亲很容易;如果没有门当户对的,先买几个姨太太也可以:人是总应该像个样子的。可是他一听到就笑起来,说道,'老家伙,你还是总替别人惦记着这等事?'你看,他近来就浮而不实,不把人的好话当好话听。要是早听了我的话,现在何至于独自冷清清地在阴间摸索,至少,也可以听到几声亲人的哭声……。"

一个店伙背了衣服来了。三个亲人便检出里衣,走进帏后去。不多久,孝帏揭起了,里衣已经换好,接着是加外衣。这很出我意外。一条土黄的军裤穿上了,嵌着很宽的红条,其次穿上去的是军衣,金闪闪的肩章,也不知道是什么品级,那里来的品级。到入棺,是连殳很不妥帖地躺着,脚边放一双黄皮鞋,腰边放一柄纸糊的指挥刀,骨瘦如柴的灰黑的脸旁,是一顶金边的军帽。

三个亲人扶着棺沿哭了一场,止哭拭泪;头上络麻线的孩子退出去了,三良也避去,大约都是属"子午卯酉"之一的。

粗人打起棺盖来,我走近去最后看一看永别的连殳。

他在不妥帖的衣冠中,安静地躺着,合了眼,闭着嘴,口角间仿佛含着冰冷的微笑,冷笑着这可笑的死尸。

敲钉的声音一响,哭声也同时迸出来。这哭声使我不能听完,只好退到院子里;顺脚一走,不觉出了大门了。潮湿的路极其分明,仰看太空,浓云已经散去,挂着一轮圆月,散出冷静的光辉。

我快步走着,仿佛要从一种沉重的东西中冲出,但是不能够。耳朵中有什么挣扎着,久之,久之,终于挣扎出来了,隐约像是长嗥,像一匹受伤的狼,当深夜在旷野中嗥叫,惨伤里夹杂着愤怒和悲哀。

我的心地就轻松起来,坦然地在潮湿的石路上走,月光底下。

一九二五年十月十七日毕

伤 逝(存目)

鲁 迅

故事梗概

如果我能够,我要写下我的悔恨和悲哀,为子君,为自己。

初识子君时,我整日期盼着她那橐橐渐近的履声,与她谈家庭专制,谈打破旧习惯,谈男女平等,谈伊孛生,谈泰戈尔……交际了半年,当我们又谈及她的胞叔和父亲时,她坚决而沉静地说:"我是我自己的,他们谁也没有干涉我的权利!"

于是,我们搬到了吉兆胡同,在一所小屋里创立了满怀希望的小小的家庭。子君与她的家人断绝了关系,我也陆续和几个朋友绝了交。然而这倒很清净。

不过三星期,我渐渐清醒地读遍了她的身体,她的灵魂。子君逐日活泼起来,买了四只小油鸡,还买了一只花白的叭儿狗,她叫它阿随。我们的日子宁静而幸福。

子君胖了起来,脸色也红活了;可惜的是忙,管了家务便连谈天的工夫也没有,何况读书和散步。傍晚回来,常见她包藏着不快活的颜色,尤其使我不乐的是她装作勉强的笑容。而令她烦忧的,不过是工作与生活中的琐屑之事。

双十节的前一晚,我得知局里工作不保,转而投于译书事业。可我却并没有一间静室,构思常被子君催促吃饭而打断;菜冷,是无妨的,然而有时竟不够,那几只油鸡也逐渐成为肴馔。到后来,阿随也留不住了。我将它带到西郊放掉,觉得又清净多了;但子君的凄惨的神色,却使我很吃惊。

冬日严寒,无处可去的我整日在图书馆看书。子君失掉了她往常的麻木似的镇静,虽然竭力掩饰,总还是时时露出犹疑的神色来。终于,我用十分的决心告诉她:"我老实说罢!因为,因为我已经不爱你了!"子君只有沉默,脸色陡然变成灰黄,死了似的。

冬春之交的一个晚上,我回家发现屋内并无灯火,方知子君已被父亲接走。屋子里异常寂寞而空虚,我的心地有些轻松,舒展了,却又觉得沉重。不久,我也离开了吉兆胡同。为了谋生,我去拜访了一个久不问候的世交。

他对我说,子君已经去世了。

我回到昔日的破屋,沉浸在悔恨与悲哀中。我知道,子君的命运,已经决定在我所给与的真实——无爱的人间死灭了。我要将真实深深地藏在心的创伤中,默默地前行,用遗忘和说谎做我的前导……

《伤逝》导读

拓展阅读

拓展阅读

宋剑华、邹婧婧:《伤逝》:鲁迅对思想启蒙的困惑与反省

沉 沦

郁达夫

一

他近来觉得孤冷得可怜。

他的早熟的性情,竟把他挤到与世人绝不相容的境地去,世人与他的中间介在的那一道屏障,愈筑愈高了。

天气一天一天的清凉起来,他的学校开学之后,已经快半个月了。那一天正是九月的二十二日。

晴天一碧,万里无云,终古常新的皎日,依旧在她的轨道上,一程一程的在那里行走。从南方吹来的微风,同醒酒的琼浆一般,带着一种香气,一阵阵的拂上面来。在黄苍未熟的稻田中间,在弯曲同白线似的乡间的官道上面,他一个人手里捧了一本六寸长的Wordsworth的诗集,尽在那里缓缓的独步。在这大平原内,四面并无人影;不知从何处飞来的一声两声的远吠声,悠悠扬扬的传到他耳膜上来。他眼睛离开了书,同做梦似的向有犬吠声的地方看去,但看见了一丛杂树,几处人家,同鱼鳞似的屋瓦上,有一层薄薄的蜃气楼,同轻纱似的在那里飘荡。

"Oh, you serene gossamer! you beautiful gossamer!"

这样的叫了一声,他的眼睛里就涌出了两行清泪来,他自己也不知道是什么缘故。

呆呆的看了好久,他忽然觉得背上有一阵紫色的气息吹来,息索的一响,道傍的一枝小草,竟把他的梦境打破了。他回转头来一看,那枝小草还是颠摇不已,一阵带着紫罗兰气息的和风,温微微的喷到他那苍白的脸上来。在这清和的早秋的世界里,在这澄清透明的以太(Ether)中,他的身体觉得同陶醉似的酥软起来。他好象是睡在慈母怀里的样子。他好象是梦到了桃花源里的样子。他好象是在南欧的海岸,躺在情人膝上,在那里贪午睡的样子。

他看看四边,觉得周围的草木,都在那里对他微笑。看看苍空,觉得悠久无穷的大自然,微微的在那里点头。一动也不动的向天看了一会,他觉得天空中,有一群小天神,背上插着了翅膀,肩上挂着了弓箭,在那里跳舞。他觉得乐极了。便不知不觉开了口,自言自语的说:

"这里就是你的避难所。世间的一般庸人都在那里妒忌你,轻笑你,愚弄你;只有这大自然,这终古常新的苍空皎日,这晚夏的微风,这初秋的清气,还是你的朋友,还是你的慈母,还是你的情人;你也不必再到世上去与那些轻薄的男女共处去,你就在这大自然的怀里,这纯极的乡间终老了罢。"

这样的说了一遍,他觉得自家可怜起来,好像有万千哀怨,横亘在胸中,一口说不出来的样子。含了一双清泪,他的眼睛又看到他手里的书上去。

Behold her, single in the field,
You solitary Highland lass!
Reaping and singing by herself;
Stop here, or gently pass!
Alone she cuts, and binds the grain,
And sings a melancholy strain;
Oh, listen! for the vale profound,
Is overflowing with the sound.

看了这一节之后,他又忽然翻过一张来,脱头脱脑的看到那第三节去。

Will no one tell me what she sings?
Perhaps the plaintive numbers flow
For old, unhappy far-off things,
And battle long ago;
Or is it some more humble lay,
Familiar matter of today?
Some natural sorrow, loss, or pain,
That has been and may be again!

这也是他近来的一种习惯,看书的时候,并没有次序的。几百页的大书,更可不必说了,就是几十页的小册子,如爱美生的《自然论》(Emerson's "On Nature")、沙离的《逍遥游》(Thoreau's "Excursion")之类,也没有完完全全从头至尾的读完一篇过。当他起初翻开一册书来看的时候,读了四行五行或一页二页,他每被那一本书感动,恨不得要一口气把那一本书吞下肚

子里去的样子,到读了三页四页之后,他又生起一种怜惜的心来,他心里似乎说:

"像这样的奇书,不应该一口气就把它念完,要留着细细儿的咀嚼才好。一下子就念完了之后,我的热望也就不得不消灭,那时候我就没有好望,没有梦想了,怎么使得呢?"

他的脑里虽然这样的想头,其实他的心里早有一些儿厌倦起来,到了这时候,他总把那本书收过一边,不再看下去。过几天或者过几个钟头之后,他又用了满腔的热忱,同初读那一本书的时候一样的,去读另外的书去;几日前或者几点钟前那样的感动他的那一本书,就不得不被他遗忘了。

放大了声音把渭迟渥斯的那两节诗读了一遍之后,他忽然想把这一首诗用中国文翻译出来:

《孤寂的高原刈稻者》

他想想看,"The solitary highland reaper"诗题只有如此的译法。

你看那个女孩儿,她只一个人在田里,
你看那边的那个高原的女孩儿,她只一个人,冷清清地!
她一边刈稻,一边在那儿唱着不已:
她忽儿停了,忽而又过去了,轻盈体态,风光细腻!
她一个人,刈了,又重把稻儿捆起,
她唱的山歌,颇有些儿悲凉的情味:
听呀听呀!这幽谷深深,
全充满了她的歌唱的清音。

有人能说否,她唱的究是什么?
或者她那万千的痴话
是唱着前代的哀歌,
或者是前朝的战事、千兵万马:
或者是些坊间的俗曲,
便是目前的家常闲说?
或者是些天然的哀怨,必然的丧苦,自然的悲楚,
这些事虽是过去的回思,将来想亦必有人指诉。

他一口气译了出来之后,忽又觉得无聊起来,便自嘲自骂的说道:

"这算是什么东西呀,岂不同教会里的赞美歌一样的乏味么?英国诗是英国诗,中国诗是中国诗,又何必译来对去呢!"

这样的说了一句,他不知不觉便微微儿的笑了起来。向四边一看,太阳

已经打斜了；大平原的彼岸，西边的地平线上，有一座高山，浮在那里，饱受了一天残照，山的周围酝酿成一层朦朦胧胧的岚气，反射出一种紫红不红的颜色来。

他正在那里出神呆看的时候，喀的咳嗽了一声，他的背后忽然来了一个农夫。回头一看，他就把他脸上的笑容装改了一副忧郁的面色，好象他的笑容是怕被人看见的样子。

二

他的忧郁症愈闹愈甚了。

他觉得学校里的教科书，味同嚼蜡，毫无半点生趣。天气清朗的时候，他每捧了一本爱读的文学书，跑到人迹罕至的山腰水畔，去贪那孤寂的深味去。在万籁俱寂的瞬间，在天水相映的地方，他看看草木虫鱼，看看白云碧落，便觉得自家是一个孤高傲世的贤人，一个超然独立的隐者。有时在山中遇着一个农夫，他便把自己当作了 Zarathustra，把 Zarathustra 所说的话，也在心里对那农夫讲了。他的 megalmania 也同他的 hypochondria 成了正比例，一天一天的增加起来。他竟有连续四五天不上学校去听讲的时候。

有时候到学校里去，他每觉得众人都在那里凝视他的样子。他避来避去想避他的同学，然而无论到了什么地方，他的同学的眼光，总好象怀了恶意，射在他的背脊上的样子。

上课的时候，他虽然坐在全班学生的中间，然而总觉得孤独得很。在稠人广众之中，感得的这种孤独，倒比一个人在冷清的地方感得的那种孤独还更难受。看看他的同学们，一个个都是兴高采烈的在那里听先生的讲义，只有他一个人身体虽然坐在讲堂里头，心思却同飞云逝电一般，在那里作无边无际的空想。

好容易下课的钟声响了！先生退去之后，他的同学说笑的说笑，谈天的谈天，个个都同春来的燕雀似的，在那里作乐；只有他一个人锁愁眉，舌根好象被千钧的巨石锤住的样子，兀的不作一声。他也很希望他的同学来对他讲些闲话，然而他的同学却都自家管自家的去寻欢乐去，一见了他那一副愁容，没有一个不抱头奔散的，因此他愈加怨他的同学了。

"他们都是日本人，他们都是我的仇敌，我总有一天来复仇，我总要复他们的仇。"

一到了悲愤的时候，他总这样的想的，然而到了安静之后，他又不得不嘲骂自家说：

"他们都是日本人，他们对你当然是没有同情的，因为你想得他们的同情,所以你怨他们,这岂不是你自家的错误么?"

　　他的同学中的好事者,有时候也有人来向他说笑的,他心里虽然非常感激,想同那一个人谈几句知心的话,然而口中总说不出什么话来,所以有几个解他的意的人,也不得不同他疏远了。

　　他的同学日本人在那里欢笑的时候,他总疑他们是在那里笑他,他就一霎时的红起脸来。他们在那里谈天的时候,若有偶然看他一眼的人,他又忽然红起脸来,以为他们是在那里讲他。他同他同学中间的距离,一天一天的远背起来,他的同学都以为他是爱孤独的人,所以谁也不敢来近他的身。

　　有一天放课之后,他挟了书包,回到他的旅馆里来,有三个日本学生系同他同路的。将要到他寄寓的旅馆的时候,前面忽然来了两个穿红裙的女学生。在这一区市外的地方,从没有女学生看见的,所以他一见了这两个女子,呼吸就紧缩起来。他们四个人同那两个女子擦过的时候,他的三个日本人的同学都问她们说:

　　"你们上那儿去?"

　　那两个女学生就作起娇声来回答说:

　　"不知道!"

　　"不知道!"

　　那三个日本学生都高笑起来,好象是很得意的样子;只有他一个人似乎是他自家同她们讲了话似的,匆匆跑回旅馆里来。进了他自家的房,把书包用力的向席上一丢,他就在席上躺下了——日本室内都铺的席子,坐也席地而坐,睡也睡在席上的——他的胸前还在那里乱跳,用了一只手枕着头,一只手按着胸口,他便自嘲自骂的说:

　　"You coward fellow, you are too coward!"

　　"你既然怕羞,何以又要后悔?

　　"既要后悔,何以当时你又没有那样的胆量?不同她们去讲一句话?

　　"Oh, coward, coward!"

　　说到这里,他忽然想起刚才那两个女学生的眼波来了。

　　那两双活泼泼的眼睛!

　　那两双眼睛里,确有惊喜的意思含在里头。然而再仔细想了一想,他又忽然叫起来说:

　　"呆人呆人!她们虽有意思,与你有什么相干?她们所送的秋波,不是单送给那三个日本人的么?唉!唉!她们已经知道了,已经知道我是支那人了,否则他们何以不来看我一眼呢!复仇复仇,我总要复他们的仇。"

　　说到这里,他那火热的颊上忽然滚了几颗冰冷的眼泪下来。他是伤心到极点了。这一天晚上,他记的日记说:

"我何苦要到日本来,我何苦要求学问。既然到了日本,那自然不得不被他们日本人轻侮的。中国呀中国!你怎么不富强起来,我不能再隐忍过去了。

"故乡岂不有明媚的山河,故乡岂不有如花的美女?我何苦要到这东海的岛国里来!

"到日本来倒也罢了,我何苦又要进这该死的高等学校。他们留了五个月学回去的人,岂不在那里享荣华安乐么?这五六年的岁月,教我怎么能捱得过去。受尽了千辛万苦,积了十数年的学识,我回国去,难道定能比他们来胡闹的留学生更强么?

"人生百岁,年少的时候,只有七八年的光景,这最纯最美的七八年,我就不得不在这无情的岛国里虚度过去,可怜我今年已经是二十一了。

"槁木的二十一岁!

"死灰的二十一岁!

"我真还不如变了矿物质的好,我大约没有开花的日子了。

"知识我也不要,名誉我也不要,我只要一个安慰我体谅我的'心',一副白热的心肠!从这一副心肠里生出来的同情!

"从同情而来的爱情!

"我所要求的就是爱情!

"若有一个美人,能理解我的苦楚,她要我死,我也肯的。

"若有一个妇人,无论她是美是丑,能真心真意的爱我,我也愿意为她死的。

"我所要求的就是异性的爱情!

"苍天呀苍天,我并不要知识,我并不要名誉,我也不要那些无用的金钱,你若能赐我一个伊甸园内的'伊扶',使她的肉体与心灵,全归我有,我就心满意足了。"

三

他的故乡,是富春江上的一个小市,去杭州水程不过八九十里。这一条江水,发源安徽,贯流全浙,江形曲折,风景常新,唐朝有一个诗人赞这条江水说"一川如画"。他十四岁的时候,请了一位先生写了这四个字,贴在他的书斋里,因为他的书斋的小窗,是朝着江面的。虽则这书斋结构不大,然而风雨晦明,春秋朝夕的风景,也还抵得过滕王高阁。在这小小的书斋里过了十几个春秋,他才跟了他的哥哥到日本来留学。

他三岁的时候就丧了父亲,那时候他家里困苦得不堪。好容易他长兄在日本W大学卒了业，回到北京，考了一个进士，分发在法部当差，不上两年，武昌的革命起来了。那时候他已在县立小学堂卒了业，正在那里换来换去的换中学堂。他家里的人都怪他无恒性，说他的心思太活；然而依他自己讲来，他以为他一个人同别的学生不同，不能按部就班的同他们同在一处求学的。所以他进了K府中学之后，不上半年又忽然转到H府中学来。在H府中学住了三个月，革命就起来了。H府中学停学之后，他依旧只能回到他那小小的书斋里来。第二年的春天，正是他十七岁的时候，他就进了大学的预科。这大学是在杭州城外，本来是美国长老会捐钱创办的，所以学校里浸润了一种专制的弊风，学生的自由，几乎被缩服得同针眼儿一般的小。礼拜三的晚上有什么祈祷会，礼拜日非但不准出去游玩，并且在家里看别的书也不准的，除了唱赞美诗祈祷之外，只许看新旧约书。每天早晨从九点钟到九点二十分，定要去做礼拜，不去做礼拜，就要扣分数记过。他虽然非常爱那学校近傍的山水景物，然而他的心里，总有些反抗的意思，因为他是一个爱自由的人，对那些迷信的管束，怎么也不甘心服从。住不上半年，那大学里的厨子，托了校长的势，竟打起学生来。学生中间有几个不服的，便去告诉校长，校长反说学生不是。他看看这些情形，实在是太无道理了，就立刻去告了退，仍复回家，到那小小的书斋里去。那时候已经是六月初了。

　　在家里住了三个多月，秋风吹到富春江上，两岸的绿树，就快凋落的时候，他又坐了帆船，下富春江，上杭州去。却好那时候石牌楼的W中学正在那里招插班生，他进去见了校长M氏，把他的经历说给了M氏夫妻听，M氏就许他插入最高的班里去。这W中学原来也是一个教会学校，校长M氏，也是一个糊涂的美国宣教师，他看看这学校的内容倒比H大学不如了。与一位很卑鄙的教务长——原来这一位先生就是H大学的卒业生——闹了一场，第二年的春天，他就出来了。出了W中学，他看看杭州的学校，都不能如他的意，所以他就打算不再进别的学校去。

　　正是这个时候，他的长兄也在北京被人排斥了。原来他的长兄为人正直得很，在部里办事，铁面无私，并且比一般部内的人物又多了一些学识，所以部内上下，都忌惮他。有一天某次长的私人，来问他要一个位置，他执意不肯，因此次长就同他闹起意见来，过了几天他就辞了部里的职，改到司法界去做司法官去了。他的二兄那时候正在绍兴军队里作军官，这一位二兄军人习气颇深，挥金如土，专喜结交侠少。他们弟兄三人，到这时候都不能如意之所为，所以那一小市镇里的闲人都说他们的风水破了。

　　他回家之后，便镇日镇夜的蛰居在他那小小的书斋里。他父祖及他长兄所藏的书籍，就作了他的良师益友。他的日记上面，一天一天的记起诗来。有时候他也用了华丽的文章做起小说来，小说里就把他自己当作了一个多情的勇士,把他邻近的一个寡妇的两个女儿,当作了贵族的苗裔,把他故乡的风物,全编作了田园的清景;有兴的时候,他还把自家的小说,用单纯的外国文翻译起来;他的幻想,愈演愈大了,他的忧郁病的根苗,大约也就在这时候培养成功的。

在家里住了半年,到了七月中旬,他接到了他长兄的来信说:

"院内近有派予赴日本考察司法事务之意,予已许院长以东行,大约此事不日可见命令。渡日之先,拟返里小住。三弟居家,断非上策,此次当偕伊赴日本也。"

他接到了这一封信之后,心中日日盼他长兄南来,到了九月下旬,他的兄嫂才自北京到家。住了一月,他就同他的长兄长嫂同到日本去了。

到了日本之后,他的 Dreams of the romantic age 尚未醒悟,模模糊糊的过了半载,他就考入了东京第一高等学校。这正是他十九岁的秋天。

第一高等学校将开学的时候,他的长兄接到了院长的命令,要他回去。他的长兄便把他寄托在一家日本人的家里,几天之后,他的长兄长嫂和他的新生的侄女儿就回国去了。

东京的第一高等学校里有一班预备班,是为中国学生特设的。在这预科里预备一年,卒业之后,才能入各地高等学校的正科,与日本学生同学。他考入预科的时候,本来填的是文科,后来将在预科卒业的时候,他的长兄定要他改到医科去,他当时亦没有什么主见,就听了他长兄的话把文科改了。

预科卒业之后,他听说 N 市的高等学校是最新的,并且 N 市是日本产美人的地方,所以他就要求到 N 市的高等学校去。

四

他的二十岁的八月二十九日的晚上,他一个人从东京的中央车站乘了夜行车到 N 市去。

那一天大约刚是旧历的初三四的样子,同天鹅绒似的又蓝又紫的天空里,洒满了一天星斗。半痕新月,斜挂在西天角上,却似仙女的蛾眉,未加翠黛的样子。他一个人靠着三等车的车窗,默默的在那里数窗外人家的灯火。火车在暗黑的夜气中间,一程一程的进去,那大都市的星星灯火,也一点一点的朦胧起来,他的胸中忽然生了万千哀感,他的眼睛里就忽然觉得热起来了。

"Sentimental, too sentimental!"①

---

① 英语:"感伤,太感伤了!"——原注

这样的叫了一声,把眼睛揩了一下,他反而自家笑起自家来。

"你也没有情人留在东京,你也没有弟兄知己住在东京,你的眼泪究竟是为谁洒的呀!或者是对于你过去的生活的伤感,或者是对你二年间的生活的余情,然而你平时不是说不爱东京的么?"

"唉,一年人住岂无情。

"黄莺住久浑相识,欲别频啼四五声!"

胡思乱想的寻思了一会,他又忽然想到初次赴新大陆去的清教徒的身上去。

"那些十字架下的流人,离开他故乡海岸的时候,大约也是悲壮淋漓,同我一样的。"

火车过了横滨,他的感情方才渐渐儿的平静起来。呆呆的坐了一忽,他就取了一张明信片出来,垫在海涅(Heine)的诗集上,用铅笔写了一首诗寄他东京的朋友。

　　娥眉月上柳梢初,又向天涯别故居。四壁旗亭争赌酒,六街灯火远随车。

　　乱离年少无多泪,行李家贫只旧书。夜后芦根秋水长,凭君南浦觅双鱼。

在朦胧的电灯光里,静悄悄的坐了一会,他又把海涅的诗集翻开来看了。

Lebet wohl, ihr glatten Saele,
Glatte Herren, glatte Frauen!
Auf die Berge will ich steigen,
Lac end auf euch nieders chauen!
　　　　Aus Heines Buch der Lieder.

浮薄的尘寰,无情的男女,
　你看那隐隐的青山,我欲乘风飞去,
且住且住,
　我将从那绝顶的高峰,笑看你终归何处。

单调的轮声,一声声连连续续的飞到他的耳膜上来,不上三十分钟他竟被这催眠的车轮声引诱到梦幻的仙境里去了。

早晨五点钟的时候,天空渐渐儿的明亮起来。在车窗里向外一望,他只见一线青天还被夜色包住在那里。探头出去一看,一层薄雾,笼罩着一幅天然的画图,他心里想了一想:

"原来今天又是清秋的好天气,我的福分真可算不薄了。"

过了一个钟头,火车就到了 N 市的停车场。

下了火车,在车站上遇见了一个日本学生;他看看那学生的制帽上也有两条白线,便知道他也是高等学校的学生。他走上前去,对那学生脱了一脱帽,问他说:

"第 X 高等学校是在什么地方的?"

那学生回答说:

"我们一路去罢。"

他就跟了那学生跑出火车站来,在火车站的前头,乘了电车。

时光还早得很,N 市的店家都还未曾起来。他同那日本学生坐了电车,经过了几条冷清的街巷,就在鹤舞公园前面下了车。他问那日本学生说:

"学校还远得很么?"

"还有二里多路。"

穿过了公园,走到稻田中间的细路上的时候,他看看太阳已经起来了,稻上的露滴,还同明珠似的挂在那里。前面有一丛树林,树林阴里,疏疏落落的看得见几椽农舍。有两三条烟囱筒子,突出在农舍的上面,隐隐约约的浮在清晨的空气里。一缕两缕的青烟,同炉香似的在那里浮动,他知道农家已在那里炊早饭了。

到学校近边的一家旅馆去一问,他一礼拜前头寄出的几件行李,早已经到在那里。原来那一家人家是住过中国留学生的,所以主人待他也很殷勤。在那一家旅馆里住下了之后,他觉得前途好象有许多欢乐在那里等他的样子。

他的前途的希望,在第一天的晚上,就不得不被目前的实情嘲弄了。原来他的故里,也是一个小小的市镇。到了东京之后,在人山人海的中间,他虽然时常觉得孤独,然而东京的都市生活,同他幼时习惯尚无十分龃龉的地方。如今到了这 N 市的乡下之后,他的旅馆,是一家孤立的人家,四面并无邻舍,左首门外便是一条如发的大道,前后都是稻田,西面是一方池水,并且因为学校还没有开课,别的学生还没有到来,这一间宽旷的旅馆里,只住了他一个客人。白天倒还可以支吾过去,一到了晚上,他开窗一望,四面都是沉沉的黑影,并且因 N 市的附近是一大平原,所以望眼连天,四面并无遮障之处,远远里有一点灯火,明灭无常,森然有些鬼气。天花板里,又有许多虫鼠,息栗索落的在那里争食。窗外有几株梧桐,微风动叶,咝咝的响得不已,因为他住在二层楼上,所以梧桐的叶战声,近在他的耳边。他觉得害怕起来,几乎要哭出来了。他对于都市的怀乡病(Nostalgia)从未有比那一晚更甚的。

学校开了课,他朋友也渐渐儿的多起来。感受性非常强烈的他的性情,也同天空大地丛林野水融和了。不上半年,他竟变成了一个大自然的宠儿,一刻也离不了那天然的野趣了。

他的学校是在N市外,刚才说过市的附近是一大平原,所以四边的地平线,界限广大的很。那时候日本的工业还没有十分发达,人口也还没有增加得同目下一样,所以他学校的近边,还多是丛林空地,小阜低岗。除了几家与学生做买卖的文房具店及菜馆之外,附近并没有居民。荒野的人间,只有几家为学生设的旅馆,同晓天的星影似的,散缀在麦田瓜地的中央。晚饭毕后,披了黑呢的缦斗(斗篷),拿了爱读的书,在迟迟不落的夕照中间,散步逍遥,是非常快乐的。他的田园趣味,大约也是在这 Idyllic Wanderings 的中间养成的。

在生活竞争不十分猛烈,逍遥自在,同中古时代一样的时候,在风气纯良,不与市井小人同处,清闲雅淡的地方,过日子正如做梦一样。他到了N市之后,转瞬之间,已经有半年多了。

熏风日夜的吹来,草色渐渐儿的绿起来。旅馆近傍麦田里的麦穗,也一寸一寸的长起来了。草木虫鱼都化育起来,他的从始祖传来的苦闷也一日一日的增长起来,他每天早晨,在被窝里犯的罪恶,也一次一次的加起来了。

他本来是一个非常爱高尚爱洁净的人,然而一到了这邪念发生的时候,他的智力也无用了,他的良心也麻痹了,他从小服膺的"身体发肤不敢毁伤"的圣训,也不能顾全了。他犯了罪之后,每深自痛悔,切齿的说,下次总不再犯了,然而到了第二天的那个时候,种种幻想,又活泼泼的到他的眼前来。他平时所看见的"伊扶"的遗类,都赤裸裸的来引诱他。中年以后的妇人的形体,在他的脑里,比处女更有挑发他情动的地方。他苦闷一场,恶斗一场,终究不得不做她们的俘虏。这样的一次成了两次,两次之后,就成了习惯了。他犯罪之后,每到图书馆里去翻出医书来看,医书上都千篇一律的说,于身体最有害的就是这一种犯罪。从此之后,他的恐惧心也一天一天的增加起来了。有一天他不知道从什么地方得来的消息,好像是一本书上说,俄国近代文学的创设者 Gogol 也犯这一宗病,他到死竟没有改过来,他想到了郭歌里,心里就宽了一宽,因为这《死了的灵魂》的著者,也是同他一样的。然而这不过自家对自家的宽慰而已,他的胸里,总有一种非常的忧虑存在那里。

因为他是非常爱洁净的,所以他每天总要去洗澡一次;因为他是非常爱惜身体的,所以他每天总要去吃几个生鸡子和牛乳;然而他去洗澡或吃牛乳鸡子的时候,他总觉得惭愧得很,因为这都是他的犯罪的证据。

他觉得身体一天一天的衰弱起来,记忆力也一天一天的减退了。他又渐渐儿的生了一种怕见人面的心理:见了妇人女子的时候,他觉得更加难受。学校的教科书,他渐渐的嫌恶起来,法国自然派的小说,和中国那几本有名的诲淫小说,他念了又念,几乎记熟了。

有时候他忽然做出一首好诗来,他自家便喜欢得非常,以为他的脑力还没有破坏。那时候他每对着自家起誓说:

"我的脑力还可以使得,还能做得出这样的诗,我以后决不再犯罪了。过去的事实是没法,我以后总不再犯罪了。若从此自新,我的脑力,还是很可以的。"

然而一到了紧迫的时候,他的誓言又忘了。

每礼拜四五,或每月的二十六七的时候,他索性尽意的贪起欢来。他的心里想,自下礼拜一或下月初一起,我总不犯罪了。有时候正合到礼拜六或月底的晚上,去剃头洗澡去,以为这就是改过自新的记号,然而过几天他又不得不吃鸡子和牛乳了。

他的自责心同恐惧心,竟一日也不使他安闲,他的忧郁症也从此厉害起来了。这样的状态继续了一二个月,他的学校里就放了暑假,暑假的两个月内,他受的苦闷,更甚于平时;到了学校开课的时候,他的两颊的颧骨更高起来;他的青灰色的眼窝更大起来,他的一双灵活的瞳人,变了同死鱼眼睛一样了。

五

秋天又到了。浩浩的苍空,一天一天的高起来,他的旅馆旁边的稻田,都带起黄金色来。朝夕的凉风,同刀也似的刺到人的心骨里去,大约秋冬的佳日,来也不远了。

一礼拜前的有一天午后,他拿了一本 Wordsworth 的诗集,在田塍路上道遥漫步了半天。从那一天以后,他的循环性的忧郁症,尚未离他的身过。前几天在路上遇着的那两个女学生,常在他的脑里,不使他安静,想起那一天的事情,他还是一个人要红起脸来。

他近来无论上什么地方去,总觉得有坐立难安的样子。他上学校去的时候,觉得他的日本同学都似在那里排斥他。他的几个中国同学,也许久不去寻访了,因为去寻访了回来,他心里反觉得空虚。因为他的几个中国同学,怎么也不能理解他的心理,他去寻访的时候,总想得些同情回来的,然而到了那里,谈了几句之后,他又不得不自悔寻访错了。有时候和朋友讲得投机,他就任了一时的热意,把他的内外的生活都对朋友讲了出来,然而到了归途,他又自悔失言,心里的责备,倒反比不去访友的时候,更加厉害。他的几个中国朋友,因此都说他是染了神经病了。他听了这话之后,对了那几个中国同学,也同对日本学生一样,起了一种复仇的心。他同他的几个中国同学,一日一日的疏远起来。嗣后虽在路上,或在学校里遇见的时候,他同那几个中国同学,也不点头招呼。中国留学生开会的时候,他当然是不去出席的。因此他同他的几个同胞,竟宛然成了两家仇敌。

　　他的中国同学的里边,也有一个很奇怪的人,因为他自家的结婚有些道德上的罪恶,所以他专喜讲人家的丑事,以掩己之不善,说他是神经病,也是这一位同学说的。

　　他交游离绝之后,孤冷得几乎到将死的地步,幸而他住的旅馆里,还有一个主人的女儿,可以牵引他的心,否则他真只能自杀了。他旅馆的主人的女儿,今年正是十七岁,长方的脸儿,眼睛大得很,笑起来的时候,面上有两颗笑靥,嘴里有一颗金牙看得出来,因为她自家觉得她自家的笑容是非常可爱,所以她平时常在那里弄笑。

　　他心里虽然非常爱她,然而她送饭来或来替他铺被的时候,他总装出一种兀不可犯的样子来。他心里虽想对她讲几句话,然而一见了她,他总不能开口。她进他房里来的时候,他的呼吸竟急促到吐气不出的地步。他在她的面前实在是受苦不起了,所以近来她进他的房里来的时候,他每不得不跑出房外去。然而他思慕她的心情,却一天一天的浓厚起来。有一天礼拜六的晚上,旅馆里的学生,都上N市去行乐去了。他因为经济困难,所以吃了晚饭,上西面池上去走了一回,就回到旅舍里来枯坐。

　　回家来坐了一会,他觉得那空旷的二层楼上,只有他一个人在家。静悄悄的坐了半晌,坐得不耐烦起来的时候,他又想跑出外面去。然而要跑出外面去,不得不由主人的房门口经过,因为主人和他女儿的房,就在大门的边上。他记得刚才进来的时候,主人和他的女儿正在那里吃饭。他一想到经过她面前的时候的苦楚,就把跑出外面去的心思丢了。

　　拿出了一本 G. Gissing 的小说来读了三四页之后,静寂的空气里,忽然传了几声桥桥的泼水声音过来。他静静儿的听了一听,呼吸又一霎时的急了起来,面色也涨红了。迟疑了一会,他就轻轻的开了房门,拖鞋也不拖,幽脚幽手的走下扶梯去。轻轻的开了便所的门,他尽兀自的站在便所的玻璃窗口偷看。原来他旅馆里的浴室,就在便所的间壁,从便所的玻璃窗看去,浴室里的动静了了可看,他起初以为看一看就可以走的,然而到了一看之后,他竟同被钉子钉住的一样,动也不能动了。

　　那一双雪样的乳峰!
　　那一双肥白的大腿!
　　这全身的曲线!
　　呼气也不呼,仔仔细细的看了一会,他面上的筋肉,都发起痉挛来了。

愈看愈颤得厉害,他那发颤的前额部竟同玻璃窗冲击了一下。被蒸气包住的那赤裸裸的"伊扶"便发了娇声问说:

"是谁呀?……"

他一声也不响,急忙跳出了便所,就三脚两步的跑上楼上去了。

他跑到了房里,面上同火烧的一样,口也干渴了。一边他自家打自家的嘴巴,一边就把他的被窝拿出来睡了。他在被窝里翻来复去,总睡不着,便立起了两耳,听起楼下的动静来。他听听泼水的声音也息了,浴室的门开了之后,他听见她的脚步声好像是走上楼来的样子。用被包着了头,他心里的耳朵明明告诉他说:

"她已经立在门外了。"

他觉得全身的血液,都在往上奔注的样子。心里怕得非常,羞得非常,也喜欢得非常。然而若有人问他,他无论如何,总不肯承认说,这时候他是喜欢的。

他屏住了气息,尖着了两耳听了一会,觉得门外并无动静,又故意咳嗽了一声,门外亦无声响。他正在那里疑惑的时候,忽听见她的声音,在楼下同她的父亲在那里说话。他手里捏了一把冷汗,拚命想听出她的话来,然而无论如何总听不清楚。停了一会,她的父亲高声笑了起来,他把被蒙头的一罩,咬紧了牙齿说:

"她告诉了他了!她告诉了他了!"

这一天的晚上他一睡也不曾睡着。第二天的早晨,天亮的时候,他就惊心吊胆的走下楼来。洗了手面,刷了牙,趁主人和他的女儿还没有起来之先,他就同逃也似的出了那个旅馆,跑到外面来。

官道上的沙尘,染了朝露,还未曾干着。太阳已经起来了。他不问皂白,便一直的往东走去。远远有一个农夫,拖了一车野菜慢慢的走来。那农夫同他擦过的时候,忽然对他说:

"你早啊!"

他倒惊了一跳,那清瘦的脸上,又起了一层红潮,胸前又乱跳起来,他心里想:

"难道这农夫也知道了么?"

无头无脑的跑了好久,他回转头来看看他的学校,已经远得很了,举头看看,太阳也升高了。他摸摸表看,那银饼大的表,也不在身边。从太阳的角度看起来,大约已经是九点钟前后的样子。他虽然觉得饥饿得很,然而无论如何,总不愿意再回到那旅馆里去,同主人和他的女儿相见。想去买些零食充一充饥,然而他摸摸自家的袋看,袋里只剩了一角二分钱在那里。他到一家乡下的杂货店内,尽那一角二分钱,买了些零碎的食物,想去寻一处无人看见的地方去吃。走到了一处两路交叉的十字路口,他朝南的一望,只见与他的去路横交的那一条自北趋南的通路上,行人稀少得很。那一条路是向南的斜低下去的,两面更有高壁在那里,他知道这路是从一条小山中开辟出来的。他刚才走来的那条大道,便是这山的岭脊,十字路当作了中心,与岭脊上的那条大道相交的横路,是两边低斜下去的。在十字路口迟疑了一会,他就取了那一条向南斜下的路走去。走尽了两面的高壁,他的去路就穿入大平原去,直通到彼岸的市内。平原的彼岸有一簇深林,划在碧空的心里,他心里想:

"这大约就是 A 神宫了。"

他走尽了两面的高壁,向左手斜面上一望,见沿高壁的那山面上有一道女墙,围住着几间茅舍,茅舍的门上悬着了"香雪海"三字的一方匾额。他离开了正路,走上几步,到那女墙的门前,顺手的向门一推,那两扇柴门竟自开了。他就随随便便的踏了进去。门内有一条曲径,自门口通过了斜面,直达到山上去的。曲径的两旁,有许多老苍的梅树种在那里,他知道这就是梅林了。顺了那一条曲径,往北的从斜面上走到山顶的时候,一片同图画似的平地,展开在他的眼前。这园自从山脚上起,跨有朝南的半山斜面,同顶上的一块平地,布置得非常幽雅。

山顶平地的西面是千仞的绝壁,与隔岸的绝壁相对峙,两壁的中间,便是他刚走过的那一条自北趋南的通路。背临着了那绝壁,有一间楼屋、几间平屋造在那里。因为这几间屋,门窗都闭在那里,他所以知道这定是为梅花开日,卖酒食用的。楼屋的前面,有一块草地,草地中间,有几方白石,围成了一个花园,圈子里,卧着一枝老梅,那草地的南尽头,山顶的平地正要向南斜下去的地方,有一块石碑立在那里,系记这梅林的历史的。他在碑前的草地上坐下之后,就把买来的零食拿出来吃了。

吃了之后,他兀兀的在草地上坐了一会。四面并无人声,远远的树枝上,时有一声两声的鸟鸣声飞来。他仰起头来看看澄清的碧落,同那皎洁的日轮,觉得四面的树枝房屋,小草飞禽,都一样的在和平的太阳光里,受大自然的化育。他那昨天晚上的犯罪的记忆,正同远海的帆影一般,不知消失到那里去了。

这梅林的平地上和斜面上,叉来叉去的曲径很多。他站起来走来走去的走了一会,方晓得斜面上梅树的中间,更有一间平屋造在那里。从这一间房屋往东的走去几步,有眼古井,埋在松叶堆中。他摇摇井上的唧筒看,呷呷的响了几声,却抽不起水来。他心里想:

"这园大约只有梅花开的时候,开放一下,平时总没有人住的。"

想到这里他又自言自语的说:

"既然空在这里,我何妨去问园主人去借住借住。"想定了主意,他就跑下山来,打算去寻园主人去。他将走到门口的时候,却好遇见了一个五十来岁的农夫走进园来。他对那农夫道歉之后,就问他说:

"这园是谁的,你可知道?"

"这园是我经管的。"

"你住在什么地方的?"

"我住在路的那面。"

一边这样的说,一边那农民指着通路西边的一间小屋给他看。他向西一看,果然在西边的高壁尽头的地方,有一间小屋在那里。他点了点头,又问说:

"你可以把园内的那间楼屋租给我住住么?"

"可是可以的,你只一个人么?"

"我只一个人。"

"那你可不必搬来的。"

"这是什么缘故呢?"

"你们学校里的学生,已经有几次搬来过了,大约都因为冷静不过,住不上十天,就搬走的。"

"我可同别人不同,你但能租给我,我是不怕冷静的。"

"这样那里有不租的道理,你想什么时候搬来?"

"就是今天午后罢。"

"可以的,可以的。"

"请你就替我扫一扫干净,免得搬来之后着忙。"

"可以可以。再会!"

"再会!"

六

搬进了山上梅园之后,他的忧郁症 Hypochondria 又变起形状来了。

他同他的北京的长兄,为了一些儿细事,竟生起龃龉来。他发了一封长长的信,寄到北京,同他的长兄绝了交。

那一封信发出之后,他呆呆的在楼前草地上想了许多时候。他自家想想看,他便是世界上最不幸的人了。其实这一次的决裂,是发始于他的。同室操戈,事更甚于他姓之相争,自此之后,他恨他的长兄竟同蛇蝎一样。他被他人欺侮的时候,每把他长兄拿出来作比:

"自家的弟兄,尚且如此,何况他人呢!"

他每达到这一个结论的时候,必尽把他长兄待他苛刻的事情,细细回想出来。把各种过去的事迹列举出来之后,就把他长兄判决是一个恶人,他自家是一个善人。他又把自家的好处列举出来,把他所受的苦处,夸大的细数起来。他证明得自家是一个世界上最苦的人的时候,他的眼泪就同瀑布似的流下来。他在那里哭的时候,空中好像有一种柔和的声音在对他说:

"啊呀,哭的是你么?那真是冤屈了你了。像你这样的善人,受世人的那样的虐待,这可真是冤屈了你了。罢了罢了,这也是天命,你别再哭了,怕伤害了你的身体!"

他心里一听到这一种声音,就舒畅起来。他觉得悲苦的中间,也有无穷的甘味在那里。

他因为想复他长兄的仇,所以就把所学的医科丢弃了,改入文科里去。他的意思,以为医科是他长兄要他改的,仍旧改回文科,就是对他长兄宣战的一种明示。并且他由医科改入文科,在高等学校须迟卒业一年。他心里想,迟卒业一年,就是早死一岁,你若因此迟了一年,就到死可以对你长兄含一种敌意。因为他恐怕一二年之后,他们兄弟两人的感情,仍旧要和好起来;所以这一次的转科,便是帮他永久敌视他长兄的一个手段。

气候渐渐儿的寒冷起来,他搬上山来之后,已经有一个月了。几日来天气阴郁,灰色的层云,天天挂在空中。寒冷的北风吹来的时候,梅林的树叶,每息索索的飞掉下来。

初搬来的时候,他卖了些旧书,买了许多炊饭的器具,自家烧了一个月饭,因为天冷了,他也懒得烧了。他每天的伙食,就一切包给了山脚下的园丁家包办,所以他近来只同退院的闲僧一样,除了怨人骂己之外,更没有别的事情了。

有一天早晨,他侵早的起来,把朝东的窗门开了之后,他看见前面的地平线上有几缕红云,在那里浮荡。东天半角,反照出一种银红的灰色。因为昨天下了一天微雨,所以他看了这清新的旭日,比平日更添了几分欢喜。他走到山的斜面上,从那古井里汲了水,洗了手面之后,觉得满身的气力,一霎时都回复了转来的样子。他便跑上楼外,拿了一本黄仲则的诗集下来,一边高声朗读,一边尽在那梅林的曲径里,跑来跑去的跑圈子。不多一会,太阳起来了。

从他住的山顶向南方看去,眼下看得出一大平原。平原里的稻田,都尚未收割起。金黄的谷色,以绀碧的天空作了背景,反映着一天太阳的晨光,那风景正同看密来(Millet)的田园清画一般。他觉得自家好像已经变了几千年前的原始基督教徒的样子,对了这自然的默示,他不觉笑起自家的气量狭小起来。

"饶赦了！饶赦了！你们世人得罪于我的地方，我都饶赦了你们罢，来，你们来。都来同我讲和罢！"手里拿着了那一本诗集，眼里浮着了两泓清泪，正对了那平原的秋色，呆呆的立在那里想这些事情的时候，他忽听见他的近边，有两人在那里低声的说：

"今晚上你一定要来的哩！"

这分明是男子的声音。

"我是非常想来的，但是恐怕……"

他听了这娇滴滴的女子的声音之后，好像是被电气贯穿了的样子，觉得自家的血液循环都停止了。原来他的身边有一丛长大的苇草生在那里，他立在苇草的右面，那一男一女，大约是在苇草的左面，所以他们两个还不晓得隔着苇草，有人站在那里。那男人又说：

"你心真好，请你今晚上来罢，我们到如今还没在被窝里睡过觉。"

"……"

他忽然听见两人的嘴唇，灼灼的好像在那里吮吸的样子。他同偷了食的野狗一样，就惊心吊胆的把身子屈倒去听了。

"你去死罢，你去死罢，你怎么会下流到这样的地步！"

他心里虽然如此的在那里痛骂自己，然而他那一双尖着的耳朵，却一言半语也不愿意遗漏，用了全部精神在那里听着。

地上的落叶索息索息的响了一下。

解衣带的声音。

男人嘶嘶的吐了几口气。

舌尖吮吸的声音。

女人半轻半重，断断续续的说：

"你！……你！……你快……快××罢。……别……别……别被人……被人看见了。"

他的面色，一霎时的变了灰色了。他的眼睛同火也似的红了起来。他的上颚骨同下颚骨呷呷的发起颤来。他再也站不住了。他想跑开去，但是他的两只脚，总不听他的话。他苦闷了一场，听听两人出去了之后，就同落水的猫狗一样，回到楼上房里去，拿出被窝来睡了。

七

他饭也不吃，一直在被窝里睡到午后四点钟的时候才起来。那时候夕阳洒满了远近。平原的彼岸的树林里，有一带苍烟，悠悠扬扬的笼罩在那里。他跟跟跄跄的走下了山，上了那一条自北趋南的大道，穿过了那平原，无头无绪的尽是向南的走去。走尽了平原,他已经到了神宫前的电车停留处了。那时候却正好从南面有一乘电车到来,他不知不觉就跳了上去,既不知道他究竟为什么要乘电车,也不知道这电车是往什么地方去的。

走了十五六分钟,电车停了,开车的教他换车,他就换了一乘车。走了二三十分钟,电车又停了,他听见说是终点了,他就走了下来。他的面前就是筑港了。

前面一片汪洋的大海,横在午后的太阳光里,在那里微笑。超海而南有一发青山,隐隐的浮在透明的空气里。西边是一脉长堤,直驰到海湾的心里去。堤外有一处灯台,同巨人似的,立在那里。几艘空船和几只舢板,轻轻的在系着的地方浮荡。海中近岸的地方,有许多浮标,饱受了斜阳,红红的浮在那里。远处风来,带着几句单调的话声,既听不清楚是什么话,也不知道是从那里来的。

他在岸边上走来走去走了一会,忽听见那一边传过了一阵击磬的声音。他跑过去一看,原来是为唤渡船而发的。他立了一会,看有一只小火轮从对岸过来了。跟着了一个四五十岁的工人,他也进了那只小火轮去坐下了。

渡到东岸之后,上前走了几步,他看见靠岸有一家大庄子在那里。大门开得很大,庭内的假山花草,布置得楚楚可爱。他不问是非,就踱了进去。走不上几步,他忽听得前面家中有女人的娇声叫他说:

"请进来呀!"

他不觉惊了一下,就呆呆的站住了。他心里想:

"这大约就是卖酒食的人家,但是我听见说,这样的地方,总有妓女在那里的。"

一想到这里,他的精神就抖擞起来,好像是一桶冷水浇上身来的样子。他的面色立时变了。要想进去又不能进去,要想出来又不得出来,可怜他那同兔儿似的小胆,同猿猴似的淫心,竟把他陷到一个大大的难境里去了。

"进来吓!请进来吓!"

里面又娇滴滴的叫了起来,带着笑声。

"可恶东西,你们竟敢欺我胆小么!"

这样的怒了一下,他的面色更同火也似的烧了起来。咬紧了牙齿,把脚在地上轻轻的蹬了一蹬,他就握了两个拳头,向前进去,好像是对了那几个年轻的侍女宣战的样子。但是他那青一阵红一阵的面色,和他的面上的微微儿在那里震动的筋肉,总隐藏不过。他走到那几个侍女的面前的时候,几乎要同小孩似的哭出来了。

"请上来!"

"请上来!"

他硬了头皮,跟了一个十七八岁的侍女走上楼去,那时候他的精神已经有些镇静下来了。走了几步,经过一条暗暗的夹道的时候,一阵恼人的花粉香气,同日本女人特有的一种肉的香味,和头发上的香油气息合作了一处,哼的扑上他的鼻孔来。他立刻觉得头晕起来,眼睛里看见了几颗火星,向后边跌也似的退了一步。他再定睛一看,只见他的前面黑暗暗的中间,有一长圆形的女人粉面,堆了微笑,在那里问他说:

"你!你还是上靠海的地方去呢?还是怎样?"

他觉得女人口里吐出来的气息,也热和和的哼上他的面来。他不知不觉把这气息深深的吸了一口。他的意识,感觉到他这行为的时候,他的面色又立刻红了起来。他不得已只能含含糊糊的答应她说:

"上靠海的房间里去。"

进了一间靠海的小房间,那侍女便问他要什么菜。他就回答说:

"随便拿几样来吧。"

"酒要不要?"

"要的。"

那侍女出去之后,他就站起来推开了纸窗,从外边放了一阵空气进来。因为房里的空气,沉浊得很,他刚才在夹道中闻过的那一阵女人的香味,还剩在那里,他实在是被这一阵气味压迫不过了。

一湾大海,静静的浮在他的面前。外边好象是起了微风的样子,一片一片的海浪,受了阳光的返照,同金鱼的鱼鳞似的,在那里微动。他立在窗前看了一会,低声的吟了一句诗出来:

"夕阳红上海边楼。"

他向西的一望,见太阳离西南的地平线只有一丈多高了。呆呆的看了一会,他的心思怎么也离不开刚才的那个侍女。她的口里的头上的面上的和身体上的那一种香味,怎么也不容他的心思也想别的东西。他才知道他想吟诗的心是假的,想女人的肉体的心是真的了。

停了一会,那侍女把酒菜搬了进来,跪坐在他的面前,亲亲热热的替他上酒。他心里想仔仔细细的看她一看,把他的心里的苦闷都告诉了她,然而他的眼睛怎么也不敢平视她一眼,他的舌根怎么也不能摇动一摇动。他不过同哑子一样,偷看看她那搁在膝上一双纤嫩的白手,同衣缝里露出来的一条粉红的围裙角。

原来日本的妇人都不穿裤子,身上贴肉只围着一条短短的围裙。外边就是一件长袖的衣服,衣服上也没有钮扣,腰里只缚着一条一尺多宽的带子,后面结着一个方结。她们走路的时候,前面的衣服每一步一步的掀开来,所以红色的围裙,同肥白的腿肉,每能偷看。这是日本女子特别的美处;

他在路上遇见女子的时候,注意的就是这些地方。他切齿的痛骂自己,畜生! 狗贼! 卑怯的人! 也便是这个时候。

他看了那侍女的围裙角,心头便乱跳起来。愈想同她说话,但愈觉得讲不出话来。大约那侍女是看得不耐烦起来了,便轻轻的问他说:

"你府上是什么地方?"

一听了这一句话,他那清瘦苍白的面上,又起了一层红色;含含糊糊的回答了一声,他呐呐的总说不出清晰的回话来。可怜他又站在断头台上了。

原来日本人轻视中国人,同我们轻视猪狗一样。日本人都叫中国人作"支那人",这"支那人"三字,在日本,比我们骂人的"贱贼"还更难听,如今在一个如花的少女前头,他不得不自认说"我是支那人"了。

"中国呀中国,你怎么不强大起来!"

他全身发起抖来,他的眼泪又快滚下来了。

那侍女看他发颤发得厉害,就想让他一个人在这里喝酒,好教他把精神安镇安镇,所以对他说:

"酒就快没有了,我再去拿一瓶来罢?"

停了一会他听得那侍女的脚步声又走上楼来。他以为她是上他这里来的,所以就把衣服整了一整,姿势改了一改。但是他被她欺骗了。她原来是领了两三个另外的客人,上间壁的那一间房间里去的。那两三个客人都在那里对那侍女取笑,那侍女也娇滴滴的说:

"别胡闹了,间壁还有客人在那里。"

他听了就立刻发起怒来。他心里骂他们说:

"狗才! 俗物! 你们都敢来欺侮我么? 复仇复仇,我总要复你们的仇。世间那里有真心的女子! 那侍女的负心东西,你竟敢把我丢了么? 罢了罢了,我再也不爱女人了,我再也不爱女人了。我就爱我的祖国,我就把我的祖国当作了情人罢。"

他马上就想跑回去发愤用功。但是他的心里,却很羡慕那间壁的几个俗物。他的心里,还有一处地方在那里盼望那个侍女再回到他这里来。

他按住了怒,默默的喝干了几杯酒,觉得身上热起来。打开了窗门,他看太阳就快要下山去了。又连饮了几杯,他觉得他面前的海景都朦胧起来。西面堤外的灯台的黑影,长大了许多。一层茫茫的薄雾,把海天融混作了一处。在这一层浑沌不明的薄纱影里,西方的将落不落的太阳,好象在那里惜别的样子。他看了一会,不知道是什么缘故,只觉得好笑。呵呵的笑了一回,他用手擦擦自家那火热的双颊,便自言自语的说:

"醉了醉了!"

那侍女果然进来了。见他红了脸,立在窗口在那里痴笑,便问他说:

"窗开了这样大,你不冷的么?"

"不冷不冷,这样好的落照,谁舍得不看呢?"

"你真是一个诗人呀!酒拿来了。"

"诗人!我本来是一个诗人。你去把纸笔拿了来,我马上写首诗给你看看。"

那侍女出去了之后,他自家觉得奇怪起来。他心里想:

"我怎么会变了这样大胆的?"

痛饮了几杯新拿来的热酒,他更觉得快活起来,又禁不得呵呵笑了一阵。他听见间壁房间里的那几个俗物,高声的唱起日本歌来,他也放大了嗓子唱着说:

"醉拍阑干酒意寒,江湖寥落又冬残。剧怜鹦鹉中州骨,未拜长沙太傅官。一饭千金图报易,几人五噫出关难。茫茫烟水回头望,也为神州泪暗弹。"

高声的念了几遍,他就在席上醉倒了。

八

一醉醒来,他看看自家睡在一条红绸的被里,被上有一种奇怪的香气。这一间房间也不很大,但已不是白天的那一间房间了。房中挂着一张十烛光的电灯,枕头边上摆着了一壶茶,两只杯子。他倒了二三杯茶,喝了之后,就跄跄跄跄的走到房外去。他开了门,却好白天的那侍女也跑过来了。她问他说:

"你!你醒了么?"

他点了一点头,笑微微的回答说:

"醒了。便所是在什么地方的?"

"我领你去吧。"

他就跟了她去。他走过日间的那条夹道的时候,电灯点得明亮得很。远近有许多歌唱的声音,三弦的声音,大笑的声音传到他的耳朵里来。白天的情节,他都想出来了。一想到酒醉之后,他对那侍女说的那些话的时候,他觉得面上又发起烧来。

从厕所回到房里之后,他问那侍女说:

"这被是你的么?"

侍女笑着说:

"是的。"

"现在是什么时候了?"

"大约是八点四五十分的样子。"

"你去开了账来罢!"

"是。"

他付清了账,又拿了一张纸币给那侍女,他的手不觉微颤起来。那侍女说:

"我是不要的。"

他知道她是嫌少了。他的面色又涨红了,袋里摸来摸去,只有一张纸币了,他就拿了出来给她说:

"你别嫌少了,请你收了罢。"

他的手震动得更加厉害,他的话声也颤动起来了。那侍女对他看了一眼,就低声的说:

"谢谢!"

他一直的跑下了楼,套上了皮鞋,就走到外面来。

外面冷得非常,这一天大约是旧历的初八九的样子。半轮寒月,高挂在天空的左半边。淡青的圆形盖里,也有几点疏星,散在那里。

他在海边上走了一回,看看远岸的渔灯,同鬼火似的在那里招引他。细浪中间,映着了银色的月光,好象是山鬼的眼波,在那里开闭的样子。不知是什么道理,他忽想跳入海里去死了。

他摸摸身边看,乘电车的钱也没有了。想想白天的事情,他又不得不痛骂自己。

"我怎么会走上那样的地方去的?我已经变了一个最下等的人了。悔也无及,悔也无及。我就在这里死了罢。我所求的爱情,大约是求不到的了。没有爱情的生涯,岂不同死灰一样么?唉,这干燥的生涯,这干燥的生涯,世上的人又都在那里仇视我,欺侮我,连我自家的亲弟兄,自家的手足,都在那里排挤我到这世界外去。我将何以为生,我又何必生存在这多苦的世界里呢!"

想到这里,他的眼泪就连连续续的滴了下来。他那灰白的面色,竟同死人没有分别了。他也不举起手来揩揩眼泪,月光射到他的面上,两条泪线,倒变了叶上的朝露一样放起光来。他回转头来,看看他自家的又瘦又长的影子,就觉得心痛起来。

"可怜你这清影,跟了我二十一年,如今这大海就是你的葬身地了。我的身子,虽然被人家欺辱,我可不该累你也瘦弱到这步田地的。影子呀影子,你饶了我罢!"

他向西面一看,那灯台的光,一霎变了红一霎变了绿的在那里尽它的本职。那绿的光射到海面上的时候,海面就现出一条淡青的路来。再向西天一看,他只见西方青苍苍的天底下,有一颗明星,在那里摇动。

"那一颗摇摇不定的明星的底下,就是我的故国,也就是我的生地。我在那一颗星的底下,也曾送过十八个秋冬,我的乡土吓,我如今再也不能见你的面了。"

他一边走着,一边尽在那里自伤自悼的想这些伤心的哀话。走了一会,再向那西方的明星看了一眼,他的眼泪便同骤雨似的落下来了。他觉得四边的景物,都模糊起来。把眼泪揩了一下,立住了脚,长叹了一声,他便断断续续的说:

"祖国呀祖国!我的死是你害我的!

"你快富起来!强起来罢!

"你还有许多儿女在那里受苦呢!"

1921 年 5 月 9 日改作

《沉沦》导读　　　　**拓展阅读**

拓展阅读

1. 朱寿桐:论创造社文学的现代化品格
2. 席建彬:论郁达夫小说的欲望叙述理路及文学史意义

缀网劳蛛

许地山

"我像蜘蛛,
　　　命运就是我底网。"
我把网结好,
　　　还住在中央。

呀,我底网甚时节受了损伤!
　　　这一坏,教我怎地生长?
生的巨灵说:"补缀补缀罢",
　　　世间没有一个不破的网。

我再结网时,
　　　要结在玳瑁梁栋
　　　　　珠玑帘栊;
或结在断井颓垣
　　　荒烟蔓草中呢?
生的巨灵按手在我头上说:
　　　"自己选择去罢,
　　　你所在的地方无不兴隆、亨通。"

虽然,我再结的网还是像从前那么脆弱,
　　　敌不过外力冲撞;
我网底形式还要像从前那么整齐——
　　　平行的丝连成八角、十二角的形状吗?
他把"生的万花筒"交给我,说:
"望里看罢,
　　　你爱怎样,就结成怎样。"

呀,万花筒里等等的形状和颜色
　　仍与从前没有什么差别!
求你再把第二个给我,
　　我好谨慎地选择。
"咄咄!贪得而无智的小虫!
　　自而今回溯到濛鸿,
　　　　从没有人说过里面有个形式与前相同。
去罢,生的结构都由这几十颗'彩琉璃屑'幻成种种,
　　不必再看第二个生的万花筒。"

　　那晚上底月色格外明朗,只是不时来些微风把满园底花影移动得不歇地作响。素光从椰叶下来,正射在尚洁和她底客人史夫人身上。她们二人底容貌,在这时候自然不能认得十分清楚,但是二人对谈的声音却像幽谷底回响,没有一点模糊。

　　周围的东西都沉默着,像要让她们密谈一般:树上底鸟儿把喙插在翅膀底下;草里底虫儿也不敢做声;就是尚洁身边那只玉狸,也当主人所发的声音为催眠歌,只管躈躹地沉睡着。她用纤手抚着玉狸,目光注在她底客人身上,懒懒地说:"夺魁嫂子,外间的闲话是听不得的。这事我全不计较——我虽不信定命的说法,然而事情怎样来,我就怎样对付,毋庸在事前预先谋定什么方法。"

　　她底客人听了这场冷静的话,心里很是着急,说:"你对于自己底前程太不注意了!若是一个人没有长久的顾虑,就免不了遇着危险,外人底话虽不足信,可是你得把你底态度显示得明了一点,教人不疑惑你才是。"

　　尚洁索性把玉狸抱在怀里,低着头,只管摩弄。一会儿,她才冷笑了一声,说:"吓吓,夺魁嫂子,你底话差了,危险不是顾虑所能闪避的。后一小时的事情,我们也不敢说准知道,那里能顾到三四个月、三两年那么长久呢?你能保我待一会不遇着危险,能保我今夜里睡得平安么?纵使我准知道今晚上会遇着危险,现在的谋虑也未必来得及。我们都在云雾里走,离身二三尺以外,谁还能知道前途的光景呢?经里说:'不要为明日自夸,因为一日要生何事,你尚且不能知道。'这句话,你忘了么?……唉,我们都是从渺茫中来,在渺茫中住,望渺茫中去。若是怕在这条云封雾锁的生命路程里走动,莫如止住你底脚步;若是你有漫游的兴趣,纵然前途和四围的光景暧昧,不能使你赏心快意,你也是要走的。横竖是往前走,顾虑什么?

　　"我们从前的事,也许你和一般侨寓此地的人都不十分知道。我不愿意破坏自己底名誉,也不忍教他出丑。你既是要我把态度显示出来,我就得略把前事说一点给你听,可是要求你暂时守这个秘密。

"论理,我也不是他底……"

史夫人没等她说完,早把身子挺起来,作很惊讶的样子,回头用焦急的声音说:"什么?这又奇怪了!"

"这倒不是怪事,且听我说下去。你听这一点,就知道我底全意思了。我本是人家底童养媳,一向就不曾和人行过婚礼——那就是说,夫妇底名分,在我身上用不着。当时,我并不是爱他,不过要仗着他底帮助,救我脱出残暴的婆家。走到这个地方,依着时势的境遇,使我不能不认他为夫……"

"原来你们底家有这样特别的历史。……那么,你对于长孙先生可以说没有精神的关系,不过是不自然的结合罢了。"

尚洁庄重地回答说:"你底意思是说我们没有爱情么?诚然,我从不曾在别人身上用过一点男女底爱情;别人给我的,我也不曾辨别过那是真的,这是假的。夫妇,不过是名义上的事;爱与不爱,只能稍微影响一点精神底生活,和家庭底组织是毫无关系的。

"他怎样想法子要奉承我,凡认识我的人都觉得出来。然而我却没有领他底情,因为他从没有把自己底行为检点一下。他底嗜好多,脾气坏,是你所知道的。我一到会堂去,每听到人家说我是长孙可望底妻子,就非常的惭愧。我常想着从不自爱的人所给的爱情都是假的。

"我虽然不爱他,然而家里的事,我认为应当替他做的,我也乐意去做。因为家庭是公的,爱情是私的。我们两人底关系,实在就是这样。外人说我和谭先生的事,全是不对的。我底家庭已经成为这样,我又怎能把它破坏呢?"

史夫人说:"我现在才看出你们底真相,我也回去告诉史先生,教他不要多信闲话。我知道你是好人,是一个纯良的女子,神必保佑你。"说着,用手轻轻地拍一拍尚洁底肩膀,就站立起来告辞。

尚洁陪她在花荫底下走着,一面说:"我很愿意你把这事底原委单说给史先生知道。至于外间传说我和谭先生有秘密的关系,说我是淫妇,我都不介意。连他也好几天不回来啦。我估量他是为这事生气,可是我并不辩白。世上没有一个人能够把真心拿出来给人家看;纵然能够拿出来,人家也看不明白,那么,我又何必多费唇舌呢?人对于一件事情一存了成见,就不容易把真相观察出来。凡是人都有成见,同一件事,必会生出歧异的评判,这也是难怪的。我不管人家怎样批评我,也不管他怎样疑惑我,我只求自己无愧,对得住天上底星辰和地下底蝼蚁便了。你放心罢,等到事情临到我身上,我自有方法对付。我底意思就是这样,若是有工夫,改天再谈罢。"

她送客人出门,就把玉狸抱到自己房里。那时已经不早,月光从窗户进来,歇在椅桌、枕席之上,把房里的东西染得和铅制的一般。她伸手向床边按了一按铃子，须臾，女佣妥娘就上来了。她问："佩荷姑娘睡了么？"妥娘在门边回答说："早就睡了。消夜已预备好了，端上来不？"她说着，顺手把电灯拧着，一时满屋里都着上颜色了。

在灯光之下，才看见尚洁斜倚在床上。流动的眼睛，软润的颔颊，玉葱似的鼻，柳叶似的眉，桃绽似的唇，衬着蓬乱的头发……凡形体上各样的美都凑合在她头上。她底身体，修短也很合度。从她口里发出来的声音，都合音节，就是不懂音乐的人，一听了她底话语，也能得着许多默感。她见妥娘把灯拧亮了，就说："把它拧灭了吧。光太强了，更不舒服。方才我也忘了留史夫人在这里消夜。我不觉得十分饥饿，不必端上来，你们可以自己方便去。把东西收拾清楚，随着给我点一支洋烛上来。"

妥娘遵从她底命令，立刻把灯灭了，接着说："相公今晚上也许又不回来，可以把大门扣上吗？"

"是，我想他永远不回来了。你们吃完，就把门关好，各自歇息去罢，夜很深了。"

尚洁独坐在那间充满月亮的房里，桌上一枝洋烛已燃过三分之二，轻风频拂火焰，眼看那支发光的小东西要泪尽了。她于是起来，把烛火移到屋角一个窗户前头的小几上。那里有一个软垫，几上搁几本经典和祈祷文。她每夜睡前的功课就是跪在那垫上默记三两节经句，或是诵几句诗词。别的事情，也许她会忘记，惟独这圣事是她所不敢忽略的。她跪在那里冥想了许久，睁眼一看，火光已不知道在什么时候从烛台上逃走了。

她立起来，把卧具整理妥当，就躺下睡觉。可是她怎能睡着呢？呀，月亮也循着宾客底礼，不敢相扰，慢慢地辞了她，走到园里和它底花草朋友、木石知交周旋去了！

月亮虽然辞去，她还不转眼地望着窗外的天空，像要诉她心中底秘密一般。她正在床上辗来转去，忽听园里"嚯哱"一声，响得很厉害。她起来，走到窗边，往外一望，但见一重一重的树影和夜雾把园里盖得非常严密，教她看不见什么。于是她蹑步下楼，唤醒妥娘，命她到园里去察看那怪声底出处。妥娘自己一个人那里敢出去；她走到门房把团哥叫醒，央他一同到围墙边察一察。团哥也就起来了。

妥娘去不多会，便进来回话。她笑着说："你猜是什么呢？原来是一个塞运的窃贼摔倒在我们底墙根。他底腿已摔坏了，脑袋也撞伤了，流得满地都是血，动也动不得。团哥拿着一枝荆条正在抽他哪。"

尚洁听了，一霎时前所有的恐怖情绪一时尽变为慈祥的心意。她等不得回答妥娘，便跑到墙根。团哥还在那里，"你这该死的东西……不知厉害的坏种！……"一句一鞭，打骂得很高兴。尚洁一到，就止住他，还命他和妥娘把受伤的贼扛到屋里来。她吩咐让他躺在贵妃榻上。仆人们都显出不愿意的样子，因为他们想着一个贼人不应该受这么好的待遇。

尚洁看出他们底意思，便说："一个人走到做贼的地步是最可怜悯的，若是你们不得着好机会，也许……"她说到这里，觉得有点失言，教她底佣人听了不舒服，就改过一句说话："若是你们明白他底境遇，也许会体贴他。我见了一个受伤的人，无论如何，总得救护的。你们常常听见'救苦救难'的话，遇着忧患的时候，有时也会脱口地说出来，为何不从'他是苦难人'那方面体贴他呢？你们不要怕他底血沾脏了那垫子，尽管扶他躺下罢。"团哥只得扶他躺下，口里沉吟地说："我们还得为他请医生去吗？"

"且慢，你把灯移近一点，待我来看一看。救伤的事，我还在行。妥娘，你上楼去把我们那个'常备药箱'捧下来。"又对团哥说："你去倒一盆清水来罢。"

仆人都遵命各自干事去了。那贼虽闭着眼，方才尚洁所说的话，却能听得分明。他心里底感激可使他自忘是个罪人，反觉他是世界里一个最能得人爱惜的青年。这样的待遇，也许就是他生平第一次得着的。他呻吟了一下，用低沉的声音说："慈悲的太太，菩萨保佑慈悲的太太！"

那人底太阳边受了一伤很重，腿部倒不十分厉害。她用药棉蘸水轻轻地把伤处周围的血迹涤净，再用绷带裹好。等到事情做得清楚，天早已亮了。

她正转身要上楼去换衣服，蓦听得外面敲门的声很急，就止步问说："谁这么早就来敲门呢？"

"是警察罢。"

妥娘提起这四个字，教她很着急。她说："谁去告诉警察呢？"那贼躺在贵妃榻上，一听见警察要来，恨不能立刻起来跪在地上求恩。但这样的行动已从他那双劳倦的眼睛表白出来了。尚洁跑到他跟前，安慰他说："我没有叫人去报警察……"正说到这里，那从门外来的脚步已经踏进来。

来的并不是警察，却是这家底主人长孙可望。他见尚洁穿着一件睡衣站在那里和一个躺着的男子说话，心里底无明业火已从身上八万四千个毛孔里发射出来。他第一句就问："那人是谁？"

这个问实在教尚洁不容易回答，因为她从不曾问过那受伤者的名字，也不便说他是贼。

"他……他是受伤的人……"

可望不等说完，便拉住她底手，说："你办的事，我早已知道。我这几天不回来，正要侦察你底动静，今天可给我撞见了。我何尝辜负你呢？……一同上去罢，我们可以慢慢地谈。"不由分说，拉着她就往上跑。

妥娘在旁边,看得情急,就大声嚷着:"他是贼!"

"我是贼,我是贼!"那可怜的人也嚷了两声。可望只对着他冷笑,说:"我明知道你是贼。不必报名,你且歇一歇罢。"

一到卧房里,可望就说:"我且问你,我有什么对你不起的地方?你要入学堂,我便立刻送你去;要到礼拜堂听道,我便特地为你预备车马。现在你有学问了,也入教了;我且问你,学堂教你这样做,教堂教你这样做么?"

他底话意是要诘问她为什么变心,因为他许久就听见人说尚洁嫌他鄙陋不文,要离弃他去嫁给一个姓谭的。夜间的事,他一概不知,他进门一看尚洁底神色,老以为她所做的是一段爱情把戏。在尚洁方面,以为他是不喜欢她这样待遇窃贼。她底慈悲性情是上天所赋的,她也觉得这样办,于自己底信仰和所受的教育没有冲突,就回答说:"是的,学堂教我这样做,教会也教我这样做。你敢是……"

"是吗?"可望喝了一声,猛将怀中小刀取出来向尚洁底肩膀上一击。这不幸的妇人立时倒在地上,那玉白的面庞已像渍在胭脂膏里一样。

她不说什么,但用一种沉静的和无抵抗的态度,就足以感动那愚顽的凶手。可望当此情景,心中恐怖的情绪已把凶猛的怒气克服了。他不再有什么动作,只站在一边出神。他看尚洁动也不动一下,估量她是死了;那时,他觉得自己底罪恶压住他,不许再逗留在那里,便溜烟似地望外跑。

妥娘见他跑了,知道楼上必有事故,就赶紧上来。她看尚洁那样子,不由得"啊,天公!"喊了一声,一面上去,要把她搀扶起来。尚洁这时,眼睛略略睁开,像要对她说什么,只是说不出。她指着肩膀示意,妥娘才看见一把小刀插在她肩上。妥娘底手便即酥软,周身发抖,待要扶她,也没有气力了。她含泪对着主妇说:"容我去请医生罢。"

"史……史……"妥娘知道她是要请史夫人来,便回答说:"好,我也去请史夫人来。"她教团哥看门,自己雇一辆车找救星去了。

医生把尚洁扶到床上,慢慢施行手术;赶到史夫人来时,所有的事情都弄清楚啦。医生对史夫人说:"长孙夫人底伤不甚要紧,保养一两个星期便可复元。幸而那刀从肩胛骨外面脱出来,没有伤到肺叶——那两个创口是不要紧的。"

医生辞去以后,史夫人便坐在床沿用法子安慰她。这时,尚洁底精神稍微恢复,就对她底知交说:"我不能多说话,只求你把底下那个受伤的人先送到公医院去;其余的,待我好了再给你说。……唉,我底嫂子,我现在不能离开你,你这几天得和我同在一块儿住。"

史夫人一进门就不明白底下为什么躺着一个受伤的男子。妥娘去时,也没有对她详细地说。她看见尚洁这个样子,又不便往下问。但尚洁底颖悟性从不会被刀所伤,她早明白史夫人猜不透这个闷葫芦,就说:"我现在没有气力给你细说,你可以向妥娘打听去。就要速速去办,若是他回来,便要害了他底性命。"

史夫人照她所吩咐的去做;回来,就陪着她在房里,没有回家。那四岁的女孩佩荷更不知道这是怎么一回事,还是啼啼笑笑,过她底平安日子。

一个星期,两个星期,在她病中默默地过去。她也渐次复元了。她想许久没有到园里去,就央求史夫人扶着她慢慢走出来。她们穿过那晚上谈话的柳荫,来到园边一个小亭下,就歇在那里。她们坐的地方满开了玫瑰,那清静温香的景色委实可以消灭一切忧闷和病害。

"我已忘了我们这里有这么些好花,待一会,可以折几枝带回屋里。"

"你且歇歇,我为你选择几枝罢。"史夫人说时,便起来折花。尚洁见她脚下有一朵很大的花,就指着说:"你看,你脚下有一朵很大、很好看的,为什么不把它摘下?"

史夫人低头一看,用手把花提起来,便叹了一口气。

"怎么啦?"

史夫人说:"这花不好。"因为那花只剩地上那一半,还有一边是被虫伤了。她怕说出伤字,要伤尚洁底心,所以这样回答。但尚洁看的明明是一朵好花,直教递过来给她看。

"夺魁嫂,你说它不好么?我在此中找出道理咧!这花虽然被虫伤了一半,还开得这么好看,可见人底命运也是如此——若不把他底生命完全夺去,虽不完全,也可以得着生活上一部分的美满,你以为如何呢?"

史夫人知道她联想到自己底事情上头,只回答说:"那是当然的,命运底偃蹇和亨通,于我们底生活没有多大关系。"

谈话之间,妥娘领着史夺魁先生进来。他向尚洁和他底妻子问过好,便坐在她们对面一张凳上。史夫人不管她丈夫要说什么,头一句就问:"事情怎样解决呢?"

史先生说:"我正是为这事情来给长孙夫人一个信。昨天在会堂里有一个很激烈的纷争,因为有些人说可望底举动是长孙夫人迫他做成的,应当剥夺她赴圣筵的权利。我和我奉真牧师在席间极力申辩,终归无效。"他望着尚洁说:"圣筵赴与不赴也不要紧。因为我们底信仰决不能为仪式所束缚;我们底行为,只求对得起良心就算了。"

"因为我没有把那可怜的人交给警察,便责罚我么?"

史先生摇头说:"不,不,现在的问题不在那事上头。前天可望寄一封长信到会里,说到你怎样对他不住,怎样想弃绝他去嫁给别人。他对于你和某人、某人往来的地点、时间都说出来。且说,他不愿意再见你底面;若不与你离婚,他永不回家。信他所说的人很多,我们怎样申辩也挽不过来。我们虽然知道事实不是如此,可是不能找出什么凭据来证明。我现在正要告诉你,若是要到法庭去的话,我可以帮你底忙。这里不像我们祖国,公庭上没有女人说话的地位。况且他底买卖起先都是你拿资本出来;要离异时,照法律,最少总得把财产分一半给你。……像这样的男子,不要他也罢了。"

尚洁说:"那事实现在不必分辩,我早已对嫂子说明了。会里因为信条底缘故,说我底行为不合道理,便禁止我赴圣筵——这是他们所信的,我有什么可说的呢!"她说到末一句,声音便低下了。她底颜色很像为同会底人误解她和误解道理惋惜。

"唉,同一样道理,为何信仰的人会不一样?"

她听了史先生这话,便兴奋起来,说:"这何必问?你不常听见人说:'水是一样,牛喝了便成乳汁,蛇喝了便成毒液'吗?我管保我所得能化为乳汁,那能干涉人家所得的变成毒液呢?若是到法庭去的话,倒也不必。我本没有正式和他行过婚礼,自毋须乎在法庭上公布离婚。若说他不愿意再见我底面,我尽可以搬出去。财产是生活的赘瘤,不要也罢,和他争什么?……他赐给我的恩惠已是不少,留着给他……"

"可是你一把财产全部让给他,你立刻就不能生活。还有佩荷呢?"

尚洁沉吟半晌便说:"不妨,我私下也曾积聚些少,只不能支持到一年罢了。但不论如何,我总得自己挣扎。至于佩荷……"她又沉思了一会,才续下去说:"好罢,看他底意思怎样,若是他愿意把那孩子留住,我也不和他争。我自己一个人离开这里就是。"

他们夫妇二人深知道尚洁底性情,知道她很有主意,用不着别人指导。并且她在无论什么事情上头都用一种宗教底精神去安排。她底态度常显出十分冷静和沉毅,做出来的事,有时超乎常人意料之外。

史先生深信她能够解决自己将来的生活,一听了她底话,便不再说什么,只略略把眉头皱了一下而已。史夫人在这两三个星期间,也很为她费了些筹划。他们有一所别业在土华地方,早就想教尚洁到那里去养病;到现在她才开口说:"尚洁妹子,我知道你一定有更好的主意,不过你底身体还不甚复原,不能立刻出去做什么事情,何不到我们底别庄里静养一下,过几个月再行打算?"史先生接着对他妻子说:"这也好。只怕路途远一点,由海船去,最快也得两天才可以到。但我们都是惯于出门的人,海涛底颠簸当然不能制服我们。若是要去的话,你可以陪着去,省得寂寞了长孙夫人。"

尚洁也想找一个静养的地方,不意他们夫妇那么仗义,所以不待踌躇便应许了。她不愿意为自己底缘故教别人麻烦,因此不让史夫人跟着前去。她说:"寂寞的生活是我尝惯的。史嫂子在家里也有许多当办的事情,那里能够和我同行？还是我自己去好一点。我很感谢你们二位底高谊，要怎样表示我底谢忱，我却不懂得；就是懂，也不能表示得万分之一。我只说一声'感激莫名'便了。史先生，烦你再去问他要怎样处置佩荷，等这事弄清楚，我便要动身。"她说着，就从方才摘下的玫瑰中间选出一朵好看的递给史先生，教他插在胸前底钮门上。不久，史先生也就起立告辞，替她办交涉去了。

　　土华在马来半岛底西岸，地方虽然不大，风景倒是幽致。那海里出的珠宝不少，所以住在那里的多半是搜宝之客。尚洁住的地方就在海边一丛棕林里。在她底门外，不时看见采珠底船往来于金的塔尖和银的浪头之间。这采珠底工夫赐给她许多教训。因为她这几个月来常想着人生就同入海采珠一样；整天冒险入海里去，要得着多少，得着什么，采珠者一点把握也没有。但是这个感想决不会妨害她底生命。她见那些人每天迷蒙蒙地搜求，不久就理会她在世间的历程也和采珠底工作一样。要得着多少，得着什么，虽然不在她底权能之下，可是她每天总得入海一遭，因为她底本分就是如此。

　　她对于前途不但没有一点灰心，且要更加奋勉。可望虽是剥夺她们母女的关系，不许佩荷跟着她，然而她仍不忍弃掉她底责任，每月要托人暗地里把吃的用的送到故家去给她女儿。

　　她现在已变主妇底地位为一个珠商底继室了。住在那里的人，都说她是人家底弃妇，就看轻她，所以她所交游的都是珠船里的工人。那班没有思想的男子在休息的时候，便因着她底姿色争来找她开心。但她底威仪常是调伏这班人的邪念，教他们转过心来承认她是他们底师保。

　　她一连三年，除干她底正事以外，就是教她那班朋友说几句英吉利语，念些少经文，知道些少常识。在她底团体里，使令、供养，无不如意。若说过快活日子，能像她这样，也就不劣了。

　　虽然如此，她还是有缺陷的。社会地位，没有她底分；家庭生活，也没有她底分；我们想想，她心里到底有什么感觉？前一项，于她是不甚重要的；后一项，可就缭乱她底衷肠了！史夫人虽常寄信给她，然而她不见信则已，一见了信，那种说不出来的伤感就加增千百倍。

　　她一想起她家庭，每要在树林里徘徊，树上底蛞蝼常要幻成她女儿底声音对她说："母思儿耶？母思儿耶？"这本不是奇迹，因为发声者无情，听音者有意；她不但对于那些小虫底声音是这样，即如一切的声音和颜色，偶一触着她底感官，便幻成她底家庭了。

　　她坐在林下，遥望着无涯的波浪，一度一度地掀到岸边，常觉得她底女儿踏着浪花踊跃而来，这也不止一次了。那天，她又坐在那里，手拿着一张佩荷底小照，那是史夫人最近给她寄来的。她翻来翻去地看，看得眼昏了。

她猛一抬头，又得着常时所现的异象。她看见一个人携着她底女儿从海边上来，穿过林樾，一直走到跟前。那人说："长孙夫人，许久不见，贵体康健啊！我领你底女儿来找你哪。"

尚洁此时，展一展眼睛，才理会果然是史先生携着佩荷找她来。她不等回答史先生底话，便上前用力搂住佩荷；她底哭声从她爱心的深密处殷雷似地震发出来。佩荷因为不认得她，害怕起来，也放声哭了一场。史先生不知道感触了什么，也在旁边只尽管擦眼泪。

这三种不同情绪的哭泣止了以后，尚洁就呜咽地问史先生说："我实在喜欢。想不到你会来探望我，更想不到佩荷也能来！……"她要问的话很多，一时摸不着头绪。只搂定佩荷，眼看着史先生出神。

史先生很庄重地说："夫人，我给你报好消息来了。"

"好消息？"

"你且镇定一下，等我细细地告诉你。我们一得着这消息，我底妻子就教我和佩荷一同来找你。这奇事，我们以前都不知道，到前十几天才听见我奉真牧师说的。我牧师自那年为你底事卸职后，他底生活，你已经知道了。"

"是，我知道。他不是白天做裁缝匠，晚间还做制饼师吗？我信得过，神必要帮助他，因为神底儿子说：'为义受逼迫的人是有福的。'他底事业还顺利吗？"

"倒没有什么过不去的地方。他不但日夜劳动，在合宜的时候，还到处去传福音哪。他现在不用这样地吃苦，因为他底老教会看他底行为，请他回国仍旧当牧师去，在前一个星期已经动身了。"

"是吗！谢谢神！他必不能长久地受苦。"

"就是因为我牧师回国的事，我才能到这里来。你知道长孙先生也受了他底感化么？这事详细地说起来，倒是一种神迹。我现在来，也是为告诉你这件事。

"前几天，长孙先生忽然到我家里找我。他一向就和我们很生疏，好几年也不过访一次，所以这次的来，教我们很诧异。他第一句就问你底近况如何，且诉说他底懊悔。他说这反悔是忽然的，是我牧师警醒他的。现在我就将他底话，照样地说一遍给你听——

'在这两三年间，我牧师常来找我谈话，有时也请我到他底面包房里去听他讲道。我和他来往那么些次，就觉得他是我底好师傅。我每有难决的事情或疑虑的问题，都去请教他。我自前年生事，二人分离以后，每疑惑尚洁官底操守，又常听见家里佣人思念她的话，心里就十分懊悔。但我总想着，男人说话将军箭，事已做出，那里还有脸皮收回来？本是打算给它一个错到底的。然而日子越久,我就越觉得不对。到我牧师要走,最末次命我去领教训的时候,讲了一章经,教我很受感动。散会后,他对我说,他盼望我做的是请尚洁回来。他又念《马可福音》十章给我听,我自得着那教训以后,越觉得我很卑鄙、凶残、淫秽,很对不住她。现在要求你先把佩荷带去见她,盼望她为女儿的缘故赦免我。你们可以先走,我随后也要亲自前往。'

他说懊悔的话很多,我也不能细说了。等他来时,容他自己对你细说罢。我很奇怪我牧师对于这事,以前一点也没有对我说过,到要走时,才略提一提;反教他来到我那里去,这不是神迹吗?"

尚洁听了这一席话,却没有显出特别愉悦的神色,只说:"我底行为本不求人知道,也不是为要得人家的怜恤和赞美;人家怎样待我,我就怎样受,从来是不计较的。别人伤害我,我还饶恕,何况是他呢?我知道自己底卤莽,是一件极可喜的事。——你愿意到我屋里去看一看吗?我们一同走走罢。"

他们一面走,一面谈。史先生问起她在这里的事业如何,她不愿意把所经历的种种苦处尽说出来,只说:"我来这里,几年的工夫也不算浪费,因为我已找着了许多失掉的珠子了!那些灵性的珠子,自然不如入海去探求那么容易,然而我竟能得着二三十颗。此外,没有什么可以告诉你。"

尚洁把她底事情结束停当,等可望不来,打算要和史先生一同回去。正要到珠船里和她底朋友们告辞,在路上就遇见可望跟着一个本地人从对面来。她认得是可望,就堆着笑容,抢前几步去迎他,说:"可望君,平安哪!"可望一见她,也就深深地行了一个敬礼,说:"可敬的妇人,我所做的一切事都是伤害我底身体,和你我二人底感情,此后我再不敢了。我知道我多多地得罪你,实在不配再见你底面,盼望你不要把我底过失记在心中。今天来到这里,为的是要表明我悔改底行为;还要请你回去管理一切所有的。你现在要到那里去呢?我想你可以和史先生先行动身,我随后回来。"

尚洁见他那番诚恳的态度,比起从前,简直是两个人,心里自然满是愉快,且暗自谢她底神在他身上所显的奇迹。她说:"呀!往事如梦中之烟,早已在虚幻里消散了,何必重行提起呢?凡人都不可积聚日间的怨恨、怒气和一切伤心的事到夜里,何况是隔了好几年的事?请你把那些事情搁在脑后罢。我本想到船里去,向我那班同工底人辞行。你怎样不和我们一起回去,还有别的事情要办么?史先生现时在他底别业——就是我住的地方——我们一同到那里去罢,待一会,再出来辞行。"

"不必,不必。你可以去你的,我自己去找他就可以。因为我还有些正当的事情要办。恐怕不能和你们一同回去;什么事,以后我才教你知道。"

"那么,你教这土人领你去罢,从这里走不远就是。我先到船里,回头再和你细谈。再见哪！"

她从土华回来,先住在史先生家里,意思是要等可望来到,一同搬回她底旧房子去。谁知等了好几天,也不见他底影。她才知道可望在土华所说的话意有所含蓄。可是他到那里去呢？去干什么呢？她正想着,史先生拿了一封信进来对她说："夫人,你不必等可望了,明后天就搬回去罢。他寄给我这一封信说,他有许多对不起你的地方,都是出于激烈的爱情所致,因他爱你的缘故,所以伤了你。现在他要把从前邪恶的行为和暴躁的脾气改过来,且要偿还你这几年来所受的苦楚,故不得不暂时离开你。他已经到槟榔屿了。他不直接写信给你的缘故,是怕你伤心,故此写给我,教我好安慰你；他还说从前一切的产业都是你的,他不应独自霸占了许久,要求你尽量地享用,直等到他回来。

"这样看来,不如你先搬回去,我这里派人去找他回来如何？唉,想不到他一会儿就能悔改到这步田地！"

她遇事本来很沉静,史先生说时,她底颜色从不曾显出什么变态,只说："为爱情么？为爱而离开我么？这是当然的,爱情本如极利的斧子,用来剥削命运常比用来整理命运的时候多一些。他既然规定他自己底行程,又何必费工夫去寻找他呢？我是没有成见的,事情怎样来,我怎样对付就是。"

尚洁搬回来那天,可巧下了一点雨,好像上天使园里的花木特地沐浴得很妍净来迎接它们底旧主人一样。她进门时,妥娘正在整理厅堂,一见她来,便嚷着："奶奶,你回来了！我们很想念你哪！你底房间乱得很,等我把各样东西安排好再上去。先到花园去看看罢,你手植各样的花木都长大了。后面那棵释迦头长得像罗伞一样,结果也不少,去看看罢。史夫人早和佩荷姑娘来了,她们现时也在园里。"

她和妥娘说了几句话,便到园里。一拐弯,就看见史夫人和佩荷坐在树荫底下一张凳上——那就是几年前,她要被刺那夜,和史夫人坐着谈话的地方。她走来,又和史夫人并肩坐在那里。史夫人说来说去,无非是安慰她的话。她像不信自己这样的命运不甚好,也不信史夫人用定命论底解释来安慰她,就可以使她满足。然而她一时不能说出合宜的话,教史夫人明白她心中毫无忧郁在内。她无意中一抬头,看见佩荷拿着树枝把结在玫瑰花上一个蜘蛛网撩破了一大部分。她注神许久,就想出一个意思来。

她说："呀,我给这个比喻,你就明白我底意思。

"我像蜘蛛,命运就是我底网。蜘蛛把一切有毒无毒的昆虫吃入肚里,回头把网组织起来。它第一次放出来的游丝,不晓得要被风吹到多么远；可是等到粘着别的东西的时候,它底网便成了。

"它不晓得那网什么时候会破,和怎样破法。一旦破了,它还暂时安安然然地藏起来；等有机会再结一个好的。

"它底破网留在树梢上，还不失为一个网。太阳从上头照下来，把各条细丝映成七色；有时粘上些少水珠，更显得灿烂可爱。

"人和他底命运，又何尝不是这样？所有的网都是自己组织得来，或完或缺，只能听其自然罢了。"

史夫人还要说时，妥娘来说屋子已收拾好了，请她们进去看看。于是，她们一面谈，一面离开那里。

园里没人，寂静了许久。方才那只蜘蛛悄悄地从叶底出来，向着网底破裂处，一步一步，慢慢补缀。它补这个干什么？因为它是蜘蛛，不得不如此！

潘先生在难中

叶圣陶

一

站里挤满了人,各有各的心事,都现出异样的神色。脚夫的两手插在号衣的袋里,睡着一般地站着;他们知道可以得到特别收入的时间离得还远,也犯不着老早放出精神来。空气沉闷得很,人们略微感到呼吸的受压迫,大概快要下雨了。电灯亮了一歇了,仿佛比平时昏黄一点,望去好像一切的人物都在雾里梦里。

揭示处的黑漆板上标明西来的快车须迟到四点钟。这个报告在几点钟以前早就教人家看熟了,现在便同风化了的戏单一样,没有一个人再望它一眼。像这种报告,在这一个礼拜里,几乎每天每趟的行车都有:所以本来是难得的事情,大家也习以为当然了。

不知几多人心系着的来车居然到了,闷闷的一个车站就一变而为扰扰的境界。来客的安心,候客者的快意,以及脚夫的小小发财,我们且都不提。单讲一位从让里来的潘先生。他当火车没有驶进站场之先,早已调排得十分周妥:他领头,右手提着个黑漆皮包,左手牵着个七岁的孩子;七岁的孩子牵着他哥哥(今年九岁);哥哥又牵着他母亲,潘师母。潘先生说人多照顾不齐,这么牵着,首尾一气,犹如一条蛇,什么地方都好钻了。他又屡次叮嘱,教大家握得紧紧,切勿放手;尚恐大家万一忘了,又屡次摇荡他的左手,意思是教把这警告打电报一般一站站递过去。

首尾一气诚然不错,可是也不能全乎没有弊端。火车将停时,所有的客人和东西都要涌向车门,潘先生一家的一条蛇是有点尾大不掉了。他用黑漆皮包做前锋,胸腹部用力向前抵,居然进展到距车门只两个窗洞的地位。但是他的七岁的孩子还在距车门四个窗洞的地方,被挤在好些客人和坐椅的中间,一动不能动;两臂一前一后,伸得很长,前后的牵引力都很大,似乎快要把臂膊拉了去的样子。他急得直喊,"啊!我的臂膊!我的臂膊!"

一些客人听见了带哭的喊声,方才知道腰下挤着个孩子;留心一看,见他们四个人一串,手联手牵着。一个客人呵斥道,"赶快放手;要不然,把孩子拉做两半了!"

"怎么弄的,孩子不抱在手里!"又一个客人用鄙夷的声气自语,一方面仍注意在攫得向前进行的机会。

"不,"潘先生心想他们的话不对的,牵着自有牵着的妙用;再转一念,妙用岂是人人能够了解的,向他们辩白,也不过徒劳唇舌,不如省些精神罢:就把以下的话咽了下去。而七岁的孩子还是"臂膊!臂膊!"喊着,潘先生前进后退都没有希望,只得自己失约先放了手。随即惊惶地发命令道,"你们看着我!你们看着我!"

车轮一顿,在轨道上立定了;车门里弹出去似地跳下许多的人。潘先生觉得前头松动了些;但是后面的力量突然增加,他的脚作不得一点主,只得向前推移;要回转头来招呼自己的队伍,也不得自由,于是对着前头的人的后脑叫喊,"你们跟着我!你们跟着我!"

他居然从车门里被弹出来了。旋转身子看,后面没有他的儿子同夫人。心知他们还挤在车中,守住车门老等总是稳当的办法。又下来了百多人,方才看见脚踏上人丛中现出七岁的孩子的上半身,承着电灯光,面目作哭泣的形相。他走前去,几次被跳下来的客人冲回,才用左臂把孩子抱了下来。再等了一歇,潘师母同九岁的孩子也下来了;她吁吁地呼着气,连喊,"阿唷,阿唷,"凄然的眼光相着潘先生的脸,似乎乞求抚慰的孩子。

潘先生到底镇定,看见自己的队伍全下来了,重又发命令道,"我们仍旧同刚才这样联起来。你们看月台上的人这么多,收票处又挤得厉害,不是联着,就要走散了!"

七岁的孩子觉得害怕,拦住他的膝头说,"爸爸,抱。"

"没用的东西!"潘先生颇有点愤怒,但随即耐住,蹲下身子把孩子抱了起来。同时关照大的孩子拉着他的长衫的后幅,一手要紧紧牵着母亲,因为他自己一只手也没得空了。

潘师母向来不曾受过这样的困累,好容易下了车,却还有可怕的拥挤在前头,不禁发怨道,"早知道这样子,宁可死在家里,再也不要逃难的了!"

"悔什么!"潘先生一半发气,一半又觉得怜惜。"到了这里,懊悔也是没用。并且,性命到底安全了。走吧,当心脚下。"于是四个一串向人丛中蹒跚地移过去。

一阵的拥挤,潘先生如在梦里似的,出了收票处的隘口。他仿佛急流里的一滴水滴,没有回旋侧向的余地,只有顺着大家的势,脚不点地地走。一会儿,已经出了车站的铁栅栏,跨过了电车轨道,来到水门汀的旁路上。慌忙地回转身来，只见数不清的给电灯光耀得发白的面孔以及数不清的提箱与包裹，一齐向自己这边涌来，忽然觉得长衫后幅上的小手没有了，不知什么时候放了的；心头怅惘到不可言说，只无意识地把身子乱转。转了几回，一丝影踪也没有。家破人亡之感立时袭进他的心门，禁不住渗出两滴眼泪来，望出去电灯人形都有点模糊了。

幸而抱着的孩子眼光敏锐，他瞥见母亲的疏疏的额发，便认识了，举起手来指点着，"妈妈，那边。"

潘先生一喜；但是还有点不大相信，眼睛凑近孩子的衣衫擦了擦，然后望去。搜寻了一歇，果然看见他的夫人呆鼠一般在人丛中瞎撞，前面护着那大的孩子：他们还没跨过电车轨道呢。他便向前迎上去，连喊着"阿大"，把他们引到刚才站定的旁路上。于是放下手中的孩子，舒畅地吐一口气，一手抹着脸上的汗说，"现在好了！"的确好了，只要跨出那一道铁栅栏，就有人着保险，什么兵火焚掠都遭逢不到；而已经散失的一妻一子，又幸福得很，一寻即着：岂不是四条性命，一个皮包，都从毁灭和危难的当中捡了回来么？岂不是"现在好了"？

"黄包车！"潘先生很入调地喊着。

车夫们听见了，一齐拉着车围拢来，问他到什么地方。

他昂起一点头，似乎增加好几分威严，伸出两个指头扬着说，"只消两辆！两辆！"他想了一想，续说，"十个铜子，四马路，去的就去！"这分明表示他是个"老上海"。

辩论了好一会，终于讲定十二个铜子一辆。潘师母带着大的孩子坐一辆，潘先生带着小的孩子同黑漆皮包坐一辆。

车夫刚欲拔脚前奔，一个背枪的印度巡捕一臂在前面一横，只得缩住了。小的孩子看这个人的形相可怕，不由得回转脸来，贴着父亲的胸际。

潘先生领悟了，连忙解释道，"不要害怕，那就是印度巡捕，你看他的红包头。我们因为本地没有他，所以要逃到这里来；他背着枪保护我们。他的胡子很好玩的，你可以看一看，同罗汉的胡子一个样子。"

孩子总觉得怕，便是同罗汉一样的胡子也不想看。直到听见当当的声音，才从侧边斜睨过去，只见很亮很亮的一个房间一闪就过去了；那边一家家都是花花灿灿的，灯点得亮亮：他于是不再贴着父亲的胸际。

到了四马路，一连问了八九家旅馆，都大大的写着"客满"的牌子；而且一望而知情商也没用，因为客堂里都搭起床铺，可知确实是住满了。最后到一家也标着客满，但是一个伙计懒懒地开口道，"找房间么？"

"是找房间，这里还有么？"一缕安慰的心直透潘先生的周身，仿佛到了家的样子。

"有是有一间,客人刚刚搬走,他自己租了房子了。你先生若是迟来一刻,说不定就没有了。"

"那一间就是我们住好了。"他放了小的孩子,回身去扶下夫人同大的孩子来,说,"我们总算运气好,居然有房间住了!"随即付车钱,慷慨地照原议价加上一个铜子;他相信运气好的时候多给人一些好处,以后好的运气会续续而来的。但是车夫偏不知足,说跟着他们回来回去走了这多时,非加上五个铜子不可。结果旅馆里的伙计出来调停,潘先生又多破费了四个铜子。

这房间就在楼下,有一个床,一盏电灯,一桌,两椅,此外就只有烟雾一般的一房间的空气了。潘先生一家跟着茶房走进去时,立刻闻到刺鼻的油腥味,中间又混着阵阵的尿臭。潘先生不快地自语道,"讨厌的气味!"随即听见隔壁有食料投下油锅的声音,才知道原是一间厨房。再一思想,气味虽讨厌,究比吃枪子睡露天好多了;也就觉得没有什么,舒舒泰泰在一张椅子上坐下。

"用晚饭吧?"茶房摆下皮包回头问。

"我要吃火腿汤淘饭,"小的孩子咬着指头说。

潘师母马上对他看个白眼,凛然说,"火腿汤淘饭!是逃难呢,有得吃就好了,还要这样那样点戏!"

大的孩子也不知道看看风色,央着潘先生说,"今天到上海了,你可给我吃大菜。"

潘师母竟然发怒了,她回头呵斥道,"你们都是没有心肝的,只配什么也没得吃,活活地饿……"

潘先生有点儿窘,却作没事的样子说,"小孩子懂得什么。"便吩咐茶房道,"我们在路上吃了东西了,现在只消来两客蛋炒饭。"

茶房似答非答地一点头就走,刚出房门,潘先生又把他喊回来道,"带一斤绍兴,一毛钱熏鱼来。"

茶房的脚声听不见了,潘先生舒快地对潘师母道,"这一刻该得乐一乐,喝一杯了。你想,从兵祸凶险的地方,来到这绝无其事的境界,第一件可乐。刚才你们忽然离开了我,找了半天找不见,真把我急得要死了;倒是阿二乖觉(他说着,把阿二拖在身边,一手轻轻地拍着),他一眼便看见了你,于是我迎上来,这是第二件可乐。乐哉乐哉,陶陶酌一杯。"他作举杯就口的样子,迷迷地笑着。

潘师母不响,她正想着家里呢。细软的虽然已经带在皮包里以及寄到教堂里去了,但是留下的东西究竟还不少。不知王妈到底可靠不可靠;又不知隔壁那家穷人家会不会知晓他们一家统出来了,只剩个王妈在家里看守;

又不知王妈睡觉时,要不要忘记关上一扇门或是一扇窗。她又想起院子里的三只母鸡,没有做完的阿二的裤子,厨房里的一碗白煨鸭……真同通了电一般,一刻之间,种种的事情都涌上心头,觉得异样地不舒服;便叹口气道,"不知弄到怎样呢!"

两个孩子都怀着失望的心情,茫昧地觉得这样的上海没有平时父母嘴里的上海来得好玩而有味。

疏疏的雨点从窗外洒进来,潘先生站起来说,"果真下雨了,幸亏在这一候下,"就把窗关上。突然看见本来给窗子掩没的旅客须知单,他便想起一件顶紧要的事情,一眼不眨地直往那单子看。

"不折不扣,两块!"他惊讶地喊。回转头时,眼珠瞪视着潘师母,一段舌头从嘴里伸了出来。

二

明天早上,走廊中茶房们正蜷在几条长凳上熟睡,狭得止有一条的天井上面很少有晨光透下来,几许房间里的电灯还是昏黄地亮着。但是潘先生夫妇两个已经在那里谈话了;两个孩子希望今天的上海或许比昨晚的好一点,也醒了一歇了,只因父母教他们再睡一会,所以还躺在床上,彼此呵痒为戏。

"我说你一定不要回去,"潘师母焦心地说。"这报上的话知道它靠得住靠不住的。既然千难万难地逃了出来,哪有立刻又回去的道理!"

"料是我早先也料到的。顾局长的脾气就是一点不肯马虎。'地方上又没有战事,学自然照常要开的,'这句话确然是他的声口。这个通信员我也认识,就是教育局里的职员,又哪里会靠不住?回去是一定要回去的。"

"你要晓得,回去危险呢!"潘师母凄然地说。"说不定三天两天他们就会打到我们那地方去,你就回去开学,有什么学生来念书?就是不打到我们那地方,将来教育局长怪你为什么不开学时,你也有话回答。你只要问他,到底性命要紧还是学堂要紧?他也是一条性命,想来决不会对你过不去。"

"你懂得什么!"潘先生颇怀着鄙薄的意思。"这种话只配躲在家里,伏在床角里,由你这种女人去说;你道我们也说得出口么!你切不要拦阻我(这时候他已转为抚慰的声调),回去是一定要回去的;但是绝没有一点危险,我自己有保全自己的法子。而且(他自喜心思灵敏,微微笑着),你不是很不放心家里的东西么?我回去了,就可以自己照看,你也得定心定意住在这里了。等到时局平定了,我马上来接你们回去。"

潘师母知道丈夫的回去是万无挽回的了。回去能得照看东西固然很好；但是风声这样地紧，一去之后，犹如珠子抛在海里，谁保得定必能捞回来呢！生离死别的哀感涌上她的心头，再不敢正眼看她的丈夫，眼泪早在眼角边偷偷地想跑出来了。她又立刻想起这不大吉利，现在并没有什么不好的事情，怎能凄惨地流起眼泪来。于是勉强忍住，聊作自慰的请求道，"那么你去看看情形，假使教育局长并没有照常开学这句话，如还来得及，你就趁了今天下午的车来，不然，趁了明天的早车来。你要知道（她到底忍不住，一滴眼泪落在手背，立刻在衫子上擦去了），我不放心呢！"

潘先生心里也着实有点烦乱。局长的意思照常开学，自己万无主张暂缓开学之理，回去当然是天经地义。但是又怎么放得下这里！看他夫人这样的依依之情，决计一走，未免太没有恩义。又况一个女人两个孩子都是很懦弱的，一无依傍，寄住在外边，怎能断言决没有意外？他这样想时，不禁深深地发恨：恨这人那人调兵遣将，预备作战，恨教育局长主张照常开课，又恨自己没有个已经成年，可以帮助一臂的儿子。

但是他究竟不比女人，他更从利害远近种种方面着想，觉得回去终于是天经地义。便把恼恨搁在一旁，脸上也不露一毫形色，顺着夫人的口气点头道，"假若打听明白局长并没有这个意思，依你的话，就搭了下午的车来。"

两个孩子约略听得回去和再来的话，小的就伏在床沿作娇道，"我也要回去。"

"我同爸爸妈妈回去，剩下你独个儿住在这里，"大的孩子扮着鬼脸说。

小的听着，便迫紧喉咙喊，作啼哭的腔调，小手擦着眉眼的部分，但眼睛里实在没有眼泪。

"你们都跟着妈妈留在这里，"潘先生提高了声音说。"再不许胡闹了，好好儿起来待吃早饭罢。"说罢，又嘱咐了潘师母几句，径出雇车，赶往车站。

模糊地听得行人在那里说铁路已断火车不开的话，潘先生想，"火车如果不开，倒死了我的心，就是立刻免职也只得由他了。"同时又觉得这消息很使他失望；因想他若是运气好，未必会逢到这等失望的事，那么行人的话也未必可靠。欲决此疑，只希望车夫三步并作一步跑。

他的运气诚然不坏，赶到车站一看，并没有火车不开的通告；揭示处只标明夜车要迟四点钟才到，这一刻还没到呢。买票处绝不拥挤，时时有一两个人前去买票。聚集在站中的人却不少，一半是候客的，一半是为看看来的，也有带着照相器具的，专等夜车到时摄取车站拥挤的情形，好作将来《风云变幻史》的一页。行李房满满地堆着箱子铺盖，各色各样，几乎碰到铅皮的屋顶。

他心中似乎很安慰,又似乎有点儿怅惘,顿了一顿,终于前去买了一张三等票,就走入车箱里坐着。晴明的阳光照得一车通亮,温温地不嫌燠热;座位很宽舒,就是勉强要躺躺也可以。他想,"这是难得逢到的。倘若心里没有事,真是趟愉快的旅行呢。"

这趟车一路耽搁,听候军人的命令,等待兵车的通过。直到抵达让里,已是下午三点过了。潘先生下了车,急忙赶到家,看见大门紧紧关着,心便一定,原来昨天再四叮嘱王妈的就是这一件。

扣了十几下,王妈方才把门开了。一见潘先生,出惊地说,"怎么,先生回来了!不用逃难了么?"

潘先生含糊回答了她;奔进里面四周一看,便开了房门的锁,闯进去上下左右打量着。没有变更,一点没有变更,什么都同昨天一样。于是他吊起的一半心放下来了。还有一半心没放下,便又锁上房门,回身出门;吩咐王妈道,"你照旧好好把门关上了。"

王妈摸不清头绪,关了门进去只是思索。她想主人们一定就住在本地,恐怕她也要跟去,所以骗她说逃到上海去。"不然,怎么先生又回来了?奶奶同两个孩子不一同来,又躲在什么地方呢?但是,他们为什么不让我跟了去?这自然嫌得人多了不好。——他们一定就住在那洋人的红房子里,那些兵都讲通的,打起仗来不打那红房子。——其实就是老实告诉我,要我跟了去,我也不高兴呢。我在这里一点也不怕;如果打仗打到这里来,横竖我的老衣早做好了。"她随即想起甥女儿送她的一双绣花鞋真好看,穿了这双鞋上西方,阎王一定另眼相看;于是她感到一种微妙的舒快,不复想那主人究竟在哪里的问题。

潘先生出门,就去访那当通信员的教育局职员,问他局长究竟有没有照常开学的意思。那人回答道,"怎么没有?他还说有一些教员只顾逃难,不顾职务,这就是表示教育的事业不配他们干的;乘此淘汰一下也是好处。"潘先生听了,仿佛觉得一凛;但又赞赏自己的有主意,决定回来到底是不错的。一口气奔到自己的学校里,提起笔来就起草送给学生家属的通告。意思是说兵乱虽然可虑,子弟的教育犹如布帛菽粟,是一天一刻不可废离的,现在暑假期满,我校照常开学。从前欧洲大战的时候,他们天空里布着御防炸弹的网,下面学校里却依然在那里上课;这种非常的精神,我们应当不让他们专美于前。希望家长们能够体谅这一层意思,若无其事地依旧把子弟送来:这不但是家庭和学校的益处,实也是地方和国家的荣誉。

他起完这草,往复看了三遍,觉得再没有可以增损,局长看见了,至少也得说一声"先得我心"。便得意地誊上蜡纸,又自己动手印刷了百多张,派校役向一个个学生家里送去。公事算是完毕了,开始想到私事;既要开学,上海是去不成了,他们母子三个住在旅馆里怎么弄得下去!但也没有办法,惟有教他们一切留意,安心住着。于是蘸着刚才的残墨写寄与夫人的信。

明天,他从茶馆里得到确实的信息,铁路真个不通了。他心头突然一沉,似乎觉得最亲热的一妻两儿忽地乘风飘去,飘得很远,几乎于渺茫。没精没采地踱到学校里,校役回报昨天的使命道,"昨天出去派通告,有二十多家是关上大门的,打也打不开,只好从门缝里插了进去。有三十多家只有佣人在家里,主人逃到上海去了,孩子当然跟着去,不一定几时才能回来念书。其余的都说知道了;有的又说性命还保不定安全,读书的事再说罢。"

哦,知道了;潘先生并不留心在这些上边,更深的忧虑正萦绕于心曲。抽完了一支烟卷以后,应走的路途决定了,便赶到红十字会分会的办事处。

他缴纳会费愿做会员;又宣言自己的学校房屋还宽阔,愿意作为妇女收容所,到万一的时候收容妇女。这是慈善的举措,当然受热诚的欢迎,更兼潘先生本来是体面的大家知道的人物。办事处就给他红十字的旗子,好在学校门前张起来;又给他红十字的徽章,标明他是红十字会的一员。

潘先生接旗子和徽章在手,如捧着救命的神符,心头起一种神秘的快慰。"现在什么都安全了!但是……"想到这里,便笑向办事处的职员道,"多给我一面旗,几个徽章罢?"他的理由是学校还有个侧门,也得张一面旗,而徽章这东西不很大,恐怕偶尔遗失了,不如多拿几个备在那里。

办事员同他说笑话,这些东西又不好吃的,拿着玩也没什么意思,多拿几份仍旧只作一个会员,不如不要多拿罢。但是终于依他的话给了他。

两面红十字旗立刻在新秋的轻风中招展着;可是学校的侧门上并没有,原来移到潘先生家的大门上去了。一枚红十字徽章早已跳上潘先生的衣襟,闪耀着慈善庄严的光,给予潘先生一种新的勇气。其余几枚呢,潘先生重重包裹着,藏在贴身小衫的一个口袋里。他想,"一个是她的,一个是阿大的,一个是阿二的。"虽然他们离处在那渺茫难接的上海,但是仿佛给他们加保了一重稳当可靠的险,他们也就各各增加一种新的勇气。

三

碧庄地方两军开火了。

让里的人家很少有开门的,店铺自然更不用说,路上时时有兵士经过。他们快要开拨到前方去,觉得最高的权威附灵在自己身上,什么东西都不在眼里,只要高兴提起脚来踏,总可踏做泥团踏做粉。这就来了拉夫的事情;

恐怕被拉的人乘隙脱逃,便用长绳一个联一个缚着臂膊,几个弟兄在前,几个弟兄在后,一串一串牵着走。因此,大家对于出门这事都觉得危惧,万不得已时,也只从小巷僻路走,甚至佩有红十字徽章如潘先生之辈,也不免怀着戒心,不敢大模大样地踱来踱去。于是让里的街道见得清静且宽阔起来了。

上海的报纸好几天没来。本地的军事机关却常常有前方的战报公布出来,无非是些"敌军大败,我军进攻若干里"的话。街头巷尾贴出一张新鲜的来时,慢慢聚集,也有好些人注目看着。但大家看罢以后依然不能定心,好似这布告背后还伏着许多话没的说,于是怅怅地各自散了,眉头照旧皱着。

这几天潘先生无聊极了。最难堪的,自然是妻儿的远离,而且不通消息,而且似乎有永远难通的朕兆。次之便是自身的问题,"碧庄冲过来只一百多里路,这徽章虽说有用处,可是没有人写过笔据,万一没有用,又向谁去说话?——枪子炮弹劫掠放火都是真家伙,不是耍的,到底要多打听多走门路才行。"他于是这里那里探听前方的消息,只要这消息与外间传说的不同,便觉得真实的分散越多,即根据着盘算对于自身的利害。街上如其有一个人神色仓皇急忙行走时,他便突地一惊,以为这个人一定探得确实而又可怕的消息了;只因与他不相识,"什么!"就在喉际咽住了。

红十字会派人在前方办理救护的事情,常有人附着兵车回来,要打听消息自然最可靠了。潘先生虽然是个会员,却不常到办事处去探听,以为这样就是对公众表示胆怯,很不好意思。然而红十字会究竟是可以得到真消息的机关,舍此他求未免有点傻,于是每天傍晚,到姓吴的办事员家里打听去。姓吴的告诉他没有什么,或者说前方抵住在那里,他才透了口气回家。

这一天傍晚,潘先生又到姓吴的家里;等了好久,姓吴的才从外面走进来。

"没有什么罢?"潘先生急切地问。"照布告上说,昨天正向对方总攻击呢。"

"不行,"姓吴的忧愁地说;但随即咽住了,捻着唇边仅有的几根二三分长的胡须。

"什么!"潘先生心头突地跳起来,周身有种拘牵不自由的感觉。

姓吴的悄悄地回答,似乎防着人家偷听了去的样子,"确实的消息,正安(距碧庄八里的一个镇)今天早上失守了!"

"啊!"潘先生发狂似地喊出来。顿了一顿,回身就走,一壁说道,"我回去了!"

路上的电灯似乎特别昏暗,背后又仿佛有人追赶着的样子,惴惴地,歪斜的急步赶到了家,叮嘱王妈道,"你关着门就可安睡,我今夜有事,不回来住了。"他看见衣橱里有一件绉纱的旧棉袍,当时没收拾在寄出去的箱子里,丢了也可惜;又有孩子的几件布夹衫,仔细看实在还可以穿穿;又有潘师母的一条旧绸裙,她不一定舍得便不要它:便胡乱包在一起,提着出门。

"车!车!福星街红房子,一毛钱。"

"哪里有一毛钱的?"车夫懒懒地说。"你看这几天路上有几辆车?不是拼死寻饭吃的,早就躲起来了。随你要不要,三毛钱。"

"就是三毛钱,"潘先生迎上去,跨上脚踏坐稳了,"你也得依着我,跑得快一点!"

"潘先生,你到哪里去?"一个姓黄的同业在途中瞥见了他,立定了问。

"哦,先生,到那边……"潘先生失措地回答,也不辨这是谁的声音;忽然想起回答他实是多事——车轮滚得绝快,那个人决不至于赶上来再问,——便缩住了。

红房子里早已住满了人,大部是十天以前就搬来的,儿啼人语,灯火这边那边亮着,颇有点热闹的气象。主人翁相见之后,说,"这里实在没有余屋了。但是先生的东西都寄在这里,却也不好拒绝。刚才有几位匆忙地赶来,也因不好拒绝,权且把一间做饭吃的厢房给他们安顿。现在去同他们商量,总可以多插你先生一个。"

"商量商量总可以,"潘先生到了家一般地安慰。"况且在这么的时候。我也不预备睡觉,随便坐坐就得了。"

他提着包裹跨进厢房的当儿,疑惑自己受惊太厉害了,眼睛生了翳,因而引起错觉。但是闭了一闭再张开来时,所见依然如前,这靠窗坐着,在那里同对面的人谈话,上唇翘起两笔浓须的,不就是教育局长么?

他顿时踌躇起来,已跨进去的一只脚想要缩出来,又似乎不大好。那局长也望见了他,尴尬的脸上故作笑容说,"潘先生,你来了,进来坐坐。"主人翁听了,知道他们是相识的,转身自去。

"局长先在这里了。还方便吧,再容一个人?"

"我们只三个人,当然还可以容你。我们带着席子;好在天气不很凉,可以轮流躺着歇歇。"

潘先生觉得今晚的局长特别可亲,全不同平日那副庄严的神态,便忘形地直跨进去说,"那么不客气,就要陪三位先生过一夜了。"

这厢房不很宽阔。地上铺着一张席子,一个戴眼镜的中年人坐在上面,略微有疲倦的神色,但绝无欲睡的意思。锅灶等东西贴着一壁。靠窗一排摆着三只凳子,局长坐一只,头发梳得很光的二十多岁的人,局长的表弟,坐一只,一只空着。那边的墙角有一只柳条箱,三个衣包,大概就是三位先生带来的。仅仅这些,房里已没有空地了。电灯的光本来很弱,又蒙上了一层灰尘,照得房里的人物都昏暗模糊。

潘先生也把衣包摆在那边的墙角,与三位的东西合伙。回过来谦逊地坐上那只空凳子。局长给他介绍了自己的同伴,随后说,"你也听到了正安的消息么?""是呀,正安。正安失守,碧庄未必靠得住呢。"

"大概这方面对于南路很疏忽,正安失守,便是明证。那方面从正安袭取碧庄是最便当的,说不定此刻已被他们得手了。要是这样,不堪设想!"

"要是这样,这里非糜烂不可!"

"但是,这方面的杜统帅不是庸碌无能的人,他是著名善于用兵的,大约见得到这一层,总有方法抵挡得住。也许就此反守为攻,势如破竹,直捣那方面的巢穴呢。"

"但得这样,战事便收场了,那就好了!——我们办学的就可以开起学来,照常进行。"

局长一听到办学,立刻感得自己的尊严,捻着浓须叹道,"别的不要讲,这一场战争,大大小小的学生吃亏不小呢!"他把坐在这间小厢房里的局促不舒的感觉遗忘了,仿佛堂皇地坐在教育局的办公室里。

坐在席子上的中年人仰起头来含恨似地说,"那方面的朱统帅实在可恶!这方面打过去,他抵抗些什么,——他没有不终于吃败仗的。他若肯漂亮点儿让了,战事早就没有了。"

"他是傻子,"局长的表弟顺着说,"不到尽头不肯死心的。只是连累了我们,这当儿坐在这又暗又窄的房间里。"他带着玩笑的神气。

潘先生却想念起远在上海的妻儿来了。他不知道他们可安好,不知道他们出了什么乱子没有,不知道他们此刻已经睡了不曾,抓既抓不到,想象也极模糊;因想自己的被累要算最深重了,凄然望着窗外的小院子默不作声。

"不知道到底怎么样呢!"他又转想到那个可怕的消息以及意料所及的危险,不自主地吐露了这一句。

"难说,"局长表示富有经验的样子说。"用兵全在趁一个机,机是刻刻变化的,也许竟不为我们所料,此刻已……所以我们……"他对着中年人一笑。

中年人,局长的表弟同潘先生三个已经领会这一笑的意味;大家想坐在这地方总不至于有什么,也各安慰地一笑。

小院子里长满了草,是蚊虫同各种小虫的安适的国土。厢房里灯光亮着,它们齐向那里飞去。四位怀着惊恐的先生就够受用了;扑头扑面的全是那些小东西,蚊虫突然一针,痛得直跳起来。又时时停语侧耳,惶惶地听外边有没有枪声或人众的喧哗。睡眠当然是无望了,只实做了局长所说的轮流躺着歇歇。

明天清晨,潘先生的眼球上添了几缕红丝;风吹过来,觉得身上很冷。他急欲知道外面的情形,独个儿闪出红房子的大门。路上同平时的早晨一样,街犬竖起了尾巴高兴地这头那头望,偶尔走过一两个睡眼惺忪的人。他走过去,转入又一条街,也不听见什么特别的风声。回想昨夜的匆忙情形,不禁心里好笑。但是再一转念,又觉得实在并无可笑,小心一点总比冒险好。

四

二十余天之后,战事停止了。大众点头自慰道,"这就好了!只要不打仗,什么都平安了!"但是潘先生还不大满意,铁路还没有通,不能就把避居上海的妻儿接回来。信是来过两封了,但简略得很,比较不看更教他想念。他又恨自己到底没有先见之明;不然,这一笔冤枉的逃难费可以省下,又免得几十天的孤单。

他知道教育局里一定要提到开学的事情了,便前去打听。跨进招待室,看见局里的几个职员在那里裁纸磨墨,象是办喜事的样子。

一个职员喊出来道,"巧得很,潘先生来了!你写得一手好颜字,这个差使就请你当了罢。"

"这么大的字,非得潘先生写不可,"其余几个人附和着。

"写什么东西?我完全茫然。"

"我们这里正筹备欢迎杜统帅凯旋的事务。车站的两头要搭起对对的四个彩牌坊,让杜统帅的花车在中间通过。现在要写的就是牌坊上的几个字。"

"我哪里配写这上边的字?"

"当仁不让,""一致推举,"几个人一哄地说;笔杆便送到潘先生手里。

潘先生觉得这当儿很有点滋味,接了笔便在墨盆里蘸墨汁。凝想一下,提起笔来在蜡笺上一并排写"功高岳牧"四个大字。第二张写的是"威镇东南"。又写第三张,是"德隆恩溥"。——他写到"溥"字,仿佛觉得许多影片,拉夫,开炮,烧房屋,奸淫妇人,菜色的男女,腐烂的死尸,在眼前一闪。

旁边看写字的一个人赞叹说,"这一句更见恳切。字也越来越好了。"

"看他对上一句什么,"又一个说。

1924 年 11 月 27 日完毕

《潘先生在难中》导读 拓展阅读

拓展阅读
张福贵：错位的批判：一篇缺少同情与关怀的冷漠之作

竹林的故事

废 名

出城一条河,过河西走,坝脚下有一簇竹林,竹林里露出一重茅屋,茅屋两边都是菜园:十二年前,它们的主人是一个很和气的汉子,大家呼他老程。

那时我们是专门请一位先生在祠堂里讲《了凡纲鉴》,为得拣到这菜园来割菜,因而结识了老程,老程有一个小姑娘,非常的害羞而又爱笑,我们以后就藉了割菜来逗她玩笑。我们起初不知道她的名字,问她,她笑而不答,有一回见了老程呼"阿三",我才挽住她的手:"哈哈,三姑娘!"我们从此就呼她三姑娘。从名字看来,三姑娘应该还有姊妹或兄弟,然而我们除掉她的爸爸同妈妈,实在没有看见别的谁。

一天我们的先生不在家,我们大家聚在门口掷瓦片,老程家的捏着香纸走我们的面前过去,不一刻又望见她转来,不笔直的循走原路,勉强带笑的弯近我们:"先生!替我看看这签。"我们围着念菩萨的绝句,问道:"你求的是什么呢?"她对我们诉一大串,我们才知道她的阿三头上本来还有两个姑娘,而现在只要让她有这一个,不再三朝两病的就好了。

老程除了种菜,也还打鱼卖。四五月间,霎雨之后,河里满河山水,他照例拿着摇网走到河边的一个草墩上——这墩也就是老程家的洗衣裳的地方,因为太阳射不到这来,一边一棵树交荫着成一座天然的凉棚。水涨了,搓衣的石头沉在河底,呈现绿团团的坡,刚刚高过水面,老程老像乘着划船一般站在上面把摇网朝水里兜来兜去;倘若兜着了,那就不移地的转过身倒在挖就了的荡里,——三姑娘的小小的手掌,这时跟着她的欢跃的叫声热闹起来,一直等到蹦跳蹦跳好容易给捉住了,才又坐下草地望着爸爸。

流水潺潺,摇网从水里探起,一滴滴的水点打在水上,浸在水当中的枝条也冲击着嚓嚓作响。三姑娘渐渐把爸爸站在那里都忘掉了,只是不住的抠土,嘴里还低声的歌唱;头毛低到眼边,才把脑壳一扬,不觉也就瞥到那滔滔水流上的一堆白沫,顿时兴奋起来,然而立刻不见了,偏头又给树叶子遮住了——使得眼光回复到爸爸的身上,是突然一声"啊呀"!这回是一尾大鱼!而妈妈也沿坝走来,说盐钵里的盐怕还够不了一飨饭。

老程由街转头,茅屋顶上正在冒烟,叱咤一声,躲在园里吃菜的猪飞奔的跑,——三姑娘也就出来了,老程从荷包里掏出一把大红头绳:"阿三,这个打辫好吗?"三姑娘抢在手上,一面还接下酒壶,奔向灶角里去。"留到端午扎艾蒿,别糟蹋了!"妈妈这样答应着,随即把酒壶伸到灶孔烫。三姑娘到房里去了一会又出来,见了妈妈抽筷子,便赶快拿出杯子——家里只有这一个,老是归三姑娘照管——踮着脚送在桌上;然而老程终于还是要亲自朝中间挪一挪,然后又取出壶来。"爸爸喝酒,我吃豆腐干!"老程实在用不着下酒的菜,对着三姑娘慢慢的喝了。

三姑娘八岁的时候,就能够代替妈妈洗衣。然而绿团团的坡上,从此也不见老程的踪迹了——这只要看竹林的那边河坝倾斜成一块平坦的上面,高耸着一个不毛的同教书先生(自然不是我们的先生)用的戒方一般模样的土堆,堆前竖着三四根只有杪梢还没有斩去的枝桠吊着被雨粘住的纸幡残片的竹竿,就可以知道是什么意义。

老程家的已经是四十岁的婆婆,就在平常,穿的衣服也都是青蓝大布,现在不过系鞋的带子也不用那水红颜色的罢了,所以并不现得十分异样。独有三姑娘的黑地绿花鞋的尖头蒙上一层白布,虽然更现得好看,却叫人见了也同三姑娘自己一样懒懒的没有话可说了。

然而那也并非是长久的情形。母女都是那样勤敏,家事的兴旺,正如这块小天地,春天来了,林里的竹子,园里的菜,都一天一天的绿得可爱。老程的死却正相反,一天比一天淡漠起来,只有鹞鹰在屋头上打圈子,妈妈呼喊女儿道,"去,去看坦里放的鸡娃",三姑娘才走到竹林那边,知道这里睡的是爸爸了。到后来,青草铺平了一切,连曾经有个爸爸这件事实几乎也没有了。

正二月间城里赛龙灯,大街小巷,真是人山人海。最多的还要算邻近各村上的女人,她们像一阵旋风,大大小小牵成一串从这街冲到那街,街上的汉子也借这个机会撞一撞她们的奶。然而能够看得见三姑娘同三姑娘的妈妈吗?不,一回也没有看见!锣鼓喧天,惊不了她母女两个,正如惊不了栖在竹林的雀子。鸡上埘的时候,比这里更西也是住在坝下的堂嫂子们,顺便也邀请一声"三姐",三姑娘总是微笑的推辞。妈妈则极力鼓励着一路去,三姑娘送客到坝上,也跟着出来,看到底攀缠着走了不;然而别人的渐渐走得远了,自己的不还是影子一般的依在身边吗?

三姑娘的拒绝,本是很自然的,妈妈的神情反而有点莫名其妙了!用询问的眼光朝妈妈脸上一瞧,——却也正在瞧过来,于是又掉头望着嫂子们走去的方向:

"有什么可看?成群打阵,好像是发了疯的!"

这话本来想使妈妈热闹起来,而妈妈依然是无精打采沉着面孔。河里没有水,平沙一片,现得这坝从远远看来是蜿蜒着一条蛇。站在上面的人,更小到同一颗黑子了。由这里望过去,半圆形的城门,也低斜得快要同地面合成了一起;木桥俨然是画中见过的,而往来蠕动都在沙滩;在坝上分明数得清楚,及至到了沙滩,一转眼就失了心目中的标记,只觉得一簇簇的仿佛是远山上的树林罢了。至于聒聒的喧声,却比站在近旁更能入耳,虽然听不着说的是什么,听者的心早被他牵引了去了。竹林里也同平常一样,雀子在奏他们的晚歌,然而对于听惯了的人只能够增加静寂。

打破这静寂的终于还是妈妈:

"阿三!我就是死了也不怕猫跳!你老这样守着我,到底……"

妈妈不作声,三姑娘抱歉似的不安,突然来了这埋怨,刚才的事倒好像给一阵风赶跑了,增长了一番力气娇恼着:

"到底!这也什么到底不到底!我不欢喜玩!"

三姑娘同妈妈间的争吵,其原因都出在自己的过于乖巧,比如每天清早起来,把房里的家具抹得干净,妈妈却说,"乡户人家呵,要这样?"偶然一出门做客,只对着镜子把散在额上的头毛梳理一梳理,妈妈却硬从盒子里拿出一枝花来。现在站在坝上,眶子里的眼泪快要迸出来了,妈妈才不作声。这时节难为的是妈妈了,皱着眉头不转睛的望,而三姑娘老不抬头!待到点燃了案上的灯,才知道已经走进了茅屋,这期间的时刻竟是在梦中过去了。

灯光下也立刻照见了三姑娘,拿一束稻草,一菜篮适才饭后同妈妈在园里割回的白菜,坐下板凳三棵捆成一把。

"妈妈,这比以前大得多了!两棵怕就有一斤。"

妈妈哪想到屋里还放着明天早晨要卖的菜呢?三姑娘本不依恃妈妈的帮忙,妈妈终于不出声的叹一口气伴着三姑娘捆了。

三姑娘不上街看灯,然而当年背在爸爸的背上是看过了多少次的,所以听了敲在城里响在城外的锣鼓,都能够在记忆中画出是怎样的情境来。"再是上东门,再是在衙门口领赏……"忖着声音所来的地方自言自语的这样猜。妈妈正在做嫂子的时候,也是一样的欢喜赶热闹,那情境也许比三姑娘更记得清白,然而对于三姑娘的仿佛亲临一般的高兴,只是无意的吐出来几声"是"——这几乎要使得三姑娘稀奇得伸起腰来了:"刚才还催我去玩哩!"

三姑娘实在是站起来了,一二三四的点着把数,然后又一把把的摆在菜篮,以便于明天一大早挑上街去卖。

见了三姑娘活泼泼的肩上一担菜,一定要奇怪,昨夜晚为什么那样没出息,不在火烛之下现一现那黑然而美的瓜子模样的面庞的呢?不——倘若奇怪,只有自己的妈妈。人一见了三姑娘挑菜,就只有三姑娘同三姑娘的菜,其余的什么也不记得,因为耽误了一刻,三姑娘的菜就买不到手;三姑娘的白菜原是这样好,隔夜没有浸水,煮起来比别人的多,吃起来比别人的甜了。

我在祠堂里足足住了六年之久,三姑娘最后留给我的印象,也就在卖菜这一件事。

三姑娘这时已经是十二三岁的姑娘,因为是暑天,穿的是竹布单衣,颜色淡得同月色一般——这自然是旧的了,然而倘若是新的,怕没有这样合式,不过这也不能够说定,因为我们从没有看见三姑娘穿过新衣:总之三姑娘是好看罢了。三姑娘在我们的眼睛里同我们的先生一样熟,所不同的,我们一望见先生就往里跑,望见三姑娘都不知不觉的站在那里笑,然而三姑娘是这样淑静,愈走近我们,我们的热闹便愈是消灭下去,等到我们从她的篮里拣起菜来,又从自己的荷包里掏出了铜子,简直是犯了罪孽似的觉得这太对不起三姑娘了。而三姑娘始终是很习惯的,接下铜子又把菜篮肩上。

一天三姑娘是卖青椒。这时青椒出世还不久,我们大家商议买四两来煮鱼吃——鲜青椒煮鲜鱼,是再好吃没有的。三姑娘在用秤称,我们都高兴的了不得,有的说买鲫鱼,有的说鲫鱼还不及鳊鱼。其中有一位是最会说笑的,向着三姑娘道:

"三姑娘,你多称一两,回头我们的饭熟了,你也来吃,好不好呢?"

三姑娘笑了:

"吃先生们的一餐饭使不得?难道就要我出东西?"

我们大家也都笑了;不提防三姑娘果然从篮子里抓起一把掷在原来称就了的堆里。

"三姑娘是不吃我们的饭的,妈妈在家里等吃饭。我们没有什么谢三姑娘,只望三姑娘将来碰一个好姑爷。"

我这样说。然而三姑娘也就赶跑了。

从此我没有见到三姑娘。到今年,我远道回家过清明,阴雾天气,打算去郊外看烧香,走到坝上,远远望见竹林,我的记忆又好像一塘春水,被微风吹起波皱了。正在徘徊,从竹林上坝的小径,走来两个妇人,一个站住了,前面的一个且走且回应,而我即刻认定了是三姑娘!

"我的三姐,就有这样忙,端午中秋接不来,为得先人来了饭也不吃!"

那妇人的话也分明听到。

再没有别的声息:三姑娘的鞋踏着沙土。我急于要走过竹林看看,然而也暂时面对流水,让三姑娘低头过去。

1924 年 10 月

拜　堂

台静农

黄昏的时候,汪二将蓝布夹小袄托蒋大的屋里人当了四百大钱。拿了这些钱一气跑到吴三元的杂货店,一屁股坐在柜台前破旧的大椅上,椅子被坐得格格地响。

"那里来,老二?"吴家二掌柜问。

"从家里来。你给我请三股香,数二十张黄表。"

"弄什么呢?"

"人家下书子,托我买的。"

"那么不要蜡烛吗?"

"他妈的,将蜡烛忘了,那么就给我拿一对蜡烛罢。"

吴家二掌柜将香表蜡烛裹在一起,算了账,付了钱。汪二在回家的路上走着,心里默默地想:同嫂子拜堂成亲,世上虽然有,总不算好事。哥哥死了才一年,就这样了,真有些对不住。转而想,要不是嫂子天天催,也就可以不用磕头,糊里糊涂地算了。不过她说得也有理:肚子眼看一天大似一天,要是生了一男半女,到底算谁的呢? 不如率性磕了头,遮遮羞,反正人家是笑话了。

走到家,将香纸放在泥砌的供桌上。嫂子坐在门口迎着亮上鞋。

"都齐备了么?"她停了针向着汪二问。

"都齐备了,香、烛、黄表。"汪二蹲在地上,一面答,一面擦了火柴吸起旱烟来。

"为什么不买炮呢?"

"你怕人家不晓得么,还要放炮!"

"那么你不放炮,就能将人家瞒住了?"她深深地叹了一口气。"既然丢了丑,总得图个吉利,将来日子长,要过的。我想哈要买两张灯红纸,将窗户糊糊。"

"俺爹可用告诉他呢?"

"告诉他作什么? 死多活少的,他也管不了这些,他天天只晓得问人要钱灌酒。"她愤愤地说。"夜里哈少不掉牵亲的,我想找赵二的家里同田大娘,你去同她两个说一声。"

"我不去,不好意思的。"

"哼,"她向他重重地看了一眼。"要讲意思,就不该作这样丢脸的事!"她冷诮地说。

这时候,汪二的父亲缓缓地回来了。右手提了小酒壶,左手端着一个白碗,碗里放着小块豆腐。他将酒壶放在供桌上,看见了那包香纸,于是不高兴地说:

"妈的,买这些东西作什么?"

汪二不理他,仍旧吸烟。

"又是许你妈的什么愿,一点本事都没有,许愿就能保佑你发财了?"

汪二还是不理他。他找了一双筷子,慢慢地在拌豆腐,预备下酒。全室都沉默了,除了筷子捣碗声,汪二的吸旱烟声,和汪大嫂的上鞋声。

镇上已经打了二更,人们大半都睡了,全镇归于静默。

她趁着夜静,提了篾编的小灯笼,悄悄地往田大娘那里去。才走到田家获柴门的时候,已听着屋里纺线的声音,她知道田大娘还没有睡。

"大娘,你开开门。哈在纺线呢。"她站在门外说。

"是汪大嫂么?在那里来呢,二更都打了?"田大娘早已停止了纺线,开开门,一面向她招呼。

她坐在田大娘纺线的小椅上,半晌没有说话,田大娘很奇怪,也不好问。终于她说了:

"大娘,我有点事……就是……"她未说出又停住了。"真是丑事,现在同汪二这样了。大娘,真是丑事,如今有了四个月的胎了。"她头是深深地低着,声音也随之低微。"我不恨我的命该受苦,只恨汪大丢了我,使我孤零零地,又没有婆婆,只这一个死多活少的公公。……我好几回就想上吊死去,……"

"嗳,汪大嫂你怎么这样说!小家小户守什么?况且又没有个牵头;就是大家的少奶奶,又有几个能守得住的?"

"现在真没脸见人……"她的声音有些哽咽了。

"是不是想打算出门呢?本来应该出门,找个不缺吃不缺喝的人家。"

"不呀,汪二说不如磕个头,我想也只有这一条路。我来就是想找大娘你去。"

"要我牵亲么?"

"说到牵亲,真丢脸,不过要拜天地,总得要旁人的;要是不恭不敬地也不好,将来日子长,哈要过活的。"

"那么,总得哈要找一个人,我一个也不大好。"

"是的,我想找赵二嫂。"

"对啦,她很相宜,我们一阵去。"田大娘说着,在房里摸了一件半旧的老蓝布褂穿了。

这深夜的静寂的帷幕,将大地紧紧地包围着,人们都酣卧在梦乡里,谁也不知道大地上有这么两个女人,依着这小小的灯笼的微光,在这漆黑的帷幕中走动。

渐渐地走到了,不见赵二嫂屋里的灯光,也听不见房内有什么声音,知道她们是早已睡了。

"赵二嫂,你睡了么?"田大娘悄悄地走到窗户外说。

"是谁呀?"赵二嫂丈夫的口音。

"是田大娘么?"赵二嫂接着问。

"是的,二嫂你开开门,有话跟你说。"

赵二嫂将门开开,汪大嫂就便上前招呼:

"二嫂已经睡了,又麻烦你开门。"

"怎么,你两个吗,这夜黑头从那里来呢?"赵二嫂很惊奇地问。"你俩请到屋里坐,我来点灯。"

"不用,不用,你来我跟你说!"田大娘一把拉了她到门口一棵柳树的底下,低声地说了她们的来意。结果赵二嫂说:

"我去,我去,等我换件褂子。"

少顷,她们三个一起在这黑的路上缓缓走着了,灯笼残烛的微光,更加黯弱。柳条迎着夜风摇摆,荻柴莎莎地响,好象幽灵出现在黑夜中的一种阴森的可怕,顿时使这三个女人不禁地感觉着恐怖的侵袭。汪大嫂更是胆小,几乎全身战栗得要叫起来了。

到了汪大嫂家以后,烛已熄灭,只剩了烛烬上一点火星了。汪二将茶已煮好,正在等着;汪大嫂端了茶敬奉这两位来客。赵二嫂于是问:

"什么时候拜堂呢?"

"就是半夜子时罢,我想。"田大娘说。

"你两位看着罢,要是子时,就到了,马上要打三更的。"汪二说。

"那么,你就净净手,烧香罢。"赵二嫂说着,忽然看见汪大嫂还穿着孝。"你这白鞋怎么成,有黑鞋么?"

"有的,今天下晚才赶着上起来的。"她说了,便到房里换鞋去了。

"扎头绳也要换大红的,要是有花,哈要戴几朵。"田大娘一面说着,一面到了房里帮着她去打扮。

汪二将香烛都已烧着,黄表预备好了。供桌捡得干干净净的。于是轻轻地跑到东边墙外半间破屋里,看看他的爹爹是不是睡熟了,听在打鼾,倒放下心。

赵二嫂因为没有红毡子,不得已将汪大嫂床上破席子拿出铺在地上。汪二也穿了一件蓝布大褂,将过年的洋缎小帽戴上,帽上小红结,系了几条水红线;因为没有红丝线,就用几条棉线替代了。汪大嫂也穿戴得周周正正地同了田大娘走出来。

烛光映着陈旧褪色的天地牌,两人恭敬地站在席上,顿时显出庄严和寂静。

"站好了,男左女右,我来烧黄表。"田大娘说着,向前将表对着烛焰燃起,又回到汪大嫂身边。"磕罢,天地三个头。"赵二嫂说。

汪大嫂本来是经过一次的,也倒不用人扶持;听赵二嫂说了以后,却静静地和汪二磕了三个头。

"祖宗三个头。"

汪大嫂和汪二,仍旧静静地磕了三个头。

"爹爹呢,请来,磕一个头。"

"爹爹睡了,不要惊动罢,他的脾气又不好。"汪二低声说。

"好罢,那就给他老人家磕一个堆着罢。"

"再给阴间的妈妈磕一个。"

"哈有……给阴间的哥哥也磕一个。"

忽而汪大嫂的眼泪扑的落下地了,全身是颤动和抽搐;汪二也木然地站着,颜色变得可怕。全室中的情调,顿成了阴森惨淡。双烛的光辉,竟黯了下去,大家都张皇失措了。终于田大娘说:

"总得图个吉利,将来哈要过活的!"

汪大嫂不得已,忍住了眼泪,同了汪二,又呆呆地磕了一个头。

第二天清晨,汪二的爹爹,提了小酒壶,买了一个油条,坐在茶馆里。

"给你老头道喜呀,老二安了家。"推车的吴三说。

"道他妈的喜,俺不问他妈的这些屌事!"汪二的爹爹愤然地说。"以前我叫汪二将这小寡妇卖了,凑个生意本。他妈的,他不听,居然他俩个弄起来了!"

"也好。不然,老二到那里安家去,这个年头?"拎画眉笼的齐二爷庄重地说。

"好在肥水不落外人田。"好象摆花生摊的小金从后面这样说。

汪二的爹爹没有听见,低着头还是默默地喝他的酒。

1927 年 6 月 6 日

《拜堂》导读 拓展阅读

拓展阅读
郭大章：阴冷悲剧中的反抗和欢欣——台静农《拜堂》再解读

莎菲女士的日记

丁 玲

十二月二十四

今天又刮风！天还没亮，就被风刮醒了。伙计又跑进来生炉。我知道，这是怎样都不能再睡得着了的。我也知道，不起来，便会头昏。睡在被窝里是太爱想到一些奇奇怪怪的事上去。医生说顶好能多睡，多吃，莫看书，莫想事，偏这就不能，夜晚总得到两三点才能睡着，天不亮又醒了。像这样刮风天，真不能不令人想到许多使人焦躁的事。并且一刮风，就不能出去玩，关在屋子里没有书看，还能做些什么？一个人能呆呆的坐着，等时间的过去吗？我是每天都在等着，挨着，只想这冬天快点过去；天气一暖和，我咳嗽总可好些，那时候，要回南便回南，要进学校便进学校，但这冬天可太长了。

太阳照到纸窗上时，我是在煨第三次的牛奶。昨天煨了四次。次数虽煨得多，却不定是要吃，这只不过是一个人在刮风天为免除烦恼的养气法子。这固然可以混去一小点时间，但有时却又不能不令人更加生气，所以上星期整整的有七天没玩它，不过在没想出别的法子时，是又不能不借重它来像一个老年人耐心着消磨时间。

报来了，便看报，顺着次序看那大号字标题的国内新闻，然后又看国外要闻，本埠琐闻……把教育界，党化教育，经济界，九六公债盘价……全看完，还要再去温习一次昨天前天已看熟了的那些招男女，编级新生的广告，那些为分家产起诉的启事，连那些什么六〇六，百灵机，美容药水，开明戏，真光电影……都熟习了过后才懒懒的丢开报纸。自然，有时是会发现点新的广告，但也除不了是些绸缎铺五年六年纪念的减价，恕讣不周的讣闻之类。

报看完，想不出能找点什么事做，只好一人坐在火炉旁生气。气的事，也是天天气惯了的。天天一听到从窗外走廊上传来的那些住客们喊伙计的声音，便头痛，那声音真是又粗，又大，又嘎，又单调："伙计，开壶！"或是"脸水，伙计！"这是谁也可以想像出来的一种难听的声音。还有，那楼下电话也是不断的有人在那电机旁大声的说话。没有一些声息时,又会感到寂沉沉的可怕,尤其是那四堵粉垩的墙。它们呆呆的把你眼睛挡住,无论你坐在那方;逃到床上躺着吧,那同样的白垩的天花板,便沉沉的把你压住。真找不出一件事是能令人不生嫌厌的心的;如同那麻脸伙计,那有抹布味的饭菜,那扫不干净的窗格上的沙土,那洗脸台上的镜子——这是一面可以把你的脸拖到一尺多长的镜子,不过只要你肯稍微一偏你的头,那你的脸又会扁的使你自己也害怕……这都是可以令人生气了又生气。也许这只我一人如是。但我却宁肯能找到些新的不快活,不满足,只是新的,无论好坏,似乎都隔得我太远了。

吃过午饭,苇弟便来了,我一听到他那特有的急遽的皮鞋声已从走廊的那端传来时,我的心似乎便从一种窒息中透出一口气来的感到舒适。但我却不会表示,所以当苇弟进来时,我只能默默的望着他;他反以为我又在烦恼,握紧我一双手,"姊姊,姊姊,"那样不断的叫着。我,我自然笑了!我笑的什么呢,我知道!在那两颗只望到我眼睛下面的跳动的眸子中,我准懂得那收藏在眼睑下面,不愿给人知道的是些什么东西!这是有多么久了,你,苇弟,你在爱我!但他捉住过我吗?自然,我是不能负一点责,一个女人是应当这样。其实,我算够忠厚了;我不相信会有第二个女人这样不捉弄他的,并且我还在确确实实的可怜他,竟有时忍不住想去指点他:"苇弟,你不可以换个方法吗?这样是只能反使我不高兴的……"对的,假使苇弟能够再聪明一点,我是可以比较喜欢他些,但他却只能如此忠实的去表现他的真挚!

苇弟看见我笑了,便很满足。跳过床头去脱大氅,还脱下他那顶大皮帽来。假使他这时再掉过头来望我一下,我想他一定可以从我的眼睛里得些不快活去。为什么他不可以再多的懂得我些呢?

我总愿意有那末一个人能了解我得清清楚楚的,如若不懂得我,我要那些爱,那些体贴做什么?偏偏我的父亲,我的姊姊,我的朋友都能如此盲目的爱惜我,我真不知他们所爱惜我的是些什么;爱我的骄纵,爱我的脾气,爱我的肺病吗?有时我为这些生气,伤心,但他们却都更容让我,更爱我,说一些错到更能使我想打他们的一些安慰话。我真愿意在这种时候会有人懂得我,便骂我,我也可以快乐而骄傲了。

没有人来理我,看我,我是会想念人家,或恼恨人家,但有人来后,我不觉得又会给人一些难堪,这也是无法的事。近来为要磨练自己,常常话到口边便咽住,怕又在无意中竟刺着了别人的隐处,虽说是开玩笑。因为如此,所以这是可以想像出来的,我是拿一种什么样的心情在陪苇弟坐。但苇弟若站起身来喊走时,我是又会因怕寂寞而感到怅惘,而恨起他来。这个,苇弟是早就知道了的,所以他一直到晚上十点钟才回去。不过我却不骗人,并不骗自己,我清白,苇弟不走,不特于他没有益处,反只能让我更觉得他太容易支使,或竟更可怜他的太不会爱的技巧了。

十二月二十八

今天我请毓芳同云霖看电影。毓芳却邀了剑如来。我气得只想哭,但我却纵声的笑了。剑如,她是够多么可以损害我自尊之心的;我因为她的容貌,举止,无一不像我幼时所最投洽的一个朋友,所以我竟不觉的时常在追随她,她又特意给了我许多敢于亲近她的勇气,但后来,我却遭受了一种不可忍耐的待遇,无论什么时候想起,我都会痛恨我那过去的,已不可追悔的无赖行为:在一个星期中我曾足足的给了她八封长信,而未曾给人理睬过。毓芳真不知想的那一股劲,明知我已不愿再提起从前的事,却故意要邀着她来,像有心要挑逗我的愤恨一样,我真气了。

我的笑,毓芳和云霖是不会留意这有什么变异,但剑如,她是能感觉得;可是她会装,装糊涂,同我毫无芥蒂的说话。我预备骂她几句,不过话只到口边便想到我为自己定下的戒条。并且做得太认真,怕越令人得意。所以我又忍下心去同她们玩。

到真光时,还很早,在门口又遇着一群同乡的小姐们,我真厌恶那些惯做的笑靥,我不去理她们,并且我无缘无故的生气到那许多去看电影的人。我乘毓芳同她们说到热闹中,我丢下我所请的客,悄悄回来了。

除了我自己,是没有人会原谅我的。谁也在批评我,谁也不知道我在人前所忍受的一些人们给我的感触。别人说我怪僻,他们哪里知道我却时常在讨人好,讨人欢喜,不过人们太不肯鼓励我去说那太违我心的话,常常给我机会,让我反省到我自己的行为,让我离人们却更远了。

夜深时,全公寓都静静的,我躺在床上好久了。我清清白白的想透了一些事,我还能伤心什么呢?

十二月二十九

一早毓芳就来电话。毓芳是好人,她不会扯谎,大约剑如是真病。毓芳说,起病是为我,要我去,剑如将向我解释。毓芳错了,剑如也错了,莎菲不是欢喜听人解释的人。根本我就否认宇宙间要解释。朋友们好,便好;合不来时,给别人点苦头吃,也是正大光明的事。我还以为我够大量,太没报复人了。剑如既为我病,我倒快活,我不会拒绝听别人为我而病的消息。并且剑如病,还可以减少点我从前自怨自艾的烦恼。

我真不知应怎样才能分析出我自己来。有时为一朵被风吹散了的白云,会感到一种渺茫的,不可捉摸的难过,但看到一个二十多岁的男子(苇弟其实还大我四岁)把眼泪一颗一颗掉到我手背时,却像野人一样的在得意的笑了。苇弟是从东城买了许多信纸信封来我这里玩,为了他很快乐,在笑,我便故意去捉弄,看到他哭了,我却快意起来,并且说:"请珍重点你的眼泪吧,不要以为姊姊是像别的女人一样脆弱得受不起一颗眼泪……""还要哭,请你转家去哭,我看见眼泪就讨厌……"自然,他不走,不分辩,不负气,只蜷在椅角边老老实实无声的去流那不知从哪里得来的那末多的眼泪。我,自然,得意够了,是又会惭愧起来,于是用着姊姊的态度去喊他洗脸,抚摩他的头发。他镶着泪珠又笑了。

在一个老实人面前,我是已尽自己的残酷天性去磨折了他,但当他走后,我真又想能抓回他来,只请求他一句:"我知道自己的罪过,请不要再爱这样一个不配承受那真挚的爱的女人了吧!"

一月一号

我不知道那些热闹的人们是怎样的过年法,我是只在牛奶中加了一个鸡子,鸡子还是昨天苇弟拿来的,一共是二十个,昨天煨了七个茶滷蛋,剩下的十三个,大约总够我两星期来吃它。若吃午饭时,苇弟会来,则一定有两个罐头的希望。我真希望他来。因为想到苇弟来,所以我便上单牌楼去买了四盒糖,两包点心,一篓桔子和苹果,是预备他来时给他吃的。我是准断定在今天只有他才能来。

但午饭吃过了,苇弟却没来。

我一共写了五封信,都是用前几天苇弟买来的好纸好笔。但我想能接得几个美丽的画片,却不能。连几个最爱弄这个玩艺儿的姊姊们都把我这应得的一份儿忘了。不得画片,不希罕,单单只忘了我,却是可气的事。不过为了自己从不曾给人拜过一次年,算了,这也是应该的。

晚饭还是我一人独吃,我烦恼透了。

夜晚毓芳云霖却来了,还引来一个高个儿少年,我只想他们才真算幸福;毓芳有云霖爱她,她满意,他也满意。幸福不是在有爱人,是在两人都无更大的欲望,商商量量平平和和的过日子。自然,也有人将不屑于这平庸。但那只是另外那人的,却与我的毓芳无关。

毓芳是好人,因为她有云霖,所以她"愿天下有情人皆成眷属"。她去年曾替玛丽作过一次恋爱婚姻介绍者。她又希望我能同苇弟好。因此她一来便问苇弟。但她却和云霖及那高个儿把我给苇弟买的东西吃完了。

那高个儿可真漂亮,这是我第一次感觉到男人的美上面,从来我是没有留心到。只以为一个男人的本行是在会说话,会看眼色,会小心就够了。今天我看了这高个儿,才懂得男人是另铸有一种高贵的模型,我看出那衬在他面前的云霖显得多么委琐,多么呆拙……我真要可怜云霖,假使他知道了他在这大人前所衬出的不幸时,他将怎样伤心他那些所有的粗丑的眼神,举止。我更不知,当毓芳拿着这一高一矮的男人相比时,是会起一种什么情感!

他,这生人,我将怎样去形容他的美呢?固然,他的颀长的身躯,白嫩的面庞,薄薄的小嘴唇,柔软的头发,都足以闪耀人的眼睛,但他却还另外有一种说不出,捉不到的丰仪来煽动你的心。如同,当我请问他的名字时,他是会用那种我想不到的不急遽的态度递过那只擎有名片的手来。我抬起头去,呀,我看见那两个鲜红的,嫩腻的,深深凹进的嘴角了。我能告诉人吗?我是用一种小儿要糖果的心情在望着那惹人的两个小东西。但我知道在这个社会里面是不会准许任我去取得我所要的来满足我的冲动,我的欲望,无论这是于人并不损害的事,所以我只得忍耐着,低下头去,默默的去念那名片上的字:

"凌吉士,新加坡……"

凌吉士,他是能那样毫无拘束的在我这儿谈笑,像是在一个很熟的朋友处,难道我能说他这是有意来捉弄一个胆小的人?我是为要强迫的去拒绝引诱,从不敢把眼光抬平去一望那可爱慕的火炉的一角。并且害得两只从不知羞惭的破烂拖鞋,也逼着我不准走到桌前的灯光处。我并且生气我自己,怎么我只会那样拘束,不调皮的在应对?平日看不起别人的交际法,今天才知道自己是还只能显得又呆,又默,又傻气。唉,他一定以为我是一个乡下才出来的姑娘了!

云霖同毓芳两人看见我木木的,以为我不欢喜这生人,常常去打断他的说话,不久带着他走了。这个我也能感激他们的好意吗?我望着那一高两矮的影子在楼下院子中消失时,我真不愿再回到这留得有那人的靴印,那人的声音,和那人吃剩的饼屑的屋子。

一月三号

这两夜通宵通宵的咳嗽。对于药,简直就不会有信仰,药与病不是已毫无关系了吗?我明明已厌烦了那苦水,但却又按时去吃它,假使连药也不吃,我更能拿什么来希望我的病呢?神要人忍耐着生活,便安排许多痛苦在死的前面,使人不敢走拢死去。我呢,我是更为了我这短促的不久的生,所以我越求生的利害;不是我怕死,是我总觉得我还没享有我生的一切。我要,我要使我快乐。无论在白天,在夜晚,我都是在梦想可以使我没有什么遗憾在我死的时候的一些事情。我想我能睡在一间极精致的卧房的睡榻上,有我的姊姊们跪在榻前的熊皮毡子上为我祈祷,父亲悄悄的朝着窗外叹息,我读着许多封从那些爱我的人儿们寄来的长信,朋友们都纪念我流着忠实的眼泪……我迫切的需要这人间的感情,想占有许多不可能的东西。但人们给我的是什么呢?整整又两天,又一人幽囚在公寓里,没有一个人来,也没有一封信来,我躺在床上咳嗽,坐在火炉旁咳嗽,走到桌子前也咳嗽,还想念这些可恨的人们……其实是还收到一封信的,不过这除了更加我一些不快外,也只不过是加我不快。这是在一年前曾骚扰过我的一个安徽粗壮男人所寄来,我没看完就扯了。我真肉麻那满纸的"爱呀爱的!"我厌恨我不喜欢的人们的荩献……

我,我能说得出我真实的需要是些什么呢?

一月四号

事情不知错到什么地方去了。我为什么会想到搬家,并且糊里糊涂中欺骗了云霖,好像扯谎也是本能一样,所以在今天能毫不费力的便使用了。假使云霖知道了莎菲也会哄骗他,他不知应如何伤心;莎菲是他们那样爱惜的一个小妹妹。自然我不是安心的,并且我现在在后悔。但我能决定吗?搬呢,还是不搬?

我是不能不向我自己说:"你是在想念那高个儿的影子呢!"是的,这几天几夜我是无时不神往到那些足以诱惑我的。为什么他不在这几天中单独来会我呢?他应当知道他是不该让我如此的去思慕他。他应当来看我,说他也想念我才对。假使他来,我是不会拒绝去听他所说的一些爱慕我的话,我还将令他知道我所要的是些什么。但他却不来。我估定这像传奇中的事是难实现了。难道我去找他吗?一个女人这样放肆,是不会得好结果的。何况还要别人能尊敬我呢。我想不出好法子来,只好先去到云霖处试一试,所以吃过午饭,我便冒风向东城去。

云霖是京都大学的学生,他的住房便租在一家间于京都大学一院和二院之间青年胡同里。我到他那里时,幸好他没出去,毓芳也没来。云霖当然很诧异我在大风天出来,我说是到德国医院看病,顺便来这里。他也就毫不疑惑,又来问我的病状,我却把话头故意引到那天晚上。不费一点气力,我便已打探得那人儿是住在第四寄宿舍,位置是在京都大学二院隔壁的。不久,我于是又叹起气来,我用了许多言辞把在西城公寓里的生活,描摹得怎样的寂寞,黯淡。我又扯谎,说我唯一只想能贴近毓芳(我已知道毓芳已预备搬来云霖处)。我要求云霖同我往近处找房。云霖当然高兴这差事,不会迟疑的。

在找房的时候,凑巧竟碰着了凌吉士。他也陪着我们。我真高兴,高兴使我胆大了,我狠狠的望了他几次,他没有觉得,他问我的病,我说全好了,他不信似的在笑。

我看上一间又低,又小,又霉的东房,这是在云霖的隔壁一家叫大元的公寓里。他和云霖都说太湿,我却执意要在第二天便搬来,理由是那边太使我厌倦,而我急切的又要依着毓芳。云霖无法,也就答应了。还说好第二天一早他和毓芳过来替我帮忙。

我能告诉人,我单单选上这房子的用意吗?它是位置在第四寄宿舍和云霖住所之间。

他不曾向我告别,所以我又转到云霖处,我尽所有的大胆在谈笑。我把他什么细小处都审视遍了。我觉得都有我嘴唇放上去的需要。他不会也想到我是在打量他,盘算他吗?后来我特意说我想请他替我补英文,云霖笑,他听后却受窘了,不好意思的在含含糊糊的回答,于是我向心里说,这还不是一个坏蛋呢,那样高大的一个男人却还会红脸?因此我的狂热更炎炽了。但我不愿让人懂得我,看得我太容易,所以我就驱遣我自己,很早的就回来了。

现在仔细一想,我唯恐我的任性,将把我送到更坏的地方去,暂时且住在这有洋炉的房里吧,难道我能说得上我是爱上了那南洋人吗?我还一丝一毫都不知道他呢。什么那嘴唇,那眉梢,那眼角,那指尖……多无意识,这并不是一个人所应需的,我着魔了,会想到那上面。我决计不搬,一心一意来养病。

我决定了。我懊悔,我懊悔我白天所做的一些,不是一个正经女人所做得出来的。

一月六号

都奇怪我,听说我搬了家,南城的金英,西城的江,周,都来到我这低湿的小屋里。我笑着,有时在床上打滚,她们都说我越小孩气了,我更大笑起来,我只想告诉她们我想的是什么。下午苇弟也来了。苇弟最不快活我搬家,因为我未曾同他商量,并且离他更远了。他见着云霖时,竟不理他。云霖摸不着他为什么生气,望着他。他却更板起脸孔。我好笑,我向自己说:

"可怜,冤枉他了,一个好人!"

毓芳不再向我说剑如。她决定两三天便搬来云霖处,因为她觉得我既这样想傍着她住,她不能让我一人寂寂寞寞的住在这里。她和云霖待我更比以前亲热。

一月十号

这几天我都见着凌吉士,但我从没同他多说过几句话,我是决不先提到补英文事。我看见他一天要两次的往云霖处跑,我发笑,我准断定他以前一定不会同云霖如此亲密的。我没有一次邀请他来我那儿去玩,虽说他问了几次搬了家如何,我都装出不懂的样儿笑一下便算回答。我是把所有的心计都放在这上面用,好像同着什么东西搏斗一样。我要着那样东西,我还不愿去取得,我务必想方设计的让他自己送来。是的,我了解我自己,不过是一个女性十足的女人,女人是只把心思放到她要征服的男人们身上。我要占有他,我要他无条件的献上他的心,跪着求我赐给他的吻呢。我简直癫了,反反复复的只想着我所要施行的手段的步骤,我简直癫了!

毓芳云霖看不出我的兴奋来,只说我病快好了。我也正不愿他们知道,说我病好,我就假装着高兴。

一月十二

毓芳已搬来,云霖却又搬走了。宇宙间竟会生出这样一对人来,为怕生小孩,便不肯住在一起。我猜想他们是连自己也不敢断定:当两人抱在一床时是不会另外又干出些别的事来,所以只好预先防范,不给那肉体接触的机会。至于那单独在一房时的拥抱和亲嘴,是不会发生危险,所以悄悄来表演几次,便不在禁止之列。我忍不住嘲笑他们了,这禁欲主义者!为什么会不需要拥抱那爱人的裸露的身体?为什么要压制住这爱的表现?为什么在两人还没睡在一个被窝里以前,会想到那些不相干足以担心的事?我不相信恋爱是如此的理智,如此的科学!

他俩不生气我的嘲笑,他俩还骄傲着他们的纯洁,而笑我小孩气呢。我体会得出他们的心情,但我不能解释宇宙间所发生的许许多多奇怪的事。

这夜我在云霖处(现在要说毓芳处了)坐到夜晚十点钟才回来,说了许多关于鬼怪的故事。

鬼怪这东西,我是在一点点大的时候,坐在姨妈怀里听姨爹讲聊斋是常事,并且一到夜里就爱听。至于怕,又是另外一件不愿告人的。因为一说怕,准就听不成,姨爹便会踱过对面书房去,小孩就不准下床了。到进了学校,又从先生口里得知点科学常识,为了信服我们那位周麻子二先生,所以连书本也信服,从此鬼怪便不屑于害怕了。近来人是更在长高长大,说起来,总是否认有鬼怪的,但鸡栗却不肯因为不信便不出来,寒毛一个个也会竖起的。不过每次同人一说到鬼怪时,别人是不知道我正在想抛开些说到别的闲话上去,为的怕夜里一个人睡在被窝里时想到死去了的姨爹姨妈就伤心。

回来时,我看到那黑魆魆的小胡同,真有点胆悚。我想,假使在哪个角落里露出一个大黄脸,或伸来一只毛手,又是在这样像冻住了的冷巷里,我不会以为是意外。但看到身边的这高大汉子(凌吉士)做镖手,大约总可靠,所以当毓芳问我时,我只答应"不怕,不怕"。

云霖也同我们出来,他回他的新房子去,他向南,我们向北,所以只走了三四步,便听不清那橡皮的鞋底在泥板上发出的声音。

他伸来一只手,拢住了我的腰:

"莎菲,你一定怕哟!"

我想挣,但挣不掉。

我的头停在他的胁前,我想,如若在亮处,看起来,我会像个什么东西,被挟在比我高一个头还多的人的腕中。

我把身一蹲,便窜出来了,他也松了手陪我站在大门边打门。

小胡同里黑极了,但他的眼睛望到何处,我却能很清楚的看见。心微微有点跳,等着开门。

"莎菲,你怕哟!"

门闩已在响,是伙计在问谁。我朝他说:

"再——"

他猛的却握住我的手,我也无力再说下去。

伙计看到我身后的大人,露着诧异。

到单独只剩两人在一房时,我的大胆,已经是变得毫无用处了。想故意说几句客套话,也不会,只说:"请坐吧!"自己便去洗脸。

鬼怪的事,已不知忘掉到什么地方去了。

"莎菲!你还高兴读英文吗?"他忽然问。

这是他来找我,提头到英文,自然他未必欢喜白白牺牲时间去替人补课,这意思,在一个二十岁的女人面前,怎能瞒过,我笑了(这是只在心里笑)。我说:

"蠢得很,怕读不好,丢人。"

他不说话,把我桌上摆的照片拿来玩弄着,这照片是我姊姊的一个刚满一岁的女儿的。

我洗完脸,坐在桌子那头。

他望望我,便又去望那小女孩,然后又望我。是的,这小女孩长的真像我。于是我问他:

"好玩吗?你说像我不像?"

"她,谁呀?"显然,这声音就表示着非常之认真。

"你说可爱不可爱?"

他只追问着是谁。

忽的,我明白了他意思,我又想扯谎了。

"我的,"于是我把像片抢过来吻着。

他信了。我竟愚弄了他,我得意我的不诚实。

这得意,似乎便能减少他的妩媚,他的英爽。要是不,为什么当他显出那天真的诧愕时,我会忽略了他那眼睛,我会忘掉了他那嘴唇?否则,这得意一定将冷淡下我的热情来。

然而当他走后,我却懊悔了。那不是明明安放着许多机会吗?我只要在他按住我手的当儿,另做出一种眼色,让他懂得他是不会遭拒绝,那他一定可以还做出一些比较大胆的事。这种两性间的大胆,我想只要不厌烦那人,是也会像把肉体来融化了的感到快乐,是无疑。但我为什么要给人一些严厉,一些端庄呢?唉,我搬到这破房子里来,到底为的是些什么呢?

一月十五

近来我是不算寂寞了,白天便在隔壁玩,晚上又有一个新鲜的朋友陪我谈话。但我的病却越深了。我真不能不令我灰心,我要什么呢,什么也于我无益。难道我有所眷恋吗?一切又是多么的可笑,但死却不期然的会让我一想到便伤心。每次看见那克利大夫的脸色,我便想:是的,我懂得,你尽管说吧,是不是我已没希望了?但我却拿笑代替了我的哭。谁能知道我在夜深流出的眼泪的分量!

几夜,凌吉士都接着来,他告人说是在替我补英文,云霖问我,我只好不答应。晚上我拿一本 *Poor People* 放在他面前,他真个便教起我来。我只好又把书丢开,我说:"以后你不要再向人说在替我补英文吧,我病,谁也不会相信这事的。"他赶忙便说:"莎菲,我不可以等你病好些就教你吗?莎菲,只要你喜欢。"

这新朋友似乎是来得如此够人爱,但我却不知怎的,反而懒于注意到这些事。我每夜看到他丝毫得不着高兴的出去,心里总觉得有点歉疚。我只好在他穿大氅的当儿向他说:"原谅我吧,我是有病!"他会错了我的意思,以为我同他客气。"病有什么要紧呢,我是不怕传染的。"后来我仔细一想,也许这话是另含得有别的意思,我真不敢断定人的所作所为是像可以想像出来的那样单纯。

<h2 style="text-align:center">一月十六</h2>

今天接到蕴姊从上海来的信,更把我引到百无可望的境地。我哪里还能找得几句话去安慰她呢?她信里说:"我的生命,我的爱,都于我无益了……"那她是更不必需要我的安慰,我为她而流的眼泪了。唉!但从她信中,我可以揣想得出她婚后的生活,虽说她未肯明明的表白出来。神为什么要去捉弄这些在爱中的人儿?蕴姊是最神经质,最热情的人,自然她是更受不住那渐渐的冷淡,那已遮饰不住的虚情……我想要蕴姊来北京,不过这是做得到的吗?这还是疑问。

苇弟来的时候,我把蕴姊的信给他看,他真难过,因为那使我蕴姊感到生之无趣的人,不幸便是苇弟的哥哥。于是我又向他说了我许多新得的"人生哲学"的意义;他又尽他唯一的本能在哭。我只是很冷静的去看他怎样使眼睛变红,怎样拿手去擦干,并且我在他那些举动中,加上许多残酷的解释。我未曾想到在人世中,他是一个例外的老实人,不久,我一个人悄悄的跑出去了。

为要躲避一切的熟人,深夜我才独自从冷寂寂的公园里转来,我不知怎样的度过那些时间,我只想:"多无意义啊!倒不如早死了干净……"

<h2 style="text-align:center">一月十七</h2>

我想:也许我是发狂了!假使是真发狂,我倒愿意。我想,能够得到那地步,我总可以不会再感到这人生的麻烦了吧……

足足有半年为病而禁绝了的酒,今天又开始痛饮了。明明看到那吐出来的是比酒还红的血。但我心却像有什么别的东西主宰一样,似乎这酒便可在今晚致死我一样,我是不愿再去细想那些纠纠葛葛的事……

<h2 style="text-align:center">一月十八</h2>

现在我还睡在这床上,但不久就将与这屋分别了,也许是永别,我断得定我还有那样能再亲我这枕头,这棉被……的幸福吗?毓芳,云霖,苇弟,金

夏都保守着一种沉默围绕着我坐着,焦急的等着天明了好送我进医院去。我是在他们忧愁的低语中醒来的,我不愿说话,我细想昨天上午的事,我闻到屋子中所遗留下来的酒气和腥气,才觉得心是正在剧烈的痛,于是眼泪便汹涌了。因了他们的沉默,因了他们脸上所显现出来的凄惨和黯淡,我似乎感到这便是我死的预兆。假设我便如此长睡不醒了呢,是不是他们也将是如此的沉默的围绕着我僵硬的尸体?他们看见我醒了,便都走拢来问我。这时我真感到了那可怕的死别!我握着他们,仔细望着他们每个的脸,似乎要将这记忆永远保存着。他们便都把眼泪滴到我手上,好像觉得我就要长远的离开他们而走向死之国一样。尤其是苇弟,哭得现出丑的脸。唉,我想:朋友呵,请给我一点快乐吧……于是我反而笑了。我请他们替我清理一下东西,他们便在床铺底下拖出那口大藤箱来,在箱子里有几捆花手绢的小包,我说:"这我要的,随着我进协和吧。"他们便递给我,我又给他们看,原来都满满是信札,我又向他们笑:"这,你们的也在内!"他们才似乎也快乐些了。苇弟又忙着从抽屉里递给我一本照片,是要我也带去的样子,我更笑了。这里面有七八张是苇弟的单像,我又特容许了苇弟接吻在我手上,并握着我的手在他脸上摩擦,于是这屋子才不至于像真的有个僵尸停着的一样,天光这时也慢慢显出了鱼肚白。他们又忙乱了,慌着在各处找洋车。于是我病院的生活便开始了。

三月四号

接蕴姊死电是二十天以前的事,而我的病却又一天有希望一天了。所以在一号又由送我进院的几人把我送转公寓来,房子已打扫得干干净净。又因为怕我冷,特生了一个小小的洋炉,我真不知应怎样才能表示我的感谢,尤其是苇弟和毓芳。金和周又在我这儿住了两夜才走,都充当我的看护,我是每日都躺着,简直舒服得不像住公寓,同在家里也差不了什么了!毓芳还决定再陪我住几天,等天气暖和点便替我上西山去找房子,我便好专去养病,我也真想能离开北京,可恨阳历三月了,还如是之冷!毓芳硬要住在这儿,我也不好十分拒绝,所以前两天为金和周搭的一个小铺又不能撤了。

近来在病院却把我自己的心又医转了,这实实在在却是这些朋友们的温情把它又重暖了起来,又觉得这宇宙还充满着爱呢。尤其是凌吉士,当他走到医院去看我时,我便觉得很骄傲,我想他那种丰仪才够去看一个在病院女友的病,并且我也懂得,那些看护妇都在羡慕着我呢。有一天,那个很漂亮的密司杨问我:

"那高个儿,是你的什么人呢?"

"朋友!"我是忽略了她问的无礼。

"同乡吗?"

"不,他是南洋的华侨。"

"那末是同学?"

"也不是。"

于是她狡猾的笑了,"就仅是朋友吗?"

自然,我可以不必脸红,并且还可以警诫她几句,但我却惭愧了。她看到我闭着眼装要睡的狼狈样儿,便很得意的笑着走了。后来我一直都恼着她。并且为了躲避麻烦,有人问起苇弟时,我便扯谎说是我的哥哥。有一个同周很好的小伙子,我便说是同乡,或是亲戚的乱扯。

当毓芳上课去后,我一人留在房里时,我就去翻在一月多中所收到的信,我又很快活,很满足,还有许多人在记念我呢。我是需要别人记念的,总觉得能多得点好意就好。父亲是更不必说,又寄了一张像来,只有白头发似乎又多了几根。姊姊们都好,可惜就为小孩们忙得很,不能多替我写信。

信还没看完,凌吉士又来了。我想站起来,但他却把我按住。他握着我的手时,我快活得真想哭了。我说:

"你想没想到我又会回转这屋子呢?"

他只瞅着那侧面的小铺,表示一种不高兴的样子,于是我告诉他从前的那两位客已走了,这是特为毓芳预备的。

他听了便向我说他今晚不愿再来,怕毓芳会厌烦他。于是我的心里更充满乐意了,便说:

"难道你就不怕我厌烦吗?"

他坐在床头更长篇的述说他这一月多中的生活,还怎样和云霖冲突,闹意见,因为他赞成我早些出院,而云霖执着说不能出来。毓芳也附着云霖,他懂得他认识我的时间太少,说话自然不会起影响,所以以后他都不管这事了,并且在院中一和云霖碰见,自己便先回来了。

我懂得他的意思,但我却装着说:

"你还说云霖,不是云霖我还不会出院呢,住在里面真舒服多了。"

于是我又看见他默默的把头掉到一边去,不答应我的话。

他算着毓芳快来时,便走了,还悄悄告诉我说等明天再来。果然,不久毓芳便回来了。毓芳不会问,我也不告她,并且她为我的病,不愿同我多说话,怕我费神,我更乐得藉此可以多去想些另外的小闲事。

三月六号

　　当毓芳上课去后,把我一人撂在房里时,我便会想起这所谓男女间的怪事;其实,在这上面,不是我爱自夸,我所受的训练,至少也有我几个朋友们的相加或相乘,但近来我却非常之不能了解了。当独自同着那高个儿时,我的心便会跳起来,又是羞惭,又是害怕,而他呢,他只是那样随便的坐着,类乎天真的讲他过去的历史,有时是握着我的手;但这也不过是非常之自然,然而我的手便不会很安静的被握在那大手中,是慢慢的会发烧。并且一当他站起身预备走时,不由的我心便慌张了,好像我将跌入那可怕的不安中,于是我盯着他看,真说不清那眼光是求怜,还是怨恨;但他却忽略了我这眼光,偶尔懂得了,也只说:"毓芳要来了哟!"我应当怎样说呢?他是在怕毓芳!自然,我也曾不愿有人知道我暗地一人所想的一些不近情理的事,不过近来我又感得我有别人了解我感情的必要;几次我向毓芳含糊的说起我的心境,她还是只那样忠实的替我盖被子,留心到我的药,我真不能不有点烦闷了。

三月八号

　　毓芳已搬回去,苇弟却又想代替那看护的差事。我知道,如若苇弟来,一定比毓芳还好,夜晚若想茶吃时,总不至于因听到那浓睡中的鼾声而不愿搅扰人而把头缩进被窝点算了;但我自然拒绝他这好意,他又固执着,我只好说:"你在这里,我有许多不方便,并且病呢,也好了。"他还要证明间壁的屋子是空着,他可以住间壁,我正在无法时,凌吉士却来了,我以为他们还不认识,而凌吉士已握着苇弟的手,说是在医院已见过两次。苇弟只冷冷的不理他,我笑着向凌吉士说:"这是我的弟弟,小孩子,不懂交际,你常来同他玩罢。"苇弟真的变成了小孩子,丧着脸站起身就走了。我因为有人在面前,便感得不快,也只好掩藏住,并且觉得有点对凌吉士不住,但他却毫没介意,反问我:"不是他姓白吗,怎会变成你的弟弟?"于是我笑了:"那末你是只准姓凌的人叫你做哥哥弟弟的!"于是他也笑了。

　　近来青年人在一处时,便老喜欢研究到这一个"爱"字,虽说有时我也似乎懂得点,不过终究还是不很说得清。至于男女间的一些小动作,似乎我又太看得明白了。也许便是因为我懂得了这些小动作,而于"爱"才反迷糊,才没有勇气鼓吹恋爱,才不敢相信自己还是一个纯粹的够人爱的小女子,并且才会怀疑到世人所谓的"爱",以及我所接受的"爱"……

在我稍微有点懂事的时候,便给爱我的人把我苦够了,给许多无事的人以诬蔑我,凌辱我的机会,以至我顶亲密的小伴侣们也疏远了。后来又为了爱的胁迫,使我害怕得离开了我的学校。以后,人虽说一天天大了,但总常常感到那些无味的纠缠,因此有时不特怀疑到所谓"爱",竟会不屑于这种亲密。苇弟他说他爱我,为什么他只会常常给我一些难过呢?譬如今晚,他又来了,来了便哭,并且似乎带了很浓的兴味来哭一样,无论我说:"你怎么了,说呀!""我求你,说话呀,苇弟!……"他都不理会。这是从未有的事,我尽我的脑力也猜想不出他所骤遭的这灾祸。我应当把不幸朝哪一方去揣测呢?后来,大约他是哭够了,于是才大声说:"我不喜欢他!""这又是谁欺侮了你呢,这样大嚷大闹的?""我不喜欢那高个子!那同你好的!"哦,我这才知道原来还是怄我的气。我不觉得会笑了。这种无味的嫉妒,这种自私的占有,便是所谓爱吗?我发笑,而这笑,自然不会安慰到那有野心的男人的。并且因了我不屑的态度,更激起他那不可抑制的怒气。我看看他那放亮的眼光,我以为他要噬人了,我想:"来吧!"但他却又低下头去哭了,还揩着眼泪,踉跄的又走出去。

这种表示,也许是称为狂热的,真率的爱的表现吧,但苇弟却毫不加思索地来使用在我面前,自然是只会失败;并不是我愿意别人虚伪点,做作点在爱上,我只觉得想靠这种小孩般举动来打动我的心,是全无用。或者这因为我的心是生来便如此硬;那我之种种不惬于人意而得来烦恼和伤心,也是应该的。

苇弟一走,自自然然我把我自己的心意去揣摩,去仔细回忆到那一种温柔的,大方的,坦白而又多情的态度上去,光这态度已够人欣赏得像吃醉一般的感到那融融的蜜意,于是我拿了一张画片,写了几个字,命伙计即刻送到第四寄宿舍去。

三月九号

我看见安安闲闲坐在我房里的凌吉士,不禁又可怜到苇弟,我祝祷世人不要像我一样,忽略了蔑视了那可贵的真诚而把自己陷到那不可拔的渺茫的悲境里;我更愿有那末一个真诚纯洁的女郎去饱领苇弟的爱,并填实苇弟所感得的空虚啊!

三月十三

好几天又不提笔,不知还是因为我心情不好,或是找不出所谓的情绪。

我只知道，从昨天来我是更只想哭了。别人看到我哭，便以为我在想家，想到病，看见我笑呢，又以为我快乐了，还欣庆着这健康的光芒……但所谓朋友皆如是，我能告谁以我的不屑流泪，而又无力笑出的痴呆心境？并且因我看清了自己在人间的种种不愿舍弃的热望以及每次追求而得来的懊丧，所以连自己也不愿再同情这未能悟彻所引起的伤心，更哪能捉住一管笔去详细写出自怨和自恨呢！

是的，我好像又在发牢骚了。但这只是隐忍着在心头而反复向自己说，似乎还无碍。因为我并未曾有过那种胆量，给人看我的蹙紧眉头，和听我的叹气，虽说人们早已无条件的赠送过我以"狷傲""怪僻"等等好字眼。其实，我并不是要发牢骚，我只想哭，想有那末一个人来让我倒在他怀里哭，并告诉他："我又糟蹋我自己了！"不过谁能了解我，抱我，抚慰我呢？是以我只能在笑声中咽住"我又糟蹋我自己了"的哭声。

我到底又为了什么呢，这真好难说！自然我是未曾有过一刻私自承认我是爱恋上那高个儿的，但他之在我的心心念念中怎地又蕴蓄着一种分析不清的意义。虽说他那颀长的身躯，嫩玫瑰般的脸庞，柔软的嘴波，惹人的眼角，是可以诱惑许多爱美的女子，并以他那娇贵的态度倾倒那些还有情爱的，但我岂肯为了这些无意识的引诱而迷恋到一个十足的南洋人！真的，在他最近的谈话中，我懂得了他的可怜的思想，他需要的是什么？是金钱，是在客厅中能应酬他买卖中朋友们的年青太太，是几个穿得很标致的白胖儿子。他的爱情是什么？是拿金钱在妓院中，去挥霍而得来的一时肉感的享受，和坐在软软的沙发上，拥着香喷喷的肉体，嘴抽着烟卷，同朋友们任意谈笑，还把左腿叠压在右膝上；不高兴时，便拉倒，回到家里老婆那里去。热心于演讲辩论会，网球比赛，留学哈佛，做外交官，公使大臣，或继承父亲的职业，做橡树生意，成资本家……这便是他的志趣！他除了不满于他父亲未曾给他过多的钱以外，便什么都是可使他在一夜不会做梦的睡觉；如有，便也只是嫌北京好看的女人太少，让他有时也会厌腻起游戏园，戏场，电影院，公园来……唉，我能说什么呢？当我明白了那使我爱慕的一个高贵的美型里，是安置着如此的一个卑劣灵魂，并且无缘无故还接受过他的许多亲密。这亲密，自然是还值不了在他从妓院中挥霍里剩余下的一半多！想起那落在我发际的吻来，真又使我悔恨到想哭了！我岂不是把我献给他任他来玩弄我来比拟到卖笑的姊妹中去！然而这又都只能把责备来加上我自己使我更难受的，因为假设只要我自己肯，肯把严厉的拒绝放到我眸子中去，我敢相信，他不会那样大胆，并且我也敢相信，他之所以不会那样大胆，是由于他还未曾有过那恋爱的火焰燃炽……唉！我应该怎样来诅咒我自己了！

三月十四

这是爱吗?也许要爱才具有如此的魔力,不是,为什么一个人的思想会变幻得如此不可测!当我睡去的时候,我看不起那美人,但刚从梦里醒来,一揉开睡眼,便又思念那市侩了。我想:他今天会来吗?什么时候呢?早晨,过午,晚上?于是我跳下床来,急忙忙的洗脸,铺床,还把昨夜丢在地下的一本大书捡起,不住的在边缘处摩挲着,这是凌吉士昨夜遗忘在这儿的一本《威尔逊演讲录》。

三月十四晚上

我是有如此一个美的梦想,这梦想是凌吉士所给我的。然而同时又为他而破灭。所以我因了他才能满饮着青春的醇酒,在爱情的微笑中度过了清晨;但因了他,我认识了"人生"这玩艺,而灰心而又想到死;至于痛恨到自己甘于堕落,所招来的,简直只是最轻的刑罚!真的,有时我为愿保存我所爱的,我竟想到"我有没有力去杀死一个人呢?"

我想遍了,我觉得为了保存我的美梦,为了免除使我生活的力一天天减少,顶好是即刻上西山好,但毓芳告诉我,说她所托找房子的那位住在西山的朋友还没有回信来,我又怎好再去询问或催促呢?不过我决心了,我决心让那高小子来尝一尝我的不柔顺,不近情理的倨傲和侮弄。

三月十七

那天晚上苇弟赌着气回去,今天又小小心心的自己来和解,我不觉笑了,并感到他的可爱。如若一个女人只要能找得一个忠实的男伴,做一身的归宿,我想谁也没有我苇弟可靠。我笑问:"苇弟,还恨姊姊不呢?"于是他羞惭的说:"不敢。姊姊,你了解我罢!我是除了希冀你不会摈弃我以外不敢有别的念头的。一切只要你好,你快乐就够了!"这还不真挚吗?这还不动人吗?比起那白脸庞红嘴唇的如何?但是后来我说:"苇弟,你好,你将来一定是一切都会很满你意的。"他却露出凄然的一笑。"永世也不会——但愿如你所说……"这又是什么呢?又是给我难受一下!我恨不得跪在他面前求他只赐我以弟弟或朋友的爱罢!单单为了我的自私,我愿我少些纠葛,多快乐点。苇弟爱我,并会说那样好听的话,但他忽略了:第一他应当真的减少他的热望,第二他也应该藏起他的爱来。我为了这一个老实的男人,所感到无能的抱歉,真也够受了。

三月十八

我又托夏在替我往西山找房了。

三月十九

凌吉士居然已几日不来我这里了。自然,我不会打扮,不会应酬,不会治理家事,我有肺病,无钱,他来我这里做什么!我本无须乎要他来,但他真的不来了却又更令我伤心,更证实他以前的轻薄。难道他也是如苇弟一样老实,当他看到我写给他的字条:"我有病,请不要再来扰我",就信为是真话,竟不可违背,而果真不来么?这又使我只想再见他一面,到底审看一下这高大的怪物是怎样的在觑看我。

三月二十

今天我在云霖处跑了三次,都未曾遇见我想见的人,似乎云霖也有点疑惑,所以他问我这几天见着凌吉士没有。我只好又怅怅的跑回来。我实在焦烦得很,我敢自己欺自己说我这几日没有思念到他吗?

晚上七点钟的时候,毓芳和云霖来邀我到京都大学第三院去听英语辩论会,并且乙组的组长便是凌吉士。我一听到这消息,心就立刻怦怦的跳起来。我只得拿病来推辞了这善意的邀请。我这无用的弱者。我没有胆量去承受那激动,我还是希望我能不见着他。不过在他俩走时,我却又请他俩致意到凌吉士,说我问候他。唉,这又是多无意识啊!

三月二十一

在我刚吃过鸡子牛奶,一种熟习的叩门声便响着,在纸格上还印上一个颀长的黑影。我只想跳过去开门,但不知为一种什么情感所支使,我咽着气,低下头去了。

"莎菲,起来没有?"这声音是如此柔嫩,令我一听到会想哭。

为了知道我已坐在椅子上吗?为了知道我无能发气和拒绝吗?他轻轻的托开门便走进来了。我不敢仰起我滋润的眼皮来。

"病好些没有,刚起来吗?"

我答不出一句话。

"你真在生我的气啊。莎菲,你厌烦我,我只好走了。莎菲!"

他走,于我自然很合适,但我又猛然抬起头拿眼光止住了他开门的手。

谁说他不是一个坏蛋呢,他懂得了。他敢于把我的双手握得紧紧的。他说:

"莎菲,你捉弄我了。每天我走你门前过,都不敢进来,不是云霖告诉我说你不会生我气,那我今天还不敢来。你,莎菲,你厌烦我不呢?"

谁都可以体会得出来,假使他这时敢于拥抱住我,狂乱的吻我,我一定会倒在他手腕上哭了出来:"我爱你呵!我爱你呵!"但他却如此的冷淡,冷淡得使我又恨他了。然而我心里又在想:"来呀,抱我,我要接吻在你脸上咧!"自然,他依旧还握着我的手,把眼光紧盯在我脸上,然而我搜遍了,在他的各种表示中,我得不着我所等待于他的赐与。为什么他仅仅只懂得我的无用,我的可轻侮,而不够了解他之在我心中所占的是一种怎样的地位!我恨不得用脚尖踢出他去,不过我又为了另一种情绪所支配,我向他摇了头,表示是不厌烦他的来到。

于是我又很柔顺的接受了他许多浅薄的情意,听他又说着那些使他津津有味的卑劣享乐,以及"赚钱和化钱"的人生意义,并承他暗示我许多做女人的本分。这些又使我看不起他,暗骂他,嘲笑他,我拿我的拳头,隐隐痛击我的心,但当他扬扬地走出我房时,我受逼得又想哭了。因为我压制住我那狂热的欲念,我未曾请求他多留一会儿。

唉,他走了!

三月二十一夜

在去年这时候,我过的是一种什么生活!为了有蕴姊千依百顺的疼我,我便装病躺在床上不肯起来。为了想受蕴姊抚摩我,便因那着急无以安慰我而流泪的滋味,我伏在桌上想到一些小不满意的事而哼哼唧唧的哭。便有时因在整日静寂的沉思里得了点哀戚,但这种淡淡的凄凉,却更令我舍不得去扰乱这情调,似乎在这里面我也可以味出一缕甜意一样的。至于在夜深了的法国公园,听躺在草地上的蕴姊唱《牡丹亭》,那又是更不愿想到的事了。假使她不会被神捉弄般的去爱上那苍白脸色的男人,她一定不会死去的这样快,我当然不会一人漂流到北京,无亲无爱的在病中挣扎,虽说有几个朋友,他们也很体惜我,但在我所感应得出的我和他们的关系能和蕴姊的爱在一个天平上相称吗?想起蕴姊,我是真应当像从前在蕴姊面前撒娇一样的纵声大哭,不过这一年来,因为多懂得了一些事,虽说时时想哭却又咽住了，怕让人知道了厌烦。近来呢，我更是不知为了什么只能焦急。而想得点空闲去思虑一下我所做的，我所想的，关于我的身体，我的名誉，我的前途的好处和歹处的时间也没有，整天把紊乱的脑筋只放到一个我不愿想到的去处，因为便是我想逃避的，所以越把她弄成焦烦苦恼得不堪言说！但是我除了说"死了也活该！"是不能再希冀什么了。我能求得一些同情和慰藉吗？然而我们似乎在向人乞怜了。

晚饭一吃过，毓芳便和云霖来我这儿坐，到九点我还不肯放他俩走。我知道，毓芳碍住面子只好又坐下来，云霖借口要预备明天的课，执意一人先回去了。于是我隐隐的向毓芳吐露我近来所感得的窘状，我只想她能懂得这事，并且能硬自作主来把我的生活改变一下，做我自己所不能胜任的。但她完全把话听到反面去了，她忠实的告诫我："莎菲，我觉得你太不老实，自然你不是有意，你可太不留心你的眼波了。你要知道，凌吉士他们比不得在上海同我们玩耍的那群孩子，他们很少机会同女人接近，受不起一点好意的，你不要令他将来感到失望和痛苦。我知道，你哪里会爱到他呢？"这错误是不是又该归到我，假设我不想求助于她而向她饶舌，是不是她不会说出这更令我生气，更令我伤心的话来？我噎着气又笑了："芳姊，不要把我说得太坏了吓！"

毓芳愿意留下住一夜时，我又赶着她走了。

像那些才女们，因为得了一点点不很受用，便能"我是多愁善感呀"，"悲哀呀我的心……""……"做出许多新旧的诗。我呢，没出息的，白白被这些诗境困着，连想以哭代替诗句来表现一下我的情感的搏斗都不能。光在这上面，为了不如人，也应撩开一切去努力做人才对，便还退一千步说，为了自己的热闹，为了得一群浅薄眼光之赞颂，我总也不该拿不起笔或枪来。真的便把自己陷到比死还难忍的苦境里，单单为了那男人的柔发，红唇……

我又梦想到欧洲中古的骑士风度，这拿来比拟是不会有错的，如其是有人看到凌吉士过的。他又能把那东方特长的温柔保留着。神把什么好的，都慨然赐给他了，但神为什么不再给他一点聪明呢？他还不懂得真的爱情呢，他确是不懂得，虽说他已有了妻（今夜毓芳告我的），虽说他，曾在新加坡乘着脚踏车追赶坐洋车的女人，因而恋爱过一小段时间，虽说他曾在韩家潭住过夜。但他真得到一个女人的爱过么？他爱过一个女人么？我敢说不曾！

一种奇怪的思想又在我脑中燃炽了。我决定来教教这大学生。这宇宙并不是像他所懂的那样简单的啊！

三月二十二

在心的忙乱中，我勉强竟写了这些日记了。早先是因为蕴姊写信来要，再三再四的，我只好开始来写。现在是蕴姊又死了好久，我还舍不得不继续下去，心想便为了蕴姊在世时所谆谆向我说的一些话而便永远写下去做纪念蕴姊也好。所以无论我那样不愿提笔，也只得胡乱画下一页半页的字来。本来是睡了的，但望到挂在壁上蕴姊的像，忍不住又爬起，为免掉想念蕴姊的难受而提笔了。自然，这日记，我总是觉得除了蕴姊我不愿给任何人看。第一是因为这是特为了蕴姊要知道我的生活而记下的一些琐琐碎碎的事，二来我也怕别人给一些理智的面孔给我看，好更刺透我的心；似乎我自己也会因了别人所尊崇的道德而真的也感到像犯下罪一样的难受。所以这黑皮的小本子我是许久以来都安放在枕头底下的垫被的下层。今天不幸我却违背我的初意了，然而也是不得已，虽说似乎是出于毫未思考。原因是苇弟近来非常误解我，以致常常使得他自己不安，而又常常波及我，我相信在我平日的一举一动中，我都很能表示出我的态度来。为什么他懂不了我的意思呢？难道我能直捷的说明，和阻止他的爱吗？我常常想，假设这不是苇弟而是另外一人，我将会知道应怎样处置是最合法的。偏偏又是如此能令我忍不下心去的一个好人！我无法了，我只好把我的日记给他看。让他知道他之在我的心里是怎样的无希望，并知道我是如何凉薄的反反复复的不足爱的女人。假设苇弟知道我，我自然是会将他当做我唯一可诉心肺的朋友，我会热诚的拥着他同他接吻。我将替他愿望那世界上最可爱，最美的女人……日记，苇弟是看过一遍，又一遍了，虽说他曾经哭过，但态度非常镇静，是出我意料之外的。我说：

"懂得了姊姊吗？"

他点头。

"相信姊姊吗？"

"关于那方面的？"

于是我懂得那点头的意义。谁能懂得我呢，便能懂得了这只能表现我万分之一的日记，也只能令我看到这有限的而伤心哟！何况，希求人了解，而以想方设计用文字来反复说明的日记给人看，已够是多么可伤心的事！并且，后来苇弟还怕我以为他未曾懂得我，于是不住的说：

"你爱他！你爱他！我不配你！"

我真想一赌气扯了这日记。我能说我没有糟蹋这日记吗？我只好向苇弟说："我要睡了，明天再来罢。"

在人里面,真不必求什么!这不是顶可怕的吗?假设蕴姊在,看见我这日记,我知道,她是会抱着我哭:"莎菲,我的莎菲!我为什么不再变得伟大点,让我的莎菲不至于这样苦啊……"但蕴姊已死了,我拿着这日记应怎样的来痛哭才对!

三月二十三

凌吉士向我说:"莎菲!你真是一个奇怪的女子。"我了解这并不是懂得了我的什么而说出的一句赞叹。他所以为奇怪的,无非是看见我的破烂了的手套,搜不出香水的抽屉,无缘无故扯碎了的新棉袍,保存着一些旧的小玩具,……还有什么?听见些不常的笑声,至于别的,他便无能去体会了,我也从未向他说过一句我自己的话。譬如他说"我以后要努力赚钱呀。"我便笑;他说到邀起几个朋友在公园追着女学生时,"莎菲那真有趣,"我也笑。自然,他所说的奇怪,只是一种在他生活习惯上不常见的奇怪。并且我也很伤心,我无能使他了解我而敬重我。我是什么也不希求了,除了往西山去。我想到我过去的一切妄想,我好笑!

三月二十四

一当他单独在我面前时,我觑着那脸庞,聆着那音乐般的声音,我心便在忍受那感情的鞭打!为什么不扑过去吻住他的嘴唇,他的眉梢,他的……无论什么地方?真的,有时话都到口边了:"我的王!准许我亲一下吧!"但又受理智,不,我就从没有过理智,是受另一种自尊的情感所裁制而又咽住了。唉!无论他的思想是怎样坏,而他使我如此癫狂的感情,是曾有过而无疑,那我为什么不承认我是爱上了他咧?并且,我敢断定,假使他能把我紧紧的拥抱着,让我吻遍他全身,然后他把我丢下海去,丢下火去,我都会快乐的闭着眼等待那可以永久保藏我那爱情的死的来到。唉!我竟爱他了,我要他给我一个好好的死就够了……

三月二十四夜深

我决心了。我为拯救我自己被一种色的诱惑而堕落,我明早便会到夏那儿去,以免看见了凌吉士又痛苦,这痛苦已缠缚我如是之久了!

三月二十六

　　为了一种纠缠而去，但又遭逢着另一种纠缠，使我不得不又急速的转来了。在我去夏那儿的第二天，梦如便也去了。虽说她是看另一人去的，但使我很感到不快活。夜晚，她大发其对感情的一种新近所获得的议论，隐隐的含着讥刺向我，我默然。为不愿让她更得意，我睁着眼，睡在夏的床上等到了天明，我才又忍着气转来……

　　毓芳告诉我，说西山房子已找好了，并且又另外替我邀了一个女伴，也是养病的，而这女伴同毓芳又算是一个很好的朋友。听到这消息，应该是很欢喜吧，但我刚刚在眉头舒展了一点喜色，而一种黯然的凄凉便罩上了。虽说我从小便离开家，在外面混，但都有我的亲戚朋友随着我，这次上西山，固然说起来离城只有几十里，但在我，一个活了二十岁的人，开始一人跑到陌生的地方去，还是第一次，假使我竟无声无息的死在那山上，谁是第一个发现我死尸的？我能担保我不会死在那里吗？也许别人会笑我担忧到这些小事，而我却真的哭过，当我问毓芳舍不舍得我时，而毓芳却笑，笑我问小孩话，说是这一点点路有什么舍得，直到毓芳准许了我每礼拜上山一次，我才不好意思的揩干眼泪。

　　下午我到苇弟那儿去了，苇弟也说他一礼拜上山一次，填毓芳不去的空日。

　　回来已夜了，我一人寂寂寞寞的在收拾东西，想到我要离开北京的这些朋友们，我又哭了。但一想到朋友们都未曾向我流泪，我又擦去我脸上的泪痕。我是将一人寂寂寞寞的又离开这古城了。

　　在寂寞里，我又想到凌吉士了，其实，话不是这样说，凌吉士简直不能说"想起""又想起"，完全是整天都在系念到他，只能说："又来讲我的凌吉士吧。"这几天我故意造成的离别，在我是不可计的损失，我本想放松了他，而我把他捏得更紧了。我既不能把他从我心里压根儿拔去，我为什么要躲避着不见他的面呢？

　　这真使我懊恼，我不能便如此同他离别，这样寂寂寞寞的走上西山……

三月二十七

　　一早毓芳便上西山去了，去替我布置房子，说好明天我便去。我为她这番盛情，我应怎样去找得那些没有的字来表示我的感谢。我本想再呆一天在城里，便也不好说出了。

我正焦急的时候,凌吉士才来,我握紧他双手,他说:
"莎菲!几天没见你了!"

我很愿意在这时我能哭得出来,抱着他哭,但眼泪只能噙在眼里,我只好又笑了。他听见明天我要上山时,他显出的那惊诧和一种嗟叹,又很安慰到我,于是我真的笑了。他见到我笑,便把我的手反捏得紧紧的,紧得使我生痛。他怨恨似的说:
"你笑!你笑!"

这痛,是我从未有过的舒适,好像心里也正锥下去一个什么东西,我很想倒下他的手腕去,而这时苇弟却来了。

苇弟知道我恨他来,而他偏不走。我向着凌吉士使眼色,我说:"这点钟有课吧?"于是我送凌吉士出来。他问我明早什么时候走,我告他;我问他还来不来呢,他说回头便来;于是我望着他快乐了,我忘了他是怎样可鄙的人格,和美的相貌了,这时他在我的眼里,是一个传奇中的情人。哈,莎菲有一个情人了!……

三月二十七晚

自从我赶走苇弟到这时已是整整五个钟头了。在这五点钟里,我应怎样才想得出一个恰合的名字来称呼它?像热锅上的蚂蚁在这小房子里不安的坐下,又站起,又跑到门缝边瞧,但是——他一定不来了,他一定不来了,于是我又想哭,哭我走得这样凄凉,北京城就没有一个人陪我一哭吗?是的,我是应该离开这冷酷的北京的,为什么我要舍不得这板床,这油腻的书桌,这三条腿的椅子……是的,明早我就要走了,北京的朋友们不会再腻烦莎菲的病。为了朋友们轻快的舒适,莎菲便为朋友们死在西山也是该的!但都能如此的让莎菲一人看不着一点热情孤孤寂寂的上山去,想来莎菲便不死,也不会有损害或激动于人心吧……不想了!不想!有什么可想的?假使莎菲不如此贪心在攫取感情,那莎菲不是便很可满足于那些眉目间的同情了吗?……

关于朋友,我不说了。我知道永世也不会使莎菲感到满足这人间的友谊的!

但我能满足些什么呢?凌吉士答应我来,而这时已晚上九点了。纵是他来了,我便会很快乐吗?他会给我所需要的吗?……

想起他不来,我又该痛恨我自己了!在很早的从前,我懂得对付那一种男人便应用那一种态度,而到现在反蠢了。当我问他还来不来时,我怎能显露出那希求的眼光,在一个漂亮人面前是不应老实,让人瞧不起……但我爱他,为什么我要使用技巧?我不能直接向他表明我的爱吗?并且我觉得只要于人无损,便吻人一百下,为什么便不可以被准许呢?

他既答应来,而又失信,显见得是在戏弄我。朋友,留点好意在莎菲走时,总不至于像是一种损失吧。

今夜我简直狂了。语言,文字是怎样在这时显得无用!我心像被许多小老鼠啃着一样,又像一盆火在心里燃烧。我想把什么东西都摔破,又想冒着夜气在外面乱跑去,我无法制止我狂热的感情的激荡,我便躺在这热情的针毡上,反过去也刺着,翻过来也刺着,似乎我又是在油锅里听到那油沸的响声,感到浑身的灼热……为什么我不跑出去呢?我等着一种渺茫的无意义的希望到来!哈……想到那红唇,我又癫了!假使这希望是可能的话——我独自又忍不住笑,我再三再四反复问我自己:"爱他吗?"我更笑了。莎菲不会傻到如此地步去爱上那南洋人。难道因了我不承认我的爱,便不可以被人准许做一点儿于人也无损的事?

假使今夜他竟不来,我怎能甘心便悄然上西山去……

唉!九点半了!

九点四十分!

三月二十八晨三时

莎菲生活在世上,所要人们的了解她体会她的心太热烈太恳切了,所以长远的沉溺在失望的苦恼中,但除了自己,谁能够知道她所流出的眼泪的分量?

在这本日记里,与其说是莎菲生活的一段记录,不如直接算为莎菲眼泪的每一个点滴,是在莎菲心上,才觉得更切实。然而这本日记现在是要收束了,因为莎菲已无需乎此——用眼泪来泄愤和安慰,这原因是对于一切都觉得无意识,流泪更是这无意识的极深的表白。可是在这最后一页的日记上,莎菲应该用快乐的心情来庆祝,她是从最大的那失望中,蓦然得到了满足,这满足似乎要使人快乐得到死才对。但是我,我只从那满足中感到胜利,从这胜利中得到凄凉,而更深的认识我自己的可怜处,可笑处,因此把我这几月来所萦萦于梦想的一点"美"反缥缈了,——这个美便是那高个儿的丰仪!

我应该怎样来解释呢?一个完全癫狂于男人仪表上的女人的心理!自然我不会爱他,这不会爱,很容易说明,就是在他丰仪的里面是躲着一个何等卑丑的灵魂!可是我又倾慕他,思念他,甚至于没有他,我就失掉一切生活意义的保障了;并且我常常想,假使有那末一日,我和他的嘴唇合拢来,密密的,那我的身体就从这心的狂笑中瓦解去,也愿意。其实,单单能获得骑士一般的那人儿的温柔的一抚摩,随便他的手尖触到我身上的任何部分,因此就牺牲一切,我也肯。

我应当发癫,因为这些幻想中的异迹,梦似的,终于毫无困难的都给我得到了。但是从这中间,我所感得的是我所想像的那些会醉我灵魂的幸福么?不啊!

当他——凌吉士——在晚间十点钟来到时候,开始向我嗫嚅的表白,说他是如何的在想我……还使我心动过好几次;但不久我看到他那被情欲在燃烧的眼睛,我就害怕了。于是从他那卑劣的思想中所发出的更丑的誓语,又振起我的自尊心来!假使他把这串浅薄肉麻的情话去对别个女人说,一定是很动听的,可以得一个所谓的爱的心吧。但他却向我,就由这些话语的力,把我推得隔他更远了。唉,可怜的男子!神既然赋予你这样的一副美形,却又暗暗的捉弄你,把那样一个毫不相称的灵魂放到你人生的顶上!你以为我所希望的是"家庭"吗?我所欢喜的是"金钱"吗?我所骄傲的是"地位"吗?"你,在我面前,是显得多么可怜的一个男子啊!"我真要为他不幸而痛哭,然而他依样把眼光镇住我脸上,是被情欲之火燃烧得如何的怕人!倘若他只限于肉感的满足,那末他倒可以用他的色来摧残我的心;但他却哭声的向我说:"莎菲,你信我,我是不会负你的!"啊,可怜的人!他还不知道在他面前的这女人,是用如何的轻蔑去可怜他的使用这些做作,这些话!我竟忍不住而笑出声来,说他也知道爱,会爱我,这只是近于开玩笑!那情欲之火的巢穴——那两只灼闪的眼睛,不正在宣布他除了可鄙的浅薄的需要,别的一切都不知道吗?

"喂,聪明一点,走开吧,韩家潭那个地方才是你寻乐的场所!"我既然认清他,我就应该这样说,教这个人类中最劣种的人儿滚出去。然而,虽说我暗暗地在嘲笑他,但当他大胆地贸然伸开手臂来拥我时,我竟又忘记了一切,我临时失掉了我所有的一些自尊和骄傲,我是完全被那仅有的一副好丰仪迷住了,在我心中,我只想,"紧些!多抱我一会儿吧,明早我便走了!"假使我那时还有一点自制力,我该会想到他的美形以外的那东西,而把他像一块石头般,丢到房外去。

唉!我能用什么言语或心情来痛悔?他,凌吉士,这样一个可鄙的人,吻我了!我静静默默的承受着!但那时,在一个温润的软热的东西放到我脸上,我心中得到的是些什么呢?我不能像别的女人一样会晕倒在她那爱人的臂膀里!我是张大着眼睛望他,我想:"我胜利了!我胜利了!"因为他所以使我迷恋的那东西,在吻我时,我已知道是如何的滋味——我同时鄙夷我自己了!于是我忽然伤心起来,我把他用力推开,我哭了。

他也许忽略了我的眼泪,以为他的嘴唇是给我如何的温软,如何的嫩腻,是把我的心融醉到发迷的状态里吧,所以他又挨我坐着,继续的说了许多所谓爱情表白的肉麻话。

"何必把你那令人惋惜处暴露得无余呢?"我真这样的又可怜起他来。

我说:"不要乱想吧,说不定明天我便死去了!"

他听着,谁知道他对于这话是得到怎样的感触?他又吻我,但我躲开了,于是那嘴唇便落到我手上……

我决心了,因为这时我有的是充足的清晰的脑力,我要他走,他带点抱怨颜色,缠着我。我想,"为什么你也是这样傻劲呢?"他于是直挨到夜十二点半钟才走。

他走后,我想起适间的事情。我就用所有的力量,来痛击我的心!为什么呢,给一个如此我看不起的男人接吻?既不爱他,还嘲笑他,又让他来拥抱?真的,单凭了一种骑士般的风度,就能使我堕落到如此地步么?

总之,我是给我自己糟蹋了,凡一个人的仇敌就是自己,我的天,这有什么法子去报复而偿还一切的损失?

好在在这宇宙间,我的生命只是我自己的玩品,我已浪费得尽够了,那末因这一番经历而使我更陷到极深的悲境里去,似乎也不成一个重大的事件。

但是我不愿留在北京,西山更不愿去了,我决计搭车南下,在无人认识的地方,浪费我生命的余剩;因此我的心从伤痛中又兴奋起来,我狂笑的怜惜自己:

"悄悄地活下来,悄悄地死去,啊!我可怜你,莎菲!"

《莎菲女士的日记》导读

拓展阅读

拓展阅读

1. 梅仪慈:不断变化的文艺与生活的关系(节录)
2. 周扬:批判丁玲冯雪峰

为奴隶的母亲

柔 石

　　她底丈夫是一个皮贩,就是收集乡间各猎户底兽皮和牛皮,贩到大埠上出卖的人。但有时也兼做点农作,芒种的时节,便帮人家插秧,他能将每行插得非常直,假如有五人同在一个水田内,他们一走叫他站在第一个做标准。然而境况总是不佳,债是年年积起来了。他大约就因为境况的不佳,烟也吸了,酒也喝了,钱也赌起来了。这样,竟使他变做一个非常凶狠而暴躁的男子,但也就更贫穷下去,连小小的移借,别人也不敢答应了。

　　在穷底结果的病以后,全身便变成枯黄色,脸孔黄的和小铜鼓一样,连眼白也黄了。别人说他是黄疸病,孩子们也就叫他"黄胖"了。有一天,他向他底妻说:

　　"再也没有办法了,这样下去,连小锅子也都卖去了。我想,还是从你底身上设法罢。你跟着我挨饿,有什么办法呢?"

　　"我底身上?……"

　　他底妻坐在灶后,怀里抱着她底刚满三周的男小孩——孩子还在啜着奶,她讷讷地低声地问。

　　"你,是呀,"她底丈夫病后的无力的声音,"我已经将你出典了……"

　　"什么呀?"他底妻几乎昏去似的。

　　屋内是稍稍静寂了一息。他气喘着说:

　　"三天前,王狼来坐讨了半天的债回去以后,我也跟着他去,走到了九亩潭边,我很不想要做人了。但是坐在那株爬上去一纵身就可落在潭里的树下,想来想去,总没有力气跳了。猫头鹰在耳朵边不住地啭,我底心被它叫寒起来,我只得回转身,但在路上,遇见了沈家婆,她问我,晚也晚了,在外做什么。我就告诉她,请她代我借一笔款,或向什么人家的小姐借些衣服或首饰去暂时当一当,免得王狼底狼一般的绿眼睛天天在家里闪烁。可是沈家婆向我笑道:

　　"'你还将妻养在家里做什么呢,你自己黄也黄到这个地步了?'

　　"我低着头站在她面前没有答,她又说:

　　"'儿子呢,你只有一个了,舍不得。但妻——'

"我当时想:'莫非叫我卖去妻了么?'

"而她继续道:

"'但妻——虽然是结发的,穷了,也没有法。还养在家里做什么呢?'

"这样,她就直说出:'有一个秀才,因为没有儿子,年纪已五十岁了,想买一个妾;又因他底大妻不允许,只准他典一个,典三年或五年,叫我物色相当的女人:年纪约三十岁左右,养过两三个儿子的,人要沉默老实,又肯做事,还要对他底大妻肯低眉下首。这次是秀才娘子向我说的,假如条件合,肯出八十元或一百元的身价。我代她寻了好几天,总没有相当的女人。'她说:现在碰到我,想起了你来,样样都对的。当时问我底意见怎样,我一边掉了几滴泪,一边却被她催的答应她了。"

说到这里,他垂下头,声音很低弱,停止了。他底妻简直痴似的,话一句没有。又静寂了一息,他继续说:

"昨天,沈家婆到过秀才底家里,她说秀才很高兴,秀才娘子也喜欢,钱是一百元,年数呢,假如三年养不出儿子,是五年。沈家婆并将日子也拣定了——本月十八,五天后。今天,她写典契去了。"

这时,他底妻简直连腑脏都颤抖,吞吐着问:

"你为什么早不对我说?"

"昨天在你底面前旋了三个圈子,可是对你说不出。不过我仔细想,除出将你底身子设法外,再也没有办法了。"

"决定了么?"妇人战着牙齿问。

"只待典契写好。"

"倒霉的事情呀,我!——一点也没有别的方法了么?春宝底爸呀!"

春宝是她怀里的孩子底名字。

"倒霉,我也想到过,可是穷了,我们又不肯死,有什么办法?今年,我怕连插秧也不能插了。"

"你也想到过春宝么?春宝还只有五岁,没有娘,他怎么好呢?"

"我领他便了。本来是断了奶的孩子。"

他似乎渐渐发怒了,也就走出门外去了。她,却呜呜咽咽地哭起来。

这时,在她过去的回忆里,却想起恰恰一年前的事:那时她生下了一个女儿,她简直如死去一般地卧在床上。死还是整个的,她却肢体分作四碎与五裂。刚落地的女婴,在地上的干草堆上叫,"呱呀,呱呀"声音很重的,手脚揪缩。脐带绕在她底身上,胎盘落在一边,她很想挣扎起来给她洗好,可是她底头昂起来,身子凝滞在床上。这样,她看见她底丈夫,这个凶狠的男子,飞红着脸,提了一桶沸水到女婴的旁边。她简直用了她一生底最后的力向他喊:"慢!慢……"但这个病前极凶狠的男子,没有一分钟商量的余地,也不答半句话,就将"呱呀,呱呀"声音很重地在叫着的女儿,刚出世的新生命,用他底粗暴的两手捧起来,如屠户捧将杀的小羊一般,扑通,投下在沸水里了!除出沸水的溅声和皮肉吸收沸水的嘶声以外,女孩一声也不喊——她疑问地想,为什么也不重重地哭一声呢?竟这样不响地愿意冤枉死去么?啊!——她转念,那是因为她自己当时昏过去的缘故,她当时剜去了心一般地昏去了。

想到这里,似乎泪竟干涸了。"唉!苦命呀!"她低低地叹息了一声。这时春宝拔去了奶头,向他底母亲的脸上看,一边叫:

"妈妈!妈妈!"

在她将离别底前一晚,她拣了房子底最黑暗处坐着。一盏油灯点在灶前,萤火那么的光亮。她,手里抱着春宝,将她底头贴在他底头发上。她底思想似乎浮漂在极远,可是她自己捉摸不定远在那里。于是慢慢地跑回来,跑到眼前,跑到她底孩子底身上。她向她底孩子低声叫:

"春宝,宝宝!"

"妈妈,"孩子含着奶头答。

"妈妈明天要去了……"

"唔,"孩子似不十分懂得,本能地将头钻进他母亲底胸膛。

"妈妈不回来了,三年内不能回来了!"

她擦一擦眼睛,孩子放松口子问:

"妈妈那里去呢?庙里么?"

"不是,三十里路外,一家姓李的。"

"我也去。"

"宝宝去不得的。"

"呃!"孩子反抗地,又吸着并不多的奶。

"你跟爸爸在家里,爸爸会照料宝宝的:同宝宝睡,也带宝宝玩,你听爸爸底话好了。过三年……"

她没有说完,孩子要哭似地说:

"爸爸要打我的!"

"爸爸不再打你了,"同时用她底左手抚摸着孩子底右额,在这上,有他父亲在杀死他刚生下的妹妹后第三天,用锄柄敲他,肿起而又平复了的伤痕。

她似要还想对孩子说话,她底丈夫踏进门了。他走到她底面前,一只手放在袋里,掏取着什么,一边说:

"钱已经拿来七十元了。还有三十元要等你到了后十天付。"

停了一息说:"也答应轿子来接。"

又停了一息:"也答应轿夫一早吃好早饭来。"

这样,他离开了她,又向门外走出去了。

这一晚,她和她底丈夫都没有吃晚饭。

第二天,春雨竟滴滴渐渐地落着。

轿是一早就到了。可是这妇人,她却一夜不曾睡。她先将春宝底几件破衣服都修补好;春将完了,夏将到了,可是她,连孩子冬天用的破烂棉袄都拿出来,移交给他底父亲——实在,他已经在床上睡去了。以后,她坐在他底旁边,想对他说几句话,可是长夜是迟延着过去,她底话一句也说不出,而且,她大着胆向他叫了几声,发了几个听不清楚的音,声音在他底耳外,她也就睡下不说了。

等她朦朦胧胧地刚离开思索将要睡去,春宝又醒了。他就推叫他底母亲,要起来。以后当她给他穿衣服的时候,向他说:

"宝宝好好地在家里,不要哭,免得你爸爸打你。以后妈妈常买糖果来,买给宝宝吃,宝宝不要哭。"

而小孩子竟不知道悲哀是什么一回事,张大口子"唉,唉,"地唱起来了。她在他底唇边吻了一吻,又说:

"不要唱,你爸爸被你唱醒了。"

轿夫坐在门首的板凳上,抽着旱烟,说着他们自己要听的话。一息,邻村的沈家婆也赶到了。一个老妇人,熟悉世故的媒婆,一进门,就拍拍她身上的雨点,向他们说:

"下雨了,下雨了,这是你们家里此后会有滋长的预兆。"

老妇人忙碌似地在屋内旋了几个圈,对孩子底父亲说了几句话,意思是讨酬报。因为这件契约之能订的如此顺利而合算,实在是她底力量。

"说实在话,春宝底爸呀,再加五十元,那老头子可以买一房妾了。"她说。

于是又转向催促她——妇人却抱着春宝,这时坐着不动。老妇人声音很高地:

"轿夫要赶到他们家里吃中饭的,你快些预备走呀!"

可是妇人向她瞧了一瞧,似乎说:

"我实在不愿离开呢!让我饿死在这里罢!"

声音是在她底喉下,可是媒婆懂得了,走近到她前面,眯眯地向她笑说:

"你真是一个不懂事的丫头,黄胖还有什么东西给你呢?那边真是一份有吃有剩的人家,两百多亩田,经济很宽裕,房子是自己底,也雇着长工养着牛。大娘底性子是极好的,对人非常客气,每次看见人总给人一些吃的东西。那老头子——实在并不老,脸是很白白的,也没有留胡子,因为读了书,背有些偻偻的,斯文的模样。可是也不必多说,你一走下轿就看见的,我是一个从不说谎的媒婆。"

妇人拭一拭泪,极轻地:

"春宝……我怎么能抛开他呢!"

"不用想到春宝了,"老妇人一手放在她底肩上,脸凑近她和春宝。"有五岁了,古人说:'三周四岁离娘身,'可以离开你了。只要你底肚子争气些,到那边,也养下一二个来,万事都好了。"

轿夫也在门首催起身了,他们噜苏着说:

"又不是新娘子,啼啼哭哭的。"

这样,老妇人将春宝从她底怀里拉去,一边说:

"春宝让我带去罢。"

小小的孩子也哭了,手脚乱舞的,可是老妇人终于给他拉到小门外去。当妇人走进轿门的时候,向他们说:

"带进屋里来罢,外边有雨呢。"

她底丈夫用手支着头坐着,一动没有动,而且也没有话。

两村的相隔有三十里路,可是轿夫的第二次将轿子放下肩,就到了。春天的细雨,从轿子底布篷里飘进,吹湿了她底衣衫。一个脸孔肥肥的,两眼很有心计的约摸五十四五岁的老妇人来迎她,她想:这当然是大娘了。可是只向她满面羞涩地看一看,并没有叫。她很亲昵似地将她牵上阶沿,一个长长的瘦瘦的而面孔圆细的男子就从房里走出来。他向新来的少妇,仔细地瞧了瞧,堆出满脸的笑容来,向她问:

"这么早就到了么? 可是打湿你底衣裳了。"

而那位老妇人,却简直没有顾到他底说话,也向她问:

"还有什么在轿里么?"

"没有什么了。"少妇答。

几位邻舍的妇人站在大门外,探头张望的;可是她们走进屋里面了。

她自己也不知道这究竟为什么,她底心老是挂念着她底旧的家,掉不下她的春宝。这是真实而明显的,她应庆祝这将开始的三年的生活——这个家庭,和她所典给他的丈夫,都比曾经过去的要好,秀才确是一个温良和善的人,讲话是那么地低声,连大娘,实在也是一个出乎意料之外的妇人,她底态度之殷勤,和滔滔的一席话:说她和她丈夫底过去的生活之经过,从美满而漂亮的结婚生活起,一直到现在,中间的三十年。她曾做过一次的产,十五六年以前了,养下一个男孩子,据她说,是一个极美丽又极聪明的婴儿,可是不到十个月,竟患了天花死去了。这样,以后就没有再养过第二个。在她底意思中,似乎——似乎——早就叫她底丈夫娶一房妾。可是他,不知是爱她呢,还是没有相当的人——这一层她并没有说清楚;于是,就一直到现在。这样,竟说得这个具着朴素的心地的她,一时酸,一时苦,一时甜上心头,一时又咸的压下去了。最后,这个老妇人并将她底希望也向她说出来了。她底脸是娇红的,可是老妇人说:

"你是养过三四个孩子的女人了,当然,你是知道什么的,你一定知道的还比我多。"

这样,她说着走开了。

当晚,秀才也将家里底种种情形告诉她,实际,不过是向她夸耀或求媚罢了。她坐在一张橱子的旁边,这样的红的木橱,是她旧的家所没有的,她眼睛白晃晃地瞧着它。秀才也就坐到橱子底面前来,问她:

"你叫什么名字呢?"

她没有答,也并不笑,站起来,走到床底前面,秀才也跟到床底旁边,更笑地问她:

"怕羞么?哈,你想你底丈夫么?哈,哈,现在我是你底丈夫了。"声音是轻轻的,又用手去牵着她底袖子。"不要愁罢!你也想你底孩子的,是不是?不过——"

他没有说完,却又哈的笑了一声,他自己脱去他外面的长衫了。

她可以听见房外的大娘底声音在高声地骂着什么人,她一时听不出在骂谁,骂烧饭的女仆,又好像骂她自己,可是因为她底怨恨,仿佛又是为她而发的。秀才在床上叫道:

"睡罢,她常是这么噜噜苏苏的。她以前很爱那个长工,因为长工要和烧饭的黄妈多说话,她却常要骂黄妈的。"

日子是一天天地过去了,旧的家,渐渐地在她底脑子里疏远了,而眼前,却一步步地亲近她使她熟悉。虽则,春宝底哭声有时竟在她底耳朵边响,梦中,她也几次地遇到过他了。可是梦是一个比一个缥缈,眼前的事务是一天比一天繁多。她知道这个老妇人是猜忌多心的,外表虽则对她还算大方,可是她底嫉妒的心是和侦探一样,监视着秀才对她的一举一动。有时,秀才从外面回来,先遇见了她而同她说话,老妇人就疑心有什么特别的东西买给她了,非在当晚,将秀才叫到她自己底房内去,狠狠地训斥一番不可。"你给狐狸迷着了么?""你应该称一称你自己底老骨头是多少重!"像这样的话,她耳闻到不止一次了。这样以后,她望见秀才从外面回来而旁边没有她坐着的时候,就非得急忙避开不可。即使她在旁边,有时也该让开一些,但这种动作,她要做的非常自然,而且不能让旁人看出,否则,她又要向她发怒,说是她有意要在旁人的前面暴露她大娘底丑恶。而且以后,竟将家里的许多杂务都堆积在她底身上,同一个女仆那么样。她还算是聪明的,有时老妇人底换下来的衣服放着,她也给她拿去洗了,虽然她说:

"我底衣服怎么要你洗呢?就是你自己底衣服,也可叫黄妈洗的。"可是接着说:

"妹妹呀,你最好到猪栏里去看一看,那两只猪为什么这样喁喁叫的,或者因为没有吃饱罢,黄妈总是不肯给它们吃饱的。"

八个月了,那年冬天,她底胃却起了变化:老是不想吃饭,想吃新鲜的面、番薯等。但番薯或面吃了两餐,又不想吃,又想吃馄饨,多吃又要呕。而且还想吃南瓜和梅子——这是六月里的东西,真稀奇,向哪里去找呢?秀才是知道在这个变化中所带来的预告了。他镇日地笑微微,能找到的东西,总忙着给她找来。他亲身给她到街上去买橘子,又托便人买了金柑来。他在廊沿下走来走去,口里念念有词的,不知说什么。他看她和黄妈磨过年的粉,但还没有磨了三升,就向她叫:"歇一歇罢,长工也好磨的,年糕是人人要吃的。"

有时在夜里,人家谈着话,他却独自拿了一盏灯,在灯下,读起《诗经》来了:

  关关雎鸠,
  在河之洲,
  窈窕淑女,
  君子好逑——

这时长工向他问:

"先生,你又不去考举人,还读它做什么呢?"

他却摸一摸没有胡子的口边,怡悦地说道:

"是呀,你也知道人生底快乐么?所谓:'洞房花烛夜,金榜挂名时。'你也知道这两句话底意思么?这是人生底最快乐的两件事呀!可是我对于这两件事都过去了,我却还有比这两件更快乐的事呢。"

这样,除出他底两个妻以外,其余的人们都大笑了。

这些事,在老妇人眼睛里是看得非常气恼了。她起初闻到她底受孕也欢喜,以后看见秀才的这样奉承她,她却怨恨她自己肚子底不会还债了。有一次,次年三月了,这妇人因为身体感觉不舒服,头有些痛,睡了三天。秀才呢,也愿她歇息歇息,更不时地问她要什么,而老妇人却着实地发怒了。她说她装娇,噜噜苏苏地也说了三天。她先是恶意地讥嘲她:说是一到秀才底家里就高贵起来了,什么腰酸呀,头痛呀,姨太太的架子也都摆出来了;以前在她自己底家里,她不相信她有这样的娇养,恐怕竟和街头的母狗一样,肚子里有着一肚皮的小狗,临产了,还要到处地奔求着食物。现在呢,因为"老东西"——这是秀才的妻叫秀才的名字——趋奉了她,就装着娇滴滴的样子了。

"儿子,"她有一次在厨房里对黄妈说,"谁没有养过呀?我也曾怀过十个月的孕,不相信有这么的难受。而且,此刻的儿子,还在'阎罗王的簿里',谁保的定生出来不是一只癞虾蟆呢?也等到真的'鸟儿'从洞里钻出来看见了,才可在我底面前显威风,摆架子,此刻,不过是一块血的猫头鹰,就这么的装腔,也显得太早一点!"

当晚这妇人没有吃晚饭,这时她已经睡了,听了这一番婉转的冷嘲与热骂,她呜呜咽咽地低声哭泣了。秀才也带衣服坐在床上,听到浑身透着冷汗,发起抖来。他很想扣好衣服,重新走起来,去打她一顿,抓住她底头发狠狠地打她一顿,泄泄他一肚皮的气。但不知怎样,似乎没有力量,连指也颤动,臂也酸软了,一边轻轻地叹息着说:

"唉,一向实在太对她好了。结婚了三十年,没有打过她一掌,简直连指甲都没有弹到她底皮肤上过,所以今日,竟和娘娘一般地难惹了。"

同时,他爬过到床底那端,她底身边,向她耳语说:

"不要哭罢,不要哭罢,随她吠去好了!她是阉过的母鸡,看见别人的孵卵是难受的。假如你这一次真能养出一个男孩子来,我当送你两样宝贝——我有一只青玉的戒指,一只白玉的……"

他没有说完,可是他忍不住听下门外的他底大妻底喋喋的讥笑的声音,他急忙地脱去衣服,将头钻进被窝里去,凑向她底胸膛,一边说:

"我有白玉的……"

肚子一天天地膨胀的如斗那么大,老妇人终究也将产婆雇定了,而且在别人的面前,竟拿起花布来做婴儿用的衣服。

酷热的暑天到了尽头,旧历的六月,他们在希望的眼中过去了。秋开始,凉风也拂拂地在乡镇上吹送。于是有一天,这全家的人们都到了希望底最高潮,屋里底空气完全地骚动起来。秀才底心更是异常地紧张,他在天井上不断地徘徊,手里捧着一本历书,好似要读它背诵那么地念去——"戊辰","甲戌","壬寅之年",老是反复地轻轻地说着。有时他底焦急的眼光向一间关了窗的房子望去——在这间房子内是有产母底低声呻吟的声音;有时他向天上望一望被云笼罩着的太阳,于是又走向房门口,向站在房门内的黄妈问:

"此刻如何?"

黄妈不住地点着头不做声响,一息,答:

"快下来了,快下来了。"

于是他又捧了那本历书,在廊下徘徊起来。

这样的情形,一直继续到黄昏底青烟在地面起来,灯火一盏盏的如春天的野花般在屋内开起,婴儿才落地了,是一个男的。婴儿底声音是很重地在屋内叫,秀才却坐在屋角里,几乎快乐到流出眼泪来了。全家的人都没有心思吃晚饭,在平淡的晚餐席上,秀才底大妻向用人们说道:

"暂时瞒一瞒罢,给小猫头避避晦气;假如别人问起,也答养一个女的好了。"

他们都微笑地点点头。

一个月以后,婴儿底白嫩的小脸孔,已在秋天的阳光里照耀了。这个少妇给他哺着奶,邻舍的妇人围着他们瞧,有的称赞婴儿底鼻子好,有的称赞婴儿底口子好,有的称赞婴儿底两耳好;更有的称赞婴儿底母亲,也比以前好,白而且壮了。老妇人却正和老祖母那么地吩咐着,保护着,这时开始说:

"够了,不要弄他哭了。"

关于孩子底名字,秀才是煞费苦心地想着,但总想不出一个相当的字来。据老妇人底意见,还是从"长命富贵"或"福禄寿喜"里拣一个字,最好还是"寿"字或与"寿"同意义的字,如"其颐","彭祖"等。但秀才不同意,以为太通俗,人云亦云的名字。于是翻开了《易经》,《书经》,向这里面找,但找了半月,一月,还没有恰贴的字。在他底意思,以为在这个名字内,一边要祝福孩子,一边要包含他底老而得子的蕴义,所以竟不容易找。这一天,他一边抱着三个月的婴儿,一边又向书里找名字,戴着一副眼镜,将书递到灯底旁边去。婴儿底母亲呆呆地坐在房内底一边,不知思想着什么,却忽然开口说道:

"我想,还是叫他'秋宝'罢。"屋内的人们底几对眼睛都转向她,注意地静听着:"他不是生在秋天吗?秋天的宝贝——还是叫他'秋宝'罢。"

秀才立刻接着说道:

"是呀,我真极费心思了。我年过半百,实在到了人生的秋期;孩子也正养在秋天;'秋'是万物成熟的季节,秋宝,实在是一个很好的名字呀!而且《书经》里没么?'乃亦有秋,'我真乃亦有'秋'了!"

接着,又称赞了一通婴儿底母亲:说是呆读书实在无用,聪明是天生的。这些话,说的这妇人连坐着都觉着局促不安,垂下头,苦笑地又含泪地想:

"我不过因春宝想到罢了。"

秋宝是天天成长的非常可爱地离不开他底母亲了。他有出奇的大的眼睛,对陌生人是不倦地注视地瞧着,但对他底母亲,却远远地一眼就知道了。他整天地抓住了他底母亲,虽则秀才是比她还爱他,但不喜欢父亲;秀才底大妻呢,表面也爱他,似爱她自己亲生的儿子一样,但在婴儿底大眼睛里,却看她似陌生人,也用奇怪的不倦的视法。可是他的执住他底母亲愈紧,而他底母亲的离开这家的日子也愈近了。春天底口子咬住了冬天底尾巴;而夏天底脚又常是紧随着在春天底身后的;这样,谁都将孩子底母亲底三年快到的问题横放在心头上。

秀才呢,因为爱子的关系,首先向他底大妻提出来了:他愿意再拿出一百元钱,将她永远买下来。可是他底大妻底回答是:

"你要买她,那先给我药死罢!"

秀才听到这句话,气得只向鼻孔放出气,许久没有说;以后,他反而做着笑脸地:

"你想想孩子没有娘……"

老妇人也尖利地冷笑地说:

"我不好算是他底娘么?"

在孩子底母亲的心呢,却正矛盾着这两种的冲突了:一边,她底脑里老是有"三年"这两个字,三年是容易过去的,于是她底生活便变做在秀才底家里底用人似的了。而且想像中的春宝,也同眼前的秋宝一样活泼可爱,她既舍不得秋宝,怎么就能舍得掉春宝呢?可是另一边,她实在愿意永远在这新的家里住下去,她想,春宝的爸爸不是一个长寿的人,他底病一定是在三五年之内要将他带走到不可知的异国里去的,于是,她便要求她底第二个丈夫,将春宝也领过来,这样,春宝也在她底眼前。

有时,她倦坐在房外的沿廊下,初夏的阳光,异常地能令人昏朦地起幻想,秋宝睡在她底怀里,含着她底乳,可是她觉得仿佛春宝同时也站在她底旁边,她伸出手去也想将春宝抱近来,她还要对他们兄弟两人说几句话,可是身边是空空的。

在身边的较远的门口,却站着这位脸孔慈善而眼睛凶毒的老妇人,目光注视着她。这样,她也恍恍惚惚地敏悟:"还是早些脱离罢,她简直探子一样地监视着我了。"可是忽然怀内的孩子一叫,她却又什么也没有的只剩着眼前的事实来支配她了。

以后,秀才又将计划修改了一些:他想叫沈家婆来,叫她向秋宝底母亲底前夫去说,他愿否再拿进三十元——最多是五十元,将妻续典三年给秀才。秀才对他底大妻说:

"要是秋宝到五岁,是可以离开娘了。"

他底大妻正是手里捻着念佛珠,一边在念着"南无阿弥陀佛",一边答:
"她家里也还有前儿在,你也应放她和她底结发夫妇团聚一下罢。"
秀才低着头,断断续续地仍然这样说:
"你想想秋宝两岁就没有娘……"
可是老妇人放下念佛珠说:
"我会养的,我会管理他的,你怕我谋害了他么?"
秀才一听到末一句话,就拔步走开了。老妇人仍在后面说:
"这个儿子是帮我生的,秋宝是我底;绝种虽然是绝了你家底种,可是我却仍然吃着你家底餐饭。你真被迷了,老昏了,一点也不会想了。你还有几年好活,却要拼命拉她在身边?双连牌位,我是不愿意坐的!"

老妇人似乎还有许多刻毒的锐利的话,可是秀才走远开听不见了。

在夏天,婴儿底头上生了一个疮,有时身体稍稍发些热,于是这位老妇人就到处地问菩萨,求佛药,给婴儿敷在疮上,或灌下肚里,婴儿底母亲觉得并不十分要紧,反而使这样小小的生命哭成一身的汗珠,她不愿意,或将吃了几口的药暗地里拿去倒掉了。于是这位老妇人就高声叹息,向秀才说:

"你看,她竟一点也不介意他底病,还说孩子是并不怎样瘦下去。爱在心里的是深的;专疼表面是假的。"

这样,妇人只有暗自挥泪,秀才也不说什么话了。

秋宝一周纪念的时候,这家热闹地摆了一天的酒筵,客人也到了三四十,有的送衣服,有的送面,有的送银制的狮狌,给婴儿挂在胸前的,有的送镀金的寿星老头儿,给孩子钉在帽上的,许多礼物,都在客人底袖子里带来了。他们祝福着婴儿的飞黄腾达,赞颂着婴儿的长寿永生;主人底脸孔,竟是荣光照耀着,有如落日的云霞反映在他底颊上似的。

可是在这天,正当他们筵席将举行的黄昏时,来了一个客,从朦胧的暮光中向他们底天井走进,人们都注意他:一个憔悴异常的乡人,衣服补衲的,头发很长,在他底腋下,挟着一个纸包。主人骇异地迎上前去,问他是那里人,他口吃似地答了,主人一时糊涂的,但立刻明白了,就是那个皮贩。主人便轻轻地说:

"你为什么也送东西来呢?你真不必的呀!"

来客胆怯地向四周看看,一边答说:

"要,要的……我来祝祝这个宝贝长寿千……"

他似没有说完,一边将腋下的纸包打开来了,手指颤动地打开了两三重的纸,于是拿出四只铜制镀银的字,一方寸那么大,是"寿比南山"四字。

秀才底大娘走来了,向他仔细一看,似乎不大高兴。秀才却将他招待到席上,客人们互相私语着。

两点钟的酒与肉,将人们弄得胡乱与狂热了;他们高声猜着拳,用大碗盛着酒互相比赛,闹得似乎房子都被震动了。只有那个皮贩,他虽然也喝了两杯酒,可是仍然坐着不动,客人们也不招呼他。等到兴尽了,于是各人草草地吃了一碗饭,互祝着好话,从两两三三的灯笼光影中,走散了。

而皮贩,却吃到最后,用人来收拾羹碗了,他才离开了桌,走到廊下的黑暗处。在那里,他遇见了他底被典的妻。

"你也来做什么呢?"妇人问,语气是非常凄惨的。

"我那里又愿意来,因为没有法子。"

"那末你为什么来的这样晚?"

"我那里来买礼物的钱呀?! 奔跑了一上午,哀求了一上午,又到城里买礼物,走得乏了,饿了,也迟了。"

妇人接着问:

"春宝呢?"

男子沉吟了一息答:

"所以,我是为春宝来的。……"

"为春宝来的?"妇人惊异地回音似地问。

男人慢慢地说:

"从夏天来,春宝是瘦的异样了。到秋天,竟病起来了。我又那里有钱给他请医生吃药,所以现在,病是更厉害了! 再不想法救救他,眼见得要死了!"静寂了一刻,继续说:"现在,我是向你来借钱的……"

这时妇人底胸膛内,简直似有四五只猫在抓她,咬她,咀嚼着她底心脏一样。她恨不得哭出来,但在人们个个向秋宝祝颂的日子,她又怎么好跟在人们底声音后面叫哭呢? 她吞下她底眼泪,向她底丈夫说:

"我又那里有钱呢? 我在这里,每月只给我两角钱的零用,我自己又那里要用什么,悉数补在孩子底身上了。现在,怎么好呢?"

他们一时没有话,以后,妇人又问:

"此刻有什么人照顾着春宝呢?"

"托了一个邻舍。今晚,我仍旧想回家,我就要走了。"

他一边说着,一边揩着泪。女的同时哽咽着说:

"你等一下罢,我向他去借借看。"

她就走开了。

三天以后的一天晚上,秀才忽然问这妇人道:

"我给你的那只青玉戒指呢?"

"在那天夜里,给了他了。给了他拿去当了。"

"没有借你五块钱么?"秀才愤怒地。

妇人低着头停了一息答：

"五块钱怎么够呢！"

秀才接着叹息说：

"总是前夫和前儿好，无论我对你怎么样！本来我很想再留你两年的，现在，你还是到明春就走罢！"

女人简直连泪也没有地呆着了。

几天后，他还向她那么地说：

"那只戒指是宝贝，我给你是要你传给秋宝的，谁知你一下就拿去当了！幸得她不知道，要是知道了，有三个月好闹了！"

妇人是一天天地黄瘦了。没有神采的光芒在她底眼睛里起来，而讥笑与冷骂的声音又充塞在她底耳内了。她是时常记念着她底春宝的病的，探听着有没有从她底本乡来的朋友，也探听着有没有向她底本乡去的便客，她很想得到一个关于"春宝的身体已复原"的消息，可是消息总没有；她也想借两元钱或买些糖果去，方便的客人又没有，她不时地抱着秋宝在门首过去一些的大路边，眼睛望来和去的路。这种情形却很使秀才底大妻不舒服了，她时常对秀才说：

"她那里愿意在这里呢，她是极想早些飞回去的。"

有几夜，她抱着秋宝在睡梦中突然喊起来，秋宝也被吓醒，哭起来了。秀才就追逼地问：

"你为什么？你为什么？"

可是女人拍着秋宝，口子哼哼的没有答。秀才继续说：

"梦着你底前儿死了么，那么地喊？连我都被你叫醒了。"

女人急忙地一边答：

"不，不，……好像我底前面有一圹坟呢！"

秀才没有再讲话，而悲哀的幻像更在女人底前面展现开来，她要走向这坟去。

冬末了，催离别的小鸟，已经到她底窗前不住地叫了。先是孩子断了奶，又叫道士们来给孩子度了一个关，于是孩子和他亲生的母亲的别离——永远的别离的运命就被决定了。

这一天，黄妈先悄悄地向秀才底大妻说：

"叫一顶轿子送她去么？"

秀才底大妻还是手里捻着念佛珠说：

"走走好罢，到那边轿钱是那边付的，她又那里有钱呢，听说她底亲夫连饭也没得吃，她不必摆阔了。路也不算远，我也是曾经走过三四十里路的人,她底脚比我大,半天可以到了。"

这天早晨当她给秋宝穿衣服的时候,她底泪如溪水那么地流下,孩子向她叫:"婶婶,婶婶,"——因为老妇人要他叫她自己是"妈妈",只准叫她是"婶婶"——她向他咽咽地答应。她很想对他说几句话,意思是:"别了,我底亲爱的儿子呀!你底妈妈待你是好的,你将来也好好地待还她罢,永远不要再记念我了!"

可是她无论怎样也说不出。她也知道一周半的孩子是不会了解的。

秀才悄悄地走向她,从她背后的腋下伸进手来,在他底手内是十枚双毫角子,一边轻轻说:

"拿去罢,这两块钱。"

妇人扣好孩子底钮扣,就将角子塞在怀内的衣袋里。

老妇人又进来了,注意着秀才走出去的背后,又向妇人说:

"秋宝给我抱去罢,免得你走时他哭。"

妇人不做声响,可是秋宝总不愿意,用手不住地拍在老妇人底脸上。于是老妇人生气地又说:

"那末你同他去吃早饭去罢,吃了早饭交给我。"

黄妈拼命地劝她多吃饭,一边说:

"半月来你就这样了,你真比来的时候还瘦了。你没有去照照镜子。今天,吃一碗下去罢,你还要走三十里路呢。"

她只不关紧要地说了一句:

"你对我真好!"

但是太阳是升的非常高了,一个很好的天气,秋宝还是不肯离开他底母亲,老妇人便狠狠地将他从她底怀里夺去,秋宝用小小的脚踢在老妇人底肚子上,用小小的拳头搔住她底头发,高声呼喊地。妇人在后面说:

"让我吃了中饭去罢。"

老妇人却转过头,汹汹地答:

"赶快打起你底包袱去罢,早晚总有一次的!"

孩子底哭声便在她底耳内渐渐远去了。

打包裹的时候,耳内是听着孩子底哭声。黄妈在旁边,一边劝慰着她,一边却看她打进什么去。终于,她挟着一只旧的包裹走了。

她离开他底大门时,听见她底秋宝的哭声;可是慢慢地远远地走了三里路了,还听见她底秋宝的哭声。

暖和的太阳所照耀的路,在她底面前竟和天一样无穷止地长。当她走到一条河边的时候,她很想停止她底那么无力的脚步,向明澈可以照见她自己底身子的水底跳下去了。但在水边坐了一会之后,她还得依前去的方向,移动她自己底影子。

太阳已经过午了,一个村里的一个年老的乡人告诉她,路还有十五里;于是她向那个老人说:

"伯伯,请你代我就近叫一顶轿子罢,我是走不回去了!"

"你是有病的么?"老人问。

"是的。"

她那时坐在村口的凉亭里面。

"你从那里来?"

妇人静默了一时答:

"我是向那里去的;早晨我以为自己会走的。"

老人怜悯地也没有多说话,就给她找了两位轿夫,一顶没篷的轿。因为那是下秧的时节。

下午三四时的样子,一条狭窄而污秽的乡村小街上,抬过了一顶没篷的轿子,轿里躺着一个脸色枯萎如同一张干瘪的黄菜叶那么的中年妇人,两眼朦胧地颓唐地闭着。嘴里的呼吸只有微弱地吐出。街上的人们个个睁着惊异的目光,怜悯地凝视着过去。一群孩子们,争噪地跟在轿后,好像一件奇异的事情落到这沉寂的小村镇里来了。

春宝也是跟在轿后的孩子们中底一个,他还在似赶猪么地哗着轿走,可是当轿子一转一个弯,却是向他底家里去的路,他却伸直了两手而奇怪了,等到轿子到了他家里的门口,他简直呆似地远远地站在前面,背靠在一株柱子上,面向着轿,其余的孩子们胆怯地围在轿的两边。妇人走出来了,她昏迷的眼睛还认不清站在前面的,穿着褴褛的衣服,头发蓬乱的,身子和三年前一样的短小,那个八岁的孩子是她底春宝。突然,她哭出来地高叫了:

"春宝呀!"

一群孩子们,个个无意地吃了一惊,而春宝简直吓的躲进屋里他父亲那里去了。

妇人在灰暗的屋内坐了许久许久,她和她底丈夫都没有一句话。夜色降落了,他下垂的头昂起来,向她说:

"烧饭吃罢!"

妇人就不得已地站起来,向屋角上旋转了一周,一点也没有气力地对她丈夫说:

"米缸内是空空的……"

男人冷笑了一声,答说:

"你真在大人家底家里生活过了!米,盛在那只香烟盒子内。"

当天晚上,男子向他底儿子说:

"春宝,跟你底娘去睡!"

而春宝却靠在灶边哭起来了。他底母亲走近他,一边叫:

"春宝,宝宝!"

可是当她底手去抚摸他底时候,他又躲闪开了。男子加上说:

"会生疏得那么快,一顿打呢!"

她眼睁睁地睡在一张龌龊的狭板床上,春宝陌生似地睡在她底身边。在她底已经麻木的脑内,仿佛秋宝肥白可爱地在她身边挣动着,她伸出两手想去抱,可是身边是春宝。这时,春宝睡着了,转了一个身,他底母亲紧紧地将他抱住,而孩子却从微弱的鼾声中,脸伏在她底胸膛上,两手抚摩着她底两乳。

沉静而寒冷的死一般的长夜,似无限地拖延着,拖延着……

1930 年 1 月 20 日

春　蚕

茅　盾

一

老通宝坐在"塘路"边的一块石头上，长旱烟管斜摆在他身边。"清明"节后的太阳已经很有力量，老通宝背脊上热烘烘地，像背着一盆火。"塘路"上拉纤的快班船上的绍兴人只穿了一件蓝布单衫，敞开了大襟，弯着身子拉，额角上黄豆大的汗粒落到地下。

看着人家那样辛苦的劳动，老通宝觉得身上更加热了；热的有点儿发痒。他还穿着那件过冬的破棉袄，他的夹袄还在当铺里，却不防才得"清明"边，天就那么热。

"真是天也变了！"

老通宝心里说，就吐一口浓厚的唾沫。在他面前那条"官河"内，水是绿油油的，来往的船也不多，镜子一样的水面这里那里起了几道皱纹或是小小的涡旋，那时候，倒影在水里的泥岸和岸边成排的桑树，都晃乱成灰暗的一片。可是不会很长久的。渐渐儿那些树影又在水面上显现，一弯一曲地蠕动，像是醉汉，再过一会儿，终于站定了，依然是很清晰的倒影。那拳头模样的桠枝顶上已经簇生着小手指儿那么大的嫩绿叶。这密密层层的桑树，沿着那"官河"一直望去，好像没有尽头。田里现在还只有干裂的泥块，这一带，现在是桑树的势力！在老通宝背后，也是大片的桑林，矮矮的，静穆的，在热烘烘的太阳光下，似乎那"桑拳"上的嫩绿叶过一秒钟就会大一些。

离老通宝坐处不远，一所灰白色的楼房蹲在"塘路"边，那是茧厂。十多天前驻扎过军队，现在那边田里留着几条短短的战壕。那时都说东洋兵要打进来，镇上有钱人都逃光了；现在兵队又开走了，那座茧厂依旧空关在那里，等候春茧上市的时候再热闹一番。老通宝也听得镇上小陈老爷的儿子——陈大少爷说过，今年上海不太平，丝厂都关门，恐怕这里的茧厂也不能开；但老通宝是不肯相信的。他活了六十岁，反乱年头也经过好几个，从没见过绿油油的桑叶白养在树上等到成了"枯叶"去喂羊吃;除非是"蚕花"不熟,但那是老天爷的"权柄",谁又能够未卜先知?

"才得清明边,天就那么热!"

老通宝看着那些桑拳上怒茁的小绿叶儿,心里又这么想,同时有几分惊异,有几分快活。他记得自己还是二十多岁少壮的时候,有一年也是"清明"边就得穿夹,后来就是"蚕花二十四分",自己也就在这一年成了家。那时,他家正在"发";他的父亲像一头老牛似的,什么都懂得,什么都做得;便是他那创家立业的祖父,虽说在长毛窝里吃过苦头,却也愈老愈硬朗。那时候,老陈老爷去世不久,小陈老爷还没抽上鸦片烟,"陈老爷家"也不是现在那么不像样的。老通宝相信自己一家和"陈老爷家"虽则一边是高门大户,而一边不过是种田人,然而两家的运命好像是一条线儿牵着。不但"长毛造反"那时候,老通宝的祖父和陈老爷同被长毛掳去,同在长毛窝里混上了六七年,不但他们俩同时从长毛营盘里逃了出来,而且偷得了长毛的许多金元宝——人家到现在还是这么说;并且老陈老爷做丝生意"发"起来的时候,老通宝家养蚕也是年年都好,十年中间挣得了二十亩的稻田和十多亩的桑地,还有三间两进的一座平屋。这时候,老通宝家在东村庄上被人人所妒羡,也正像"陈老爷家"在镇上是数一数二的大户人家。可是以后,两家都不行了;老通宝现在已经没有自己的田地,反欠出三百多块钱的债,"陈老爷家"也早已完结。人家都说"长毛鬼"在阴间告了一状,阎罗王追还"陈老爷家"的金元宝横财,所以败的这么快。这个,老通宝也有几分相信;不是鬼使神差,好端端的小陈老爷怎么会抽上了鸦片烟?

可是老通宝死也想不明白为什么"陈老爷家"的"败"会牵动到他家。他确实知道自己家并没得过长毛的横财。虽则听死了的老头子说,好像那老祖父逃出长毛营盘的时候,不巧撞着了一个巡路的小长毛,当时没法,只好杀了他,——这是一个"结"!然而从老通宝懂事以来,他们家替这小长毛鬼拜忏念佛烧纸锭,记不清有多少次了。这个小冤魂,理应早投凡胎。老通宝虽然不很记得祖父是怎样"做人",但父亲的勤俭忠厚,他是亲眼看见的;他自己也是规矩人,他的儿子阿四,儿媳四大娘,都是勤俭的。就是小儿子阿多年纪青,有几分"不知苦辣",可是毛头小伙子,大都这么着,算不得"败家相"!

老通宝抬起他那焦黄的皱脸,苦恼地望着他面前的那条河,河里的船,以及两岸的桑地。一切都和他二十多岁时差不了多少,然而"世界"到底变了。他自己家也要常常把杂粮当饭吃一天,而且又欠出了三百多块钱的债。

呜!呜,呜,呜,——

汽笛叫声突然从那边远远的河身的弯曲地方传了来。就在那边,蹲着又一个茧厂,远望去隐约可见那整齐的石"帮岸"。一条柴油引擎的小轮船很威严地从那茧厂后驶出来,拖着三条大船,迎面向老通宝来了。满河平静的水立刻激起泼剌剌的波浪,一齐向两旁的泥岸卷过来。一条乡下"赤膊船"赶快拢岸,船上人揪住了泥岸上的树根,船和人都好像在那里打秋千。轧轧轧的轮机声和洋油臭,飞散在这和平的绿的田野。老通宝满脸恨意,看着这小轮船来,看着它过去,直到又转一个弯,呜呜呜地又叫了几声,就看不见。老通宝向来仇恨小轮船这一类洋鬼子的东西!他从没见过洋鬼子,可是他从他的父亲嘴里知道老陈老爷见过洋鬼子:红眉毛,绿眼睛,走路时两条腿是直的。并且老陈老爷也是很恨洋鬼子,常常说"铜钿都被洋鬼子骗去了"。老通宝看见老陈老爷的时候,不过八九岁,——现在他所记得的关于老陈老爷的一切都是听来的,可是他想起了"铜钿都被洋鬼子骗去了"这句话,就仿佛看见了老陈老爷捋着胡子摇头的神气。

  洋鬼子怎样就骗了钱去,老通宝不很明白。但他很相信老陈老爷的话一定不错。并且他自己也明明看到自从镇上有了洋纱,洋布,洋油,——这一类洋货,而且河里更有了小火轮船以后,他自己田里生出来的东西就一天一天不值钱,而镇上的东西却一天一天贵起来。他父亲留下来的一分家产就这么变小,变做没有,而且现在负了债。老通宝恨洋鬼子不是没有理由的!他这坚定的主张,在村坊上很有名。五年前,有人告诉他:朝代又改了,新朝代是要"打倒"洋鬼子的。老通宝不相信。为的他上镇去看见那新到的喊着"打倒洋鬼子"的年青人们都穿了洋鬼子衣服。他想来这伙年青人一定私通洋鬼子,却故意来骗乡下人。后来果然就不喊"打倒洋鬼子"了,而且镇上的东西更加一天一天贵起来,派到乡下人身上的捐税也更加多起来。老通宝深信这都是串通了洋鬼子干的。

  然而更使老通宝去年几乎气成病的,是茧子也是洋种的卖得好价钱;洋种的茧子,一担要贵上十多块钱。素来和儿媳总还和睦的老通宝,在这件事上可就吵了架。儿媳四大娘去年就要养洋种的蚕。小儿子跟他嫂嫂是一路,那阿四虽然嘴里不多说,心里也是要洋种的。老通宝拗不过他们,末了只好让步。现在他家里有的五张蚕种,就是土种四张,洋种一张。

  "世界真是越变越坏!过几年他们连桑叶都要洋种了!我活得厌了!"

  老通宝看着那些桑树,心里说,拿起身边的长旱烟管恨恨地敲着脚边的泥块。太阳现在正当他头顶,他的影子落在泥地上,短短地像一段乌焦木头,还穿着破棉袄的他,觉得浑身躁热起来了。他解开了大襟上的钮扣,又抓着衣角扇了几下,站起来回家去。

  那一片桑树背后就是稻田。现在大部分是匀整的半翻着的燥裂的泥块。偶尔也有种了杂粮的,那黄金一般的菜花散出强烈的香味。那边远远地一簇房屋,就是老通宝他们住了三代的村坊,现在那些屋上都袅起了白的炊烟。

老通宝从桑林里走出来,到田塍上,转身又望那一片爆着嫩绿的桑树。忽然那边田里跳跃着来了一个十来岁的男孩子,远远地就喊道:

"阿爹!妈等你吃中饭呢!"

"哦——"

老通宝知道是孙子小宝,随口应着,还是望着那一片桑林。才只得"清明"边,桑叶尖儿就抽得那么小指头儿似的,他一生就只见过两次。今年的蚕花,光景是好年成。三张蚕种,该可以采多少茧子呢?只要不像去年,他家的债也许可以拨还一些罢。

小宝已经跑到他阿爹的身边了,也仰着脸看那绿绒似的桑拳头;忽然他跳起来拍着手唱道:

"清明削口,看蚕娘娘拍手!"

老通宝的皱脸上露出笑容来了。他觉得这是一个好兆头。他把手放在小宝的"和尚头"上摩着,他的被穷苦弄麻木了的老心里勃然又生出新的希望来了。

二

天气继续暖和,太阳光催开了那些桑拳头上的小手指儿模样的嫩叶,现在都有小小的手掌那么大了。老通宝他们那村庄四周围的桑林似乎发长得更好,远望去像一片绿锦平铺在密密层层灰白色矮矮的篱笆上。"希望"在老通宝和一般农民们的心里一点一点一天一天强大。蚕事的动员令也在各方面发动了。藏在柴房里一年之久的养蚕用具都拿出来洗刷修补。那条穿村而过的小溪旁边,蠕动着村里的女人和孩子,工作着,嚷着,笑着。

这些女人和孩子们都不是十分健康的脸色,——从今年开春起,他们都只吃个半饱;他们身上穿的,也只是些破旧的衣服。实在他们的情形比叫化子好不了多少。然而他们的精神都很不差。他们有很大的忍耐力,又有很大的幻想。虽然他们都负了天天在增大的债,可是他们那简单的头脑老是这么想:只要蚕花熟,就好了!他们想像到一个月以后那些绿油油的桑叶就会变成雪白的茧子,于是又变成丁丁当当响的洋钱,他们虽然肚子里饿得咕咕地叫,却也忍不住要笑。

这些女人中间也就有老通宝的媳妇四大娘和那个十二岁的小宝。这娘儿两个已经洗好了那些"团扁"和"蚕簟",坐在小溪边的石头上撩起布衫角揩脸上的汗水。

"四阿嫂！你们今年也看(养)洋种么？"

小溪对岸的一群女人中间有一个二十岁左右的姑娘隔溪喊过来了。四大娘认得是隔溪的对门邻舍陆福庆的妹子六宝。四大娘立刻把她的浓眉毛一挺，好像正想找人吵架似的嚷了起来：

"不要来问我！阿爹做主呢！——小宝的阿爹死不肯，只看了一张洋种！老糊涂的听得带一个洋字就好像见了七世冤家！洋钱，也是洋，他倒又要了！"

小溪旁那些女人们听得笑起来了。这时候有一个壮健的小伙子正从对岸的陆家稻场上走过，跑到溪边，跨上了那横在溪面用四根木头并排做成的雏形的"桥"。四大娘一眼看见，就丢开了"洋种"问题，高声喊道：

"多多弟！来帮我搬东西罢！这些扁，浸湿了，就像死狗一样重！"

小伙子阿多也不开口，走过来拿起五六只"团扁"，湿漉漉地顶在头上，却空着一双手，划桨似的荡着，就走了。这个阿多高兴起来时，什么事都肯做，碰到同村的女人们叫他帮忙拿什么重家伙，或是下溪去捞什么，他都肯；可是今天他大概有点不高兴，所以只顶了五六只"团扁"去，却空着一双手。那些女人们看着他戴了那特别大箬帽似的一叠"扁"，袅着腰，学镇上女人的样子走着，又都笑起来了，老通宝家紧邻的李根生的老婆荷花一边笑，一边叫道：

"喂，多多头！回来！也替我带一点儿去！"

"叫我一声好听的，我就给你拿。"

阿多也笑着回答，仍然走。转眼间就到了他家的廊下，就把头上的"团扁"放在廊檐口。

"那么，叫你一声干儿子！"

荷花说着就大声的笑起来，她那出众地白净然而扁得作怪的脸上看去就好像只有一张大嘴和眯紧了好像两条线一般的细眼睛。她原是镇上人家的婢女，嫁给那不声不响整天苦着脸的半老头子李根生还不满半年，可是她的爱和男子们胡调已经在村中很有名。

"不要脸的！"

忽然对岸那群女人中间有人轻声骂了一句。荷花的那对细眼睛立刻睁大了，怒声嚷道：

"骂哪一个？有本事，当面骂，不要躲！"

"你管得我？棺材横头踢一脚，死人肚里自得知；我就骂那不要脸的骚货！"

隔溪立刻回骂过来了，这就是那六宝，又一位村里有名淘气的大姑娘。

于是对骂之下，两边又泼水。爱闹的女人也夹在中间帮这边帮那边。

小孩子们笑着狂呼。四大娘是老成的,提起她的"蚕箪",喊着小宝,自回家去。阿多站在廊下看着笑。他知道为什么六宝要跟荷花吵架;他看着那"辣货"六宝挨骂,倒觉得很高兴。

老通宝捐着一架"蚕台"从屋子里出来。这三棱形家伙的木梗子有几条给白蚂蚁蛀过了,怕的不牢,须得修补一下。看见阿多站在那里笑嘻嘻地望着外边的女人们吵架,老通宝的脸色就板起来了。他这"多多头"的小儿子不老成,他知道。尤其使他不高兴的,是多多也和紧邻的荷花说说笑笑。"那母狗是白虎星,惹上了她就得败家",——老通宝时常这样警戒他的小儿子。

"阿多!空手看野景么?阿四在后边扎'缀头',你去帮他!"

老通宝像一匹疯狗似的咆哮着,火红的眼睛一直盯住了阿多的身体,直到阿多走进屋里去,看不见了,老通宝方才提过那"蚕台"来反复审察,慢慢地动手修补。木匠生活,老通宝早年是会的;但近来他老了,手指头没有劲,他修了一会儿,抬起头来喘气,又望望屋里挂在竹竿上的三张蚕种。

四大娘就在廊檐口糊"蚕箪"。去年他们为的想省几百文钱,是买了旧报纸来糊的。老通宝直到现在还说是因为用了报纸——不惜字纸,所以去年他们的蚕花不好。今年是特地全家少吃一餐饭,省下钱来买了"糊箪纸"来了。四大娘把那鹅黄色坚韧的纸儿糊得很平贴,然后又照品字式糊上三张小小的花纸——那是跟"糊箪纸"一块儿买来的,一张印的花色是"聚宝盆",另两张都是手执尖角旗的人儿骑在马上,据说是"蚕花太子"。

"四大娘!你爸爸做中人借来三十块钱,就只买了二十担叶。后来米又吃完了,怎么办?"

老通宝气喘喘地从他的工作里抬起头来,望着四大娘。那三十块钱是二分半的月息。总算有四大娘的父亲张财发做中人,那债主也就是张财发的东家"做好事",这才只要了二分半的月息。条件是蚕事完后本利归清。

四大娘把糊好了的"蚕箪"放在太阳底下晒,好像生气似的说:

"都买了叶!又像去年那样多下来——"

"什么话!你倒先来发利市了!年年像去年么?自家只有十来担叶;五张布子(蚕种),十来担叶够么?"

"噢,噢;你总是不错的!我只晓得有米烧饭,没米饿肚子!"

四大娘气哄哄地回答;为了那"洋种"问题,她到现在常要和老通宝抬杠。

老通宝气得脸都紫了。两个人就此再没有一句话。

但是"收蚕"的时期一天一天逼近了。这二三十人家的小村落突然呈现了一种大紧张,大决心,大奋斗,同时又是大希望。人们似乎连肚子饿都忘记了。老通宝他们家东借一点,西赊一点,居然也一天一天过着来。也不仅老通宝他们,村里哪一家有两三斗米放在家里呀!去年秋收固然还好,可是地主、债主、正税、杂捐,一层一层地剥削来,早就完了。现在他们唯一的指望就是春蚕,一切临时借贷都是指明在这"春蚕收成"中偿还。

他们都怀着十分希望又十分恐惧的心情来准备这春蚕的大搏战!

"谷雨"节一天近一天了。村里二三十人家的"布子"都隐隐现出绿色来。女人们在稻场上碰见时,都匆忙地带着焦灼而快乐的口气互相告诉道:

"六宝家快要'窝种'了呀!"

"荷花说她家明天就要'窝'了。有这么快!"

"黄道士去测一字,今年的青叶要贵到四洋!"

四大娘看自家的五张"布子"。不对!那黑芝麻似的一片细点子还是黑沉沉,不见绿影。她的丈夫阿四拿到亮处去细看,也找不出几点"绿"来。四大娘很着急。

"你就先'窝'起来罢!这余杭种,作兴是慢一点的。"

阿四看着他老婆,勉强自家宽慰。四大娘堵起了嘴巴不回答。

老通宝哭丧着干瘪的老脸,没说什么,心里却觉得不妙。

幸而再过了一天,四大娘再细心看那"布子"时,哈,有几处转成绿色了!而且绿的很有光彩。四大娘立刻告诉了丈夫,告诉了老通宝,多多头,也告诉了她的儿子小宝。她就把那些布子贴肉揿在胸前,抱着吃奶的婴孩似的静静儿坐着,动也不敢多动了。夜间,她抱着那五张布子到被窝里,把阿四赶去和多多头做一床。那布子上密密麻麻的蚕儿贴着肉,怪痒痒的;四大娘很快活,又有点儿害怕,她第一次怀孕时胎儿在肚子里动,她也是那样半惊半喜的!

全家都是惴惴不安地又很兴奋地等候"收蚕"。只有多多头例外。他说:今年蚕花一定好,可是想发财却是命里不曾来。老通宝骂他多嘴,他还是要说。

蚕房早已收拾好了。"窝种"的第二天,老通宝拿一个大蒜头涂上一些泥,放在蚕房的墙脚边;这也是年年的惯例,但今番老通宝更加虔诚,手也抖了。去年他们"卜"的非常灵验。可是去年那"灵验",现在老通宝想也不敢想。

现在这村里家家都在"窝种"了。稻场上和小溪边顿时少了那些女人们的踪迹。一个"戒严令"也在无形中颁布了;乡农们即使平日是最好的,也不往来;人客来冲了蚕神不是玩的!他们至多在稻场上低声交谈一二句就走开。这是个"神圣"的季节。

老通宝家的五张布子上也有些"乌娘"蠕蠕地动了。于是全家的空气,突然紧张。那正是"谷雨"前一日。四大娘料来可以挨过了"谷雨"节那一天。布子不须再"窝"了,很小心地放在"蚕房"里,老通宝偷眼看一下那个躺在墙脚边的大蒜头,他心里就一跳。那大蒜头上还只有一两茎绿芽!老通宝不敢再看,心里祷祝后天正午会有更多更多的绿芽。

终于"收蚕"的日子到了。四大娘心神不定地淘米烧饭,时时看饭锅上的热气有没有直冲上来。老通宝拿出预先买了来的香烛点起来,恭恭敬敬放在灶君神位前。阿四和阿多去到田里采野花。小小宝帮着把灯芯草剪成细末子,又把采来的野花揉碎。一切都准备齐全时,太阳也近午刻了,饭锅上水蒸气嘟嘟地直冲,四大娘立刻跳了起来,把"蚕花"和一对鹅毛插在发髻上,就到"蚕房"里。老通宝拿着秤杆,阿四拿了那揉碎的野花片儿和灯芯草碎末。四大娘揭开"布子",就从阿四手里拿过那野花碎片和灯芯草末子撒在"布子"上,又接过老通宝手里的秤杆来,将"布子"挽在秤杆上,于是拔下发髻上的鹅毛在布子上轻轻儿拂;野花片,灯芯草末子,连同"乌娘",都拂在那"蚕箪"里了。一张,两张,……都拂过了;最后一张是洋种,那就收住另一个"蚕箪"里。末了,四大娘又拔下发髻上那朵"蚕花",跟鹅毛一块插在"蚕箪"的边儿上。

这是一个隆重的仪式!千百年相传的仪式!那好比是誓师典礼,以后就要开始了一个月光景的和恶劣的天气和恶运以及和不知什么的连日连夜无休息的大决战!

"乌娘"在"蚕箪"里蠕动,样子非常强健;那黑色也是很正路的。四大娘和老通宝他们都放心地松一口气了。但当老通宝悄悄地把那个"命运"的大蒜头拿起来看时,他的脸色立刻变了!大蒜头上还只得三四茎嫩芽!天哪!难道又同去年一样?

三

然而那"命运"的大蒜头这次竟不灵验。老通宝家的蚕非常好!虽然头眠二眠的时候连天阴雨,气候是比"清明"边似乎还要冷一点,可是那些"宝宝"都很强健。

村里别人家的"宝宝"也都不差。紧张的快乐弥漫了全村庄,似那小溪里淙淙的流水也像是朗朗的笑声了。只有荷花家是例外。她们家看了一张"布子",可是"出火"只称得二十斤;"大眠"快边人们还看见那不声不响晦气色的丈夫根生倾弃了三"蚕箪"在那小溪里。

这一件事,使得全村的妇人对于荷花家特别"戒严"。她们特地避路,不从荷花的门前走,远远的看见了荷花或是她那不声不响丈夫的影儿就赶快躲开;这些幸运的人儿惟恐看了荷花他们一眼或是交谈半句话就传染了晦气来!

老通宝严禁他的小儿子多多头跟荷花说话。——"你再跟那东西多嘴,我就告你忤逆!"老通宝站在廊檐外高声大气喊,故意要叫荷花他们听得。

小小宝也受到严厉的嘱咐,不许跑到荷花家的门前,不许和他们说话。

阿多像一个聋子似的不理睬老头子那早早夜夜的唠叨,他心里却在暗笑。全家就只有他不大相信那些鬼禁忌。可是他也没有跟荷花说话,他忙都忙不过来。

"大眠"捉了毛三百斤,老通宝全家连十二岁的小宝也在内,都是两日两夜没有合眼。蚕是少见的好,活了六十岁的老通宝记得只有两次是同样的,一次就是他成家的那年,又一次是阿四出世那一年。"大眠"以后的"宝宝"第一天就吃了七担叶,个个是生青滚壮,然而老通宝全家都瘦了一圈,失眠的眼睛上布满了红丝。

谁也料得到这些"宝宝"上山前还得吃多少叶。老通宝和儿子阿四商量了:

"陈大少爷借不出,还是再求财发的东家罢?"

"地头上还有十担叶,够一天。"

阿四回答,他委实是支撑不住了,他的一双眼皮像有几百斤重,只想合下来。

老通宝却不耐烦了,怒声喝道:

"说什么梦话!刚吃了两天老蚕呢。明天不算,还得吃三天,还要三十担叶,三十担!"

这时外边稻场上忽然人声喧闹,阿多押了新发来的五担叶来了。于是老通宝和阿四的谈话打断,都出去"捋叶"。四大娘也慌忙从蚕房里钻出来。隔溪陆家养的蚕不多,那大姑娘六宝抽得出工夫,也来帮忙了。那时星光满天,微微有点风,村前村后都断断续续传来了吆喝和欢笑,中间有一个粗暴的声音嚷道:

"叶行情飞涨了!今天下午镇上开到四洋一担!"

老通宝偏偏听得了,心里急得什么似的。四块钱一担,三十担可要一百二十块呢,他哪来这许多钱!但是想到茧子总可以采五百多斤,就算五十块钱一百斤,也有这么二百五,他又心里一宽。那边"捋叶"的人堆里忽然又有一个小小的声音说:

"听说东路不大好,看来叶价钱涨不到多少的!"

老通宝认得这声音是陆家的六宝。这使他心里又一宽。

那六宝是和阿多同站在一个筐子边"捋叶"。在半明半暗的星光下,她和阿多靠得很近。忽然她觉得在那"杠条"的隐蔽下,有一只手在她大腿上拧了一把。好像知道是谁拧的,她忍住了不笑,也不声张。蓦地那手又在她胸前摸了一把,六宝直跳起来,出惊地喊了一声:

"嗳哟!"

"什么事?"

同在那筐子边捋叶的四大娘问了,抬起头来。六宝觉得自己脸上热烘烘了,她偷偷地瞪了阿多一眼,就赶快低下头,很快地捋叶,一面回答:

"没有什么。想来是毛毛虫刺了我一下。"

阿多咬住了嘴唇暗笑。虽然在这半个月来也是半饱而且少睡,也瘦了许多了,他的精神可还是很饱满。老通宝那种忧愁,他是永远没有的。他永不相信靠一次蚕花好或是田里熟,他们就可以还清了债再有自己的田;他知道单靠勤俭工作,即使做到背脊骨折断也是不能翻身的。但是他仍旧很高兴地工作着,他觉得这也是一种快活,正像和六宝调情一样。

第二天早上,老通宝就到镇里去想法借钱来买叶。临走前,他和四大娘商量好,决定把他家那块出产十五担叶的桑地去抵押。这是他家最后的产业。

叶又买来了三十担。第一批的十担发来时,那些壮健的"宝宝"已经饿了半点钟了。"宝宝"们尖出了小嘴巴,向左向右乱晃,四大娘看得心酸。叶铺了上去,立刻蚕房里充满着萨萨萨的响声,人们说话也不大听得清。不多一会儿,那些"团扁"里立刻又全见白了,于是又铺上厚厚的一层叶。人们单是"上叶"也就忙得透不过气来。但这是最后五分钟了。再得两天,"宝宝"可以上山。人们把剩余的精力榨出来拼死命干。

阿多虽然接连三日三夜没有睡,却还不见怎么倦。那一夜,就由他一个人在"蚕房"里守那上半夜,好让老通宝以及阿四夫妇都去歇一歇。那是个好月夜,稍稍有点冷。蚕房里蒸了一个小小的火。阿多守到二更过,上了第二次的叶,就蹲在那个"火"旁边听那些"宝宝"萨萨萨地吃叶。渐渐儿他的眼皮合上了。恍惚听得有门响,阿多的眼皮一跳,睁开眼来看了看,就又合上了。他耳朵里还听得萨萨萨的声音和屑索屑索的怪声。猛然一个踉跄,他的头在自己膝头上磕了一下,他惊醒过来,恰就听得蚕房的芦帘拍叉一声响,似乎还看见有人影一闪。阿多立刻跳起来,到外面一看,门是开着,月光下稻场上有一个人正走向溪边去。阿多飞也似跳出去,还没看清那人是谁,已经把那人抓过来摔在地下。他断定了这是一个贼。

"多多头!打死我也不怨你,只求你不要说出来!"

是荷花的声音,阿多听真了时不禁浑身的汗毛都竖了起来。月光下他又看见那扁得作怪的白脸儿上一对细圆的眼睛定定地看住了他。可是恐怖

的意思那眼睛里也没有。阿多哼了一声,就问道:

"你偷什么?"

"我偷你们的宝宝!"

"放到哪里去了?"

"我扔到溪里去了!"

阿多现在也变了脸色。他这才知道这女人的恶意是要冲克他家的"宝宝"。

"你真心毒呀!我们家和你们可没有冤仇!"

"没有么?有的,有的!我家自管蚕花不好,可并没害了谁,你们都是好的!你们怎么把我当作白老虎,远远地望见我就别转了脸?你们不把我当人看待!"

那妇人说着就爬了起来,脸上的神气比什么都可怕。阿多瞅着那妇人好半晌,这才说道:

"我不打你,走你的罢!"

阿多头也不回的跑回家去,仍在"蚕房"里守着。他完全没有睡意了。他看那些"宝宝",都是好好的。他并没想到荷花可恨或可怜,然而他不能忘记荷花那一番话;他觉到人和人中间有什么地方是永远弄不对的,可是他不能够明白想出来是什么地方,或是为什么。再过一会儿,他就什么都忘记了。"宝宝"是强健的,像有魔法似的吃了又吃,永远不会饱!

以后直到东方快打白了时,没有发生事故。老通宝和四大娘来替换阿多了,他们拿那些渐渐身体发白而变短了的"宝宝"在亮处照着,看是"有没有通"。他们的心被快活胀大了。但是太阳出山时四大娘到溪边汲水,却看见六宝满脸严重地跑过来悄悄地问道:

"昨夜二更过,三更不到,我远远地看见那骚货从你们家跑出来,阿多跟在后面,他们站在这里说了半天话呢!四阿嫂!你们怎么不管事呀?"

四大娘的脸色立刻变了,一句话也没说,提了水桶就回家去,先对丈夫说了,再对老通宝说。这东西竟偷进人家"蚕房"来了,那还了得!老通宝气得直跺脚,马上叫阿多来查问。但是阿多不承认,说六宝是做梦见鬼。老通宝又去找六宝询问。六宝是一口咬定了看见的。老通宝没有主意,回家去看那"宝宝",仍然是很健康,瞧不出一些败相来。

但是老通宝他们满心的欢喜却被这件事打消了。他们相信六宝的话不会毫无根据。他们唯一的希望是那骚货或者只在廊檐口和阿多鬼混了一阵。

"可是那大蒜头上的苗却当真只有三四茎呀!"

老通宝自心里这么想,觉得前途只是阴暗。可不是,吃了许多叶去,一直落来都很好,然而上了山却干僵了的事,也是常有的。不过老通宝无论如何不敢想到这上头去;他以为即使是肚子里想,也是不吉利。

四

"宝宝"都上山了,老通宝他们还是捏着一把汗。他们钱都花光了,精力也绞尽了,可是有没有报酬呢,到此时还没有把握。虽则如此,他们还是硬着头皮去干。"山棚"下爇了火,老通宝和阿四他们伛着腰慢慢地从这边蹲到那边,又从那边蹲到这边。他们听得山棚上有些屑屑索索的细声音,他们就忍不住想笑,过一会儿又不听得了,他们的心就重甸甸地往下沉了。这样地,心是焦灼着,却不敢向山棚上望。偶或他们仰着的脸上淋到了一滴蚕尿了,虽然觉得有点难过,他们心里却快活;他们巴不得多淋一些。

阿多早已偷偷地挑开"山棚"外围着的芦帘望过几次了。小小宝看见,就扭住了阿多,问"宝宝"有没有做茧子。阿多伸出舌头做一个鬼脸,不回答。

"上山"后三天,息火了。四大娘再也忍不住,也偷偷地挑开芦帘角看了一眼,她的心立刻卜卜地跳了。那是一片雪白,几乎连"缀头"都瞧不见;那是四大娘有生以来从没有见过的"好蚕花"呀!老通宝全家立刻充满了欢笑。现在他们一颗心定下来了!"宝宝"们有良心,四洋一担的叶不是白吃的;他们全家一个月的忍饿失眠总算不冤枉,天老爷有眼睛!

同样的欢笑声在村里到处都起来了。今年蚕花娘娘保佑这小小的村子。二三十人家都可以采到七八分,老通宝家更是比众不同,估量来总可以采一个十二三分。

小溪边和稻场上现在又充满了女人和孩子们。这些人都比一个月前瘦了许多,眼眶陷进了,嗓子也发沙,然而都很快活兴奋。她们嘈嘈地谈论那一个月内的"奋斗"时,她们的眼前便时时现出一堆堆雪白的洋钱,她们那快乐的心里便时时闪过了这样的盘算:夹衣和夏衣都在当铺里,这可先得赎出来;过端阳节也许可以吃一条黄鱼。

那晚上荷花和阿多的把戏也是她们谈话的资料。六宝见了人就宣传荷花的"不要脸,送上门去!"男人们听了就粗暴地笑着,女人们念一声佛,骂一句,又说老通宝家总算幸气,没有犯克,那是菩萨保佑,祖宗有灵!

接着是家家都"浪山头"了,各家的至亲好友都来"望山头"。老通宝的亲家张财发带了小儿子阿九特地从镇上来到村里。他们带来的礼物,是软糕、线粉、梅子、枇杷,也有咸鱼。小小宝快活得好像雪天的小狗。

"通宝,你是卖茧子呢,还是自家做丝?"

张老头子拉老通宝到小溪边一棵杨柳树下坐了,这么悄悄地问。这张老头子张财发是出名"会寻快活"的人,他从镇上城隍庙前露天的"说书场"听来了一肚子的疙瘩东西;尤其烂熟的,是《十八路反王,七十二处烟尘》,程咬金卖柴扒,贩私盐出身,瓦岗寨做反王的《隋唐演义》。他向来说话"没正经",老通宝是知道的;所以现在听得问是卖茧子或者自家做丝,老通宝并没把这话看重,只随口回答道:

"自然卖茧子。"

张老头子却拍着大腿叹一口气。忽然他站了起来,用手指着村外那一片秃头桑林后面耸露出来的茧厂的风火墙说道:

"通宝!茧子是采了,那些茧厂的大门还关得紧洞洞呢!今年茧厂不开秤!——十八路反王早已下凡,李世民还没出世;世界不太平!今年茧厂关门,不做生意!"

老通宝忍不住笑了,他不肯相信。他怎么能够相信呢?难道那"五步一岗"似的比露天毛坑还要多的茧厂会一齐都关了门不做生意?况且听说和东洋人也已"讲拢",不打仗了,茧厂里驻的兵早已开走。

张老头子也换了话,东拉西扯讲镇里的"新闻",夹着许多"说书场"上听来的什么秦叔宝,程咬金。最后,他代他的东家催那三十块钱的债,为的他是"中人"。

然而老通宝到底有点不放心。他赶快跑出村去,看看"塘路"上最近的两个茧厂,果然大门紧闭,不见半个人;照往年说,此时应该早已摆开了柜台,挂起了一排乌亮亮的大秤。

老通宝心里也着慌了,但是回家去看见了那些雪白发光很厚实硬古古的茧子,他又忍不住嘻开了嘴。上好的茧子!会没有人要,他不相信。并且他还要忙着采茧,还要谢"蚕花利市",他渐渐不把茧厂的事放在心上了。

可是村里的空气一天一天不同了。才得笑了几声的人们现在又都是满脸的愁云。各处茧厂都没开门的消息陆续从镇上传来,从"塘路"上传来。往年这时候,"收茧人"像走马灯似的在村里巡回,今年没见半个"收茧人",却换替着来了债主和催粮的差役。请债主们就收了茧子罢,债主们板起面孔不理。

全村子都是嚷骂,诅咒,和失望的叹息!人们做梦也不会想到今年"蚕花"好了,他们的日子却比往年更加困难。这在他们是一个青天的霹雳!并且愈是像老通宝他们家似的,蚕愈养得多,愈好,就愈加困难,——"真正世界变了!"老通宝捶胸跺脚地没有办法。然而茧子是不能搁久了的,总得赶快想法;不是卖出去,就是自家做丝。村里有几家已经把多年不用的丝车拿出来修理,打算自家把茧做成了丝再说。六宝家也打算这么办。老通宝

便也和儿子媳妇商量道:

"不卖茧子了,自家做丝!什么卖茧子,本来是洋鬼子行出来的!"

"我们有四百多斤茧子呢,你打算摆几部丝车呀!"

四大娘首先反对了。她这话是不错的。五百斤的茧子可不算少,自家做丝万万干不了。请帮手么?那又得花钱。阿四是和他老婆一条心。阿多抱怨老头子打错了主意,他说:

"早依了我的话,扣住自己的十五担叶,只看一张洋种,多么好!"

老通宝气得说不出话来。

终于一线希望忽又来了。同村的黄道士不知从哪里得的消息,说是无锡脚下的茧厂还是照常收茧。黄道士也是一样的种田人,并非吃十方的"道士",向来和老通宝最说得来。于是老通宝去找那黄道士详细问过了以后,便又和儿子阿四商量把茧子弄到无锡脚下去卖。老通宝虎起了脸,像吵架似的嚷道:

"水路去有三十多九呢!来回得六天!他妈的!简直是充军!可是你有别的办法么?茧子当不得饭吃,蚕前的债又逼紧来!"

阿四也同意了。他们去借了一条赤膊船,买了几张芦席,赶那几天正是好晴,又带了阿多。他们这卖茧子的"远征军"就此出发。

五天以后,他们果然回来了;但不是空船,船里还有一筐茧子没有卖出。原来那三十多九水路远的茧厂挑剔得非常苛刻:洋种茧一担只值三十五元,土种茧一担二十元,薄茧不要。老通宝他们的茧子虽然是上好的货色,却也被茧厂里挑剩了那么一筐,不肯收买。老通宝他们实卖得一百十一块钱,除去路上盘川,就剩了整整的一百元,不够偿还买青叶所借的债!老通宝路上气得生病了,两个儿子扶他到家。

打回来的八九十斤茧子,四大娘只好自家做丝了。她到六宝家借了丝车,又忙了五六天。家里米又吃完了。叫阿四拿那丝上镇里去卖,没有人要;上当铺当铺也不收。说了多少好话,总算把清明前当在那里的一石米换了出来。

就是这么着,因为春蚕熟,老通宝一村的人都增加了债!老通宝家为的养了五张布子的蚕,又采了十多分的好茧子,就此白赔上十五担叶的桑地和三十块钱的债!一个月光景的忍饿熬夜还都不算!

1932 年 11 月 1 日

《春蚕》导读 拓展阅读

拓展阅读
李国栋:《春蚕》研究的回顾与展望

子夜（第二章）

茅 盾

第二章

清晨五时许，疏疏落落下了几点雨。有风。比昨晚上是凉快得多了。华氏寒暑表降低了差不多十度。但是到了九时以后，太阳光射散了阴霾的云气，像一把火伞撑在半天，寒暑表的水银柱依然升到八十度，人们便感得更不可耐的热浪的威胁。

拿着"引"字白纸帖的吴府执事人们，身上是黑大布的长褂，腰间扣着老大厚重又长又阔整段白布做成的一根腰带，在烈日底下穿梭似的刚从大门口走到作为灵堂的大客厅前，便又赶回到大门口再"引"进新来的吊客——一个个都累得满头大汗了。十点半钟以前，这一班的八个人有时还能在大门口那班"鼓乐手"旁边的木长凳上尖着屁股坐这么一二分钟，撩起腰间的白布带来擦脸上的汗，又用那"引"字的白纸帖代替扇子，透一口气，抱怨吴三老爷不肯多用几个人；可是一到了毒太阳直射头顶的时候，吊客像潮水一般涌到，大门口以及灵堂前的两班鼓乐手不换气似的吹着打着，这班"引"路的执事人们便简直成为来来往往跑着的机器，连抱怨吴三老爷的念头也没有工夫去想了，至多是偶然望一望灵堂前伺候的六个执事人，暗暗羡慕他们的运气好。

汽车的喇叭叫；笛子，唢呐，小班锣，混合着的"哀乐"；当差们挤来挤去高呼着"某处倒茶，某处开汽水"的叫声；发车饭钱处的争吵；大门口巡捕暗探赶走闲杂人们的吆喝；烟卷的辣味，人身上的汗臭：都结成一片，弥漫了吴公馆的各厅各室以及那个占地八九亩的园子。

灵堂右首的大餐室里，满满地挤着一屋子的人。环洞桥似的一架红木百宝橱，跨立在这又长又阔的大餐室的中部，把这屋子分隔为前后两部。后半部右首一排窗，望出去就是园子，紧靠着窗，有一架高大的木香花棚，将绿荫和浓香充满了这半间房子；左首便是墙壁了，却开着一前一后的两道门，落后的那道门外边是游廊，此时也摆着许多茶几椅子，也攒集着一群吊客，在那里高谈阔论；"标金"，"大条银"，"花纱"，"几两几钱"的声浪，震得人耳聋，中间更夹着当差们开汽水瓶的嘶的声音。但在游廊的最左端，靠近着一道门，却有一位将近三十岁的男子，一身黄色军衣，长统马靴，左胸挂着三四块景泰蓝的证章，独自坐在一张摇椅里，慢慢地喝着汽水，时时把眼光射住了身边的那一道门。这门现在关着，偶或闪开了一条缝，便有醉人的脂粉香和细碎的笑语声从缝里逃出来。

忽然这位军装男子放下了汽水杯子站起来，马靴后跟上的钢马刺碰出叮——的声音，他作了个立正的姿势，迎着那道门里探出来的一个女人的半身，就是一个六十度的鞠躬。

女人是吴少奶奶，冷不防来了这么一个隆重的敬礼，微微一怔。但当这位军装男子再放直了身体的时候，吴少奶奶也已经恢复了常态，微笑点着头说："呀，是雷参谋！几时来的？——多谢，多谢！"

"哪里话，哪里话！本想明天来辞行，如今恰又碰上老太爷的大事，是该当来送殓的。听说老太爷是昨晚上去世，那么，吴夫人，您一定辛苦得很。"

雷参谋谦逊地笑着回答，眼睛却在打量吴少奶奶的居丧素装：黑纱旗袍，紧裹在臂上的袖子长过肘，裾长到踝，怪幽静地衬出颀长窈窕的身材；脸上没有脂粉，很自然的两道弯弯的不浓也不淡的眉毛，眼眶边微微有点红，眼睛却依然那样发光，滴溜溜地时常转动，——每一转动，放射出无限的智慧，无限的爱娇。雷参谋忍不住心里一跳。这样清丽秀媚的"吴少奶奶"在他是第一次看到，然而埋藏在他心深处已有五年之久的另一个清丽秀媚的影子——还不叫做"吴少奶奶"而只是"密司林佩瑶"，猛的浮在他眼前，而且在啃啮他的心了。这一"过去"的再现，而且恰在此时，委实太残酷！于是雷参谋不等吴少奶奶的回答，咬着嘴唇，又是一个鞠躬，就赶快走开，从那些"标金""棉纱"的声浪中穿过，他跑进那大餐室的后半间去了。

刚一进门，就有两个声音同时招呼他："呀！雷参谋！来得好，请你说罢！"这一声不约而同的叫唤，像禁咒似的立刻奏效；正在争论着什么事的人声立刻停止了，许多脸都转了方向，许多眼光射向这站在门边的雷参谋的身上。尚在雷参谋脑膜上粘着的吴少奶奶淡妆的影子也立刻消失了。他微微笑着，眼光在众人脸上扫过，很快的举起右手碰一下他的军帽沿，又很快的放下，便走到那一堆人跟前，左手拍着一位矮胖子的肩膀，右手抓住了伸出来给他的一只手，好像松出一口气似的说道："你们该不是在这里讨论几两几钱的标金和花纱罢？那个我是全然外行。"矮胖子不相信似的挺起眉毛大笑，可是他的说话机会却被那位伸手给雷参谋的少年抢了去了："不是标金,不是花纱,却也不是你最在行的狐步舞、探戈舞,或是《丽娃丽妲》歌曲,我们是在这里谈论前方的军事。先坐了再说罢。""哎!黄奋!你的嘴里总没有好话!"雷参谋装出抗议的样子,一边说,一边皱一下眉头,便挤进了那位叫做黄奋的西装少年所坐的沙发榻里。和雷参谋同是黄埔出身,同在战场上嗅过火药,而且交情也还不差,但是雷参谋所喜欢的擅长的玩意儿,这黄奋却是全外行;反之,这黄奋爱干的"工作"虽然雷参谋也能替他守秘密,可是谈起来的时候,雷参谋总是摇头。这两个人近来差不多天天见面,然而见面时没有一次不是吵吵闹闹的。现在,当这许多面熟陌生的人们跟前,黄奋还是那股老脾气,雷参谋就觉得怪不自在,很想躲开去,却又不好意思拔起腿来马上就走。

静默了一刹那,似乎因为有了新来者,大家都要讲究礼让,都不肯抢先说话。此时,麇集在这大餐室前半间的另一群人却在嘈杂的谈话中爆出了哄笑。"该死!……还不打他?"夹在笑声中,有人这么嚷。雷参谋觉得这声音很熟,转过脸去看,但是矮胖子和另一位细头长脖子的男人遮断了他的视线。他们是坐在一张方桌子的旁边,背向着那架环洞桥式的百宝橱,桌子上摆满了汽水瓶和水果碟。矮胖子看见雷参谋的眼光望着细头长脖子的男人,便以为雷参谋要认识他,赶快站起来说:"我来介绍。雷参谋。这位是孙吉人先生,太平洋轮船公司总经理。"雷参谋笑了,他对孙吉人点点头;接过一张名片来,匆匆看了一眼,就随便应酬着:"孙先生还办皖北长途汽车么?一手兼缩水陆交通。佩服,佩服。""可不是!孙吉翁办事有毅力,又有眼光,就可惜这次一开仗,皖北恰在军事区域,吉翁的事业只得暂时停顿一下。——但是,雷参谋,近来到底打得怎样了?"

矮胖子代替了孙吉人回答。他是著名的"喜欢拉拢",最会替人吹,朋友中间给他起的诨名叫"红头火柴",——并非因为他是光大火柴厂的老板,却实在是形容他的到处"一擦就着"就和红头火柴差不多。他的真姓名周仲伟反而因此不彰。

当下周仲伟的话刚刚出口,就有几个人同声喊道:"到底打得怎样了?怎样了?"雷参谋微微一笑,只给了个含糊的回答:"大致和报纸上的消息差不多。""那是天天说中央军打胜仗啰,然而市面上的消息都说是这边不利。报纸上没有正确的消息,人心就更加恐慌。"

一位四十多岁长着两撇胡子的人说,声音异常高朗。雷参谋认得他是大兴煤矿公司的总经理王和甫;两年前雷参谋带一团兵驻扎在河南某县的时候,曾经见过他。

大家都点头,对于王和甫的议论表同情。孙吉人这时摇着他的长脖子发言了。

"市面上的消息也许过甚其词。可是这次来的伤兵真不少！敝公司的下水船前天在浦口临时被扣，就运了一千多伤兵到常州，无锡一带安插。据伤兵说的看来，那简直是可怕。"

"日本报上还说某人已经和北方默契，就要倒戈！"

坐在孙吉人斜对面的一位丝厂老板朱吟秋抢着说，敌意地看了雷参谋一眼，又用肘弯碰碰他旁边的陈君宜，五云织绸厂的老板，一位将近四十岁的瘦男子。陈君宜却只是微笑。

雷参谋并没觉到朱吟秋的眼光有多少不友意，也没留意到朱吟秋和陈君宜中间的秘密的招呼；可是他有几分窘了。身为现役军人的他，对于这些询问，当真难以回答。尤其使他不安的，是身边还有一个黄奋，素来惯放"大炮"。沉吟了一下以后，他就看着孙吉人说："是贵公司的船运了一千伤兵么？这次伤的人，光景不少。既然是认真打仗，免不了牺牲；可是敌方的牺牲更大！黄奋，你记得十六年五月我们在京汉线上作战的情形么？那时，我们四军十一军死伤了两万多，汉口和武昌成了伤兵世界，可是我们到底打了胜仗呢。"

说到这里，雷参谋的脸上闪出红光来了；他向四周围的听者瞥了一眼，考察他自己的话语起了多少影响，同时便打算转换谈话的方向。却不料黄奋冷笑着说出这么几句尖利的辩驳："你说十六年五月京汉线上的战事么？那和现在是很不相同的呀！那时的死伤多，因为是拼命冲锋！但现在，大概适得其反罢？"就好像身边爆开了一颗炸弹，雷参谋的脸色突然变了。他站了起来，向四周围看看，蓦地又坐了下去，勉强笑着说："老黄，你不要随便说话！""随便说话？我刚才的话语是不是随便，你自然明白。不然，为什么你到现在还逗留在后方？"

"后天我就要上前线去了！"

雷参谋大声回答，脸上逼出一个狞笑。这一声"宣言"式的叫喊，不但倾动了眼前这一群人，连那边——前半间的人们，也都受了影响；那边的谈话声突然停止了，接着就有几个人跑过来。他们并没听清楚是怎么一回事，只看见"红头火柴"周仲伟堆起满脸笑容，手拉着雷参谋的臂膊，眼看着孙吉人说："吉翁，我们明天就给雷参谋饯行，明天晚上？"

孙吉人还没回答，王和甫抢先表示同意："我和雷参谋有旧，算我的东罢！——再不然，就是三个人的公份，也行。"

于是这小小的临时谈话会就分成了两组。周仲伟，孙吉人，王和甫以及其他的三四位，围坐在那张方桌子旁边，以雷参谋为中心，互相交换着普通酬酢的客气话。另一组，朱吟秋，陈君宜等人，则攒集在右首的那排窗子前，大半是站着，以黄奋为中心，依然在谈论着前方的胜败。从那边——大餐室前半间跑来的几位,就加入了这一组。黄奋的声音最响,他对着新加进来的一位唐云山,很露骨地说:"云山,你知道么?雷鸣也要上前线去了!这就证明了前线确是吃紧;不然,就不会调到他。"

"那还用说!前几天野鸡岗一役,最精锐的新编第一师全军覆没。德官的教练,最新式的德械,也抵不住西北军的不怕死!——可是,雷鸣去干什么?仍旧当参谋罢?"

"大概是要做旅长了。这次阵亡的旅团长,少说也有半打!"

"听说某要人受了伤,某军长战死,——是假呢,是真?"

朱吟秋突然插进来问。唐云山大笑,眼光在黄奋脸上一掠,似乎说:"你看!消息传得广而且快!"可是他的笑声还没完,就有一位补充了朱吟秋的报告:"现在还没死。光景是重伤。确有人看见他住在金神父路的法国医院里。"

说这话的是陈君宜,似乎深恐别人不相信他这确实的消息,既然用了十分肯定的口吻,又掉转头去要求那位又高又大的丁医生出来作一个旁证:"丁医生,你一定能够证明我这消息不是随便说说的罢?法国医院里的柏医生好像就是你的同学。你不会不知道。"

大家的眼光都看定了丁医生了。在先,丁医生似乎摸不着头脑,不懂得陈君宜为什么要拉扯到他;但他随即了然似的一笑,慢慢地说:"不错。受伤的军官非常多。我是医生,什么枪弹伤,刺刀伤,炮弹碎片伤,我不会不知道,我可以分辨得明明白白;但是讲到什么军长呀,旅团长呀,我可是整个儿搅不明白。我的职业是医生,在我看来,小兵身上的伤和军长身上的伤,根本就没有什么两样:所以弄来弄去,我还是不知道究竟有没有军长,或者谁是军长!"

嗐!——静听着的那班人都笑出声来了。笑声过后,就是不满意。第一个是陈君宜,老大不高兴地摇着头。七嘴八舌的争议又起来了。但是忽然从外间跑来了一个人,一身白色的法兰绒西装,梳得很光亮的头发,匆匆地挤进了丁医生他们这一堆,就像鸟儿拣食似的拣出了一位穿淡青色印度绸长衫,嘴唇上有一撮"牙刷须"的中年男子,拍着他的肩膀喊道:"壮飞,公债又跌了!你的十万裁兵怎样?谣言太多,市场人气看低,估量起来还要跌哪!"

这比前线的战报更能震动人心!嘴唇上有一撮"牙刷须"的李壮飞固然变了脸色,那边周仲伟和雷参谋的一群也赶快跑过来探询。这年头儿,凡是手里有几文的,谁不钻在公债里翻觔斗?听说各项公债库券一齐猛跌,各人的心事便各人不同:"空头"们高兴得张大了嘴巴笑,"多头"们眼泪往肚子里吞!

"公债又跌了！停板了！"

有人站在那道通到游廊去的门边高声喊叫。立刻就从游廊上涌进来一彪人，就是先前在那里嚷着"标金""花纱""几两几钱"的那伙人，都瞪大了眼睛，伸长了脖子，向这边探一下，向那边挤一步，乱烘烘地问道："是关税么？"

"是编遣么？"

"是裁兵么？"

"棺材边！大家做吴老太爷哪！"

这一句即景生情的俏皮话引得一些哭丧着脸儿的投机失败者也破声笑了。此时尚留在大餐室前半间的五六位也被这个突然卷起来的公债旋涡所吸引了。可是他们站得略远些，是旁观者的态度。这中间就有范博文和荪甫的远房族弟吴芝生，社会学系的大学生。范博文闭起一只眼睛，嘴里喃喃地说："投机的热狂哟！投机的热狂哟！你，黄金的洪水！泛滥罢！泛滥罢！冲毁了一切堤防！……"于是他猛的在吴芝生的肩头拍一下，大声问道："芝生，刚才跑进来的那个穿白色西装的漂亮男子，你认识么？他是一个怪东西呢！韩孟翔是他的名字，他做交易所的经纪人，可是他也会做诗，——很好的诗！咳，黄金和诗意，在他身上，就发生了古怪的联络！——算了，我们走罢，找小杜和佩珊去罢！那边小客厅里的空气大概没有这里那么混浊，没有那么铜臭冲天！"

范博文不管吴芝生同意与否，拉住他就走。此时哄集在大餐室里的人们也渐渐走散，只剩下五六位，——和公债涨跌没有多大切身关系的企业家以及雷参谋，黄奋，唐云山那样的政治人物，在那里喝多量的汽水，谈许多的话。可是他们的谈话题材现在却从军事政治移到了娱乐——轮盘赌，咸肉庄，跑狗场，必诺浴，舞女，电影明星；现在，雷参谋觉得发言很自由了。

时间也慢慢地移近了正午。吊客渐少。大门口以及灵堂前的两班鼓乐手现在是"换班"似的吹打着。有时两班都不作声，人们便感到那忽然从耳朵边抽去了什么似的异样的清寂。那时候，"必诺浴"，"舞女"，"电影明星"，一切这些魅人的名词便显得格外响亮。

蓦地大家的嘴巴都闭住了，似乎这些裸的肉感的纵谈在这猛然"清寂"的场合，有点不好意思。

唐云山下意识地举起手来搔他那光秃秃的头顶，向座中的人们瞥了一眼，突然哈哈大笑。于是大家也会意似的一阵轰笑，挽回了那个出乎意料之外的僵局。

笑声过后，雷参谋望着周仲伟，很正经地说："大家都说金贵银贱是中国振兴实业推广国货的好机会,实际上究竟怎样?"周仲伟闭了眼睛摇头。过一会儿,他这才睁开眼来忿忿地回答:"我是吃尽了金贵银贱的亏!制火柴的原料——药品,木梗,盒子壳,全是从外洋来的;金价一高涨,这些原料也跟着涨价,我还有好处么?采购本国原料罢?好!原料税,子口税,厘捐,一重一重加上去,就比外国原料还要贵了!况且日本火柴和瑞典火柴又是拼命来竞争,中国人又不知道爱国,不肯用国货。"

但是周仲伟这一套提倡国货的大演说只好半途停止了,因为他瞥眼看见桌子上赛银烟灰盘旁边的火柴却正是瑞典货的凤凰牌。他不自然地"咳"了几声,掏出一块手帕来揿在他的胖脸上拼命的揩。唐云山笑了一笑,随手取过那盒瑞典火柴来又燃起一根茄立克,喷出一口浓烟,在周仲伟的肩头猛拍了一下说:"对不起,周仲翁。说句老实话,贵厂的出品当真还得改良。安全火柴是不用说了,就是红头火柴也不能'到处一擦就着',和你仲翁的雅号比较起来,差得远了。"

周仲伟的脸上立刻通红了,真像一根"红头火柴"。幸而孙吉人赶快来解围:"这也怪不得仲翁。工人太嚣张,指挥不动。自从有了工会,各厂的出品都是又慢又坏;哎,朱吟翁,我这话对么?"

"就是这么一回事!但是,吉翁只知其一,未知其二!拿我们丝业而论,目今是可怜的很,四面围攻:工人要加工钱,外洋销路受日本丝的竞争,本国捐税太重,金融界对于放款又不肯通融!你想,成本重,销路不好,资本短绌,还有什么希望?我是想起来就灰心!"

朱吟秋也来发牢骚了。在他眼前,立刻浮现出他的四大敌人,尤其是金融界,扼住了他的咽喉;旧历端阳节转瞬便到,和他有往来的银行钱庄早就警告他不能再"通融",他的押款一定要到期结清,可是丝价低落,洋庄清淡,他用什么去结清?他叹了一声,忿忿地又说下去:"从去年以来,上海一埠是现银过剩。银根并不紧。然而金融界只晓得做公债,做地皮,一千万,两千万,手面阔得很!碰到我们厂家一时周转不来,想去做十万八万的押款呀,那就简直像是要了他们的性命;条件的苛刻,真叫人生气!"

大家一听这话太露骨,谁也不愿意多嘴。黄奋似乎很同情于朱吟秋,却又忍不住问道:"我就不明白为什么你们的'厂丝'专靠外洋的销路?那么中国的绸缎织造厂用的是什么丝?"

"是呀,我也不明白呢!陈先生,你一定可以回答这个问题。"

雷参谋也跟着说,转脸看看那位五云织绸厂的老板陈君宜。

可是这位老板不作声,只在那里微笑。朱吟秋代他回答:"他们用我们的次等货。近来连次等货也少用。他们用日本生丝和人造丝。我们的上等货就专靠法国和美国的销路,一向如此。这两年来,日本政府奖励生丝出口,丝茧两项,完全免税,日本丝在里昂和纽约的市场上就压倒了中国丝。"

雷参谋和黄奋跳起来大叫怪事。他们望着在座众人的脸孔,一个一个地挨次看过去,希望发见一些"同意",可是更使他们纳罕的是这班人的脸上一点惊异的表示都没有,好像中国丝织业不用中国丝,是当然的!此时陈君宜慢吞吞地发言了:"掺用些日本丝和人造丝,我们也是不得已。譬如朱吟翁的厂丝,他们成本重,丝价已经不小,可是到我们手里,每担丝还要纳税六十五元六角;各省土丝呢,近来也跟着涨价了,而且每担土丝纳税一百十一元六角九分,也是我们负担的。这还是单就原料而论。制成了绸缎,又有出产税,销场税,通过税,重重迭迭的捐税,几乎是货一动,跟着就来了税。自然羊毛出在羊身上,什么都有买客来负担去,但是销路可就减少了。我们厂家要维持销路,就不得不想法减轻成本,不得不掺用些价格比较便宜的原料。大家都说绸缎贵,可是我们厂家还是没有好处!"

接着是一刹那的沉默。风吹来外面"鼓乐手"的唢呐和笛子的声音,也显得异常悲凉,像是替中国的丝织业奏哀乐。

好久没有说话的王和甫突然站起身来,双手一拍,开玩笑似的说道:"得了!陈君翁还可以掺用些日本丝和人造丝。我和孙吉翁呢?这回南北一开火,就只好呆在上海看跑狗,逛堂子!算了罢,他妈的实业!我们还是想点什么玩意儿来乐一下!"

他这话还没说完,猛的一阵香风,送进了一位袒肩露臂的年青女子。她的一身玄色轻纱的一九三〇年式巴黎夏季新装,更显出她皮肤的莹白和嘴唇的鲜红。没有开口说话,就是满脸的笑意;她远远地站着,只把她那柔媚的眼光瞟着这边的人堆。

第一个发见她的是周仲伟。嘴里"啊哟"了一声,这矮胖子就跳起来,举起一双臂膊在空中乱舞,嘻开了大嘴巴,喊道:"全体起立欢迎交际花徐曼丽女士!"

男人们都愕然转过身去,还没准备好他们欢迎漂亮女子常用的那种笑脸,可是那位徐曼丽女士却已经扭着腰,用小手帕掩着嘴唇,吃吃地笑个不住。这时雷参谋也站起来了,走前一步,伸出右手来,微笑着说:"曼丽,怎么到此刻才来?一定要罚你!"

"怎样罚呢?"

徐曼丽又是一扭腰,侧着头,故意忍住了笑似的说,同时早已走到雷参谋跟前,抓住了他的手,紧揑一下,又轻轻搵着约有四五秒钟,然后蓦地摔开,回头招呼周仲伟他们。

谈话自然又热闹起来,刚才发牢骚的朱吟秋和陈君宜也是满脸春色。

乘着徐曼丽和别人周旋的时候,朱吟秋伸过头去在唐云山耳朵边说了几句。唐云山便放声大笑,不住地拿眼瞅着徐曼丽。这里,朱吟秋故意高声说:"君翁,我想起来了。昨天和赵伯韬到华懋饭店开房间的女人是——"

徐曼丽猛的掉转头来,很用心地看了朱吟秋一眼,但立刻就又回过脸去,继续她的圆熟的应酬,同时她尖起了耳朵,打算捉住朱吟秋的每一个字。

不料接进来的却是陈君宜的声音:"赵伯韬?做公债的赵伯韬么?他是大户多头,各项公债他都扒进。""然而他也扒进各式各样的女人。昨天我看见的,好像是某人家的寡妇。"朱吟秋故意低声说,可是他准知道徐曼丽一定听得很清楚。并且他还看见这位交际花似乎全身一震,连笑声都有点异样地发抖。

雷参谋此时全神贯注在徐曼丽身上。渐渐他俩的谈话最多,也最亲热。不知他说了一句什么话,徐曼丽的脸上忽然飞起一片红晕来了;很娇媚地把头一扭,她又吃吃地笑着。王和甫坐在他们对面,看见了这个情形,翘起一个大拇指,正想喝一声"好呀!"突然唐云山从旁边闪过来,一手扳住了雷参谋的肩头,发了一句古怪的问话:"老雷!你是在'杀多头'么?"

"什么?我从来不做公债!"

雷参谋愕然回答。

"那么,人家扒进去的东西,你为什么拼命想把她挤出来呢?"

说着,唐云山自己忍不住笑了。朱吟秋和陈君宜竟拍起掌来,也放大了喉咙笑。徐曼丽的一张粉脸立刻通红,假装作不理会,连声唤当差们拿汽水。但是大家都猜测到大概是怎么一回事,一片哄笑声就充满了这长而且阔的大餐室。

也许这戏谑还要发展,如果不是杜竹斋匆匆地跑了进来。仿佛突然意识到大家原是来吊丧的,而且隔壁就是灵堂,而且这位杜竹斋又是吴府的至亲,于是这一群快乐的人们立刻转为严肃,有几位连连打呵欠。杜竹斋照例的满脸和气,一边招呼,一边好像在那里对自己说:"怎么?这里也没有荪甫啊!"

"荪甫没有来过。"

有人这么回答。杜竹斋皱起眉头,很焦灼地转了一个身,便在一连串的"少陪"声中匆匆地走了。跟着是徐曼丽和雷参谋一前一后地也溜了出去。这时大家都觉得坐腻了,就有几位跑到大餐室后面的游廊找熟人,只剩下黄奋,唐云山和孙吉人三个,仍旧挤在一张沙发榻上密谈;现在他们的态度很正经,声音很低,而且谈话的中心也变成"北方扩大会议"以及冯阎军的战略了。

杜竹斋既然没有找得吴荪甫，就跑到花园里，抄过一段柏油路，走上最大的一座假山。在山顶的六角亭子里，有两位绅士正等得不耐烦。一个是四十多岁，中等身材，一张三角脸，深陷的黑眼睛炯炯有光；他就是刚才朱吟秋他们说起的赵伯韬，公债场上的一位魔王。他先看见了杜竹斋气咻咻地走上假山来，就回头对他的同伴说："仲老，你看，只有杜竹斋一个，光景是荪甫不上钩罢？"

所谓"仲老"者，慢慢地拈着他的三寸多长的络腮胡子，却不回答。

他总有六十岁了，方面大耳细眼睛，仪表不俗；当年"洪宪皇帝"若不是那么匆促地就倒了台，他——尚仲礼，很有"文学侍从"的资格，现在他"由官入商"，弄一个信托公司的理事长混混，也算是十分委屈的了。

杜竹斋到了亭子里坐下，拿出手帕来擦干了脸上的细汗珠，这才看着赵尚两位说："找不到荪甫。灵堂前固然没有，太太们也说不知道。楼上更没有。我又不便到处乱问。不是你们叮嘱过留心引起别人的注意么？——你们先把事情说清楚，回头我再和他商量罢。"

"事情就是组织秘密公司做公债多头，刚才已经说过了；两天之内，起码得调齐四百万现款，我和仲老的力量不够。要是你和荪甫肯加入，这件事就算定规了，不然，大家拉倒！"

赵伯韬打起他的粤腔普通话，很快地说。他那特有的炯炯的眼光从深陷的眼眶里射出来，很留心地在那里观察杜竹斋的表情。

"我就不明白为什么你还想做多头。这几天公债的跌风果然是受了战事的影响，将来还可以望涨，但战事未必马上就可以结束罢？并且陇海，平汉两路，中央军非常吃紧，已经是公开的秘密了。零星小户多头一齐出笼，你就尽量收，也抬不起票价。况且离本月交割期不过十来天，难道到期你想收货么？那个，四百万现款也还不够！——"

"你说的是大家的看法。这中间还有奥妙！"

赵伯韬截住了杜竹斋的议论，很神秘地微笑着。杜竹斋仰起头来闭了眼睛，似乎很在那里用心思。他知道赵伯韬神通广大，最会放空气，又和军政界有联络，或许他得了什么秘密的军事消息罢？然而不像。杜竹斋再睁开眼来，猛的看见赵伯韬的尖利而阴沉的眼光正射在自己脸上，于是突然一个转念在他脑筋上一跳：老赵本来是多头大户，交割期近，又夹着个旧历端阳节，他一定感到恐慌，因而什么多头公司莫非是他的"金蝉脱壳"计罢？——但是尚仲礼为什么也跟着老赵呢？老尚可不是多头呀！这么自己心里又一反问，杜竹斋忍不住对尚仲礼瞥了一眼。可是这位尚仲老神色很安详，翘起三根指头在那里慢慢地捋胡子。"什么奥妙？"杜竹斋一面还在心里盘算，一面随口问；他差不多已经决定了敷衍几句就走，决定不加入赵伯韬的"阴谋"中间了,可是赵伯韬的回答却像一道闪电似的使他一跳:"仲老担保,西北军马上就要退!本月份交割以前,公债一定要回涨!"

虽然赵伯韬说的声音极低,杜竹斋却觉得正像晴天一霹雳,把满园子的嘈杂声和两班鼓乐手的吹打声都压下去了,他愕然望着尚仲礼,半信半疑地问道:"哦——仲老看得那么准?""不是看的准,是'做'的准呀!"尚仲礼捋着胡子低声回答,又笑迷迷地看了赵伯韬一眼。然而杜竹斋还是不明白。尚仲礼说的这个"做"字,自然有奥妙,并且竹斋素来也信托尚仲礼的"担保",但目前这件事进出太大,不能不弄个明白。迟疑不定的神色就很显然地浮上了杜竹斋的山羊脸儿。

赵伯韬拍着腿大笑,凑到杜竹斋的耳朵边郑重地说:"所以我说其中有奥妙啦!花了钱可以打胜仗,这是大家都知道的。但是花了钱也可叫人家打败仗,那就没有几个人想得到了。——人家得了钱,何乐而不败一仗。"

杜竹斋几乎不能相信自己的耳朵。他想了一想,猛然站起来,伸出手来,翘起一个大拇指在尚仲礼脸前一晃,啧啧地没口地恭维道:"仲老,真佩服,满腹经纶!这果然是奥妙!""那你是一定加一股了。荪甫呢?你和他接洽。"赵伯韬立刻逼紧一步;看他那神气,似乎要马上定局。尚仲礼却看出杜竹斋还有点犹豫。他知道杜竹斋虽然好利,却又异常多疑,远不及吴荪甫那样敢作敢为,富于魄力。于是他就故意放松一步,反倒这么说:"虽然是有人居间,和那边接洽过一次,而且条件也议定了,却是到底不敢说十拿九稳呀。和兵头儿打交道,原来就带三分危险;也许那边临时又变卦。所以竹翁还是先去和荪甫商量一下,回头我们再谈。"

"条件也讲定了么?""讲定了。三十万!"赵伯韬抢着回答,似乎有点不耐烦。杜竹斋把舌头一伸,嘻嘻地笑了。"整整三十万!再多,我们不肯;再少,他们也不干。实足一万银子一里路;退三十里,就是三十万。"尚仲礼慢吞吞地说,他那机灵的细眼睛钉住了杜竹斋的山羊脸。经过了一个短短的沉默。终于杜竹斋的眼睛里耀着坚决的亮光,看看尚仲礼,又看看赵伯韬,三个人不约而同地大笑起来。接着,三个头便攒在一处,唧唧喳喳地谈得非常有劲儿。这时候,隔了一个鱼池,正对着那个六角亭子的柳树荫下草地上,三个青年男子和两位女郎也正在为了一些"问题"而争论。女郎们并不多说话,只把她们的笑声送到鱼池边,惊起了水面上午睡的白鹅。"算了!你们停止辩论,我就去找他们来。"一位精神饱满的猫脸少年说,他是杜竹斋的幼弟学诗,工程科的大学生。"林小姐,你赞成么?"吴芝生转过脸去问林佩珊。但是林佩珊装作不曾听得,只顾拉着张素素的手好像打秋千似的荡着。范博文站在林佩珊的旁边,不置可否地微笑。"没有异议就算通过!"杜学诗一边叫,一边就飞步跑向"灵堂"那边去了。这里吴芝生垂着

头踱了几步,忽然走近范博文身边,很高兴地问道:

"还有一个问题,你敢再和我打赌么?""你先说出来,也许并不成问题的。"

"就是四小姐蕙芳和七少爷阿萱的性格将来会不会起变化。"

"这个,我就不来和你赌了。"

"我来赌!芝生,你先发表你的意见,变呢,不变?"

张素素摔开了林佩珊的手,插进来说,就走到吴芝生的跟前。

"赌什么呢,也是一个Kiss罢?"

"如果我赢了呢?我可不愿意Kiss你那样的鬼脸!"

范博文他们都笑起来了。张素素却不笑,翘起一条腿,跳着旋一个圈子,她想到吴四小姐那样的拘束腼腆,叫人看着又生气又可怜;阿萱呢,相貌真不差,然而神经错乱,有时聪明,有时就浑得厉害。都是吴老太爷的"《太上感应篇》教育"的成绩。这么想着,张素素觉得心口怪不舒服,她倒忘记了赌赛,恰好那时杜学诗又飞跑着来了,后面两个人,一位是吴府法律顾问秋隼律师,另一位便是李玉亭。

此时从对面假山上的六角亭子里送来了赵伯韬他们三个人的笑声。

李玉亭抬头一看,就推着秋隼的臂膊,低声说:

"金融界三巨头!你猜他们在那里干什么?"

秋隼微笑,正想回答,却被吴芝生的呼声打断了:

"秋律师,李教授,现在要听你们两人的意见。——你们不能说假话!我和范博文是打了赌的!问题是:一个人又要顾全民族的利益,又要顾全自己阶级的利益,这中间有没有冲突?"

"把你们的意见老实说出来!芝生和博文是打了赌的,这中间关系不浅!"

杜学诗也在一旁帮着喊,却拿眼去看林佩珊。但是林佩珊装作什么都不管,蹲在草地上拣起一片一片的玫瑰花瓣来摆成了很大的一个"文"字。

因为秋隼摇头,李玉亭就先发言:"那要看是怎样身份的了。"

"不错,我们已经举过例了。譬如说,苏甫和厂里的工人。现在厂丝销路清淡,苏甫对工人说:'我们的"厂丝"成本太重,不能和日本丝竞争,我们的丝业就要破产了;要减轻成本,就不得不减低工钱。为了民族的利益,工人们只好忍痛一时,少拿几个工钱。'但是工人们回答:'生活程度高了,本来就吃不饱,再减工钱,那是要我们的命了。你们有钱做老板,总不会饿肚子,你们要顾全民族利益,请你们忍痛一时,少赚几文罢。'——看来两方面都有理。可是两方面的民族利益和阶级利益就发生了冲突。"

"自然饿肚子也是一件大事——"

李玉亭说了半句，就又缩住，举起手来搔头皮。张素素很注意地看了他一眼，他也不觉得。全体肃静，等待他说下去。鱼池对面的六角亭子里又传过一阵笑声来。李玉亭猛一跳，就续完了他的意见：

"但是无论如何，资本家非有利润不可！不赚钱的生意根本就不能成立！"

吴芝生大笑，回头对范博文说：

"如何？是我把李教授的意见预先猜对了。诗人，你已经输了一半！第二个问题要请你自己来说明了。——素素，留心着佩珊溜走呀！"

范博文冷冷地微笑，总没出声。于是杜学诗就抢着来代他说：

"工人要加工钱，老板说，那么只好请你另就，我要另外招工人，可是工人却又硬不肯走，还是要加工钱。这就要请教法律顾问了。"

"劳资双方是契约关系，谁也不能勉强谁的。"

秋隼这话刚刚说完，吴芝生他们都又笑起来了。连范博文自己也在内。蹲在地下似乎并没有在那里听的林佩珊就跳起来拔脚想跑。然而已经太迟，吴芝生和张素素拦在林佩珊面前叫道：

"不要跑！诗人完全输了，你就该替诗人还账！不然，我们要请秋律师代表提出诉讼了。小杜，你是保人呀！你这保人不负责么？"

林佩珊只是笑，并不回答，觑机会就从张素素腋下冲了出去，沿着鱼池边的虎皮纹碎石子路向右首跑。"啊——"张素素喊一声，也跟着追去了。范博文却拉住了吴芝生的肩膀说：

"你不要太高兴！保人小杜还没有下公断呢！"

"什么话！又做保人，又兼公断！没有这种办法。况且没有预先说明。"

"说明了的：'如果秋律师和李玉亭的话语发生疑义的时候，就由小杜公断。'现在我认为秋律师和李教授的答复都有疑义，不能硬派我是猜输了的。"

"都是不负责任的话！没有说出个所以然来的浮话！"

杜学诗也加进来说，他那猫儿脸突然异常严肃。

这不但吴芝生觉得诧异，秋隼和李玉亭也莫明其妙。大家围住了杜学诗看着他。

"什么民族，什么阶级，什么劳资契约，都是废话！我只知道有一个国家。而国家的舵应该放在刚毅的铁掌里；重在做，不在说空话！而且任何人不能反对这管理国家的铁掌！譬如说中国丝不能和日本丝竞争罢，管理'国家'的铁掌就应该一方面减削工人的工钱，又一方面强制资本家用最低的价格卖出去，务必要在欧美市场上将日本丝压倒！要是资本家不肯亏本抛售，好！'国家'就可以没收他的工厂！"

杜学诗一口气说完，瞪出一双圆眼睛，将身体摆了几下，似乎他就是那"铁掌"！

听着的四位都微笑，可是谁也不发言。张素素和林佩珊的笑声从池子右首的密树中传来，一点一点地近了。范博文向那笑声处望了一眼，回头在杜学诗的肩头重重地拍一下，冷冷地说：

"好！就可惜你既不是资本家，也不是工人，更不是那'铁掌'！还有一层，你的一番演说也是'没有说出所以然来的浮话'！请不要忘记，我刚才和芝生打赌的，不是什么事情应该怎样办，而是看谁猜对了秋律师和李教授的意见！——算了，我们这次赌赛，就此不了而了。"

最后的一句还没说完，范博文就迎着远远而来的张素素和林佩珊跑了去。

"不行！诗人，你想逃走么？"

吴芝生一面喊着，一面就追。李玉亭和秋律师在后面大笑。

可是正当范吴两位将要赶到林佩珊她们跟前的时候，迎面又来了三个人，正是杜竹斋和赵伯韬，尚仲礼；一边走，一边还在低声谈话。他们对这四个青年男女看了一眼，便不说话了，默默地沿着这池子边的虎皮纹石子路走到那柳荫左近，又特地绕一个弯，避过了李玉亭和秋律师的注意，向"灵堂"那方面去了。然而李玉亭眼快，已经看得明明白白；他拉一下秋律师的衣角，轻声说：

"看见么？金融界三巨头！重要的事情摆在他们脸上。"

"因为我们这里刚刚发生了一只'铁掌'呀！"

秋隼回答，又微笑。李玉亭也笑了。沉浸在自己思想中的杜学诗却是什么也没有听到，什么也没有看见。

在"灵堂"阶前，杜竹斋碰到新来的一位吊客，——吴府远亲陆匡时，交易所经纪人又兼大亚证券信托公司的什么襄理。一眼看见了杜竹斋，这位公债里翻觔斗的陆匡时就抢前一步，拉住了杜竹斋的袖口，附耳低声说：

"我得了个秘密消息，中央军形势转利，公债马上就要回涨呢。目前还没有人晓得，人心总是看低，我这里的散户多头都是急于要脱手。你为什么不乘这当口，扒进几十万呢？你向来只做标金，现在乘机会我劝你也试试公债，弄几文来香香手，倒也不坏！"

这一番话，在陆匡时，也许是好意，但正在参加秘密多头公司的杜竹斋却怕得什么似的，几乎变了脸色。他一面在听，一面心里滚起了无数的疑问：难道是尚仲礼的计划已经走漏了消息？难道当真中央军已经转利？抑或是赵伯韬和尚仲礼串通了在他头上来干新式的翻戏？再不然，竟不过是这陆匡时故意造谣言,想弄点好处么?——杜竹斋几乎没有了主意,回答不出话来。他偷偷地对旁边的赵伯韬使了个眼色。不,他是想严密地观察一下老赵的神色,但不知怎却变成了打招呼的眼色了。即使老练如他,此时当真有点乱了章法。

幸而来了一个救星。当差高升匆匆地跑到竹斋跟前说:

"我们老爷在书房里。请姑老爷就去!"

杜竹斋觉得心头一松,随口说一句"知道了",便转脸敷衍陆匡时道:

"对不起,少陪了,回头我们再谈。请到大餐间里去坐坐罢。高升,给陆老爷倒茶。"

这么着把陆匡时支使开了,杜竹斋就带着赵尚两位再到花园里,找了个僻静地点,三个头又攒在一处,渐渐三张脸上都又泛出喜气来了。

"那么,我就去找荪甫。请伯韬到大餐间去对小陆用点工夫,仲老回去和那边切实接洽。"

最后是杜竹斋这么说,三个人就此分开。

然而杜竹斋真没料到吴荪甫是皱紧了眉尖坐在他的书房里。昨晚上吴老太爷断气的时候,荪甫的脸上也没有现在那样忧愁。杜竹斋刚刚坐下,还没开口,荪甫就将一张纸撩给他看。

这是一个电报,很简单的几个字:"四乡农民不稳,镇上兵力单薄,危在旦夕,如何应急之处,乞速电复。费,巧。"

杜竹斋立刻变了脸色。他虽然不像荪甫那样还有许多财产放在家乡,但是"先人庐墓所在"之地,无论如何不能不动心的。他放下电报看着荪甫的脸,只说了四个字:

"怎么办呢?"

"那只好尽人力办了去再看了。幸而老太爷和四妹,七弟先出来两天,不然,那就糟透了。目前留在那里的,不过是当铺,钱庄,米厂之类,虽说为数不小,到底总算是身外之物。——怎么办?我已经打电给费小胡子,叫他赶快先把现款安顿好,其余各店的货物能移则移……或者,不过是一场虚惊,依然太平过去,也难说。但兵力单薄,到底不行;我们应该联名电请省政府火速调保安队去镇压。"

吴荪甫也好像有点改常,夹七夹八说了一大段,这才落到主要目的。他把拟好了打给省政府请兵的电稿给竹斋过目,就去按背后墙上的电铃。

书房的门轻轻开了。进来的却是两个人,当差高升以外,还有厂里的账房莫干丞。

吴荪甫一眼看见莫干丞不召自来,眉头就皱得更紧些,很威严地喊道:

"干丞,对你说过,今天不用到这里来,照顾厂里要紧!"

这一下叱责,把账房莫干丞吓糊涂了;回答了两个"是",直挺挺僵在那里。

"厂里没有事么?"

吴荪甫放平了脸色,随口问一句,他的心思又转到家乡的农民暴动的威胁上去了。然而真不料莫干丞却抖抖索索说出了这么一句话:

"就因为厂里有些不妙——"

"什么!赶快说!"

"也许不要紧,可是,可是,风色不对。我们还没布告减工钱,可是,工人们已经知道了。她们,她们,今天从早上起,就有点——有点怠工的样子,我特来请示——怎样办。"

现在是吴荪甫的脸色突然变了,僵在那里不动,也不说话;他脸上的紫疱,一个一个都冒出热气来。这一阵过后,他猛的跳起来,像发疯的老虎似的咆哮着;他骂工人,又骂莫干丞以下的办事员:

"她们先怠工么?混账东西!给她们颜色看!你们管什么的?直到此刻来请示办法?哼,你们只会在厂里胡调,吊膀子,轧姘头!说不定还是你们自己走漏了减削工钱的消息!"

莫干丞只是垂头站在旁边,似乎连气都不敢透一下。看着这不中用的样子,吴荪甫的怒火更加旺了,他右手叉在腰间,左手握成拳头,搁在那张纯钢的写字台边缘,眼睛里全是红光,闪闪地向四面看,好像想找什么东西来咬一口似的。

忽然他发见了高升直挺挺地站在一边,他就怒声斥骂道:

"你站在这里干什么?"

"老爷刚才按了电铃,这才进来的。"

于是荪甫方才记起了那电报稿子,并且记起了写字台对面的高背沙发里还坐着杜竹斋。此时竹斋早已看过电稿,嘴里斜含着一枝雪茄,闭了眼睛在那里想他自己的心事。

荪甫拿起那张电稿交给高升,一面挥手,一面说:

"马上去打,愈快愈好!"

说完,吴荪甫就坐到他的纯钢转椅里,拿起笔来在一张信纸上飞快地写了一行,却又随手团皱,丢在字纸篓里,提着笔沉吟。

杜竹斋睁开眼来了,看见了荪甫的踌躇态度,竹斋就轻声说:

"荪甫,硬做不如软来罢。"

"我也是这个意思——"

吴荪甫回答。现在他已经气平了,将手里的笔杆转了两下,回头就对莫干丞说:

"干丞,坐下了,你把今天早上起的事情,详细说出来。"

摸熟了吴荪甫脾气的这位账房先生,知道现在可以放胆说话,不必再装出那种惶恐可怜的样子来了。他于是坦然坐在写字桌横端的一张弹簧软椅里,就慢慢地说:

"是早上九点钟光景,第二号管车王金贞,跑到账房间来报告第十二排车的姚金凤犯了规则,不服管理;当时九号管车薛宝珠要喊她上账房间,哪里知道,第十二排车的女工就都关了车,帮着姚金凤闹起来——我们听了王金贞的报告,正想去弹压,就听得一片声叫喊,薛宝珠扭着姚金凤来了,但是车间里的女工已经全都关了车——"

吴荪甫皱了眉头,尖锐地看了莫干丞一眼,很不耐烦似的打断了莫干丞的报告,问道:

"简简单单说,现在闹到怎么一个地步?"

"现在车间里五百二十部车,只有一小半还在那里做工,——算是做工,其实是糟蹋茧子。"

听到这最后一句,吴荪甫怒吼一声,猛的站起来;但俟又坐下,口音很快地问道:

"怠工的原因是?——"

"要求开除薛宝珠。"

"什么理由呢?"

"说她打人。——还有,她们又要求米贴。前次米价涨到二十元一石时曾经要求过,这次又是。"

吴荪甫鼻子里哼了一声,转脸对杜竹斋说:

"竹斋——这丝厂老板真难做。米贵了,工人们就来要求米贴;但是丝价钱贱了,要亏本,却没有人给我丝贴。好!干丞,你回去对工人说,她们要米贴,老板情愿关厂!"

莫干丞答应了一声"是",但他的两只老鼠眼睛却望着吴荪甫的脸,显出非常为难的神气。

"还有什么事呢?"

"嗯,嗯,请三老爷明鉴。关厂的话,现在说出去,恐怕会闹乱子——"

"什么话?"

"这一回工人很齐心,好像预先有过商量的。"

"呸!你们这班人都是活死人么?事前怎么一点儿也不知道,临到出了事,才来向我讨办法!第二号管车王金贞和稽查李麻子都是领了津贴的,平常日子不留心工人的行动!难道我钱多,没有地方花,白养这些狗!"

此时莫干丞忽然胆大起来了,竟敢回"三老爷"的话:

"他们两个也还出力,他们时时刻刻在那里留心工人的举动!可是——好像他们面孔上刻着'走狗'两个字,到处碰壁,一点消息也探不出来。三老爷!工人们就像鬼迷了一般!姚金凤向来是老实的,此番她领头了。现在车间里一片声嚷闹:'上次要求米贴,被你们一番鬼话哄过去了,今回定要见个你死我活!你们还想克减工钱么?我们要米贴,米贴。'听说各厂的情形都不稳。工人们都像鬼迷了一般!"

"鬼迷了么?哈,哈!我知道这个鬼!生活程度高,她们吃不饱!可是我还知道另外一个鬼,比这更大更厉害的鬼:世界产业凋弊,厂丝跌价!……"

吴荪甫突然冷笑着高声大喊,一种铁青色的苦闷和失望,在他的紫酱色脸皮上泛出来。然而只一刹那,他又回复了刚毅坚决的常态。他用力一挥手,继续说下去,脸上转为狞笑:

"好!你这鬼!难道我们就此束手待毙么?不!我们还要拼一下呢!——但是,干丞,怎么工人就知道我们打算克减工钱?一定是账房间里有人走漏了消息!"

莫干丞猛一怔,背脊上透出一片冷汗。迟疑了片刻,他忽然心生一计,就鬼鬼祟祟地说:

"我疑心一个人。就是屠维岳。这个小伙子近来发昏了,整天在十九排车的女工朱桂英身上转念头,有人看见他常常在朱桂英家里进出——"

此时书房门忽开,二小姐芙芳的声音打断了莫干丞的话。"三弟,万国殡仪馆的人和东西都来了。可是,那个棺材,我看着不合式!"

二小姐站在门边,一面说,一面眼看着她的丈夫。

"等一会儿,我就来。竹斋,请你先去看看——"

但是杜竹斋连连摇手,从雪茄烟的浓烟中对二小姐说:"我们就来,就来,时候还早呢!看了不对再去换,也还来得及。"

"还早么?十二点一刻了,外边已经开饭!"

二小姐说着,也就走了,这里吴荪甫转脸朝莫干丞看了一眼,很威严地发出这样的命令来:

"现在你立刻回厂去出布告:因为老太爷故世了,今天下午放假半天,工钱照给。先把工人散开,免得聚在厂里闹乱子。可是,下半天你们却不能休息。你们要分头到工人中间做工夫,打破她们的团结。限今天晚上把事情办好!一面请公安局派警察保护工厂,一面呈报社会局。还有,那个屠维岳,叫他来见我。叫他今晚上来。都听明白了么?去罢!"

打发开了莫干丞以后,吴荪甫就站起来,轻声叹一口气,自言自语地说:

"开什么厂!真是淘气!当初为什么不办银行?凭我这资本,这精神,办银行该不至于落在人家后面罢?现在声势浩大的上海银行开办的时候不过十万块钱……"

他顿了一顿，用手去摸下额；但随即转成坚决的态度，右手握拳打着左手的掌心：

"不！我还是要干下去的！中国民族工业就只剩下屈指可数的几项了！丝业关系中国民族的前途尤大！——只要国家像个国家，政府像个政府，中国工业一定有希望的！——竹斋，我有一个大计画，但是现在没有工夫细谈了，我们出去看看万国殡仪馆送来的棺材罢。"

"不忙！我还有事和你商量。"

杜竹斋把半段雪茄从嘴唇边拿开，也站了起来，挨近吴荪甫身旁，就将赵伯韬他们的"密谋"从头说了一遍；最后他这么问道：

"你看这件事有没有风险？要是你不愿意插一脚，那么，我也打算不干。"

"每人一百万，今天先交五十万？"

吴荪甫反过来回，并不表示对于这件事的意见，脸色异常沉静。

"这也是老赵他们的主张。老赵的步骤是：今天下午，就要卖出三百万，把票价再压低——"

"那是一定会压低的。说不定会跌落两三元。那时我们就补进？"

"不！明天前市第一盘，我们再卖出五百万，由赵伯韬出面！"

"哦！那就票价还要跌呢！老赵是有名的大户多头，他一出笼，散户多头就更加恐慌，拼命要脱手了，而且一定还有许多新空头会乘势跳落。"

"是呀。所以要到明天后市我们这才动手补进来。我们慢慢地零零碎碎地补进，就不至于引起人家的注意，到本月份交割前四五天，我们至少要收足五千万——"

"那时候，西北军退却的捷报也在各方面哄起来了！"

"不错。那时候，散户又要一窝蜂来做多头，而且交割期近，又碰着旧历端阳节，空头也急于要补进，涨风一定很厉害。"

"我们的五千万就此放出去做了他们的救苦救难观世音菩萨！"

说到这里，吴荪甫和杜竹斋一齐笑起来；两个人的眼睛都闪着兴奋的光彩。

笑过了后，吴荪甫奋然说：

"好！我们决定干一下罢！可是未免太便宜了老赵这个多头大户了。我们在公账之外，应得对他提出小小的条件。我们找他谈判去！"

于是吴荪甫和杜竹斋就此离开了那书房。而那个久在吴荪甫构思中的"大计画"，此时就更加明晰地兜住了吴荪甫的全意识。

《子夜》导读 拓展阅读

拓展阅读

1. 茅盾:《子夜》是怎样写成的
2. 汪晖:关于《子夜》的几个问题
3. 叶子铭:谈《子夜》的结构艺术(一、二部分)

家（第二十六章）

巴　金

第二十六章

就在琴伤心痛哭的这个晚上，夜深人静的时候，鸣凤被唤到太太的面前。在黯淡的清油灯光下，露出周氏的那张虽然生得相当动人、但是没有表情的胖脸。鸣凤不知道太太要对她说些什么话，然而她料想太太不会带给她好的消息。她又想起了这天下午冯老太太过来看老太爷和陈姨太的事情。她怀着颤抖的心，立在周氏的面前，甚至她的眼光也有点摇晃不定。在说话的时候，周氏的淡淡擦了一点白粉的圆脸渐渐变为浮肿而成了一个很大的圆东西，不停地在她的眼前摇荡，使她更加胆怯了。

"鸣凤，你在公馆里头做了这几年，也做得够了，"周氏开始慢腾腾地说，但是依旧比别人说得快些，而且以后愈说愈快，好像一盘珠子在不停地滚动一般。"我想你一定愿意早些出去。今天老太爷吩咐说，要送你到冯家去，给冯老太爷做小。下个月初一是个好日子，冯家就要在那天接人。今天是二十八，离初一还有三天。明天起你不必做事情了，你好好休息两天，等着到冯家去。……你到冯家去要好好地服侍冯老太爷两夫妇，听说冯老太爷脾气古怪，冯老太太脾气也不大好，你遇事要将就他们，不要使性子。冯家还有老爷、太太、孙少爷。你也应该尊敬他们。你在我房里做了几年丫头，也没有得到多少好处。现在给你找到这门亲事，我也算放了心。冯家很有钱，只要你在那边安分守己，你一生穿衣吃饭一点也不用忧愁。这样也比五太太的喜儿好得多。……你服侍我几年，我没有什么报答你，我明天就叫裁缝来给你做两身好衣服，还给你预备点首饰……"她还要说下去，却被鸣凤的哭声打岔了。

这些话的每一个字都像利刀刺进鸣凤的心，她只得任它们乱刺，没法防卫自己。她的希望完全破灭了。人们甚至连她所赖以生活的爱情也要给她夺去了。把自己的青春拿去服侍一个脾气古怪的老头子，得不到一点怜惜。在那种家庭里做姨太太的人的命运是极其明显的：流眼泪，吃打骂，受闲气，依旧会成为她的生活里的重要事情。所不同的是她还要把自己的身体交给那个脾气古怪的老头子蹂躏。做姨太太,这是何等可耻的事。在平日她们丫头的骂人术语里,"给人家做小"也就是一句。然而在高家经过了八年的忠心的苦役之后,她所得到的报酬,却是去做姨太太,给人家蹂躏,让人家折磨。她的前途依然是一片浓密的黑暗,那一线被纯洁的爱情所带来的光明也给人家摧残了。一个青年的和善的面颜在她的面前溜了过去,接着许多狞笑的歪脸恶狠狠地向她逼来。她害怕地用手遮住脸,她好像在跟什么可怕的幻象挣扎。忽然一个声音在她的耳边响起来,好像有人在说:"一切都是命中注定了的。你不能够改变它。"于是一种不可抗拒的绝望的感觉紧紧地抓住了她。她忍不住伤心地哭起来。

周氏的话像珠子一般地滚着。她一口气说了许多,很难马上止住。现在她才注意到鸣凤的这种不寻常的举动,而且也听见了这个少女的悲惨的哭声,她惊愕地闭了口,注意地观察鸣凤的举动。她还不能够明白鸣凤为什么要这样伤心。但是她已经被这个少女的哭声感动了。她温和地问道:"鸣凤,怎么了?你哭什么?"

"太太,我不愿意去!"鸣凤的口里迸出了哭声道。"我宁愿在公馆里做一辈子的丫头,服侍太太,服侍小姐,服侍少爷。……太太,我只求你不要送我出去,我在公馆里事情还没有做得够!……我才只做了八年。……太太,我年纪还轻,请你不要把我送出去。……"

这种情形触动了周氏的平常很少被触到的母性,她带着凄然的微笑说:"本来我也怕你不愿意,实在说冯老太爷的年纪太大了,论年纪你可以做他的孙女。然而这是老太爷的意思,我也只得听他的话。不过只要你到了那边好好地服侍冯老太爷,日子也并不怎样难过,倒强似嫁一个贫家男人,连衣食也顾不周到。……"

"太太,我宁愿受冻挨饿,我不情愿给人家做小……"鸣凤吐出了这句话以后,觉得自己的全身的力量都用尽了,她站不住,跪下来,抓着周氏的膝头哀求道:"太太,请你不要把我送走,我愿意在公馆里做一辈子的丫头。我愿意服侍你一辈子。……太太,可怜我,我年纪轻!……你打我、骂我都可以,只是不要把我送到冯家去。……我怕,我怕过那种日子。……太太,请你发点慈悲,可怜可怜我吧。……太太,我不能去啊!"她说到这里,一阵更大的悲哀压倒了她,她觉得有什么东西潮也似地从她的心底里涌上来、无数凄惨的话到了她的喉边又被她咽下去,她的口已经被什么东西塞住了。她不能再说一句话,只顾低声哭着,愈哭愈伤心,她觉得要把她的心哭出来才痛快。

周氏被鸣凤这一哭引起了自己的心事。她看见那个跪在她面前把头俯在她的膝上哀哀哭着的少女,也觉得凄然。这时候她的母性完全被触动了。她并不推开鸣凤,却温和地用手摩抚鸣凤的头发,爱怜地说:"我也知道你太年轻,老实说我也不愿意把你送到冯家去。……然而这是老太爷答应了的。他说怎么办就要怎么办,我做媳妇的怎敢违抗?……现在没有法子挽回了。无论如何你初一一定要去。……你不要哭了,哭也没有用。……其实到了冯家也会有好日子过。你不要怕,好心的人终有好报的。……你快起来,回屋去睡吧。"

鸣凤把周氏的腿抱得愈紧,她觉得这时候只有这一双腿可以救她。她绝望地作最后的努力,哀声说:"太太,你当真不肯救我?你一点也不可怜我吗?……救救我吧,我宁死也不要到冯家去!"她抬起头来把满是泪痕的脸对着周氏的眼睛,她拉住太太的一只手哀求地说:"太太,救救我吧。"声音非常凄惨。

周氏不住地摇着头凄然说道:"现在实在没有法子可想。我自己要不放你去,也不行。老太爷的话,连我也不敢不听。……快起来,好好地去睡吧。"她说着便挣开手去拉鸣凤的膀子。

鸣凤默默地让周氏拉她起来。她茫然地立在周氏的面前,觉得好像是在做梦。她痴痴地立了片刻。又把眼睛向四面看,周围是阴沉沉的。她的哭声止了。她还在抽泣。最后她连抽泣也止住了。她极力忍住悲哀,拉起衫子的底襟角揩了眼泪,用冷冷的、但依旧是凄凉的声音说:"太太,我听你的话……"她还想说什么,但是看见周氏疲倦地站起来,又听见周氏说:"好,只要你肯听话,我也就放心了。"她知道再留在这里多说也等于白说。太太的脾气她已经摸熟了。她无精打采地说一声:"太太,我去睡了,"便慢慢地移动脚步走出了太太的房间。她用手按住自己的胸膛,她怕她的心会炸裂。周氏看见鸣凤出去了,望着她的背影叹了两口气。周氏这时候很同情鸣凤,因为自己不能够帮助她而感到痛苦。可是过了一个钟头,太太又把这个少女的事情忘在脑后了。

天井里只有一片黑。鸣凤看不见一个人影。黯淡的灯光从觉慧的房间里射出来。她本来想回到仆婢室里去睡,却被这灯光引诱着轻脚轻手地走到了觉慧的窗下。三扇玻璃窗都被白纱窗帷遮住,灯光从细孔里漏出来,投了美丽的花纹在地上。这窗帷,这玻璃窗,这房间,如今在她的眼前变得非常可爱了。她不闪眼地立在窗前石阶上,仰望着白纱窗帷。她不做出一点声音,唯恐惊动里面的人。过了一些时候,白纱窗帷渐渐地带了空幻的色彩,而变得更加美丽了。模糊中在里面出现了美丽的人物,男男女女,穿得很漂亮,态度也很轩昂。他们走过她的面前,带着轻视的眼光看她一眼,便急急地掉过头走开了。忽然在人丛中出现了她朝夕想念的那个人,他投了一瞥和善的眼光在她的脸上。他站住,好像要跟她说话,但是后面一群人猛然拥挤过来,把他挤得不见了。她注意地用眼光去找寻他,然而在她面前白纱窗帷静静地遮住了房里的一切。她看不见别的什么。她走近窗户想伸起头去望里面,但是窗台转高,她的头达不到。她试了两次,都没有用,便绝望地退了几步。一个不留心,她把手触到了窗板,发出一个低微的响声,接着房里起了一声咳嗽,正是那个人的声音。她才知道他还没有睡。她盼望他走到窗前揭起窗帷来看她,她在那里等待着。然而里面又寂然了,只有笔落在纸上的极其低微的声音。她又走去在窗板上敲了两下,她盼望他会听见敲声。但是这一次他只在里面做出两三下响声,好像是移动了椅子,接着落笔的声音更勤了些。她知道轻敲是没有用的,待要重敲,又害怕惊动了别人。因为他和他的哥哥同住在这间屋里。然而她还怀着最后的希望,又一次走到窗前轻轻敲了三下,又低声叫了一次:"三少爷",便退后两步,静静地站着。她想这一次他一定会出现了。但是过了一些时候还是没有动静,只是落笔的声音更急了。接着她又听见他放下笔,用惊讶的声音自言自语:"怎么就两点钟了?……明早晨八点钟还有课。……"于是落笔的声音又起了。

她痴痴地立在那里,她明白她再要敲也是没有用的,他不会听见。她并不怨他,她反而更加爱他。他的这两句话还在她的耳边荡漾,在她,它们比音乐还好听。她默默地回味着这两句话,她觉得他就在她的身边,活泼的,热烈的,跟平时一样。忽然另一个思想又来到她的脑子里,她想,他正需要着一个女人来爱他,来照料他,来服侍他。她又知道在这个世界上并没有人像她这样地爱他,她真愿意为他做一切的事情。然而同时她又知道有一堵墙横在她跟他的中间,而且现在人们就要送她到冯家去了,并不要多久,就在三天以后。那时候她便成了冯家的人。她再没有机会看见他了。任她怎样受人侮辱,怎样呻吟哀叫,他也不会知道,也不会来救她了。分离,永久的分离,这种情形比死别还要难堪。她觉得这样的生活是值不得留恋的了。当她向太太说"宁死也不要到冯家去"的时候,她并非拿这句话来威胁太太,她确实想到了那个"死"字。大小姐教过她,这个"死"字便是薄命女子的唯一的出路,她很相信这个。

房里一声长叹把她从纷乱的思想中唤醒过来。她凄凉地朝四面望了一下。周围静寂寂没有人声,黑魆魆没有光明。她忽然记起来几个月以前也曾经有过跟这相似的情景,那时候是他在窗外而她在房里。而且那时的传闻如今却成了事实。她又细细地回味着那一晚的情景。她想起他对她的态度,又想起她对他说过的话:"我向你赌咒,我决不去跟别人……"她的心好像被什么东西绞着,刺着,痛得厉害,她的眼睛又被泪珠打湿了。房里的灯光爱怜地抚着她的眼睛。她带着贪婪的眼光看那灯光,一种欲望渐渐地抓住了她。她想不顾一切地跑进房里,跪在他的面前,向他哭诉她的痛苦,并且哀求他把她从不幸的遭遇中拯救出来。她愿意永远做他的奴隶,爱他,服侍他。

她决定要跑进去了。然而……眼前一阵漆黑。房里的灯光突然灭了。她睁大眼睛,但是她什么也看不见。她拔不动脚,孤零零地立在黑暗里。无情的黑暗从四面八方包围过来。过了一些时候,她才提起脚,慢慢地走回自己的房间去。一路上什么都不存在了。她只顾在黑暗中摸索着,费了许久的功夫,她才摸到自己的房间,推开半掩着的门进去。

瓦油灯上结了一个大灯花,使微弱的灯光变得更加阴暗。屋子里到处都是阴影。两边的几张木板床上摆了一些死尸似的身体。粗促的鼾声从肥胖的张嫂的床上发出来,四处撞击,显得很可怕。鸣凤一进门便吃了一惊,连忙站住,打起精神四面一看。她懒洋洋地走到桌子前,把灯芯朝外拨,灯花去掉。屋子里马上亮了许多。她正要解衣服,忽然一阵悲哀压倒了她,她支持不住就扑倒在床上哭起来,头紧紧地压在被上,不多几时就把被褥弄湿了一滩。她愈想愈伤心。后来她的哭声把老黄妈惊醒了。老黄妈用不十分清楚的声音问:"鸣凤,你在哭什么?"她不回答,只顾哭着。老黄妈劝了她两句,翻一个身又睡熟了,剩下鸣凤一个人伤心地哭着,一直哭到她进入梦中的时候。

从第二天起鸣凤的态度完全改变了。她整天不露一个笑脸,做事情也是没精打采的,而且害怕跟人接近。她看见一个人,马上就疑心她的事情已经被那个人知道了,她就在那个人的脸上看见了轻视或嘲笑的表情,她连忙躲开。她看见两三个女佣或仆人轿夫在一起谈话,她就疑心她们(或他们)在谈论她的事情。"姨太太"、"小老婆"、"小",这些字眼好像到处都有人在讲,后来甚至主人们也谈论起来了。她好像听见五老爷对人说:"好个标致的姑娘,白白送给老头子做姨太太,真可惜。"又有一次她似乎在厨房里听见那个肥胖的张嫂鄙夷地说:"呸,年纪轻轻就给死老头子做小。再有多少钱我才不干嘞!"到处她都听见这一类的嘲骂的语句。她什么地方都不敢去了,除了每天两顿饭以外,其余的时间里她不是躲在自己房中就是藏在花园里。有时候婉儿、倩儿或喜儿来找她谈些话。但是她们也很忙,只能够偷偷地抽出一点空时间来看她,安慰她。老黄妈温和地跟她谈过一次话。她不等老黄妈讲完就借故跑开了。她害怕多听安分守己、顺从命运这一类的话。

这两天鸣凤很想找到觉慧,跟他谈谈她的事。她时时刻刻等着这个机会。然而近来觉慧弟兄似乎比从前更忙,他们每天早晨绝早就出去上学,下午很迟才回来,在家里吃过饭,马上又出去,往往到九、十点钟才回家,回来就关在房里写文章、读书。她难得见到觉慧一面,即使两人遇见了,也不过是他投一瞥爱怜的眼光过来,温和地看她几眼,或者对她微笑,却难得对她讲几句话。自然这些也是爱的表示。她觉得他的忙碌是正当的,虽然因此对她疏远一点,她也并不怪他。

然而实际上她就只有两天的时间。这么短!她必须跟觉慧谈一次话,把她的痛苦告诉他,看他有什么意见。无论如何她必须同他商量。然而他仿佛完全不知道这一回事情,他并不给她一个这样的机会。花园里没有他的脚迹。只有在吃午饭的时候,她才可以见到他,但是他放下饭碗就匆忙地走了,她待要追上去说话也来不及。晚上他回家很迟。再要找像从前那样的跟他一起谈笑的机会,是不可能的了。

三十日终于到了。鸣凤的事公馆里知道的人并不太多,觉慧一点也不知道,因为:一则,在外面他们的周报社里发生了变故,他用了全副精神去应付这件事,就没有心肠管家里的事情;二则,他在家里时也忙着写文章或者读书,没有机会听见别人谈鸣凤的事。

三十日在觉慧看来不过是这个月的最后一日,然而在鸣凤却是她一生的最后一天了,她的命运就要在这一天决定了:或者永远跟他分离,或者永远和他厮守在一起。然而事实上后一个希望却是非常渺茫。她自己也知道。自然她满心希望他来拯救她,让她永远和他厮守在一起;但是在他们两个人的中间横着那一堵不能推倒的墙,使他们不能够接近。这就是身份的不同。她是知道的。她从前在花园里对他说"不,不……我没有那样的命"时,她就已经知道这个了。虽然他答应要娶她,然而老太爷、太太们以及所有公馆里的人全隔在他们两个人的中间,他又有什么办法?在老太爷的命令下现在连太太也没有办法,何况做孙儿的他?她的命运似乎已经决定,是无可挽回的了。然而她还不能放弃最后的希望,她不能甘心情愿地走到毁灭的路上去,而没有一点留恋。她还想活下去,还想好好地活下去。她要抓住任何的希望。她好像是在欺骗自己,因为她明明知道连一点希望也没有了,而且也不能够有了。

这一天她怀着颤抖的心等着跟觉慧见面。然而觉慧回来的时候已经是晚上九点钟了。她走到他的窗下,听见他的哥哥说话的声音,她觉得胆怯了。她在那里徘徊着,不敢进去,但是又不忍走开,因为要是这一晚再错过机会,不管是生与死,她永远不能再看见他了。

好容易挨过了一些时候,屋里起了脚步声,她知道有人走出,便往角落里一躲,果然看见一个黑影从里面闪出来。这是觉民。她看见他走远了,连忙走进房里去。

觉慧正埋着头在电灯光下面写文章,他听见她的脚步声并不抬起头,也不分辨这是谁在走路。他只顾专心写文章。鸣凤看见他不抬头,便走到桌子旁边胆怯地但也温柔地叫了一声:"三少爷。"

"鸣凤,是你?"他抬起头惊讶地说,对她笑了笑。"什么事?"

"我想看看你……"她说话时两只忧郁的眼睛呆呆地望着他的带笑的脸。她的话没有说完,就被他接下去说:

"你是不是怪我这几天不跟你说话?你以为我不理你吗?"

他温和地笑道,"不是,你不要起疑心。你看我这几天真忙,又要读书,又要写文章,还有别的事情。"他指着面前一大堆稿件,几份杂志和一叠原稿纸对她说:"你看我忙得跟蚂蚁一样。……再过两天就好了,我就把这些事情都做完了,再过两天。……我答应你,再过两天。"

"再过两天……"她绝望地悲声念着这四个字,好像不懂它们的意义,过后又茫然地问道:"再过两天?……"

"对,"他笑着说,"再过两天,我的事情就做完了。只消等两天。再过两天,我要跟你谈许许多多的事情。"他又埋下头去写字。

"三少爷,我想跟你说两句话。……"她极力忍住眼泪,不要哭出声来。

"鸣凤,你不看见我这样忙?"他短短地说,便抬起头来。看见她的眼里闪着泪光,他马上心软了。他伸手去捏了捏她的手,又站起来,关心地问道:"你受了什么委屈吗?不要难过。"他真想丢开面前的原稿纸,带着她到花园里好好地安慰她。可是他马上又想起明天早晨就要交出去的文章,想起周报社的斗争,便改变了主意说:"你忍耐一下,过两天我们好好地商量,我一定给你帮忙。我明天会找你,现在你让我安安静静地做事情。"他说完,放下她的手,看见她还用期待的眼光在看他,他一阵感情冲动,连自己说不出是为了什么,他忽然捧住她的脸,轻轻地在她的嘴上吻了一下,又对她笑了笑。他回到座位上,又抬起头看了她一眼,然后埋下头,拿起笔继续做他的工作。但是他的心还怦怦地跳动,因为这是他第一次吻她。

鸣凤不说一句话,她痴呆地站在那里。她甚至不知道自己在这时候想些什么,又有什么样的感觉。她轻轻地摩抚她的第一次被他吻了的嘴唇。过了一会儿她又喃喃地念着:"再过两天……"

这时外面起了吹哨声,觉慧又抬起头催促鸣凤:"快去,二少爷来了。"

鸣凤好像从梦中醒过来似的,她的脸色马上变了。她的嘴唇微微动着,但是并没有说出什么。她的非常温柔而略带忧郁的眼光留恋地看了他几眼,忽然她的眼睛一闪,眼泪流了下来,她的口里迸出了一声:"三少爷。"声音异常凄惨。觉慧惊奇地抬起头来看,只看见她的背影在门外消失了。

"女人的心理真古怪,"他叹息地自语道,过后又埋下头写字。

觉民走进房里,第一句话就问:"刚才鸣凤来过吗?""嗯,"觉慧过了半晌才简单地答道。他依旧在写字,并不看觉民。

"她一点也不像丫头,又聪明,又漂亮,还认得字。可惜得很!……"觉民自语似地叹息道。

"你说什么?你可惜什么?"觉慧放下笔,吃惊地问。

"你还不晓得?鸣凤就要嫁了。"

"鸣凤要嫁了!哪个说的?我不相信!她这样年轻!"

"爷爷把她送给冯乐山做姨太太了。"

"冯乐山?我不相信!他不是孔教会里的重要分子吗?他六十岁了,还讨小老婆?"

"你忘记了去年他们几个人发表梨园榜,点小旦薛月秋做状元,被高师的方继舜在《学生潮》上面痛骂了一顿?他们那种人什么事都做得出来,横竖他们是本省的绅士,名流。明天就是他接人的日子。我真替鸣凤可惜。她今年才十七岁!"

"我怎么早不晓得?……哦,我明明听见过这样的消息,怎么我一点儿也记不起来?"觉慧大声说,他马上站起来,一直往外面走,一面拼命抓自己的头发,他的全身颤抖得厉害。

"明天!""嫁!""做姨太太!""冯乐山!"这些字像许多根皮鞭接连地打着觉慧的头,他觉得他的头快要破碎了。他走出门去,耳边顿时起了一阵悲惨的叫声。突然他发现在他的面前是一个黑暗的世界。四周真静,好像一切生物全死灭了。在这茫茫天地间他究竟走向什么地方去?"他徘徊着。他抓自己的头发,打自己的胸膛,这都不能够使他的心安静。一个思想开始来折磨他。他恍然明白了。她刚才到他这里来,是抱了垂死的痛苦来向他求救。她因为相信他的爱,又因为爱他,所以跑到他这里来要求他遵守他的诺言,要求他保护她,要求他把她从冯乐山的手里救出来。然而他究竟给了她什么呢?他一点也没有给。帮助,同情,怜悯,他一点也没有给。他甚至不肯听她的哀诉就把她遣走了。如今她是去了,永久地去了。明天晚上在那个老头子的怀抱里,她会哀哀地哭着她的被摧残的青春,同时她还会诅咒那个骗去她的纯洁的少女的爱而又把她送进虎口的人。这个思想太可怕了,他不能够忍受。

去,他必须到她那里去,去为他自己赎罪。

他走到仆婢室的门前,轻轻地推开了门。屋里漆黑。他轻轻地唤了两声"鸣凤",没有人答应。难道她就上床睡了?他不能够进去把她唤起来,因为在那里还睡着几个女佣。他回到屋里,却不能够安静地坐下来,马上又走出去。他又走到仆婢室的门前,把门轻轻地推开,只听见屋里的鼾声。他走进花园,黑暗中在梅林里走了好一阵,他大声唤:"鸣凤",听不见一声回答。他的头几次碰到梅树枝上,脸上出了血,他也不曾感到痛。最后他绝望地走回到自己的房里,他看见屋子开始在他的四周转动起来……

其实这时候他所寻找的她并不在仆婢室,却在花园里面。鸣凤从觉慧的房里出来,她知道这一次真正是:一点希望也没有了。她并不怨他,她反而更加爱他。而且她相信这时候他依旧像从前那样地爱她。她的嘴唇还热,这是他刚才吻过的;她的手还热,这是他刚才捏过的。这证明了他的爱,然而同时又说明她就要失掉他的爱到那个可怕的老头子那里去了。她永远不能够再看见他了。以后的长久的岁月只是无终局的苦刑。这无爱的人间还有什么值得留恋?她终于下了决心了。

她不回自己的房间,却一直往花园里走去。她一路上摸索着,费了很大的力,才走到她的目的地——湖畔。湖水在黑暗中发光,水面上时时有鱼的唼喋声。她茫然地立在那里,回想着许许多多的往事。他跟她的关系一幕一幕地在她的脑子里重现。她渐渐地可以在黑暗中辨物了。一草一木,在她的眼前朦胧地显露出来,变得非常可爱,而同时她清楚地知道她就要跟这一切分开了。世界是这样静。人们都睡了。然而他们都活着。所有的人都活着,只有她一个人就要死了。过去十七年中她所能够记忆的是打骂,流眼泪,服侍别人,此外便是她现在所要身殉的爱。在生活里她享受的比别人少,而现在在这样轻的年纪,她就要最先离开这个世界了。明天,所有的人都有明天,然而在她的前面却横着一片黑暗,那一片、一片接连着一直到无穷的黑暗,在那里是没有明天的。是的,她的生活里是永远没有明天的。明天,小鸟在树枝上唱歌,朝日的阳光染黄树梢,在水面上散布无数明珠的时候,她已经永远闭上眼睛看不见这一切了。她想,这一切是多么可爱,这个世界是多么可爱。她从不曾伤害过一个人。她跟别的少女一样,也有漂亮的面孔,有聪明的心,有血肉的身体。为什么人们单单要蹂躏她,伤害她,不给她一瞥温和的眼光,不给她一颗同情的心,甚至没有人来为她发出一声怜悯的叹息!她顺从地接受了一切灾祸,她毫无怨言。后来她终于得到了安慰,得到了纯洁的、男性的爱,找到了她崇拜的英雄。她满足了。但是他的爱也不能拯救她,反而给她添了一些痛苦的回忆。他的爱曾经允许过她许多美妙的幻梦,然而它现在却把她丢进了黑暗的深渊。她爱生活,她爱一切,可是生活的门面面地关住了她,只给她留下那一条堕落的路。她想到这里,那条路便明显地在她的眼前伸展,她带着恐怖地看了看自己的身子。虽然在黑暗里她看不清楚,然而她知道她的身子是清白的。好像有什么人要来把她的身子投到那条堕落的路上似的,她不禁痛惜地、爱怜地摩抚着它。

这时候她下定决心了。她不再迟疑了。她注意地看那平静的水面。她要把身子投在晶莹清澈的湖水里,那里倒是一个很好的寄身的地方,她死了也落得一个清白的身子。她要跳进湖水里去。

忽然她又站住了。她想她不能够就这样地死去,她至少应该再见他一面,把自己的心事告诉他,他也许还有挽救的办法。她觉得他的接吻还在她的唇上燃烧,他的面颜还在她的眼前荡漾。她太爱他了,她不能够失掉他。在生活中她所得到的就只有他的爱。难道这一点她也没有权利享受?为什么所有的人都还活着,她在这样轻的年纪就应该离开这个世界?这些问题一个一个在她的脑子里盘旋。同时在她的眼前又模糊地现出了一幅乐园的图画,许多跟她同年纪的有钱人家的少女在那里嬉戏,笑谈,享乐。她知道这不是幻象,在那个无穷大的世界中到处都有这样的幸福的女子,到处都有这样的乐园,然而现在她却不得不在这里断送她的年轻的生命。就在这个时候也没有一个人为她流一滴同情的眼泪,或者给她送来一两句安慰的话。她死了,对这个世界,对这个公馆并不是什么损失,人们很快地就忘记了她,好像她不曾存在过一般。"我的生存就是这样地孤寂吗?"她想着,她的心里充满着无处倾诉的哀怨。泪珠又一次迷糊了她的眼睛。她觉得自己没有力量支持了,便坐下去,坐在地上。耳边仿佛有人接连地叫"鸣凤",她知道这是他的声音,便止了泪注意地听。周围是那样地静寂,一切人间的声音都死灭了。她静静地倾听着,她希望再听见同样的叫声,可是许久,许久,都没有一点儿动静。她完全明白了。他是不能够到她这里来的。永远有一堵墙隔开他们两个人。他是属于另一个环境的。他有他的前途,他有他的事业。她不能够拉住他,她不能够妨碍他,她不能够把他永远拉在她的身边。她应该放弃他。他的存在比她的更重要。她不能让他牺牲他的一切来救她。她应该去了,在他的生活里她应该永久地去了。她这样想着,就定下了最后的决心。她又感到一阵心痛。她紧紧地按住了胸膛。她依旧坐在那里,她用留恋的眼光看着黑暗中的一切。她还在想。她所想的只是他一个人。她想着,脸上时时浮出凄凉的微笑,但是眼睛里还有泪珠。

最后她懒洋洋地站起来,用极其温柔而凄楚的声音叫了两声:"三少爷,觉慧,"便纵身往湖里一跳。

平静的水面被扰乱了,湖里起了大的响声,荡漾在静夜的空气中许久不散。接着水面上又发出了两三声哀叫,这叫声虽然很低,但是它的凄惨的余音已经渗透了整个黑夜。不久,水面在经过剧烈的骚动之后又恢复了平静。只是空气里还弥漫着哀叫的余音,好像整个的花园都在低声哭了。

《家》导读　　　　　拓展阅读

拓展阅读
巴金：《家》十版代序

梅雨之夕

施蛰存

梅雨又淙淙地降下了。

对于雨,我倒并不觉得嫌厌,所嫌厌的是在雨中疾驰的摩托车的轮,它会得溅起泥水猛力地洒上我的衣裤,甚至会连嘴里也拜受了美味。我常常在办公室里,当公事空闲的时候,凝望着窗外淡白的空中的雨丝,对同事们谈起我对于这些自私的车轮的怨苦。下雨天是不必省钱的,你可以坐车,舒服些。他们会这样善意地劝告我。但我并不曾屈就了他们的好心,我不是为了省钱,我喜欢在滴沥的雨声中撑着伞回去。我的寓所离公司是很近的,所以我散工出来,便是电车也不必坐,此外还有一个我所以不喜欢在雨天坐车的理由,那是因为我还不曾有一件雨衣,而普通在雨天的电车里,几乎全是裹着雨衣的先生们,夫人们或小姐们,在这样一间狭窄的车厢里,滚来滚去的人身上全是水,我一定会虽然带着一把上等的伞,也不免满身淋漓地回到家里。况且尤其是在傍晚时分,街灯初上,沿着人行路用一些暂时安逸的心境去看看都市的雨景,虽然拖泥带水,也不失为一种自己的娱乐。在蒙雾中来来往往的车辆人物,全都消失了清晰的轮廓,广阔的路上倒映着许多黄色的灯光,间或有几条警灯的红色和绿色在闪烁着行人的眼睛。雨大的时候,很近的人语声,即使声音很高,也好像在半空中了。

人家时常举出这一端来说我太刻苦了,但他们不知道我会得从这里找出很大的乐趣来,即使偶尔有摩托车的轮溅满泥泞在我身上,我也并不曾因此而改了我的习惯。说是习惯,有什么不妥呢,这样的已经有三四年了。有时也偶尔想着总得买一件雨衣来,于是可以在雨天坐车,或者即使步行,也可以免得被泥水溅着了上衣,但到如今这仍然留在心里做一种生活上的希望。

在近来的连日的大雨里,我依然早上撑着伞上公司去,下午撑着伞回家,每天都是如此。

昨日下午,公事堆积得很多。到了四点钟,看看外面雨还是很大,便独自留下在公事房里,想索性再办了几桩,一来省得明天要更多地积起来,二来也借此避雨,等它小一些再走。这样地竟逗留到六点钟,雨早已止了。

走出外面，虽然已是满街灯火，但天色却转清朗了。曳着伞，避着檐滴，缓步过去，从江西路走到四川路桥，竟走了差不多有半点钟光景。邮政局的大钟已是六点二十五分了。未走上桥，天色早已重又冥晦下来，但我并没有介意，因为晓得是傍晚的时分了，刚走到桥头，急雨骤然从乌云中漏下来，潇潇的起着繁音。看下面北四川路上和苏州河两岸行人的纷纷乱窜乱避，只觉得连自己心里也有些着急。他们在着急些什么呢？他们也一定知道这降下来的是雨，对于他们没有生命上的危险，但何以要这样急迫地躲避呢？说是为了恐怕衣裳给淋湿了，但我分明看见手中持着伞的和身上披了雨衣的人也有些脚步踉跄了。我觉得至少这是一种无意识的纷乱。但要是我不会感觉到雨中闲行的滋味，我也是会得和这些人一样地急突地奔下桥去的。

何必这样的奔逃呢，前路也是在下着雨，张开我的伞来的时候，我这样漫想着。不觉已走过了天潼路口。大街上浩浩荡荡地降着雨，真是一个伟观，除间或有几辆摩托车，连续地冲破了雨仍旧钻进了雨中地疾驰过去之外，电车和人力车全不看见。我奇怪他们都躲到什么地方去了。至于人，行走着的几乎是没有，但在店铺的檐下或蔽荫下是可以一团一团地看得见，有伞的和无伞的，有雨衣的和无雨衣的，全都聚集着，用嫌厌的眼望着这奈何不得的雨。我不懂他们这些雨具是为了怎样的天气而买的。

至于我，已经走近文监师路了。我并没什么不舒服，我有一把好的伞，脸上绝不会给雨淋湿，脚上虽然觉得有些潮妞妞，但这至多是回家后换一双袜子的事。我且行且看着雨中的北四川路，觉得朦胧的颇有些诗意。但这里所说的"觉得"，其实也并不是什么具体的思绪。除了"我该得在这里转弯了"之外，心中一些也不意识着什么。

从人行路上走出去，探头看看街上有没有往来的车辆，刚想穿过街去转入文监师路，但一辆先前并没有看见的电车已停在眼前。我止步了，依然退进到人行路上，在一支电杆边等候着这辆车的开出。在车停的时候，其实我是可以安心地对穿过去的，但我并不会这样做。我在上海住得很久，我懂得走路的规则，我为什么不在这个可以穿过去的时候走到对街去呢，我没知道。

我数着从头等车里下来的乘客。为什么不数三等车里下来的呢？这里并没有故意的挑选，头等坐在车底前部，下来的乘客刚在我面前，所以我可以很看得清楚。第一个，穿着红皮雨衣的俄罗斯人，第二个是中年的日本妇人，她急急地下了车，撑开了手里提着的东洋粗柄雨伞，缩着头鼠窜似地绕过车前，转进文监师路去了。我认识她，她是一家果子店的女店主。第三，第四，是像宁波人似的我国商人，他们都穿着绿色的橡皮华式雨衣。第五个下来的乘客，也即是末一个了，是一位姑娘。她手里没有伞，身上也没有穿雨衣,好像是在雨停止了之后上电车的,而不幸在到目的地的时候却下着这样的大雨。我猜想她一定是从很远的地方上车的,至少应当在卡德路以上的几站吧。

她走下车来,缩着瘦削的,但并不露骨的双肩,窘迫地走上人行路的时候,我开始注意着她的美丽了。美丽有许多方面,容颜的姣好固然一重要素,但风仪的温雅、肢体的停匀,甚至谈吐的不俗,至少是不惹厌,这些也有着份儿,而这个雨中的少女,我事后觉得她是全适合这几端的。

她向路的两边看了一看,又走到转角上看着文监师路。我晓得她是急于要招呼一辆人力车。但我看,跟着她的眼光,大路上清寂地没有一辆车子徘徊着,而雨还尽量地落下来。她旋即回了转来,躲避在一家木器店的屋檐下,露着烦恼的眼色,并且蹙着细淡的修眉。

我也便退进在屋檐下,虽则电车已开出,路上空空地,我照理可以穿过去了。但我何以不穿过去,走上了归家的路呢!为了对于这个少女有什么依恋么?并不,绝没有这种依恋的意识。但这也决不是为了我家里有着等候我回去在灯下一同吃晚饭的妻,当时是连我已有妻的思想都不会有,面前有着一个美的对象,而又是在一重困难之中,孤寂地单身呆立着望这永远地、永远地垂下来的梅雨,只为了这些缘故,我不自觉地移动了脚步站在她旁边了。

虽然在屋檐下,虽然没有粗重的檐溜滴下来,但每一阵风会得把凉凉的雨丝吹向我们。我有着伞,我可以如中古时期骁勇的武士似地把伞当作盾牌,挡着扑面袭来的雨丝的箭,但这个少女却身上间歇地被淋得很湿了。薄薄的绸衣,黑色也没有效用了,两支手臂已被画出了它们的圆润。她屡次旋转身去,侧立着,避免轻薄的雨之侵袭她的前胸。肩臂上受些雨水,让衣裳贴着了肉倒不打紧吗?我曾偶尔这样想。

天晴的时候,马路上多的是兜搭生意的人力车。但现在需要它们的时候,却反而没有了。我想着人力车夫的不善于做生意,或许是因为需要的人太多了,供不应求,所以即是在这样繁盛的街上,也不见一辆车子的踪迹。或许车夫也都在避雨呢,这样大的雨,车夫不该避一避吗?对于人力车之有无,本来用不到关心的我,也忽然寻思起来,我并且还甚至觉得那些人力车夫是可恨的,为什么你们不拖着车子走过来接应这生意呢,这里有一位美丽的姑娘,正窘立在雨中等候着你们的任何一个。

如是想着,人力车终于没有踪迹。天色真的晚了。远处对街的店铺门前有几个短衣的男子已经等得不耐而冒着雨,他们是拼着淋湿一身衣裤的,跨着大步跑去了。我看这位少女的长眉已颦蹙得更紧,眸子莹然,像是心中很着急了。她的忧闷的眼光正与我的互相交换,在她眼里,我懂得我是正受着诧异,为什么你老是站在这里不走呢。你有着伞,并且穿着皮鞋,等什么人么？雨天在街路上等谁呢？眼睛这样锐利地看着我,不是没怀着好意么？从她将盯住着在我身上打量我的眼光移向着阴黑的天空的这个动作上,我肯定地猜测她是在这样想着。

我有着伞呢,而且大得足够容两个人的蔽荫的,我不懂何以这个意识不早就觉醒了我。但现在它觉醒了我将使我做什么呢？我可以用我的伞给她障住这样的淫雨,我可以陪伴她走一段路去找人力车,如果路不多,我可以送她到她的家。如果路很多,又有什么不成呢？我应当跨过这一箭路,去表白我的好意吗？好意,她不会有什么别方面的疑虑吗？或许她会得像刚才我所猜想着的那样误解了我,她便会得拒绝了我。难道她宁愿在这样不止的雨和风中,在冷静的夕暮的街头,独自个立到很迟吗？不啊！雨是不久就会停的,已经这样连续不断地降下了……多久了,我也完全忘记了时间的在雨水中间流过。我取出时计来,七点三十四分。一小时多了。不至于老是这样地降下来吧,看,排水沟已经来不及宣泄,多量的水已经积聚在它上面,打着旋涡,挣扎不得流下去的路,不久怕会溢上了人行道么？不会的,决不会有这样持久的雨,再停一会,她一定可以走了。即使雨不就停止,人力车大约总能够来一辆的。她一定会不管多大的代价坐了去的。然则我是应当走了么？应当走了？为什么不？……

这样地又十分钟过去了。我还没有走。雨没有住,车儿也没有影踪。她也依然焦灼地立着。我有一个残忍的好奇心,如她这样的在一重困难中,我要看她终于如何处理她自己。看着她这样窘急,怜悯和旁观的心理在我身中各占了一半。

她又在惊异地看着我。

忽然,我觉得,何以刚才会不觉得呢,我奇怪,她好像在等待我拿我的伞贡献给她,并且送她回去,不,不一定是回去,只是到她所需要到的地方去。你有伞,但你不走,你愿意分一半伞荫蔽我,但还在等待什么更适当的时候呢？她的眼光在对我这样说。

我脸红了,但并没有低下头去。

用羞赧来对付一个少女的注目,在结婚以后,我是不常有的。这是自己也随即觉得可怪了。我将用何种理由来譬解我的脸红呢？没有！但随即有一种男子的勇气升上来,我要求报复,这样说或许较严重了,但至少是要求着克服她的心在我身里急突地催促着。

终归是我移近了这少女,将我的伞分一半荫蔽她。

——小姐,车子恐怕一时不会得有,假如不妨碍,让我来送一送吧。我有伞。

我想说送她回府,但随即想到她未必是在回家的路上,所以结果是这样两用地说了。当说着这些话的时候,我竭力做得神色泰然而她一定已看出了这勉强的安静的态度后面藏匿着的我的血脉之急流。

　　她凝视着我半微笑着。这样好久。她是在估量我这种举止的动机,上海是个坏地方,人与人都用一种不信任的思想交际着!她也许是正在自己委决不下,雨真的在短时期内不会止么?人力车真的不会来一辆么?要不要借着他的伞姑且走起来呢?也许转一个弯就可以有人力车,也许就让他送到了。那不妨事么?……不妨事。遇见了认识人不会猜疑吗?……但天太晚了,雨并不觉得小一些。于是她对我点了点头,极轻微地。

　　——谢谢你。朱唇一启,她迸出柔软的苏州音。

　　转进靠西边的文监师路,响着雨声的伞下,在一个少女的旁边,我开始诧异我的奇遇。事情会得展开到这个现状吗?她是谁,在我身旁同走,并且让我用伞荫蔽着她,除了和我的妻之外,近几年来我并不曾有过这样的经历。我回转头去,向后面斜看,店铺里有许多人歇下了工作对我,或是我们,看着。隔着雨的帡幪,我看得见他们的可疑的脸色。我心里吃惊了,这里有着我认识的人吗?或是可有着认识她的人吗?……再回看她,她正低下着头。拣着踏脚地走。我的鼻刚接近她的鬓发,一阵香。无论认识我们之中任何一个人,看见了这样的我们的同行,会怎样想?……我将伞沉下了些,让它遮蔽到我们的眉额。人家除非低下身子来,不能看见我们的脸面。这样的举动,她似乎很中意。

　　我起先是走在她的右边,右手执着伞柄,为了要让她多得些荫蔽,手臂便凌空了。我开始觉得手臂酸痛,但并不以为是一种苦楚。我侧眼看她,我恨那个伞柄,它遮隔了我的视线。从侧面看,她并没有从正面看那样的美丽。但我却从此得到了一个新的发现:她很像一个人。谁?我搜寻着,我搜寻着,好像记得,岂但……几乎每日都在意中的,一个我认识的女子,像现在身旁并行着的这个一样的身材,差不多的面容,但何以现在百思不得了呢?……啊,是了,我奇怪为什么我竟会得想不起来,这是不可能的!我的初恋的那个少女,同学,邻居,她不是很像她吗?这样的从侧面看,我与她离别了好几年了,在我们相聚的最后一日,她还只有十四岁,……一年……二年……七年了呢。我结婚了,我没有再看见她,想来长成得更美丽了……但我并不是没有看见她长大起来,当我脑中浮起她的印象来的时候,她并不还保留着十四岁的少女姿态。我不时在梦里,睡梦或白日梦,看见她在长大起来,我会自己构想她是个美丽的二十岁年纪的少女。她有好的声音和姿态,当偶然悲哀的时候,她在我的幻觉里会得是一个妇人,或甚至是一个年轻的母亲。

但她何以这样的像她呢？这个容态，还保留十四岁时候的余影，难道就是她自己么？她为什么不会到上海来呢？是她！天下有这样容貌完全相同的人么？不知她认出了我没有……我应该问问她了。

——小姐是苏州人么？

是的。

确然是她，罕有的机会啊！她几时到上海来的呢？她的家搬到上海来了吗？还是，哎，我怕，她嫁到上海来了呢？她一定已经忘记了我，否则她不会允许我送她走。……也许我的容貌有了改变，她不能再认识我，年数确是很久了。……但她知道我已经结婚吗？要是没有知道，而现在她认识了我，怎么办呢？我应当告诉她吗？如果这样是需要的，我将怎么措辞呢？……

我偶然向道旁一望，有一个女子倚在一家店里的柜上，用着忧郁的眼光，看着我，或者也许是在看着她。我忽然好像发现这是我的妻，她为什么在这里？我奇怪。

我们走在什么地方了。我留心看。小菜场。她恐怕快要到了。我应当不失了这个机会。我要晓得她更多一些，但要不要使我们继续已断的友谊呢，是的，至少也得是友谊？还是仍旧这样地让我在她的意识里只不过是一个不相识的帮助女子的善意的人呢？我开始踌躇了。我应当怎样做才是最适当的？

我似乎还应该知道她正要到那里去。她未必是归家去吧。家——要是父母的家倒也不妨事的，我可以进去，如像幼小的时候一样。但如果是她自己的家呢？我为什么不问她结婚了不曾呢……或许，连自己的家也不是，而是她的爱人的家呢，我看见一个文雅的青年绅士。我开始后悔了，为什么今天这样高兴，剩下妻在家里焦灼地等候着我，而来管人家的闲事呢。北四川路上，终于会有人力车往来的，即使我不这样地用我的伞伴送她，她也一定早已能雇到车子了。要不是自己觉得不便说出口，我是已经会得剩了她在雨中反身走了。

还是再考验一次吧。

——小姐贵姓？

——刘。

刘吗？一定是假的。她已经认出了我，她一定都知道了关于我的事，她哄我了。她不愿意再认识我了，便是友谊也不想继续了。女人！……她为什么改了姓呢？……也许这是她丈夫的姓？刘……刘什么？

这些思想的独白，并不占有了我多少时候。它们是很迅速地翻舞过我的心里，就在与这个好像有魅力的少女同行过一条马路的几分钟之内。我的眼不常离开她，雨到这时已在小下来也没有觉得。眼前好像来来往往的人在多起来了,人力车也恍惚看见了几辆。她为什么不雇车呢?或许快要到达她的目的地了。她会不会因为心里已认识了我,不敢相认,所以故意延滞着和我同走么?

一阵微风,将她的衣缘吹起,飘荡在身后。她扭过脸去避对面吹来的风,闭着眼睛,有些娇媚。这是很有诗兴的姿态,我记起日本画伯铃木春信的一帖题名叫"夜雨宫诣美人图"的画。提着灯笼,遮着被斜风细雨所撕破的伞,在夜的神社之前走着,衣裳和灯笼都给风吹卷着,侧转脸儿来避着风雨的威势,这是颇有些洒脱的感觉的。现在我留心到这方面了,她也有些这样的丰度。至于我自己,在旁人眼光里,或许成为她的丈夫或情人了,我很有些得意着这种自譬的假饰。是的,当我觉得她确是幼小时候初恋着的女伴的时候,我是如像真有这回事似的享受着这样的假饰。而从她鬓边颊上被潮润的风吹过来的粉香,我也闻嗅得出是和我妻所有的香味一样的。……我旋即想到古人有"担簦亲送绮罗人"那么一句诗,是很适合于今日的我的奇遇的。铃木画伯的名画又一度浮现上来了。但铃木的所画的美人并不和她有一些相像,倒是我妻的嘴唇却与画里的少女的嘴唇有些仿佛的。我再试一试对于她的凝视,奇怪啊,现在我觉得她并不是我适才所误会着的初恋的女伴了。她是另外一个不相干的少女。眉额、鼻子、颚骨,即使说是有年岁的改换,也绝对的找不出一些踪迹来。而我尤其嫌厌着她的嘴唇,侧看过去,似乎太厚一些了。

我忽然觉得很舒适,呼吸也更通畅了。我若有意无意地替她撑着伞,徐徐觉得手臂太酸痛之外,没什么感觉。在身旁由我伴送着的这个不相识的少女的形态,好似已经从我的心的樊笼中被释放了出去。我才觉得天已完全夜了,而伞上已听不到些微的雨声。

——谢谢你,不必送了,雨已经停了。

她在我耳朵边这样地嘤响。

我蓦然惊觉,收拢了手中的伞。一缕街灯的光射上了她的脸,显着橙子的颜色。她快要到了吗?可是她不愿意我伴她到目的地,所以趁此雨已停住的时候要辞别我吗?我能不能设法看一看她究竟到什么地方去呢?……

——不要紧,假使没有妨碍,让我送到了吧。

——不敢当呀,我一个人可以走了,不必送吧。时光已是很晏了,真对不起得很呢。

看来是不愿我送的了。但假如还是下着大雨便怎么了呢?……我怨怼着不情的天气,何以不再下半小时雨呢,是的,只要再半小时就够了。一瞬间,我从她的对于我的凝视——那是为了要等候我的答话——中看出一种特殊的端庄,我觉得凌然,像雨中的风吹上我的肩膀。我想回答,但她已不再等候我。

——谢谢你,请回转吧,再会。……

她微微地侧面向我说着,跨前一步走了,没有再回转头来。我站在中路,看她的后影,旋即消失在黄昏里。我呆立着,直到一个人力车夫来向我兜揽生意。

在车上的我,好像飞行在一个醒觉之后就要忘记了的梦里。我似乎有一桩事情没有做完成,我心里有着一种牵挂。但这并不会很清晰地意识着。我几次想把手中的伞张起来,可是随即会自己失笑这是无意识的。并没有雨降下来,完全地晴了,而天空中也稀疏地有了几颗星。

下车了,我叩门。

——谁?

这是我在伞底下伴送着走的少女的声音!奇怪,她何以又会在我家里?……门开了。堂中灯火通明,背着灯光立在开着一半的大门边的,倒并不是那个少女。朦胧里,我认出她是那个倚在柜台上用嫉妒的眼光看着我和那个同行的少女的女子。我惝悦地走进门。在灯下,我很奇怪,为什么从我妻的脸色上再也找不出那个女子的幻影来。

妻问我何故归家这样的迟,我说遇到了朋友,在沙利文吃了些小点,因为等雨停止,所以坐得久了。为了要证实我这谎话,夜饭吃得很少。

《梅雨之夕》导读

拓展阅读

拓展阅读

黄晓娟:都市文化与传统文化撞出的心理旋涡——施蛰存的《梅雨之夕》赏析

边城(十四—二十一)

沈从文

十四

老船夫做事累了睡了,翠翠哭倦了也睡了。翠翠不能忘记祖父所说的事情,梦中灵魂为一种美妙歌声浮起来了,仿佛轻轻的各处飘着,上了白塔,下了菜园,到了船上,又复飞窜过悬崖半腰——去作什么呢?摘虎耳草!白日里拉船时,她仰头望着崖上那些肥大虎耳草已极熟习。崖壁三五丈高,平时攀折不到手,这时节却可以选顶大的叶子作伞。

一切皆像是祖父说的故事,翠翠只迷迷胡胡的躺在粗麻布帐子里草荐上,以为这梦做得顶美顶甜。祖父却在床上醒着,张起个耳朵听对溪高崖上的人唱了半夜的歌。他知道那是谁唱的,他知道是河街上天保大老走马路的第一着,又忧愁又快乐的听下去。翠翠因为日里哭倦了,睡得正好,他就不去惊动她。

第二天天一亮,翠翠就同祖父起身了,用溪水洗了脸,把早上说梦的忌讳去掉了,翠翠赶忙同祖父说昨晚上所梦的事情。

"爷爷,你说唱歌,我昨天就在梦里听到一种顶好听的歌声,又软又缠绵,我像跟了这声音各处飞,飞到对溪悬崖半腰,摘了一大把虎耳草,得到了虎耳草,我可不知道把这个东西交给谁去了。我睡得真好,梦的真有趣!"

祖父温和悲悯的笑着,并不告给翠翠昨晚上的事实。

祖父心里想:"做梦一辈子更好,还有人在梦里作宰相中状元咧。"

昨晚上唱歌的,老船夫还以为是天保大老,日来便要翠翠守船,借故到城里去送药,探听情况。在河街见到了大老,就一把拉住那小伙子,很快乐的说:

"大老,你这个人,又走车路又走马路,是怎样一个狡猾东西!"

但老船夫却作错了一件事情,把昨晚唱歌人"张冠李戴"了。这两弟兄昨晚上同时到碧溪岨去,为了作哥哥的走车路占了先,无论如何也不肯先开腔唱歌,一定得让那弟弟先唱。弟弟一开口,哥哥却因为明知不是敌手,更不能开口了。翠翠同她祖父晚上听到的歌声,便全是那个傩送二老所唱的。大老伴弟弟回家时,就决定了同茶峒地方离开,驾家中那只新油船下驶,好忘却了上面的一切。这时正想下河去看新船装货。老船夫见他神情冷冷的,不明白他的意思,就用眉眼做了一个可笑的记号,表示他明白大老的冷淡是装成的,表示他有消息可以奉告。

他拍了大老一下,轻轻的说:

"你唱得很好,别人在梦里听着你那个歌,为那个歌带得很远,走了不少的路!你是第一号,是我们地方唱歌第一号。"

大老望着弄渡船的老船夫涎皮的老脸,轻轻的说:

"算了吧,你把宝贝女儿送给了会唱歌的竹雀吧。"

这句话使老船夫完全弄不明白它的意思。大老从一个吊脚楼甬道走下河去了,老船夫也跟着下去。到了河边,见那只新船正在装货,许多油篓子搁到岸边。一个水手正在用茅草扎成长束,备作船舷上挡浪用的茅把,还有人在河边用脂油擦桨板。老船夫问那个坐在大太阳下扎茅把的水手,这船什么日子下行,谁押船。那水手把手指着大老。老船夫搓着手说:

"大老,听我说句正经话,你那件事走车路,不对;走马路,你有分的!"

那大老把手指着窗口说:"伯伯,你看那边,你要竹雀做孙女婿,竹雀在那里啊!"

老船夫抬头望到二老,正在窗口整理一个渔网。

回碧溪岨到渡船上时,翠翠问:

"爷爷,你同谁吵了架,脸色那样难看!"

祖父莞尔而笑,他到城里的事情,不告给翠翠一个字。

十五

大老坐了那只新油船向下河走去了,留下傩送二老在家。老船夫方面还以为上次歌声既归二老唱的,在此后几个日子里,自然还会听到那种歌声。一到了晚间就故意从别样事情上,促翠翠注意夜晚的歌声。两人吃完饭坐在屋里,因屋前滨水,长脚蚊子一到黄昏就嗡嗡的叫着,翠翠便把蒿艾束成的烟包点燃,向屋中角隅各处晃着驱逐蚊子。晃了一阵,估计全屋子里已为蒿艾烟气熏透了,才搁到床前地上去,再坐在小板凳上来听祖父说话。从一些故事上慢慢的谈到了唱歌,祖父话说得很妙。祖父到后发问道:

"翠翠,梦里的歌可以使你爬上高崖去摘那虎耳草,若当真有谁来在对溪高崖上为你唱歌,你怎么样?"祖父把话当笑话说着的。

翠翠便也当笑话答道:"有人唱歌我就听下去,他唱多久我也听多久!"

"唱三年六个月呢?"

"唱得好听,我听三年六个月。"

"这不公平吧。"

"怎么不公平?为我唱歌的人,不是极愿意我长远听他的歌吗?"

"照理说:炒菜要人吃,唱歌要人听。可是人家为你唱,是要你懂他歌里的意思!"

"爷爷,懂歌里什么意思?"

"自然是他那颗想同你要好的真心!不懂那点心事,不是同听竹雀唱歌一样了吗?"

"我懂了他的心又怎么样?"

祖父用拳头把自己腿重重的捶着,且笑着:"翠翠,你人乖,爷爷笨得很,话也不说得温柔,莫生气。我信口开河,说个笑话给你听。你应当当笑话听。河街天保大老走车路,请保山来提亲,我告给过你这件事了,你那神气不愿意,是不是?可是,假若那个人还有个兄弟,走马路,为你来唱歌,向你求婚,你将怎么说?"

翠翠吃了一惊,低下头去。因为她不明白这笑话有几分真,又不清楚这笑话是谁诌的。

祖父说:"你告诉我,愿意哪一个?"

翠翠便微笑着轻轻的带点儿恳求的神气说:

"爷爷莫说这个笑话吧。"翠翠站起身了。

"我说的若是真话呢?"

"爷爷你真是个……"翠翠说着走出去了。

祖父说:"我说的是笑话,你生我的气吗?"

翠翠不敢生祖父的气,走近门限边时,就把话引到另外一件事情上去:"爷爷看天上的月亮,那么大!"说着,出了屋外,便在那一派清光的露天中站定。站了一忽儿,祖父也从屋中出到外边来了。翠翠于是坐到那白日里为强烈阳光晒热的岩石上去,石头正散发日间所储的余热。祖父就说:

"翠翠,莫坐热石头,免得生坐板疮。"

但自己用手摸摸后,自己便也坐到那岩石上了。

月光极其柔和,溪面浮着一层薄薄白雾,这时节对溪若有人唱歌,隔溪应和,实在太美丽了。翠翠还记着先前祖父说的笑话。耳朵又不聋,祖父的话说得极分明,一个兄弟走马路,唱歌来打发这样的晚上,算是怎么回事?她似乎为了等着这样的歌声,沉默了许久。

她在月光下坐了一阵,心里却当真愿意听一个人来唱歌。久之,对溪除了一片草虫的清音复奏以外别无所有。翠翠走回家里去,在房门边摸着了那个芦管,拿出来在月光下自己吹着。觉吹得不好,又递给祖父要祖父吹。老船夫把那个芦管竖在嘴边,吹了个长长的曲子,翠翠的心被吹柔软了。

翠翠依傍祖父坐着,问祖父:

"爷爷,谁是第一个做这个小管子的人?"

"一定是个最快乐的人,因为他分给人的也是许多快乐;可又像是个最不快乐的人作的,因为他同时也可以引起人不快乐!"

"爷爷,你不快乐了吗?生我的气了吗?"

"我不生你的气。你在我身边,我很快乐。"

"我万一跑了呢?"

"你不会离开爷爷的。"

"万一有这种事,爷爷你怎么样?"

"万一有这种事,我就驾了这只渡船去找你。"

翠翠嗤的笑了。"凤滩、茨滩不为凶,下面还有绕鸡笼;绕鸡笼也容易下,青浪滩浪如屋大。爷爷,你渡船也能下凤滩、茨滩、青浪滩吗?那些地方的水,你不说过像疯子吗?"

祖父说:"翠翠,我到那时可真像疯子,还怕大水大浪?"

翠翠俨然极认真的想了一下,就说:"爷爷,我一定不走。可是,你会不会走?你会不会被一个人抓到别处去?"

祖父不作声了,他想到被死亡抓走那一类事情。

老船夫打量着自己被死亡抓走以后的情形,痴痴的看望天南角上一颗星子,心想:"七月八月天上方有流星,人也会在七月八月死去吧?"又想起白日在河街上同大老谈话的经过,想起中寨人陪嫁的那座碾坊,想起二老,想起一大堆事情,心中有点儿乱。

翠翠忽然说:"爷爷,你唱个歌给我听听,好不好?"

祖父唱了十个歌,翠翠傍在祖父身边,闭着眼睛听下去,等到祖父不作声时,翠翠自言自语说:"我又摘了一把虎耳草了。"

祖父所唱的歌便是那晚上听来的歌。

十六

二老有机会唱歌却从此不再到碧溪岨唱歌。十五过去了,十六也过去了,到了十七,老船夫忍不住了,进城往河街去找寻那个年青小伙子,到城门边正预备入河街时,就遇着上次为大老作保山的杨马兵,正牵了一匹骡马预备出城,一见老船夫,就拉住了他:

"伯伯,我正有事情告你,碰巧你就来城里!"

"什么事？"

"天保大老坐下水船到茨滩出了事，闪不知这个人掉到滩下漩水里就淹坏了。早上顺顺家里得到这个信，听说二老一早就赶去了。"

这消息同有力巴掌一样重重的捆了他那么一下，他不相信这是当真的消息。他故作从容的说：

"天保大老淹坏了吗？从不听说有水鸭子被水淹坏的！"

"可是那只水鸭子仍然有那么一次被淹坏了……我赞成你的卓见，不让那小子走车路十分顺手。"

从马兵言语上，老船夫还十分怀疑这个新闻，但从马兵神气上注意，老船夫却看清楚这是个真的消息了。他惨惨的说：

"我有什么卓见可言？这是天意！一切都有天意……"老船夫说时心中充满了感情。

特为证明那马兵所说的话有多少可靠处，老船夫同马兵分手后，于是匆匆赶到河街上去。到了顺顺家门前，正有人烧纸钱，许多人围在一处说话。走近去听听，所说的便是杨马兵提到的那件事。但一到有人发现了身后的老船夫时，大家便把话语转了方向，故意来谈下河油价涨落情形了。老船夫心中很不安，正想找一个比较要好的水手谈谈。

一会船总顺顺从外面回来了，样子沉沉的，这豪爽正直的中年人，正似乎为不幸打倒努力想挣扎爬起的神气，一见到老船夫就说：

"老伯伯，我们谈的那件事情吹了吧。天保大老已经坏了，你知道了吧？"

老船夫两只眼睛红红的，把手搓着，"怎么的，这是真事！是昨天，是前天？"

另一个像是赶路同来报信的，插嘴说道："十六中上，船搁到石包子上，船头进了水，大老想把篙撇着，人就弹到水中去了。"

老船夫说："你眼见他下水吗？"

"我还与他同时下水！"

"他说什么？"

"什么都来不及说！这几天来他都不说话！"

老船夫把头摇摇，向顺顺那么怯怯的溜了一眼。船总顺顺像知道他心中不安处，就说："伯伯，一切是天，算了吧。我这里有大兴场人送来的好烧酒，你拿一点去喝罢。"一个伙计用竹筒上了一筒酒，用新桐木叶蒙着筒口，交给了老船夫。

老船夫把酒拿走，到了河街后，低头向河码头走去，到河边天保大前天上船处去看看。杨马兵还在那里放马到沙地上打滚，自己坐在柳树荫下乘凉。老船夫就走过去请马兵试试那大兴场的烧酒,两人喝了点酒后,兴致似乎皆好些了,老船夫就告给杨马兵,十四夜里二老过碧溪岨唱歌那件事情。

那马兵听到后便说:

"伯伯,你是不是以为翠翠愿意二老应该派归二老……"

话没说完,傩送二老却从河街下来了。这年青人正像要远行的样子,一见了老船夫就回头走去。杨马兵就喊他说:"二老,二老,你来,有话同你说呀!"

二老站定了,很不高兴的神气,问马兵"有什么话说"。马兵望望老船夫,就向二老说:"你来,有话说!"

"什么话?"

"我听人说你已经走了——你过来我同你说,我不会吃掉你!"

那黑脸宽肩膊,样子虎虎有生气的傩送二老,勉强笑着,到了柳荫下时,老船夫想把空气缓和下来,指着河上游远处那座新碾坊说:"二老,听人说那碾坊将来是归你的!归了你,派我来守碾子,行不行?"

二老仿佛听不惯这个询问的用意,便不作声。杨马兵看风头有点儿僵,便说:"二老,你怎么的,预备下去吗?"那年青人把头点点,不再说什么,就走开了。

老船夫讨了个没趣,很懊恼的赶回碧溪岨去,到了渡船上时,就装作把事情看得极随便似的,告给翠翠。

"翠翠,今天城里出了件新鲜事情,天保大老驾油船下辰州,运气不好,掉到茨滩淹坏了。"

翠翠因为听不懂,对于这个报告最先好像全不在意。祖父又说:

"翠翠,这是真事。上次来到这里做保山的杨马兵,还说我早不答应亲事,极有见识!"

翠翠瞥了祖父一眼,见他眼睛红红的,知道他喝了酒,且有了点事情不高兴,心中想:"谁撩你生气?"船到家边时,祖父不自然的笑着向家中走去。翠翠守船,半天不闻祖父声息,赶回家去看看,见祖父正坐在门槛上编草鞋耳子。

翠翠见祖父神气极不对,就蹲到他身前去。

"爷爷,你怎么的?"

"天保当真死了!二老生了我们的气,以为他家中出这件事情,是我们分派的!"

有人在溪边大声喊渡船过渡,祖父匆匆出去了。翠翠坐在那屋角隅稻草上,心中极乱,等等还不见祖父回来,就哭起来了。

十七

　　祖父似乎生谁的气,脸上笑容减少了。对于翠翠方面也不大注意了。翠翠像知道祖父已不很疼她,但又像不明白它的原因。但这并不是很久的事,日子一过去,也就好了。两人仍然划船过日子,一切依旧,惟对于生活,却仿佛什么地方有了个看不见的缺口,始终无法填补起来。祖父过河街去仍然可以得到船总顺顺的款待,但很明显的事,那船总却并不忘掉死去者死亡的原因。二老出北河下辰州走了六百里,沿河找寻那个可怜哥哥的尸骸,毫无结果,在各处税关上贴下招字,返回茶峒来了。过不久,他又过川东去办货,过渡时见到老船夫。老船夫看看那小伙子,好像已完全忘掉了从前的事情,就同他说话。

　　"二老,大六月日头毒人,你又上川东去,不怕辛苦?"

　　"要饭吃,头上是火也得上路!"

　　"要吃饭!二老家还少饭吃!"

　　"有饭吃,爹爹说年青人也不应该在家中白吃不作事!"

　　"你爹爹好吗?"

　　"吃得做得,有什么不好。"

　　"你哥哥坏了,我看你爹爹为这件事情也好像萎悴多了!"

　　二老听到这句话,不作声了,眼睛望着老船夫屋后那个白塔。他似乎想起了过去那个晚上那件旧事,心中十分惆怅。

　　老船夫怯怯的望了年青人一眼,一个微笑在脸上漾开。

　　"二老,我家翠翠说,五月里有天晚上,做了个梦……"说时他又望望二老,见二老并不惊讶,也不厌烦,于是又接着说,"她梦得古怪,说在梦中被一个人的歌声浮起来,上悬岩摘了一把虎耳草!"

　　二老把头偏过一旁去作了一个苦笑,心中想到"老头子倒会做作"。这点意思在那个苦笑上,仿佛同样泄露出来,仍然被老船夫看到了,老船夫就说:"二老,你不信吗?"

　　那年青人说:"我怎么不相信?因为我做傻子在那边岩上唱过一晚的歌!"

　　老船夫被一句料想不到的老实话窘住了,口中结结巴巴的说:"这是真的……这是假的……"

　　"怎么不是真的?天保大老的死,难道不是真的!"

　　"可是,可是……"

　　老船夫的做作处,原意只是想把事情弄明白一点,但一起始自己叙述这段事情时,方法上就有了错处,因此反被二老误会了。他这时正想把那夜的情形好好说出来,船已到了岸边。二老一跃上了岸,就想走去。老船夫在船上显得更加忙乱的样子说:

"二老,二老,你等等,我有话同你说,你先前不是说到那个——你做傻子的事情吗?你并不傻,别人才当真叫你那歌弄成傻相!"

那年青人虽站定了,口中却轻轻的说:"得了够了,不要说了。"

老船夫说:"二老,我听人说你不要碾子要渡船,这是杨马兵说的,不是真的吧?"

那年青人说:"要渡船又怎样?"

老船夫看看二老的神气,心中忽然高兴起来了,就情不自禁的高声叫着翠翠,要她下溪边来。可是,不知翠翠是故意不从屋里出来,还是到别处去了,许久还不见到翠翠的影子,也不闻这个女孩子的声音。二老等了一会,看看老船夫那副神气,一句话不说,便微笑着,大踏步同一个挑担粉条白糖货物的脚夫走去了。

过了碧溪岨小山,两人应沿着一条曲曲折折的竹林走去,那个脚夫这时节开了口:

"傩送二老,看那弄渡船的神气,很欢喜你!"

二老不作声,那人就又说道:

"二老,他问你要碾坊还是要渡船,你当真预备做他的孙女婿,接替他那只渡船吗?"

二老笑了,那人又说:

"二老,若这件事派给我,我要那座碾坊。一座碾坊的出息,每天可收七升米,三斗糠。"

二老说:"我回来时向我爹爹去说,为你向中寨人做媒,让你得到那座碾坊吧。至于我呢,我想弄渡船是很好的。只是老家伙为人弯弯曲曲,不利索,大老是他弄死的。"

老船夫见二老那么走去了,翠翠还不出来,心中很不快乐。走回家去看看,原来翠翠并不在家。过一会,翠翠提了个篮子从小山后回来了,方知道大清早翠翠已出门掘竹鞭笋去了。

"翠翠,我喊了你好久,你不听到!"

"喊我做什么?"

"一个过渡……一个熟人,我们谈起你……我喊你你可不答应!"

"是谁?"

"你猜,翠翠。不是陌生人……你认识他!"

翠翠想起适间从竹林里无意中听来的话,脸红了,半天不说话。

老船夫问:"翠翠,你得了多少鞭笋?"

翠翠把竹篮向地下一倒,除了十来根小小鞭笋外,只是一大把虎耳草。

老船夫望了翠翠一眼,翠翠两颊绯红跑了。

十八

日子平平的过了一个月,一切人心上的病痛,似乎皆在那份长长的白日下医治好了。天气特别热,各人只忙着流汗,用凉水淘江米酒吃,不用什么心事,心事在人生活中,也就留不住了。翠翠每天皆到白塔下背太阳的一面去午睡,高处既极凉快,两山竹篁里叫得使人发松的竹雀和其它鸟类又如此之多,致使她在睡梦里尽为山鸟歌声所浮着,做的梦也便常是顶荒唐的梦。

这并不是人的罪过。诗人们会在一件小事上写出整本整部的诗,雕刻家在一块石头上雕得出骨血如生的人像,画家一撇儿绿,一撇儿红,一撇儿灰,画得出一幅一幅带有魔力的彩画,谁不是为了惦着一个微笑的影子,或是一个皱眉的记号,方弄出那么些古怪成绩?翠翠不能用文字,不能用石头,不能用颜色把那点心头上的爱憎移到别一件东西上去,却只让她的心,在一切顶荒唐的事情上驰骋。她从这分隐秘里,常常得到又惊又喜的兴奋。一点儿不可知的未来,摇撼她的情感极厉害,她无从完全把那种痴处不让祖父知道。

祖父呢,可以说一切都知道了的。但事实上他又却是个一无所知的人。他明白翠翠不讨厌那个二老,却不明白那小伙子二老怎么样。他从船总处与二老处,皆碰过了钉子,但他并不灰心。

"要安排得对一点,方合道理,一切有个命!"他那么想着,就更显得好事多磨起来了。睁着眼睛时,他做的梦比那个外孙女翠翠便更荒唐更寥阔。

他向各个过渡本地人打听二老父子的生活,关切他们如同自己家中人一样。但也古怪,因此他却怕见到那个船总同二老了。一见他们他就不知说些什么,只是老脾气把两只手搓来搓去,从容处完全失去了。二老父子方面皆明白他的意思,但那个死去的人,却用一个凄凉的印象,镶嵌到父子心中,两人便对于老船夫的意思,俨然全不明白似的,一同把日子打发下去。

明明白白夜来并不作梦,早晨同翠翠说话时,那作祖父的会说:

"翠翠,翠翠,我昨晚上做了个好不怕人的梦!"

翠翠问:"什么怕人的梦?"

就装作思索梦境似的,一面细看翠翠小脸长眉毛,一面说出他另一时张着眼睛所做的好梦。不消说,那些梦原来都并不是当真怎样使人吓怕的。

一切河流皆得归海,话起始说得纵极远,到头来总仍然是归到使翠翠红脸那件事情上去。待到翠翠显得不大高兴,神气上露出受了点小窘时,这老船夫又才像有了一点儿吓怕,忙着解释,用闲话来遮掩自己所说到那问题的原意。

"翠翠,我不是那么说,我不是那么说。爷爷老了,糊涂了,笑话多咧。"

但有时翠翠却静静的把祖父那些笑话糊涂话听下去,一直听到后来还抿着嘴儿微笑。

翠翠也会忽然说道:

"爷爷,你真是有一点儿糊涂!"

祖父听过了不再作声,他将说,"我有一大堆心事,"但来不及说,恰好就被过渡人喊走了。

天气热了,过渡人从远处走来,肩上挑得是七十斤担子,到了溪边,贪凉快不即走路,必蹲在岩石下茶缸边喝凉茶,与同伴交换"吹吹棒"烟管,且一面与弄渡船的攀谈。许多子虚乌有的话皆从此说出口来,给老船夫听到了。过渡人有时还因溪水清洁,就溪边洗脚抹澡的,坐得更久话也就更多。祖父把些话转说给翠翠,翠翠也就学懂了许多事情。货物的价钱涨落呀,坐轿搭船的用费呀,放木筏的人把他那个木筏从滩上流下时,十来把大桡子如何活动呀,在小烟船上吃荤烟,大脚娘如何烧烟呀⋯⋯无一不备。

傩送二老从川东押物回到了茶峒。时间已近黄昏了,溪面很寂静,祖父同翠翠在菜园地里看萝卜秧子。翠翠白日中觉睡久了些,觉得有点寂寞,好像听人嘶声喊过渡,就争先走下溪边去。下坎时,见两个人站在码头边,斜阳影里背身看得极分明,正是傩送二老同他家中的长年!翠翠大吃一惊,同小兽见到猎人一样,回头便向山竹林里跑掉了。但那两个在溪边的人,听到脚步响时,一转身,也就看明白这件事情了。等了一下再也不见人来,那长年又嘶声音喊叫过渡。

老船夫听得清清楚楚,却仍然蹲在萝卜秧地上数菜,心里觉得好笑。他已见到翠翠走去,他知道必是翠翠看明白了过渡人是谁,故蹲在那高岩上不理会。翠翠人小不管事,过渡人求她不干,奈何她不得,故只好嘶着个喉咙叫过渡了。那长年叫了几声,见无人来,就停了,同二老:"这是什么玩意儿,难道老的害病弄翻了,只剩下翠翠一个人了吗?"二老说:"等等看,不算什么!"就等了一阵。因为这边在静静的等着,园地上老船夫却在心里想:"难道是二老吗?"他仿佛担心搅恼了翠翠似的,就仍然蹲着不动。

但再过一阵,溪边又喊起过渡来了,声音不同了一点,这才真是二老的声音。生气了吧?等久了吧?吵嘴了吧?老船夫一面胡乱估着一面跑到溪边去。到了溪边,见两个人业已上了船,其中之一正是二老。老船夫惊讶的喊叫:

"呀,二老,你回来了!"

年青人很不高兴似的,"回来了。——你们这渡船是怎么的,等了半天也不来个人!"

"我以为——"老船夫四处一望,并不见翠翠的影子,只见黄狗从山上竹林里跑来,知道翠翠上山了,便改口说:"我以为你们过了渡。"

"过了渡!不得你上船,谁敢开船?"那长年说着,一只水鸟掠着水面飞去,"翠鸟儿归窠了,我们还得赶回家去吃夜饭!"

"早咧,到河街早咧,"说着,老船夫已跳上了船,且在心中一面说着,"你不是想承继这只渡船吗!"一面把船索拉动,船便离岸了。

"二老,路上累得很!……"

老船夫说着,二老不置可否不动感情听下去。船拢了岸,那年青小伙子同家中长年挑担子翻山走了。那点淡漠印象留在老船夫心上,老船夫于是在两个人身后,捏紧拳头威吓了三下,轻轻的吼着,把船拉回去了。

十九

翠翠向竹林里跑去,老船夫半天还不下船,这件事从傩送二老看来,前途显然有点不利。虽老船夫言词之间,无一句话不在说明"这事有边",但那畏畏缩缩的说明,极不得体,二老想起他的哥哥,便把这件事曲解了。他有一点愤愤不平,有一点儿气恼。回到家里第三天,中寨有人来探口风,在河街顺顺家中住下,把话问及顺顺,想明白二老是不是还有意接受那座新碾坊,顺顺就转问二老自己意见怎么样。

二老说:"爸爸,你以为这事为你,家中多座碾坊多个人,你可以快活,你就答应了。若果为的是我,我要好好去想一下,过些日子再说它吧。我还不知道我应当得座碾坊,还是应当得一只渡船;我命里或只许我撑个渡船!"

探口风的人把话记住,回中寨去报命,到碧溪岨过渡时,见到了老船夫,想起二老说的话,不由得眯眯的笑着。老船夫问明白了他是中寨人,就又问他过茶峒作什么事。

那心中有分寸的中寨人说:

"什么事也不作,只是过河街船总顺顺家里坐了一会儿。"

"无事不登三宝殿,坐了一定就有话说!"

"话倒说了几句。"

"说了些什么话?"那人不再说了,老船夫却问道,"听说你们中寨人想把大河边一座碾坊连同家中闺女送给河街上顺顺,这事情有不有了点眉目?"

那中寨人笑了,"事情成了。我问过顺顺,顺顺很愿意同中寨人结亲家,又问过那小伙子……"

"小伙子意思怎么样?"

"他说:我眼前有座碾坊,有条渡船,我本想要渡船,现在就决定要碾坊吧。渡船是活动的,不如碾坊固定。这小子会打算盘呢。"

中寨人是个米场经纪人,话说得极有斤两,他明知道"渡船"指的是什么,但他可并不说穿。他看到老船夫口唇蠕动,想要说话,中寨人便又抢着说道:

"一切皆是命,半点不由人。可怜顺顺家那个大老,相貌一表堂堂,会淹死在水里!"

老船夫被这句话在心上戳了一下,把想问的话咽住了。中寨人上岸走去后,老船夫闷闷的立在船头,痴了许久。又把二老日前过渡时落漠神气温习一番,心中大不快乐。

翠翠在塔下玩得极高兴,走到溪边高岩上想要祖父唱唱歌,见祖父不理会她,一路埋怨赶下溪边去,到了溪边方见到祖父神气十分沮丧,不明白为什么原因。翠翠来了,祖父看看翠翠的快活黑脸儿,粗卤的笑笑。对溪有扛货物过渡的,便不说什么,沉默的把船拉过溪,到了中心却大声唱起歌来了。把人渡了过溪,祖父跳上码头走近翠翠身边来,还是那么粗卤的笑着,把手抚着头额。

翠翠说:

"爷爷怎么的,你发疹了?你躺到荫下去歇歇,我来管船!"

"你来管船,好,这只船归你管!"

老船夫似乎当真发了疹,心头发闷,虽当着翠翠还显出硬扎样子,独自走回屋里后,找寻得到一些碎瓷片,在自己臂上腿上扎了几下,放出了些乌血,就躺到床上睡了。

翠翠自己守船,心中却古怪的快乐,心想:"爷爷不为我唱歌,我自己会唱!"

她唱了许多歌,老船夫躺在床上闭着眼睛,一句一句听下去,心中极乱。但他知道这不是能够把他打倒的大病,他明天就仍然会爬起来的。他想明天进城,到河街去看看,又想起许多旁的事情。

但到了第二天,人虽起了床,头还沉沉的。祖父当真已病了。翠翠显得懂事了些,为祖父煎了一罐大发药,逼着祖父喝,又在屋后菜园地里摘取蒜苗泡在米汤里作酸蒜苗。一面照料船只,一面还时时刻刻抽空赶回家里来看祖父,问这样那样。祖父可不说什么,只是为一个秘密痛苦着。躺了三天,人居然好了。屋前屋后走动了一下,骨头还硬硬的,心中惦念到一件事情,便预备进城过河街去。翠翠看不出祖父有什么要紧事情必须当天进城,请求他莫去。

老船夫把手搓着,估量到是不是应说出那个理由。翠翠一张黑黑的瓜子脸,一双水汪汪的眼睛,使他吁了一口气。

他说:"我有要紧事情,得今天去!"

翠翠苦笑着说:"有多大要紧事情,还不是……"

老船夫知道翠翠脾气,听翠翠口气已有点不高兴,不再说要走了,把预备带走的竹筒,同扣花裕裢搁到条几上后,带点儿诏媚笑着说:"不去吧,你担心我会摔死,我就不去吧。我以为早上天气不很热,到城里把事办完了就回来——不去也得,我明天去!"

翠翠轻声的温柔的说:"你明天去也好,你腿还软,好好的躺一天再起来。"

老船夫似乎心中还不甘服,洒着两手走出去,门限边一个打草鞋的棒槌,差点儿把他绊了一大跤。稳住了时翠翠苦笑着说:"爷爷,你瞧,还不服气!"老船夫拾起那棒槌,向屋角隅摔去,说道:"爷爷老了!过几天打豹子给你看!"

到了午后,落了一阵行雨,老船夫却同翠翠好好商量,仍然进了城。翠翠不能陪祖父进城,就要黄狗跟去。老船夫在城里被一个熟人拉着谈了许久的盐价米价,又过守备衙门看了一会新买的骡马,才到河街顺顺家里去。到了那里,见到顺顺正同三个人打纸牌,不便谈话,就站在身后看了一阵牌,后来顺顺请他喝酒,借口病刚好点不敢喝酒,推辞了。牌既不散场,老船夫又不想即走,顺顺似乎并不明白他等着有何话说,却只注意手中的牌。后来老船夫的神气倒为另外一个人看出了,就问他是不是有什么事情。老船夫方忸忸怩怩照老方子搓着他那两只大手,说别的事没有,只想同船总说两句话。

那船总方明白在看牌半天的理由,回头对老船夫笑将起来。

"怎不早说?你不说,我还以为你在看我牌学张子!"

"没有什么,只是三五句话,我不便扫兴,不敢说出。"

船总把牌向桌上一撒,笑着向后房走去了,老船夫跟在身后。

"什么事?"船总问着,神气似乎先就明白了他来此要说的话,显得略微有点儿怜悯的样子。

"我听一个中寨人说,你预备同中寨团总打亲家,是不是真事?"

船总见老船夫的眼睛盯着他的脸,想得一个满意的回答,就说:"有这事情。"那么答应,意思却是:"有了你怎么样?"

老船夫说:"真的吗?"

那一个又很自然的说:"真的。"意思却依旧包含了"真的又怎么样?"

老船夫装得很从容的问:"二老呢?"

船总说:"二老坐船下桃源好些日子了!"

二老下桃源的事,原来还同他爸爸吵了一阵才走的。船总性情虽异常豪爽,可不愿意间接把第一个儿子弄死的女孩子,又来作第二个儿子的媳妇,这是很明白的事情。若照当地风气,这些事认为只是小孩子的事,大人管不着,二老当真欢喜翠翠,翠翠又爱二老,他也并不反对这种爱怨纠缠的婚姻。但不知怎么的,老船夫对于这件事的关心,使二老父子对于老船夫反而有了一点误会。船总想起家庭间的近事,以为全与这老而好事的船夫有关。虽不见诸形色,心中却有个疙瘩。

船总不让老船夫再开口了,就语气略粗的说道:

"伯伯,算了吧,我们的口只应当喝酒了,莫再只想替儿女唱歌!你的意思我全明白,你是好意。可是我也求你明白我的意思,我以为我们只应当谈点自己分上的事情,不适宜于想那些年青人的门路了。"

老船夫被一个闷拳打倒后,还想说两句话,但船总却不让他再有说话机会,把他拉出到牌桌边去。

老船夫无话可说,看看船总时,船总虽还笑着谈到许多笑话,心中却似乎很沉郁,把牌用力掷到桌上去。老船夫不说什么,戴起他那个斗笠,自己走了。

天气还早,老船夫心中很不高兴,又进城去找杨马兵。那马兵正在喝酒,老船夫虽推病,也免不了喝个三五杯。回到碧溪岨,走得热了一点,又用溪水去抹身子。觉得很疲倦,就要翠翠守船,自己回家睡去了。

黄昏时天气十分郁闷,溪面各处飞着红蜻蜓。天上已起了云,热风把两山竹篁吹得声音极大,看样子到晚上必落大雨。翠翠守在渡船上,看着那些溪面飞来飞去的蜻蜓,心也极乱。看祖父脸上颜色惨惨的,放心不下,便又赶回家中去。先以为祖父一定早睡了,谁知还坐在门限上打草鞋!

"爷爷,你要多少双草鞋,床头上不是还有十四双吗?怎么不好好的躺一躺?"

老船夫不作声,却站起身来昂头向天空望着,轻轻的说:"翠翠,今晚上要落大雨响大雷的!回头把我们的船系到岩下去,这雨大哩。"

翠翠说:"爷爷,我真吓怕!"翠翠怕的似乎并不是晚上要来的雷雨。

老船夫似乎也懂得那个意思,就说:"怕什么?一切要来的都得来,不必怕!"

二十

夜间果然落了大雨,夹以吓人的雷声。电光从屋脊上掠过时,接着就是訇的一个炸电。翠翠在暗中抖着。祖父也醒了,知道她害怕,且担心她着凉,还起身来把一条布单搭到她身上去。祖父说:

"翠翠,不要怕!"

翠翠说:"我不怕!"说了还想说:"爷爷你在这里我不怕!"

訇的一个大雷,接着是一种超越雨声而上的洪大闷重倾圮声。两人都以为一定是溪岸悬崖崩塌了,担心到那只渡船会压在崖石下面去了。

祖孙两人便默默的躺在床上听雨声雷声。

但无论如何大雨,过不久,翠翠却依然睡着了。醒来时天已亮了,雨不知在何时业已止息,只听到溪两岸山沟里注水入溪的声音。翠翠爬起身来,看看祖父还似乎睡得很好,开了门走出去。门前已成为一个水沟,一股水便从塔后哗哗的流来,从前面悬崖直堕而下。并且各处都是那么一种临时的水道。屋旁菜园地也为山水冲乱了,菜秧皆掩在粗砂泥里了。再走过前面去看看溪里,才知道溪中也涨了大水,已漫过了码头,水脚快到茶缸边了。下到码头去的那条路,正同一条小河一样,哗哗的泄着黄泥水。过渡的那一条横溪牵定的缆绳,也被水淹没了,泊在崖下的渡船,已不见了。

翠翠看看屋前悬崖并不崩坍,故当时还不注意渡船的失去。但再过一阵,她上下搜索不到这东西,无意中回头一看,屋后白塔已不见了。一惊非同小可,赶忙向屋后跑去,才知道白塔业已坍倒,大堆砖石极凌乱的摊在那儿。翠翠吓慌得不知所措,只锐声叫她的祖父。祖父不起身,也不答应,就赶回家里去,到得祖父床边摇了祖父许久,祖父还不作声。原来这个老年人在雷雨将息时已死去了。

翠翠于是大哭起来。

过一阵,有从茶峒过川东跑差事的人,到了溪边,隔溪喊过渡,翠翠正在灶边一面哭着一面烧水预备为死去的祖父抹澡。

那人以为老船夫一家还不醒,急于过河,喊叫不应,就抛掷小石头过溪,打到屋顶上。翠翠鼻涕眼泪成一片的走出来,跑到溪边高崖前站定。

"喂,不早了! 把船划过来!"

"船跑了!"

"你爷爷做什么事情去了呢? 他管船,有责任!"

"他管船,管五十年的船——他死了啊!"

翠翠一面向隔溪人说着一面大哭起来。那人知道老船夫死了,得进城

去报信,就说:

"真死了吗?不要哭吧,我回去通知他们,要他们弄条船带东西来!"

那人回到茶峒城边时,一见熟人就报告这件事,不多久,全茶峒城里外都知道这个消息。河街上船总顺顺,派人找了一只空船,带了副白木匣子,即刻向碧溪岨撑去。城中杨马兵却同一个老军人,赶到碧溪岨去,砍了几十很大毛竹,用葛藤编作筏子,作为来往过渡的临时渡船。筏子编好后,撑了那个东西,到翠翠家中那一边岸下,留老兵守竹筏来往渡人,自己跑到翠翠家去看那个死者,眼泪湿莹莹的,摸了一会躺在床上硬僵僵的老友,又赶忙着做些应做的事情。到后帮忙的人来了,从大河船上运来棺木也来了,住在城中的老道士,还带了许多法器,一件旧麻布道袍,并提了一只大公鸡,来尽义务办理念经起水诸事,也从筏上渡过来了。家中人出出进进,翠翠只坐在灶边矮凳上呜呜的哭着。

到了中午,船总顺顺也来了,还跟着一个人扛了一口袋米,一坛酒,一腿猪肉。见了翠翠就说:

"翠翠,爷爷死了我知道了,老年人是必需死的,不要发愁,一切有我!"

各方面看看,就回去了。

到了下午入了殓,一些帮忙的回的回家去了,晚上便只剩下了那老道士、杨马兵同顺顺家派来的两个年青长年。黄昏以前老道士用红绿纸剪了一些花朵,用黄泥作了一些烛台。天断黑后,棺木前小桌上点起黄色九品蜡,燃了香,棺木周围也点了小蜡烛,老道士披上那件蓝麻布道服,开始了丧事中绕棺仪式。老道士在前拿着小小纸幡引路,孝子第二,马兵殿后,绕着那寂寞棺木慢慢转着圈子。两个长年则站在灶边空处,胡乱的打着锣钹。老道士一面闭了眼睛走去,一面且唱且哼,安慰亡灵。提到关于亡魂所到西方极乐世界花香四季时,老马兵就把木盘里的纸花,向棺木上高高撒去,象征西方极乐世界情形。

到了半夜,事情办完了,放过爆竹,蜡烛也快熄灭了,翠翠泪眼婆娑的,赶忙又到灶边去烧火,为帮忙的人办宵夜。吃了宵夜,老道士歪到死人床上睡着了。剩下几个人还得照规矩在棺木前守灵,老马兵为大家唱丧堂歌,用个空的量米木升子,当作小鼓,把手剥剥剥的一面敲着一面唱下去——唱"王祥卧冰"的事情,唱"黄香扇枕"的事情。

翠翠哭了一整天,同时也忙了一整天,到这时已倦极,把头靠在棺前眯着了。两长年同马兵吃了宵夜,喝过两杯酒,精神还虎虎的,便轮流把丧堂歌唱下去。但只一会儿,翠翠又醒了,仿佛梦到什么,惊醒后明白祖父已死,于是又幽幽的哭起来。

"翠翠,翠翠,不要哭啦,人死了哭不回来的!"

秃头陈四四接着就说了一个做新嫁娘的人哭泣的笑话,话语中夹杂了三五个粗野字眼儿,因此引起两个长年咕咕的笑了许久。黄狗在屋外吠着,翠翠开了大门,到外面去站了一下,耳听到各处是虫声,天上月色极好,大星子嵌进透蓝天空里,非常沉静温柔。翠翠想:

"这是真事吗?爷爷当真死了吗?"

老马兵原来跟在她的后边,因为他知道女孩子心门儿窄,说不定一炉火闷在灰里,痕迹不露,见祖父去了,自己一切无望,跳崖悬梁,想跟着祖父一块儿去,也说不定!故随时小心监视到翠翠。

老马兵见翠翠痴痴的站着,时间过了许久还不回头,就打着咳叫翠翠说:

"翠翠,露水落了,不冷么?"

"不冷。"

"天气好得很!"

"呀……"一颗大流星使翠翠轻轻的喊了一声。

接着南方又是一颗流星划空而下。对溪有猫头鹰叫。

"翠翠,"老马兵业已同翠翠并排一块儿站定了,很温和的说,"你进屋里睡去吧,不要胡思乱想!"

翠翠默默的回到祖父棺木前面,坐在地上又呜咽起来。守在屋中两个长年已睡着了。

杨马兵便幽幽的说道:"不要哭了!不要哭了!你爷爷也难过咧。眼睛哭胀喉咙哭嘶有什么好处。听我说,爷爷的心事我全都知道,一切有我。我会把一切安排得好好的,对得起你爷爷。我会安排,什么事都会。我要一个爷爷欢喜你也欢喜的人来接收这渡船!不能如我们的意,我老虽老,还能拿镰刀同他们拼命。翠翠,你放心,一切有我!……"

远处不知什么地方鸡叫了,老道士在那边床上糊糊涂涂的自言自语:"天亮了吗?早咧!"

<h2 style="text-align:center">二十一</h2>

大清早,帮忙的人从城里拿了绳索杠子赶来了。

老船夫的白木小棺材,为六个人抬着到那个倾圮了的塔后山岨上去埋葬时,船总顺顺、马兵、翠翠、老道士、黄狗皆跟在后面。到了预先掘就的方阱边,老道士照规矩先跳下去,把一点朱砂颗粒同白米安置到阱中四隅及中央,又烧了一点纸钱,爬出阱时就要抬棺木的人动手下殡。翠翠哑着喉咙干号,伏在棺木上不起身。经马兵用力把她拉开,方能移动棺木。一会儿,那棺木便下了阱，拉去绳子，调整了方向，被新土掩盖了，翠翠还坐在地上呜咽。老道士要回城去替人做斋，过渡走了。船总把一切事托给老马兵，也赶回城去了。帮忙的皆到溪边去洗手，家中各人还有各人的事，且知道这家人的情形，不便再叨扰，也不再惊动主人，过渡回家去了。于是碧溪岨便只剩下三个人，一个是翠翠，一个是老马兵，一个是由船总家派来暂时帮忙照料渡船的秃头陈四四。黄狗因被那秃头打了一石头，对于那秃头仿佛很不高兴，尽是轻轻的吠着。

到了下午，翠翠同老马兵商量，要老马兵回城去把马托给营里人照料，再回碧溪岨来陪她。老马兵回转碧溪岨时，秃头陈四四被打发回城去了。

翠翠仍然自己同黄狗来弄渡船，让老马兵坐在溪岸高崖上玩，或嘶着个老喉咙唱歌给她听。

过三天后船总来商量接翠翠过家里去住，翠翠却想看守祖父的坟山，不愿即刻进城。只请船总过城里衙门去为说句话，许杨马兵暂时同她住住，船总顺顺答应了这件事，就走了。

杨马兵既是个上五十岁了的人，说故事的本领比翠翠祖父高一筹，加之凡事特别关心，做事又勤快又干净，因此同翠翠住下来，使翠翠仿佛去了一个祖父，却新得了一个伯父。过渡时有人问及可怜的祖父，黄昏时想起祖父，皆使翠翠心酸，觉得十分凄凉。但这分凄凉日子过久一点，也就渐渐淡薄些了。两人每日在黄昏中同晚上，坐在门前溪边高崖上，谈点那个躺在湿土里可怜祖父的旧事，有许多是翠翠先前所不知道的，说来便更使翠翠心中柔和。又说到翠翠的父亲，那个又要爱情又惜名誉的军人，在当时按照绿营军勇的装束，如何使女孩子动心。又说到翠翠的母亲，如何善于唱歌，而且所唱的那些歌在当时如何流行。

时候变了，一切也自然不同了，皇帝已不再坐江山，平常人还消说！杨马兵想起自己年青作马夫时，牵了马匹到碧溪岨来对翠翠母亲唱歌，翠翠母亲不理会，到如今这自己却成为这孤雏的唯一靠山唯一信托人，不由得不苦笑。

因为两人每个黄昏必谈祖父以及这一家有关系的事情，后来便说到了老船夫死前的一切，翠翠因此明白了祖父活时所不提到的许多事。二老的唱歌，顺顺大儿子的死，顺顺父子对于祖父的冷淡，中寨人用碾坊作陪嫁妆奁诱惑傩送二老，二老既记忆着哥哥的死亡，且因得不到翠翠理会，又被家中逼着接受那座碾坊，意思还在渡船，因此赌气下行，祖父的死因，又如何与翠翠有关……凡是翠翠不明白的事，如今可全明白了。翠翠把事弄明白后，哭了一个夜晚。

过了四七，船总顺顺派人来请马兵进城去，商量把翠翠接到他家中去，作为二老的媳妇。但二老人既在辰州,先就莫提这件事,且搬过河街去住,等二老回来时再看二老意思。马兵以为这件事得问翠翠。回来时,把顺顺的意思向翠翠说过后,又为翠翠出主张,以为名分既不定妥,到一个生人家里去不好,还是不如在碧溪岨等,等到二老驾船回来时,再看二老意思。

这办法决定后,老马兵以为二老不久必可回来的,就依然把马匹托营上人照料,在碧溪岨为翠翠作伴,把一个一个日子过下去。

碧溪岨的白塔,与茶峒风水有关系,塔圮坍了,不重新作一个自然不成。除了城中营管,税局以及各商号各平民捐了些钱以外,各大寨子也有人拿册子去捐钱。为了这塔成就并不是给谁一个人的好处,应尽每个人来积德造福,尽每个人皆有捐钱的机会,因此在渡船上也放了个两头有节的大竹筒,中部锯了一口,尽过渡人自由把钱投进去,竹筒满了马兵就捎进城中首事人处去,另外又带了个竹筒回来。过渡人一看老船夫不见了,翠翠辫子上扎了白线,就明白那老的已作完了自己分上的工作,安安静静躺到土坑里去了,必一面用同情的眼色瞧着翠翠,一面就摸出钱来塞到竹筒中去。"天保佑你,死了的到西方去,活下的永保平安。"翠翠明白那些捐钱人的意思,心里酸酸的,忙把身子背过去拉船。

到了冬天,那个圮坍了的白塔,又重新修好了。可是那个在月下唱歌,使翠翠在睡梦里为歌声把灵魂轻轻浮起的年青人,还不曾回到茶峒来。

这个人也许永远不回来了,也许"明天"回来!

1933年冬至1934年春完成

《边城》导读

拓展阅读

拓展阅读

1. 李健吾:《边城》
2. 龙永干、凌宇:"自然人性"的纯化、规约及其困窘:《边城》创作心理新论

死水微澜(第四部分)

李劼人

第四部分　兴顺号的故事

一

天回镇云集栈的场合,自把顾天成轰走,没有一丝变动,在众人心里,也不存留一丝痕迹。惟有刘三金一个人,比起众人来,算是更事不多,心想顾天成既不是一个甚么大粮户,着众人弄了手脚,输了那么多,又着轰走,难免不想报复;他们是通皮的,自然不怕;只有自己顶弱了。并且算起来,顾天成之吃亏,全是张占魁提调着自己做的,若果顾天成清醒一点,难免不追究到"就是那婊子害了人!"那么,能够赖着罗歪嘴他们过一辈子么?势所不能,不如早些抽身。

一夜,在床上,她服伺了罗歪嘴之后,说着她离开内江,已经好几年,现在蒙干达达的照顾,使她积攒了一些钱,现已冬月中旬了,她问罗歪嘴,许不许她回内江去过一个年?罗歪嘴迷迷胡胡的要紧睡觉,只是哼了几声。

到第二天上午,她又在烟盘子上说起,罗歪嘴调笑她道:"你走是可以的,只我啥个舍得你呢?"

"哎呀!干达达,好甜的嘴呀!象我们这样的人,你有啥舍不得的!"

罗歪嘴定眼看着她,并伸手过去,把她两颊一摸道:"就因你长得好,又有情趣!"

这或者是他的老实话,因他还有这样一番言语:"以前,我手上经过的女人,的确有比你好的,但是没有你这样精灵;也有比你风骚几倍的,却不及你有情趣。……我嫖了几十年,没有一点流连,说丢手,就丢手,那里还向她们殷勤过?……我想,这必是我只管尝着了女人的身体,却未尝着女人的心!……说不定,从前年轻气盛,把女人只是看做床上的玩货,玩了就丢开。

如今,上了点年纪,除却女人的身体,似乎还要点别的东西,……你就明白,我虽是每晚都要同你睡,你算算看,同你做那个,有几夜认真过?甚至十天八天的不想。但是没有你在身边,又睡不好,又不高兴。……我也说不出这是啥道理。不过我并不留你,因我自小赌过咒不安家的。……"

刘三金也微微动了一个念头,便引逗他道:"你不晓得吗?人到有了年纪,是要一个知心识意的女人,来温存他的。你既有了这个心,为啥子不安个家呢?年轻不懂事时,赌个把咒算得啥子!……若你当真舍不得我,我就不走了,跟你一辈子,好不好?"

罗歪嘴哈哈一笑道:"只要你有这句话,我就多谢你了!老实告诉你,我当真要安家,必须讨一个正经女人才对,正经女人又不合我的口味。你们倒好,但我又害怕着绿帽子压死!"

她把手指在他额上一戳,似笑不笑的瞅着他道:"你这个嘴呀!……你该晓得婊子过门为正?婊子从了良,那里还能乱来?她不怕挨刀吗?……我还是要跟着你,也不要你讨我,只要你不缺我的穿,不少我的吃!……"

他坐了起来,正正经经的说道:"三儿,现在不同你开玩笑了。你慢慢收拾好,别人有欠你的,赶快收。至迟月底,我打发张占魁送你回石桥。你还年轻风流,正是走运气过好日子的时候。跟着我没有好处,我到底是个没脚蟹,我不能一年到头守着你,也不能把你象香荷包样拖在身边,不但误了你,连我也害了。你有点喜欢我,我也有点喜欢你,这是真的。我们就好好的把这点'喜欢'留在心头,将来也有个好见面的日子。我前天才叫人买了一件衣料同周身的阑干回来,你拿去做棉袄穿,算是我送你的一点情谊,待你走时,再跟你一锭银子做盘川。"

刘三金遂哭了起来道:"干达达,你真是好人呀!……我啥个舍得你!……我要想法子报答你的!……"

二

报答?刘三金并不是只在口头说说,她硬着手进行起来。

她这几天,觉得很忙,忙着做鞋面,忙着做帽条子。在云集栈的时候很少,在兴顺号同蔡大嫂一块商量的时候多。有时到下午回来,两颊吃得红馥馥的,两眼带着微醺,知是又同蔡大嫂共饮了来。有时邀约罗歪嘴一同去,估着他到红锅饭馆去炒菜,不过总没有畅畅快快的吃一台,不是张占魁等找了来,就是旁的事情将他找了去。

直到冬月二十一夜里,众人都散了,房间里只有他们两个人。入冬以来,这一夜算是有点寒意;窗子外吹着北风,干的树叶,吹得哗喇哗喇的响。

上官房里住了几个由省回家的老陕,高声谈笑,笑声一阵阵的被风吹过墙来。

罗歪嘴穿了件羊皮袍,倒在烟盘边,拿着本新刻的八仙图在念。刘三金双脚盘坐在床边上,一个邛州竹烘笼放在怀中,手上抱着白铜水烟袋。因为怕冷,拿了一角绣花手巾将烟袋套子包着。

她吃烟时,连连拿眼睛去看罗歪嘴,他依然定睛看着书,低低的打着调子在念,心里好象平静得了不得,为平常夜里所无有的。

她吃到第五袋烟,实在忍不住了,唤着罗歪嘴道:"喂!说一句话罢!尽看些啥子?"

罗歪嘴把书一放,看着她笑道:"说嘛!有啥子话?我听着在!"

"我想着,我也要走了,你哩,又是离不开女人的人,我走后,你找那个呢?"

罗歪嘴瞪着两眼,简直答应不出。

她把眉头蹙起,微微叹了一声道:"一个人总也要打打自己的主意呀!我遇合的人,也不算少,活到三十岁快四十岁象你这样潇洒的,真不多见!你待我也太好了,我晓得,倒也不是专对我一个人才这样;别的人我不管他,只就我一个人说,我是感激你的。任凭你咯个,我总要替你打个主意,你若是稍为听我几句,我走了也才放心!"

他不禁笑了笑,也坐了起来道:"有话哩,请说!何必这样的绕弯子?"

"那吗,我还是要问你:我走后,你到底打算找那个?"

"这个,如何能说?说难道不晓得天回镇上除了你还有第二个不成?"

"你说没有第二个,是说没有第二个做生意的吗?还是说没有第二个比我好的?"

"自然两样都是。"

她摇了摇头道:"不见得罢?做生意的,我就晓得,明做的没有,暗做的就不少,用不着我说,你是晓得的;不过我也留心看来,那都不是你的对子。若说天回镇上没有第二个比我好的女人,这你又说冤枉话了,眼面前明明放着一个,你未必是瞎子?"

罗歪嘴只是眨了几下眼睛,不开口。

"你一定是明白的,不过你不肯说。我跟你戳穿罢,这个人不但在天回镇比我好,就随便放在那里,都要算是盖面菜。这人就是你的亲戚蔡大嫂,是心里顶爱你的一个人!……"

罗歪嘴好象甚么机器东西,被人把发条开动了,猛的一下,跳下床来,几乎把脚下的铜炉都踢翻了。

刘三金忙伸手去挽住他,笑道:"慌些啥子?人就喜欢得迷了窍,也不要这样狂呀!"

他顺手抓住她手膀道:"你胡说些啥子?……"

"我没有胡说,我说的是老实话!"

"你说啥子人心里顶爱我?"

"蔡大嫂!你的亲戚!"

"唉!你不怕挨嘴巴子吗?"

她把嘴一撇,脸一扬道:"那个敢?"

"蔡大嫂就敢!她还要问你为啥子胡说八道?"

她笑了起来道:"说你装疯哩,看又不象;说你当真没心哩,你看起人来又那么下死眼。所以蔡嫂子说你是个皮蛋,皮子亮,心里浑的!且不忙说人家,只问你爱不爱她?想不想她?老老实实的说,不许撒一个字的诳!"

他定睛看着她道:"你为啥子问起这些来?"

她把眼睛一溜道:"你还在装疯吗?我在跟你拉皮条!拉蔡嫂子的皮条!告诉你,她那面的话,已说好了;她并不图你啥子,她只爱你这个人!她向我说得很清楚,自从嫁跟蔡傻子起,她就爱起你了,只怪你麻麻胡胡的;又象晓得,又象不晓得。……"

罗歪嘴伸手把她的嘴一拧道:"你硬编得象!你却不晓得,蔡大嫂是规规矩矩的女人,又是我的亲戚,你跟她有好熟,她能这样向你说?"

她把头一侧,将他的手摆脱,瞪了他一眼道:"我是尽了心,信不信由你!你又不是婆娘,你那晓得婆娘们的想头?有些女人,你看她外面只管正经,其实想偷男人的心比我们还切,何况蔡家的并不那么正经!你说亲戚,我又可以说,亲戚中间就不干净。你看戏上唱的,有好多不是表妹偷表哥,嫂嫂偷小叔子呢?我也用不着多说。总之,蔡家的是一个好看的女人,又有情趣,又不野,心里又是有你的。你不安家,又要一个合口味的女人来亲近你,我看来,蔡家的顶好了。我是尽了心,我把她的隐情,已告诉跟了你,并且已把她说动了,把你的好处,也告诉跟了她。你信不信,动不动手,全由你;本来,牛不吃水,也不能强按头的。只是蔡家的被我勾引动了,一块肥肉,终不会是蔡傻子一个人尽吃得了的!"

据说,罗歪嘴虽没有明白表示,但是那一个整晚,都在刘三金身边翻过去复过来,几乎没有睡好。

三

天色刚明,他就起来了。刘三金犹然酣睡未醒,一个吊扬州纂乱蓬蓬的揉在枕头上,印花洋缎面子的被盖,齐颈偎着。虽然有一些残脂剩粉,但经白昼的阳光一显照,一张青黄色脸,终究说出了她那不堪的身世,而微微浮起的眼膛,更说出了她的疲劳来。

房间窗户关得很紧,一夜的烟子人气,以及菜油灯上的火气,很是沉重,他遂开门出来,顺手卷了一袋叶子烟咂燃。

天上有些云彩,知道是个晴天。屋瓦上微微有点青霜。北风停止了,不觉得很冷,只是手指微微有点僵。一阵阵寒鸦从树顶上飞过。

上官房的陕西客人,也要起身了,都是一般当铺里的师字号高字号的先生们,受雇期满,照例回家过年的。他们有个规矩,由号上起身时,一乘对班轿子,尽你所能携带的,完全塞在轿里,拴在轿外,而不许加在规定斤头的挑子和杠担上。大约一乘轿子,连人总在一百六七十斤上下,而在这条路线上抬陕西客的轿夫们,也都晓得规矩的,任凭轿子再重,在号上起肩时,绝不说重。总是强忍着,一肩抬出北门,大概已在午响过了。然后五里一歇肩,十里一歇脚,走二十里到天回镇落店,差不多要黄昏了,这才向坐轿客人提说轿子太重了,抬不动。坐轿客人因这二十里的经验,也就相信这是实话,方能答应将轿内东西拿出,另雇一根挑子。所以到次早起身时,争轻论重,还要闹一会的。

罗歪嘴忽然觉得肚里有点饿,才想起昨夜只喝了两杯烧酒,并未吃饭。他遂走到前院,陕西客人正在起身,幺师正在收检被盖。他本想叫幺师去买一碗汤圆来吃的,一转念头,不如自己去,倒吃得热落些。

他一出栈房门,不知不觉便走到兴顺号。蔡傻子已把铺板下了,堆在内货间里,拿着扫帚,躬着身子在扫地。他走去坐在铺面外那只矮脚宝座上,把猴儿头烟竿向地下一磕,磕了一些灰白色烟灰在地上。

蔡傻子这才看见了他,伸起腰来道:"大老表早啦!"

"你们才早哩,就把铺面打开了!"

"赶场日子,我们总是天见亮就起来了。"

"赶场?……哦!今天老实的是二十二啦!你看我把日子都忘记了。……你们不是已吃过早饭了?"

"就要吃了,你吃过了吗?"

"我那里有这样早的!我本打算来买汤圆吃的,昨夜没吃饭,早起有点饿。……"

金娃子忽在后面哭叫起来。蔡大嫂尖而清脆的声音,也随之叫道:"土盘子你背了时呀!把他绊这一交!……乖儿,快没哭!我就打他!……"

蔡兴顺一声不响,恍若无事的样子,仍旧扫他的地。

罗歪嘴不由的站起来。提着烟竿,掀开门帘,穿过那间不很亮的内货间,走到灶房门口,大声问道:"金娃子绊着了吗?"

蔡大嫂正高高挽着衣袖,系着围裙,站在灶前,一手提着锅铲,一手拿着一只小筲箕盛的白菜;锅里的菜油,已煎得热气腾腾,看样子是熟透了。

"哗喇!"菜下了锅,菜上的水点,着滚油煎得满锅呐喊。蔡大嫂的锅铲,很玲珑的将菜翻炒着,一面洒盐,一面笑嘻嘻的掉过头来向罗歪嘴说话,语音却被菜的呐喊掩住了。

金娃子扑在烧火板凳上,已住了哭了,几点眼泪还挂在脸上。土盘子把小案板上盛满了饭的一个瓦钵,双手捧向外面去了。

菜上的水被滚油赶跑之后,才听见她末后的一句:"……就在这里吃早饭,好不好?"

"好的!……只是我还没洗脸哩!"

"你等一下,等我炒了菜,跟你舀热水来。"

"何必等你动手?我自己来舀,不对吗?"

他走进他们的卧室,看见床铺已打叠得整整齐齐,家具都已抹得放光,地板也扫得干干净净的;就是柜桌上的那只锡灯盏,也放得颇为适宜,她的那只御用的红漆木洗脸盆,正放在架子床侧一张圆凳上。

他将脸盆取了出来时,心头忽然发生了一点感慨:"居家的妇女与玩家比起来,真不同!我的那间房子,要是稍为打叠一下也好啦!"

在灶前瓦吊壶里取了热水,顺便放在一条板凳上,抓起盆里原有的洋葛巾就洗。蔡大嫂赶去把一个瓦盒取来,放在他跟前道:"这里有香肥皂,绿豆粉。"又问他用盐洗牙齿吗,还是用生石膏粉?

他道:"我昨天才用柴灰洗了的,漱一漱,就是了。"

灶房里还在弄菜,他把脸洗了,口漱了,来到铺面方桌前时,始见两样小菜之外,还炒了一碗嫩蛋。

罗歪嘴搓着手笑道:"还要费事,咯使得呢?"

蔡兴顺已端着饭碗在吃了,蔡大嫂盛了一碗饭递给罗歪嘴道:"大老表难逢难遇来吃顿饭,本待炒样臊子的,又怕你等不得。我晓得你的公忙,稍为耽搁一下,这顿饭你又会吃不成了。只有炒蛋快些,还来得及,就只猪油放少了点,又没有葱花,不香,将就吃罢!"

这番话本是她平常说惯了的谦逊话,任何人听来,都不觉奇;不知为什么,罗歪嘴此刻听来,仿佛话里还有什么文章,觉得不炒臊子而炒蛋,正是她明白表示体贴他的意思,他很兴奋的答道:"好极了!象炒得这样嫩的蛋,我在别处,真没有吃过!"

于是做菜一事,便成了吃饭中间,他与她的谈资。她说得很有劲,他每每停着筷子看着她说。

她那鹅卵形的脸蛋儿,比起两年前新嫁来时,瘦了好些。两个颧骨,渐渐突了起来。以前笑起来时,两只深深的酒涡,现在也很浅了。皮肤虽还那样细腻,而额角上,到底被岁月给镂上了几条细细的纹路。今天虽是打扮了,搽了点脂粉,头发梳得溜光,横抹着一条漂白布的窄窄的包头帕子,显得黑的越黑,白的越白,红的越红,比起平常日子,自然更俏皮一点;但是微瘦的鼻梁与眼眶之下的雀斑,终于掩不住,觉得也比两年前多了些;不过一点不觉得不好看,有了它,好似一池澄清的春水上面,点缀了一些花片萍叶,仿佛必如此才感觉出景色的佳丽来。眼眶也比前大了些,而那两枚乌黑眼珠,却格外有光,格外玲珑。与以前顶不同的,就是以前未当妈妈和刚当了妈妈不久时,同你说起话来,只管大方,只管不象一般的乡间妇女,然而总不免带点怯生生的模样;如今,则顾瞻起来,很是大胆,敢于定睛看着你,一眼不眨,并且笑得也有力,眼珠流动时,自然而有情趣。

土盘子将金娃子抱了出来,一见他的妈,金娃子便扑过来要她抱,她不肯,说"等我吃完饭抱你!"孩子不听话,哇的便哭了起来。

蔡大嫂生了气,翻手就在他屁股上拍打了两下。

罗歪嘴忙挡住道:"娃儿家,见了妈妈是要闹的。……土盘子抱开!莫把你师娘的手打闪了!"

蔡大嫂扑嗤一声,把饭都喷了出来,拿筷子把他一指道:"大老表,你今天真爱说笑!我这一双手,打铁都去得了,还说得那么娇嫩?"低头吃饭时,又笑着瞥了他一眼。

这时,赶场的人已逐渐来了。

四

在赶场的第二天,场上人家正在安排吃午饭的时候,罗歪嘴兴匆匆的亲自提了三尾四寸来长鲜活的鲫鱼,走到兴顺号来。

一个女的正在那里买香蜡纸马,说是去还愿的,蔡傻子口里叼着叶子烟,在柜台内取东西。铺子里两张方桌,都是空的,闲场时的酒客,大抵在黄昏时节才来。

罗歪嘴将鱼提得高高的,隔着柜台向蔡兴顺脸上一扬道:"嗨!傻子,请你吃鱼!"

蔡兴顺咧着嘴傻笑了两声。那买东西的女人称赞道:"啧啧啧!好大的鲜鱼!罗五爷,在沟里钓的吗?"

罗歪嘴把她睨了一眼道:"水沟里有这大的鱼吗?……"把门帘一撩,向灶房走去,还一面在说:"花了四个钱一两买来的哩!……"

蔡大嫂从烧火板凳上站起来道："啥东两，四个钱一两？……哦！鲫鱼！难怪这样贵法！……你买来请那个吃的？"

罗歪嘴把鱼提得高高的，那鱼是被一根细麻索将背鳍拴着，把麻索一顿，它自然而然就头摇尾摆，腮动口张起来。

蔡大嫂也啧啧赞道："好鲜！"又道："看样子还一定是河鱼哩！……你是买来孝敬你的刘老三的吗？"

他把眼睛一挤，嘴角一歪道："她配！……我是特为我们金娃子的小妈妈买来的！……赏收不赏收？"

她眼珠一闪，一种衷心的笑，便挂上嘴边，她勉强忍住，做得毫不经意的样子，伸手去接道："这才经当不起呀！只好做了起来请刘三姐来吃，我没有这福气！"

拴鱼的麻索已到了她的指头上，而罗歪嘴似乎还怕她提得不稳，紧紧一把连她的手一并握着。

她的眼睛只把鱼端详着，脸上带点微笑，没有搽胭脂的眼角渐渐红了起来。他放低声气，几乎是说悄悄话一样，直把头凑了过来道："你没有福气，那个才有福气？只怪我以前眼睛瞎了，没有把人看清楚！从今以后，我有啥子，全拿来孝敬你一个人，若说半句诳话，……"

土盘子背着他师弟进来了。

她把鱼提了过去，看着他笑道："土盘子去淘米！我来破鱼！只是喀个做呢？你说。"

罗歪嘴笑道："我是只会吃的。你喜欢喀个做，就喀个做。我再去割一斤肉来，弄盐煎肉，今天天气太好，我们好生吃一顿！"

"又不过年，又不过节，又没有人做生，有了鱼，也就够了！"

"管他的，只要高兴，多使几百钱算啥！"

今天天气果然好。好久不见的太阳，在昨天已出了半天，今天更是从清早以来，就亮晶晶的挂在天上。天是碧蓝的，也时而有几朵薄薄的白云，但不等飞近太阳，就被微风吹散了。太阳如此晒了大半天，所以空气很是温和，前两天的轻寒，早已荡漾得干干净净。人在太阳光里，很有点春天的感觉。

罗歪嘴本不会做甚么的，却偏要虱在灶房里，摸这样，摸那样，惹得蔡大嫂不住的笑。她的丈夫知道今天有好饮食吃，也很高兴，不时丢开铺面，钻到灶房来帮着烧火，剥蒜。

又由蔡大嫂配了两样菜，盐煎肉也煎好了，鱼已下了锅，叫土盘子摆筷子了，罗歪嘴才提说不要搬到铺面上去吃，就在灶房外院坝当中吃。恁好的天气，自然很合宜的。谁照料铺面呢，就叫土盘子背着金娃子挟些菜在饭碗上,端着出去吃。

于是一张矮方桌上,只坐了三个人。蔡大嫂又提说把刘三金叫来,罗歪嘴不肯,他说:"我们亲亲热热的吃得不好吗?为啥子要掺生水?"

蔡兴顺把自己铺子上卖的大曲酒用砂瓦壶量了一壶进来,先给罗歪嘴斟上,他老婆摇头道:"不要跟我斟。"

罗歪嘴侧着头问道:"为啥子不吃呢?"

"吃了,脸红心跳的。"

蔡兴顺道:"有好菜,就该吃一杯,醉了,好睡。"

她瞪了他一眼道,"都象你吗,好酒贪杯的,吃了就醉,醉了就睡!"

罗歪嘴把酒壶接过去,拉开她按着杯子的手,给她斟了一满杯道:"看我的面子,吃一杯!天气跟春天一样,吃点酒,好助兴!"

她笑了笑道:"大老表,我看你不等吃酒,兴致已好了。"

他摇了摇头道:"不见得,不见得!"

吃酒中间,谈到室家一件事上,罗歪嘴不禁大发感慨道:"常言说得好,傻子有傻福,这话硬一点不错!就拿蔡傻子来说罢,姑夫姑妈苦了一辈子,省吃俭用的,死了,跟他剩下这所房子,还有二三百两银子的一个小营生。傻子自幼就没有吃过啥子苦,顺顺遂遂的当了掌柜不算外,还讨这么一个好老婆!……"

蔡兴顺只顾咧着嘴傻笑,只顾吃菜吃酒。他老婆插嘴打岔道:"你就吃醉了吗?我是啥子好老婆?若果是好老婆,傻子早好了。"

"还要谦逊不好?又长得好!又能干!又精灵!有嘴有手的!我不是当面凑合的话,真是傻子福气好,要不是讨了你,不要说别的,就他这小本营生,怕不因他老实过余,早倒了灶了,还能象现在这样安安逸逸的过活吗?并且显考也当了,若是后来金娃子读书成行,不又是个现成老封翁?说起我来,好象比傻子强。其实一点也比不上,第一,三十七岁了,还没有遇合一个好女人!"

他的话,不知是故意说的吗?或是当真有点羡慕?当真有点嫉妒?只是还动人。

大家都无话说,吃了一回酒,蔡大嫂才道:"大老表是三十七岁的人,倒看不出。你比他大三岁,大我十二岁。但你到底是个男子汉,有出息的人!"

罗歪嘴叹了一声道:"再不要说有出息的话!跑了二十几年的滩,还是一个光杆。若是拿吃苦来说,那倒不让人;若是说到钱,经手的也有万把银子,但是都烊和了。以前也太荒唐,我自己很明白,对待女人,总没有拿过真心出来;却也因历来遇合的女人,没一个值得拿真心去对待。那些女人之对待我，又那一个不把我当作个肯花钱的好保爷，又那一个曾拿真情真义来交结过我？唉！想起以前的事，真够令人叹息！"

蔡大嫂大半杯酒已下了肚，又因太阳从花红树干枝间漏下，晒着她，使她一张脸通红起来，瞧着罗歪嘴笑道："在外面做生意的女人，到底赶不到正经人家的女人有情有义。你讨一个正经人家的姑娘，不就如了愿吗？"

罗歪嘴皱起眉头道："说得容易，你心头有没有这样一个合式的女人？"

"要啥样子的？"

"同你一样的！"他说时，一只手已从桌下伸去，把她的大腿摸了摸，捏了捏。

她不但不躲闪，并且掉过脸来，向他笑了笑道："我看刘三金就好，也精灵，也能干，有些地方，比我还要好些。"

"哈哈！亏你想到了她！不错，在玩家当中，她要算是好看的，能干的，也比别一些精灵有心胸；但是比起你来，那就差远了！……傻子，你也有眼睛的，你说我的话，对不对？"

蔡兴顺已经有几分醉意了，朦朦胧胧，睁着眼睛，只是点头。两个人又大笑起来。罗歪嘴十分胆大了，竟拉着蔡大嫂一只手，把手伸进那尺把宽的衣袖，一直去摸她的膀膊。她轻轻拿手挡了两下，也就让他去摸。一面笑道："照你说，你为啥子还包了她几个月，那样爱法？"

罗歪嘴有点喘道："是她向你说过，说我爱她吗？"

"不是，她并未说过，是我从旁看来，觉得你在爱她。"

"我晓得她向你说的是些啥子话，就这一点，我觉得她还好。但是，就说她对我有真情真义，那她又何至于要走呢？我对待她，的确比对别一些玩家好些，钱也跟得多些，若说我爱她，我又为何要叫她走呢？舍得离开的，就不算爱！……"

他的手太伸进去了一点，她怕痒，用力把他的手拉出来，握在自己掌中道："那你当真爱一个人，不是就永远不离开了？"

他很是感动，咬着牙齿道："不是吗？"

她将他的手一丢，把酒杯端起，一口喝空，哈哈大笑道："说倒说得好，我就长着眼睛看罢！"

蔡兴顺醉了，仰在所坐的竹椅背上，循例的打起鼾声来。

土盘子在铺面上很久很久了，不知为一件甚么事，走进来找罗歪嘴。只见矮方桌前，只剩一个睡着了的师父，桌子上杯盘狼藉，鱼骨头吐了一地，而罗五爷与师娘都不见。

五

　　要上灯了,罗歪嘴回到栈房。场合正热闹,因为汉州来了三个有钱朋友,成都又上来一个有力量的片官。朱大爷且于今天下午,提着钱褡裢来走了一遭,人人都是很上劲的。

　　罗歪嘴也走了一个游台,招呼应酬了一遍,方回到耳房。

　　刘三金正在收拾衣箱,陆茂林满脸不自在的躺在烟盘旁边,挑了一烟签的鸦片烟在烧牛屎堆。

　　他一看见罗歪嘴进来,把烟签一丢,跳到当地道:"罗五爷,你回来啦!喀个说起的,三儿就要走咧?"

　　"就要走吗,今夜?"

　　刘三金站了起来笑道:"哎呀!那处没找到你,你跑往那里去了?说是在兴顺号吃着酒就不见了,我生怕你吃醉了跌到沟里去了!"

　　罗歪嘴又问道:"喀个说今夜就走?"

　　"那个说今夜走?我是收拾收拾,打算明天走,意思找你回来说一声,好早点雇轿子挑子,偏偏找不着你。老陆来了,缠着人不要走,跟离不开娘的奶娃儿一样,说着说着,都要哭了,你说笑不笑人?"

　　罗歪嘴看着陆茂林丧气的样子,也不禁大笑道:"老陆倒变成情种了!人为情死,鸟为食亡,老陆,你该不会死罢?"

　　刘三金道:"我已向他说过多少回。我们的遇合,只算姻缘簿上有点露水姻缘,那里认得么真!你是花钱的嫖客,只要有钱,到处都可买得着情的。我不骗你,我们虽是睡过觉,我心里并没有你这个人,你不要乱迷窍!我不象别的人,只图骗你的钱,口头甜蜜蜜的,生怕你丢开了手,心里却辣得很,恨不得把你连皮带骨吞了下去!我这回走,是因为要回去看看,不见得就从良嫁人,说不定我们还是可以会面的,你又何必把我留得这样痴呆呆的呢?可是偏说不醒,把人缠了一下午,真真讨厌死了!你看他还气成那个样子。"

　　陆茂林眯着眼睛,拿了块乌黑手帕子,连连把鼻头揩着道:"罗五爷,你不要尽信她的话。我就再憨,也不会呆到那样。我的意思,不过说过年还早,大家处得好好的,何必这样着急走哩!多玩几天,我们也好钱个行,尽尽我们的情呀!……"

　　刘三金把脚几顿,一根指头直指到他鼻子上道:"你才会说啦!若只是这样说,我还会跟你生气吗?还有杜老四做眼证哩!你去把他找进来问问看,我若冤枉了你,我……"

罗歪嘴把手一摆道:"不许乱赌咒!你也不要怪他,他本是一个见色迷窍的人。不过这回遇合了你,玉美人似的,又风骚,又率真,所以他更着了迷。你走了,我相信他必要害相思的。老陆,你也不要太胡闹了。你有好多填尿坑的钱用不完,见一个,迷一个?象你这脾气,只好到女儿国招驸马去。三儿要走,并不是今天才说起的,你如何留得下她?就说她看你的痴情,留几天,我问你,你又能得多少好处?她能不能把大家丢开,昼夜陪伴你一个人呢?你说饯行的话,倒对!既她明天准走,我们今夜就饯行,安排闹一个整晚,明天绝早送她走!三儿,你说好吗?"

刘三金笑道:"饯行不敢当!不过大家都住熟了,分手时,热闹一下,倒是对的。陆九爷,别呕气呀!宴息多跟你亲一个!……"

陆茂林惨然一笑道:"那才多谢你啦!……罗哥,我们该喀个准备,该招呼那些人,可就商量得了。"

罗歪嘴颓然向床上一躺道:"你把田长子喊来,我交代他去办好了!……三儿,快来跟我烧袋烟,今天太累了,有点撑不住。"

陆茂林出去走了一大转,本想就此不再与刘三金见面了的,既然她那样绝情寡义。只是心里总觉有点不好过,回头一想:见一面,算一面,她明早就要走了,知道以后还见得着么。脚底下不知不觉又走向耳房来,还未跨进门去,听见刘三金正高声的在笑,笑得象是很乐意的。他心里更其难过,寻思一定是在笑他。他遂冒了火,冲将进去,只听见刘三金犹自说着她未说完的话:"……这该是我的功劳啦!若不是我先下了药,你那能这样容易就上了手?可是也难说,精灵爱好的女人,多不会尽守本分的。……"

罗歪嘴诧异的瞪着他道:"这样气冲冲的,又着啥子鬼祟起了?"

陆茂林很不好意思,只好借口说:"既是明天一早要走,为啥子还不把挑子收拾好?你两个还这样的腻在一起,我倒替你们难过!"

两个人都大笑起来。刘三金道:"这话倒是对的。干达达,你去叫挑夫,我去看看蔡大嫂,一来辞行,二来道喜。"

陆茂林道:"道啥子喜?我陪你去!"

罗歪嘴向她挤了个眼睛,她点头微笑道:"你放心,没人会晓得的!……老陆陪我走,也使得,只是第一不准你胡说胡问,第二不准你胡钻胡走,第三不准你胡听胡讲,……"

陆茂林不由笑了起来道:"使得,使得,把我变成一个瘸子瞎子聋子哑子,只剩一个鼻头来闻你两个婆娘的骚气!……"

刘三金笑着向他背上就是一拳道:"连鼻子都不准闻!"

又是一阵哈哈,三个人便一路走出。

兴顺号酒座上点了一盏油盖水的玻璃神灯,一举两便,既可光照壁上神凫,又可光照常来的酒客。柜台上放了只长方形纱号灯,写着红黑扁体字:兴顺老号。在习惯的眼睛看来,也还辨得出人的面孔。

他们来时,蔡傻子已醉醒了,坐在柜台上挂账。土盘子在照顾酒客。灯光中,照见有三个人在那里细细的吃酒。

刘三金问了土盘子,知道他师娘带着金娃子在卧室里,便向陆茂林道:"你就在这外面安安静静的等我!若果不听话,走了进来,……"遂凑着他耳朵道:"……那你休想我拿香香跟你吃!"一笑的就跑进内货间去了。

陆茂林只好靠在柜台上,看蔡兴顺挂账,他的算盘真熟,滴滴达达只是打。要同他说两句话,他连连摇头,表示他不肯分心。

半袋叶子烟时,只听见蔡大嫂与刘三金的笑声,直从柜房壁上纸窗隙间漏出,一个是极清脆的,一个是有点哑的,把他的心笑得好象着嫩葱在搔的一样,又许久,方听见一阵细碎的脚步声从卧室走到内货间,知道她们说完话出来了。但是听见她们在内货间犹自唧唧哝哝了一会,才彼此一路哈哈,走出铺面。刘三金在前,蔡大嫂抱着金娃子在后,灯光中看见两个女人的脸,都是通红的。

刘三金走到柜台边,向蔡兴顺打着招呼道:"蔡掌柜,恭喜发财!我明天要走了,我愿意再来时,你掌柜的生意更要兴隆!"又是一阵哈哈,回头向蔡大嫂牵着袖子拂了一拂道:"嫂子,我就别过了!愿你顺心如意的直到你金娃戴红顶子!"

蔡大嫂只是笑,并不开口。陆茂林本想同她调笑一两句的,却被刘三金把袖子挽着就走。

六

天回镇的热闹,好象被刘三金带走了。这因为腊八之后,赌博收了场;过路客商也因腊月关系,都要赶路,天回镇只是一个过站,谁肯在此流连?罗歪嘴又因伤风咳嗽,嫌一个人住在云集栈的后院不方便,遂迁到兴顺号去居住。

他本要同土盘子住在楼上的。蔡大嫂说,一天到晚,上楼几次,下楼几次,多不好!害病的人,那能这样劳苦!于是,把内货间腾了一下,有些不常用的东西和笨货,都架到卧室楼上。通后头院坝的小门上,挂了一幅门帘,便没有过道风吹人。原来的亮瓦,叫泥水匠来洗了一洗,又由罗歪嘴出钱,新添三行亮瓦,房间里也有了光。然后安了一张床,一张条桌,两张方凳,——这都是老蔡兴顺遗留下来的东西,也是两年前曾为罗歪嘴使用过的。——就算是罗歪嘴的行辕。过了两夜,罗歪嘴说夜里还是有风吹进帐子。蔡大嫂又主张：在夜里，罗歪嘴到卧室架子床上去睡，她同丈夫孩子移出来，到罗歪嘴的床上。

　　罗歪嘴原本不肯的，说："那有这样喧宾夺主之理？我来养病，劳烦你夫妇随时照料，已经够了！"但她的理由也充足："你害的既是伤寒病，那能在夜里再感冒？你是来此养病，不是来此添病，若是我们不管，叫人听见了，岂不要议论我们的不对？我们就不说是亲戚，便是邻居咧，也不能这样的见死不救！设若你仍在云集栈，我们没法子照管，还可以推口，既在我们家里，我们咯好只图自己舒服，连房间都不让一让呢？况且又无妨碍，一样的有床，有枕头，有被盖。……"

　　蔡兴顺也帮着劝，并且主张："不管他答不答应，到夜里，我们先就在他床上睡了。"他才无计奈何答应了，但附了两个条件，其一，以他的病愈为止；其二，金娃子太小，也受不住夜寒，让他在架子床上同睡，蔡大嫂可以随时进来喂他的奶。房门自是不关的。

　　同时，蔡兴顺也很高兴他因罗歪嘴之来，公然得以顺遂恢复了讨老婆以前的快活习惯，而再不受老婆的罗唣。就是在关了铺子之后，杯酒自劳，吃得半醺的，清清静静的上床去酣然一觉。

　　罗歪嘴日间也常出去干他的正经事。一回来，把鸦片烟盘子一摆，蔡大嫂总自然而然的要在烟盘边来陪他。起初还带着金娃子坐在对面说笑，有一次，她要罗歪嘴教她烧烟泡，竟无所顾忌的移到罗歪嘴这边，半坐半躺，以便他从肩上伸手过去捉住她的手教。恰这时候，张占魁田长子两个人猛的掀开帘子进来。罗歪嘴便一个翻身，离开蔡大嫂有五六寸远，而她哩，却毫无其事的，依然那样躺着烧她的烟泡，还一面翘起头来同他们交谈。

　　事情是万万掩不住的。罗歪嘴倒有意思隐密一点，而蔡大嫂好象着了魔似的，偏偏要在人跟前格外表示出来。于是他们两个的勾扯，在不久之间，已是尽人皆知。蔡大嫂自然更无顾忌，她竟敢于当着张占魁等人而与罗歪嘴打情骂俏，甚至坐在他的怀中。罗歪嘴也扯破面子，不再作假，有人问着，他竟老实承认他爱蔡大嫂；并且甚为得意的说，枉自嫖了二十年，到如今，才算真正尝着了妇人的情爱。他们如此一来，反而得了众人的谅解，当面自是没有言语，俨然公认他们的行为是正当的。即在背后，也只这样讥讽蔡大嫂："正经毕竟是绷不久啦！与其不能正经到底，不如早点下水，还多快活两年！"也只这样嘲笑罗歪嘴："大江大海都搅过来的，却在阴沟里翻了船！口口声声说是不着迷，女人玩了便丢开，如今哩，岂但着了迷，连别人多看她一眼，你瞧，他就嫉妒起来！"

《死水微澜》导读　　拓展阅读

拓展阅读
高静：《死水微澜》的创作本末与社会史意识的自觉

骆驼祥子(第六章)

老 舍

第六章

初秋的夜晚,星光叶影里阵阵的小风,祥子抬起头,看着高远的天河,叹了口气。这么凉爽的天,他的胸脯又是那么宽,可是他觉到空气仿佛不够,胸中非常憋闷。他想坐下痛哭一场。以自己的体格,以自己的忍性,以自己的要强,会让人当作猪狗,会维持不住一个事情,他不只怨恨杨家那一伙人,而渺茫的觉到一种无望,恐怕自己一辈子不会再有什么起色了。拉着铺盖卷,他越走越慢,好象自己已经不是拿起腿就能跑个十里八里的祥子了。

到了大街上,行人已少,可是街灯很亮,他更觉得空旷渺茫,不知道往哪里去好了。上哪儿?自然是回人和厂。心中又有些难过。作买卖的,卖力气的,不怕没有生意,倒怕有了照顾主儿而没作成买卖,象饭铺理发馆进来客人,看了一眼,又走出去那样。祥子明知道上工辞工是常有的事,此处不留爷,自有留爷处。可是,他是低声下气的维持事情,舍着脸为是买上车,而结果还是三天半的事儿,跟那些串惯宅门的老油子一个样,他觉着伤心。他几乎觉得没脸再进人和厂,而给大家当笑话说:"瞧瞧,骆驼祥子敢情也是三天半就吹呀,哼!"

不上人和厂,又上哪里去呢?为免得再为这个事思索,他一直走向西安门大街去。人和厂的前脸是三间铺面房,当中的一间作为柜房,只许车夫们进来交账或交涉事情,并不准随便来回打穿堂儿,因为东间与西间是刘家父女的卧室。西间的旁边有一个车门,两扇绿漆大门,上面弯着一根粗铁条,悬着一盏极亮的,没有罩子的电灯,灯下横悬着铁片涂金的四个字——"人和车厂"。车夫们出车收车和随时来往都走这个门。门上的漆深绿,配着上面的金字,都被那支白亮亮的电灯照得发光;出来进去的又都是漂亮的车,黑漆的黄漆的都一样的油汪汪发光,配着雪白的垫套,连车夫们都感到一些骄傲,仿佛都自居为车夫中的贵族。由大门进去,拐过前脸的西间,才是个四四方方的大院子,中间有棵老槐。东西房全是敞脸的,是存车的所在;南房和南房后面小院里的几间小屋,全是车夫的宿舍。

大概有十一点多了,祥子看见了人和厂那盏极明而怪孤单的灯。柜房和东间没有灯光,西间可是还亮着。他知道虎姑娘还没睡。他想轻手蹑脚的进去,别教虎姑娘看见;正因为她平日很看得起他,所以不愿头一个就被她看见他的失败。

他刚把车拉到她的窗下,虎妞由车门里出来了:"哟,祥子?怎——"她刚要往下问,一看祥子垂头丧气的样子,车上拉着铺盖卷,把话咽了回去。

怕什么有什么,祥子心里的惭愧与气闷凝成一团,登时立住了脚,呆在了那里。说不出话来,他傻看着虎姑娘。她今天也异样,不知是电灯照的,还是擦了粉,脸上比平日白了许多;脸上白了些,就掩去好多她的凶相。嘴唇上的确是抹着点胭脂,使虎妞带出些媚气;祥子看到这里,觉得非常的奇怪,心中更加慌乱,因为平日没拿她当过女人看待,骤然看到这红唇,心中忽然感到点不好意思。她上身穿着件浅绿的绸子小夹袄,下面一条青洋绉肥腿的单裤。绿袄在电灯下闪出些柔软而微带凄惨的丝光,因为短小,还露出一点点白裤腰来,使绿色更加明显素净。下面的肥黑裤被小风吹得微动,象一些什么阴森的气儿,想要摆脱开那贼亮的灯光,而与黑夜联成一气。祥子不敢再看了,茫然的低下头去,心中还存着个小小的带光的绿袄。虎姑娘一向,他晓得,不这样打扮。以刘家的财力说,她满可以天天穿着绸缎,可是终日与车夫们打交待,她总是布衣布裤,即使有些花色,在布上也就不惹眼。祥子好似看见一个非常新异的东西,既熟识,又新异,所以心中有点发乱。

心中原本苦恼,又在极强的灯光下遇见这新异的活东西,他没有了主意。自己既不肯动,他倒希望虎姑娘快快进屋去,或是命令他干点什么,简直受不了这样的折磨,一种什么也不象而非常难过的折磨。

"嗨!"她往前凑了一步,声音不高的说:"别愣着!去,把车放下,赶紧回来,有话跟你说。屋里见。"

平日帮她办惯了事,他只好服从。但是今天她和往日不同,他很想要思索一下;愣在那里去想,又怪僵得慌;他没主意,把车拉了进去。看看南屋,没有灯光,大概是都睡了;或者还有没收车的。把车放好,他折回到她的门前。忽然,他的心跳起来。

"进来呀,有话跟你说!"她探出头来,半笑半恼的说。他慢慢走了进去。

桌上有几个还不甚熟的白梨,皮儿还发青。一把酒壶,三个白磁酒盅。一个头号大盘子,摆着半只酱鸡,和些熏肝酱肚之类的吃食。

"你瞧,"虎姑娘指给他一个椅子,看他坐下了,才说:"你瞧,我今天吃犒劳,你也吃点!"说着,她给他斟上一杯酒;白干酒的辣味,混合上熏酱肉味,显着特别的浓厚沉重。"喝吧,吃了这个鸡;我已早吃过了,不必让!我刚才用骨牌打了一卦,准知道你回来,灵不灵?"

"我不喝酒!"祥子看着酒盅出神。

"不喝就滚出去;好心好意,不领情是怎着?你个傻骆驼!辣不死你!连我还能喝四两呢。不信,你看看!"她把酒盅端起来,灌了多半盅,一闭眼,哈了一声。举着盅儿:"你喝!要不我揪耳朵灌你!"

祥子一肚子的怨气,无处发泄;遇到这种戏弄,真想和她瞪眼。可是他知道,虎姑娘一向对他不错,而且她对谁都是那么直爽,他不应当得罪她。既然不肯得罪她,再一想,就爽性和她诉诉委屈吧。自己素来不大爱说话,可是今天似乎有千言万语在心中憋闷着,非说说不痛快。这么一想,他觉得虎姑娘不是戏弄他,而是坦白的爱护他。他把酒盅接过来,喝干。一股辣气慢慢的,准确的,有力的,往下走,他伸长了脖子,挺直了胸,打了两个不十分便利的嗝儿。

虎妞笑起来。他好容易把这口酒调动下去,听到这个笑声,赶紧向东间那边看了看。

"没人,"她把笑声收了,脸上可还留着笑容。"老头子给姑妈作寿去了,得有两三天的耽误呢;姑妈在南苑住。"一边说,一边又给他倒满了盅。

听到这个,他心中转了个弯,觉出在哪儿似乎有些不对的地方。同时,他又舍不得出去;她的脸是离他那么近,她的衣裳是那么干净光滑,她的唇是那么红,都使他觉到一种新的刺激。她还是那么老丑,可是比往常添加了一些活力,好似她忽然变成另一个人,还是她,但多了一些什么。他不敢对这点新的什么去详细的思索,一时又不敢随便的接受,可也不忍得拒绝。他的脸红起来。好象为是壮壮自己的胆气,他又喝了口酒。刚才他想对她诉诉委屈,此刻又忘了。红着脸,他不由的多看了她几眼。越看,他心中越乱;她越来越显出他所不明白的那点什么,越来越有一点什么热辣辣的力量传递过来,渐渐的她变成一个抽象的什么东西。他警告着自己,须要小心;可是他又要大胆。他连喝了三盅酒,忘了什么叫作小心。迷迷忽忽的看着她,他不知为什么觉得非常痛快,大胆;极勇敢的要马上抓到一种新的经验与快乐。平日,他有点怕她;现在,她没有一点可怕的地方了。他自己反倒变成了有威严与力气的,似乎能把她当作个猫似的,拿到手中。屋内灭了灯。天上很黑。不时有一两个星刺入了银河,或划进黑暗中,带着发红或发白的光尾,轻飘的或硬挺的,直坠或横扫着,有时也点动着,颤抖着,给天上一些光热的动荡,给黑暗一些闪烁的爆裂。有时一两个星,有时好几个星,同时飞落，使静寂的秋空微颤，使万星一时迷乱起来。有时一个单独的巨星横刺入天角，光尾极长，放射着星花；红，渐黄；在最后的挺进，忽然狂悦似的把天角照白了一条，好象刺开万重的黑暗，透进并逗留一些乳白的光。余光散尽，黑暗似晃动了几下，又包合起来，静静懒懒的群星又复了原位，在秋风上微笑。地上飞着些寻求情侣的秋萤，也作着星样的游戏。

　　第二天，祥子起得很早，拉起车就出去了。头与喉中都有点发痛，这是因为第一次喝酒，他倒没去注意。坐在一个小胡同口上，清晨的小风吹着他的头，他知道这点头疼不久就会过去。可是他心中另有一些事儿，使他憋闷得慌，而且一时没有方法去开脱。昨天夜里的事教他疑惑，羞愧，难过，并且觉着有点危险。

　　他不明白虎姑娘是怎么回事。她已早不是处女，祥子在几点钟前才知道。他一向很敬重她，而且没有听说过她有什么不规矩的地方；虽然她对大家很随便爽快，可是大家没在背地里讲论过她；即使车夫中有说她坏话的，也是说她厉害，没有别的。那么，为什么有昨夜那一场呢？

　　这个既显着胡涂，祥子也怀疑了昨晚的事儿。她知道他没在车厂里，怎能是一心一意的等着他？假若是随便哪个都可以的话……祥子把头低下去。他来自乡间，虽然一向没有想到娶亲的事，可是心中并非没有个算计；假若他有了自己的车，生活舒服了一些，而且愿意娶亲的话，他必定到乡下娶个年轻力壮，吃得苦，能洗能作的姑娘。象他那个岁数的小伙子们，即使有人管着，哪个不偷偷的跑"白房子"？祥子始终不肯随和，一来他自居为要强的人，不能把钱花在娘儿们身上；二来他亲眼得见那些花冤钱的傻子们——有的才十八九岁——在厕所里头顶着墙还撒不出尿来。最后，他必须规规矩矩，才能对得起将来的老婆，因为一旦要娶，就必娶个一清二白的姑娘，所以自己也得象那么回事儿。可是现在，现在……想起虎妞，设若当个朋友看，她确是不错；当个娘们看，她丑，老，厉害，不要脸！就是想起抢去他的车，而且几乎要了他的命的那些大兵，也没有象想起她这么可恨可厌！她把他由乡间带来的那点清凉劲儿毁尽了，他现在成了个偷娘们的人！

　　再说，这个事要是吵嚷开，被刘四知道了呢？刘四晓得不晓得他女儿是个破货呢？假若不知道，祥子岂不独自背上黑锅？假若早就知道而不愿意管束女儿，那么他们父女是什么东西呢？他和这样人掺合着，他自己又是什么东西呢？就是他们父女都愿意，他也不能要她；不管刘老头子是有六十辆车，还是六百辆，六千辆！他得马上离开人和厂，跟他们一刀两断。祥子有祥子的本事，凭着自己的本事买上车，娶上老婆，这才正大光明！想到这里，他抬起头来，觉得自己是个好汉子，没有可怕的，没有可虑的，只要自己好好的干,就必定成功。

让了两次座儿,都没能拉上。那点别扭劲儿又忽然回来了。不愿再思索,可是心中堵得慌。这回事似乎与其他的事全不同,即使有了解决的办法,也不易随便的忘掉。不但身上好象粘上了点什么,心中也仿佛多了一个黑点儿,永远不能再洗去。不管怎样的愤恨,怎样的讨厌她,她似乎老抓住了他的心,越不愿再想,她越忽然的从他心中跳出来,一个赤裸裸的她,把一切丑陋与美好一下子,整个的都交给了他,象买了一堆破烂那样,碎铜烂铁之中也有一二发光的有色的小物件,使人不忍得拒绝。他没和任何人这样亲密过,虽然是突乎其来,虽然是个骗诱,到底这样的关系不能随便的忘记,就是想把它放在一旁,它自自然然会在心中盘绕,象生了根似的。这对他不仅是个经验,而也是一种什么形容不出来的扰乱,使他不知如何是好。他对她,对自己,对现在与将来,都没办法,仿佛是碰在蛛网上的一个小虫,想挣扎已来不及了。

迷迷糊糊的他拉了几个买卖。就是在奔跑的时节,他的心中也没忘了这件事,并非清清楚楚的,有头有尾的想起来,而是时时想到一个什么意思,或一点什么滋味,或一些什么感情,都是渺茫,而又亲切。他很想独自去喝酒,喝得人事不知,他也许能痛快一些,不能再受这个折磨!可是他不敢去喝。他不能为这件事毁坏了自己。他又想起买车的事来。但是他不能专心的去想,老有一点什么拦阻着他的心思;还没想到车,这点东西已经偷偷的溜出来,占住他的心,象块黑云遮住了太阳,把光明打断。到了晚间,打算收车,他更难过了。他必须回车厂,可是真怕回去。假如遇上她呢,怎办?他拉着空车在街上绕,两三次已离车厂不远,又转回头来往别处走,很象初次逃学的孩子不敢进家门那样。奇怪的是,他越想躲避她,同时也越想遇到她,天越黑,这个想头越来得厉害。一种明知不妥,而很愿试试的大胆与迷惑紧紧的捉住他的心,小的时候去用竿子捅马蜂窝就是这样,害怕,可是心中跳着要去试试,象有什么邪气催着自己似的。渺茫的他觉到一种比自己还更有力气的劲头儿,把他要揉成一个圆球,抛到一团烈火里去;他没法阻止住自己的前进。

他又绕回西安门来,这次他不想再迟疑,要直入公堂的找她去。她已不是任何人,她只是个女子。他的全身都热起来。刚走到门脸上,灯光下走来个四十多岁的男人,他似乎认识这个人的面貌态度,可是不敢去招呼。几乎是本能的,他说了声:"车吗?"那个人愣了一愣:"祥子?""是呀,"祥子笑了。"曹先生?"

曹先生笑着点了点头。"我说祥子,你要是没在宅门里的话,还上我那儿来吧?我现在用着的人太懒,他老不管擦车,虽然跑得也怪麻利的;你来不来?"

"还能不来,先生!"祥子似乎连怎样笑都忘了,用小毛巾不住的擦脸。"先生,我几儿上工呢?"

"那什么,"曹先生想了想,"后天吧。"

"是了,先生!"祥子也想了想:"先生,我送回你去吧?""不用;我不是到上海去了一程子吗,回来以后,我不在老地方住了。现今住在北长街;我晚上出来走走。后天见吧。"曹先生告诉了祥子门牌号数,又找补了一句:"还是用我自己的车。"

祥子痛快得要飞起来,这些日子的苦恼全忽然一齐铲净,象大雨冲过的白石路。曹先生是他的旧主人,虽然在一块没有多少日子,可是感情顶好;曹先生是非常和气的人,而且家中人口不多,只有一位太太,和一个小男孩。他拉着车一直奔了人和厂去。虎姑娘屋中的灯还亮着呢。一见这个灯亮,祥子猛的木在那里。

立了好久,他决定进去见她;告诉她他又找到了包月;把这两天的车份儿交上;要出他的储蓄;从此一刀两断——这自然不便明说,她总会明白的。

他进去先把车放好,而后回来大着胆叫了声刘姑娘。"进来!"

他推开门,她正在床上斜着呢,穿着平常的衣裤,赤着脚。依旧斜着身,她说:"怎样? 吃出甜头来了是怎着?"

祥子的脸红得象生小孩时送人的鸡蛋。愣了半天,他迟迟顿顿的说:"我又找好了事,后天上工。人家自己有车……"

她把话接了过来:"你这小子不懂好歹!"她坐起来,半笑半恼的指着他:"这儿有你的吃,有你的穿;非去出臭汗不过瘾是怎着? 老头子管不了我,我不能守一辈女儿寡! 就是老头子真犯牛脖子,我手里也有俩体己,咱俩也能弄上两三辆车,一天进个块儿八毛的,不比你成天满街跑臭腿去强? 我哪点不好? 除了我比你大一点,也大不了多少! 我可是能护着你,疼你呢!"

"我愿意去拉车!"祥子找不到别的辩驳。

"地道窝窝头脑袋! 你先坐下,咬不着你!"她说完,笑了笑,露出一对虎牙。

祥子青筋蹦跳的坐下。"我那点钱呢?"

"老头子手里呢;丢不了,甭害怕;你还别跟他要,你知道他的脾气? 够买车的数儿,你再要,一个小子儿也短不了你的;现在要,他要不骂出你的魂来才怪! 他对你不错! 丢不了,短一个我赔你俩! 你个乡下脑颏! 别让我损你啦!"

祥子又没的说了,低着头掏了半天,把两天的车租掏出来,放在桌上:

"两天的。"临时想起来:"今儿个就算交车,明儿个我歇一天。"他心中一点也不想歇息一天;不过,这样显着干脆;交了车,以后再也不住人和厂。

　　虎姑娘过来,把钱抓在手中,往他的衣袋里塞:"这两天连车带人都白送了!你这小子有点运气!别忘恩负义就得了!"说完,她一转身把门倒锁上。

《骆驼祥子》导读

拓展阅读

拓展阅读
1. 龙治民:虎妞其人
2. 冯波:《骆驼祥子》中的双重乡愁与老舍的跨文化焦虑

华威先生

张天翼

转弯抹角算起来——他算是我的一个亲戚。我叫他"华威先生"。他觉得这种称呼不大好。

"嗳,你真是!"他说。"为什么一定要个'先生'呢。你应当叫我'威弟'。再不然叫'阿威'。"

把这件事交涉过了之后,他立刻戴上了帽子:

"我们改日再谈好不好?我总想畅畅快快跟你谈一次——唉,可总是没有时间。今天刘主任起草了一个县长公余工作方案,硬叫我参加意见,叫我替他修改。三点钟又还有一个集会。"

这里他摇摇头,没奈何地苦笑了一下。他声明他并不怕吃苦:在抗战时期大家都应当苦一点。不过——时间总要够支配呀。

"王委员又打了三个电报来,硬要请我到汉口去一趟。这里全省文化界抗敌总会又成立了,一切抗战工作都要领导起来才行。我怎么跑得开呢,我的天!"

于是匆匆忙忙跟我握了握手,跨上他的包车。

他永远挟着他的公文皮包。并且永远带着他那根老粗老粗的黑油油的手杖。左手无名指上带着他的结婚戒指。拿着雪茄的时候就叫这根无名指微微地弯着,而小指翘得高高的,构成一朵兰花的图样。

这个城市里的黄包车谁都不作兴跑,一脚一脚挺踏实地踱着,好像饭后千步似的。可是包车例外:叮当,叮当,叮当,——一下子就抢到了前面。黄包车立刻就得往左边躲开,小推车马上打斜。担子很快地就让到路边。行人赶紧就避到两旁的店铺里去。

包车踏铃不断地响着。钢丝在闪着亮。还来不及看清楚——它就跑得老远老远的了,像闪电一样快。

而——据这里有几位抗战工作者的上层分子的统计——跑得顶快的是那位华威先生的包车。

他的时间很要紧。他说过——

"我恨不得取消晚上睡觉的制度。我还希望一天不止二十四小时。抗战工作实在太多了。"

接着掏出表来看一看,他那一脸丰满的肌肉立刻紧张了起来。眉毛皱着,嘴唇使劲撮着,好像他在把全身的精力都要收敛到脸上似的。他立刻就走:他要到难民救济会去开会。

照例——会场里的人全到齐了坐在那里等着他。他在门口下车的时候总得顺便把踏铃踏它一下:叮!

同志们彼此看着:唔,华威先生到会了。有几位透了一口气。有几位可就拉长了脸瞧着会场门口。有一位甚至于要准备决斗似的——抓着拳头瞪着眼。

华威先生的态度很庄严,用种从容的步子走进去,他先前那副忙劲儿好像被他自己的庄严态度消解掉了。他在门口稍为停了一会儿,让大家好把他看个清楚,仿佛要唤起同志们的一种信任心,仿佛要给同志们一种担保——什么困难的大事也都可以放下心来。他并且还点点头。他眼睛并不对着谁,只看着天花板。他是在对整个集体打招呼。

会场里很静。会议就要开始。有谁在那里翻着什么纸张,窸窸窣窣的。

华威先生很客气地坐到一个冷角落里,离主席位子顶远的一角。他不大肯当主席。

"我不能当主席,"他拿着一支雪茄烟打手势。"工人抗战工作协会的指导部今天开常会。通俗文艺研究会的会议也是今天。伤兵工作团也要去的,等一下。你们知道我的时间不够支配:只容许我在这里讨论十分钟。我不能当主席。我想推举刘同志当主席。"

说了就在嘴角上闪起一丝微笑,轻轻地拍几下手板。

主席报告的时候,华威先生不断地在那里括洋火点他的烟。把表放在面前,时不时像计算什么似地看看它。

"我提议!"他大声说。"我们的时间是很宝贵的:我希望主席尽可能报告得简单一点。我希望主席能够在两分钟之内报告完。"

他括了两分钟洋火之后,猛的站了起来。对那正在哇啦哇啦的主席摆摆手:

"好了,好了。虽然主席没有报告完,我已经明白了。我现在还要赴别的会,让我先发表一点意见。"

停了一停。抽两口雪茄,扫了大家一眼。

"我的意见很简单,只有两点,"他舔舔嘴唇。"第一点,就是——每个工作人员不能够怠工。而是相反,要加紧工作。这一点不必多说,你们都是很努力的青年,你们都能热心工作。我很感谢你们。但是还有一点——你们时时刻刻不能忘记,那就是我要说的第二点。"

他又抽了两口烟,嘴里吐出来的可只有热气。这就又括了一根洋火。

"这第二点呢就是:青年工作人员要认定一个领导中心。你们只有在这一个领导中心的领导之下,抗战工作才能够展开。青年是努力的,是热心的,但是因为理解不够,工作经验不够,常常容易犯错误。要是上面没有一个领导中心,往往要弄得不可收拾。"

瞧瞧所有的脸色,他脸上的肌肉耸动了一下——表示一种微笑。他往下说:

"你们都是青年同志,所以我说得很坦白,很不客气。大家都要做抗战工作,没有什么客气可讲。我想你们诸位青年同志一定会接受我的意见。我很感激你们。好了,抱歉得很,我要先走一步。"

把帽子一戴,把皮包一挟,瞧着天花板点点头,挺着肚子走了出去。

到门口可又想起了一件什么事。他把当主席的同志拽开,小声儿谈了几句。

"你们工作——有什么困难没有?"他问。

"我刚才的报告提到了这一点,我们……"

华威先生伸出个食指顶着主席的胸脯:

"唔,唔,唔。我知道我知道。我没有多余的时间来谈这件事。以后——你们凡是想到的工作计划,你们可以到我家里去找我商量。"

坐在主席旁边那个长头发青年注意地看着他们,现在可忍不住插嘴了:

"星期三我们到华先生家里去过三次,华先生不在家……"

那位华先生冷冷地瞅他一眼,带着鼻音哼了一句——"唔,我有别的事,"又对主席低声说下去:

"要是我不在家,你们跟密司黄接头也可以。密司黄知道我的意见,她可以告诉你们。"

密司黄就是他的太太。他对第三者说起她来,总是这么称呼她的。

他交代过了这才真的走开。这就到了通俗文艺研究会的会场。他发现别人已经在那里开会,正有一个人在那里发表意见。他坐了下来,点着了雪茄,不高兴地拍了三下手板。

"主席!"他叫。"我因为今天另外还有一个集会,我不能等到终席。我现在有点意见,想要先提出来。"

于是他发表了两点意见:第一,他告诉大家——在座的人都是当地的文化人,文化人的工作是很重要的,应当加紧地做去。第二,文化人应当认清一个领导中心,文化人在文抗会的领导中心的领导之下团结起来,统一起来。

五点三刻他到了文化界抗敌总会的会议室。

这回他脸上堆上了笑容,并且对每一个人点头。

"对不住得很,对不住得很:迟到了三刻钟。"

主席对他微笑一下,他还笑着伸了伸舌头,好像闯了祸怕挨骂似的。他四面瞧瞧形势,就拣在一个小胡子的旁边坐下来。

他带着很机密很严重的脸色——小声儿问那个小胡子:

"昨晚你喝醉了没有?"

"还好,不过头有点子晕。你呢?"

"我啊——我不该喝了那三杯猛酒,"他严肃地说。"尤其是汾酒,我不能猛喝。刘主任硬要我干掉——嗨,一回家就睡倒了。密司黄说要跟刘主任去算账呢:要质问他为什么要把我灌醉。你看!"

一谈到这些,他赶紧打开皮包,拿出一张纸条——写几个字递给了主席。

"请你稍为等一等,"主席打断了一个正在发言的人的话。"华威先生还有别的事情要走。现在他有点意见:要求先让他发表。"

华威先生点点头站了起来。

"主席!"腰板微微地一弯。"各位先生!"腰板微微地一弯。"兄弟首先要请求各位原谅:我到会迟了点,而又要提前退席。……"

随后他说出了他的意见。他声明——这文化界抗敌总会的常务理事会,是一切救亡工作的领导机关,应该时时刻刻起领导中心作用。

"群众是复杂的。工作又很多。我们要是不能起领导作用,那就很危险,很危险。事实上,此地各方面的工作也非有个领导中心不可。我们的担子真是太重了,但是我们不怕怎样的艰苦,也要把这担子担起来。"

他反复地说明了领导中心作用的重要,这就戴起帽子去赴一个宴会。他每天都这么忙着。要到刘主任那里去联络。要到各学校去演讲。要到各团体去开会。而且每天——不是别人请他吃饭,就是他请人吃饭。

华威太太每次遇到我,总是代替华威先生诉苦。

"唉,他真苦死了!工作这么多,连吃饭的工夫都没有。"

"他不可以少管一点,专门去做某一种工作么?"我问。

"怎么行呢?许多工作都要他去领导呀。"

可是有一次,华威先生简直吃了一大惊。妇女界有些人组织了一个战时保婴会,竟没有去找他!

他开始打听,调查。他设法把一个负责人找来。

"我知道你们委员会已经选出来了。我想还可以多添加几个。由我们文化界抗敌总会派人来参加。"

他看见对方在那里踌躇,他把下巴挂了下来:

"问题是在这一点:你们委员是不是能够真正领导这工作?你能不能够对我担保——你们会内没有汉奸,没有不良分子?你能不能担保——你们以后工作不至于错误,不至于怠工?你能不能担保,你能不能?你能够担保的话,那我要请你写个书面的东西,给我们文抗会常务理事会。以后万一——如果你们的工作出了毛病,那你就要负责。"

接着他又声明:这并不是他自己的意思。他不过是一个执行者。这里他食指点点对方胸脯:

"如果我刚才说的那些你们办不到,那不是就成了非法团体么?"

这么谈判了两次,华威先生当了战时保婴会的委员。于是在委员会开会的时候,华威先生挟着皮包去坐这么五分钟,发表了一两点意见就跨上了包车。

有一天他请我吃晚饭。他说因为家乡带来了一块腊肉。

我到他家里的时候,他正在那里对两个学生样的人发脾气。他们都挂着文化界抗敌总会的徽章。

"你昨天为什么不去,为什么不去?"他吼着。"我叫你拖几个人去的。但是我在台上一开始演讲,一看——连你都没有去听!我真不懂你们干了些什么?"

"昨天——我去出席日本问题座谈会的。"

华威先生猛地跳起来了:

"什么!什么!日本问题座谈会?怎么我不知道,怎么不告诉我?"

"我们那天部务会议决议了的。我来找过华先生,华先生又是不在家——"

"好啊,你们秘密行动!"他瞪着眼。"你老实告诉我——这个座谈会到底是什么背景,你老实告诉我!"

对方似乎也动了火:

"什么背景呢,都是中华民族!部务会议议决的,怎么是秘密行动呢。……华先生又不到会,开会也不终席,来找又找不到……我们总不能把部里的工作停顿起来。"

"混蛋!"他咬着牙,嘴唇在颤抖着。"你们小心!你们,哼,你们!你们!……"他倒到了沙发上,嘴巴痛苦地抽得歪着。"妈的!这个这个——你们青年!"

五分钟之后他抬起头来,害怕地四面看一看。那两个客人已经走了。他叹一口长气,对我说:

"唉,你看你看!现在的青年怎么办,现在的青年!"

这晚他没命地喝了许多酒,嘴里嘶嘶地骂着那些小伙子。他打碎了一

只茶杯。密司黄扶着他上了床,他忽然打个寒噤说:

"明天十点钟有个集会……"

1938 年 2 月

《华威先生》导读　　**拓展阅读**

拓展阅读

袁国兴:《华威先生》的"速写"艺术与"展演"技巧

呼兰河传（第四章）

萧　红

第四章

一

一到了夏天，蒿草长没大人的腰了，长没我的头顶了，黄狗进去，连个影也看不见了。

夜里一刮起风来，蒿草就刷拉刷拉地响着，因为满院子都是蒿草，所以那响声就特别大，成群结队的就响起来了。

下了雨，那蒿草的梢上都冒着烟，雨本来下得不很大，若一看那蒿草，好像那雨下得特别大似的。

下了毛毛雨，那蒿草上就迷漫得朦朦胧胧的，像是已经来了大雾，或者像是要变天了，好像是下了霜的早晨，混混沌沌的，在蒸腾着白烟。

刮风和下雨，这院子是很荒凉的了。就是晴天，多大的太阳照在上空，这院子也一样是荒凉的。没有什么显眼耀目的装饰，没有人工设置过的一点痕迹，什么都是任其自然，愿意东，就东，愿意西，就西。若是纯然能够做到这样，倒也保存了原始的风景。但不对的，这算什么风景呢？东边堆着一堆朽木头，西边扔着一片乱柴火。左门旁排着一大片旧砖头，右门边晒着一片沙泥土。

沙泥土是厨子拿来搭炉灶的，搭好了炉灶的泥土就扔在门边了。若问他还有什么用处吗，我想他也不知道，不过忘了就是了。

至于那砖头可不知道是干什么的，已经放了很久了，风吹日晒，下了雨被雨浇。反正砖头是不怕雨的，浇浇又碍什么事。那么就浇着去吧，没人管它。其实也正不必管它，凑巧炉灶或是炕洞子坏了，那就用得着它了。就在眼前，伸手就来，用着多么方便。但是炉灶就总不常坏，炕洞子修的也比较结实。不知哪里找的这样好的工人，一修上炕洞子就是一年，头一年八月修上,不到第二年八月是不坏的,就是到了第二年八月,也得泥水匠来,砖瓦匠来用铁刀一块一块地把砖砍着搬下来。所以那门前的一堆砖头似乎是一年也没有多大的用处。三年两年的还是在那里摆着。大概总是越摆越少,东家拿去一块垫花盆,西家搬去一块又是做什么。不然若是越摆越多,那可就糟了,岂不是慢慢地会把房门封起来的吗?

其实门前的那砖头是越来越少的。不用人工,任其自然,过了三年两载也就没有了。

可是目前还是有的。就和那堆泥土同时在晒着太阳,它陪伴着它,它陪伴着它。

除了这个,还有打碎了的大缸扔在墙边上,大缸旁边还有一个破了口的坛子陪着它蹲在那里。坛子底上没有什么,只积了半坛雨水,用手攀着坛子边一摇动:那水里边有很多活物,会上下地跑,似鱼非鱼,似虫非虫,我不认识。再看那勉强站着的,几乎是站不住了的已经被打碎的大缸,那缸里边可是什么也没有。其实不能够说那是"里边",本来这缸已经破了肚子。谈不到什么"里边""外边"了。就简称"缸磔"吧!在这缸磔上什么也没有,光滑可爱,用手一拍还会发响。小的时就总喜欢到旁边去搬一搬,一搬就不得了了,在这缸磔的下边有无数的潮虫。吓得赶快就跑。跑得很远地站在那里回头看着,看了一回,那潮虫乱跑一阵又回到那缸磔的下边去了。

这缸磔为什么不扔掉呢?大概就是专养潮虫。

和这缸磔相对着,还扣着一个猪槽子,那猪槽子已经腐朽了,不知扣了多少年了。槽子底上长了不少的蘑菇,黑森森的,那是些小蘑;看样子,大概吃不得,不知长着做什么。

靠着槽子的旁边就睡着一柄生锈的铁犁头。

说也奇怪,我家里的东西都是成对的,成双的。没有单个的。

砖头晒太阳,就有泥土来陪着。有破坛子,就有破大缸。有猪槽子就有铁犁头。像是它们都配了对,结了婚。而且各自都有新生命送到世界上来。

比方缸子里的似鱼非鱼,大缸下边的潮虫,猪槽子上的蘑菇等等。

不知为什么,这铁犁头,却看不出什么新生命来,而是全体腐烂下去了。

什么也不生,什么也不长,全体黄澄澄的。用手一触就往下掉末,虽然他本质是铁的,但沦落到今天,就完全像黄泥做的了,就像要瘫了的样子。比起它的同伴那木槽子来,真是远差千里,惭愧惭愧。这犁头假若是人的话,一定要流泪大哭:"我的体质比你们都好哇,怎么今天衰弱到这个样子?"

它不但它自己衰弱,发黄,一下了雨,它那满身的黄色的色素,还跟着雨水流到别人的身上去。那猪槽子的半边已经被染黄了。

那黄色的水流,还一直流得很远,是凡它所经过的那条土地,都被它染得焦黄。

二

我家是荒凉的。

一进大门,靠着大门洞子的东壁是三间破房子,靠着大门洞子的西壁仍是三间破房子。再加上一个大门洞,看起来是七间连着串,外表上似乎是很威武的,房子都很高大,架着很粗的木头的房架。柁头是很粗的,一个小孩抱不过来。都一律是瓦房盖,房脊上还有透窿的用瓦做的花,迎着太阳看去,是很好看的,房脊的两梢上,一边有一个鸽子,大概也是瓦做。终年不动,停在那里。这房子的外表,似乎不坏。

但我看它内容空虚。

西边的三间,自家用装粮食的,粮食没有多少,耗子可是成群了。

粮食仓子底下让耗子咬出洞来,耗子的全家在吃着粮食。耗子在下边吃,麻雀在上边吃。全屋都是土腥气。窗子坏了,用板钉起来,门也坏了,每一开就颤抖抖的。

靠着门洞子西壁的三间房,是租给一家养猪的。那屋里屋外没有别的,都是猪了。大猪小猪,猪槽子,猪粮食。来往的人也都是猪贩子,连房子带人,都弄得气味非常之坏。

说来那家也并没有养了多少猪,也不过十个八个的。每当黄昏的时候,那叫猪的声音远近得闻。打着猪槽子,敲着圈栅。叫了几声,停了一停。声音有高有低,在黄昏的庄严的空气里好像是说他家的生活是非常寂寞的。

除了这一连串的七间房子之外,还有六间破房子,三间破草房,三间碾磨房。

三间碾磨房一起租给那家养猪的了,因为它靠近那家养猪的。

三间破草房是在院子的西南角上,这房子它单独的跑得那么远,孤伶伶的,毛头毛脚的,歪歪斜斜的站在那里。

房顶的草上长着青苔,远看去,一片绿,很是好看。下了雨,房顶上就出蘑菇,人们就上房采蘑菇,就好像上山去采蘑菇一样,一采采了很多。这样出蘑菇的房顶实在是很少有,我家的房子共有三十来间,其余的都不会出蘑菇,所以住在那房里的人一提着筐子上房去采蘑菇,全院子的人没有不羡慕的,都说:"这蘑菇是新鲜的,可不比那干蘑菇,若是杀一个小鸡炒上,那真好吃极了。"

"蘑菇炒豆腐,嗳,真鲜!"

"雨后的蘑菇嫩过了仔鸡。"

"蘑菇炒鸡,吃蘑菇而不吃鸡。"

"蘑菇下面,吃汤而忘了面。"

"吃了这蘑菇,不忘了姓才怪的。"

"清蒸蘑菇加姜丝,能吃八碗小米子干饭。"

"你不要小看了这蘑菇,这是意外之财!"

同院住的那些羡慕的人,都恨自己为什么不住在那草房里。若早知道租了房子连蘑菇都一起租来了,就非租那房子不可。天下哪有这样的好事,租房子还带蘑菇的。于是感慨唏嘘,相叹不已。

再说站在房间上正在采着的,在多少只眼目之中,真是一种光荣的工作。

于是也就慢慢的采,本来一袋烟的工夫就可以采完,但是要延长到半顿饭的工夫。同时故意选了几个大的,从房顶上骄傲地抛下来,同时说:"你们看吧,你们见过这样干净的蘑菇吗?除了是这个房顶,哪个房顶能够长出这样的好蘑菇来。"

那在下面的,根本看不清房顶到底那蘑菇全部多大,以为一律是这样大的,于是就更增加了无限的惊异。赶快弯下腰去拾起来,拿到家里,晚饭的时候,卖豆腐的来,破费二百钱捡点豆腐,把蘑菇烧上。

可是那在房顶上的因为骄傲,忘记了那房顶有许多地方是不结实的,已经露了洞了,一不加小心就把脚掉下去了,把脚往外一拔,脚上的鞋子不见了。

鞋子从房顶落下去,一直就落在锅里,锅里正是翻开的滚水,鞋子就在滚水里边煮上了。锅边漏粉的人越看越有意思,越觉得好玩,那一只鞋子在开水里滚着,翻着,还从鞋底上滚下一些泥浆来,弄得漏下去的粉条都黄忽忽的了。可是他们还不把鞋子从锅拿出来,他们说,反正这粉条是卖的,也不是自己吃。

这房顶虽然产蘑菇,但是不能够避雨,一下起雨来,全屋就像小水罐似的。摸摸这个是湿的,摸摸那个是湿的。

好在这里边住的都是些个粗人。

有一个歪鼻瞪眼的名叫"铁子"的孩子。他整天手里拿着一柄铁锹,在一个长槽子里边往下切着,切些个什么呢?初到这屋子里来的人是看不清的,因为热气腾腾的这屋里不知都在做些个什么。细一看,才能看出来他切的是马铃薯。槽子里都是马铃薯。

这草房是租给一家开粉房的。漏粉的人都是些粗人,没有好鞋袜,没有好行李,一个一个的和小猪差不多,住在这房子里边是很相当的,好房子让他们一住也怕是住坏了。何况每一下雨还有蘑菇吃。

这粉房里的人吃蘑菇,总是蘑菇和粉配在一道,蘑菇炒粉,蘑菇炖粉,蘑菇煮粉。没有汤的叫做"炒",有汤的叫做"煮",汤少一点的叫做"炖"。

他们做好了,常常还端着一大碗来送给祖父。等那歪鼻瞪眼的孩子一走了,祖父就说:"这吃不得,若吃到有毒的就吃死了。"

但那粉房里的人,从来没吃死过,天天里边唱着歌,漏着粉。

粉房的门前搭了几丈高的架子,亮晶晶的白粉,好像瀑布似的挂在上边。

他们一边挂着粉,也是一边唱着的。等粉条晒干了,他们一边收着粉,也是一边地唱着。那唱不是从工作所得到的愉快,好像含着眼泪在笑似的。

逆来顺受,你说我的生命可惜,我自己却不在乎。你看着很危险,我却自己以为得意。不得意怎么样?人生是苦多乐少。

那粉房里的歌声,就像一朵红花开在了墙头上。越鲜明,就越觉得荒凉。

> 正月十五正月正,
> 家家户户挂红灯。
> 人家的丈夫团圆聚,
> 孟姜女的丈夫去修长城。

只要是一个晴天,粉丝一挂起来了,这歌音就听得见的。因为那破草房是在西南角上,所以那声音比较的辽远。偶尔也有装腔女人的音调在唱"五更天"。

那草房实在是不行了,每下一次大雨,那草房北头就要多加一只支柱,那支柱已经有七八只之多了,但是房子还是天天的往北边歪。越歪越厉害,我一看了就害怕,怕从那旁边一过,恰好那房子倒了下来,压在我身上。那房子实在是不像样子了,窗子本来是四方的,都歪斜得变成菱形的了。门也歪斜得关不上了。墙上的大柁就像要掉下来似的,向一边跳出来了。房脊上的正梁一天一天的往北走,已经拔了榫,脱离别人的牵掣,而它自己单独行动起来了。那些钉在房脊上的椽杆子,能够跟着它跑的,就跟着它一顺水地往北边跑下去了;不能够跟着它跑的,就挣断了钉子,而垂下头来,向着粉房里的人们的头垂下来,因为另一头是压在檐外,所以不能够掉下来,只是滴里郎当地垂着。

我一次进粉房去，想要看一看漏粉到底是怎样漏法。但是不敢细看，我很怕那椽子头掉下来打了我。

一刮起风来，这房子就喳喳的山响，大柁响，马梁响，门框、窗框响。

一下了雨，又是喳喳的响。

不刮风，不下雨，夜里也是会响的，因为夜深人静了，万物齐鸣，何况这本来就会响的房子，哪能不响呢。

以它响得最厉害。别的东西的响，是因为倾心去听它，就是听得到的，也是极幽渺的，不十分可靠的。也许是因为一个人的耳鸣而引起来的错觉，比方猫、狗、虫子之类的响叫，那是因为他们是生物的缘故。

可曾有人听过夜里房子会叫的，谁家的房子会叫，叫得好像个活物似的，嚓嚓的，带着无限的重量。往往会把睡在这房子里的人叫醒。

被叫醒了的人，翻了一个身说："房子又走了。"

真是活神活现，听他说了这话，好像房子要搬了场似的。

房子都要搬场了，为什么睡在里边的人还不起来，他是不起来的，他翻了个身又睡了。

住在这里边的人，对于房子就要倒的这会事，毫不加戒心，好像他们已经有了血族的关系，是非常信靠的。

似乎这房一旦倒了，也不会压到他们，就算是压到了，也不会压死的，绝对地没有生命的危险。这些人的过度的自信，不知从哪里来的，也许住在那房子里边的人都是用铁铸的，而不是肉长的。再不然就是他们都是敢死队，生命置之度外了。

若不然为什么这么勇敢？生死不怕。

若说他们是生死不怕，那也是不对的，比方那晒粉条的人，从杆子上往下摘粉条的时候，那杆子掉下来了，就吓他一哆嗦。粉条打碎了，他还没有敲打着。他把粉条收起来，他还看着那杆子，他思索起来，他说："莫不是……"

他越想越奇怪，怎么粉打碎了，而人没打着呢。他把那杆子扶了上去，远远地站在那里看着，用眼睛捉摸着。越捉摸越觉得可怕。

"唉呀！这要是落到头上呢。"

那真是不堪想像了。于是他摸着自己的头顶，他觉得万幸万幸，下回该加小心。

本来那杆子还没有房椽子那么粗，可是他一看见，他就害怕，每次他再晒粉条的时候，他都是躲着那杆子，连在它旁边走也不敢走。总是用眼睛溜着它，过了很多日才算把这回事忘了。

若下雨打雷的时候，他就把灯灭了，他们说雷扑火，怕雷劈着。

他们过河的时候,抛两个铜板到河里去,传说河是馋的,常常淹死人的,把铜板一摆到河里,河神高兴了,就不会把他们淹死了。

这证明住在这嚓嚓响着的草房里的他们,也是很胆小的,也和一般人一样是颤颤惊惊地活在这世界上。

那么这房子既然要塌了,他们为么不怕呢?

据卖馒头的老赵头说:"他们要的就是这个要倒的么!"

据粉房里的那个歪鼻瞪眼的孩子说:"这是住房子啊,也不是娶媳妇要她周周正正。"

据同院住的周家的两位少年绅士说:"这房子对于他们那等粗人,就再合适也没有了。"

据我家的有二伯说:"是他们贪图便宜,好房子呼兰城里有的多,为啥他们不搬家呢? 好房子人家要房钱的呀,不像是咱们家这房子,一年送来十斤二十斤的干粉就完事,等于白住。你二伯是没有家眷,若不我也找这样房子去住。"

有二伯说的也许有点对。

祖父早就想拆了那座房子的,是因为他们几次的全体挽留才留下来的。

至于这个房子将来倒与不倒,或是发生什么幸与不幸,大家都以为这太远了,不必想了。

三

我家的院子是很荒凉的。

那边住着几个漏粉的,那边住着几个养猪的。养猪的那厢房里还住着一个拉磨的。

那拉磨的,夜里打着梆子通夜的打。

养猪的那一家有几个闲散杂人,常常聚在一起唱着秦腔,拉着胡琴。

西南角上那漏粉的则欢喜在晴天里边唱一个《叹五更》。

他们虽然是拉胡琴、打梆子、叹五更,但是并不是繁华的,并不是一往直前的,并不是他们看见了光明,或是希望着光明,这些都不是的。

他们看不见什么是光明的,甚至于根本也不知道,就像太阳照在瞎子的头上了,瞎子也看不见太阳,但瞎子却感到实在是温暖了。

他们就是这类人,他们不知道光明在哪里,可是他们实实在在地感得到寒凉就在他们的身上,他们想击退了寒凉,因此而来了悲哀。

他们被父母生下来,没有什么希望,只希望吃饱了,穿暖了。

但也吃不饱,也穿不暖。逆来的,顺受了。

顺来的事情,却一辈子也没有。

磨房里那打梆子的,夜里常常是越打越响,他越打得激烈,人们越说那声音凄凉。因为他单单的响音,没有同调。

四

我家的院子是很荒凉的。

粉房旁边的那小偏房里,还住着一家赶车的,那家喜欢跳大神,常常就打起鼓来,喝喝咧咧唱起来了。鼓声往往打到半夜才止,那说仙道鬼的,大神和二神的一对一答。苍凉,幽渺,真不知今世何世。

那家的老太太终年生病,跳大神都是为她跳的。

那家是这院子顶丰富的一家,老少三辈。家风是干净利落,为人谨慎,兄友弟恭,父慈子爱。家里绝对的没有闲散杂人。绝对不像那粉房和那磨房,说唱就唱,说哭就哭。他家永久是安安静静的。跳大神不算。

那终年生病的老太太的祖母,她有两个儿子,大儿子是赶车的,二儿子也是赶车的。一个儿子都有一个媳妇。大儿媳妇胖胖的,年已五十了。二儿媳妇瘦瘦的,年已四十了。

除了这些,老太太还有两个孙儿,大孙儿是二儿子的。二孙儿是大儿子的。

因此他家里稍稍有点不睦,那两个媳妇妯娌之间,稍稍有点不合适,不过也不很明朗化。只是你我之间各自晓得。做嫂子的总觉得兄弟媳妇对她有些不驯,或者就因为她的儿子大的缘故吧。兄弟媳妇就总觉得嫂子是想压她,凭什么想压人呢?自己的儿子小。没有媳妇指使着,看了别人还眼气。

老太太有了两个儿子,两个孙子,认为十分满意了。人手整齐,将来的家业,还不会兴旺的吗?就不用说别的,就说赶大车这把力气也是够用的。

看看谁家的车上是爷四个,拿鞭子的,坐在车后尾巴上的都是姓胡,没有外姓。在家一盆火,出外父子兵。所以老太太虽然是终年病着,但很乐观,也就是跳一跳大神什么的解一解心疑也就算了。她觉得就是死了,也是心安意得的了,何况还活着,还能够看得见儿子们的忙忙碌碌。媳妇们对于她也很好的,总是隔长不短的张罗着给她花几个钱跳一跳大神。

每一次跳神的时候,老太太总是坐在炕里,靠着枕头,挣扎着坐了起来,向那些来看热闹的姑娘媳妇们讲:"这回是我大媳妇给我张罗的。"或是"这回是我二媳妇给我张罗的。"她说的时候非常得意,说着说着就坐不住了。

她患的是瘫病,就赶快招媳妇们来把她放下了。放下了还要喘一袋烟的工夫。

看热闹的人,没有一个不说老太太慈祥的,没有一个不说媳妇孝顺的。所以每一跳大神,远远近近的人都来了,东院西院的,还有前街后街的也都来了。只是不能够预先订座,来得早的就有凳子、炕沿坐。来得晚的,就得站着了。

一时这胡家的孝顺,居于领导的地位,风传一时,成为妇女们的楷模。

不但妇女,就是男人也得说:"老胡家人旺,将来财也必旺。"

"天时、地利、人和,最要紧的还是人和。人和了,天时不好也好了。地利不利也利了。"

"将来看着吧,今天人家赶大车的,再过五年看,不是二等户,也是三等户。"

我家的有二伯说:"你看着吧,过不了几年人家就骡马成群了。别看如今人家就一辆车。"

他家的大儿媳妇和二儿媳妇的不睦,虽然没有新的发展,可也总没有消灭。

大孙子媳妇通红的脸,又能干,又温顺。人长得不肥不瘦,不高不矮,说起话来,声音不大不小。正合适配到他们这样的人家。

车回来了,牵着马就到井边去饮水。车马一出去了,就喂草。看她那长样可并不是做这类粗活的人,可是做起事来并不弱于人,比起男人来,也差不了许多。

放下了外边的事情不说,再说屋里的,也样样拿得起来,剪、裁、缝、补,做哪样像哪样,他家里虽然没有什么绫、罗、绸、缎可做的,就说粗布衣也要做个四六见线,平平板板,一到过年的时候,无管怎样忙,也要偷空给奶奶婆婆,自己的婆婆,大娘婆婆,各人做一双花鞋。虽然没有什么好的鞋面,就说青水布的,也要做个精致。虽然没有丝线,就用棉花线,但那颜色却配得水灵灵地新鲜。

奶奶婆婆的那双绣的是桃红的大瓣莲花。大娘婆婆的那双绣的是牡丹花。婆婆的那双绣的是素素雅雅的绿叶兰。

这孙子媳妇回了娘家,娘家的人一问她婆家怎样,她说都好都好,将来非发财不可。大伯公是怎样的兢兢业业,公公是怎样的吃苦耐劳。奶奶婆婆也好,大娘婆婆也好。凡是婆家的无一不好。完全顺心,这样的婆家实在难找。

虽然她的丈夫也打过她,但她说,那个男人不打女人呢?于是也心满意足地并不以为那是缺陷了。

她把绣好的花鞋送给奶奶婆婆,她看她绣了那么一手好花,她感到了对这孙子媳妇有无限的惭愧,觉得这样一手好针线,每天让她喂猪打狗的,真是难为了她了,奶奶婆婆把手伸出来,把那鞋接过来,真是不知如何说好,只是轻轻地托着那鞋,苍白的脸孔,笑盈盈地点着头。

这是这样好的一个大孙子媳妇。二孙子媳妇也订好了,只是二孙子还太小,一时不能娶过来。

她家的两个妯娌之间的磨擦,都是为了这没有娶过来的媳妇,她自己的婆婆的主张把她接过来,做团圆媳妇,婶婆婆就不主张接来,说她太小不能干活,只能白吃饭,有什么好处。

争执了许久,来与不来,还没有决定。等下回给老太太跳大神的时候,顺便问一问大仙家再说吧。

五

我家是荒凉的。

天还未明,鸡先叫了;后边磨房里那梆子声还没有停止,天就发白了。

天一发白,乌鸦群就来了。

我睡在祖父旁边,祖父一醒,我就让祖父念诗,祖父就念:

"春眠不觉晓,处处闻啼鸟。

夜来风雨声,花落知多少?"

"春天睡觉不知不觉地就睡醒了,醒了一听,处处有鸟叫着,回想昨夜的风雨,可不知道今早花落了多少。"

是每念必讲的,这是我的约请。

祖父正在讲着诗,我家的老厨子就起来了。

他咳嗽着,听得出来,他担着水桶到井边去挑水去了。

井口离得我家的住房很远,他摇着井绳哗拉拉地响,日里是听不见的,可是在清晨,就听得分外地清明。

老厨子挑完了水,家里还没有人起来。

听得见老厨子刷锅的声音刷拉拉地响。老厨子刷完了锅,烧了一锅洗脸水了,家里还没有人起来。

我和祖父念诗,一直念到太阳出来。

祖父说:"起来吧。"

"再念一首。"

祖父说:"再念一首可得起来了。"

于是再念一首,一念完了,我又赖起来不算了,说再念一首。

每天早晨都是这样纠缠不清地闹。等一开了门,到院子去。院子里边已经是万道金光了,大太阳晒在头上都滚热的了。太阳两丈高了。

祖父到鸡架那里去放鸡,我也跟在那里,祖父到鸭架那里去放鸭,我也跟在后边。我跟着祖父,大黄狗在后边跟着我。我跳着,大黄狗摇着尾巴。

大黄狗的头像盆那么大,又胖又圆,我总想要当一匹小马来骑它。祖父说骑不得。

但是大黄狗是喜欢我的,我是爱大黄狗的。

鸡从架里出来了,鸭子从架里出来了,它们抖擞着毛,一出来就连跑带叫的,吵的声音很大。

祖父撒着通红的高粱粒在地上,又撒了金黄的谷粒子在地上。

于是鸡啄食的声音,咯咯地响成群了。

喂完了鸡,往天空一看,太阳已经三丈高了。

我和祖父回到屋里,摆上小桌,祖父吃一碗饭米汤,浇白糖;我则不吃,我要吃烧包米;祖父领着我,到后园去,趟着露水去到包米丛中为我擗一穗包米来。擗来了包米,袜子、鞋,都湿了。

祖父让老厨子把包米给我烧上,等包米烧好了,我已经吃了两碗以上的饭米汤浇白糖了。包米拿来,我吃了一两个粒,就说不好吃,因为我已吃饱了。

于是我手里拿烧包米就到院子去喂大黄去了。

"大黄"就是大黄狗的名字。

街上,在墙头外面,各种叫卖声音都有了,卖豆腐的,卖馒头的,卖青菜的。

卖青菜的喊着,茄子、黄瓜、荚豆和小葱子。

一挑喊着过去了,又来了一挑;这一挑不喊茄子、黄瓜,而喊着芹菜、韭菜、白菜……街上虽然热闹起来了,而我家里则仍是静悄悄的。

满院子蒿草,草里面叫着虫子。破东西,东一件西一样的扔着。

看起来似乎是因为清早,我家才冷静,其实不然的,是因为我家的房子多,院子大,人少的缘故。

那怕就是到了正午,也仍是静悄悄的。

每到秋天,在蒿草的当中,也往往开了蓼花,所以引来不少的蜻蜓和蝴蝶在那荒凉的一片蒿草上闹着。这样一来,不但不觉得繁华,反而更显得荒凉寂寞。

《呼兰河传》导读

拓展阅读

拓展阅读

茅盾:《呼兰河传》序

小二黑结婚

赵树理

一　神仙的忌讳

刘家峧有两个神仙,邻近各村无人不晓:一个是前庄上的二诸葛,一个是后庄上的三仙姑。二诸葛原来叫刘修德,当年作过生意,抬脚动手都要论一论阴阳八卦,看一看黄道黑道。三仙姑是后庄于福的老婆,每月初一十五都要顶着红布摇摇摆摆装扮天神。

二诸葛忌讳"不宜栽种",三仙姑忌讳"米烂了"。这里边有两个小故事:有一年春天大旱,直到阴历五月初三才下了四指雨。初四那天大家都抢着种地,二诸葛看了看历书,又掐指算了一下说:"今日不宜栽种。"初五日是端午,他历年就不在端午这天做什么,又不曾种;初六倒是个黄道吉日,可惜地干了,虽然勉强把他的四亩谷子种上了,却没有出够一半。后来直到十五才又下雨,别人家都在地里锄苗,二诸葛却领着两个孩子在地里补空子。邻家有个后生,吃饭时候在街上碰上二诸葛便问道:"老汉!今天宜栽种不宜?"二诸葛翻了他一眼,扭转头返回去了,大家就嘻嘻哈哈传为笑谈。

三仙姑有个女孩叫小芹。一天,金旺他爹到三仙姑那里问病,三仙姑坐在香案后唱,金旺他爹跪在香案前听。小芹那年才九岁,晌午做捞饭,把米下进锅里了,听见她娘哼哼得很中听,站在桌前听了一会,把做饭也忘了。一会,金旺他爹出去小便,三仙姑趁空向小芹说:"快去捞饭!米烂了!"这句话却不料就叫金旺他爹听见,回去就传开了。后来有些好玩笑的人,见了三仙姑就故意问别人"米烂了没有?"

二　三仙姑的来历

三仙姑下神,足足有三十年了。那时三仙姑才十五岁,刚刚嫁给于福,是前后庄上第一个俊俏媳妇。于福是个老实后生,不多说一句话,只会在地里死受。于福的娘早死了,只有个爹,父子两个一上了地,家里就只留下新媳妇一个人。村里的年轻人们觉着新媳妇太孤单,就慢慢自动的来跟新媳妇作伴,不几天就集合了一大群,每天嘻嘻哈哈,十分哄伙。于福他爹看见不像个样子,有一天发了脾气,大骂一顿,虽然把外人挡住了,新媳妇却跟他闹起来。新媳妇哭了一天一夜,头也不梳,脸也不洗,饭也不吃,躺在炕上,谁也叫不起来,父子两个没了办法。邻家有个老婆替她请了一个神婆子,在她家下了一回神,说是三仙姑跟上她了,她也哼哼唧唧自称吾神长吾神短,从此以后每月初一十五就下起神来,别人也给她烧起香来求财问病,三仙姑的香案便由此设起来了。

青年们到三仙姑那里去,要说是去问神,还不如说是去看圣象。三仙姑也暗暗猜透大家的心事,衣服穿得更新鲜,头发梳得更光滑,首饰擦得更明,官粉搽得更匀,不由青年们不跟着她转来转去。

这是三十来年前的事。当时的青年,如今都已留下胡子,家里大半又都是子媳成群,所以除了几个老光棍,差不多都没有那些闲情到三仙姑那里去了。三仙姑却和大家不同,虽然已经四十五岁,却偏爱当个老来俏,小鞋上仍要绣花,裤腿上仍要镶边,顶门上的头发脱光了,用黑手帕盖起来,只可惜官粉涂不平脸上的皱纹,看起来好像驴粪蛋上下了霜。

老相好都不来了,几个老光棍不能叫三仙姑满意,三仙姑又团结了一伙孩子们,比当年的老相好更多,更俏皮。

三仙姑有什么本领能团结这伙青年呢?这秘密在她女儿小芹身上。

三 小芹

三仙姑前后共生过六个孩子,就有五个没有成人,只落了一个女儿,名叫小芹。小芹当两三岁时候,就非常伶俐乖巧,三仙姑的老相好们,这个抱过来说是"我的",那个抱起来说是"我的",后来小芹长到五六岁,知道这不是好话,三仙姑教她说:"谁再这么说,你就说'是你的姑姑'。"说了几回,果然没有人再提了。

小芹今年十八了,村里的轻薄人说,比她娘年轻时候好得多。青年小伙子们,有事没事,总想跟小芹说句话。小芹去洗衣服,马上青年们也都去洗;小芹上山采野菜,马上青年们也都去采。

吃饭时候,邻居们端上碗爱到三仙姑那里坐一会,前庄上的人来回一里路,也并不觉得远。这已经是三十年来的老规矩,不过小青年们也这样热心,却是近二三年来才有的事。三仙姑起先还以为自己仍有勾引青年的本领,日子长了,青年们并不真正跟她接近,她才慢慢看出门道来,才知道人家来了为的是小芹。

不过小芹却不跟三仙姑一样,表面上虽然也跟大家说说笑笑,实际上却不跟人乱来,近二三年,只是跟小二黑好一点。前年夏天,有一天前响,于福去地,三仙姑去串门,家里只留下小芹一个人,金旺来了,嘻皮笑脸向小芹说:"这会可算是个空子吧?"小芹板起脸来说:"金旺哥!咱们以后说话要规矩些!你也是娶媳妇大汉了!"金旺撇撇嘴说:"咦!装什么假正经?小二黑一来管保你就软了!有便宜大家讨开点,没事;要正经除非自己锅底没有黑!"说着就拉住小芹的胳膊悄悄说:"不用装模作样了!"不料小芹大声喊道:"金旺!"金旺赶紧放手跑出来。一边还咄念道:"等得住你!"说着就悄悄溜走了。

四　金旺兄弟

提起金旺来,刘家峧没有人不恨他,只有他一个本家兄弟名叫兴旺跟他对劲。

金旺他爹虽是个庄稼人,却是刘家峧一只虎,当过几十年老社首,捆人打人是他的拿手好戏。金旺长到十七八岁,就成了他爹的好帮手;兴旺也学会了帮虎吃食,从此金旺他爹想要捆谁,就不用亲自动手,只要下个命令,自有金旺兴旺代办。

抗战初年,汉奸敌探溃兵土匪到处横行,那时金旺他爹已经死了,金旺、兴旺弟兄两个,给一支溃兵作了内线工作,引路绑票,讲价赎人,又做巫婆又做鬼,两头出面装好人。后来八路军来,打垮溃兵土匪,他两人才又回到刘家峧。

山里人本来就胆子小,经过几个月大混乱,死了许多人,弄得大家更不敢出头了。别的大村子都成立了村公所、各救会、武委会,刘家峧却除了县府派来一个村长以外,谁也不愿意当干部。不久,县里派人来刘家峧工作,要选举村干部,金旺跟兴旺两个人看出这又是掌权的机会,大家也巴不得有人愿干,就把兴旺选为武委会主任,把金旺选为村政委员,连金旺老婆也被选为妇救会主席,其他各干部,硬捏了几个老头子出来充数。只有青抗先队长,老头子充不得。兴旺看见小二黑这个小孩子漂亮好玩,随便提了一下名就通过了,他爹二诸葛虽然不愿,可是惹不起金旺,也没有敢说什么。

村长是外来的,对村里情形不十分了解,从此金旺兴旺比前更厉害了,只要瞒住村长一个人,村里人不论哪个都得由他两个调遣。这几年来,村里别的干部虽然调换了几个,而他两个却好像铁桶江山。大家对他两个虽是恨之入骨,可是谁也不敢说半句话,都恐怕扳不倒他们,自己吃亏。

五　小二黑

小二黑，是二诸葛的二小子，有一次反"扫荡"打死过两个敌人，曾得到特等射手的奖励。说到他的漂亮，那不只在刘家峧有名，每年正月扮故事，不论去到哪一村，妇女们的眼睛都跟着他转。

小二黑没有上过学，只是跟着他爹识了几个字。当他六岁时候，他爹就教他识字。识字课本既不是五经四书，也不是常识国语，而是从天干、地支、五行、八卦、六十四卦名等学起，进一步便学些《百中经》《玉匣记》《增删卜易》《麻衣神相》《奇门遁甲》《阴阳宅》等书。小二黑从小就聪明，像那些算属相、卜六王课、念大小流年或"甲子乙丑海中金"等口诀，不几天就都弄熟了，二诸葛也常把他引在人前卖弄。因为他长得伶俐可爱，大人们也都爱跟他玩，这个说："二黑，算一算十岁属什么？"那个说："二黑，给我卜一课！"后来二诸葛因为说"不宜栽种"误了种地，老婆也埋怨，大黑也埋怨，庄上人也都传为笑谈，小二黑也跟着这事受了许多奚落。那时候小二黑十三岁，已经懂得好歹了，可是大人们仍把他当成小孩来玩弄，好跟二诸葛开玩笑的，一到了家，常好对着二诸葛问小二黑道："二黑！算算今天宜不宜栽种？"和小二黑年纪相仿的孩子们，一跟小二黑生了气，就连声喊道："不宜栽种不宜栽种……"小二黑因为这事，好几个月见了人躲着走，从此就和他娘商量成一气，再不信他爹的鬼八卦。

小二黑跟小芹相好已经二三年了。那时候他才十六七，原不过在冬天夜长时候，跟着些闲人到三仙姑那里凑热闹，后来跟小芹混熟了，好像是一天不见面也不能行。后庄上也有人愿意给小二黑跟小芹做媒人，二诸葛不愿意，不愿意的理由有三：第一小二黑是金命，小芹是火命，恐怕火克金；第二小芹生在十月，是个犯月；第三是三仙姑的声名不好。恰巧在这时候，彰德府来了一伙难民，其中有个老李带来个八九岁的小姑娘，因为没有吃的，愿意把姑娘送给人家逃个活命。二诸葛说是个便宜，先问了一下生辰八字，掐算了半天说："千里姻缘使线牵"，就替小二黑收作童养媳。

虽然二诸葛说是千合适万合适，小二黑却不认账。父子俩吵了几天，二诸葛非养不行，小二黑说："你愿意养你就养着，反正我不要！"结果虽把小姑娘留下了，却到底没有说清楚算什么关系。

六　斗争会

金旺自从碰了小芹的钉子以后，每日怀恨，总想设法报一报仇。有一次武委会训练村干部,恰巧小二黑发疟疾没有去。训练完毕之后,金旺就向兴旺说:"小二黑是装病,其实是被小芹勾引住了,可以斗争他一顿。"兴旺就是武委会主任,从前也碰过小芹一回钉子,自然十分赞成金旺的意见,并且又叫金旺回去和自己的老婆说一下,发动妇救会也斗争小芹一番。金旺老婆现任妇救会主席,因为金旺好到小芹那里去,早就恨得小芹了不得。现在金旺回去跟她说要斗争小芹,这才是巴不得的机会,丢下活计,马上就去布置。第二天,村里开了两个斗争会,一个是武委会斗争小二黑,一个是妇救会斗争小芹。

小二黑自己没有错,当然不承认,嘴硬到底,兴旺就下命令,把他捆起来送交政权机关处理。幸而村长脑筋清楚,劝兴旺说:"小二黑发疟是真的,不是装病,至于跟别人恋爱,不是犯法的事,不能捆人家。"兴旺说:"他已是有了女人的。"村长说:"村里谁不知道小二黑不承认他的童养媳。人家不承认是对的;男不过十六,女不过十五,不到订婚年龄。十来岁小姑娘,长大也不会来认这笔账。小二黑满有资格跟别人恋爱,谁也不能干涉。"兴旺没话说了,小二黑反要问他:"无故捆人犯法不犯?"经村长双方劝解,才算放了完事。

兴旺还没有离村公所,小芹拉着妇救会主席也来找村长,她一进门就说:"村长!捉贼要赃,捉奸要双,当了妇救会主席就不说理了?"兴旺见拉着金旺的老婆,生怕说出这事与自己有关,赶紧溜走。后来村长问了问情由,费了好大一会唇舌,才给她们调解开。

七　三仙姑许亲

两个斗争会开过以后,事情包也包不住了,小二黑也知道这事是合理合法的了,索性就跟小芹公开商量起来。

三仙姑却着了急。她跟小芹虽是母女,近几年来却不对劲。三仙姑爱的是青年们,青年们爱的是小芹。小二黑这个孩子,在三仙姑看来好像鲜果,可惜多一个小芹,就没了自己的份儿。她本想早给小芹找个婆家推出门去,可是因为自己声名不正,差不多都不愿意跟她结亲。开罢斗争会以后,风言风语都说小二黑要跟小芹自由结婚,她想要真是那样的话,以后想跟小二黑说句笑话都不能了,那是多么可惜的事,因此托东家求西家要给小芹找婆家。

"插起招军旗,就有吃粮人。"有个吴先生是在阎锡山部下当过旅长的退职军官,家里很富,才死了老婆。他在奶奶庙大会上见过小芹一面,愿意续她,媒人向三仙姑一说,三仙姑当然愿意。不几天过了礼帖,就算定了,三仙姑以为了却一宗心事。

小芹已经和小二黑商量得差不多了,如何肯听她娘的话?过礼那一天,小芹跟她娘闹起来,把吴先生送来的首饰绸缎扔下一地。媒人走后,小芹跟她娘说:"我不管!谁收了人家的东西谁跟人家去!"

三仙姑愁住了,睡了半天,晚饭以后,说是神上了身,打了两个呵欠就唱起来。她起先责备于福管不了家,后来说小芹跟吴先生是前世姻缘,还唱些什么"前世姻缘由天定,不顺天意活不成……"于福跪在地下哀求,神非教他马上打小芹一顿不可。小芹听了这话,知道跟这个装神弄鬼的娘说不出什么道理来,干脆躲了出去,让她娘一个人胡说。

小芹一个人悄悄跑到前庄上去找小二黑,恰在路上碰上小二黑去找她,两个就悄悄拉着手到一个大窑里去商量对付三仙姑的法子。

八　拿双

小芹把她娘怎样主婚怎样装神,唱些什么,从头至尾细细向小二黑说了一遍,小二黑说:"不用理她!我打听过区上的同志,人家说只要男女本人愿意,就能到区上登记,别人谁也作不了主……"说到这里,听见外边有脚步声,小二黑伸出头来一看,黑影里站着四五个人,有一个说:"拿双拿双!"他两人都听出是金旺的声音,小二黑起了火,大叫道:"拿?没有犯了法!"兴旺也来了,下命令道:"捉住捉住!我就看你犯法不犯法,给你操了好几天心了!"小二黑说:"你说去哪里咱就去哪里,到边区政府你也不能把谁怎么样!走!"兴旺说:"走?便宜了你!把他捆起来!"小二黑挣扎了一会,无奈没有他们人多,终于被他们七手八脚打了一顿捆起来了。兴旺说:"里边还有个女的,也捆起来!捉奸要双,这是她自己说的!"说着就把小芹也捆起来了。

前庄上的人都还没有睡,听见有人吵架,有些人就跑出来看,麻秆火把下看见捆着的两个人,大家不问就都知道了八九分。二诸葛也出来了,见小二黑被人家捆起来,就跪在兴旺面前哀求道:"兴旺!咱两家没有什么仇!看在我老汉面上,请你们诸位高高手……"兴旺说:"这事情,我们管不了,送给上级再说吧!"小二黑说:"爹!你不用管!送到哪里也不犯法!我不怕他!"兴旺说:"好小子!要硬你就硬到底!"又逼住三个民兵说:"带他们走!"一个民兵问:"带到村公所?"兴旺说:"还到村公所干什么?上一回不是村长放了的?送给区武委会主任按军法处理!"说着就把他两个人拥上走了。

九　二诸葛的神课

邻居们见是兴旺弟兄们捆人,也没有人敢给小二黑讲情,直等到他们走后,才把二诸葛招呼回家。

二诸葛连连摇头说:"唉!我知道这几天要出事啦!前天早上我上地去,才上到岭上,碰上个骑驴媳妇,穿了一身孝,我就知道坏了。我今年是罗睺星照运,要谨防带孝的冲了运气,因此哪里也不敢去,谁知躲也躲不过,昨天晚上二黑他娘梦见庙里唱戏。今天早上一个老鸦落在东房上叫了十几声……唉!反正是时运,躲也躲不过。"他罗哩罗嗦念了一大堆,邻居们听了有些厌烦,又给他说了一会宽心话,就都散了。

有事人哪里睡得着?人散了之后,二诸葛家里除了童养媳之外,三个人谁也没有睡。二诸葛摸了摸脸,取出三个制钱占了一卦,占出之后吓得他面色如土。他说:"了不得呀了不得!丑土的父母动出午火的官鬼,火旺于夏,恐怕有些危险了。唉!人家把他选成青年队长,我就说过不叫他当,小杂种硬要充人物头!人家说要按军法处理,要不当队长哪里犯得了军法?"老婆也拍手跺脚道:"小爹呀!谁知道你要闯这么大的事啦?"大黑劝道:"不怕!事已经出下了,由他去吧!我想这又不是人命事,也犯不了什么大罪!既然他们送到区上了,我先到区上打听打听!你们都睡吧!"说着点了个灯笼就走了。

二诸葛打发大黑去后,仍然低头细细研究方才占的那一卦。停了一会,远远听着有个女人哭,越哭越近,不大一会就来到窗下,一推门就进来了。二诸葛还没有看清是谁,这女人就一把把他拉住,带哭带闹说:"刘修德!还我闺女!你的孩子把我的闺女勾引到哪里了?还我……"二诸葛老婆正气得死去活来,一看见来的是三仙姑,正赶上出气,从炕上跳下来拉住她道:"你来了好!省得我去找你!你母女两个好生生把我个孩子勾引坏,你倒有脸来找我!咱两人就也到区上说说理!"两个女人滚成一团,二诸葛一个人拉也拉不开,也再顾不上研究他的卦。三仙姑见二诸葛老婆已经不顾了命,自己先胆怯了几分,不敢恋战,少闹了一会挣脱出来就走了。二诸葛老婆追出门来,被二诸葛拦回去,还骂个不休。

十　恩典恩典

二诸葛一夜没有睡,一遍一遍念:"大黑怎么还不回来,大黑怎么还不回来。"第二天天不明就起程往区上走,走到半路,远远看见大黑、三个民兵已都回来了,还来了区上一个助理员,一个交通员。他远远就喊叫道:"大黑!怎么样?要紧不要紧?"大黑说:"没有事!不怕!"说着就走到跟前,助理员跟三个民兵先走了。大黑告交通员说:"这就是我爹!"又向二诸葛说:"区上添传你跟于福老婆。你去吧,没有事!二黑跟小芹两个人,一到区上就放开了。区上早就说兴旺跟金旺两个人不是东西,已经把他两个人押起来了,还派助理员到咱村开大会调查他们横行霸道的证据。我赶到那里人家就问罢了,听说区上还许咱二黑跟小芹结婚。"二诸葛说:"不犯罪就好,结婚可不行,命相不对!你没有听说添传我做什么?"大黑说:"不知道,大约也没有什么大事。你去吧,我先回去告我娘说。"交通员说:"老汉,这就算见了你了!你去吧,我再传那一个去!"说了就跟大黑相跟着走了。

　　二诸葛到了区上,看见小二黑跟小芹坐在一条板凳上,他就指着小二黑骂道:"闯祸东西!放了你你还不快回去?你把老子吓死了!不要脸!"区长道:"干什么?区公所是骂人的地方?"二诸葛不说话了。区长问:"你就是刘修德?"二诸葛答:"是!"问:"你给刘二黑收了个童养媳?"答:"是!"问:"今年几岁了?"答:"属猴的,十二岁了。"区长说:"女不过十五岁不能订婚,把人家退回娘家去,刘二黑已经跟小芹订婚了!"二诸葛说:"她只有个爹,也不知逃难逃到哪里去了,退也没处退。女不过十五不能订婚,那不过是官家规定,其实乡间七八岁订婚的多着哩。请区长恩典恩典就过去了……"区长说:"凡是不合法的订婚,只要有一方面不愿意都得退!"二诸葛说:"我这是两家情愿!"区长问小二黑道:"刘二黑!你愿意不愿意?"小二黑说:"不愿意!"二诸葛的脾气又上来了,瞪了小二黑一眼道:"由你啦?"区长道:"给他订婚不由他,难道由你啦?老汉,如今是婚姻自主,由不得你了,你家养的那个小姑娘,要真是没有娘家,就算成你的闺女好了。"二诸葛道:"那也可以,不过还得请区长恩典恩典,不能叫他跟于福这闺女订婚!"区长说:"这你就管不着了!"二诸葛发急道:"千万请区长恩典恩典,命相不对,这是一辈子的事!"又向小二黑道:"二黑!你不要糊涂了!这是你一辈子的事!"区长道:"老汉!你不要糊涂了,强逼着你十九岁的孩子娶上个十二岁的小姑娘,恐怕要生一辈子气!我不过是劝一劝你,其实只要人家两个人愿意,你愿意不愿意都不相干。回去吧!童养媳没处退就算成你的闺女!"二诸葛还要请区长"恩典恩典",一个交通员把他推出来了。

十一　看看仙姑

　　三仙姑去寻二诸葛,一来为的是逞逞闹气的本领,二来为的是遮遮外人的耳目,其实让小芹吃一吃亏她很高兴,所以跟二诸葛老婆闹了一阵之后,回去就睡了。第二天早上,她起得很迟,于福虽比她着急,可是自己既没有主意,又不敢叫醒他,只好自己先去做饭;饭快成的时候,三仙姑慢慢起来梳妆。于福问她道:"不去打听打听小芹?"她说:"打听她做甚啦?她的本领多大啦?"于福也再没有敢说什么,把饭菜做成了放在炉边等,直等到她梳妆罢了才开饭。

饭还没有吃罢,区上的交通员来传她。她好像很得意,嗓子拉得长长地说:"闺女大了咱管不了,就去请区长替咱管教管教!"她吃完了饭,换上新衣服、新首帕、绣花鞋、镶边裤,又擦了一次粉,加了几件首饰,然后叫于福给她备上驴,她骑上,于福给她赶上,往区上去。到了区上,交通员把她引到区长房子里,她趴下就磕头,连声叫道:"区长老爷,你可要给我作主!"区长正伏在桌上写字,见她低着头跪在地下,头上戴了满头银首饰,还以为是前两天跟婆婆生了气的那个年轻媳妇,便说道:"你婆婆不是有保人吗?为什么不找保人?"三仙姑莫名其妙,抬头看了看区长的脸。区长见是个擦着粉的老太婆,才知道是认错人了。交通员道:"认错人了!这就是于小芹的娘!"区长打量了她一眼道:"你就是小芹的娘呀?起来!不要装神做鬼!我什么都清楚!起来!"三仙姑站起来了。区长问:"你今年多大岁数?"三仙姑说:"四十五。"区长说:"你自己看看你打扮得像个人不像!"门边站着老乡一个十来岁的小闺女嘻嘻嘻笑了。交通员说:"到外边耍!"小闺女跑了。区长问:"你会下神是不是?"三仙姑不敢答话。区长问:"你给你闺女找了个婆家?"三仙姑答:"找下了!"问:"使了多少钱?"答:"三千五!"问:"还有些什么?"答:"有些首饰布匹!"问:"跟你闺女商量过没有?"答:"没有!"问:"你闺女愿意不愿意?"答:"不知道!"区长道:"我给你叫来你亲自问问她!"又向交通员道:"去叫于小芹!"

刚才跑出去那个小闺女,跑到外边一宣传,说有个打官司的老婆,四十五了,擦着粉,穿着花鞋。邻近的女人们都跑来看,挤了半院,唧唧哝哝说:"看看!四十五了!""看那裤腿!""看那鞋!"三仙姑半辈没有脸红过,偏这会撑不住气了,一道道热汗在脸上流。交通员领着小芹来了,故意说:"看什么?人家也是个人吧,没有见过?闪开路!"一伙女人们哈哈大笑。

把小芹叫来,区长说:"你问问你闺女愿意不愿意!"三仙姑只听见院里人说:"四十五""穿花鞋",羞得只顾擦汗,再也开不得口。院里的人们忽然又转了话头,都说"那是人家的闺女""闺女不如娘会打扮",也有人说"听说还会下神",偏又有个知道底细的断断续续讲"米烂了"的故事,这时三仙姑恨不得一头碰死。

区长说:"你不问我替你问!于小芹,你娘给你找的婆家你愿意跟人家结婚不愿意?"小芹说:"不愿意!我知道人家是谁?"区长问三仙姑道:"你听见了吧?"又给她讲了一会婚姻自主的法令,说小芹跟小二黑订婚完全合法,还吩咐她把吴家送来的钱和东西原封退了,让小芹跟小二黑结婚。她羞愧之下,一一答应了下来。

十二 怎么到底

三个民兵回到刘家峧,一说区上把兴旺金旺二人押起来,又派助理员来调查他们的罪恶,真是人人拍手称快。午饭后,庙里开一个群众大会,村长报告了开会宗旨,就请大家举他两个人的作恶事实。起先大家还怕扳不倒人家,人家再返回来报仇,老大一会没有人说话;有几个胆子太小的人,还悄悄劝大家说:"忍事者安然。"有个被他两人作践垮了的年轻人说:"我从前没有忍过?越忍越不得安然!你们不说我说!"他先从金旺领着土匪到他家绑票说起,一连说了四五款,才说道:"我歇歇再说,先让别人也说几款!"他一说开了头,许多受过害的人也都抢着说起来:有给他们花过钱的,有被他们逼着上过吊的,也有产业被他们霸了的,老婆被他们奸淫过的;他两人还派上民兵给他们自己割柴,拨上民夫给他们自己锄地;浮收粮、私派款,强迫民兵捆人,……你一宗他一宗,从晌午说到太阳落,一共说了五六十款。

区上根据这些罪状把他两人送到县里,县里把罪状一一证实之后,除叫他们赔偿大家损失外,又判了十五年徒刑。

经过这次大会之后,村里人也都敢出头了。不久,村干部又都经过大改选,村里人再也不敢乱投坏人的票了。这其间,金旺老婆自然也落了选。偏她还变了口吻,说:"以后我也要进步了。"

两个神仙也有了变化:

三仙姑那天在区上被一伙妇女围住看了半天,实在觉得不好意思,回去对着镜子研究了一下,真有点打扮得不像话;又想到自己的女儿快要跟人结婚,自己还卖什么老俏?这才下了个决心,把自己的打扮从顶到底换了一遍,弄得像个当长辈人的样子,把三十年来装神弄鬼的那张香案也悄悄拆去。

二诸葛那天从区上回去,又向老婆提起二黑跟小芹的命相不对,他老婆道:"把你的鬼八卦收起吧!你不是说二黑这回了不得吗?你一辈子放个屁也要卜一课,究竟抵了些什么事?我看小芹满不错,能跟咱二黑过就很好!什么命相对不对?你就不记得'不宜栽种'?"二诸葛见老婆都不信自己的阴阳,也就不好意思再到别人跟前卖弄他那一套了。

小芹和小二黑各回各家,见老人们的脾气都有些改变,托邻居们趁势和说和说,两位神仙也就顺水推舟同意他们结婚。后来两家都准备了一下,就过门。过门之后,小两口都十分得意,邻居们都说是村里第一对好夫妻。

夫妻们在自己卧房里有时候免不了说玩话:小二黑好学三仙姑下神时候唱"前世姻缘由天定",小芹好学二诸葛说"区长恩典,命相不对"。淘气的孩子们去听窗,学会了这两句话,就给两位神仙加了新外号:三仙姑叫"前世姻缘",二诸葛叫"命相不对"。

1943 年 5 月写于太行

《小二黑结婚》导读　　　　拓展阅读

拓展阅读
1. 周扬:论赵树理的创作
2. 傅修海:赵树理的革命叙事与乡土经验

蛾

苏 青

幽幽的月光,稀疏的星,庭院静悄悄地。明珠站在窗口,心想今夜要防空,恐怕没有朋友会到这里来了吧。没有朋友来的时候是寂寞,朋友来得多了的时候会烦恼,来得少了的时候可无聊,而当他们回去之后却又使她感到无限的空虚。她对他们说:她爱静。于是他们都走了,走得干干净净。

她一面想,一面对着庭院痴痴望。只见门外有辆车子停下来,她的心里就一惊。接着她瞧见隐隐绰绰地飘进来二个影子,是男与女,手挽手儿,看上去像在交头接耳地谈话。他们走到明珠站着的窗前,男的忽然把嘴更加凑紧女的耳际去说了句话,于是女的就把头一偏,低声啐他道:"当心给人听见!"可是明珠已听见了,而且听得很清楚,二个影子很快的又飘逝而去。

明珠瞧了眼幽幽的月光,稀疏的星,马上就把黑绒窗帘放下来。厚的,重的,黑沉沉的帘幕,替她隔开了这静悄悄的庭院,隐隐绰绰的影子,以及外边的整个使她不安的世界。

她茫然站在房中央,房间黑黝黝地。是春天了啊,空气还是这么的阴凉。她看不清这房里的一切,但是嗅着,嗅着,她能够嗅出一切东西的所在:当中是一张床,床边有台灯,灯罩是绿玉色的,只要用手一扳开关机,它马上就会吐出幽幽的光辉来。"要不要开灯呢?"她暗暗问着自己。自己说:"不开灯真是太阴凉了。"但是她虽然找出了要开的理由,却仍旧没有勇气去实行,脚是僵冷的,手指也僵冷,动弹不得。

刹那间,黑暗与僵冷,寂静与恐惧,一齐袭击到她身上来了。她觉得自己的膝盖已经冷得发抖,但是她得用力支持着,深恐一不留心会乘势跪下去,向全世界的人类屈膝。她想:她是只肯向上帝求救,而决不肯向这个庸俗的世界屈膝的。

但是今夜里上帝似乎也冷酷得很。他像是冰块塑成的东西,晶莹洁白得连尘埃也染不上。他不能接触热情,她的热情才一流向他,他便溶化了,很快的变成水。她怕水。她常把自己的心境比做蔚蓝的天空,可以挂一轮红日,可以铺密密浓云,就是怕下雨。雨水冲洗过,一切都干干净净,便又空虚了。

她不能不怕空虚,犹如她不能逃避空虚一样。她走到那儿,空虚便追到那儿,向她挑衅,把她包围,终于使她无以自存为止。她也知道,唯一解脱的办法,便是睡觉。她睡着了,空虚便给挡驾在外,不能追随她入梦,侵扰她的梦中的热闹。有时候,实在睡不着,她也想多做些事情来消遣时光,但是事情做完了,或者好梦醒转来之后,空虚又会找上她,冷冷地向她一笑道:"你总不能撇弃我吧?我的乖乖!"

她茫然站在房中央,瞧到的是空虚,嗅到的是空虚,感到的也还是空虚。没有快乐,没有痛苦,什么也没有,黑暗的房间冷冰冰地,只有她一人在承受无边的,永久的寂寞与空虚。

我要……!

我要……!

我要……呀!

她想喊,猛烈地喊,但却寒噤住不能发声,房间是死寂的,庭院也死寂了,整个的宇宙都死寂得不闻人声。她想:怎么好呢?开了灯,一线光明也许会带来一线温暖吧?……但是她的眼睛直瞪着,脚是僵冷的,手指也僵冷。渐渐地房间门开启了,一个颀长的影子悄悄溜了进来。是鬼还是人,她也不暇细问,只向他做个手势,似乎在命令他速速开灯。拍的一声,绿幽幽灯光喷射到床上了,被单是洁白的,湖色织锦缎棉被折成小方块放在上面,显得单薄,也显得有些孤寒。

"你一个人住在这里很寂寞吧?"客人笑嘻嘻地说,样子有些轻薄。明珠更不答话,心里很恨他,同时也有些喜欢他。

"怎么?你的脸色这样坏!病了吧?"客人逼近问,伸开双臂,似乎想抱她,但马上就放下了。明珠仍不答话,身躯本能地颤动了一下,似乎有温暖从心内发散出来,弥漫到全身。

灯光幽幽地流着,流到洁白的被单上,流到湖色织锦缎的被面上,流到站在床前的客人身上。客人穿着黑漆光亮的皮鞋,笔挺的条子西装裤子,深蓝色,象征着庄严的美。渐渐地,灯光似乎集中了力气,一齐照向他身上来,他也知道自己已成为焦点,于是便挺起前胸,肩膀显得更阔了。白衬衫领子硬绷绷地,高托着他的俊秀的面庞。他的皮肤是象牙色的,眼珠乌黑,眉毛很浓,头发有些儿卷曲。

"明珠!"他颤抖着叫唤一声,声音低而嘶哑。灯光强烈地刺着他的眼,他的眼睛带着迷惑,但却富有吸引力,终于把明珠牵过来了。"明珠!"他再喊一声,热情地,迫切地。明珠没有作声,她的颊上发热,眼睛再不敢瞧他,只默默对着床旁的灯。

于是房间里空气都换了样,阴冷是没有了,却有些陌生与新鲜刺激。各人的心里似乎都像火药般要爆炸起来,但却又恐惧爆炸,紧紧地按着使不许动。光与热,情欲与理智,在紧张地战斗着,灯望着客人,客人望着明珠,明珠又望着床旁的灯。

"今夜是防空呵!"客人说了声,明珠没有回答。深蓝色的条子西装裤移向床旁去了,拍的一声,电灯随着熄灭。明珠觉得很紧张,但是紧张更加逼近人来,顾长的身躯似乎就站在她面前,她的心里像马上要爆炸,但是手指却阴凉的。

阴凉的手指颤抖着,不知安放处,摸摸自己头发,却又滑到胸口下去了,另外一只手很快地就把它捉住,接着它感到那只手又热,又软,又有力。便是一阵无声的诉说,他的嘴已经凑紧在她的耳际了,她颤抖着,欲答无话,欲哭无泪。

房间是黑黝黝的,空气紧张得很。她嗅着,嗅着,便知道一切东西的所在。她知道他拥她到了床旁,洁白的被单,湖色织锦缎棉被,……一切的阴凉都消失了,火般的热情,手挽手儿,两人同入于疯狂的世界。

他说:"我不会使你养孩子的。"她点点头,眼泪直流下来。她知道,她此刻在他的心中,只不过是一件叫做"女"的东西,而没有其他什么"人"的成份存在。欲望像火,人便像扑火的蛾,飞呀,飞呀,飞在火焰旁,赞美光明,崇拜热烈,都不过是自己骗自己,使得增加力气,勇于一扑罢了。

"请你……请你不要让我有孩子呀!"明珠垂泪恳求他,屈辱地,似乎已经向这个庸俗的世界求饶了。但是他更不理会,只是猛烈地吮着她,她咬他耳朵,他也不退避,两个人身子贴得更近,心思却离得更远了。

黑暗的房间,更加黑暗了起来。明珠的心里充满着气恼,厌恶,恐怖,以及莫名其妙的新的空虚,他吻着她,轻轻说:"恕饶了我吧,明珠!"但是听出这声音里没有温存,没有喜悦,只有无限的疲乏与冷漠。

"别同我敷衍!"她恨恨地说,猛力推开他。但是他更不靠近来,只是懒洋洋地摸一摸她的下巴,说道:"不会有孩子吧,只这么一次。"

扑灯的蛾,为了追求热烈,假如葬身在火焰中,还算是死得悲壮痛快的。只怕是灼着而未死,损伤了翅膀,给人家笑话,飞又飞不动,跌落在阴冷的角落里,独个儿委委屈屈地受苦。"不会有孩子吧……只这么一次……"明珠痛苦地反复辨味这句话。这是句不负责任的话,他说过后就要扬长而去了,她还能向他要求些什么?

她对他说:她爱静。

他想了一想回答道:他知道,以后再不敢多来吵扰。

于是他们便分了手,陌生的,平淡的,再也没有新鲜的刺激,他知道她不爱他,她也知道男女间根本难得所谓爱,欲望像火,人便是扑火的蛾!

于是她更加沉默了,即使在白天,也要放下黑绒窗帘,把房间遮得黑黝黝的。她不再咒诅空虚,只想解除痛苦,唯一的留在她身上的最大的痛苦。

她找到了一位产科女医生,女医生说,要解决这件事起码要两万元,手术是靠得住的,她犹豫着自己钱不够,但是那位女医生却不耐烦地嗤之以鼻道:"何不向那位荒唐的先生去要呢?他做错了事,不该负责任吗?"

明珠退了出来,默默地更不说话。她想起教堂里碰见过的一位外科老医生,从来不结婚,性情相当怪僻,然而待她却好,她找到了他,羞惭地把一切经过说了出来,老医生更不多话,只把她引进手术室里,关上门,只让她一个人坐着。

当你笑的时候,
全世界向着你笑,
但在哭的时候,
却只有一个人了。

明珠默默地念着这两句话,空虚地,却又带些感伤。她想到了自己的房间:有床,床旁有台灯,灯罩是绿玉色的,拍的一声把它开了,它便吐出幽幽的光辉来,照耀着洁白的被单,湖色的织锦缎棉被,以及床周围的一切。但是眼前这些东西都不见了,就想嗅,也嗅不到,生命是值得留恋的,就是给火灼伤了翅膀,也还想活着。

手术室的门开了,老医生穿着白外套幽幽地进来。他严肃地握住明珠的手,说道:"好孩子,不用怕,快睡到床上去。"

一阵阵剧痛,痛得明珠快晕了过去。她想不到不要养一个孩子也要受这番痛苦,痛苦得没有代价,究竟是为了什么?老医生严肃地在旁边站着,瞧着她痛苦,似乎并没有不安。她的心里骤然起了阵反感,心想可恶的老东西,原来他不肯结婚,就是不愿女人有小孩子,不想人类有后代……

但是老东西的脸也模糊起来了,瞧不清楚。她只痛得忘记了愤恨,忘记了恐惧,忘记了自己,也忘记了这个庸俗的世界。突然间,一阵热血直冲了出来,她知道这是一个小生命完结了,没有见过太阳,没有呼吸过空气,没有在人世上生存过一刻。

她觉得后悔起来,人世毕竟是可恋的,生命也应该宝贵。她杀了自己的孩子,为了顾全面子,为了怕麻烦,可耻的妇人呀。她现在才知道扑火般欲望为什么有这般强烈,有了孩子,便什么痛苦也可以忍受,什么损失也可以补偿,什么空虚也可以填满的了。

多愚笨呀,她自己!多残忍呀,那个老医生!

于是她恨恨地瞧了他一眼,低声向他说:请你走开吧,我要静。

老医生默默地走开了,临去不敢再望她,脸色似乎很悲哀。

明珠独躺在手术室中,心里只感到后悔。假如有一个孩子能带回家去,放在当中的床上,捻开了绿玉色罩子的台灯,用幽幽的光辉瞧着他小脸,那又该多么好。那时候,阴凉的房间便变成温暖,沉寂的空气便被咿哑的声音打破了,永远是春天,春天般兴奋。扑火般热情不是无目的的,它创造了美丽的生命,快乐的气氛。

但是现在呵!

老医生幽幽地进来了,两眼噙着泪。他颤着声音对明珠说:"孩子,我害了你了,我早知你如此,便不该替你动手术。现在你是后悔了,我也后悔得很,这都是我的错误。但是你要知道,我是一个私生子,从小受人奚落,因此起了变态心理,一方面怨恨自己的母亲,一方面看轻一切的女人。自从我在教堂里遇见了你,孩子,我便觉得你的可爱。我是不想害你的。不料今天你犯了罪,我深恐那个孩子养下来要遭受同我一般的命运,因此我便把你引进手术室里来了。可是,孩子,如今我亲眼看见了你的痛苦,我便觉得后悔起来,我觉得以前我母亲……"

"你的母亲是不错的!"明珠流下泪,认真地说。

"是吗?"老医生替她拭去眼泪,一面额上直冒汗:"我想不到你会如此痛苦,现在我是连后悔也来不及了。现在我只好先送你回家,替你安顿好,希望你早日复原,好好嫁个人吧,不要再胡闹了。"

明珠默默地听从老医生把她送到了家里,房间仍是黑黝黝地,因为老医生恐防她吹风,早已替她把黑绒窗帘全放下了。她侧卧在洁白的被单上,盖着湖色织锦缎薄被,眼睛只望着绿玉色的台灯。老医生歉仄地问:"孩子,你在想些什么,可要告诉我吧?"于是明珠翕动着嘴唇低低地回答道:"老医生,请你不要笑我,我是还想做扑火的飞蛾,只要有目的,便不算胡闹。"

倾城之恋

张爱玲

上海为了"节省天光",将所有的时钟都拨快了一小时,然而白公馆里说:"我们用的是老钟。"他们的十点钟是人家的十一点。他们唱歌唱走了板,跟不上生命的胡琴。

胡琴咿咿呀呀拉着,在万盏灯的夜晚.拉过来又拉过去,说不尽的苍凉的故事——不问也罢!……胡琴上的故事是应当由光艳的伶人来扮演的,长长的两片红胭脂夹住琼瑶鼻,唱了,笑了,袖子挡住了嘴……然而这里只有白四爷单身坐在黑沉沉的破阳台上,拉着胡琴。

正拉着,楼底下门铃响了。这在白公馆是一件稀罕事。按照从前的规矩,晚上绝对不作兴出去拜客。晚上来了客,或是平空里接到一个电报,那除非是天字第一号的紧急大事,多半是死了人。

四爷凝神听着,果然三爷三奶奶四奶奶一路嚷上楼来,急切间不知他们说些什么。阳台后面的堂屋里,坐着六小姐,七小姐,八小姐,和三房四房的孩子们,这时都有些惶惶然。四爷在阳台上,暗处看亮处,分外眼明,只见门一开,三爷穿着汗衫短裤,揸开两腿站在门槛上,背过手去,啪啦啪啦扑打股际的蚊子,远远的向四爷叫道:"老四你猜怎么着?六妹离掉的那一位,说是得了肺炎,死了!"四爷放下胡琴往房里走,问道:"是谁来给的信?"三爷道:"徐太太。"说着,回过头用扇子去撑三奶奶道:"你别跟上来凑热闹呀!徐太太还在楼底下呢,她胖,怕爬楼。你还不去陪陪她!"三奶奶去了,四爷若有所思道:"死的那个不是徐太太的亲戚么?"三爷道:"可不是。看这样子,是他们家特为托了徐太太来递信给我们的,当然是有用意的。"四爷道:"他们莫非是要六妹去奔丧?"三爷用扇子柄刮了刮头皮道:"照说呢,倒也是应该……"他们同时看了六小姐一眼。白流苏坐在屋子的一角,慢条斯理绣着一只拖鞋,方才三爷四爷一递一声说话,仿佛是没有她发言的余地,这时她便淡淡地道:"离过婚了,又去做他的寡妇,让人家笑掉了牙齿!"她若无其事地继续做她的鞋子,可是手指头上直冒冷汗,针涩了,再也拔不过去。

三爷道:"六妹,话不是这么说。他当初有许多对不起你的地方,我们全知道。现在人已经死了,难道你还记在心里?他丢下的那两个姨奶奶,自然是守不住的。你这会子堂堂正正地回去替他戴孝主丧,谁敢笑你?你虽然没生下一男半女,他的侄子多着呢。随你挑一个,过继过来。家私虽然不剩什么了,他家是个大族,就是拨你看守祠堂,也饿不死你母子。"白流苏冷笑道:"三哥替我想得真周到! 就可惜晚了一步,婚已经离了这么七八年了。依你说,当初那些法律手续都是糊鬼不成?我们可不能拿着法律闹着玩哪!"三爷道:"你别动不动就拿法律来唬人! 法律呀,今天改,明天改,我这天理人情,三纲五常,可是改不了的!你生是他家的人,死是他家的鬼,树高千丈,叶落归根——"流苏站起身来道:"你这话,七八年前为什么不说?"三爷道:"我只怕你多了心。只当我们不肯收容你。"流苏道:"哦?现在你就不怕我多心了?你把我的钱用光了,你就不怕我多心了?"三爷直问到她脸上道:"我用了你的钱?我用了你几个大钱?你住在我们家,吃我们的,喝我们的,从前还罢了,添个人不过添双筷子,现在你去打听打听看,米是什么价钱?我不提钱,你倒提起钱来了!"

四奶奶站在三爷背后,笑了一声道:"自己骨肉,照说不该提钱的话。提起钱来,这话可就长了!我早就跟我们老四说过——我说:老四,你去劝劝三爷,你们做金子,做股票,不能用六姑奶奶的钱哪,没的沾上了晦气!她一嫁到了婆家,丈夫就变成了败家子。回到娘家来,眼见得娘家就要败光了——天生的扫帚星!"三爷道:"四奶奶这话有理。我们那时候,如果没让她入股子,决不至于弄得一败涂地!"

流苏气得浑身乱颤,把一只绣了一半的拖鞋面子抵住了下颔,下颔抖得仿佛要落下来。三爷又道:"想当初你哭哭啼啼回家来,闹着要离婚。怪只怪我是个血性汉子,眼见你给他打成那个样子,心有不忍,一拍胸脯子站出来说:好!我白老三穷虽穷,我家里短不了我妹子这一碗饭!我只道你们少年夫妻,谁没有个脾气?大不了回娘家来住个三年五载的,两下里也就回心转意了。我若知道你们认真是一刀两断,我会帮着你办离婚么?拆散人家夫妻,这是绝子绝孙的事。我白老三是有儿子的人,我还指望着他们养老呢!"流苏气到极点,反倒放声笑了起来道:"好,好,都是我的不是!你们穷了,是我把你们吃穷了。你们亏了本,是我带累了你们。你们死了儿子,也是我害了你们伤了阴骘!"四奶奶一把揪住了她儿子的衣领把她儿子的头去撞流苏叫道:"赤口白话的咒起孩子来了! 就凭你这句话,我儿子死了,我就得找着你!"流苏连忙一闪身躲过了,抓住四爷道:"四哥你瞧,你瞧——你——你倒是评评理看!"四爷道:"你别着急呀,有话好说,我们从长计议。三哥这都是为你打算——"流苏赌气摔开了手,一径进里屋去了。

里屋没点灯,影影绰绰的只看见珠罗纱帐子里,她母亲躺在红木大床上,缓缓挥动白团扇。流苏走到床跟前,双膝一软,就跪了下来,伏在床沿上,哽咽道:"妈。"白老太太耳朵还好,外间屋里说的话她全听见了。她咳嗽了一声,伸手在枕边摸索到了小痰罐子,吐了一口痰,方才说道:"你四嫂就是这么碎嘴子!你可不能跟她一样的见识。你知道,各人有各人的难处。你四嫂天生的要强性儿,一向管着家,偏生你四哥不争气,狂嫖滥赌的,玩出一身病来不算,不该挪了公账上的钱,害得你四嫂面上无光,只好让你三嫂当家,心里咽不下这口气,着实不舒坦。你三嫂精神又不济,支持这份家,可不容易!种种地方,你得体谅他们一点。"流苏听她母亲这话风,一味的避重就轻,自己觉得好没意思,只得一言不发。白老太太翻身朝里睡了,又道:"先两年,东捞西凑的卖一次田,还够两年吃的。现在可不行了。我年纪大了,说声走,一撒手就走了,可顾不得你们。天下没有不散的筵席。你跟着我,总不是长久之计。倒是回去是正经。领个孩子过活,熬个十几年总有你出头之日。"

正说着,门帘一动,白老太太道:"是谁?"四奶奶探头进来道:"妈,徐太太还在楼下呢,等着跟您说七妹的婚事。"白老太太道:"我这就起来。你把灯捻开。"屋里点上了灯,四奶奶扶着老太太坐起身来,伺候她穿衣下来。白老太太问道:"徐太太那边找到了合适的人?"四奶奶道:"听她说得怪好的,就是年纪大了几岁。"白老太太咳了一声道:"宝络这孩子,今年也二十四了,真是我心上一个疙瘩,白替她操了心,还让人家说我:她不是我亲生的,我存心耽搁了她!"四奶奶把老太太搀到外房去,老太太道:"你把我那儿的新茶叶拿出来给徐太太泡一碗,绿洋铁筒子里的是大姑奶奶去年带来的龙井,高罐儿里的是碧螺春,别弄错了。"四奶奶一面答应着,一面叫喊道:"来人哪!开灯哪!"只听见一阵脚步响来了些粗手大脚的孩子们,帮着老妈子把老太太搬运下楼去了。

四奶奶一个人在外间屋里翻箱倒柜找寻老太太的私房茶叶,忽然笑道:"咦!七妹你打哪儿钻出来了,吓我一跳!我说怎么的,刚才你一晃就不见影儿了!"宝络细声道:"我在阳台上乘凉。"四奶奶格格笑道:"害臊呢!我说,七妹,赶明儿你有了婆家,凡事可得小心一点,别那么由着性儿闹。离婚岂是容易的事?要离就离了,稀松平常!果真那么容易,你四哥不成材,我干吗不离婚哪!我也有娘家呀,我不是没处可投奔的,可是这年头儿我不能不给他们划算划算,我是有点人心的,就得顾着他们一点,不能靠定了人家,把人家拖穷了。我还有三分廉耻呢!"

白流苏在她母亲床前凄凄凉凉跪着,听见了这话,把手里的绣花鞋帮子紧紧按在心口上,戳在鞋上的一枚针,扎了手也不觉得疼,小声道:"这屋子里可住不得了!……住不得了!"她的声音灰暗而轻飘,像断断续续的尘灰吊子。她仿佛做梦似的,满头满脸都挂着尘灰吊子,迷迷糊糊向前一扑,自己以为是枕住了她母亲的膝盖,呜呜咽咽哭了起来道:"妈,妈,你老人家给我做主!"她母亲呆着脸,笑嘻嘻的不做声。她搂住她母亲的腿,使劲摇撼着,哭道:"妈!妈!"恍惚又是多年前,她还只十来岁的时候,看了戏出来,在倾盆大雨中和家里人挤散了。她独自站在人行道上,瞪着眼看人,人也瞪着眼看她,隔着雨淋淋的车窗,隔着一层无形的玻璃罩——无数的陌生人。人人都关在他们自己的小世界里,她撞破了头也撞不进去。她似乎是魔住了。忽然听见背后有脚步声,猜着是她母亲来了,便竭力定了一定神,不言语。她所祈求的母亲与她真正的母亲根本是两个人。

那人走到床前坐下了,一开口,却是徐太太的声音。徐太太劝道:"六小姐,别伤心了,起来,起来,大热的天……"流苏撑着床勉强站了起来,道:"婶子,我……我在这儿再也呆不下去了。早就知道人家多嫌着我,就只差明说。今儿当面锣,对面鼓,发过话了,我可没有脸再住下去了!"徐太太扯她在床沿上一同坐下,悄悄地道:"你也太老实了,不怪人家欺负你,你哥哥们把你的钱盘来盘去盘光了。就养活你一辈子也是应该的。"

流苏难得听见这几句公道话,且不问她是真心还是假意,先就从心里热起来,泪如雨下,道:"谁叫我自己糊涂呢!就为了这几个钱,害得我要走也走不开。"徐太太道:"年纪轻轻的人,不怕没有活路。"流苏道:"有活路,我早走了!我又没念过两句书,肩不能挑,手不能提,我能做什么事?"徐太太道:"找事,都是假的,还是找个人是真的。"流苏道:"那怕不行。我这一辈子早完了。"徐太太道:"这句话,只有有钱的人,不愁吃,不愁穿,才有资格说。没钱的人,要完也完不了哇!你就是剃了头发当姑子去,化个缘罢,也还是尘缘——离不了人!"流苏低头不语。徐太太道:"你这件事,早两年托了我,又要好些。"流苏微微一笑道:"可不是,我已经二十八了。"徐太太道:"放着你这样好的人才,二十八也不算什么。我替你留心着。说着我又要怪你了,离了婚七八年了,你早点儿拿定了主意,远走高飞,少受多少气!"流苏道:"婶子你又不是不知道,像我们这样的家庭,哪儿肯放我们出去交际?倚仗着家里人罢,别说他们根本不赞成,就是赞成了,我底下还有两个妹妹没出阁,三哥四哥的几个女孩子也渐渐地长大了,张罗她们还来不及呢,还顾得到我?"

徐太太笑道:"提起你妹妹,我还等着他们的回话呢。"流苏道:"七妹的事,有希望么?"徐太太道:"说得有几分眉目了。刚才我有意的让娘儿们自己商议商议,我说我上去瞧瞧六小姐就来。现在可该下去了。你送我下去,成不成?"流苏只得扶着徐太太下楼,楼梯又旧,徐太太又胖,走得吱吱格格一片响。到了堂屋里,流苏欲待开灯,徐太太道:"不用了,看得见。他们就在东厢房里。你跟我来,大家说说笑笑,事情也就过去了,不然,明儿吃饭的时候免不了要见面的,反而僵得慌。"流苏听不得"吃饭"这两个字,心里一阵刺痛,硬着嗓子,强笑道:"多谢婶子——可是我这会子身子有点不舒服,实在不能够见人,只怕失魂落魄的,说话闯了祸,反而辜负了您待我的一片心。"徐太太见流苏一定不肯,也就罢了,自己推门进去。

门掩上了,堂屋里暗着。门的上端的玻璃格子里透进两方黄色的灯光,落在青砖地上。朦胧中可以看见堂屋里顺着墙高高下下堆着一排书箱,紫檀匣子,刻着绿泥款识。正中天然几上,玻璃罩子里,搁着珐琅自鸣钟,机括早坏了,停了多年。两旁垂着朱红对联,闪着金色寿字团花,一朵花托住一个墨汁淋漓的大字。在微光里,一个个的字都像浮在半空中,离着纸老远。流苏觉得自己就是对联上的一个字,虚飘飘的,不落实地。白公馆有这么一点像神仙的洞府,这里悠悠忽忽过了一天,世上已经过了一千年。可是这里过了一千年,也同一天差不多,因为每天都是一样的单调与无聊。流苏交叉着胳膊,抱住她自己的颈项。七八年一眨眼就过去了。你年轻么?不要紧,过两年就老了,这里,青春是不稀罕的。他们有的是青春——孩子一个个的被生出来,新的明亮的眼睛,新的红嫩的嘴,新的智慧。一年又一年的磨下来,眼睛钝了,人钝了,下一代又生出来了。这一代便被吸到朱红洒金的辉煌的背景里去,一点一点的淡金便是从前的人的怯怯的眼睛。

流苏突然叫了一声,掩住自己的眼睛,跌跌冲冲往楼上爬,往楼上爬……上了楼,到了她自己的屋子里,她开了灯,扑在穿衣镜上,端详她自己。还好,她还不怎么老。她那一类的娇小的身躯是最不显老的一种,永远是纤瘦的腰,孩子似的萌芽的乳。她的脸,从前是白得像瓷,现在由瓷变为玉——半透明的轻青的玉。下颔起初是圆的,近年来渐渐尖了,越显得那小小的脸,小得可爱。脸庞原是相当的窄,可是眉心很宽。一双娇滴滴,滴滴娇的清水眼。阳台上,四爷又拉起胡琴了。依着那抑扬顿挫的调子,流苏不由得偏着头,微微飞了个眼风,做了个手势。她对着镜子这一表演,那胡琴听上去便不是胡琴,而是笙箫琴瑟奏着幽沉的庙堂舞曲。她向左走了几步,又向右走了几步,她走一步路都仿佛是合着失了传的古代音乐的节拍。她忽然美了——阴阴的,不怀好意的一笑,那音乐便戛然而止。外面的胡琴继续拉下去,可是胡琴诉说的是一些辽远的忠孝节义的故事,不与她相干了。

这时候,四爷一个人躲在那里拉胡琴,却是因为他自己知道楼下的家庭会议中没有他置喙的余地。徐太太走了之后,白公馆里少不得将她的建议加以研究和分析。徐太太打算替宝络做媒说给一个姓范的,那人最近和徐先生在矿务上有相当密切的联络,徐太太对于他的家世一向就很熟悉,认为绝对可靠。那范柳原的父亲是一个著名的华侨,有不少的产业分布在锡兰马来亚等处。范柳原今年三十三岁,父母双亡。白家众人质问徐太太,何以这样的一个标准夫婿到现在还是独身的,徐太太告诉他们,范柳原从英国回来的时候,无数的太太们急扯白脸的把女儿送上门来,硬要挜给他,勾心斗角,各显神通,大大热闹过一番。这一捧却把他捧坏了。从此他把女人看成他脚底下的泥。由于幼年时代的特殊环境,他脾气本来就有点怪僻。他父母的结合是非正式的。他父亲有一次出洋考察,在伦敦结识了一个华侨交际花,两人秘密地结了婚。原籍的太太也有点风闻。因为惧怕太太的报复,那二夫人始终不敢回国。范柳原就是在英国长大的。他父亲故世以后,虽然大太太只有两个女儿,范柳原要在法律上确定他的身份,却有种种棘手之处。他孤身流落在英伦,很吃过一些苦,然后方才获到了继承权。至今范家的族人还对他抱着仇视的态度,因此他总是住在上海的时候多,轻易不回广州老宅里去。他年纪轻轻的时候受了些刺激,渐渐的就往放浪的一条路上走,嫖赌吃喝,样样都来,独独无意于家庭幸福。白四奶奶就说:"这样的人,想必是喜欢存心挑剔。我们七妹是庶出的,只怕人家看不上眼。放着这么一门好亲戚,怪可惜了儿的!"三爷道:"他自己也是庶出。"四奶奶道:"可是人家多厉害呀,就凭我们七丫头那股子傻劲儿,还指望拿得住他?倒是我那个大女孩子机灵些,别瞧她,人小心不小,真识大体!"三奶奶道:"那似乎年岁差得太多了。"四奶奶道:"哟!你不知道,越是那种人,越是喜欢年纪轻的,我那个大的若是不成,还有二的呢。"三奶奶笑道:"你那个二的比姓范的小二十岁。"四奶奶悄悄扯了她一把,正颜厉色地道:"三嫂,你别那么糊涂!你护着七丫头,她是白家什么人?隔了一层娘肚皮,就差远了。嫁了过去,谁也别想在她身上得点什么好处!我这都是为了大家好。"然而白老太太一心一意只怕亲戚议论她亏待了没娘的七小姐,决定照原来计划,由徐太太择日请客,把宝络介绍给范柳原。

  徐太太双管齐下,同时又替流苏物色到一个姓姜的,在海关里做事,新故了太太,丢下了五个孩子,急等着续弦。徐太太主张先忙完了宝络,再替流苏撮合,因为范柳原不久就要上新加坡去了。白公馆里对于流苏的再嫁,根本就拿它当一个笑话,只是为了要打发她出门,没奈何,只索不闻不问,由着徐太太闹去。为了宝络这头亲,却忙得鸦飞雀乱,人仰马翻。一样是两个女儿,一方面如火如荼,一方面冷冷清清,相形之下,委实使人难堪。白老太太将全家的金珠细软,尽情搜刮出来,能够放在宝络身上的都放在宝络身上。三房里的女孩子过生日的时候,干娘给的一件累丝衣料,也被老太太逼着三奶奶拿了出来,替宝络制了旗袍。老太太自己历年攒下的私房,以皮货居多,暑天里又不能穿皮子,只得典质了一件貂皮大袄,用那笔款子去把几件首饰改镶了时新款式。珍珠耳坠子,翠玉手镯,绿宝戒指,自不必说,务必把宝络打扮得花团锦簇。

到了那天,老太太,三爷,三奶奶,四爷,四奶奶自然都是要去的。宝络辗转听到四奶奶的阴谋,心里着实恼着她,执意不肯和四奶奶的两个女儿同时出场,又不好意思说不要她们,便下死劲拖流苏一同去。一部出差汽车黑压压坐了七个人,委实再挤不下了,四奶奶的女儿金枝金蝉便惨遭淘汰。他们是下午五点钟出发的,到晚上十一点方才回家。金枝金蝉哪里放得下心,睡得着觉?眼睁睁盼着他们回来了,却又是大伙儿哑口无言。宝络沉着脸走到老太太房里,一阵风把所有的插戴全剥了下来,还了老太太,一言不发回房去了。金枝金蝉把四奶奶拖到阳台上,一叠连声追问怎么了。四奶奶怒道:"也没看见像你们这样的女孩子家,又不是你自己相亲,要你这样热辣辣的!"三奶奶跟了出来,柔声缓气说道:"你这话,别让人家多了心去!"四奶奶索性冲着流苏的房间嚷道:"我就是指桑骂槐,骂了她,又怎么着?又不是千年万代没见过男子汉,怎么一闻见生人气,就痰迷心窍,发了疯了?"金枝金蝉被她骂得摸不着头脑,三奶奶做好做歹稳住了她们的娘,又告诉她们道:"我们先去看电影的。"金枝诧异道:"看电影?"三奶奶道:"可不是透着奇怪,专为看人去的,倒去坐在黑影子里,什么也瞧不见,后来徐太太告诉我说都是那范先生的主张,他在那里搞坏呢。他要把人家搁在那里搁个两三个钟头,脸上出了油,胭脂花粉褪了色,他可以看得亲切些。那是徐太太的猜想。据我看来,那姓范的始终就没有诚意。他要看电影,就为着懒得跟我们应酬。看完了戏,他不是就想溜么?"四奶奶忍不住插嘴道:"哪儿的话,今儿的事,一上来挺好的,要不是我们自己窝儿里的人在里头捣乱,准有个七八成!"金枝金蝉齐声道:"三妈,后来呢?后来呢?"三奶奶道:"后来徐太太拉住了他,要大家一块儿去吃饭。他就说他请客。"四奶奶拍手道:"吃饭就吃饭,明知道我们七小姐不会跳舞,上跳舞场去干坐着,算什么?不是我说,这就要怪三哥了,他也是外面跑跑的人,听见姓范的吩咐汽车夫上舞场去,也不拦一声!"三奶奶忙道:"上海这么多的饭店,他怎么知道哪一个饭店有跳舞,哪一个饭店没有跳舞?他可比不得四爷是个闲人哪,他没那么多的工夫去调查这个!"金枝金蝉还要打听此后的发展,三奶奶给四奶奶几次一打岔,兴致索然。只道:"后来就吃饭,吃了饭,就回来了。"

金蝉道:"那范柳原是怎样的一个人?"三奶奶道:"我哪儿知道?统共没听见他说过三句话。"又寻思了一会,道:"跳舞跳得不错罢!"金枝咦了一声道:"他跟谁跳来着?"四奶奶抢先答道:"还有谁,还不是你那六姑!我们诗礼人家,不准学跳舞的,只她结婚之后跟她那不成材的姑爷学会了这一手!好不害臊,人家问你,说不会跳不就结了?不会也不是丢脸的事。像你三妈,像我,都是大户人家的小姐,活过这半辈子了,什么世面没见过?我们就不会跳！"三奶奶叹了口气道："跳了一次，还说是敷衍人家的面子，还跳第二次，第三次！"金枝金蝉听到这里，不禁张口结舌。四奶奶又向那边喃喃骂道："猪油蒙了心！你若是以为你破坏了你妹子的事，你就有指望了，我叫你早早地歇了这个念头！人家连多少小姐都看不上眼呢，他会要你这败柳残花？"

　　流苏和宝络住着一间屋子，宝络已经上床睡了，流苏蹲在地下摸着黑点蚊烟香，阳台上的话听得清清楚楚，可是她这一次却非常的镇静，擦亮了洋火，眼看着它烧过去，火红的小小三角旗，在它自己的风中摇摆着，移，移到她手指边，她噗的一声吹灭了它，只剩下一截红艳的小旗杆，旗杆也枯萎了，垂下灰白蜷曲的鬼影子。她把烧焦的火柴丢在烟盘子里。今天的事，她不是有意的，但是无论如何，她给了他们一点颜色看看。他们以为她这一辈子已经完了么？早哩！她微笑着。宝络心里一定也在骂她，骂得比四奶奶的话还要难听。可是她知道宝络恨虽恨她，同时也对她刮目相看，肃然起敬。一个女人，再好些，得不着异性的爱，也就得不着同性的尊重。女人们就是这点贱。

　　范柳原真心喜欢她么？那倒也不见得。他对她说的那些话，她一句也不相信。她看得出他是对女人说惯了谎的。她不能不当心——她是个六亲无靠的人。她只有她自己了。床架子上挂着她脱下来的月白蝉翼纱旗袍。她一歪身坐在地上，搂住了长袍的膝部，郑重地把脸偎在上面。蚊香的绿烟一蓬一蓬浮上来，直熏到她脑子里去。她的眼睛里，眼泪闪着光。

　　隔了几天，徐太太又来到白公馆。四奶奶早就预言过："我们六姑奶奶这样的胡闹，眼见得七丫头的事是吹了。徐太太岂有不恼的？徐太太怪了六姑奶奶，还肯替她介绍人么？这就叫偷鸡不着蚀把米。"徐太太果然不像先前那么一盆火似的了，远兜远转先解释她这两天为什么没上门。家里老爷有要事上香港去接洽，如果一切顺利，就打算在香港租下房子，住个一年半载的，所以她这两天忙着打点行李，预备陪他一同去。至于宝络的那件事，姓范的已经不在上海了，暂时只得搁一搁，流苏的可能的对象姓姜的，徐太太打听了出来，原来他在外面有了人，若要拆开，还有点麻烦。据徐太太看来，这种人不甚可靠，还是算了罢。三奶奶四奶奶听了这话，彼此使了个眼色，撇着嘴笑了一笑。

　　徐太太接下去攒眉说道："我们的那一位，在香港倒有不少的朋友，就可惜远水救不着近火……六小姐若是能够到那边去走一趟，倒许有很多的机会。这两年，上海人在香港的，真可以说是人才济济。上海人自然是喜欢上海人，所以同乡的小姐们在那边听说是很受人欢迎。六小姐去了，还愁没有相当的人？真可以抓起一把来拣拣！"众人觉得徐太太真是善于辞令。

前两天轰轰烈烈闹着做媒,忽然烟消火灭了,自己不得下场,便故作遁辞,说两句风凉话。白老太太便叹了口气道:"到香港去一趟,谈何容易!单讲——"不料徐太太很爽快的一口剪断了她的话道:"六小姐若是愿意去,我请她。我答应帮她的忙,就得帮到底。"大家不禁面面相觑,连流苏都怔住了。她估计着徐太太当初自告奋勇替她做媒,想必倒是一时仗义,真心同情她的境遇。为了她跑跑腿寻寻门路,治一桌酒席请请那姓姜的,这点交情是有的。但是出盘缠带她到香港去,那可是所费不赀。为什么徐太太平空的要在她身上花这些钱?世上的好人虽多,可没有多少傻子愿意在银钱上做好人。徐太太一定是有背景的。难不成是那范柳原的诡计?徐太太曾经说过她丈夫与范柳原在营业上有密切接触,夫妇两个大约是很热心地捧着范柳原。牺牲一个不相干的孤苦的亲戚来巴结他,也是可能的事。流苏在这里胡思乱想着,白老太太便道:"那可不成呀,总不能让您——"徐太太打了个哈哈道:"没关系,这点小东,我还做得起!再说,我还指望着六小姐帮我的忙呢。我拖着两个孩子,血压又高,累不得,路上有了她,凡事也有个照应。我是不拿她当外人的,以后还要她多多的费神呢!"白老太太忙代流苏客气了一番。徐太太掉过头来,单刀直入地问道:"那么六小姐,你一准跟我们跑一趟罢!就算是去逛逛,也值得。"流苏低下头去,微笑道:"您待我太好了。"她迅速地盘算了一下。姓姜的那件事是无望了。以后即使有人替她做媒,也不过是和那姓姜的不相上下,也许还不如他。流苏的父亲是一个有名的赌徒,为了赌而倾家荡产,第一个领着他们往破落户的路上走。流苏的手没有沾过骨牌和骰子,然而她也是喜欢赌的。她决定用她的前途来下注。如果她输了,她声名扫地,没有资格做五个孩子的后母。如果赌赢了,她可以得到众人虎视眈眈的目的物范柳原,出净她胸中这一口恶气。

她答应了徐太太。徐太太在一星期内就要动身。流苏便忙着整理行装。虽说家无长物,根本没有什么可整理的,却也乱了几天。变卖了几件零碎东西,添制了几套衣服。徐太太在百忙中还腾出时间来替她做顾问。徐太太这样的笼络流苏,被白公馆里的人看在眼里,渐渐的也就对流苏发生了新的兴趣。除了怀疑她之外,又存了三分顾忌,背后嘀嘀咕咕议论着,当面却不那么指着脸子骂了,偶然也还叫声"六妹","六姑","六小姐",只怕她当真嫁到香港的阔人,衣锦荣归,大家总得留个见面的余地,不犯着得罪她。

徐太太徐先生带着孩子一同乘车来接了她上船,坐的是一只荷兰船的头等舱。船小,颠簸得厉害,徐先生徐太太一上船便双双睡倒,吐个不休,旁边儿啼女哭,流苏倒主实服侍了他们几天。好容易船靠了岸,她方才有机会到甲板上去看看海景。那是个火辣辣的下午,望过去最触目的便是码头上围列着的巨型广告牌,红的,橘红的,粉红的,倒映在绿油油的海水里,一条条，一抹抹刺激性的犯冲的色素，窜上落下，在水底下厮杀得异常热闹。流苏想着，在这夸张的城里，就是栽个跟头，只怕也比别处痛些，心里不由得七上八下起来，忽然觉得有人奔过来抱住她的腿，差一点把她推了一跤，倒吃了一惊，再看原来是徐太太的孩子，连忙定了定神。过去助着徐太太照料一切。谁知那十来件行李与两个孩子，竟不肯被归着在一堆。行李齐了，一转眼又少了个孩子。流苏疲于奔命，也就不去看野眼了。

　　上了岸，叫了两部汽车到浅水湾饭店。那车驰出了闹市，翻山越岭，走了多时，一路只见黄土崖，红土崖，土崖缺口处露出森森绿树，露出蓝绿色的海。近了浅水湾，一样是土崖与丛林，却渐渐的明媚起来。许多游了山回来的人，乘车掠过他们的车，一汽车一汽车载满了花，风里吹落了零乱的笑声。

　　到了旅馆门前，却看不见旅馆在哪里。他们下了车，走上极宽的石级，到了花木萧疏的高台上，方见再高的地方有两幢黄色房子。徐先生早定下了房间，仆欧们领着他们沿着碎石小径走去，进了昏黄的饭厅，经过昏黄的穿堂，往二层楼上走。一转弯，有一扇门通着一个小阳台，搭着紫藤花架，晒着半壁斜阳。阳台上有两个人站着说话，只见一个女的，背向着他们，披着一头漆黑的长发，直垂到脚踝上，脚踝上套着赤金扭麻花镯子，光着脚，底下看不仔细是否趿着拖鞋，上面微微露出一截印度式桃红皱裥窄脚裤。被那女人挡住的一个男子，却叫了一声："咦！徐太太！"便走了过来，向徐先生徐太太打招呼，又向流苏含笑点头。流苏见是范柳原，虽然早就料到这一着，一颗心依旧不免跳得厉害。阳台上的女人一闪就不见了。柳原伴着他们上楼，一路上大家仿佛他乡遇故知似的，不断的表示惊讶与愉快。那范柳原虽然够不上称做美男子，粗枝大叶的，也有他的一种风神。徐先生夫妇指挥着仆欧们搬行李，柳原与流苏走在前面，流苏含笑问道："范先生，你没有上新加坡去？"柳原轻轻答道："我在这儿等着你呢。"流苏想不到他这样直爽，倒不便深究，只怕说穿了，不是徐太太请她上香港而是他请的，自己反而下不落台，因此只当他说玩笑话，向他笑了一笑。

　　柳原问知她的房间是一百三十号，便站住了脚道："到了。"仆欧拿钥匙开了门，流苏一进门便不由得向窗口笔直走过去。那整个的房间像暗黄的画框，镶着窗子里一幅大画。那酽酽的，滟滟的海涛，直溅到窗帘上，把帘子的边缘都染蓝了。柳原向仆欧道："箱子就放在橱跟前。"流苏听他说话的声音就在耳根子底下，不觉震了一震，回过脸来，只见仆欧已经出去了，房门却没有关严。柳原倚着窗台，伸出一只手来撑在窗格子上，挡住了她的视线，只管望着她微笑。流苏低下头去。柳原笑道："你知道么？你的特长是低头。"流苏抬头笑道："什么？我不懂。"柳原道："有的人善于说话，有的人善于笑，有的人善于管家，你是善于低头的。"流苏道："我什么都不会。我是顶无用的人。"柳原笑道:"无用的女人是最最厉害的女人。"流苏笑着走开了道:"不跟你说了,到隔壁去看看罢。"柳原道:"隔壁?我的房还是徐太太的房?"流苏又震了一震道:"你就住在隔壁?"柳原已经替她开了门,道:"我屋里乱七八糟的,不能见人。"

他敲了一敲一百三十一号的门,徐太太开门放他们进来道:"在我们这边吃茶罢,我们有个起坐间。"便撤铃叫了几客茶点。徐先生从卧室里走了出来道:"我打了个电话给老朱,他闹着要接风,请我大伙儿上香港饭店。就是今天。"又向柳原道:"连你在内。"徐太太道:"你真有兴致,晕了几天的船,还不趁早歇歇?今儿晚上,算了罢!"柳原笑道:"香港饭店,是我所见过的顶古板的舞场。建筑、灯光、布置、乐队,都是英国式,四五十年前顶时髦的玩艺儿,现在可不够刺激性了。实在没有什么可看的,除非是那些怪模怪样的西崽,大热的天,仿着北方人穿着扎脚裤——"流苏道:"为什么?"柳原道:"中国情调呀!"徐先生笑道:"既来到此地,总得去看看。就委屈你做做陪客罢!"柳原笑道:"我可不能说准。别等我。"流苏见他不像要去的神气,徐先生并不是常跑舞场的人,难得这么高兴,似乎是认真要替她介绍朋友似的,心里倒又疑惑起来。

然而那天晚上,香港饭店里为他们接风一班人,都是成双捉对的老爷太太,几个单身男子都是二十岁左右的年轻人。流苏正在跳着舞,范柳原忽然出现了,把她从另一个男子手里接了过来,在那荔枝红的灯光里,她看不清他的黝暗的脸,只觉得他异常的沉默。流苏笑道:"怎么不说话呀?"柳原笑道:"可以当着人说的话,我全说完了。"流苏噗嗤一笑道:"鬼鬼祟祟的,有什么背人的话?"柳原道:"有些傻话,不但是要背着人说,还得背着自己。让自己听见了也怪难为情的。譬如说,我爱你,我一辈子都爱你。"流苏别过头去,轻轻啐了一声道:"偏有这些废话!"柳原道:"不说话又怪我不说话了,说话,又嫌唠叨!"流苏笑道:"我问你,你为什么不愿意我上跳舞场去?"柳原道:"一般的男人,喜欢把好女人教坏了,又喜欢感化坏的女人,使她变为好女人。我可不像那么没事找事做。我认为好女人还是老实些的好。"流苏瞟了他一眼道:"你以为你跟别人不同么?我看你也是一样的自私。"柳原笑道:"怎样自私?"流苏心里想着:你最高的理想是一个冰清玉洁而又富于挑逗性的女人。冰清玉洁,是对于他人。挑逗,是对于你自己。如果我是一个彻底的好女人,你根本就不会注意到我。她向他偏着头笑道:"你要我在旁人面前做一个好女人,在你面前做一个坏女人。"柳原想了一想道:"不懂。"流苏又解释道:"你要我对别人坏,独独对你好。"柳原笑道:"怎么又颠倒过来了?越发把人家搅糊涂了!"他又沉吟了一会道:"你这话不对。"流苏笑道:"哦,你懂了。"柳原道:"你好也罢,坏也罢,我不要你改变。

难得碰见像你这样的一个真正的中国女人。"流苏微微叹了口气道:"我不过是一个过了时的人罢了。"柳原道:"真正的中国女人是世界上最美的,永远不会过了时。"流苏笑道:"像你这样的一个新派人——"柳原道:"你说新派,大约就是指的洋派。我的确不能算一个真正的中国人,直到最近几年才渐渐的中国化起来。可是你知道,中国化的外国人,顽固起来,比任何老秀才都要顽固。"流苏笑道:"你也顽固,我也顽固,你说过的,香港饭店又是最顽固的跳舞场⋯⋯"他们同声笑了起来。音乐恰巧停了。柳原扶着她回到座上,向众人笑道:"白小姐有点头痛,我先送她回去罢。"流苏没提防他有这一着,一时想不起怎样对付,又不愿意得罪了他,因为交情还不够深,没有到吵嘴的程度,只得由他替她披上外衣,向众人道了歉,一同走了出来。

迎面遇见一群西洋绅士,众星捧月一般簇拥着一个女人。流苏先就注意到那人的漆黑的头发,结成双股大辫,高高盘在头上。那印度女人,这一次虽然是西式装束,依旧带着浓厚的东方色彩。玄色轻纱氅底下,她穿着金鱼黄紧身长衣,盖住了手,只露出晶亮的指甲,领口挖成极狭的V形,直开到腰际,那是巴黎最新的款式,有个名式,唤做"一线天"。她的脸色黄而油润,像飞了金的观音菩萨,然而她的影沉沉的大眼睛里躲着妖魔。古典型的直鼻子,只是太尖,太薄一点。粉红的厚重的小嘴唇,仿佛肿着似的。柳原站住了脚,向她微微鞠了一躬。流苏在那里看她,她也昂然望着流苏,那一双骄矜的眼睛,如同隔着几千里地,远远的向人望过来。柳原便介绍道:"这是白小姐。这是萨黑荑妮公主。"流苏不觉肃然起敬。萨黑荑妮伸出一双手来,用指尖碰了一碰流苏的手,问柳原道:"这位白小姐,也是上海来的?"柳原点点头。萨黑荑妮微笑道:"她倒不像上海人。"柳原笑道:"像哪儿的人呢?"萨黑荑妮把一只食指按在腮帮子上,想了一想,翘着十指尖尖,仿佛是要形容而又形容不出的样子,耸肩笑了一笑,往里走去。柳原扶着流苏继续往外走,流苏虽然听不大懂英文,鉴貌辨色,也就明白了,便笑道:"我原是个乡下人。"柳原道:"我刚才对你说过了,你是个道地的中国人,那自然跟她所谓的上海人有点不同。"

他们上了车,柳原又道:"你别看她架子搭得十足。她在外面招摇,说是克力希纳·柯兰姆帕王公的亲生女,只因王妃失宠,赐了死,她也就被放逐了,一直流浪着,不能回国。其实,不能回国倒是真的,其余的,可没有人能够证实。"流苏道:"她到上海去过么?"柳原道:"人家在上海也是很有名的。后来她跟着一个英国人上香港来。你看见她背后那老头子么?现在就是他养活着她。"流苏笑道:"你们男人就是这样,当面何尝不奉承着她,背后就说得她一个钱不值。像我这样一个穷遗老的女儿,身份还不及她高的人,不知道你对别人怎样的说我呢!"柳原笑道:"谁敢一口气把你们两人的名字说在一起?"流苏撇了撇嘴道:"也许因为她的名字太长了,一口气念不完。"柳原道:"你放心。你是什么样的人,我就拿你当什么样的人看待,准没错。"流苏做出安心的样子,向车窗上一靠,低声道:"真的?"他这句话,似乎并不是挖苦她,因为她渐渐发觉了,他们单独在一起的时候,他总是斯斯文文的,君子人模样。不知道为什么,他背着人这样稳重,当众却喜欢放肆。她一时摸不清那到底是他的怪脾气,还是他另有作用。

到了浅水湾,他挽着她下车,指着汽车道旁郁郁的丛林道:"你看那种树,是南边的特产。英国人叫它'野火花'。"流苏道:"是红的么?"柳原道:"红!"黑夜里,她看不出那红色,然而她直觉地知道它是红得不能再红了,红得不可收拾,一蓬蓬一蓬蓬的小花,窝在参天大树上,壁栗剥落燃烧着,一路烧过去,把那紫蓝的天也熏红了。她仰着脸望上去。柳原道:"广东人叫它'影树'。你看这叶子。"叶子像凤尾草,一阵风过,那轻纤的黑色剪影零零落落颤动着,耳边恍惚听见一串小小的音符,不成腔,像檐前铁马的叮哨。

柳原道:"我们到那边去走走。"流苏不做声。他走,她就缓缓的跟了过去。时间横竖还早,路上散步的人多着呢——没关系。从浅水湾饭店过去一截子路,空中飞跨着一座桥梁,桥那边是山,桥这边是一堵灰砖砌成的墙壁,拦住了这边的山。柳原靠在墙上,流苏也就靠在墙上,一眼看上去,那堵墙极高极高,望不见边。墙是冷而粗糙,死的颜色。她的脸,托在墙上。反衬着,也变了样——红嘴唇,水眼睛,有血,有肉,有思想的一张脸。柳原看着她道:"这堵墙,不知为什么使我想起地老天荒那一类的话。……有一天,我们的文明整个的毁掉了,什么都完了——烧完了,炸完了,坍完了,也许还剩下这堵墙。流苏,如果我们那时候在这墙根底下遇见了……流苏,也许你会对我有一点真心,也许我会对你有一点真心。"

流苏嗔道:"你自己承认你爱装假,可别拉扯上我。你几时捉出我说谎来着?"柳原嗤的笑道:"不错,你是再天真也没有的一个人。"流苏道:"得了,别哄我了!"

柳原静了半晌,叹了口气。流苏道:"你有什么不称心的事?"柳原道:"多着呢。"流苏叹道:"若是像你这样自由自在的人,也要怨命,像我这样的,早就该上吊了。"柳原道:"我知道你是不快乐的。我们四周的那些坏事,坏人,你一定是看够了。可是,如果你这是第一次看见他们,你一定更看不惯,更难受。我就是这样。我回中国来的时候,已经二十四了。关于我的家乡,我做了好些梦。你可以想象到我是多么的失望。我受不了这个打击,不由自主的就往下溜。你……你如果认识从前的我,也许你会原谅现在的我。"流苏试着想象她是第一次看见她四嫂。她猛然叫道:"还是那样的好,初次瞧见,再坏些,再脏些,是你外面的人,你外面的东西。你若是混在那里头长大了,你怎么分得清,哪一部份是他们,哪一部份是你自己?"柳原默然,隔了一会方道:"也许你是对的。也许我这些话无非是借口,自己糊弄自己。"他突然笑了起来道:"其实我用不着什么借口呀!我爱玩——我有这个钱,有这个时间,还得去找别的理由?"他思索了一会,又烦躁起来,向她说道:"我自己也不懂得我自己——可是我要你懂得我!我要你懂得我!"他嘴里这么说着,心里早已绝望了,然而他还是固执地,哀恳似的说着:"我要你懂得我!"

流苏愿意试试看。在某种范围内,她什么都愿意。她侧过脸去向着他,小声答应着:"我懂得,我懂得。"她安慰着他,然而她不由得想到了她自己的月光中的脸,那娇脆的轮廓,眉与眼,美得不近情理,美得渺茫。她缓缓垂下头去。柳原格格地笑了起来。他换了一副声调,笑道:"是的,别忘了,你的特长是低头。可是也有人说,只有十来岁的女孩子们适宜于低头。适宜于低头的人往往一来就喜欢低头。低了多年的头,颈子上也许要起皱纹的。"流苏变了脸,不禁抬起手来抚摸她的脖子。柳原笑道:"别着急,你决不会有的。待会儿回到房里去,没有人的时候,你再解开衣袖上的钮子,看个明白。"流苏不答,掉转身就走。柳原追了上去,笑道:"我告诉你为什么你保得住你的美。萨黑荑妮上次说:她不敢结婚,因为印度女人一闲下来,呆在家里,整天坐着,就发胖了。我就说:中国女人呢,光是坐着,连发胖都不肯发胖——因为发胖至少还需要一点精力。懒倒也有懒的好处!"

流苏只是不理他。他一路赔着小心,低声下气,说说笑笑,她到了旅馆里,面色方才和缓下来,两人也就各自归房安置。流苏自己忖量着,原来范柳原是讲究精神恋爱的。她倒也赞成,因为精神恋爱的结果永远是结婚,而肉体之爱往往就停顿在某一阶段,很少结婚的希望。精神恋爱只有一个毛病:在恋爱过程中,女人往往听不懂男人的话。然而那倒也没有多大关系。后来总还是结婚,找房子,置家具,雇佣人——那些事上,女人可比男人在行得多。她这么一想,今天这点小误会,也就不放在心上。

第二天早晨,她听徐太太屋里鸦雀无声,知道她一定起来得很晚。徐太太仿佛说过的,这里的规矩,早餐叫到屋里来吃,另外要付费,还要给小账,因此流苏决定替人家节省一点,到食堂里去。她梳洗完了,刚跨出房门,一个守候在外面的仆欧,看见了她,便去敲范柳原的门。柳原立刻走了出来,笑道:"一块儿吃早饭去。"一面走,他一面问道:"徐先生徐太太还没升帐?"流苏笑道:"昨儿他们玩得太累了罢!我没听见他们回来,想必一定是近天亮。"他们在餐室外面的走廊上拣了个桌子坐下。石栏杆外生着高大的棕榈树,那丝丝缕缕披散着的叶子在太阳光里微微发抖,像光亮的喷泉。树底下也有喷水池子,可没有那么伟丽。柳原问道:"徐太太他们今天打算怎么玩?"流苏道:"听说是要找房子去。"柳原道:"他们找他们的房子,我们玩我们的。你喜欢到海滩上去还是到城里去看看?"流苏前一天下午已经用望远镜看了看附近的海滩,红男绿女,果然热闹非凡,只是行动太自由了一点,她不免略具戒心,因此便提议进城去。他们赶上了一辆旅馆里特备的公共汽车,到了中心区。

  柳原带她到大中华去吃饭。流苏一听,仆欧们全是说上海话的,四座也是乡音盈耳,不觉诧异道:"这是上海馆子?"柳原笑道:"你不想家么?"流苏笑道:"可是……专程到香港来吃上海菜,总似乎有点傻。"柳原道:"跟你在一起,我就喜欢做各种的傻事,甚至于乘着电车兜圈子,看一场看过了两次的电影……"流苏道:"因为你被我传染上了傻气,是不是?"柳原笑道:"你爱怎么解释,就怎么解释。"

  吃完了饭,柳原举起玻璃杯来将里面剩下的茶一饮而尽,高高地擎着那玻璃杯,只管向里看着。流苏道:"有什么可看的,也让我看看。"柳原道:"你迎着亮瞧瞧,里头的景致使我想到马来的森林。"杯里的残茶向一边倾过来,绿色的茶叶粘在玻璃上,横斜有致,迎着光,看上去像一棵翠生生的芭蕉。底下堆积着的茶叶,蟠结错杂,就像没膝的蔓草与蓬蒿。流苏凑在上面看,柳原就探过身来指点着。隔着那绿阴阴的玻璃杯,流苏忽然觉得他的一双眼睛似笑非笑地瞅着她。她放下了杯子,笑了。柳原道:"我陪你到马来亚去。"流苏道:"做什么?"柳原道:"回到自然。"他转念一想,又道:"只是一件,我不能想象你穿着旗袍在森林里跑。……不过我也不能想象你不穿着旗袍。"流苏连忙沉下脸来道:"少胡说。"柳原道:"我这是正经话。我第一次看见你,就觉得你不应当光着膀子穿这种时髦的长背心,不过你也不应当穿西装。满洲的旗装,也许倒合式一点,可是线条又太硬。"流苏道:"总之,人长得难看,怎么打扮着也不顺眼!"柳原笑道:"别又误会了,我的意思是:你看上去不像这世界上的人。你有许多小动作,有一种罗曼谛克的气氛,很像唱京戏。"流苏抬起了眉毛,冷笑道:"唱戏,我一个人也唱不成呀!我何尝爱做作——这也是逼上梁山。人家跟我耍心眼儿,我不跟人家耍心眼儿,人家还拿我当傻子呢,准得找着我欺侮!"柳原听了这话,倒有些黯然。他举起了空杯,试着喝了一口,又放下了,叹道:"是的,都怪我。我装惯了假,也是因为人人都对我装假。只有对你,我说过句把真话。你听不出来。"流苏道:"我又不是你肚里的蛔虫。"柳原道:"是的,都怪我。可是我的确为你费了不少的心机。在上海第一次遇见你,我想着,离开了你家里那些人,你也许会自然一点。好容易盼着你到了香港……现在,我又想把你带到马来亚,到原始人的森林里去……"他笑他自己,声音又哑又涩,不等笑完他就喊仆欧拿账单来。他们付了账出来,他已经恢复原状,又开始他的上等的调情——顶文雅的一种。

他每天伴着她到处跑,什么都玩到了,电影、广东戏、赌场、格罗士打饭店、思豪酒店、青鸟咖啡馆、印度绸缎庄、九龙的四川菜……晚上他们常常出去散步,直到夜深。她自己都不能够相信他连她的手都难得碰一碰。她总是提心吊胆,怕他突然摘下假面具,对她作冷不防的袭击,然而一天又一天的过去了,他维持着他的君子风度。她如临大敌,结果毫无动静。她起初倒觉得不安,仿佛下楼梯的时候踏空了一级似的,心里异常怔忡,后来也就惯了。

只有一次,在海滩上。这时候流苏对柳原多了一层认识,觉得到海边上去去也无妨,因此他们到那里去消磨了一个上午。他们并排坐在沙上,可是一个面朝东,一个面朝西。流苏嚷有蚊子。柳原道:"不是蚊子,是一种小虫,叫沙蝇。咬一口,就是个小红点,像朱砂痣。"流苏又道:"这太阳真受不了。"柳原道:"稍微晒一会儿,我们可以到凉棚底下去。我在那边租了一个棚。"那口渴的太阳汩汩地吸着海水,漱着,吐着,哗哗的响。人身上的水份全给它喝干了,人成了金色的枯叶子,轻飘飘的。流苏渐渐感到那奇异的眩晕与愉快,但是她忍不住又叫了起来:"蚊子咬!"她扭过头去,一巴掌打在她裸露的背脊上。柳原笑道:"这样好吃力。我来替你打罢,你来替我打。"流苏果然留心着,照准他臂上打去,叫道:"哎呀,让它跑了!"柳原也替她留心着。两人劈劈啪啪打着,笑成一片。流苏突然被得罪了,站起身来往旅馆里走。柳原这一次并没有跟上来。流苏走到树阴里,两座芦席棚之间的石径上,停了下来,抖一抖短裙子上的沙,回头一看,柳原还在原处,仰天躺着,两手垫在颈项底下,显然是又在那里做着太阳里的梦,人又晒成了金叶子。流苏回到了旅馆里,又从窗户里用望远镜望出来,这一次,他的身边躺着一个女人,辫子盘在头上。就把那萨黑荑妮烧了灰,流苏也认识她。

从这天起,柳原整日价的和萨黑荑妮厮混着。他大约是下了决心把流苏冷一冷。流苏本来天天出去惯了,忽然闲了下来,在徐太太面前交代不出理由,只得伤了风,在屋里坐了两天。幸喜天公识趣,又下起缠绵雨来,越发有了借口,用不着出门。有一天下午,她打着伞在旅舍的花园里兜了个圈子回来,天渐渐黑了,约摸徐太太他们看房子该回来了,她便坐在廊檐下等候他们,将那把鲜明的油纸伞撑开了横搁在栏杆上,遮住了脸。那伞是粉红地子,石绿的荷叶图案,水珠一滴滴从筋纹上滑下来。那雨下得大了,雨中有汽车泼喇泼喇航行的声音,一群男女嘻嘻哈哈推着挽着上阶来,打头的便是范柳原。萨黑荑妮被他挽着,却是够狼狈的,裸腿上溅了一点点的泥浆。她脱去了大草帽,便洒了一地的水。柳原瞥见流苏的伞,便在扶梯口上和萨黑荑妮说了几句话,萨黑荑妮单独上楼去了,柳原走了过来,掏出手绢子来不住地擦他身上脸上的水渍子。流苏和他不免寒暄了几句。柳原坐了下来道:"前两天听说有点不舒服?"流苏道:"不过是热伤风。"柳原道:"这天气真闷得慌。刚才我们到那个英国人的游艇上去野餐的,把船开到了青衣岛。"流苏顺口问他青衣岛的景致。正说着,萨黑荑妮又下楼来了,已经换了印度装,兜着鹅黄披肩,长垂及地。披肩上是二寸来阔的银丝堆花镶滚。她也靠着栏杆,远远的拣了个桌子坐下,一只手闲闲搁在椅背上,指甲上涂着银色蔻丹。流苏笑向柳原道:"你还不过去?"柳原笑道:"人家是有了主儿的人。"流苏道:"那老英国人,哪儿管得住她?"柳原笑道:"他管不住她,你却管得住我呢。"流苏抿着嘴笑道:"哟!我就是香港总督,香港的城隍爷,管这一方的百姓,我也管不到你头上呀!"柳原摇摇头道:"一个不吃醋的女人,多少有点病态。"流苏噗嗤一笑。隔了一会,流苏问道:"你看着我做什么?"柳原笑道:"我看你从今以后是不是预备待我好一点。"流苏道:"我待你好一点,坏一点,你又何尝放在心上?"柳原拍手道:"这还像句话!话音里仿佛有三分酸意。"流苏撑不住放声笑了起来道:"也没有看见你这样的人,死乞白咧的要人吃醋!"

两人当下言归于好,一同吃了晚饭。流苏表面上虽然和他热了些,心里却怙惴着:他使她吃醋,无非是用的激将法,逼着她自动的投到他怀里去。她早不同他好,晚不同他好,偏拣这个当口和他好了,白牺牲了她自己,他一定不承情,只道她中了他的计。她做梦也休想他娶她。……很明显的,他要她,可是他不愿意娶她。然而她家里穷虽穷,也还是个望族,大家都是场面上的人,他担当不起这诱奸的罪名。因此他采取了那种光明正大的态度。她现在知道了,那完全是假撇清。他处处地方希图脱卸责任。以后她若是被抛弃了,她绝对没有谁可抱怨。

流苏一念及此,不觉咬了咬牙,恨了一声。面子上仍旧照常跟他敷衍着。徐太太已经在跑马地租下了房子,就要搬过去了。流苏欲待跟过去,又觉得白扰了人家一个多月,再要长住下去,实在不好意思。这样僵持下去,也不是事。进退两难,倒煞费踌躇。这一天,在深夜里,她已经上了床多时,只是翻来覆去。好容易朦胧了一会,床头的电话铃突然朗朗响了起来。她一听,却是柳原的声音,道:"我爱你。"就挂断了。流苏心跳得扑通扑通,握住了耳机,发了一回愣,方才轻轻的把它放回原处。谁知才搁上去,又是铃声大作。她再度拿起听筒,柳原在那边问道:"我忘了问你一声,你爱我么?"流苏咳嗽了一声再开口,喉咙还是沙哑的。她低声道:"你早该知道了。我为什么上香港来?"柳原叹道:"我早知道了,可是明摆着的事实,我就是不肯相信。流苏,你不爱我。"流苏道:"怎见得我不?"柳原不语,良久方道:"诗经上有一首诗——"流苏忙道:"我不懂这些。"柳原不耐烦道:"知道你不懂,你若懂,也用不着我讲了!我念给你听:'死生契阔——与子相悦,执子之手,与子偕老。'我的中文根本不行,可不知道解释得对不对。我看那是最悲哀的一首诗,生与死与离别,都是大事,不由我们支配的。比起外界的力量,我们人是多么小,多么小!可是我们偏要说:'我永远和你在一起;我们一生一世都别离开。'——好像我们自己做得了主似的!"

流苏沉思了半晌,不由得恼了起来道:"你干脆说不结婚,不就完了!还得绕着大弯子!什么做不了主?连我这样守旧的人家,也还说'初嫁从亲,再嫁从身'哩!你这样无拘无束的人,你自己不能做主,谁替你做主?"柳原冷冷地道:"你不爱我,你有什么办法,你做得了主么?"流苏道:"你若真爱我的话,你还顾得了这些?"柳原道:"我不至于那么糊涂。我犯不着花了钱娶一个对我毫无感情的人来管束我。那太不公平了。对于你,那也不公平。噢,也许你不在乎。根本你以为婚姻就是长期的卖淫——"流苏不等他说完,啪的一声把耳机掼下了,脸气得通红。他敢这样侮辱她!他敢!她坐在床上,炎热的黑暗包着她像葡萄紫的绒毯子。一身的汗,痒痒的,颈上与背脊上的头发梢也刺挠得难受。她把两只手按在腮颊上,手心却是冰冷的。

铃又响了起来,她不去接电话,让它响去。"的铃铃……的铃铃……"声浪分外的震耳,在寂静的房间里,在寂静的旅舍里,在寂静的浅水湾。流苏突然觉悟了,她不能吵醒了整个的浅水湾饭店。第一,徐太太就在隔壁。她战战兢兢拿起听筒来,搁在褥单上。可是四周太静了,虽是离了这么远,她也听得见柳原的声音在那里心平气和地说:"流苏,你的窗子里看得见月亮么?"流苏不知道为什么,忽然哽咽起来。泪眼中的月亮大而模糊,银色的,有着绿的光棱。柳原道:"我这边,窗子上面吊下一枝藤花,挡住了一半。也许是玫瑰。也许不是。"他不再说话了,可是电话始终没挂上。许久许久,流苏疑心他可是盹着了,然而那边终于扑哧一声,轻轻挂断了。流苏用颤抖的手从褥单上拿起她的听筒,放回架子上。她怕他第四次再打来,但是他没有。这都是一个梦——越想越像梦。

第二天早上她也不敢问他,因为他准会嘲笑她——"梦是心头想",她这么迫切地想念他,连睡梦里他都会打电话来说"我爱你"?他的态度也和平时没有什么不同。他们照常的出去玩了一天。流苏忽然发觉拿他们当做夫妇的人很多很多——仆欧们,旅馆里和她搭讪的几个太太老太太。原不怪他们误会。柳原跟她住在隔壁,出入总是肩并肩,深夜还到海岸上去散步,一点都不避嫌疑。一个保姆推着孩子的车走过,向流苏点点头,唤了一声"范太太"。流苏脸上一僵,笑也不是,不笑也不是,只得皱着眉向柳原睃了一眼,低声道:"他们不知道怎么想着呢!"柳原笑道:"唤你范太太的人,且不去管他们;倒是唤你做白小姐的人,才不知道他们怎么想呢!"流苏变色。柳原用手抚摸着下巴,微笑道:"你别枉担了这个虚名!"

流苏吃惊地朝他望望,蓦地里悟到他这人多么恶毒。他有意的当着人做出亲狎的神气,使她没法可证明他们没有发生关系。她势成骑虎,回不得家乡,见不得爷娘,除了做他的情妇之外没有第二条路。然而她如果迁就了他,不但前功尽弃,以后更是万劫不复了。她偏不!就算她枉担了虚名,他不过口头上占了她一个便宜。归根究底,他还是没得到她。既然他没有得到她,或许他有一天还会回到她这里来,带了较优的议和条件。

她打定了主意,便告诉柳原她打算回上海去。柳原却也不坚留,自告奋勇要送她回去。流苏道:"那倒不必了。你不是要到新加坡去么?"柳原道:"反正已经耽搁了,再耽搁些时也不妨事,上海也有事等着料理呢。"流苏知道他还是一贯政策,唯恐众人不议论他们俩。众人越是说得凿凿有据,流苏越是百喙莫辩,自然在上海不能安身。流苏盘算着,即使他不送她回去,一切也瞒不了她家里的人。她是豁出去了,也就让他送她一程。徐太太见他们俩正打得火一般的热,忽然要拆开了,诧异非凡,问流苏,问柳原,两人虽然异口同声的为彼此洗刷,徐太太哪里肯信。

在船上,他们接近的机会很多,可是柳原既能抗拒浅水湾的月色,就能抗拒甲板上的月色。他对她始终没有一句扎实的话。他的态度有点淡淡的,可是流苏看得出他那闲适是一种自满的闲适——他拿稳了她跳不出他的手掌心去。

到了上海,他送她到家,自己没有下车。白公馆里早有了耳报神,探知六小姐在香港和范柳原实行同居了。如今她陪人家玩了一个多月,又若无其事的回来了,分明是存心要丢自家的脸。

流苏勾搭上了范柳原,无非是图他的钱。真弄到了钱,也不会无声无臭的回家来了,显然是没得到他什么好处。本来,一个女人上了男人的当,就该死;女人给当给男人上,那更是淫妇;如果一个女人想给当给男人上而失败了,反而上了人家的当,那是双料的淫恶,杀了她也还污了刀。平时白公馆里,谁有了一点芝麻大的过失,大家便炸了起来。逢到了真正耸人听闻的大逆不道,爷奶奶们兴奋过度,反而吃吃艾艾,一时发不出话来。大家先议定了:"家丑不可外扬",然后分头去告诉亲戚朋友,逼他们宣誓保守秘密,然后再向亲友们一个个的探口气,打听他们知道了没有,知道了多少。最后大家觉得到底是瞒不住,爽性开诚布公,打开天窗说亮话,拍着腿感慨一番。他们忙着这各种手续,也忙了一秋天,因此迟迟的没向流苏采取断然行动。流苏何尝不知道,她这一次回来,更不比往日。她和这家庭早是恩断义绝了。她未尝不想出去找个小事,胡乱混一碗饭吃。再苦些,也强如在家里受气。但是寻了个低三下四的职业,就失去了淑女的身份。那身份,食之无味,弃之可惜。尤其是现在,她对范柳原还没有绝望,她不能先自贬身价,否则他更有了借口,拒绝和她结婚了。因此她无论如何得忍些时。

熬到了十一月底,范柳原果然从香港来了电报。那电报,整个的白公馆里的人都传观过了,老太太方才把流苏叫去,递到她手里。只有寥寥几个字:"乞来港。船票已由通济隆办妥。"白老太太长叹了一声道:"既然是叫你去,你就去罢!"她就这样的下贱么?她眼里掉下泪来。这一哭,她突然失去了自制力,她发现她已经是忍无可忍了。一个秋天,她已经老了两年——她可禁不起老!于是她第二次离开了家上香港来。这一趟,她早失去了上一次的愉快的冒险的感觉。她失败了。固然,女人是喜欢被屈服的,但是那只限于某种范围内。如果她是纯粹为范柳原的风仪与魅力所征服,那又是一说了,可是内中还掺杂着家庭的压力——最痛苦的成份。

范柳原在细雨迷濛的码头上迎接她。他说她的绿色玻璃雨衣像一只瓶,又注了一句:"药瓶。"她以为他在那里讽嘲她的孱弱,然而他又附耳加了一句:"你就是医我的药。"她红了脸,白了他一眼。

他替她定下了原先的房间。这天晚上,她回到房里来的时候,已经两点钟了。在浴室里晚妆既毕,熄了灯出来,方才记起了,她房里的电灯开关装置在床头,只得摸着黑过去,一脚绊在地板上的一只皮鞋上,差一点栽了一跤,正怪自己疏忽,没把鞋子收好,床上忽然有人笑道:"别吓着了!是我的鞋。"流苏停了一会,问道:"你来做什么?"柳原道:"我一直想从你的窗户里看月亮。这边屋里比那边看得清楚些。"……那晚上的电话的确是他打来的——不是梦!他爱她。这毒辣的人,他爱她,然而他待她也不过如此!她不由得寒心,拨转身走到梳妆台前。十一月尾的纤月,仅仅是一钩白色,像玻璃窗上的霜花。然而海上毕竟有点月意,映到窗子里来,那薄薄的光就照亮了镜子。流苏慢腾腾摘下了发网,把头发一搅,搅乱了,夹钗叮铃哨啷掉下地来。她又戴上网子,把那发网的梢头狠狠地衔在嘴里,拧着眉毛,蹲下身去把夹钗一只一只拣了起来,柳原已经光着脚走到她后面,一只手搁在她头上,把她的脸倒扳了过来,吻她的嘴。发网滑下地去了。这是他第一次吻她,然而他们两人都疑惑不是第一次,因为在幻想中已经发生过无数次了。从前他们有过许多机会——适当的环境,适当的情调;他也想到过,她也顾虑到那可能性。然而两方面都是精刮的人,算盘打得太仔细了,始终不肯冒失。现在这忽然成了真的,两人都糊涂了。流苏觉得她的溜溜转了个圈子,倒在镜子上,背心紧紧抵着冰冷的镜子。他的嘴始终没有离开过她的嘴。他还把她往镜子上推,他们似乎是跌到镜子里面,另一个昏昏的世界里去,凉的凉,烫的烫,野火花直烧上身来。

第二天,他告诉她,他一礼拜后就要上英国去。她要求他带她一同去,但是他回说那是不可能的。他提议替她在香港租下一幢房子住下,等个一年半载,他也就回来了。她如果愿意在上海住家,也听她的便。她当然不肯回上海。家里那些人——离他们越远越好。独自留在香港,孤单些就孤单些。问题却在他回来的时候,局势是否有了改变。那全在他了。一个礼拜的爱,吊得住他的心么?可是从另一方面看来,柳原是一个没长性的人,这样匆匆的聚了又散了,他没有机会厌倦她,未始不是于她有利的。一个礼拜往往比一年值得怀念。……他果真带着热情的回忆重新来找她,她也许倒变了呢!近三十的女人,往往有着反常的娇嫩,一转眼就憔悴了。总之,没有婚姻的保障而要长期抓住一个男人,是一件艰难的,痛苦的事,几乎是不可能的。啊,管它呢!她承认柳原是可爱的,他给她美妙的刺激,但是她跟他的目的究竟是经济上的安全。这一点,她知道她可以放心。

　　他们一同在巴而顿道看了一所房子,坐落在山坡上,屋子粉刷完了,雇定了一个广东女佣,名唤阿栗,家具只置办了几件最重要的,柳原就该走了。其余都丢给流苏慢慢的去收拾。家里还没有开火仓,在那冬天的傍晚,流苏送他上船时,便在船上的大餐间里胡乱的吃了些三明治。流苏因为满心的不得意,多喝了几杯酒,被海风一吹,回来的时候,便带着三分醉。到了家,阿栗在厨房里烧水替她随身带着的那孩子洗脚。流苏到处瞧了一遍,到一处开一处的灯。客室里的门窗上的绿漆还没干,她用食指摸着试了一试,然后把那粘粘的指尖贴在墙上,一贴一个绿迹子。为什么不?这又不犯法!这是她的家!她笑了,索性在那蒲公英黄的粉墙上打了一个鲜明的绿手印。

　　她摇摇晃晃走到隔壁屋里去。空房,一间又一间——清空的世界。她觉得她可以飞到天花板上去。她在空荡荡的地板上行走,就像是在洁无纤尘的天花板上。房间太空了,她不能不用灯光来装满它,光还是不够,明天她得记着换上几只较强的灯泡。

　　她走上楼梯去。空得好!她急需着绝对的静寂。她累得很,取悦于柳原是太吃力的事,他脾气向来就古怪;对于她,因为是动了真感情,他更古怪了,一来就不高兴。他走了,倒好,让她松下这口气。现在她什么人都不要——可憎的人,可爱的人,她一概都不要。从小时候起,她的世界就嫌过于拥挤。推着,挤着,踩着,背着,抱着,驮着,老的小的,全是人。一家二十来口,合住一幢房子,你在屋子里剪个指甲也有人在窗户眼里看着。好容易远走高飞,到了这无人之境。如果她正式做了范太太,她就有种种的责任,她离不了人。现在她不过是范柳原的情妇,不露面的,她应该躲着人,人也应该躲着她。清静是清静了,可惜除了人之外,她没有旁的兴趣。她所仅有的一点学识,全是应付人的学识。凭着这点本领,她能够做一个贤惠的媳妇，一个细心的母亲。在这里她可是英雄无用武之地。"持家"罢，根本无家可持，看管孩子罢，柳原根本不要孩子。省俭着过日子罢，她根本用不着为了钱操心。她怎样消磨这以后的岁月？找徐太太打牌去，看戏？然后渐渐地姘戏子，抽鸦片，往姨太太们的路上走？她突然站住了，挺着胸，两只手在背后紧紧互扭着。那倒不至于！她不是那种下流的人。她管得住她自己。但是……她管得住她自己不发疯么？楼上品字式的三间屋，楼下品字式的三间屋，全是堂堂地点着灯。新打了蜡的地板，照得雪亮。没有人影儿。一间又一间，呼喊着的空虚……流苏躺到床上去，又想下去关灯，又动弹不得。后来她听见阿栗跋着木屐上楼来，一路扑秃扑秃关着灯，她紧张的神经方才渐归松弛。

那天是十二月七日，一九四一年。十二月八日，炮声响了。一炮一炮之间，冬晨的银雾渐渐散开，山崩、山洼子里，全岛上的居民都向海面上望去，说"开仗了，开仗了。"谁都不能够相信，然而毕竟是开仗了。流苏孤身留在巴而顿道，哪里知道什么。等到阿栗从左邻右舍探到了消息，仓皇唤醒了她，外面已经进入酣战阶段。巴而顿道的附近有一座科学试验馆，屋顶上架着高射炮，流弹不停地飞过来，尖溜溜一声长叫，"吱呦呃呃呃呃……"，然后"砰"，落下地去。那一声声的"吱呦呃呃呃呃……"撕裂了空气，撕毁了神经。淡蓝的天幕被扯成一条一条，在寒风中簌簌飘动。风里同时飘着无数剪断了的神经的尖端。

流苏的屋子是空的，心里是空的，家里没有置办米粮，因此肚子里也是空的。空穴来风，所以她感受恐怖的袭击分外强烈。打电话到跑马地徐家，久久打不通，因为全城装有电话的人没有一个不在打电话，询问哪一区较为安全，作避难的计划。流苏到下午方才接通了，可是那边铃尽管响着，老是没有人来听电话，想必徐先生徐太太已经匆匆出走，迁到平靖一些的地带。流苏没了主意。炮火却逐渐猛烈了。邻近的高射炮成为飞机注意的焦点。飞机营营地在顶上盘旋，"孜孜孜……"绕了一圈又绕回来，"孜孜……"痛楚地，像牙医的螺旋电器，直挫进灵魂的深处。阿栗抱着她的哭泣着的孩子坐在客室的门槛上，人仿佛入了昏迷状态，左右摇摆着，喃喃唱着呓语似的歌曲，哄着拍着孩子。窗外又是"吱呦呃呃呃呃……"一声，"砰！"削去屋檐的一角，沙石哗啦啦落下来。阿栗怪叫了一声，跳起身来，抱着孩子就往外跑。流苏在大门口追上了她，一把揪住她问道："你上哪儿去？"阿栗道："这儿蹲不得了！我——我带他到阴沟里去躲一躲。"流苏道："你疯了！你去送死！"阿栗连声道："你放我走！我这孩子——就只这么一个——死不得的！……阴沟里躲一躲……"流苏拼命扯住了她，阿栗将她一推，她跌倒了，阿栗便闯出门去。正在这当口，轰天震地一声响，整个的世界黑了下来，像一只硕大无朋的箱子，啪地关上了盖。数不清的罗愁绮恨，全关在里面了。

流苏只道是没有命了，谁知还活着。一睁眼，只见满地的玻璃屑，满地的太阳影子。她挣扎着爬起身来，去找阿栗。一开门，阿栗紧紧搂着孩子，垂着头，把额角抵在门洞子里的水泥墙上，人是震糊涂了。流苏拉了她进来，就听见外面喧嚷着说隔壁落了个炸弹，花园里炸出一个大坑。这一次巨响，箱子盖关上了，依旧不得安静。继续的砰砰砰，仿佛在箱子盖上用锤子敲钉，捶不完地捶。从天明捶到天黑，又从天黑捶到天明。

流苏也想到了柳原，不知道他的船有没有驶出港口，有没有被击沉。可是她想起他便觉得有些渺茫，如同隔世。现在的这一段，与她的过去毫不相干，像无线电里的歌，唱了一半，忽然受了恶劣的天气的影响，劈劈啪啪炸了起来。炸完了，歌是仍旧要唱下去的，就只怕炸完了，歌已经唱完了，那就没得听了。第二天，流苏和阿栗母子分着吃完了罐子里的几片饼干，精神渐渐衰弱下来，每一个呼啸着的子弹的碎片便像打在她脸上的耳刮子。街上轰隆轰隆驰来一辆军用卡车，意外地在门前停下了。铃一响，流苏自己去开门，见是柳原，她捉住他的手，紧紧搂住他的手臂，像阿栗搂住孩子似的，人向前一扑，把头磕在门洞子里的水泥墙上。柳原用另外的一只手托住她的头，急促地道："受了惊吓罢？别着急，别着急。你去收拾点得用的东西，我们到浅水湾去。快点，快点！"流苏跌跌冲冲奔了进去，一面问道："浅水湾那边不要紧么？"柳原道："都说不会在那边上岸的。而且旅馆里吃的方面总不成问题，他们收藏得很丰富。"流苏道："你的船……"柳原道："船没开出去。他们把头等舱的乘客送到了浅水湾饭店。本来昨天就要来接你的，叫不到汽车，公共汽车又挤不上。好容易今天设法弄到了这部卡车。"流苏哪里还定得下心整理行装，胡乱扎了个小包裹。柳原给了阿栗两个月的工钱，嘱咐她看家，两个人上了车，面朝下并排躺在运货的车厢里，上面蒙着黄绿色油布篷，一路颠簸着，把肘弯与膝盖上的皮都磨破了。

柳原叹道："这一炸，炸断了多少故事的尾巴！"流苏也怆然，半晌方道："炸死了你，我的故事就该完了。炸死了我，你的故事还长着呢！"柳原笑道："你打算替我守节么？"他们两人都有点神经失常，无缘无故，齐声大笑。而且一笑便止不住。笑完了，浑身只打颤。

卡车在"吱呦呃呃……"的流弹网里到了浅水湾。浅水湾饭店楼下驻扎着军队，他们仍旧住到楼上的老房间里。住定了，方才发现，饭店里储藏虽富，都是留着给兵吃的。除了罐头装的牛乳，牛羊肉，水果之外，还有一麻袋一麻袋的白面包，麸皮面包。分配给客人的，每餐只有两块苏打饼干，或是两块方糖，饿得大家奄奄一息。

先两日浅水湾还算平静,后来突然情势一变,渐渐火炽起来。楼上没有掩蔽物,众人容身不得,都下楼来,守在食堂里,食堂里大开着玻璃门,门前堆着沙袋,英国兵就在那里架起了大炮往外打。海湾里的军舰摸准了炮弹的来源,少不得也一一还敬。隔着棕榈树与喷水池子,子弹穿梭般来往。柳原与流苏跟着大家一同把背贴在大厅的墙上。那幽暗的背景便像古老的波斯地毯,织出各色人物,爵爷,公主,才子,佳人。毯子被挂在竹竿上,迎着风扑打上面的灰尘,啪啪打着,下劲打,打得上面的人走投无路。炮子儿朝这边射来,他们便奔到那边;朝那边射来,便奔到这边。到后来一间敞厅打得千疮百孔,墙也坍了一面,逃无可逃了,只得坐下地来,听天由命。

　　流苏到了这个地步,反而懊悔她有柳原在身旁,一个人仿佛有了两个身体,也就蒙了双重危险。一颗子弹打不中她,还许打中他。他若是死了,若是残废了,她的处境更是不堪设想。她若是受了伤,为了怕拖累他,也只有横了心求死。就是死了,也没有孤身一个人死得干净爽利。她料着柳原也是这般想。别的她不知道,在这一刹那,她只有他,他也只有她。

　　停战了。困在浅水湾饭店的男女们缓缓向城中走去。过了黄土崖,红土崖,又是红土崖,黄土崖,几乎疑心是走错了道,绕回去了,然而不,先前的路上没有这炸裂的坑,满坑的石子。柳原与流苏很少说话。从前他们坐一截子汽车,也有一席话,现在走上几十里的路,反而无话可说了。偶然有一句话,说了一半,对方每每就知道了下文,没有往下说的必要。柳原道:"你瞧,海滩上。"流苏道:"是的。"海滩上布满了横七竖八割裂的铁丝网,铁丝网外面,淡白的海水汨汨吞吐淡黄的沙。冬季的晴天也是淡漠的蓝色。野火花的季节已经过去了。流苏道:"那堵墙……"柳原道:"也没有去看看。"流苏叹了口气道:"算了罢。"柳原走得热了起来,把大衣脱下来搁在臂上,臂上也出了汗。流苏道:"你怕热,让我给你拿着。"若在往日,柳原绝对不肯,可是他现在不那么绅士风了,竟交了给她。再走了一程子,山渐渐高了起来。不知道是风吹着树呢,还是云影的飘移,青黄的山麓缓缓地暗了下来。细看时,不是风也不是云,是太阳悠悠地移过山头,半边山麓埋在巨大的蓝影子里。山上有几座房屋在燃烧,冒着烟——山阴的烟是白的,山阳的是黑烟——然而太阳只是悠悠地移过山头。

　　到了家,推开了虚掩着的门,拍着翅膀飞出一群鸽子来。穿堂里满积着尘灰与鸽粪。流苏走到楼梯口,不禁叫了一声"哎呀。"二层楼上歪歪斜斜大张口躺着她新置的箱笼,也有两只顺着楼梯滚了下来,梯脚便淹没在绫罗绸缎的洪流里。流苏弯下腰来,捡起一件蜜合色衬绒旗袍,却不是她自己的东西,满是汗垢,香烟洞与贱价香水气味。她又发现了许多陌生的女人的用品,破杂志,开了盖的罐头荔枝,淋淋漓漓流着残汁,混在她的衣服一堆。这屋子里驻过兵么？——带有女人的英国兵？去得仿佛很仓促。挨户洗劫的本地的贫农，多半没有光顾过，不然，也不会留下这一切。柳原帮着她大声唤阿栗。来一只灰背鸽，斜刺里穿出来，掠过门洞子里的黄色的阳光，飞了出去。

阿栗是不知去向了，然而屋子里的主人们，少了她也还得活下去。他们来不及整顿房屋，先去张罗吃的，费了许多事，用高价买进一袋米。煤气的供给幸而没有断，自来水却没有。柳原拎了铅桶到山里去汲了一桶泉水，煮起饭来。以后他们每天只顾忙着吃喝与打扫房间。柳原各样粗活都来得，扫地，拖地板，帮着流苏拧绞沉重的褥单。流苏初次上灶做菜，居然带点家乡风味。因为柳原忘不了马来菜，她又学会了作油炸"沙袋"，咖喱鱼。他们对于饭食上虽然感到空前的兴趣，还是极力的撙节着。柳原身边的港币带得不多，一有了船，他们还得设法回上海。

在劫后的香港住下去究竟不是长久之计。白天这么忙忙碌碌也就混了过去。一到了晚上，在那死的城市里，没有灯，没有人声，只有那莽莽的寒风，三个不同的音阶，"喔……呵……呜"无穷无尽地叫唤着，这个歇了，那个又渐渐响了，三条骈行的灰色的龙，一直线地往前飞，龙身无限制地延长下去，看不见尾。"喔……呵……呜……"叫唤到后来，索性连苍龙也没有了，只是三条虚无的气，真空的桥梁，通入黑暗，通入虚空的虚空。这里是什么都完了。剩下点断墙颓垣，失去记忆力的文明人在黄昏中跌跌绊绊摸来摸去，像是找着点什么，其实是什么都完了。

流苏拥被坐着，听着那悲凉的风。她确实知道浅水湾附近，灰砖砌的那一面墙，一定还屹然站在那里。风停了下来，像三条灰色的龙，蟠在墙头，月光中闪着银鳞。她仿佛做梦似的，又来到墙根下，迎面来了柳原。她终于遇见了柳原。……在这动荡的世界里，钱财，地产，天长地久的一切，全不可靠了。靠得住的只有她腔子里的这口气，还有睡在她身边的这个人。她突然爬到柳原身边，隔着他的棉被，拥抱着他。他从被窝里伸出手来握住她的手。他们把彼此看得透明透亮，仅仅是一刹那的彻底的谅解，然而这一刹那够他们在一起和谐地活个十年八年。

他不过是一个自私的男子，她不过是一个自私的女人。在这兵荒马乱的时代，个人主义者是无处容身的，可是总有地方容得下一对平凡的夫妻。

有一天，他们在街上买菜，碰着萨黑荑妮公主。萨黑荑妮黄着脸，把蓬松的辫子胡乱编了个麻花髻，身上不知从哪里借来一件青布棉袍穿着，脚下却依旧趿着印度式七宝嵌花纹皮拖鞋。她同他们热烈地握手，问他们现在住在哪里，急欲看看他们的新屋子。又注意到流苏的篮子里有去了壳的小蚝，愿意跟流苏学习烧制清蒸蚝汤。柳原顺口邀了她来吃便饭，她很高兴地跟了他们一同回去。她的英国人进了集中营,她现在住在一个熟识的,常常为她当点小差的印度巡捕家里。她有许久没有吃饱过。她唤流苏"白小姐"。柳原笑道:"这是我太太。你该向我道喜呢!"萨黑荑妮道:"真的么?你们几时结的婚?"柳原耸耸肩道:"就在中国报上登了个启事。你知道,战争期间的婚姻,总是潦草的……"流苏没听懂他们的话。萨黑荑妮吻了他又吻了她。然而他们的饭菜毕竟是很寒苦,而且柳原声明他们也难得吃一次蚝汤。萨黑荑妮没有再上门过。

当天他们送她出去,流苏站在门槛上,柳原立在她身后,把手掌合在她的手掌上,笑道:"我说,我们几时结婚呢?"流苏听了,一句话也没有,只低下了头,落下泪来。柳原拉住她的手道:"来来,我们今天就到报馆里去登启事。不过你也许愿意候些时,等我们回到上海,大张旗鼓的排场一下,请请亲戚们。"流苏道:"呸!他们也配!"说着,嗤的笑了出来,往后顺势一倒,靠在他身上。柳原伸手到前面去羞她的脸道:"又是哭,又是笑!"

两人一同走进城去,走到一个峰回路转的地方,马路突然下泻,眼前只是一片空灵——淡墨色的,潮湿的天。小铁门口挑出一块洋瓷招牌,写的是:"赵祥庆牙医。"风吹得招牌上的铁钩子吱吱响,招牌背后只是那空灵的天。

柳原歇下脚来望了半晌,感到那平淡中的恐怖,突然打起寒战来,向流苏道:"现在你可该相信了:'死生契阔,'我们自己哪儿做得了主?轰炸的时候,一个不巧——"流苏嗔道:"到了这个时候,你还说做不了主的话!"柳原笑道:"我并不是打退堂鼓。我的意思是——"他看了看她的脸色,笑道:"不说了。不说了。"他们继续走路。柳原又道:"鬼使神差地,我们倒真的恋爱起来了!"流苏道:"你早就说过你爱我。"柳原笑道:"那不算。我们那时候太忙着谈恋爱了,哪里还有工夫恋爱?"

结婚启事在报上刊出了,徐先生徐太太赶了来道喜。流苏因为他们在围城中自顾自搬到安全地带去,不管她的死活,心中有三分不快,然而也只得笑脸相迎。柳原办了酒菜,补请了一次客。不久,港沪之间恢复了交通,他们便回上海来了。

白公馆里流苏只回去过一次,只怕人多嘴多,惹出是非来。然而麻烦是免不了的。四奶奶决定和四爷进行离婚,众人背后都派流苏的不是。流苏离了婚再嫁,竟有这样惊人的成就,难怪旁人要学她的榜样。流苏蹲在灯影里点蚊烟香。想到四奶奶,她微笑了。

柳原现在从来不跟她闹着玩了。他把他的俏皮话省下来说给旁的女人听。那是值得庆幸的好现象,表示他完全把她当做自家人看待——名正言顺的妻。然而流苏还是有点怅惘。

香港的陷落成全了她。但是在这不可理喻的世界里,谁知道什么是因,什么是果?谁知道呢,也许就因为要成全她,一个大都市倾覆了。成千上万的人死去,成千上万的人痛苦着,跟着是惊天动地的大改革……流苏并不觉得她在历史上的地位有什么微妙之点。她只是笑吟吟地站起身来,将蚊烟香盘踢到桌子底下去。

传奇里的倾国倾城的人大抵如此。

到处都是传奇,可不见得有这么圆满的收场。胡琴咿咿哑哑拉着,在万盏灯火的夜晚,拉过来又拉过去,说不尽的苍凉的故事——不问也罢!

(1943 年 9 月)

《倾城之恋》导读

拓展阅读

拓展阅读

1. 袁少冲:《倾城之恋》与张爱玲的自我追寻及自我困囿
2. 石杰:论张爱玲《倾城之恋》的哲学内涵

围城（长篇存目）

钱锺书

故事梗概

《围城》连载于上海《文艺复兴》第 1 卷第 2 期至第 2 卷第 6 期（1946 年 2 月至 1947 年 1 月），上海晨光出版公司 1947 年 5 月出版单行本。

"游学"欧洲数年的方鸿渐携一纸假文凭倦归故国；在家乡短住之后，又借居于沪上已故未婚妻家中，期间与一同回国的留法女博士苏文纨及其表妹唐晓芙交往甚密，陷入一段彷徨无主的三角恋爱。后来，伤心无奈的他与好友赵辛楣接受了湖南三闾大学的聘约，一起踏上艰辛旅途，一路经历颇多令人啼笑皆非之事。颠簸落定，方又不知不觉中陷入校内复杂人事纠葛；这时，他与同行而来的女助教孙柔嘉日渐亲密。两人约定婚姻后共同返沪，不料他们的感情又在复杂琐碎的家庭关系中破裂。

《围城》导读

拓展阅读

拓展阅读
温儒敏：《围城》的三层意蕴

二十世纪太平洋歌

梁启超

亚洲大陆有一士,自名任公其姓梁,尽瘁国事不得志,断发胡服走扶桑。扶桑之居读书尚友既一载,耳目神气颇发皇。少年悬弧四方志,未敢久恋蓬莱乡,逝将适彼世界共和政体之祖国,问政求学观其光。乃于西历一千八百九十九年腊月晦日之夜半,扁舟横渡太平洋。其时人静月黑夜悄悄,怒波碎打寒星芒,海底蛟龙睡初起,欲嘘未嘘欲舞未舞深潜藏。其时彼士兀然坐,澄心摄虑游窅茫,正住华严法界第三观,帝网深处无数镜影涵其旁。蓦然忽想今夕何夕地何地,乃在新旧二世纪之界线,东西两半球之中央。

不自我先,不自我后,置身世界第一关键之津梁。胸中万千块垒突兀起,斗酒倾尽荡气回中肠,独饮独语苦无赖,曼声浩歌歌我二十世纪太平洋。巨灵擘地铓鸿荒,飞鼍碎影神螺僵,上有抟土顽苍苍,下有积水横泱泱,抟土为六积水五,位置错落如参商。尔来千劫千纪又千岁,倮虫缘虿为其乡。此虫他虫相阋天演界中复几劫,优胜劣败吾莫强。

主宰造物役物物,庄严地土无尽藏。

初为据乱次小康,四土先达爱滥觞:支那印度邈以隔,埃及安息邻相望。厥名河流时代第一纪,始脱行国成建邦。衣食衍衍郑白沃,贸迁仆仆浮茶粮,恒河郁壮殑迦长,扬子水碧黄河黄,尼罗蜿蜒双龙翔。水哉水哉厥利乃尔溥,浸灌暗黑扬晶光。此后四千数百载,群族内力逾扩张,乘风每驾一苇渡,搏浪乃持三岁粮。就中北辰星拱地中海,葱葱郁郁腾光镪,岸环大小都会数百计,积气森森盘中央。自余各土亦尔尔,海若凯奏河伯降。波罗的与阿剌伯,西域两极遥相望;亚东黄渤壮以阔,亚西尾闾身毒洋;斯名内海文明时代第二纪,五洲寥邈殊中央。蛰雷一声百灵忙,翼轮降空神鸟翔。咄哉世界之外复有新世界,造化乃尔神秘藏。阁龙。归去举国狂,帝者挟帜民赢粮,谈瀛海客多于鲫,莽土倏变华严场。揭来大洋文明时代始萌蘖,亘五世纪堂哉皇。其时西洋权力渐夺西海席,两岸新市星罗棋布气焰长虹长。世界风潮至此忽大变,天地异色神鬼瞠;轮船铁路电线瞬千里,缩地疑有鸿秘方;四大自由塞宙合,奴性销为日月光;悬崖转石欲止不得止,愈竞愈剧愈接愈厉,卒使五洲同一堂。流血我敬俶傥曲,冲锋我爱麦寨郎。鼎鼎数子只手挈大地,电光一掣剑气磅礴太平洋。太平洋!太平洋!大风泱泱,大潮滂滂,张肺歙地地出没,喷沫冲天天低昂,气吞欧墨者八九,况乃区区列国谁界疆。异哉!似此大物隐匿万千载,禹经亥步无能详,毋乃吾曹躯壳太小君太大,弃我不屑齐较量。君兮今落我族手,游刃当尽君所长。吁嗟乎!

今日民族帝国主义正跋扈,俎肉者弱食者强,英狮俄鹫东西帝,两虎不斗群兽殃;后起人种日耳曼,国有余口无余粮,欲求尾闾今未得,拼命大索殊皇皇;亦有门罗主义北美合众国,潜龙起蛰神采扬,西县古巴东菲岛,中有夏威八点烟微茫,太平洋变里湖水,遂取武库廉奚伤;蕞尔日本亦出定,岠容卿否容商量。我寻风潮所自起,有主之者吾弗详,物竞天择势必至,不优则劣兮不兴则亡。水银钻地孔乃入,物不自腐虫焉藏。尔来环球九万里,一砂一草皆有主,旗鼓相匹强权强,惟馀东亚老大帝国一块肉,可取不取毋乃殃。五更肃肃天雨霜,鼾声如雷卧榻傍,诗灵罢歌鬼罢哭,问天不语徒苍苍。噫嚱吁!太平洋!太平洋!君之面兮锦绣壤,君之背兮修罗场,海电兮既设,舰队兮愈张,西伯利亚兮铁道卒业,巴拿马峡兮运河通航,尔时太平洋中二十世纪之天地,悲剧喜剧壮剧惨剧齐韸韸。吾曹生此岂非福,饱看世界一度两度为沧桑。沧桑兮沧桑,转绿兮回黄,我有同胞兮四万五千万,岂其束手兮待僵。招国魂兮何方,大风泱泱兮大潮滂滂。

吾闻海国民族思想高尚以活泼,吾欲我同胞兮御风以翔,吾欲我同胞兮破浪以扬。海云极目何茫茫,涛声彻耳逾激昂,鼍腥龙血玄以黄,天黑水黑长夜长,满船沉睡我徬徨,浊酒一斗神飞扬,渔阳三叠魂憯伤,欲语不语怀故乡。纬度东指天尽处,一线微红出扶桑,酒罢诗罢,但见寥天一鸟鸣朝阳。

1900 年 1 月 30 日午夜

天 狗

郭沫若

我是一条天狗呀！
我把月来吞了，
我把日来吞了，
我把一切的星球来吞了，
我把全宇宙来吞了。
我便是我了！

我是月底光，
我是日底光，
我是一切星球底光，
我是 X 光线底光，
我是全宇宙底 Energy 底总量！

我飞奔，
我狂叫，
我燃烧。

我如烈火一样地燃烧！
我如大海一样地狂叫！
我如电气一样地飞跑！
我飞跑，
我飞跑，
我飞跑，
我剥我的皮，
我食我的肉，
我吸我的血，
我啮我的心肝，
我在我神经上飞跑，
我在我脊髓上飞跑，
我在我脑筋上飞跑。

我便是我呀！
我的我要爆了！

1920 年 2 月初作

《天狗》导读　　拓展阅读

拓展阅读

王元中：天狗·动词·我——郭沫若《天狗》一诗的三种解读方法

太阳礼赞

郭沫若

青沉沉的大海,波涛汹涌着,潮向东方。
光芒万丈地,将要出现了哟——新生的太阳!

天海中的云岛都已笑得象火一样地鲜明!
我恨不得,把我眼前的障碍一概划平!

出现了哟!出现了哟!耿晶晶地白灼的圆光!
从我两眸中有无限道的金丝向着太阳飞放。

太阳哟!我背立在大海边头紧觑着你。
太阳哟!你不把我照得个通明,我不回去!

太阳哟!你请永远照在我的面前,不使退转!
太阳哟!我眼光背开了你时,四面都是黑暗!

太阳哟!你请把我全部的生命照成道鲜红的血流!
太阳哟!你请把我全部的诗歌照成些金色的浮沤!

太阳哟!我心海中的云岛也已笑得象火一样地鲜明了!
太阳哟!你请永远倾听着,倾听着,我心海中的怒涛!

1921 年作

繁星（节选）

冰 心

七

醒着的，
　　只有孤愤的人罢！
听声声算命的锣儿，
　　敲破世人的命运。

一〇

嫩绿的芽儿，
　　和青年说：
"发展你自己！"

淡白的花儿，
　　和青年说：

"贡献你自己！"

深红的果儿，
　　和青年说：
"牺牲你自己！"

一三一

大海呵，
　　那一颗星没有光？
　　那一朵花没有香？
那一次我的思潮里
　　没有你波涛的清响？

1921 年 9 月

《繁星》导读 　　　　　拓展阅读

拓展阅读
石婷:冰心诗歌意象的古典性特征与现代性转型——以《繁星》《春水》为例

伊 底 眼

汪静之

伊底眼是温暖的太阳；
不然,何以伊一望着我,
我受了冻的心就热了呢？

伊底眼是解结的剪刀；
不然,何以伊一瞧着我,
我被镣铐的灵魂就自由了呢？

伊底眼是快乐的钥匙；
不然,何以伊一瞅着我,
我就住在乐园里了呢？

伊底眼变成忧愁的引火线了；
不然,何以伊一盯着我,
我就沉溺在愁海里了呢？

1922 年 6 月 4 日

《伊底眼》导读

蛇

冯 至

我的寂寞是一条蛇，
静静地没有言语。
你万一梦到它时，
千万啊，不要悚惧！

它是我忠诚的侣伴，
心里害着热烈的乡思：

它想那茂密的草原——
你头上的浓郁的乌丝。

它月影一般轻轻地
从你那儿轻轻走过；
它把你的梦境衔了来，
像一只绯红的花朵。

1926 年

《蛇》导读

拓展阅读

拓展阅读
何雪凝：冯至诗歌中蛇的思想谱系探析

十四行诗(四 十五)

冯 至

四

我常常想到人的一生，
便不由得要向你祈祷。
你一丛白茸茸的小草
不曾辜负了一个名称；

但你躲进着一切名称，
过一个渺小的生活，
不辜负高贵和洁白，
默默地成就你的死生。

一切的形容、一切喧嚣
到你身边，有的就凋落，
有的化成了你的静默：

这是你伟大的骄傲
却在你的否定里完成。
我向你祈祷，为了人生。

十五

看这一队队的骡马，
驮来了远方的货物，
水也会冲来一些泥沙，
从些不知名的远处，

风从千万里外也会
掠来些他乡的叹息：
我们走过无数的山水，
随时占有，随时又放弃，

仿佛鸟飞行在空中，
它随时都管领太空，
随时都感到一无所有。

什么是我们的实在？
从远方什么也带不来
从面前什么也带不走

弃 妇

李金发

长发披遍我两眼之前,
遂隔断了一切羞恶之疾视,
与鲜血之急流,枯骨之沉睡。
黑夜与蚊虫联步徐来,
越此短墙之角,
狂呼在我清白之耳后,
如荒野狂风怒号:
战栗了无数游牧。

靠一根草儿,与上帝之灵往返在
空谷里。
我的哀戚惟游蜂之脑能深印着;
或与山泉长泻在悬崖,
然后随红叶而俱去。

弃妇之隐忧堆积在动作上,
夕阳之火不能把时间之烦闷
化成灰烬,从烟突里飞去,
长染在游鸦之羽,
将同栖止于海啸之石上,
静听舟子之歌。

衰老的裙裾发出哀吟,
徜徉在丘墓之侧,
永无热泪,
点滴在草地
为世界之装饰。

《弃妇》导读

拓展阅读

拓展阅读
谈蓓芳:由李金发的《弃妇》诗谈古今文学的关联

死　水

闻一多

这是一沟绝望的死水，
清风吹不起半点漪沦。
不如多扔些破铜烂铁，
爽性泼你的剩菜残羹。

也许铜的要绿成翡翠，
铁罐上锈出几瓣桃花；
再让油腻织一层罗绮，
霉菌给他蒸出些云霞。

让死水酵成一沟绿酒，
飘满了珍珠似的白沫；

小珠笑一声变成大珠，
又被偷酒的花蚊咬破。

那么一沟绝望的死水，
也就夸得上几分鲜明。
如果青蛙耐不住寂寞，
又算死水叫出了歌声。

这是一沟绝望的死水，
这里断不是美的所在，
不如让给丑恶来开垦，
看他造出个什么世界。

一九二五，四

《死水》导读

发 现

闻一多

我来了,我喊一声,迸着血泪,
"这不是我的中华,不对,不对!"
我来了,因为我听见你叫我;
鞭着时间的罡风,擎一把火,
我来了,那知道是一场空喜。
我会见的是噩梦,那里是你?
那是恐怖,是噩梦挂着悬崖,
那不是你,那不是我的心爱!
我追问青天,逼迫八面的风,
我问,拳头擂着大地的赤胸,
总问不出消息;我哭着叫你,
呕出一颗心来,你在我心里!

一句话

闻一多

有一句话说出就是祸,
有一句话能点得着火。
别看五千年没有说破,
你猜得透火山的缄默?
说不定是突然着了魔,
突然青天里一个霹雳
　　爆一声:
　　"咱们的中国!"
这话教我今天怎么说?
你不信铁树开花也可,
那么有一句话你听着:
等火山忍不住了缄默,
不要发抖,伸舌头,顿脚,
等到青天里一个霹雳
　　爆一声:
　　"咱们的中国!"

雪花的快乐

徐志摩

假如我是一朵雪花，
翩翩的在半空里潇洒，
　我一定认清我的方向——
　　飞飏，飞飏，飞飏，——
这地面上有我的方向。

不去那冷寞的幽谷，
不去那凄清的山麓，
　也不上荒街去惆怅——
　　飞飏，飞飏，飞飏，——
你看，我有我的方向！

在半空里娟娟的飞舞，
认明了那清幽的住处，
　等着她来花园里探望——
　　飞飏，飞飏，飞飏，——
啊，她身上有朱砂梅的清香！

那时我凭借我的身轻，
盈盈的，沾住了她的衣襟，
　贴近她柔波似的心胸——
　　消溶，消溶，消溶——
溶入了她柔波似的心胸！

再别康桥

徐志摩

轻轻的我走了,
　　正如我轻轻的来;
我轻轻的招手,
　　作别西天的云彩。

那河畔的金柳,
　　是夕阳中的新娘;
波光里的艳影,
　　在我的心头荡漾。

软泥上的青荇,
　　油油的在水底招摇;
在康河的柔波里,
　　我甘心做一条水草!

那榆荫下的一潭,
　　不是清泉,是天上虹;
揉碎在浮藻间,
　　沉淀着彩虹似的梦。

寻梦?撑一支长篙,
　　向青草更青处漫溯,
满载一船星辉,
　　在星辉斑斓里放歌。

但我不能放歌,
　　悄悄是别离的笙箫;
夏虫也为我沉默,
　　沉默是今晚的康桥!

悄悄的我走了,
　　正如我悄悄的来;
我挥一挥衣袖,
　　不带走一片云彩。

　　　　　　　11月6日,中国海上

《再别康桥》导读　　拓展阅读

拓展阅读
孙绍振:《再别康桥》重析

我不知道风是在哪一个方向吹

徐志摩

我不知道风
是在哪一个方向吹——
我是在梦中,
在梦的轻波里依洄。

我不知道风
是在哪一个方向吹——
我是在梦中,
她的温存,我的迷醉。

我不知道风
是在哪一个方向吹——
我是在梦中,
甜美是梦里的光辉。

我不知道风
是在哪一个方向吹——
我是在梦中,
她的负心,我的伤悲。

我不知道风
是在哪一个方向吹——
我是在梦中,
在梦的悲哀里心碎!

我不知道风
是在哪一个方向吹——
我是在梦中,
黯淡是梦里的光辉。

红纱灯

冯乃超

森严的黑暗的深奥的深奥的殿堂之中央
红纱的古灯微明地玲珑地点在午夜之心

苦恼的沉默呻吟在夜影的睡眠之中
我听得鬼魅魍魉的跫声舞蹈在半空

乌云丛簇地丛簇地盖着蛋白石的月亮
白练的河流若伏在野边的裸体的尸僵

红纱的古灯缓慢地渐渐地放大了光晕
森严的黑暗的殿堂撒了满地庄重的黄金

愁寂地静悄地黑衣的尼姑渡过了长廊
一步一声怎的悠久又怎的消灭无踪

我看见在森严的黑暗的殿堂的神龛
明灭地惝恍地一盏红纱的灯光颤动

一朵野花

陈梦家

一朵野花在荒原里开了又落了,
不想到这小生命,向着太阳发笑,
上帝给他的聪明他自己知道,
他的欢喜,他的诗,在风前轻摇。

一朵野花在荒原里开了又落了,
他看见青天,看不见自己的渺小,
听惯风的温柔,听惯风的怒号,
就连他自己的梦也容易忘掉。

1929 年 1 月

别了,哥哥

殷 夫

别了,哥哥
别了,我最亲爱的哥哥,
你的来函促成了我的决心,
恨的是不能握一握最后的手,
再独立地向前途踏进。

二十年来手足的爱和怜,
二十年来的保护和抚养,
请在这最后的一滴泪水里,
收回吧,作为恶梦一场。

你诚意的教导使我感激,
你牺牲的培植使我钦佩,
但这不能留住我不向你告别,
我不能不向别方转变。

在你的一方,哟,哥哥,
有的是,安逸,功业和名号,
是治者们荣赏的爵禄,
或是薄纸糊成的高帽。

只要我,答应一声说,
"我进去听指示的圈套,"
我很容易能够获得一切,
从名号直至纸帽。

但你的弟弟现在饥渴,

饥渴着的是永久的真理,
不要荣誉,不要功建,
只望向真理的王国进礼。

因此机械的悲鸣扰了他的美梦,
因此劳苦群众的呼号震动心灵,
因此他尽日尽夜地忧愁,
想做个普罗米修士偷给人间以光明。

真理和忿怒使他强硬,
他再不怕天帝的咆哮,
他要牺牲去他的生命,
更不要那纸糊的高帽。

这,就是你弟弟的前途,
这前途满站着危崖荆棘,
又有的是黑的死,和白的骨,
又有的是砭人肌筋的冰雹风雪。

但他决心要踏上前去,
真理的伟光在地平线下闪照,
死的恐怖都辟易远退,
热的心火会把冰雪溶消。

别了,哥哥,别了,
此后各走前途,
再见的机会是在,
当我们和你隶属着的阶级交了战火。

1929.4.12

血 字

殷 夫

血液写成的大字，
斜斜地躺在南京路，
这个难忘的日子——
润饰着一年一度……

血液写成的大字，
刻划着千万声的高呼，
这个难忘的日子——
几万个心灵暴怒……

血液写成的大字，
记录着冲突的经过，
这个难忘的日子——
狞笑着几多叛徒……

"五卅"哟！
立起来，在南京路上走！
把你血的光芒射到天的尽头，
把你刚强的姿态投映到黄浦江口，
把你的洪钟般的预言震动宇宙！

今日他们的天堂，
他日他们的地狱，
今日我们的血液写成字，
异日他们的泪水可入浴。

我是一个叛乱的开始，

我也是历史的长子,
我是海燕,
我是时代的尖刺。

"五"要成为报复的枷子,
"卅"要成为囚禁仇敌的铁栅,
"五"要分成镰刀和铁锤,
"卅"要成为断铐和炮弹!……

四年的血液润饰够了,
两个血字不该再放光辉,
千万的心音够坚决了,
这个日子应该即刻消毁!

1929 年 5 月底

《别了,哥哥》《血字》导读

雨 巷

戴望舒

撑着油纸伞,独自
彷徨在悠长,悠长
又寂寥的雨巷,
我希望逢着
一个丁香一样地
结着愁怨的姑娘。

她是有
丁香一样的颜色,
丁香一样的芬芳,
丁香一样的忧愁,
在雨中哀怨,
哀怨又彷徨;

她彷徨在这寂寥的雨巷,
撑着油纸伞
像我一样,
像我一样地
默默彳亍着,
冷漠,凄清,又惆怅。

她静默地走近
走近,又投出
太息一般的眼光,

她飘过
像梦一般地,
像梦一般地凄婉迷茫。

像梦中飘过
一枝丁香地,
我身旁飘过这女郎;
她静默地远了,远了,
到了颓圮的篱墙,
走尽这雨巷。

在雨的哀曲里,
消了她的颜色,
散了她的芬芳,
消散了,甚至她的
太息般的眼光,
她丁香般的惆怅。

撑着油纸伞,独自
彷徨在悠长,悠长
又寂寥的雨巷,
我希望飘过
一个丁香一样地
结着愁怨的姑娘。

《雨巷》导读 拓展阅读

拓展阅读

南志刚:古典意境的现代性转换——戴望舒《雨巷》解析

我的记忆

戴望舒

我的记忆是忠实于我的,
忠实得甚于我最好的友人。

它存在在燃着的烟卷上,
它存在在绘着百合花的笔杆上,
它存在在破旧的粉盒上,
它存在在颓垣的木莓上,
它存在在喝了一半的酒瓶上,
在撕碎的往日的诗稿上,在压干的花片上,
在凄暗的灯上,在平静的水上,
在一切有灵魂没有灵魂的东西上,
它在到处生存着,像我在这世界一样。

它是胆小的,它怕着人们的喧嚣,
但在寂寥时,它便对我来作密切的拜访。
它的声音是低微的,
但是它的话是很长,很长,
很多,很琐碎,而且永远不肯休:
它的话是古旧的,老是讲着同样的故事,
它的音调是和谐的,老是唱着同样的曲子,
有时它还模仿着爱娇的少女的声音,
它的声音是没有气力的
而且还夹着眼泪,夹着太息。

它的拜访是没有一定的,
在任何时间,在任何地点,
甚至当我已上床,朦胧地想睡了;

人们会说它没有礼貌,
但是我们是老朋友。

它是琐琐地永远不肯休止的,
除非我凄凄地哭了,或是沉沉地睡了:
但是我是永远不讨厌它,
因为它是忠实于我的。

我用残损的手掌

戴望舒

我用残损的手掌
摸索这广大的土地：
这一角已变成灰烬，
那一角只是血和泥；
这一片湖该是我的家乡，
(春天,堤上繁花如锦障，
嫩柳枝折断有奇异的芬芳,)
我触到荇藻和水的微凉；
这长白山的雪峰冷到彻骨，
这黄河的水夹泥沙在指间滑出；
江南的水田,你当年新生的禾草
是那么细,那么软……现在只有蓬蒿；
岭南的荔枝花寂寞地憔悴，
尽那边,我蘸着南海没有渔船的苦水……
无形的手掌掠过无限的江山，
手指沾了血和灰,手掌沾了阴暗，
只有那辽远的一角依然完整，
温暖,明朗,坚固而蓬勃生春。
在那上面,我用残损的手掌轻抚，
像恋人的柔发,婴孩手中乳。
我把全部的力量运在手掌
贴在上面,寄予爱和一切希望，
因为只有那里是太阳,是春，
将驱逐阴暗,带来苏生，
因为只有那里我们不像牲口一样活，
蝼蚁一样死……那里,永恒的中国！

1942年7月3日

预 言

何其芳

这一个心跳的日子终于来临！
呵,你夜的叹息似的渐近的足音,
我听得清不是林叶和夜风私语,
麋鹿驰过苔径的细碎的蹄声！
告诉我,用你银铃的歌声告诉我,
你是不是预言中的年青的神？

你一定来自那温郁的南方！
告诉我那里的月色,那里的日光！
告诉我春风是怎样吹开百花,
燕子是怎样痴恋着绿杨！
我将合眼睡在你如梦的歌声里,
那温暖我似乎记得,又似乎遗忘。

请停下你疲劳的奔波,
进来,这里有虎皮的褥你坐！
让我烧起每一个秋天拾来的落叶,
听我低低地唱起我自己的歌！
那歌声将火光一样沉郁又高扬,
火光一样将我的一生诉说。

不要前行！前面是无边的森林：
古老的树现着野兽身上的斑纹,
半生半死的藤蟒一样交缠着,
密叶里漏不下一颗星星。
你将怯怯地不敢放下第二步,
当你听见了第一步空寥的回声。

一定要走吗?请等我和你同行!
我的脚步知道每一条熟悉的路径,
我可以不停地唱着忘倦的歌,
再给你,再给你手的温存!
当夜的浓黑遮断了我们,
你可以不转眼地望着我的眼睛!

我激动的歌声你竟不听,
你的脚竟不为我的颤抖暂停!
像静穆的微风飘过这黄昏里,
消失了,消失了你骄傲的足音!
呵,你终于如预言中所说的无语而来,
无语而去了吗,年青的神?

1931 年秋天,北平

《预言》导读　　**拓展阅读**

拓展阅读
谭德晶:何其芳《预言》艺术奥秘探寻

老 马

臧克家

总得叫大车装个够,
它横竖不说一句话,
背上的压力往肉里扣,
它把头沉重地垂下!

这刻不知道下刻的命,
它有泪只往心里咽,
眼里飘来一道鞭影,
它抬起头望望前面。

1932 年 4 月

《老马》导读

雪落在中国的土地上

艾 青

雪落在中国的土地上,
寒冷在封锁着中国呀……

风,
像一个太悲哀了的老妇,
紧紧地跟随着
伸出寒冷的指爪
拉扯着行人的衣襟,
用着像土地一样古老的话
一刻也不停地絮聒着……

那从林间出现的,
赶着马车的
你中国的农夫
戴着皮帽
冒着大雪
你要到哪儿去呢?

告诉你
我也是农人的后裔——
由于你们的
刻满了痛苦的皱纹的脸
我能如此深深地
知道了
生活在草原上的人们的
岁月的艰辛。

而我
也并不比你们快乐啊
——躺在时间的河流上
苦难的浪涛
曾经几次把我吞没而又
卷起——
流浪与监禁
已失去了我的青春的
最可贵的日子,
我的生命
也像你们的生命
一样的憔悴呀

雪落在中国的土地上,
寒冷在封锁着中国呀……

沿着雪夜的河流,
一盏小油灯在徐缓地移行,
那破烂的乌篷船里
映着灯光,垂着头
坐着的是谁呀?

——啊,你
蓬发垢面的少妇,
是不是
你的家
——那幸福与温暖的巢穴——

已被暴戾的敌人
烧毁了么?
是不是
也像这样的夜间,
失去了男人的保护,
在死亡的恐怖里
你已经受尽敌人刺刀的戏弄?

咳,就在如此寒冷的今夜,
无数的
我们的年老的母亲,
都蜷伏在不是自己的家里,
就像异邦人
不知明天的车轮
要滚上怎样的路程……
——而且
中国的路
是如此的崎岖
是如此的泥泞呀。

雪落在中国的土地上,
寒冷在封锁着中国呀……

透过雪夜的草原
那些被烽火所啮啃着的地域,
无数的,土地的垦植者
失去了他们所饲养的家畜
失去了他们肥沃的田地
拥挤在
生活的绝望的污巷里;
饥馑的大地
朝向阴暗的天
伸出乞援的
颤抖着的两臂。
中国的苦痛与灾难
像这雪夜一样广阔而又漫长呀!

雪落在中国的土地上,
寒冷在封锁着中国呀……

中国,
我的在没有灯光的晚上所写的
无力的诗句
能给你些许的温暖么?

1937 年 12 月 28 日,夜间

《雪落在中国的土地上》导读　　拓展阅读

拓展阅读
贺仲明:自我与时代的心史——重读《雪落在中国的土地上》兼及艾青的诗歌意义

手推车

艾 青

在黄河流过的地域
在无数的枯干了的河底
手推车
以唯一的轮子
发出使阴暗的天穹痉挛的尖音
穿过寒冷与静寂
从这一个山脚
到那一个山脚
彻响着
北国人民的悲哀

在冰雪凝冻的日子
在贫穷的小村与小村之间
手推车
以单独的轮子
刻画在灰黄土层上的深深的辙迹
穿过广阔与荒漠
从这一条路
到那一条路
交织着
北国人民的悲哀

1938 年初

距离的组织

卞之琳

想独上高楼读一遍《罗马衰亡史》,
忽有罗马灭亡星出现在报上。
报纸落。地图开,因想起远人的嘱咐。
寄来的风景也暮色苍茫了。
(醒来天欲暮,无聊,一访友人吧。)
灰色的天。灰色的海。灰色的路。
哪儿了?我又不会向灯下验一把土。
忽听得一千重门外有自己的名字。
好累呵!我的盆舟没有人戏弄吗?
友人带来了雪意和五点钟。

1月9日

《距离的组织》导读　　拓展阅读

拓展阅读
高蔚:卞之琳《距离的组织》情感线索追踪

春

穆 旦

绿色的火焰在草上摇曳,　　　蓝天下,为永远的谜迷惑着
它渴求着拥抱你,花朵。　　　是人们二十岁的紧闭的肉体,
反抗着土地,花朵伸出来,　　　一如那泥土做成的鸟的歌,
当暖风吹来烦恼,或者快乐。　　你们燃烧着却无处归依。
如果你寂寞了,推开窗子,　　　呵,光,影,声,色,都已经赤裸,
看这满园的欲望多么美丽。　　　痛苦着,等待伸入新的组合。

1942 年 2 月

《春》导读　　　**拓展阅读**

拓展阅读

吴投文:在生命的限制中对自由的张望——穆旦诗歌《春》导读及相关问题

诗 八 首

穆 旦

一

你底眼睛看见这一场火灾,
你看不见我,虽然我为你点燃;
唉,那燃烧着的不过是成熟的年代,
你底,我底。我们相隔如重山!

从这自然底蜕变底程序里,
我却爱了一个暂时的你。
即使我哭泣,变灰,变灰又新生,
姑娘,那只是上帝玩弄他自己。

二

水流山石间沉淀下你我,
而我们成长,在死底子宫里。
在无数的可能里一个变形的生命
永远不能完成他自己。

我和你谈话,相信你,爱你,
这时候就听见我底主暗笑,
不断地他添来另外的你我
使我们丰富而且危险。

三

你底年龄里的小小野兽,
它和春草一样地呼吸,
它带来你底颜色,芳香,丰满,
它要你疯狂在温暖的黑暗里。

我越过你大理石的理智殿堂,
而为它埋藏的生命珍惜;
你我底手底接触是一片草场,
那里有它底固执,我底惊喜。

四

静静地,我们拥抱在
用言语所能照明的世界里,
而那未成形的黑暗是可怕的,
那可能和不可能的使我们沉迷。

那窒息着我们的
是甜蜜的未生即死的言语,
它底幽灵笼罩,使我们游离,
游进混乱的爱底自由和美丽。

五

夕阳西下,一阵微风吹拂着田野,
是多么久的原因在这里积累。
那移动了景物的移动我底心
从最古老的开端流向你,安睡。

那形成了树木和屹立的岩石的,
将使我此时的渴望永存,
一切在它底过程中流露的美

教我爱你的方法,教我变更。

六

相同和相同溶为怠倦,
在差别间又凝固着陌生;
是一条多么危险的窄路里,
我制造自己在那上面旅行。

他存在,听从我底指使,
他保护,而把我留在孤独里,
他底痛苦是不断的寻求
你底秩序,求得了又必须背离。

七

风暴,远路,寂寞的夜晚,
丢失,记忆,永续的时间,
所有科学不能祛除的恐惧
让我在你底怀里得到安息——

呵,在你底不能自主的心上,
你底随有随无的美丽的形象,
那里,我看见你孤独的爱情
笔立着,和我底平行着生长!

八

再没有更近的接近,
所有的偶然在我们间定型;
只有阳光透过缤纷的枝叶
分在两片情愿的心上,相同。
等季候一到就要各自飘落,

而赐生我们的巨树永青,
它对我们的不仁的嘲弄
(和哭泣)在合一的老根里化为平静。

1942年2月

给天真的乐观主义者

绿　原

一

群众们,可爱的读者们,我站在你们面前冷淡地朗读这篇诗。
可是叫我从哪儿读起,读到哪儿为止呢,不幸引用了这些燐光四射的文字?
而且我将惭愧,如果我真的下流到惹你们大噪:听哪,
魔鬼在阳光下面对人类大摇大摆地背诵讽刺小品了……

且慢申斥我的奇谈吧,可爱的读者,你可能回答么——
呼吸在战争下面的中国人民,有多少个愉快,有多少个凄惶?
多少人在白昼的思维里,在夜晚的梦幻里,进行组织"罪恶"和解散"真理"?
向你们吹牛撒谎的,在非沦陷区匆忙地、缓慢地跳着野兽派的舞……
而沉思的人们都有点儿悲哀……

请不要生气,哎,我们的身份不过是——尚未亡国的"四强之一"。

二

大街上,警察推销着一个国家的命运;然而严禁那些
醒龊的落难者在人行道上用粉笔诉写平凡的自传。
这是一片宝岛:货币集中者们象一堆响尾蛇似的互相呼应,
共同象征着一种意志的实践:光荣的城永远坚强地屹立在地球上。

水门汀,钢筋混凝土……永远支撑着——象陀螺般向半空飞旋上去——
银行,信托部,办事处,胜利大厦,百货商场……

然而，告诉你，灰烬熄灭了，那怕形状团结在一起，也是不能持久的！
破裂的棺材怎样也掩不住死体的臭气和丑样子！
请看，知名的律师充任常年法律顾问，发行了巨批杰作：

扑克，假面会，赛璐珞，玻璃玩具……
坤伶，明星，交际花，肉感的猥亵作家，美食主义者，拆白党，财政敲榨者，肉体偶像……
茶会，午餐，鸡尾酒晚宴，接风，饯行，烹调术座谈会，金融讨论……
勋章，奖状，制服，符号，万能的 Pass，鸡毛文书……
赌窟，秘密会社，娼妓馆，热闹的监狱，疯人院……
鸦片批发，灵魂收买，自行失踪，失足落水，签字、画押，走私，诱拐，祈祷和忏悔……

我不知道，可爱的读者，是否你以为我的见解十分荒谬；
或者是否你见到悲惨的严肃的一面，与我的所见完全相反呢。

三

例如，每次空袭解除了，庆祝常常比哀悼更热烈……

只有这样一回，一位绅士抱着他的夫人忧愁地从私人防空洞出来，有些人大喊：
——可恶的鬼子，可恶的鬼子，一位中国贵妇被炸弹吓昏了……
仆欧跟着："老爷，公馆平安，叭儿狗活着呢。"
(请恕我这个没有身份证的公民吧，他没有福气接近贵人；
因此，他的这两行诗或许象幻想一样错误。)

可是，那些小市民们(一群替罪的羔羊)呢，可爱的读者，我很知道
他们是怎样触霉头的。看吧街道扭歪了，房屋飞去了，
一颗男人的头颅象烂柿似的悬挂着……
一只女人的裸腿不害羞地摆在电线一起……
一个孩子坐在土堆上，凝望天空的灰尘，没有流泪……
啊，可爱的读者，你还想打听"大隧道惨案"的内幕吗？
…………

不过,大体说来,这光荣的城不容易屈服!
几分钟后又美丽地抬起了头:
男人照样同女人吊膀子……
电影院照样放映香艳巨片……
理发厅照样替顾客挖耳粪……
花柳专科医师照样附设土耳其浴室,奉送按摩……
绅粮们照样欢迎民众们大量献金……
保甲长们照样用左脚跪在县长面前,用右脚踢打百姓:如此类推,而成衙门……
译员们照样用洋泾浜英语对驻外华侨解释国情……
公务员照样缮写呈文和布告……
报纸照样发表胜利消息,缉拿和悬赏,更正和驳斥……
可怜的学生照样练习他们的体操:立正,敬礼,鞠躬,下跪……
大人们照样指着流泪的、流血的、死了的、毁灭的和倒坍的
象放屁一样念着"阿弥陀佛"和 alleuia,
发挥着十字架的光荣,金字塔的严肃以及东方文艺复兴的意义……
…………

何况这两三年连空袭都没有了,哦,可爱的读者,
谁敢仔细研究这一堆酪酊到蠕滑地呕吐着黏质的肉虫呢?

在中国,谁能快乐而自由? 就是这些天国的选民。信不信由你。
然而,今天,地狱的牧者率领一群哀军来了:不要怜悯!
要用可怖的悲惨惊吓这些选民! 要将唾沫吐在他们的粉脸上!
日历撕完了,时钟停摆了,可爱的读者,向他们挑战!

四

我是一个都会的流氓,没有受过良好教育。
我的见闻和我的感想自然非常卑微。

在喧哗的马路上,我朦胧地看见许多刺客不说话,走着又停留着……
呀,有人被杀死了,警察还十分客气地向凶手送去一根纸烟呢。

有一次,我走到一片广场上去了,
那儿围着一群人,在赞叹剑子手的勇敢:

尸首俯卧着,仿佛在吮吸从自己肺腑流出的紫血,
或者用点词藻描写,他正用自己的血沐洗自己的罪恶呢……

没有遗嘱。没有钱纸。没有谁给他一顿"最后的晚餐"。
没有赦免。因此,没有忏悔。一个普通犯人的葬礼。

啊,他是比痛苦的生存要快乐十二倍的死亡的宾客之一,
可爱的读者,我们宽恕他生前的一切过失吧。

据说他是一个从前线退下来的可耻的逃兵,
曾经保卫过南京——那时汪精卫正向重庆飞……

据说他的母亲哭瞎了,自从他出征以后。
她的眼睛永远不再睁开,就是听到他的儿子做了官……

据说他悄悄回到了故乡,象一匹狗忍受爱国分子的辱骂……
在阳光下面行乞,在灯光下面偷盗,在并没有敌人冲过来的战场上阵
亡了。

可爱的读者,我不过是一个不相干的旁观者,
注视着一颗子弹旋转过去的胸脯,我不得不

祝福死者:来世不可在黑巷内咬伤一位贵妇的带钻石的手指;
也祝福活着的人:永远踏着蔷薇色的旅途,切莫逢见窃贼和土匪!

五

几年前,我还是一家纱厂的人事股办事员,
经理命我调查工人的健康状况,"以便向劳动局呈报备案"。
我这样报告:工人们全体拥护"生产建国"的号召!
他们的身体非常强壮!土布较"罗斯福布"更坚韧!

天啦,我撒谎了。他们的体格检查表千篇一律:
"……女性,十七岁,九岁入厂……

……月经停闭,脸黄,晕眩,下午发烧……"
"……男性,十岁,童工……
……肺结核,痰臭,盗汗,指甲透明……"

可爱的读者,你质问我什么——
啊,少女,她的美丽在哪儿?讨厌青春吗?
啊,儿童,他的幸福在哪儿?讨厌游戏吗?
他们为什么在纤维里蜷缩着,不言不语?
……几年以后,死了,把饭碗赠给旁人,不是吗?

你觉得,可爱的读者,命运容易统治他们么?
他们不要幸福——只要没有痛苦,你觉得,可爱的读者?
不,你错了。除非人不是人……
他们的、以及这一类人们的怨恨,象自己的骨头一样永远不会同皮肉一样消瘦的!

在晚上,这些人零散地走进一间房……
这些人在一起开会,讨论,决议,进行……
这些人用睡眠的时间干自己的事……
这些人犯了罪,勇敢地用生命赔偿这社会的损失……
这些人的口号不再是:"打倒机器!"……

六

可爱的读者,我还谈谈可怜的知识分子吧。
在骄傲与颓废的轮替里,他们不敢大声说话。
你看,一些精神蔓长着胡须的丑角儿嘤嘤哭泣起来了……

在泥泞的时间的走廊上,他们用虚无主义的酒灌醉自己,避免窗外的噪音。
在象海一样汹涌着波涛的大陆上,他们迷信地怀疑一切——甚至专门寻找
哀伤的街,丧气的屋子,流泪的书……做他的一朵离世的岛屿,
潜伏着他们的做手势的灵魂,恐惧地聆听着斗争的阵亡者的作怪的呼喊……

他们非常苦闷,常常用手按住自己脉搏检查自己的病症,
有时不觉将自己的思想孵化出变节的幼虫!
于是,阅读着错误的哲学;巧妙地注解着慈善家杀戮婴儿的原因;
模仿蟋蟀用尾巴歌吹——庆祝圣者以神的名义统治他们的同胞。
他们逃避着巨大的爱情和仇恨,他们自嘲:鲁滨逊不需要钱币!
然而,可爱的读者,这群幼稚的犬儒们将永远回复到
神权时代的恐怖与羞耻里去:恐怖自己的影子,羞耻于接近阳光:
他们渐渐昏迷了,可怜这些夭折在母胎里的婴儿。我附带举一个例证——

> 常常有人说我的邻居犯了罪,
> 因为在那洁白的粉墙上的
> 庄严的肖像和滑稽的刺刀面前,
> 他竟无缘无故地微微喟叹。
>
> 谁晓得他想到什么了?
> 他为什么喟叹,他为什么喟叹呢?
> 狱卒们常常在夜半听见这样浓重的喟叹的——
>
> 这蓝天下面的轻轻雷声证明了他的罪状:"你说,他叫什么名字?"
> 哎,我的邻居从这个世界失踪了,
> 我仿佛还听到沉睡的森林里
> 有一只受难的小兔低低泣着……
> 他正是一个胆小怕事的知识分子呢,
> 愿你保佑他,上帝!

我们离开他们吧,让他们象从梦中醒来一样死去吧,可爱的读者。
让他们在时代的石块上撞破脑袋,
让他们的脑袋象鸡蛋一样碎裂:让他们的勇敢同懦怯象蛋黄同蛋白一样分开!

七

不过,可爱的读者,我也是一个低级知识分子,皮肤奇痒肉溃烂。
太阳使我的身体发热,小河给我以清洁的水,

燕子,它唱得多好,从自己胸脯撕落
一片片棕色的羽毛,在我的屋梁上筑它的窠……
可是,我却常常无端哆嗦,嘴唇发白……
我的朋友曾刻薄地骂我是:从忧郁里享乐!

可爱的读者,这批评是对的。从前我真是一个神经衰弱的无神论者,
曾经荒谬地信奉悲哀的宗教,用弥撒来咒骂耶和华……
但是,今天,那样可笑的我已经完全变了——
我的急剧的心脏渐渐坚硬,象一块浸泡在酒精里的印地安橡皮。
我的心脏究竟浸泡在什么里面呢,是演现在世界各处的悲惨的历史吧?
是的,是那悲惨的历史象洪水一样冲击着,而人不能是一块水成岩……

我知道我还有泪水,但是我再没有哭泣过,甚至叹气,自从我结交了一群浓重的冤魂……
当然,我还不能大声欢笑,因为一切痛苦的过去远没有完全否决!
因此,我厌弃轻浮的颂歌。叫我赞美那些腐朽的上流社会吗?
不如叫一个犯人去赞美断头台的堂皇:要他的命吧!

可爱的读者,在严肃的光阴里,我的诗是一文不值的——那又算什么呢。
我并不信仰西欧的德谟克拉西,亚细亚也不需要人道主义的惠特曼;
这无光的大陆正在从事反抗和斗争!
在中国,伟大的诗人们正向你,可爱的读者,写着革命史;
我不过是一个渺小的猎人,发现一两滴兔子或松鼠的血迹后,
再告诉力士们去追寻那些猛兽和凶禽!

你以为,可爱的读者,我还没有见到一些光明的体积吧?看见的。
虽然圣经不敢发表他们的史迹,博物馆不敢陈设他们的塑像,
甚至百科全书不敢记载他们的姓名,然而我正走向他们……
不过,不必赞美他们——这些战斗者,
正如我不必赞美我自己的诗。

八

请温暖地批判吧,可爱的读者!

这几行不完整的诗句再不能删减,可是也不好增加了。
就算这是一个新从中国这古老的胎盘里出世的同志的报告:
愿他的希望比他的回忆愉快些!

一九四四年十二月在一个平凡的黄昏写成

王贵与李香香（节选）

李 季

第 一 部

（三）李香香

百灵子雀雀百灵子蛋，
崔二爷家住死羊湾。

大河里涨水清混不分，
死羊湾有财主也有穷人。

死羊湾前沟里有一条水，
有一个穷老汉李德瑞。

白胡子李德瑞五十八，
家里只有一枝花。

女儿名叫李香香，
没有兄弟死了娘。

脱毛雀雀过冬天，
没有吃来没有穿。

十六岁的香香顶上牛一条，
累死挣活吃不饱。

羊肚子手巾包冰糖，
虽然人穷好心肠。

玉米结子颗颗鲜黄，
李老汉年老心肠软。

时常拉着王贵的手，
两眼流泪说："娃命苦！

年岁小来苦头重，
没娘没大孤零零。"

"讨吃子住在关爷庙，
我这里就算你的家。"

刮风下雨人闲下，
王贵就来把柴打。

一个妹子一个大，
没家的人儿找到了家。

（四）掏苦菜

山丹丹开花红姣姣，
香香人材长得好！

一对大眼水汪汪，
就像那露水珠在草上淌。

二道糜子碾三次，
香香自小就爱庄稼汉。

地头上沙柳绿蓁蓁，
王贵是个好后生！

身高五尺浑身都是劲，
庄稼地里顶两人。

玉米开花半中腰，
王贵早把香香看中了。

小曲好唱口难开，
樱桃好吃树难栽；

交好的心思两人都有，
谁也害臊难开口。

王贵赶羊上山来，
香香在洼里掏苦菜。

赶着羊群打口哨，
一句曲儿出口了：

"受苦一天不瞌睡，
合不着眼睛我想妹妹。"

停下脚步定一定神，
洼洼里声小像弹琴：

"山丹丹花来背洼洼开，
有那些心思慢慢来。"

"大路畔上的灵芝草，
谁也没有妹妹好！"

"马里头挑马不一般高，
人里头挑人就数哥哥好！"

"樱桃小口糯米牙，
巧口口说些哄人话。"

"交上个有钱的花钱常不断，
为啥要跟我这个揽工的受可怜?!"

"烟锅锅点灯半炕炕明，
酒盅盅量米不嫌哥哥穷。"

"妹妹生来就爱庄稼汉，
实心实意赛过银钱。"

"红瓤子西瓜绿皮包，
妹妹的话儿我忘不了。"

"肚里的话儿乱如麻，
定下个时候，说说知心话。"

天黑夜静人睡下，
妹妹房里把话拉。

"一满天的星星没有月亮，
小心踏在狗身上！"

1945年12月于陕北三边

《王贵与李香香》导读

获虎之夜

田 汉

时　间　某年冬夜
地　方　长沙东乡某山中
人　物　魏福生　富裕之猎户
　　　　魏黄氏　福生妻
　　　　莲姑　福生独生女
　　　　魏胡氏　莲姑之祖母
　　　　李东阳　邻人,甲长
　　　　何维贵　李之亲戚农夫
　　　　黄大傻　莲姑表兄,贫颠行乞
　　　　屠大,周三　魏家所雇之长工

布　景　魏福生家的"火房"(即乡人饭后之休息室,客来时之应接室,冬夜之围炉向火处)开幕时魏福生坐炉傍吸水烟。其母老态龙钟坐围椅上吸旱烟。福生之妻正泡茶。莲姑十八九岁好女子,虽山家装束而不掩其美。将泡好之茶用盘子托着先奉其祖母。次奉其父。次托茶四杯出"火房"送给其家的佣工。
　　　　福生目送其女出去,对其妻低语。

福生　我们这孩子嫁到陈家里去不取第一也要取第二,他家那样多的媳妇,我都看见过。单就人物讲,很少及得我家莲儿的。
黄氏　(感着一种做母亲的夸耀)可不是吗？前几天罗大先生也是这样说呢。可是也不知道费去我多少心血才替他挣了这样多的嫁奁。不然,单只模样儿好,嫁奁太少也还是要遭妯娌们看不起的。
祖母　但也当感谢仙姑娘娘,难得这几年家道还好,新近又连打了两只虎。不然,你有这样顺手吗？
黄氏　铳已经装好了没有？
福生　早就装好了。但还没有上线。等到稍微晚一点,便把线上好。今晚是准有的。
黄氏　再打了一双时,我的莲儿又可以多一样嫁妆了。我还想替她到城里去买一幅锦缎被面,买一个绣花帐檐哩。没有几个日子便要过门了。不赶快办,恐怕来不及。

福生　我这次若打了一只大点儿的,也不必抬到城里去请赏,最好把皮剥下来替莲儿做一床褥子,倒也显得我们猎户人家的本色。我打了第一只虎时,便有这个意思。莲儿,你……(回顾不见莲儿)莲儿怎么不进来?

黄氏　她大约听得说她的事,不好意思,回到自己房里去了吧。

福生　像她这一向还好,从前她真是不听说,真把我气死了。

黄氏　我也何尝不气。听她晚上那样的哭,我又是恨,又是可怜,……那颠子还在庙里吗?

福生　唔。还在庙里。住在那戏台下面。我本想把他驱逐出境,怎奈地方人见他年纪又轻,又没有父母,也不过有些颠里颠气,并不为非作歹,所以都不肯照我的意思办,我也不好把我的本意说出来。

黄氏　不过近来也没有看见他走我们门口过身了。

福生　大约是受了我那一次的打骂,不敢再来了吧。那种颠子单只骂他两句,他是不怕的。

祖母　可是那孩子也真可怜啊。你骂他两句不要他再来了就够了,你打他做什么。

福生　你老人家那里晓得。那孩子看去好像很颠,可是他对莲儿一点也不颠。我起初以为他是颠子,所以莲儿和他顽耍,我也不大管他。后来人大了,他还天天来找莲儿谈笑,莲儿也仿佛非他来不快活,我才晓得这事不是耍的。那时他母亲刚死不久,我好好的对他说,说我荐他到田家塅一家农家去看牛。他说他不愿到那样远的地方去,又说他虽然无家可归了,但怎么样也不肯离开仙姑岭。从那时起,他便在庙里的戏台底下过日子。可怜也实在可怜,但是一想到他会害得我的莲儿不肯出嫁,真是可恨。

黄氏　好了。现在也不必恨他了。倒因为他的缘故,使我们替莲儿选了现在这一家好人家。

福生　(忽然想起)喂,前天莲儿到那里去来?

黄氏　同下屋张二姑娘到坳背李大机匠师傅家里去来。我要她送几斤虎肉去,顺便问他那匹布织完没有。

福生　以后要屠大爷送去好哪,姑娘们不要到外面跑。我仿佛看见她走那一边岭上下来的呢。

黄氏　你为什么问起这事呢?

福生　莲儿有好久没有出门,我恐怕她又跑到庙里去来。

祖母　到庙里去敬敬菩萨有什么要紧?

福生　到庙里去敬敬菩萨自然没有什么要紧。我只怕她又去会那颠子呢。

黄氏　有张二姑娘跟着决没有那回事。并且莲儿自从定了人家,也早已把那颠子忘了。

福生　惟愿得如此才好。

(此时外面有人声对语。李东阳带何维贵来访福生。屠大迎之。)屠大!(在内)哦!李大公来了。请进。

李　　(在内)哦,大司务,福生在家不?

屠大　(在内)在火房里坐。请进。(登场)客来了。(退场)

(李何登场福生等起迎。)

李　　魏老板!

福生　哦,甲长先生来了。请坐,请坐。这位是谁?

李　　这是舍亲,姓何。住在堟里。(长沙东乡稻田野间为"堟",山谷间为坤)

福生　原来是何大哥。几时进坤来的?

何　　就是今天下午来的。

李　　他是今天下午进坤的。他家几代住在堟里务农,很少到坤里来的时候。他是我的侄郎的哥哥。前回我到堟里去散事,在他家歇了一夜。谈起坤里过的怎样的有趣,柴火怎样的多,坡土怎样的好,晚上怎样可以听得老虎豹子叫。把这位老兄喜欢得不亦乐乎。又谈起你家新近打了两只虎,于今一只抬到城里请赏去了,一只还关在笼里任人观看。他家里人从来没有见过老虎,个个都想来看看。这位老哥,尤其动了意马心猿,一定要同我来。他家的父亲说这几天事忙,要他隔几天来。所以今天才来。我也今天才从春华市回来。

何　　(忽听得什么叫,忙着扯住李手)这是不是虎叫?

福生　(笑,同坐皆笑)这不是虎叫,这是我家后面猪圈里猪叫。

何　　怎么坤里的猪叫法不同?

李　　坤里的猪和堟里的猪原是一样叫的。恐怕是你的耳朵作怪罢。……第二次打的虎也抬到城里去了吗?

福生　抬去四五天了。

李　　怎么你没有去?

福生　我没有去。要老二送去了,顺便办一些货回。我在家还有些事情要做呢。

李　　那么,维贵,你来得不凑巧。你那样要看虎,及至进坤来,虎又抬去了。

黄氏　（一面献茶与客）真是。何大哥,若早五六天来还可以看得到哩。嗳哟,没有抬去的时候看的人真不知道多少啊。就是抬去之后两三天还有许多人赶来要看的,都看个空回去了。最有趣的是周家新屋的三太太从城里回,也来看虎。她逼近笼子侧边站着。听得虎一叫,人往后面一退,两手望前一拍,把手上带的一对玉钏子打的粉碎。

何　嗳呀,好凶!

李　（笑了）你家捉了虎的事,真传得远,连春华市那一边都知道了。那地方的都总的太太都想来看一看呢。可惜你们家就把它送到城里去了。

福生　不要紧。今晚若是运气好时,还可以打一只。不过恐怕捉不到活的罢。

李　什么,又装了陷笼吗?

福生　不是陷笼,是抬枪。现在等人静一点,便要上线呢。

李　装在什么地方?

福生　装在后面的岭上。

李　那地方没有人走吗?

福生　这样的晚上有谁要跑那边岭上去?并且谁不知道昨天已经发了山?

李　那么恭喜你今晚一定要打一只大虎。明天还要请我喝一杯喜酒呢。

福生　那自然啦。正应请甲长先生喝喜酒的。我的莲儿就是这几天要过门。今晚若是打了一只虎,我要把喜酒更热闹的办他一下,请甲长先生多喝几杯。

李　哦,不错。听说莲姑娘就是这几天要过门了。我还没有预备一点添箱的礼物哩。

黄氏　嗳哟,大公不要又来费心。前天承大挨驰（祖母之意,读若 Gaizieh）送来了一个布,两个被面,我们已经不敢当得很。

李　那里的话。正应,正应。陈家几时过礼?

黄氏　初一过礼。

李　你们这头亲事真说得好,真是门当户对。不要说我们的门前上下,就是我们这镇里都是少有的。

（屠大登场）

屠大　大老板。我们可以去上线了吧。

福生　（时房中久已点灯。炉中柴火熊熊。福生起视窗外。）可以去了。你们要小心些呀。

屠大　晓得的。

李　你们家这位屠司务真是个好人。

福生	哼。他很可靠。
黄氏	有一句讲一句。屠司务真是个老实人。他在我家做了五六年长工从来没和我们家里闹过半句嘴。哦……说起又记起来了。你老人家家里的二姑娘不也是不久要出阁了吗？
李	嗨。明年三月安排把她嫁到金鸡坡侯家里去。
黄氏	侯家里！那真是好人家呀。三十几人吃茶饭，长工都请了七八个。二姑娘嫁到那样的人家真是享福啊。
李	嗨，分得她们有什么福享。不过可以不挨饿罢了。他家的媳妇是有名的不容易做的。要起得早，睡得晚，纺纱绩麻，斟茶煮饭，浆衣洗裳不在讲，还要到坡里栽红薯，田里收稻。一年到头劳苦得要死。若是生了一男半女更麻烦了。
黄氏	不过也要这样的人家，才是真正的好人家。越是一家人勤快，越是兴旺。
李	是。我也正是取他家这一点，才把我的二女看到他家去。她的娘痛爱女儿，听说侯家里是那样的人家，起初还不肯回红庚呢。
祖母	福生，你叫胡二爷到柴屋里去弄些硬柴来。今晚若是打了虎还有好一会耽搁呢。
福生	我自己去罢。（起身出门）
李	挨驰，你老人家真健旺得很。
祖母	咳，讲给大公听，到底年纪来了。现在也不像从前那样结实啊。
何	你老人家今年几十岁了？
李	你猜猜看。
何	我看……和我的挨驰上下年纪吧？
黄氏	她老人家有多大年纪？
何	今年七十五岁。
黄氏	那么比我的挨驰还要小一岁呢。
李	他的挨驰也健旺得很。我早几天在他家里，还看见她老人家替她的孙儿绣兜肚呢。
黄氏	我的挨驰眼睛不如从前了，可就是脚力好。仙姑殿那样陡的山，他老人家还爬得上去。从半山到正殿去不还有一百二十来级的石级吗？他老人家一气走上去还不费多大气力，反把我走得脚软手麻，气都喘不转来。
李	我们后班子真不及老班子啊。（班子即辈之意）
黄氏	是啊。
祖母	我们算什么。你没有看见你的公公呢。他老人家在世的时候，那一

何	个不说他健旺。八十岁那年还与后班子赌狠，推起雨石谷子上山呢。
何	嗳呀。我都做不到。
祖母	你们十八九岁的人，是"出山虎子，"正是出劲的时候，有什么做不到。

（福生抱柴来。放在火炉湾里。）

福生	你们讲什么？
李	我们正谈起现在这班少年还不及老班子的有劲啊。
福生	这是实在的话。即就我们猎户讲，现在的猎户那里及得从前的猎户的本事高强。不过打猎的器械和方法都比从前精巧些，也不必费从前那样多的力了。
何	魏老板你府上从前那两只虎是怎样打的呢？
福生	说起来，也很有趣。我们去年也还打过几只，可没有今年这两只来得容易。第一只尤其来得容易。那时我家刚做好一只陷笼，还没有抬到山上去装置。便把它放在猪圈后面，把笼门打开，原只望万一关一两只小小野物。不想睡到半晚忽然听得猪圈里的猪大乱起来，接连听得几声扯锯子似的大吼。我们爬起来，拿了猎枪，虎叉，掌起灯，望猪圈后面一看时：原来笼子里早陷了一只小牛似的猛虎。那只猛虎走我们屋边过身，听得猪圈里有猪叫，想来吃猪，没有别的路可以进来，便走那笼子里钻进来，用爪子猛力去爬猪圈。不想机关一动，后面的门便关下来，再也莫想出去了。后来我们又做了一个陷笼，比前一个更加精巧。抬起装在那边岭上的乱树中间。四围都用树枝盖好，只留一条进路。笼后面放些猪羊鸡鸭之类，都替它们缚了腿子，让它们在里面乱弹乱叫。冬天里的饿虎，走岭上过身，听得树乱中有生物叫着，那有不进去找食物的呢？果然第三天的晚上，我们又装了一只老虎。这便是五天前抬上城请赏的那一只。
何	打虎有这样容易吗？
福生	那里。这不过我的运气好罢。遇着难对付的还是要费无穷气力。你不看见仙姑岭下有一个长坡吗？那里原先并不是现在这样的光坡，却是一带深林。因为近处的人知道中间有猛虎的巢穴，所以都不敢到那近边去砍柴，因为没有人敢去砍柴，所以那一带深林越长得不见天日。但是最初虽不敢去砍柴，却也没有别的事故。到后来里面的虎渐渐多了。常常出来捉近边人家的猪和鸡吃。晚上吼声不绝，近边人家都不敢安心睡觉。后来索性把长坡易四聋子的儿子咬去了。易四聋子是我们镇上有名的猎户。他们夫妇的膝下只有这一个儿子。那时他刚从城里回来，听说儿子被虎咬了，痛不欲生，赌咒要杀

尽那坡里的虎。他还有一个朋友姓袁，也是个有名的猎户，浑名就叫袁打铳，也愿帮忙来除掉这地方的大害。易四聋子每天背着猎枪，提着刀，到那坡里去寻。有一天果被他寻出一条路来。照那条路走去，便到了那虎窝里。一看母虎不在家，只剩了四个小虎在窝里跳。易四聋子看见很觉得好玩。再一寻时，看见那虎窝旁边还剩了些小孩的头腿，易四聋子不看犹可，一看见了这些头腿只恨得咬牙切齿。一阵乱刀便将那些小虎都杀死在窝里。易四聋子知道母虎回来看了，一定要来寻仇。第二天便邀袁打铳和许多猎户来围山。那天那母老虎回来看见自己的儿子都杀死了，果然怒吼了一夜，第二天他们围山的时候，它坐在窝里等。

（忽闻许多猎犬声，屠大和二三伙友从山上回来。）

（屠大周三登场）

福生　装好了吗？
屠大　全都装好了。
福生　山上没有人走吗？
屠大　这时候有什么人走到那样的岭上去？
黄氏　屠大爷，周三爷，快来烘一烘，冷得很哩。
周三　也不怎么冷。

（黄氏折些带叶的干柴，烧起熊熊的火来。屠周二人烘着。）

李　　屠大爷你的衣袖子烂了呢。
黄氏　昨天我要他交给莲儿替他补一补，他又不肯。
屠大　我的衣那里敢烦莲姑娘补呢？横竖在山里作活的人休想穿一件好衣。就有好衣，到山里去跑两趟，铁打的也要扯烂。
甲长　我多久就劝屠大爷讨一个大娘子，他总不听，不然，你的衣烂了，不早有人替你补起了吗？
屠大　甲长先生，你也得体恤民情呀。你看我们养自己不活的人还能养活人家吗？
李　　话虽是这样说，老婆总是要讨的。也没有见单身汉子个个有了钱。也没有见讨了老婆的个个都饿死了。我还是替你做个媒罢。
周三　我也替你做个媒罢。
屠大　（笑向周三）你替我做个什么媒呀？你有什么姑子要嫁给我呢？
周三　说起来没有一个人知道，却也没有一个人不知道。就是后屋朱太太的大小姐。
屠大　后屋有什么姓朱的太太？

（福生合黄氏早笑了。）

周三　就是那猪婆的大小姐呀!
屠大　(打周三)你这小坏蛋。
福生　喂,屠大爷,你快去把各种器械安顿好。等一会就要用呢。
屠大　好。周三爷你赶快替我磨刀去。
　　　(两人下场。)
甲长　今晚上一定又该你发财呢。
福生　哈哈,这些事是要靠运气的。法子总得想,能不能到手可说不定。
何大　第二天又怎么样呢,魏老板?
福生　(突如其来,摸不着头脑)第二天?第二天什么事?
何大　第二天他们去围山,捉到那只虎没有呢?
福生　啊,你是讲刚才说的易四聋子打虎的那件事啊。好,我索性对你说完了罢。第二天易四聋子邀了袁打铳和本地方好几个有名的猎户去围山。易四聋子和袁打铳奋勇当先。其余的猎户只远远的包围着。易四聋子又让袁打铳做他的后援,他由他昨天发见的那条路,一步步逼近虎窝里去。等到相隔不过一丈来远的时候,他早由树后窥见那母老虎磨牙擦爪地在那里等他。他不待它先来,早装好猎枪,朝那老虎头上一枪打去。那老虎听得枪一响,照着枪烟,一个蹿步扑起来。易四聋子本来想等它扑来,举起刀去刺它的肚子,但已来不及了,那老虎扑到他的头上来了。他丢了枪刀,趁那当儿一把抱住那老虎的腰,把头紧紧的顶住它的咽喉,把两只脚紧紧的撑住它的后腿,任它怎样的摆布,他只死命的抱着不放。这时易四聋子的好友袁打铳,和其他许多猎户看了这种情形,救也不好,不救也不好。还是袁打铳隔得较近,爬到一枝树上,觑得准准的对那老虎连发了两枪,那老虎打急了。候他第三枪到来时,它就地一滚,那枪子却打在易四聋子的腿上。虽然没有打中要害,但痛得他把腿一缩。那头上也不由得松下来。那老虎趁这个机会,转过气来,大吼一声,把易四聋子的脑袋咬了半边,挣脱了易四聋子的手,几跳几蹿的跑出重围去了。那些猎户那一个敢挡它的路。袁打铳虽然接着连发了几枪,但是已经救不了他的朋友。他一面收拾他朋友的遗体,一面也发誓要除掉那只老虎替他朋友报仇。从此以后袁打铳常常一个人背着枪,去找那只老虎。后来虽然也打了好几只虎,但始终不是咬他的朋友的那只。他有一个儿子,叫和儿,十四五岁了。他恐怕他死了之后他的朋友的仇便不能报,所以他常常把母老虎的样子对和儿说,叫他长大了也做一个猎户,务必寻到这只虎,把它打死,把皮骨去祭他的朋友的灵,才算孝子,因此和儿心目中常常有这么一只虎。

何大　他的儿子后来打到这只虎没有呢？

福生　你听哪。第二年春二月间，和儿和几个邻舍的小孩到枫树坡上去寻惊蛰菌，这个坡里也因为林子很深，许久没人砍动，地下木叶落的多，所以每年结的菌子也最多。这些小孩越取越多，越多越高兴，越高兴便不顾危险越往林子深的地方走去。正取得高兴的时候，忽然一个小孩骇得叫也不敢叫出来，拼命的扯起他们跑。他们问有什么。他说："有虎！"那些小孩子听得有虎，大家都往外跑，把取下来的菌子丢满了一地，踹得稀烂。但他们跑了好一阵，却没见什么东西追出来，细瞧有虎的那边的林子，一点响动也没有。他们都很诧异。内中有大胆的便依然跑到那边林子里去窥探，袁和儿便是一个。一看那深林中间，却有一块小小的空地。这空地上果然坐着一只刚才吓起他们乱跑的猛虎。嘴里咬着一块什么东西。两只眼珠睁得有茶杯大小，望了使人家两只脚自然要软下来。可是一宗，那怕他们两次访它，它不独不动，连哼也不哼一声，仔细一听，连气息都没有。袁和儿胆子最大，捡起一块石头照那老虎的尾上轻轻打去，它依然一丝也不动。袁和儿知道世界上没有这样好气性儿的老虎。一看它的头上还有一两处伤痕，心中早断定是他父亲时常对他说起的那只老虎。他对他那些小朋友说了，他们依然没有人敢拢去。还是和儿跑拢去把那老虎一推，哗啦一声倒了，原来那只老虎自后咬了易四聋子，带了重伤逃出重围，便躲在这地方死了。如今只剩得皮包骨头，肉早已烂了。口里还咬着易四聋子的半边脑骨。

何大　那么为什么还坐着呢？

福生　你不知道呀，这叫做虎死不倒威。后来和儿回去把他老子喊来一看，果然是那只老虎。袁打铳把易四聋子那半边脑骨交给他家里合遗体一起葬了。把老虎的皮骨祭了他的灵，才算完了他一桩心事。……

（正说到那里忽听得山上抬枪一响。）

福生　吓！

屠大　（在内）枪响了。大老板！我们快去罢。

李　　福生，你的财运真好。这次包你又打了一只大虎了。

祖母　若是只虎，那么莲儿又多一样嫁奁了。

福生　惟愿是只虎也就可以了我一桩心事。不要打了一只什么小的野物，那就不值得了。

（屠大携猎枪，虎叉之类登场。）

屠大　不会，一定是只大虎。别的小野物不走那条路的。

福生　我也这样想。

何　　我们也去看看罢。
福生　何大哥要去看看也好。
李　　我也同去看看。
福生　(对黄氏)你赶快去烧好一锅水,等一下有好一阵忙呢。
黄氏　我早已预备好了。
周三　(在内)喂!去呀。
福生　屠大(同声)去呀。
　　　(各携器械退场。)
黄氏　挨𫘤你老人家去睡去罢。
祖母　还坐一会也好。等他们把虎抬了回来再睡去。等一下有好一阵忙,我在这里烧烧火也是好的。
黄氏　啊呀!催壶里没有水了。莲儿!
莲姑　(在内)来了。
　　　(莲姑登场。)
莲姑　妈妈,什么事?
黄氏　你去添一壶水来。等一下他们回来了,要茶喝呢。
莲姑　是。
　　　(携壶下场,一忽儿,携一满壶水登场。依然把壶挂在火炉里的通火钩上。)
莲姑　妈,又打了一只虎吗?
黄氏　屠大爷说一定是只虎。别的野物,是不走那条路的。并且昨天不是发了山吗?
祖母　若是只虎,你爹爹不知道多么欢喜。他说这次若打了虎不抬到城里去请赏,要把皮剥下来替你做一铺褥子,把虎肉留来办喜酒呢。
黄氏　日子近了。你那双鞋子还不赶快做好。
莲姑　我不做。
黄氏　蠢孩子。你为什么不做?
莲姑　我不要穿鞋子了。
黄氏　你为什么不要穿鞋子了?
莲姑　我不要活了。(哭)
黄氏　你为什么不要活了?
莲姑　爹妈若是一定要我嫁,……
黄氏　你嫌陈家里不好吗?
莲姑　不是。
黄氏　嫌陈家里的三少爷不好吗?

莲姑　（摇头。）……
黄氏　那么为什么又不愿意去了呢？
莲姑　……。我只不愿意去就是了。
黄氏　我的好孩子，你先前说得好好的，怎么这会子又翻悔呢？这样的终身大事岂是儿戏得的吗？人家已经下了定，你又不愿意去了。就是我肯，你爹爹肯吗？就是你爹爹肯，陈家里能依吗？你总得懂事一点。你现在不是两三岁的小孩子了。放着陈家这样的人家不去你还想到什么人家去？
祖母　是呀。像陈家那样的人家在我们镇里是选一选二的。他家里肯要你，真是你的八字好呢。你不到他家去还想到什么更好的人家去？就是更好的人家，他不要你也是枉然呀。
莲姑　我什么人家也不愿意去。我在家里侍奉挨驰妈妈好哪。
黄氏　你这话更蠢了。那里有在娘边做一世女的呢？我劝你不要三心两意的了。你只赶快把鞋子做起，别的嫁奁我也替你预备得有个八成了。只候你爹爹打了这只虎，替你做床虎皮褥子，还要二叔在城里去买一幅绣花帐檐，锦缎被面子，就要过礼了。你刚才这些话我原晓得你是和我淘气的。你要嫁了，你妈还把你怎样吗？只等一下莫对你爹爹淘气，你爹爹若听见了这些话，你是晓得他的脾气的。
祖母　是呀。你爹爹他若听说你不愿意。你看他会怎么样气。
莲姑　我不管爹爹气不气，我只不去就是了。
黄氏　好。你有本事等一下对你爹爹说去。我懒和你说得。我要到灶屋里去了。
莲姑　（至祖母前）挨驰，我……
祖母　（抚之）傻孩子。你哭什么？你的命不比你妈，你挨驰都好吗？
莲姑　不。挨驰，我是一条苦命。（隐约闻外面人声嘈杂。猎犬吠声。）
祖母　你听。你爹爹和屠大爷他们抬虎来了。你出阁的时候又要添一样好嫁奁了。并且你可以早些到陈家里去享福去了。你还不赶快到大门口去看看。
莲姑　不。我不要去看。我怕这个老虎。
祖母　你又不是才看见过老虎的。怕它做什么？以前捉了活的还不怕，此刻是打死了抬回来的更不必怕了。
莲姑　我怎么不怕它。它是催我的命的。
祖母　你看。你又和黄大傻一样的发起颠来了。
莲姑　挨驰。是的。我是和他一样颠的，我时常怕我会变成他那一样的颠子呢。

祖母　你越说越傻了。好好的人怎么会颠？(人声狗声愈近)好。站起来。(众声嘈杂中闻甲长之声"抬进去""抬进去")你听,虎已经抬到门口来了。快去看看。

莲姑　不。我不要看。虎进屋了,我便要出屋了。

(人声,脚步声,猎犬吠声,已闹成一片了。)

屠大　(在内)周三爷,你把大门推开些,推开些。

福生　(在内)堂屋里快安顿一扇门板。

李　　(在内)你把脚好生抱着。抬进去。

祖母　莲儿。虎抬进来了。快去看看。

莲姑　不。我不要看。

(人声,足步声愈近。)

福生　(在内)抬到堂屋里去。

李　　(在内)不。抬到火房里去。

祖母　你快去开门,虎要抬到火房里来了。

福生　(在内)何必抬到火房里去?

李　　(在内)天气冷得很,非抬到火房里去不可。快去安置一下。(火房门开了。李二进来把左壁大竹床上的东西挪开,铺上一床棉褥,把衣服卷成一个枕头,放好。李甲长进来,把椅凳移开。在莲姑和她祖母的错愕中间,福生和屠大早半抬半抱的抬进一只大虎[?]咳,不是,原来是一个十七八岁的褴褛少年。腿上打得鲜血淋漓,此时昏过去了。让他们把他死骸般的抬起放在那大竹床上。)

祖母　怎么哪,打了人?

福生　咳,还有什么说。

李　　你老人家快把火烧大一点。房里很冷。福生,你要赶快去请一个医生来。

福生　这时候到那里去请医生呢?槐树屋梁六先生又上城去了。

李　　不,立刻要去请一个来,他伤得很重,弄出人命来可不是耍的。

福生　屠大爷,那么你到文家坤文九先生那里去一趟,任如何请他老人家今晚来。李二爷你也同去,好抬他的轿子。

(屠大李二匆匆退场)

(黄氏急登场)

黄氏　打了人?打了谁呀?

福生　你说还有谁!还不是这个晦气。

(黄氏与莲姑娘的眼光都转到那褴褛少年脸上。)

福生　他晕过去了。快烧碗开水灌他一下。(忽注意到莲姑)莲儿快进去,

　　　　不要在这里。
莲姑　（目不转睛的望着那面色灰败的少年，似没有听得她父亲的话。旋疑其视觉有误，拭其目，挨近一看。）嗳呀，这不是黄大哥？黄大哥呀！（哭）
黄氏　当真是那孩子，怎么瘦到这样了。（起身烧水去）
福生　不识羞的东西，他是你什么黄大哥？还不给我滚进去。
祖母　（起视）当真是那孩子吗？
福生　不是那个傻东西，这时候谁肯跑到那样的岭上去送死？我们背时人偏遇着这样的背时东西。
祖母　打了那里？
福生　打了大腿。只要打上一点，这东西就没有命了。
李　　现在还是危险得很，怎奈血出的太多。我们走到他近边的时候还以为是只虎，仔细一看才知道是他在那里乱滚。
福生　他那时伤的那样重，见了我还对我道恭喜呢。这个混帐东西！
祖母　快替他收血。把他喊转来。可怜这孩子已经是个颠子了，不要又弄成一个残疾。
福生　（伏在少年腿边作法收血）功程太大了，不容易收。我去叫下屋李待诏（理发师别名）来。甲长先生，请你替我招扶一下，我去一下就来。
李　　可以。你去。这里我招扶。
莲姑　（挨近少年身边寻着伤处）哦呀，伤的这么重！（摸一手的血）出了这样多的血！嗳呀，怎么得了！（哭，忽悟哭也无益急起身进房，闻撕布声。）
李　　（对何维贵）今晚来看虎，不料看了一只这样的虎。你先回去。我要等一下才能回。（送至门口）你出大门一直走，走到那株大樟树那里转湾，进那个长坡，就看见我的家了。你看得见吗？拿个火把去罢。
何　　不消。我看得见。
周三　我带何大哥去好哪。我还要顺便到一下李家新屋，问他家要些药来。
李　　那么更好哪。你对大挨驰说我等一下就回。
　　　　（何李退场）
莲姑　（携白布和棉花一卷登场，就少年侧坐。为之洗去血迹包裹里伤处。少年略转侧微带呻吟之声。莲姑细声呼少年。）黄大哥，黄大哥！
少年　（从呻吟声中隐约吐出一种痛苦的答声）唔。
李　　壶里的水开了。快灌点开水。
　　　　（黄氏冲一碗开水，俟略冷，端到少年身边，祖母拿枝筷子挑开少年的口徐徐灌之。）

李　　好了,肚子有些转动了。

祖母　这也是一种星数。

莲姑　(微呼之)黄大哥,黄大哥。

少年　(声音略大)唔。嗳哟。

祖母　可怜的孩子,他这一气痛晕了呢。

少年　(呻吟中杂着梦呓)嗳哟,莲姑娘,痛啊。

黄氏　这孩子这样痛还没有忘记莲儿呢。

莲姑　(抚之)黄大哥。

少年　(睁开眼四望。)哦呀。我怎么在这里?我怎么睡在这里?

李　　你刚才在山上被抬枪打了,我们把你抬到这来的。这会子清醒了一点没有?

少年　清醒了一点。哦呀,李大公。哦呀,姑母,姑挨驰,莲姑娘。莲姑娘,我怎么刚才在山上看见你?我只当我还倒在山上呢。嗳哟。(拭目)莲姑娘,我们不是在做梦吗?

莲姑　黄大哥,不是做梦啊,是真的。你睡在我家火房里的竹床上。

少年　是真的。……但是我可没有想到我今晚能再见你啊。你要嫁了。听说你要嫁了。听说你就是这几天要过门了。我想来贺喜,可又没有胆子进这张门。我只想,只想到你出阁那天,陈家一定要招些叫化子来,打旗子的。那时我便去讨一面旗子打了,也算是我一点子的敬意。……是那一天?日子已经定了没有?

莲姑　黄大哥……。(哭不可抑)

(福生急上)

福生　李待诏不在家,找了一个空。血止了一点没有?

李　　止了一点。莲姑娘替他裹好了。

福生　(见莲姑)莲儿还不进去。进去!

莲姑　(踌躇)……。

福生　还不进去。你这不识羞的东西。

莲姑　爹爹。我今晚要看护他一晚。女儿这一生只求爹爹这一件事。

福生　他是你什么人?为什么定要你看护他?他受了伤,我自然要想法子替他诊好的,不要你过问。你还不替我滚进去!

李　　让她招扶一下何妨呢?病人总得姑娘们招扶才好。

福生　甲长先生,你不大晓得这个情形。……我是决不让我的女儿看护他的。第一我就不知道他为什么这时候要跑到那样的山上去送死。

李　　心里不大清白的人,总是这样的。

福生　不然。你要说他傻吗?他有时候说出话来一点也不傻。我只不懂他

　　　　为什么总要寻着我家吵。
少年　　姑爹，我以后永不要你老人家操心了。我永不到你老人家的府上来了。今晚便是最后一回。我本没有想到今晚能到你老人家的家里来的。更没有想到会像受了重伤的野兽一样倒在这个地方。我只想能在后山上隐隐约约看得见这屋子里的灯光就够了。
福生　　你为什么今晚要来看我家的灯光？
少年　　我不止今晚。除开上两晚之外，我差不多晚晚来的。我自从在庙里的戏台下面安身以来，晚晚是这样的。那怕发风落雨的晚上都没有间断过。我只要一望见这家里的灯光我就像见了亲人一样，把我的所有的苦楚都忘记了。
祖母　　咳！没有爹娘的孩子真是可怜啊。
福生　　你既然这样想到我家来，何不好好的对我讲呢？
少年　　我晓得我就好好的对你老人家讲，你老人家也不见得肯要我到这家里来。并且我是挨过你老人家的打骂的，我也不愿意进来。
福生　　我打你骂你，都是愿你学好。谁叫你那样不听说呢？我要你学木匠去，你不去。学裁缝，你也不去。后来我荐你到田家驰看牛去，你也不去。偏要在这近边讨饭，叫我如何不恼呢？
少年　　是的。我情愿在这近边讨饭。我情愿一个人睡在戏台下面。我不愿离开这个地方。那怕你老人家通知团上要把我这个无家可归的孩子驱逐出境，我也不愿离开这个地方。
福生　　我是怕你不务正业才要驱逐你呀。假如你是学好的，我何至如此。
少年　　嗨！贫穷的孩子总是要被人家驱逐的。不过你老人家何尝是怕我不务正业，无非怕我害你家的莲姑娘罢。
福生　　你们听！我早知道他是装傻的。
少年　　姑爹，我实在是个傻子，我明明晓得没有爱莲姑娘的资格，我偏不能舍掉她，我如何不是个傻子呢？我和莲姑娘从小就在一块儿，那时我家里还好，你老人家还带顽带笑的说过，将来这两个孩子倒是好一对。其实不待你老人家说，我们那时的小孩子心里早模模糊糊有这个意思了。后来我爹不幸去世，家里亏空不少，你老人家已经冷了一大半。及至我妈妈也过了，家里又遭了火烧，卖尽田产，还不够还债。我继续读书的机会自然没有了。就是学手艺吗，也全由别人作主。今天要我去学裁缝，我不愿意，逃出来，挨了一遭打骂之后，后天又拖我去学木匠。……我那时早晓得莲姑娘不是我的了。我去学木匠那天早晨想要找莲姑娘说句话都被你老人家禁止了。我只怨自己的命苦，屡次想打断这个念头，怎奈任如何也打不断。上屋里陈八先生可怜我，叫我同他到城去学生意。我想这或者可以帮助我忘记莲姑娘的事。但是我同他走到离城不过几里路的湖迹渡，我依然一个人折回来了。我不能忘记莲姑娘，我不能离开莲姑娘所住的地方。多亏仙姑庙的王道长可怜我，许我在庙里的戏台下面安身。我时常替他做些杂事。他遇着我没有讨得饭的时候，也把些吃剩的斋饭把我充饥。我就是这样过一年多的日子。

莲姑　（哭）……。

少年　一个没有爹娘，没有兄弟，没有亲戚朋友的小孩子，日中间还远不怎样，到了晚上独自一个人睡在庙前的戏台底下，是多么凄凉，多么可怕的境况啊！烧起火来，只照着自己一个人的影子；唱起歌来，或是哭起来，只听得自己一个人的声音。我才晓得世间上顶可怕的不是豺狼虎豹，也不是妖魔鬼怪，却是孤单寂寞啊！

莲姑　（泣更哀）……。

少年　我寂寞得没有法子。每到太阳落了，山上的鸟儿都归到巢里去了的时候，便一个人慢慢的踱到这后面的山上来望这个屋子里的灯光，尤其是莲姑娘窗上的灯光。我一看了这窗上的灯光，好像我还是五六年前在爹爹妈妈膝下做幸福的孩子，每天到这边山上来喊莲妹出来同顽，我拼命的摘些山花给莲妹戴的时候一样，真不知道多么欢喜，多么安慰！尤其是落霏霏细雨的晚上，那窗上的灯光，远远望起来越显得朦朦胧胧的，又好像秋天里我捉得许多萤火虫儿，莲妹把它装在蛋壳里一样，真是好看。我一面呆看，一面痴想，每每被雨点把一身打的透湿，还不觉得。直等那灯光熄了，莲妹也睡了，我才凄凄凉凉的挨到戏台底下去睡。

莲姑　（啜泣）……。

祖母　可怜的孩子，那不会受凉吗？

少年　受凉？没有爹娘的孩子有谁管他受不受凉呢？并且寂寞比病还要可怕。我只要慰得我心里一刻子的寂寞，也顾不得病了。我受了一年多的风霜饥饿，体子早已坏了。这几天又得了一点病，所以有两晚没有来看这边窗上的灯。我自己恐怕到我爹妈的膝下去承欢的时候不远了。又听说莲姑娘就是这几天要嫁到陈家里去，所以我今晚特再到这边山上来再望望我那两晚没有望见，或许以后永远望不见的灯光。不想刚到山上便绊着药绳，挨了这一枪。……我盼望那一枪把我打死了倒好，免得还要受几点钟的苦痛。不过因为这个缘故，我居然能再见莲姑娘一面，我这一枪也挨得值得。便死也死得值得。莲妹！我的伤受得很重，并且身子又病了。你招扶我一下罢。只要你

　　　　的手触我一下，我的病就会好了，我的痛也可以忘记了。莲姑娘你招扶我一晚，我只求你这件事。
李　　有莲姑娘招扶他，他的伤一定好得快些。
祖母　可怜的孩子，不想他这样爱着莲儿。
黄氏　看起来他这一枪还是为莲儿挨的。可怜病得这样子又受了这样重的伤。他的娘若在世，不知道怎样伤心呢。
莲姑　（抚着少年的手）黄大哥，你好好睡。我今晚招扶你。
少年　（安慰极了。）阿，多谢。
福生　（暴怒的口吻）不能！莲儿，快进去。这里有我招扶，你不要管。你已经是陈家里的人，你怎么好看护他。说起来成什么话！
莲姑　我怎么是陈家里的人？
福生　我把你许给陈家里了，你便是陈家里的人。
莲姑　我把我自己许了他，我便是黄家里的人。
福生　你这是什么话？你这不懂事的东西！你怎敢在你父亲面前强嘴！（见莲姑还握着少年的手）你还不放手，替我滚起进去。你不要招打。
莲姑　你老人家打死我，我也不放手。
福生　……。（改用一种慈父的口吻。）莲儿，你仔细想想，你爹爹不是因为很爱你才把你看给陈家里吗？你爹辛苦半生，只有你这一个女儿。因此不想把你胡乱给人。好容易千选万选，才选了陈家里这样的好人家。还怕陈家里嫌我们猎户出身不大愿意。算是看得你人物还不错，才应允了这门亲事。只望你心满意足的到陈家里去，过半生快乐日子，生了一男半女回门来唤唤外公也算我没有儿子的人的一种福分。不想你这不懂事的东西再三推托，后来经我和你妈仔细劝你，你才回心转意，亲口应允了。……
黄氏　是呀，莲儿你自己还应允了的呀。
莲姑　我因为爹爹再三逼我，我没有法子，只好应允了。原想找个机会和黄大哥商量在过门以前逃到别的地方去。
福生　唔。你居然想逃！
莲姑　想逃。我多久想逃，只是没有机会。第一次打了虎的时候到我家看的人很多，我就想趁那时候逃。刚走到半山遇着屠大爷，我只好转来。后来隔过门的日子越近，你老人家越不肯叫我出去。前几天借着送虎肉才同张二姑娘到仙姑殿去了一回。因为有张二姑娘同走，不好问人。便没有找着黄大哥。
福生　找着便怎样？

莲姑　找着了。我便约个日子同他跑。
黄氏　安排跑到那里去?
莲姑　跑到城里去。
黄氏　找谁?
莲姑　找张家大姐介绍我到纺纱厂做工去。
福生　唔。
莲姑　不想我没有找着他,他倒先到我家来了。像受了重伤的老虎似的抬到我家来了。身体瘦到这个样子,腿上还打一个大洞。……。流这许多血。黄大哥,可怜的黄大哥,我是不离你的了。生,死,我都不离你。
福生　我偏要你离开他。偏不许你……。你这种不孝的东西。(猛力想扯开他们的手,但他们死力不放。)
莲姑　爹爹!
祖母　(同时)福生!
李　　(同时)福生!
黄氏　(同时)嗳呀。莲儿,你放手罢。
莲姑　不。我死也不放手。世间上没有人能拆开我们的手。
福生　我能够!(暴怒如雷猛力扯开他们的手,拖着莲姑望房里走。)你这种畜生,不要脸的畜生,不打你如何晓得利害。(拖进房里闻扑打声抗争声)哼! 你还强嘴不?你还发疯不?你还喊黄大哥不?你还要气死我不?(每问一句打一句)
大家　(同时)福生,福生! 嗳呀,不要打。(皆拥到后房去。台上只剩少年一人,死骸似的倒在竹床上。闻里面打莲姑声,旧病新创一齐裂发。)
少年　嗳呀。我再不能受了。(忍痛回顾强起取床边猎刀)莲姑娘,我先你一步罢。(自刺其胸而死)
　　　(里面福生,"你还不听说不? 你还要喊黄大哥不? 你做陈家里的人不?"之声与竹鞭响声哀呼"黄大哥"之声益烈。劝解者号哭者的声音伴奏之。)

——幕徐下——

《获虎之夜》导读

过　客

鲁　迅

时　间　或一日的黄昏。
地　方　或一处。
人　物　老翁　约七十岁,白须发,黑长袍。
　　　　女孩　约十岁,紫发,乌眼珠,白地黑方格长衫。
　　　　过客　约三四十岁,状态困顿倔强,眼光阴沉,黑须,乱发,黑色短衣裤皆破碎,赤足著破鞋,胁下挂一个口袋,支着等身的竹杖。
布　景　东,是几株杂树和瓦砾;西,是荒凉破败的丛葬;其间有一条似路非路的痕迹。一间小土屋向这痕迹开着一扇门;门侧有一段枯树根。
　　　　（女孩正要将坐在树根上的老翁搀起。）

翁　孩子。喂,孩子！怎么不动了呢？
孩　（向东望着,）有谁走来了,看一看罢。
翁　不用看他。扶我进去罢。太阳要下去了。
孩　我,——看一看。
翁　唉,你这孩子！天天看见天,看见土,看见风,还不够好看么？什么也不比这些好看。你偏是要看谁。太阳下去时候出现的东西,不会给你什么好处的。……还是进去罢。
孩　可是,已经近来了。阿阿,是一个乞丐。
翁　乞丐？不见得罢。
　　（过客从东面的杂树间踉跄走出,暂时踌躇之后,慢慢地走近老翁去。）
客　老丈,你晚上好？
翁　阿,好！托福。你好？
客　老丈,我实在冒昧,我想在你那里讨一杯水喝。我走得渴极了。这地方又没有一个池塘,一个水洼。
翁　唔,可以可以。你请坐罢。（向女孩）孩子,你拿水来,杯子要洗干净。
　　（女孩默默地走进土屋去。）

翁　客官,你请坐。你是怎么称呼的?

客　称呼?——我不知道。从我还能记得的时候起,我就只一个人。我不知道我本来叫什么。我一路走,有时人们也随便称呼我,各式各样地,我也记不清楚了,况且相同的称呼也没有听到过第二回。

翁　阿阿。那么,你是从那里来的呢?

客　(略略迟疑,)我不知道。从我还能记得的时候起,我就在这么走。

翁　对了。那么,我可以问你到那里去么?

客　自然可以。——但是,我不知道。从我还能记得的时候起,我就在这么走,要走到一个地方去,这地方就在前面。我单记得走了许多路,现在来到这里了。我接着就要走向那边去,(西指,)前面!

(女孩小心地捧出一个木杯来,递去。)

客　(接杯,)多谢,姑娘。(将水两口喝尽,还杯,)多谢,姑娘。这真是少有的好意。我真不知道应该怎样感激!

翁　不要这么感激。这于你是没有好处的。

客　是的,这于我没有好处。可是我现在很恢复了些力气了。我就要前去。老丈,你大约是久住在这里的,你可知道前面是怎么一个所在么?

翁　前面?前面,是坟。

客　(诧异地,)坟?

孩　不,不,不的。那里有许多许多野百合,野蔷薇,我常常去玩,去看他们的。

客　(西顾,仿佛微笑,)不错。那些地方有许多许多野百合,野蔷薇,我也常常去玩过,去看过的。但是,那是坟。(向老翁,)老丈,走完了那坟地之后呢?

翁　走完之后?那我可不知道。我没有走过。

客　不知道?!

孩　我也不知道。

翁　我单知道南边;北边;东边,你的来路。那是我最熟悉的地方,也许倒是于你们最好的地方。你莫怪我多嘴,据我看来,你已经这么劳顿了,还不如回转去,因为你前去也料不定可能走完。

客　料不定可能走完?……(沉思,忽然惊起,)那不行!我只得走。回到那里去,就没一处没有名目,没一处没有地主,没一处没有驱逐和牢笼,没一处没有皮面的笑容,没一处没有眶外的眼泪。我憎恶他们,我不回转去!

翁　那也不然。你也会遇见心底的眼泪,为你的悲哀。

客　不。我不愿看见他们心底的眼泪,不要他们为我的悲哀!

翁　那么,你,(摇头,)你只得走了。

客　是的,我只得走了。况且还有声音常在前面催促我,叫唤我,使我息不下。可恨的是我的脚早经走破了,有许多伤,流了许多血。(举起一足给老人看,)因此,我的血不够了;我要喝些血。但血在那里呢?可是我也不愿意喝无论谁的血。我只得喝些水,来补充我的血。一路上总有水,我倒也并不感到什么不足。只是我的力气太稀薄了,血里面太多了水的缘故罢。今天连一个小水洼也遇不到,也就是少走了路的缘故罢。

翁　那也未必。太阳下去了,我想,还不如休息一会的好罢,像我似的。

客　但是,那前面的声音叫我走。

翁　我知道。

客　你知道?你知道那声音么?

翁　是的。他似乎曾经也叫过我。

客　那也就是现在叫我的声音么?

翁　那我可不知道。他也就是叫过几声,我不理他,他也就不叫了,我也就记不清楚了。

客　唉唉,不理他……。(沉思,忽然吃惊,倾听着,)不行!我还是走的好。我息不下。可恨我的脚早经走破了。(准备走路。)

孩　给你!(递给一片布,)裹上你的伤去。

客　多谢,(接取,)姑娘。这真是……。这真是极少有的好意。这能使我可以走更多的路。(就断砖坐下,要将布缠在踝上,)但是,不行!(竭力站起,)姑娘,还了你罢,还是裹不下。况且这太多的好意,我没法感激。

翁　你不要这么感激,这于你没有好处。

客　是的,这于我没有什么好处。但在我,这布施是最上的东西了。你看,我全身上可有这样的。

翁　你不要当真就是。

客　是的。但是我不能。我怕我会这样:倘使我得到了谁的布施,我就要像兀鹰看见死尸一样,在四近徘徊,祝愿她的灭亡,给我亲自看见;或者咒诅她以外的一切全都灭亡,连我自己,因为我就应该得到咒诅。但是我还没有这样的力量;即使有这力量,我也不愿意她有这样的境遇,因为她们大概总不愿意有这样的境遇。我想,这最稳当。(向女孩,)姑娘。你这布片太好,可是太小一点了,还了你罢。

孩　(惊惧,退后,)我不要了!你带走!

客　(似笑,)哦哦,……因为我拿过了?

孩　(点头,指口袋,)你装在那里,去玩玩。

客　（颓唐地退后，）但这背在身上，怎么走呢？……
翁　你息不下，也就背不动。——休息一会，就没有什么了。
客　对咧，休息……。（默想，但忽然惊醒，倾听。）不，我不能！我还是走好。
翁　你总不愿意休息么？
客　我愿意休息。
翁　那么，你就休息一会罢。
客　但是，我不能……。
翁　你总还是觉得走好么？
客　是的。还是走好。
翁　那么，你也还是走好罢。
客　（将腰一伸，）好，我告别了。我很感谢你们。（向着女孩，）姑娘，这还你，请你收回去。
　　（女孩惊惧，敛手，要躲进土屋里去。）
翁　你带去罢。要是太重了，可以随时抛在坟地里面的。
孩　（走向前，）阿阿，那不行！
客　阿阿，那不行的。
翁　那么，你挂在野百合野蔷薇上就是了。
孩　（拍手，）哈哈！好！
客　哦哦……。
　　（极暂时中，沉默。）
翁　那么，再见了。祝你平安。（站起，向女孩，）孩子，扶我进去罢。你看，太阳早已下去了。（转身向门。）
客　多谢你们。祝你们平安。（徘徊，沉思，忽然吃惊，）然而我不能！我只得走。我还是走好罢……。（即刻昂了头，奋然向西走去。）
　　（女孩扶老人走进土屋，随即阖了门。过客向野地里跄踉地闯进去，夜色跟在他后面。）

一九二五年三月二日

《过客》导读

骷髅的迷恋者

陈楚淮

人物　诗　人
　　　仆　人
　　　歌　女
　　　死　神

冬夜——一个很幽静的冬夜。

诗人的休息室,很幽静,幽静得同坟堆一样。在坟堆的隅角里,有一座铜架,架上挂着一具骷髅。骷髅很洁白,尤其是头部,白得发亮。上面有黑纱的罩子,罩下来可以给骷髅当帐子用。骷髅是非有帐子不可的,这一点,诗人很知道。在帐子外面看,骷髅在里面,隐隐约约地,谁也懂得是一件有诗意的事;不过这时候,帐子是吊起的,因为这时候,房子里只有两个人——诗人同仆人。仆人当然不懂诗,那蠢才若是懂诗,诗人也不会觉得太寂寞,也不会用钱去买女人的安慰!所谓女人的安慰,是要女人唱唱歌,谈谈天,除了唱歌同谈天以外若使想到诗人还需要别种安慰的艺术,那是侮辱我们的诗人。诗人年纪很老了,难道还想少年们所喜欢想的故事吗?

老诗人需要女人的安慰,是老诗人自己也不能否定的事。老诗人等那个女人,——那个女人听说姓金,就叫她做金小姐罢。可是那个女人,金小姐,总是不来。等了好几点钟了,这使老诗人不得不有一点儿焦急;焦急没用,所以老诗人又耐心地等着。

你看:房子里都布置好了。骷髅站在窗边,露着牙齿微微地笑。骷髅的旁边,是一张软椅,一张沙发。软椅是诗人自己坐的。——诗人现在就坐在软椅上。沙发是预备给那个女人坐的。这是很明显的:诗人坐在骷髅和女人的中间,这样一来,说话就便当得多了,看看骷髅,看看女人,两边都可以得诗人的盛意。说得高兴的时候,诗人还可以用一只手拉着骷髅的手,一只手拉着女人的手。诗人不是有两只手吗?这样分配是很恰当的。现在,诗人的右手已经和骷髅的手连在一起了,左手平放在沙发上,期待着,期待着一只比骷髅的手更可爱的手。

桌子,当然有。这里是一张圆桌子,在房子中央,不是给诗人写诗用的。哪个诗人会在圆桌子上写诗,谁也知道是不会的,除非那个蠢才——仆人。诗人为什么叫他蠢才,因为诗人的诗兴,时常给他赶走。话说回来,再说桌子。桌子,据诗人说,是给女人用的。给女人用的桌子,当然要漂亮些。这张桌子,当然,当然,是很漂亮的。单单那条黑地印红花的桌布就可以证明。看一看桌子上面,也很漂亮,有点心,有茶具,茶具很精致,点心也放在精致的器皿里。

桌子后面是一架穿衣镜,镜子也是给女人用的。看女人梳头擦粉是一件有趣的事,可是这有趣的事,诗人好久没有看见了。诗人埋怨自己没有福气,诗人把那架镜子放在这里,就是试一试他究竟还有这种福气没有?

诗人的眼睛从骷髅移到桌子,移到镜子,最后移到一件最漂亮的东西——钢琴,一座发亮的钢琴。钢琴旁边有两盏红罩的电灯。坟堆里似乎不应该有红罩的电灯,知道那两盏电灯给什么人用的,这样无聊的问题,就不会有了。钢琴前面,小凳子也放好了。诗人想:凳子上面有了波动的色彩,那么房子就不会这样冷清了。往上看诗人发现出钢琴上面那个花瓶。花瓶还是空的,这使诗人很烦恼。花瓶里花都没有,怪不得那个女人不来。花同女人是很有关系的,这一点,诗人似乎在一本古代的哲学书上面看到,不过什么书,诗人记不起了。叫那个蠢才去采花,那个蠢才不知到什么地方玩去了。诗人正要开口,蠢才进来了,好,蠢才进来,我们的戏也开幕。

诗　人　花采来了没有?

仆　人　采来了。

诗　人　什么花?

仆　人　腊梅。

诗　人　看。(从仆人手里,接着腊梅,随手放在鼻子上闻一闻)好的。把它插在花瓶里。

仆　人　呀。(把腊梅插在花瓶里)

诗　人　我记得金小姐前天来的时候,也带着几朵腊梅。

仆　人　(不高兴)谁知道!……还有什么事没有?

诗　人　把花瓶移过来一点,移在电灯旁边。……这样灯光就可照到了。(走到钢琴边,再闻一闻腊梅)好香!弹弹琴,看看花,指尖上染着花的香,弹出来的声音,一定很好听。我好久没有听过琴的声音了,今天晚上,很想听一听,怎么还不来?……什么时候?

仆　人　十一点多钟了。

诗　人　唉,十一点多钟了!……时间过得真快!

仆　人　算了罢,……大概不来了。

诗　人　(又坐在软椅上)不会的,……我想,不会的。

仆　人　吃晚饭的时候,我看见她同一个男人出去,恐怕到跳舞场去了。

诗　人　难道她忘了吗?……约好每天晚上都得来的,今天是第一天,怎么就不来?

仆　人　喝喝酒,跳跳舞,谁还记得到这里来?这里冷清得同坟堆一样,谁高兴?不要说别的,单说那骷髅就吓死人。

诗　人　太冷清了,所以我叫她来。今天晚上可特别冷清,随便什么东西都很阴森。那对红灯好像荒山上的鬼火,不是红的光,简直是绿的光。

仆　人　(恐怕诗人再说下去)你给她钱没有?

诗　人　给她一个月的钱了。

仆　人　(笑)哈哈!

诗　人　你笑什么?

仆　人　她把你老人家的钱骗去了。现在,她也许在跳舞场里用你老人家的钱,陪男人喝酒,喝下甜甜的酒,脸红红的,做梦也不会梦到你老人家。你老人家倒在这里等她,女人,天杀的!总喜欢骗老人家的钱!这真冤枉!……算了罢,时候不早了。(打呵欠)眼睛盖下去,只想睡,……

诗　人　也许会来的,也许……

仆　人　(搓一搓眼睛,再打呵欠)还有什么事没有?没有事我……

诗　人　(不等他说完)你把窗帘拉开去,看一看月亮出来了没有?

仆　人　(遵命)没有。(低声)那个女人不来,月亮也不出来了。

诗　人　我好几天没有看见月亮了。前天生病的时候,梦见月亮照着我的骷髅,骷髅的头上反射出银色的光,在光里,有许多年轻的男女跪着,像珠子在水里一样。……喂,你把骷髅移过去一点,靠近窗边,把窗帘完全掀开去,等一会月亮出来,我的骷髅就可以照到了。

仆　人　(无可奈何,唯命是听)你老人家把骷髅拿出去罢。小姐们最怕骷髅,有骷髅在这里,她们就不高兴来。

诗　人　把骷髅拿出去?做不到。这骷髅陪我几十年了。年轻的时候,为它不知牺牲了许多东西,现在,为女人,把它拿出去,做不到,做不到。女人,什么东西?怎么可以同我的骷髅相比!?

仆　人　那么好,你老人家去睡罢,反正骷髅比女人强。

诗　人　胡说!

仆　人　是,八道!

诗　人　(深思)有病吗?大概不会罢。……呀,太冷清了!喂,你打电话给大小姐,叫大小姐去请她……叫大小姐也来。

仆　人　(睡态盎然)大小姐不会来的。她今天……呀,今天外面冷极了。

诗　人　你说我病了,她就会来。说我病很重,或者说,重得快要死了。

仆　人　什么病?

诗　人　随便说什么病?

仆　人　是。(低声)想女人的病。(开步欲走)

诗　人　(静听)慢点,听,听,那是什么声音?

仆　人　风。(不知所云)

诗　人　不是的。好像沙,沙,沙,……

仆　人　竹叶在窗上刮着的声音。

诗　人　有点像……可是,不对,好像脚步的声音。

仆　人　我听不见。

诗　人　有的,我听得很清楚,沙,沙,沙,……

仆　人　(挖耳)见鬼了!我怎么一点也听不见!

诗　人　(忽然站起惊叫)窗上有影子!影子!黑的影子!你看见吗?可怕极了!

仆　人　哪里?

诗　人　现在没有了。

仆　人　你眼睛看花了。

诗　人　不会的,可怕极了!

仆　人　我出去看一看去。

诗　人　打电话给大小姐,记得。……你出去打好了,马上回来,不要像刚才一样,一出去,好几点钟不回来,我一个人在这里,太孤独,也太冷清了。……(自言自语)唉!金小姐来就好了!

仆　人　(如得赦诏)是。(急下)

诗　人　(又走到钢琴边)想:(闭着眼睛)假定她来了,坐在这里,我呢,站在她的后面。她也许会回过头来一笑罢,微微地一笑,这对于年老的诗人,简直是一种灵感。看:红色的光里浮着红色的脸,像什么,像苹果,苹果在风前轻轻地荡;头发是孔雀,那在苹果上面休息的孔雀,和这织着翠色的梦。……我错了,我错了,女人,女人,女人是同骷髅一样有诗意的。我活了几十年,总没有注意到,这是多么可惜的事。现在,(理一理头发)翠色的梦上铺着霜,太迟了!太迟了!(听有打门的声音)谁?谁?(开门向外面望一望)谁?奇怪，怎么没有人？……喂，你不要同我开玩笑，进来吧。（笑）一定是金小姐，进来吧。我等你等得好久了。

〔死神手执黑纱暗上。

诗　人　奇怪，怎么没有人？（回过头来，看见死神，大惊，退后两步）你，你是谁？

死　神　我是你所期待的人。

诗　人　你是谁？你是谁？

死　神　我是死神。

诗　人　唉！……（退后两步）

死　神　告诉你，今天晚上十二点钟，当月光照着骷髅的时候，你就死了。

诗　人　（惊听）唉！

死　神　听见没？今天晚上十二点钟，当月光照着骷髅的时候，你就死了，现在你看是十一点三十五分。

诗　人　难道说我只有二十五分钟的生命了？

死　神　对的，二十五分，不多也不少，死神决计不会欺骗你。

诗　人　我活了几十年，一点也没有享受过人间的乐趣，我好像抱着骷髅在荒山里跑了几十年一样；现在，我想放下骷髅，暂时放下我那宝贵的骷髅，去找人间的乐趣，谁知道未找到，你就来了。

死　神　把青春交给骷髅的人，永远找不到人间的乐趣，这是他们的运命。

诗　人　没有享受过人间的乐趣，我是不甘心死的。你再给我一年的生命，好吗？

死　神　不行。

诗　人　一月？

死　神　不行。

诗　人　一天？

死　神　不行，一小时也不能给你。注定十二点钟死的，十二点钟以后，无论如何，不准再有你的影子留在世界上。

诗　人　我那骷髅还没有听到人们的赞美，我听到一声赞美我就满足了。

死　神　你在死后等着罢，等几百年或者几千年你就可以在时代的浪花里看见你的骷髅已经给人们装饰得很美丽了，也许比你自己所想的还美丽，那时候你就可以听到赞美了。

诗　人　临死的时候，没有得过一滴女人的眼泪，那未免太可怜了。给我一个小时，有一个小时，我可以把我的侄女儿叫来，并且当面把骷髅交给她。

死　神　不行。

诗　人　我哀求你。

死　神　还是不行。

诗　人　我最后的希望,是:听一支歌。这一点希望也不许我实现吗?

死　神　在我的黑纱把你盖住以前,许你有的。

诗　人　那么我叫我的仆人来。(回头)蠢才! 蠢才! 这蠢才又玩去? 不得了! (闻女子哭声,自远处传来)

诗　人　(昏乱)哭我吗? 我还没有死呢,死神,是吗?

死　神　是的,不过快了,你得准备。

诗　人　这是多么可以羡慕的事,临死的时候看见女人在他的身上哭。(回头)蠢才! 蠢才!

〔仆人上。

诗　人　你到什么地方去,我快要死了! 真的快要死了! 大小姐怎么说? 来吗?

仆　人　不来了。她说,请你老人家今天晚上不要死,要死等到明天早晨死。

诗　人　蠢才! 什么时候死,自己能做主的吗? 若使能做主,我就永远不死了。

死　神　一个老诗人受尽了世界的虐待,还留恋这个世界吗?

诗　人　这是生之留恋,什么人都有的。

死　神　死是把你从这个世界渡到别个世界,一个更和平更幽静的世界。

诗　人　我不愿意,这是冒险的行为。

仆　人　(摇他)你同什么人说话? 做梦吗?

死　神　等一会儿,你就相信我的话了。死不是可怕的,这一点,诗人总会知道。

诗　人　我知道,可是我不相信我知道的是对的。

死　神　一个人到死的世界,就像微风在海洋上飘过一样,不要看下面凶恶的波浪,只望前面飘去,从幽静的路上,飘到更幽静的世界,懂吗?

诗　人　这些事,我早知道,我那骷髅的身上,就雕刻着这些。不过,现在,我觉得这是近于欺骗的话。

仆　人　(再摇他,疑惑地望他)不得了! 不得了! 中邪了! 你老人家做梦吗? 醒一醒吧!

诗　人　我同死神说话。

仆　人　唉! 什么死神? 我没有看见。

死　神　记得,镇定些,记得你是一个诗人。

诗　人　你听:他又说话了。

仆　人　听不见。(自语)不得了!一定是中邪了!(顿足)
死　神　只有十八分钟了。
诗　人　这怎么好?(对仆人)喂,我快要死了。你去叫一个女人来,叫她在我临死的时候哭,我死了,她就可以不用哭,因为我听不见了。给她钱,随便多少钱。
仆　人　用钱去买女人的眼泪?……好古怪!
诗　人　是的,(又听见哭声)听:这个女人就哭得很好。在死神面前,听到这样的哭声,那是很大的安慰。
仆　人　这个女人,住在对面,很穷的女人,听说她在哭她的爸爸,她弹琴弹的很好。
诗　人　那好极了,你去请她。
仆　人　(看一看诗人)真古怪!(下)
诗　人　你还在这里吗?
死　神　我在等你,只十五分钟了。
诗　人　若使十五分钟以内那个女人不来?
死　神　那我不管。
诗　人　让一个诗人寂寞地死去?残酷的世界!
死　神　诗人是安慰人家的。
诗　人　也得人家安慰他。活的时候,没有得过甜蜜的微笑;死的时候,没有得过多情的眼泪,用钱去买,又买不得,可怜!(闻足步声)来了吗?快点!(仆人与歌女上。诗人坐到软椅上,死神站在他的后面)
诗　人　你坐,你坐,坐下来,我好同你说话。
　　　　〔歌女抱提琴坐下。
诗　人　你刚才在哭你的爸爸吗?
歌　女　是的。
诗　人　你的爸爸死了多久了?
歌　女　两年了。
诗　人　他是做什么事的?
歌　女　他没有做什么事,一生一世都花在这提琴上面,年纪愈大,他也愈穷了。这个提琴,就是他给我的遗产。他临死的时候对我说,儿呀!爸爸没有别的给你,只有这个,你爸爸天天抱着提琴,现在,给你罢,你得好好地用它,当月夜的时候,你若能在爸爸的坟头奏一曲,那么你爸爸就得到很大的安慰了。爸爸死后,我在世上就成孤独的人了。

诗　　人　你没有亲戚吗？没有朋友吗？

歌　　女　一个到处漂流的女子，哪里去找她的亲戚朋友。

诗　　人　那么你怎么过活呢？

歌　　女　靠爸爸留下给我的歌词和提琴。

诗　　人　你不想做别的事吗？

歌　　女　不，我永远走着爸爸走过的路。

诗　　人　你不觉得穷苦吗？

歌　　女　在提琴的声音里我忘记了穷苦。

诗　　人　唉，可怜的音乐家！你有这样的女儿，你死后也可以微笑了，……你是不是住在这里？

歌　　女　不，漂流的人，没有一定的住处，梦里就是她的家乡。我每年总到这里一次。因为我爸爸的坟，葬在这里。今天是他的死忌，所以我又来了。刚才在他的坟头拉一会儿琴，唱一会儿歌；山上太冷，只得下来，回到房子里，想起苦命的爸爸，就哭了。

诗　　人　(忽然指窗外)那边怎么这样红？

仆　　人　月亮快出来了。

诗　　人　死神，时候快到了吗？

死　　神　是的，只有八分钟了。

歌　　女　(向仆人)你的主人同什么人说话？

仆　　人　同鬼说话。

歌　　女　(惊)唉，有鬼！

诗　　人　你不要怕，孩子，我快要死了，在我未死以前，让我把宝贵的东西交给你，因为你，值得保有这些东西。不要怕，我现在也不怕了，死神允许我很和平地引我去。

歌　　女　我不能拿你的东西。

诗　　人　"同是天涯沦落人"，我找得你这样的继承人，我很快乐。至少在临死的时候，不会觉到孤寂的悲哀。(向仆人)我把一切都交给她，以后她就是你的主人，你得好好地服侍她。(向歌女)这里一切都是你的了。那架钢琴，我为一个女人买的，她没有福气享受，现在也是你的了。诗人的遗产，只有你配享受，还有两件最贵重的东西，(向仆人)你去把后面衣橱抽斗里一个银盒拿出来。

〔仆人下。

诗　　人　在那个银盒里，有一个钻石戒指，那是我的太太的。

〔仆人拿银盒上。

诗　　人　(打开银盒给歌女看)你看，一个钻石戒指。我那可怜的太太，为沉迷在骷髅的梦里,我没有爱过她。她死了以后,我看见这个戒指,总觉到自己对她不起了。在这个戒指上面,我不知洒了多少眼泪。现在拿来交给你,你也得时常洒些眼泪。女人的眼泪比男人的眼泪更宝贵。再有一件重要的东西要交给你的,就是这个骷髅,戒指下面有一册手写的稿子,(指盒中)就是这个,会替我说明这骷髅的宝贵。(看窗外)唉,月亮快要上来了!(向仆人)喂,我死的时候,就把骷髅上面的罩子放下来,记得。(向歌女)你爸爸的坟在哪里?

歌　女　在后边红花山上。

诗　人　好,你也把我葬在红花山上,葬在你爸爸的旁边。一世孤寂的诗人,在地下得到一个朋友,总算是快乐的事,并且还时常可以听到你的歌声哭声。

死　神　只有三分钟了。

诗　人　好,只有三分钟的生命了。(听见远地钟声)那是什么声音?

仆　人　慧法寺的钟声。

诗　人　呀,我听我的母亲说生我的时候,慧法寺打早钟,现在,我死的时候,巧打晚钟。原来在一度的钟声里,我已经在世界上留下一次的痕迹了。你听,那声音慢慢地低下去,低下去,低下去了。(向歌女)我现在觉得很和平。死,原来是这样温柔的,真是我想不到的事。你拉你的琴,唱你的歌罢。我要在你的歌声中间,慢慢地,慢慢地,慢慢地离……开……

〔歌女操琴,且歌且哭。

〔月亮出来,照着骷髅,仆人放下骷髅上的罩子。

〔死神撒开黑纱。

(幕下)

雷雨(第四幕)

曹 禺

景——周宅客厅内。半夜两点钟的光景。

〔开幕时,周朴园一人坐在沙发上,读文件;旁边燃着一个立灯,四周是黑暗的。

〔外面还隐隐滚着雷声,雨声淅沥可闻,窗前帷幕垂下来了,中间的门紧紧地掩了,由门上玻璃望出去,花园的景物都掩埋在黑暗里,除了偶尔天空闪过一片耀目的电光,蓝森森的看见树同电线杆,一瞬又是黑漆漆的。

周朴园 (放下文件,呵欠,疲倦地伸一伸腰)来人啦!(取眼镜,擦目,声略高)来人!(擦着眼镜,走到左边饭厅门口,又恢复平常的声调)这儿有人么?(外面闪电,停,走到右边柜前,按铃。无意中又望见侍萍的相片,拿起,戴上眼镜看)

〔仆人上。

仆 人 老爷!
周朴园 我叫了你半天。
仆 人 外面下雨,听不见。
周朴园 (指钟)钟怎么停了?
仆 人 (解释地)每次总是四凤上的,今天她走了,这件事就忘了。
周朴园 什么时候了?
仆 人 嗯,——大概有两点钟了。
周朴园 刚才我叫账房汇一笔钱到济南去,他们弄清楚了没有?
仆 人 您说寄给济南一个,一个姓鲁的,是么?
周朴园 嗯。
仆 人 预备好了。

〔外面闪电,朴园回头望花园。

周朴园 藤萝架那边的电线,太太叫人来修理了么?
仆 人 叫了,电灯匠说下着大雨不好修理,明天再来。

周朴园　那不危险么？
仆　人　可不是么？刚才大少爷的狗走过那儿，碰着那根电线，就给电死了。现在那儿已经用绳子圈起来，没有人走那儿。
周朴园　哦。——什么，现在几点了？
仆　人　两点多了。老爷要睡觉么？
周朴园　你请太太下来。
仆　人　太太睡觉了。
周朴园　（无意地）二少爷呢？
仆　人　早睡了。
周朴园　那么，你看看大少爷。
仆　人　大少爷吃完饭出去，还没有回来。
　　　　〔沉默半晌。
周朴园　（走回沙发前坐下，寂寞地）怎么这屋子一个人也没有？
仆　人　是，老爷，一个人也没有。
周朴园　今天早上没有一个客来。
仆　人　是，老爷。外面下着很大的雨，有家的都在家里呆着。
周朴园　（呵欠，感到更深的空洞）家里的人也只有我一个人还在醒着。
仆　人　是，差不多都睡了。
周朴园　好，你去吧。
仆　人　您不要什么东西么？
周朴园　我不要什么。
　　　　〔仆人由中门下。朴园站起来，在厅中来回沉闷地踱着，又停在右边柜前，拿起侍萍的相片。开了中间的灯。
　　　　〔周冲由饭厅上。
周　冲　（没想到父亲在这儿）爸！
周朴园　（露喜色）你——你没有睡？
周　冲　嗯。
周朴园　找我么？
周　冲　不，我以为母亲在这儿。
周朴园　（失望）哦——你母亲在楼上。
周　冲　没有吧，我在她的门上敲了半天，她的门锁着。——是的，那也许。——爸，我走了。
周朴园　冲儿，（周冲立）不要走。
周　冲　爸，您有事？
周朴园　没有。（慈爱地）你现在怎么还不睡？

周　冲　（服从地）是，爸，我睡晚了，我就睡。
周朴园　你今天吃完饭把克大夫给的药吃了么？
周　冲　吃了。
周朴园　打了球没有？
周　冲　嗯。
周朴园　快活么？
周　冲　嗯。
周朴园　（立起，拉起他的手）为什么，你怕我么？
周　冲　是，爸爸。
周朴园　（干涩地）你像是有点不满意我，是么？
周　冲　（窘迫）我，我说不出来，爸。
　　　　〔半晌。
　　　　〔朴园走回沙发，坐下叹一口气。招周冲来，周冲走近。
周朴园　（寂寞地）今天——呃，爸爸有一点觉得自己老了。（停）你知道么？
周　冲　（冷淡地）不，不知道，爸。
周朴园　（忽然）你怕你爸爸有一天死了，没有人照拂你，你不怕么？
周　冲　（无表情地）嗯，怕。
周朴园　（想自己的儿子亲近他，可亲地）你今天早上说要拿你的学费帮一个人，你说说看，我也许答应你。
周　冲　（悔怨地）那是我糊涂，以后我不会这样说话了。
　　　　〔半晌。
周朴园　（恳求地）后天我们就搬新房子，你不喜欢么？
周　冲　嗯。
　　　　〔半晌。
周朴园　（责备地望着周冲）你对我说话很少。
周　冲　（无神地）嗯，我——我说不出，您平时总像不愿意见我们似的。（啜嚅地）您今天有点奇怪，我——我——
周朴园　（不愿他向下说）嗯，你去吧！
周　冲　是，爸爸。
　　　　〔周冲由饭厅下。
　　　　〔朴园失望地看着他儿子下去，立起，拿起侍萍的照片，寂寞地呆望着四周。关上立灯，面向书房。
　　　　〔蘩漪由中门上。不做声地走进来，雨衣上的水还在往下滴，发鬓有些湿。颜色是很惨白，整个面部像石膏的塑像。高而白的鼻梁，薄而红的嘴唇死死地刻在脸上,如刻在一个严峻的假面上,整个脸庞是无表情的,只有她的眼睛烧着心内的疯狂的火,然而也是冷酷的,爱和恨烧尽了女人一切的仪态,她像是厌弃了一切,只有计算着如何报复的心念在心中起伏。

〔她看见朴园,他惊愕地望着她。

周蘩漪　（毫不奇怪地）还没有睡？（立在中门前,不动）

周朴园　你？（走近她,粗而低的声音）你上哪儿去了？（望着她,停）冲儿找你一晚上。

周蘩漪　（平常地）我出去走走。

周朴园　这样大的雨,你出去走？

周蘩漪　嗯,——（忽然报复地）我有神经病。

周朴园　我问你,你刚才在哪儿？

周蘩漪　（厌恶地）你不用管。

周朴园　（打量她）你的衣服都湿了,还不脱了它？

周蘩漪　（冷冷地,有意义地）我心里发热,我要在外面冰一冰。

周朴园　（不耐烦地）不要胡言乱语的,你刚才究竟上哪儿去了？

周蘩漪　（无神地望着他,清楚地）在你的家里！

周朴园　（烦恶地）在我的家里？

周蘩漪　（觉得报复的快感,微笑）嗯,在花园里赏雨。

周朴园　一夜晚？

周蘩漪　（快意地）嗯,淋了一夜晚。

〔半晌,朴园惊疑地望着她,蘩漪像一座石像似地仍站在门前。

周朴园　蘩漪,我看你上楼去歇一歇吧。

周蘩漪　（冷冷地）不,不,（忽然）你拿的什么？（轻蔑地）哼,又是那个女人的相片！（伸手拿）

周朴园　你可以不看,萍儿母亲的。

周蘩漪　（抢过去了,前走了两步,就向灯下看）萍儿的母亲很好看。

〔朴园没有理她,在沙发上坐下。

周蘩漪　我问你,是不是？

周朴园　嗯。

周蘩漪　样子很温存的。

周朴园　（眼睛望着前面）

周蘩漪　她很聪明。

周朴园　（冥想）嗯。

周蘩漪　（高兴地）真年轻。

周朴园　（不自觉地）不,老了。

周繁漪　（想起）她不是早死了么？

周朴园　嗯,对了,她早死了。

周繁漪　（放下相片）奇怪,我像是在哪儿见过似的。

周朴园　（抬起头,疑惑地）不,不会吧。——你在哪儿见过她吗？

周繁漪　（忽然）她的名字很雅致,侍萍,侍萍,就是有点丫头气。

周朴园　好,我看你睡去吧。（立起,把相片拿起来）

周繁漪　拿这个做什么？

周朴园　后天搬家,我怕掉了。

周繁漪　不,不,（从他手中取过来）放在这儿一晚上,（怪样地笑）不会掉的,我替你守着她。（放在桌上）

周朴园　不要装疯！你现在有点胡闹！

周繁漪　我是疯了。请你不用管我。

周朴园　（愠怒）好,你上楼去吧,我要一个人在这儿歇一歇。

周繁漪　不,我要一个人在这儿歇一歇,我要你给我出去。

周朴园　（严肃地）繁漪,你走,我叫你上楼去！

周繁漪　（轻蔑地）不,我不愿意。我告诉你,（暴躁地）我不愿意。

〔半晌。

周朴园　（低声）你要注意这儿（指头）,记着克大夫的话,他要你静静地,少说话。明天克大夫还来,我已经替你请好了。

周繁漪　谢谢你！（望着前面）明天？哼！

〔周萍低头由饭厅走出,神色忧郁,走向书房。

周朴园　萍儿。

周　萍　（抬头,惊讶）爸！您还没有睡。

周朴园　（责备地）怎么,现在才回来？

周　萍　不,爸,我早回来,我出去买东西去了。

周朴园　你现在做什么？

周　萍　我到书房,看看爸写的介绍信在那儿没有。

周朴园　你不是明天早车走么？

周　萍　我忽然想起今天夜晚两点半有一趟车,我预备现在就走。

周繁漪　（忽然）现在？

周　萍　嗯。

周繁漪　（有意义地）心里就这样急么？

周　萍　是,母亲。

周朴园　（慈爱地）外面下着大雨,半夜走不大方便吧？

周　萍　这时走,明天日初到,找人方便些。
周朴园　信就在书房书桌上,你要现在走也好。
　　　　〔周萍点头,走向书房。
周朴园　你不用去!(向蘩漪)你到书房把信替他拿来。
周蘩漪　(看朴园,不信任地)嗯!
　　　　〔蘩漪进书房。
周朴园　(望蘩漪出,谨慎地)她不愿上楼,回头你先陪她到楼上去,叫底下人好好地伺候她睡觉。
周　萍　(无法地)是,爸爸。
周朴园　(更小心)你过来!(周萍走近,低声)告诉底下人,叫他们小心点,(烦恶地)我看她的病更重,刚才她忽然一个人出去了。
周　萍　出去了?
周朴园　嗯。(严重地)在外面淋了一夜晚的雨,说话也非常奇怪,我怕这不是好现象。——(觉得恶兆来了似的)我老了,我愿意家里平平安安地……
周　萍　(不安地)我想爸爸只要把事不看得太严重了,事情就会过去的。
周朴园　(畏缩地)不,不,有些事简直是想不到的。天意很——有点古怪,今天一天叫我忽然悟到为人太——太冒险,太——太荒唐,(疲倦地)我累得很。(如释重负)今天大概是过去了。(自慰地)我想以后——不该,再有什么风波。(不寒而栗地)不,不该!
　　　　〔蘩漪持信上。
周蘩漪　(嫌恶地)信在这儿!
周朴园　(如梦初醒,向周萍)好,你走吧,我也想睡了。(振起喜色)嗯!后天我们一定搬新房子,(向蘩漪)你好好地休息两天。
周蘩漪　(盼望他走)嗯,好。
　　　　〔朴园由书房下。
周蘩漪　(见朴园走出,阴沉地)这么说你是一定要走了。
周　萍　(声略带愤)嗯。
周蘩漪　(忽然急躁地)刚才你父亲对你说什么?
周　萍　(闪避地)他说要我陪你上楼去,请你睡觉。
周蘩漪　(冷笑)他应当叫几个人把我拉上去,关起来。
周　萍　(故意装做不明白)你这是什么意思?
周蘩漪　(迸发)你不用瞒我。我知道,我知道,(辛酸地)他说我是神经病,疯子,我知道他,要你这样看我,他要什么人都这样看我。
周　萍　(心悸)不,你不要这样想。

周繁漪　（奇怪的神色）你？你也骗我？（低声，阴郁地）我从你们的眼神看出来，你们父子都愿我快成疯子！（刻毒地）你们——父亲同儿子——偷偷在我背后说冷话，说我，笑我，在我背后计算着我。

周　萍　（镇静自己）你不要神经过敏，我送你上楼去。

周繁漪　（突然地，高声）我不要你送，走开！（抑制地，恨恶地，低声）我还用不着你父亲偷偷地，背着我，叫你小心，送一个疯子上楼。

周　萍　（抑制着自己的烦嫌）那么，你把信给我，让我自己走吧。

周繁漪　（不明白地）你上哪儿？

周　萍　（不得已地）我要走，我要收拾收拾我的东西。

周繁漪　（忽然冷静地）我问你，你今天晚上上哪儿去了？

周　萍　（敌对地）你不用问，你自己知道。

周繁漪　（低声，恐吓地）到底你还是到她那儿去了。

〔半晌，繁漪望周萍，周萍低头。

周　萍　（断然，阴沉地）嗯，我去了，我去了，（挑战地）你要怎么样？

周繁漪　（软下来）不怎么样。（强笑）今天下午的话我说错了，你不要怪我。我只问你走了以后，你预备把她怎么样？

周　萍　以后？——（贸然地）我娶她！

周繁漪　（突如其来地）娶她？

周　萍　（决定地）嗯。

周繁漪　（刺心地）父亲呢？

周　萍　（淡然）以后再说。

周繁漪　（神秘地）萍，我现在给你一个机会。

周　萍　（不明白）什么？

周繁漪　（劝诱地）如果今天你不走，你父亲那儿我可以替你想法子。

周　萍　不必，这件事我认为光明正大，我可以跟任何人谈。——她——她不过就是穷点。

周繁漪　（愤然）你现在说话很像你的弟弟。——（忧郁地）萍！

周　萍　干什么？

周繁漪　（阴郁地）你知道你走了以后，我会怎么样？

周　萍　不知道。

周繁漪　（恐惧地）你看看你的父亲，你难道想象不出？

周　萍　我不明白你的话。

周繁漪　（指自己的头）就在这儿；你不知道么？

周　萍　（似懂非懂地）怎么讲？

周繁漪　（好像在叙述别人的事情）第一，那位专家，克大夫免不了会天天

　　　　　　来的,要我吃药,逼我吃药。吃药,吃药,吃药!渐渐伺候着我的人一定多,守着我,像看个怪物似地守着我。他们——

周　萍　（烦）我劝你,不要这样胡想,好不好?

周繁漪　（不顾地）他们渐渐学会了你父亲的话,"小心,小心点,她有点疯病!"到处都偷偷地在我背后低着声音说话,叽咕着。慢慢地无论谁都要小心点,不敢见我,最后铁链子锁着我,那我真就成了疯子了。

周　萍　（无办法）唉!（看表）不早了,给我信吧,我还要收拾东西呢。

周繁漪　（恳求地）萍,这不是不可能的。（乞怜地）萍,你想一想,你就一点——就一点无动于衷么?

周　萍　你——（故意恶狠地）你自己要走这一条路,我有什么办法?

周繁漪　（愤怒地）什么,你忘记你自己的母亲也是被你父亲气死的么?

周　萍　（一了百了,更狠毒地激惹她）我母亲不像你,她懂得爱!她爱她自己的儿子,她没有对不起我父亲。

周繁漪　（爆发,眼睛射出疯狂的火）你有权利说这种话么?你忘了就在这屋子,三年前的你么?你忘了你自己才是个罪人;你忘了,我们——（突停,压制自己,冷笑）哦,这是过去的事,我不提了。

　　　〔周萍低头,身发颤,坐沙发上,悔恨抓着他的心,面上筋肉成不自然的拘挛。

周繁漪　（她转向他,哭声,失望地说着）哦,萍,好了。这一次我求你,最后一次求你。我从来不肯对人这样低声下气说话,现在我求你可怜可怜我,这家我再也忍受不住了。（哀婉地诉出）今天这一天我受的罪过你都看见了,这样子以后不是一天,是整月,整年地,以至到我死,才算完。他厌恶我,你的父亲;他知道我明白他的底细,他怕我。他愿意人人看我是怪物,是疯子,萍!——

周　萍　（心乱）你,你别说了。

周繁漪　（急迫地）萍,我没有亲戚,没有朋友,没有一个可信的人,我现在求你,你先不要走——

周　萍　（躲闪地）不,不成。

周繁漪　（恳求地）即使你要走,你带我也离开这儿——

周　萍　（恐惧地）什么。你简直胡说!

周繁漪　（恳求地）不,不,你带我走,——带我离开这儿,（不顾一切地）日后,甚至于你要把四凤接来——一块儿住,我都可以,只要,（热烈地）只要你不离开我。

周　萍　（惊惧地望着她,退后,半晌,颤声）我——我怕你真疯了!

周蘩漪　（安慰地）不，你不要这样说话。只有我明白你，我知道你的弱点，你也知道我的。你什么我都清楚。（诱惑地笑，向周萍奇怪地招着手，更诱惑地笑）你过来，你——你怕什么？

周　萍　（望着她，忍不住地狂喊出来）哦，我不要你这样笑！（更重）不要你这样对我笑！（苦恼地打着自己的头）哦，我恨我自己，我恨，我恨我为什么要活着。

周蘩漪　（酸楚地）我这样累你么？然而你知道我活不到几年了。

周　萍　（痛苦地）你难道不知道这种关系谁听着都厌恶么？你明白我每天喝酒胡闹就因为自己恨——恨我自己么？

周蘩漪　（冷冷地）我跟你说过多少遍，我不这样看，我的良心不是这样做的。（郑重地）萍，今天我做错了，如果你现在听我的话，不离开家，我可以再叫四凤回来。

周　萍　什么？

周蘩漪　（清清楚楚地）叫她回来还来得及。

周　萍　（走到她面前，声沉重，慢说）你给我滚开！

周蘩漪　（顿，又缓缓地）什么？

周　萍　你现在不像明白人，你上楼睡觉去吧。

周蘩漪　（明白自己的命运）那么，完了。

周　萍　（疲倦地）嗯，你去吧。

周蘩漪　（绝望，沉郁地）刚才我在鲁家看见你同四凤。

周　萍　（惊）什么，你刚才是到鲁家去了？

周蘩漪　（坐下）嗯，我在他们家附近站了半天。

周　萍　（悔惧）什么时候你在那里？

周蘩漪　（低头）我看着你从窗户进去。

周　萍　（急切）你呢？

周蘩漪　（无神地望着前面）就走到窗户前面站着。

周　萍　那么有一个女人叹气的声音是你么？

周蘩漪　嗯。

周　萍　后来，你又在那里站多半天？

周蘩漪　（慢而清朗地）大概是直等到你走。

周　萍　哦！（走到她身旁，低声）那窗户是你关上的，是么？

周蘩漪　（更低的声音，阴沉地）嗯，我。

周　萍　（恨极，恶毒地）你是我想不到的一个怪物！

周蘩漪　（抬起头）什么？

周　萍　（暴烈地）你真是一个疯子！

周繁漪 （无表情地望着他）你要怎么样？
周　萍　（狠恶地）我要你死！再见吧！
　　　　〔周萍由饭厅急走下，门猝然地关上。
周繁漪 （呆滞地坐了一下，望着饭厅的门。瞥见侍萍的相片，拿在手上，低声，阴郁地）这是你的孩子！（缓缓扯下硬卡片贴的相片，一片一片地撕碎。沉静地立起来，走了两步）奇怪，心里静的很！
　　　　〔中门轻轻推开，繁漪回头，鲁贵缓缓地走进来。他的狡黠的眼睛，望着她笑着。
鲁　贵　（鞠躬，身略弯）太太，您好。
周繁漪 （略惊）你来做什么？
鲁　贵　（假笑）给您请安来了。我在门口等了半天。
周繁漪 （镇静）哦，你刚才在门口？
鲁　贵　（低声）对了。（更秘密地）我看见大少爷正跟您打架，我——（假笑）我就没敢进来。
周繁漪 （沉静地，不为所迫）你原来要做什么？
鲁　贵　（有把握地）原来我倒是想报告给太太，说大少爷今天晚上喝醉了，跑到我们家里去。现在太太既然是也去了，那我就不必多说了。
周繁漪 （嫌恶地）你现在想怎么样？
鲁　贵　（倨傲地）我想见见老爷。
周繁漪 老爷睡觉了，你要见他什么事？
鲁　贵　没有什么，要是太太愿意办，不找老爷也可以。——（着重，有意义地）都看太太要怎么样。
周繁漪 （半晌，忍下来）你说吧，我也许可以帮你的忙。
鲁　贵　（重复一遍，狡黠地）要是太太愿意做主，不叫我见老爷，多麻烦，（假笑）那就大家都省事了。
周繁漪 （仍不露声色）什么，你说吧。
鲁　贵　（谄媚地）太太做了主，那就是您积德了。——我们只是求太太还赏饭吃。
周繁漪 （不高兴地）你，你以为我——（转缓和）好，那也没有什么。
鲁　贵　（得意地）谢谢太太。（伶俐地）那么就请太太赏个准日子吧。
周繁漪 （爽快地）你们在搬了新房子后一天来吧。
鲁　贵　（行礼）谢谢太太恩典！（忽然）我忘了，太太，您没见着二少爷么？
周繁漪 没有。
鲁　贵　您刚才不是叫二少爷赏给我们一百块钱么？

周蘩漪　（烦厌地）嗯？

鲁　贵　（婉转地）可是，可是都叫我们少爷回了。

周蘩漪　你们少爷？

鲁　贵　（解释地）就是大海——我那个狗食的儿子。

周蘩漪　怎么样？

鲁　贵　（很文雅地）我们的侍萍，实在还不知道呢。

周蘩漪　（惊，低声）侍萍？（沉下脸）谁是侍萍？

鲁　贵　（以为自己被轻视了，侮慢地）侍萍就是侍萍，我的家里的——，就是鲁妈。

周蘩漪　你说鲁妈，她叫侍萍？

鲁　贵　（自夸地）她也念过书。名字是很雅气的。

周蘩漪　"侍萍"，那两个字怎么写，你知道么？

鲁　贵　我，我，（为难，勉强笑出来）我记不得了。反正那个萍字是跟大少爷名字的萍我记得是一样的。

周蘩漪　哦！（忽然把地上撕破的相片碎片拿起来对上，给他看）你看看，这个人你认识不认识？

鲁　贵　（看了一会，抬起头）不认识，太太。

周蘩漪　（急切地）你认识的人没有一个像她的么？（略停）你想想看，往近处想。

鲁　贵　（摇头）没有一个，太太，没有一个。（突然疑惧地）太太，您怎么？

周蘩漪　（回思，自己疑惑）多半我是胡思乱想。（坐下）

鲁　贵　（贪婪地）啊，太太，您刚才不是赏我们一百块么？可是我们大海又把钱回了，您想，——

　　　　〔中门渐渐推开。

鲁　贵　（回头）谁？

　　　　〔大海由中门进，衣服俱湿，脸色阴沉，眼不安地向四面望，疲倦，憎恨在他举动里显明地露出来。蘩漪惊讶地望着他。

鲁大海　（向鲁贵）你在这儿！

鲁　贵　（讨厌他的儿子）嗯，你怎么进来的？

鲁大海　（冰冷地）铁门关着，叫不开，我爬墙进来的。

鲁　贵　你现在来这儿干什么？你为什么不看看你妈，找四凤怎么样了？

鲁大海　（用一块湿手巾擦着脸上的雨水）四凤没找着，妈在门外等着呢。（沉重地）你看见四凤了么？

鲁　贵　（轻蔑）没有，我没有看见。（觉得大海小题大做，烦恶地皱着眉毛）不要管她，她一会儿就会回家。（走近大海）你跟我回去。周家的事情也妥了，都完了，走吧！

鲁大海　我不走。

鲁　贵　你要干什么？

鲁大海　你也别走，——你先给我把这儿大少爷叫出来，我找不着他。

鲁　贵　(疑惧地，摸着自己的下巴)你要怎么样？我刚弄好，你是又要惹祸？

鲁大海　(冷静地)没有什么，我只想跟他谈谈。

鲁　贵　(不信地)我看你不对，你大概又要——

鲁大海　(暴躁地，抓着鲁贵的领口)你找不找？

鲁　贵　(怯弱地)我找，我找，你先放下我。

鲁大海　好，(放开他)你去吧。

鲁　贵　大海，你，你得答应我，你可是就跟大少爷说两句话，你不会——

鲁大海　嗯，我告诉你，我不是打架来的。

鲁　贵　真的？

鲁大海　(可怕地走到鲁贵的面前，低声)你去不去？

鲁　贵　我，我，大海，你，你——

周蘩漪　(镇静地)鲁贵，你去叫他出来，我在这儿，不要紧的。

鲁　贵　也好，(向大海)可是我请完大少爷，我就从那门走了，我，(笑)我有点事。

鲁大海　(命令地)你叫他们把门开开，让妈进来，领她在房里避一避雨。

鲁　贵　好，好，(向饭厅下)完了，我可有事。我就走了。

鲁大海　站住！(走前一步，低声)你进去，要是不找他出来就一人跑了，你可小心我回头在家里，——哼！

鲁　贵　(生气)你，你，你——(低声，自语)这个小王八蛋！(没法子，走进饭厅下)

周蘩漪　(立起)你是谁？

鲁大海　(粗鲁地)四凤的哥哥。

周蘩漪　(柔声)你是到这儿来找她么？你要见我们大少爷么？

鲁大海　嗯。

周蘩漪　(眼色阴沉地)我怕他会不见你。

鲁大海　(冷静地)那倒许。

周蘩漪　(缓缓地)听说他现在就要上车。

鲁大海　(回头)什么！

周蘩漪　(阴沉的暗示)他现在就要走。

鲁大海　(愤怒地)他要跑了，他——

周繁漪　嗯,他——

〔周萍由饭厅上,脸上有些慌,他看见大海,勉强地点一点头,声音略有点颤,他极力在镇静自己。

周　萍　(向大海)哦!

鲁大海　好。你还在这儿,(回头)你叫这位太太走开,我有话要跟你一个人说。

周　萍　(望着繁漪,她不动,再走到她面前)请您上楼去吧。

周繁漪　好!(昂首由饭厅下)

〔半晌。二人都紧紧地握着拳,大海愤愤地望着他,二人不动。

周　萍　(耐不住,声略颤)没想到你现在到这儿来。

鲁大海　(阴沉沉)听说你要走。

周　萍　(惊,略镇静,强笑)不过现在也赶得上,你来得还是时候,你预备怎么样?我已经准备好了。

鲁大海　(狠恶地笑一笑)你准备好了?

周　萍　(沉郁地望着他)嗯。

鲁大海　(走到他面前)你!(用力地击着周萍的脸,方才的创伤又破,血向下流)

周　萍　(握着拳抑制自己)你,你,——(忍下去,由袋内抽出白绸手绢擦脸上的血)

鲁大海　(切齿地)哼?现在你要跑了!

〔半晌。

周　萍　(压下自己的怒气,辩白地,故意用低沉的声音)我早有这个计划。

鲁大海　(恶狠地笑)早有这个计划?

周　萍　(平静下来)我以为我们中间误会太多。

鲁大海　误会?(看自己手上的血,擦在身上)我对你没有误会,我知道你是没有血性,只顾自己的一个十足的混蛋。

周　萍　(柔和地)我们两次见面,都是我性子最坏的时候,叫你得着一个最坏的印象。

鲁大海　(轻蔑地)不用推托,你是个少爷,你心地混账,你们都是吃饭太容易,有劲儿不知道怎样使,就拿着穷人家的女儿开心,完了事可以不负一点儿责任。

周　萍　(看出大海的神气,失望地)现在我想辩白是没有用的。我知道你是有目的而来的。(平静地)你把你的枪或者刀拿出来吧。我愿意任你收拾我。

鲁大海　(侮蔑地)你会这样大方,——在你家里,你很聪明!哼,可是你不值得我这样,我现在还不愿意拿我这条有用的命换你这半死的东西。

周　萍　(直视大海,有勇气地)我想你以为我现在是怕你。你错了,与其说我怕你,不如说我怕我自己;我现在做错了一件事,我不愿做错第二件事。

鲁大海　(嘲笑地)我看像你这种人,活着就错了。刚才要不是我的母亲,我当时就宰了你!(恐吓地)现在你的命还在我的手心里。

周　萍　我死了,那是我的福气。(辛酸地)你以为我怕死,我不,我不,我恨活着,我欢迎你来。我够了,我是活厌了的人。

鲁大海　(厌恨地)哦,你——活厌了,可是你还拉着我年轻的糊涂妹妹陪着你,陪着你。

周　萍　(无法,强笑)你说我自私么?你以为我是真没有心肝,跟她开开心就完了么?你问问你的妹妹,她知道我是真爱她。她现在就是我能活着的一点生机。

鲁大海　你倒说得很好!(突然)那你为什么——为什么不娶她?

周　萍　(略顿)那就是我最恨的事情。我的环境太坏。你想想我这样的家庭怎么允许有这样的事。

鲁大海　(辛辣地)哦,所以你就可以一面表示你是真心爱她,跟她做出什么不要脸的事都可以,一面你还得想着你的家庭,你的董事长爸爸。他们叫你随便就丢掉她,再娶一个门当户对的阔小姐来配你,对不对?

周　萍　(忍耐不下)我要你问问四凤,她知道我这次出去,是离开了家庭,设法脱离了父亲,有机会好跟她结婚的。

鲁大海　(嘲弄)你推得很好。那么像你深更半夜的,刚才跑到我家里,你怎样推托呢?

周　萍　(迸发,激烈地)我所说的话不是推托,我也用不着跟你推托,我现在看你是四凤的哥哥,我才这样说。我爱四凤,她也爱我,我们都年轻,我们都是人,两个人天天在一起,结果免不了有点荒唐。然而我相信我以后会对得起她,我会娶她做我的太太,我没有一点亏心的地方。

鲁大海　这么,你反而很有理了。可是,董事长大少爷,谁相信你会爱上一个工人的妹妹,一个当老妈子的穷女儿?

周　萍　(略顿,嗫嚅)那,那——那我也可以告诉你。有一个女人逼着我,激成我这样的。

鲁大海　(紧张地,低声)什么,还有一个女人?

周　萍　嗯，就是你刚才见过的那位太太。

鲁大海　她？

周　萍　(苦恼地)她是我的后母！——哦，我压在心里多少年，我当谁也不敢说——她念过书，她受了很好的教育，她，她，——她看见我就跟我发生感情，她要我——(突停)那自然我也要负一部分责任。

鲁大海　四凤知道么？

周　萍　她知道，我知道她知道。(含着苦痛的眼泪，苦闷地)那时我太糊涂，以后我越过越怕，越恨，越厌恶。我恨这种不自然的关系，你懂么？我要离开她，然而她不放松我。她拉着我，不放我。她是个鬼，她什么都不顾忌。我真活厌了，你明白么？我喝酒，胡闹，我只要离开她，我死都愿意。她叫我恨一切受过好教育，外面都装得很正经的女人。过后我见着四凤，四凤叫我明白，叫我又活了一年。

鲁大海　(不觉吐出一口气)哦。

周　萍　这些话多少年我对谁也说不出的，然而——(缓慢地)奇怪，我忽然跟你说了。

鲁大海　(阴沉地)那大概是你父亲的报应。

周　萍　(没想到，厌恶地)你，你胡说！(觉得方才太冲动，对一个这么不相识的人说出心中的话。半晌，镇静下，自己想方才脱口说出的原因，忽然，慢慢地)我告诉你，因为我认你是四凤的哥哥，我要你相信我的诚心，我没有一点骗她。

鲁大海　(略露善意)那么你真预备要四凤么？你知道四凤是个傻孩子，她不会再嫁第二个人。

周　萍　(诚恳地)嗯，我今天走了，过了一二个月，我就来接她。

鲁大海　可是董事长少爷，这样的话叫人相信么？

周　萍　(由衣袋取出一封信)你可以看这封信，这是我刚才写给她的，就说的这件事。

鲁大海　(故意闪避地)用不着给我看，我——没有工夫！

周　萍　(半晌，抬头)那我现在再没有什么旁的保证，你口袋里那件杀人的家伙是我的担保。你再不相信我，我现在人还是在你手里。

鲁大海　(辛酸地)周大少爷，你想想这样我就完了么？(恶狠地)你觉得我真愿意我的妹妹嫁给你这种东西么？(忽然拿出自己的手枪来)

周　萍　(惊慌)你要怎么样？

鲁大海　(恨恶地)我要杀了你。你父亲虽坏，看着还顺眼。你真是世界上最用不着，最没有劲的东西。

周　萍　哦。好，你来吧！(骇惧地闭上目)

鲁大海　可是——(叹一口气,递手枪与周萍)你还是拿去吧。这是你们矿上的东西。
周　萍　(莫明其妙地)怎么?(接下枪)
鲁大海　(苦闷地)没有什么。老太太们最糊涂。我知道我的妈。我妹妹是她的命,只要你能够多叫四凤好好地活着,我只好不提什么了。
〔萍还想说话,大海挥手,叫他不必再说,周萍沉郁地到桌前把枪放好。
鲁大海　(命令地)那么请你把我的妹妹叫出来吧。
周　萍　(奇怪)什么?
鲁大海　四凤啊——她自然在你这儿。
周　萍　没有,没有。我以为她在你们家里呢。
鲁大海　(疑惑地)那奇怪,我同我妈在雨里找了她两个钟头,不见她。我想自然在这儿。
周　萍　(担心)她在雨里走了两个钟头,她——她没有到旁的地方去么?
鲁大海　(肯定地)半夜里她会到哪儿去?
周　萍　(突然恐惧)啊,她不会——(坐下呆望)
鲁大海　(明白)你以为——不,她不会,(轻蔑地)不,我想她没有这个胆量。
周　萍　(颤抖地)不,她会的。你不知道她。她爱脸,她性子强,她——不过她应当先见我,她(仿佛已经看见她溺在河里)不该这样冒失。
〔半晌。
鲁大海　(忽然)哼,你装得好,你想骗过我,你?——她在你这儿!她在你这儿!
〔外面远处口哨声。
周　萍　(以手止之)不,你不要嚷。(哨声近,喜色)她,她来了!我听见她!
鲁大海　什么?
周　萍　这是她的声音,我们每次见面,是这样的。
鲁大海　她在哪儿?
鲁大海　大概就在花园里?
〔周萍开窗吹哨,应声更近。
周　萍　(回头,眼含着眼泪,笑)她来了!
〔中门敲门声。
周　萍　(向大海)你先暂时在旁边屋子躲一躲,她没想到你在这儿。我想她再受不得惊了。

〔忙引大海至饭厅门,大海下。

〔外面的声音:(低)萍!

周　萍　(忙跑至中门)凤儿!(开门)进来!

〔四凤由中门进,头发散乱,衣服湿透,眼泪同雨水流在脸上,眼角粘着淋漓的鬓发,衣裳贴着皮肤,雨后的寒冷逼着她发抖,她的牙齿上下地震战着。她见周萍如同失路的孩子再见着母亲,呆呆地望着他。

鲁四凤　萍!

周　萍　(感动地)凤。

鲁四凤　(胆怯地)没有人吧。

周　萍　(难过,怜悯地)没有。(拉着她的手)

鲁四凤　(放开胆)哦!萍!(抱着周萍抽咽)

周　萍　(如许久未见她)你怎么,你怎么会这样?你怎么会找着我?(止不住地)你怎么进来的?

鲁四凤　我从小门偷进来的。

周　萍　凤,你的手冰凉,你先换一换衣服。

鲁四凤　不;萍,(抽咽)让我先看看你。

周　萍　(引她到沙发,坐在自己一旁,热烈地)你,你上哪儿去了,凤?

鲁四凤　(看看他,含着眼泪微笑)萍,你还在这儿,我好像隔了多年一样。

周　萍　(顺手拿起沙发上的一床紫线毯给她围上)我可怜的凤儿,你怎么这样傻,你上哪儿去了?我的傻孩子!

鲁四凤　(擦着眼泪,拉着周萍的手,周萍蹲在旁边)我一个人在雨里跑,不知道自己在哪儿。天上打着雷,前面我只看见模模糊糊的一片;我什么都忘了,我像是听见妈在喊我,可是我怕,我拚命地跑,我想找着我们门口那一条河跳。

周　萍　(紧握着四凤的手)凤!

鲁四凤　——可是不知怎么绕来绕去我总找不着。

周　萍　哦,凤,我对不起你,原谅我,是我叫你这样,你原谅我,你不要怨我。

鲁四凤　萍,我怎么也不会怨你的。我糊糊涂涂又碰到这儿,走到花园那电线杆底下,我忽然想死了。我知道一碰那根电线,我就可以什么都忘了。我爱我的母亲,我怕我刚才对她起的誓,我怕她说我这么一声坏女儿,我情愿不活着。可是,我刚要碰那根电线,我忽然看见你窗户的灯,我想到你在屋子里。哦,萍,我突然觉得,我不能这样就死,我不能一个人死,我丢不了你。我想起来,世界大的很,我们可以走,我们只要一块儿离开这儿。萍啊,你——
周　萍　（沉重地）我们一块儿离开这儿?
鲁四凤　（急切地）就是这一条路,萍,我现在已经没有家,(辛酸地)哥哥恨死我,母亲我是没有脸见的。我现在什么都没有,我没有亲戚,没有朋友,我只有你,萍,(哀告地)你明天带我去吧。
　　　　〔半晌。
周　萍　（沉重地摇着头）不,不——
鲁四凤　（失望地)萍。
周　萍　（望着她,沉重地）不,不——我们现在就走。
鲁四凤　（不相信地）现在就走?
周　萍　（怜惜地）嗯,我原来打算一个人现在走,以后再来接你,不过现在不必了。
鲁四凤　（不信地）真的,一块儿走么?
周　萍　嗯,真的。
鲁四凤　（狂喜地,扔下线毯,立起,亲周萍的一手,一面擦着眼泪）真的,真的,真的,萍,你是我的救星,你是天底下顶好的人,你是我——哦,我爱你!（在他身下流泪)
周　萍　（感动地,用手绢擦着眼泪）凤,以后我们永远在一块儿了,不分开了。
鲁四凤　（自慰地,在周萍的怀里）嗯,我们离开这儿了,不分开了。
周　萍　（约束自己）好,凤,走以前我们先见见一个人。见完他我们就走。
鲁四凤　一个人?
周　萍　你哥哥。
鲁四凤　哥哥?
周　萍　他找你,他就在饭厅里头。
鲁四凤　（恐惧地）不,不,你不要见他,他恨你,他会害你的。走吧,我们就走吧。
周　萍　（安慰地）我已经见过他。——我们现在一定要见他一面,(不可挽回地）不然我们也走不了的。
鲁四凤　（胆怯）可是,萍,你——
　　　　〔周萍走到饭厅门口,开门。
周　萍　（叫）鲁大海!鲁大海!——咦,他不在这儿,奇怪,也许他从饭厅的门出去了。(望着四凤)
鲁四凤　（走到周萍面前,哀告地）萍。不要管他,我们走吧。(拉他向中门去)我们就这样走吧。

〔四凤拉周萍至中门,中门开,鲁妈与大海进。

〔两点钟内鲁妈的样子另变了一个人。声音因为在雨里叫喊哭号已经喑哑,眼皮失望地向下垂,前额的皱纹很深地刻在上面,过度的刺激使她变成了呆滞,整个变成刻板的痛苦的模型。她的衣服像是已烘干了一部分,头发还有些湿,鬓角凌乱地贴着湿的头发。她的手在颤,很小心地走进来。

鲁四凤　（惊惧）妈！（畏缩）

〔略顿,鲁妈哀怜地望着四凤。

鲁侍萍　（伸出手向四凤,哀痛地）凤儿,来！

〔四凤跑至母亲面前,跪下。

鲁四凤　妈！（抱着母亲的膝）

鲁侍萍　（抚摸四凤的头顶,痛惜地）孩子,我的可怜的孩子。

鲁四凤　（泣不成声地）妈,饶了我吧,饶了我吧,我忘了您的话了。

鲁侍萍　（扶起四凤）你为什么早不告诉我？

鲁四凤　（低头）我疼您,妈,我怕,我不愿意有一点叫您不喜欢我,看不起我,我不敢告诉您。

鲁侍萍　（沉痛地）这还是你的妈太糊涂了,我早该想到的。（酸苦地）然而天,这谁又料得到,天底下会有这种事,偏偏又叫我的孩子们遇着呢？哦,你们妈的命太苦,我们的命也太苦了。

鲁大海　（冷淡地）妈,我们走吧,四凤先跟我们回去。——我已经跟他（指周萍）商量好了,他先走,以后他再接四凤。

鲁侍萍　（迷惑地）谁说的？谁说的？

鲁大海　（冷冷地望着鲁妈）妈,我知道您的意思,自然只有这么办。所以,周家的事我以后也不提了,让他们去吧。

鲁侍萍　（迷惑,坐下）什么？让他们去？

周　萍　（嗫嚅）鲁奶奶,请您相信我,我一定好好地待她,我们现在决定就走。

鲁侍萍　（拉着四凤的手,颤抖地）凤,你,你要跟他走？

鲁四凤　（低头,不得已紧握着鲁妈的手）妈,我只好先离开您了。

鲁侍萍　（忍不住）你们不能够在一块儿！

鲁大海　（奇怪地）妈,您怎么？

鲁侍萍　（站起）不,不成！

鲁四凤　（着急）妈！

鲁侍萍　（不顾她,拉着她的手）我们走吧。（向大海）你出去叫一辆洋车,四凤大概走不动了。我们走,赶快走。

鲁四凤　（死命地退缩）妈，您不能这样做。

鲁侍萍　不，不成！（呆滞地，单调地）走，走。

鲁四凤　（哀求）妈，您愿您的女儿急得要死在您的眼前么？

周　萍　（走向鲁妈前）鲁奶奶，我知道我对不起您。不过我能尽我的力量补我的错，现在事情已经做到这一步，您——

鲁大海　妈，（不懂地）您这一次，我可不明白了！

鲁侍萍　（不得已，严厉地）你先去雇车去！（向四凤）凤儿，你听着，我情愿你没有，我不能叫你跟他在一块儿。——走吧！

　　　　〔大海刚至门口，四凤喊一声。

鲁四凤　（喊）啊，妈，妈！（晕倒在母亲怀里）

鲁侍萍　（抱着四凤）我的孩子，你——

周　萍　（急）她晕过去了。

　　　　〔鲁妈按着她的前额，低声唤"四凤"忍不住地泣下。

　　　　〔周萍向饭厅跑。

鲁大海　不用去——不要紧，一点凉水就好。她小时就这样。

　　　　〔周萍拿凉水洒在她面上，四凤渐醒，面呈死白色。

鲁侍萍　（拿凉水灌四凤）凤儿，好孩子。你回来，你回来。——我的苦命的孩子。

鲁四凤　（口渐张眼睁开，喘出一口气）啊，妈！

鲁侍萍　（安慰地）孩子，你不要怪妈心狠，妈的苦说不出。

鲁四凤　（叹出一口气）妈！

鲁侍萍　什么？凤儿。

鲁四凤　我，我不能不告诉你，萍！

周　萍　凤，你好点了没有？

鲁四凤　萍，我，总是瞒着你；也不肯告诉您，（乞怜地望着鲁妈）妈，您——

鲁侍萍　什么，孩子，快说。

鲁四凤　（抽咽）我，我——（放胆）我跟他现在已经有……（大哭）

鲁侍萍　（切迫地）怎样，你说你有——（过受打击，不动）

周　萍　（拉起四凤的手）四凤！怎么，真的，你——

鲁四凤　（哭）嗯。

周　萍　（悲喜交集）什么时候？什么时候？

鲁四凤　（低头）大概已经三个月。

周　萍　（快慰地）哦，四凤，你为什么不告诉我，我，我的——

鲁侍萍　（低声）天哪。

周　萍　（走向鲁）鲁奶奶，您无论如何不要再固执哪，都是我错了，我求您！(跪下)我求您放了她吧。我敢保我以后对得起她,对得起您。

鲁四凤　(立起,走到鲁妈面前跪下)妈,您可怜可怜我们,答应我们,让我们走吧。

鲁侍萍　(不做声,坐着,发痴)我是在做梦。我的儿女,我自己生的儿女,三十年工夫——哦,天哪,(掩面哭,挥手)你们走吧,我不认得你们。(转过头去)

周　萍　谢谢您！(立起)我们走吧。凤！(四凤起)

鲁侍萍　(回头,不自主地)不,不能够！

〔四凤又跪下。

鲁四凤　(哀求)妈,您,您是怎么？我的心定了。不管他是富,是穷,不管他是谁,我是他的了。我心里第一个许了他,我看得见的只有他,妈,我现在到了这一步,他到哪儿我也到哪儿；他是什么,我也跟他是什么。妈,您难道不明白,我——

鲁侍萍　(指手令她不要向下说,苦痛地)孩子。

鲁大海　妈,妹妹既然是闹到这样,让她去了也好。

周　萍　(阴沉地)鲁奶奶,您心里要是一定不放她,我们只好不顺从您的话,自己走了。凤！

鲁四凤　(摇头)萍！(还望着鲁妈)妈！

鲁侍萍　(沉重的悲伤,低声)啊,天知道谁犯了罪,谁造的这种孽！——他们都是可怜的孩子,不知道自己做的是什么。天哪,如果要罚,也罚在我一个人身上；我一个人有罪,我先走错了一步。(伤心地)如今我明白了,我明白了,事情已经做了的,不必再怨这不公平的天；人犯了一次罪过,第二次也就自然地跟着来。——(摸着四凤的头)他们是我的干净孩子,他们应当好好地活着,享着福。冤孽是在我心里头,苦也应当我一个人尝。他们快活,谁晓得就是罪过？他们年轻,他们自己并没有成心做了什么错事。(立起,望着天)今天晚上,是我让他们一块儿走,这罪过我知道,可是罪过我现在替他们犯了；所有的罪孽都是我一个人惹的,我的儿女们都是好孩子,心地干净的,那么,天,真有了什么,也就让我一个人担待吧。(回过头)凤儿,——

鲁四凤　(不安地)妈,您心里难过,——我不明白您说的什么。

鲁侍萍　(回转头。和蔼地)没有什么。(微笑)你起来,凤儿,你们一块儿走吧。

鲁四凤　(立起,感动地,抱着她的母亲)妈！

周　萍　去,(看表)不早了,还只有二十五分钟,叫他们把汽车开出来,走吧。

鲁侍萍　(沉静地)不,你们这次走,是在黑地里走,不要惊动旁人。(向大海)大海,你去叫车去,我要回去,你送他们到车站。

鲁大海　嗯。

〔大海由中门下。

鲁侍萍　(向四凤哀婉地)过来,我的孩子,让我好好地亲一亲。(四凤过来抱母;鲁妈向周萍)你也来,让我也看你一下。(周萍至前,低头,鲁妈望他擦眼泪)好,你们走吧——我要你们两个在未走以前答应我一件事。

周　萍　您说吧。

鲁侍萍　你们不答应,我还是不要四凤走的。

鲁四凤　妈,您说吧,我答应。

鲁侍萍　(看他们两人)你们这次走,最好越走越远,不要回头。今天离开,你们无论生死,永远也不许见我。

鲁四凤　(难过)妈,那不——

周　萍　(眼色,低声)她现在很难过,才说这样的话,过后,她就会好了的。

鲁四凤　嗯,也好,——妈那我们走吧。

〔四凤跪下,向鲁妈叩头,四凤落泪,鲁妈竭力忍着。

鲁侍萍　(挥手)走吧!

周　萍　我们从饭厅里出去吧,饭厅里还放着我几件东西。

〔三人——周萍,四凤,鲁妈——走到饭厅门口,饭厅门开。蘩漪走出,三人俱惊视。

鲁四凤　(失声)太太!

周蘩漪　(沉稳地)咦,你们到哪儿去?外面还打着雷呢!

周　萍　(向蘩漪)怎么你一个人在外面偷听!

周蘩漪　嗯,不只我,还有人呢。(向饭厅上)出来呀,你!

〔周冲由饭厅上,畏缩地。

鲁四凤　(惊愕)二少爷!

周　冲　(不安地)四凤!

周　萍　(不高兴,向弟)弟弟,你怎么这样不懂事?

周　冲　(莫明其妙地)妈叫我来的,我不知道你们这是干什么。

周蘩漪　(冷冷地)现在你就明白了。

周　萍　(焦躁,向蘩漪)你这是干什么?

周蘩漪　(嘲弄地)我叫你弟弟来给你们送行。

周　萍　（气愤）你真卑——

周　冲　哥哥！

周　萍　弟弟，我对不起！——（突向蘩漪）不过世界上没有像你这样的母亲！

周　冲　（迷惑地）妈，这是怎么回事？

周蘩漪　你看哪！（向四凤）四凤，你预备上哪儿去？

鲁四凤　（嗫嚅）我……我……

周　萍　不要说一句瞎话。告诉他们，挺起胸来告诉他们，说我们预备一块儿走。

周　冲　（明白）什么，四凤，你预备跟他一块儿走？

鲁四凤　嗯，二少爷，我，我是——

周　冲　（半质问地）你为什么早不告诉我？

鲁四凤　我不是不告诉你；我跟你说过，叫你不要找我，因为我——我已经不是个好女人。

周　萍　（向四凤）不，你为什么说自己不好？你告诉他们！（指蘩漪）告诉他们，说你就要嫁我！

周　冲　（略惊）四凤，你——

周蘩漪　（向周冲）现在你明白了。（周冲低头）

周　萍　（突向蘩漪，刻毒地）你真没有一点心肝！你以为你的儿子会替——会破坏么？弟弟，你说，你现在有什么意思，你说，你预备对我怎么样？说！哥哥都会原谅你。

〔周冲望蘩漪，又望四凤，自己低头。

周蘩漪　冲儿，说呀！（半晌，急促）冲儿，你为什么不说话呀？你为什么不抓着四凤问？你为什么不抓着你哥哥说话呀？（又顿。众人俱看周冲，周冲不语）冲儿你说呀，你怎么，你难道是个死人？哑巴？是个糊涂孩子？你难道见着自己心上喜欢的人叫人抢去，一点儿都不动气么？

周　冲　（抬头，羔羊似地）不，不，妈！（又望四凤，低头）只要四凤愿意，我没有一句话可说。

周　萍　（走到周冲面前，拉着他的手）哦，我的好弟弟，我的明白弟弟！

周　冲　（疑惑地，思考地）不，不，我忽然发现……我觉得……我好像我并不是真爱四凤；（渺渺茫茫地）以前——我，我，我——大概是胡闹！

周　萍　（感激地）不过，弟弟——

周　冲　（望着周萍热烈的神色，退缩地）不，你把她带走吧，只要你好好地待她!

周繁漪　（整个幻灭，失望）哦，你呀!（忽然，气愤）你不是我的儿子;你不像我,你——你简直是条死猪!

周　冲　（受侮地）妈!

周　萍　（惊）你是怎么回事?

周繁漪　（昏乱地）你真没有点男子气,我要是你,我就打了她,烧了她,杀了她。你真是糊涂虫,没有一点生气的。你还是你父亲养的,你父亲的小绵羊。我看错你了——你不是我的,你不是我的儿子。

周　萍　（不平地）你是冲弟弟的母亲么?你这样说话。

周繁漪　（痛苦地）萍,你说,你说出来;我不怕,你告诉他,我现在已经不是他的母亲。

周　冲　（难过地）妈,您怎么?

周繁漪　（丢弃了拘束）我叫他来的时候,我早已忘了我自己,（向周冲,半疯狂地）你不要以为我是你的母亲,（高声）你的母亲早死了,早叫你父亲压死了,闷死了。现在我不是你的母亲。她是见着周萍又活了的女人,（不顾一切地）她也是要一个男人真爱她,要真真活着的女人!

周　冲　（心痛地）哦,妈。

周　萍　（眼色向周冲）她病了。（向繁漪）你跟我上楼去吧!你大概是该歇一歇。

周繁漪　胡说!我没有病,我没有病,我神经上没有一点病。你们不要以为我说胡话。（揩眼泪,哀痛地）我忍了多少年的,我在这个死地方,监狱似的周公馆,陪着一个阎王十八年了,我的心并没有死;你的父亲只叫我生了冲儿,然而我的心,我这个人还是我的。（指周萍）就只有他才要了我整个的人,可是他现在不要我,又不要我了。

周　冲　（痛极）妈,我最爱的妈,您这是怎么回事?

周　萍　你先不要管她,她在发疯!

周繁漪　（激烈地）不要学你的父亲。没有疯——我这是没有疯!我要你说,我要你告诉他们——这是我最后的一口气!

周　萍　（狠狠地）你叫我说什么?我看你上楼睡去吧。

周繁漪　（冷笑）你不要装!你告诉他们,我并不是你的后母。

〔大家俱惊,略顿。

周　冲　（无可奈何地）妈!

周繁漪　（不顾地）告诉他们,告诉四凤,告诉她!

鲁四凤　（忍不住）妈呀！（投入鲁妈怀）
周　萍　（望着弟弟，转向蘩漪）你这是何苦！过去的事你何必说呢？叫弟弟一生不快活。
周蘩漪　（失了母性，喊着）我没有孩子，我没有丈夫，我没有家，我什么都没有，我只要你说：我——我是你的。
周　萍　（苦恼）哦，弟弟！你看弟弟可怜的样子，你要是有一点母亲的心——
周蘩漪　（报复地）你现在也学会你的父亲了，你这虚伪的东西，你记着，是你才欺骗了你的弟弟，是你欺骗我，是你才欺骗了你的父亲！
周　萍　（愤怒）你胡说，我没有，我没有欺骗他！父亲是个好人，父亲一生是有道德的，（蘩漪冷笑）——（向四凤）不要理她，她疯了，我们走吧。
周蘩漪　不用走，大门锁了。你父亲就下来，我派人叫他来的。
鲁侍萍　哦，太太！
周　萍　你这是干什么？
周蘩漪　（冷冷地）我要你父亲见见他将来的好媳妇你们再走。（喊）朴园，朴园！……
周　冲　妈，您不要！
周　萍　（走到蘩漪面前）疯子，你敢再喊！
　　　　〔蘩漪跑到书房门口，喊。
鲁侍萍　（慌）四凤，我们出去。
周蘩漪　不，他来了！
　　　　〔朴园由书房进，大家俱不动，静寂若死。
周朴园　（在门口）你叫什么？你还不上楼去睡。
周蘩漪　（倨傲地）我请你见见你的好亲戚。
周朴园　（见鲁妈，四凤在一起，惊）啊，你，你——你们这是做什么？
周蘩漪　（拉四凤向朴园）这是你的媳妇，你见见。（指着朴园向四凤）叫他爸爸！（指着鲁妈向朴园）你也认识认识这位老太太。
鲁侍萍　太太！
周蘩漪　萍，过来！当着你的父亲，过来，给这个妈叩头。
周　萍　（难堪）爸爸，我，我——
周朴园　（明白地）怎么——（向鲁妈）侍萍，你到底还是回来了。
周蘩漪　（惊）什么？
鲁侍萍　（慌）不，不，您弄错了。
周朴园　（悔恨地）侍萍，我想你也会回来的。

鲁侍萍　不,不!(低头)啊!天!
周蘩漪　(惊愕地)侍萍?什么,她是侍萍?
周朴园　嗯。(烦厌地)你不必再故意地问我,她就是萍儿的母亲,三十年前死了的。
周蘩漪　天哪!
　　　　〔半晌。四凤苦闷地叫了一声,看着她的母亲,鲁妈苦痛地低着头。周萍脑筋昏乱,迷惑地望着父亲,同鲁妈。这时蘩漪渐渐移到周冲身边,现在她突然发见一个更悲惨的命运,逐渐地使她同情周萍,她觉出自己方才的疯狂,这使她很快地恢复原来平常母亲的情感。她不自主地愧恨地望着自己的冲儿。
周朴园　(沉痛地)萍儿,你过来。你的生母并没有死,她还在世上。
周　萍　(半狂地)不是她!爸,您告诉我,不是她!
周朴园　(严厉地)混账!萍儿,不许胡说。她没有什么好身世,也是你的母亲。
周　萍　(痛苦万分)哦,爸!
周朴园　(尊重地)不要以为你跟四凤同母,觉得脸上不好看,你就忘了人伦天性。
鲁四凤　(向母痛苦地)哦,妈!
周朴园　(沉重地)萍儿,你原谅我。我一生就做错了这一件事。我万没有想到她今天还在,今天找到这儿。我想这只能说是天命。(向鲁妈叹口气)我老了,刚才我叫你走,我很后悔,我预备寄给你两万块钱。现在你既然来了,我想萍儿是个孝顺孩子,他会好好地侍奉你。我对不起你的地方,他会补上的。
周　萍　(向鲁妈)您——您是我的——
鲁侍萍　(不自主地)萍——(回头抽咽)
周朴园　跪下,萍儿!不要以为自己是在做梦,这是你的生母。
鲁四凤　(昏乱地)妈,这不会是真的。
鲁侍萍　(不语,抽咽)
周蘩漪　(笑向周萍,悔恨地)萍,我,我万想不到是——是这样,萍。
周　萍　(怪笑,向朴园)父亲!(怪笑,向鲁妈)母亲!(看四凤,指她)你——
鲁四凤　(与周萍互视怪笑,忽然忍不住)啊,天!(由中门跑下)
　　　　〔周萍扑在沙发上,鲁妈死气沉沉地立着。
周蘩漪　(急喊)四凤!四凤!(转向周冲)冲儿,她的样子不大对,你赶快出去看她。

〔周冲由中门跑下,喊四凤。

周朴园　（至周萍前）萍儿,这是怎么回事?
周　萍　（突然）爸,您不该生我!（跑,由饭厅下）
〔远处听见四凤的惨叫声,周冲狂呼四凤,过后周冲也发出惨叫。

鲁侍萍　　　　四凤,你怎么啦!
　　　　（同时叫）
周繁漪　　　　我的孩子,我的冲儿!
〔二人同由中门跑出。

周朴园　（急走至窗前拉开窗幕,颤声）怎么?怎么?
〔仆人由中门跑上。

仆　人　（喘）老爷!
周朴园　快说,怎么啦?
仆　人　（急不成声）四凤……死了……
周朴园　（急）二少爷呢?
仆　人　也……也死了。
周朴园　（颤声）不,不,怎……么?
仆　人　四凤碰着那条走电的电线。二少爷不知道,赶紧拉了一把,两个人一块儿中电死了。
周朴园　（几晕）这不会。这,这——这不能够,不能够!
〔朴园与仆人跑下。
〔周萍由饭厅出,颜色惨白,但是神气沉静地。他走到那张放大海的手枪的桌前,抽开抽屉,取出手枪,手微颤,慢慢走进右边书房。
〔外面人声嘈乱,哭声,叫声,吵声,混成一片。鲁妈由中门上,脸更呆滞,如石膏人像。老年仆人跟在后面,拿着电筒。
〔鲁妈一声不响地立在台中。

老　仆　（安慰地）老太太,您别发呆!这不成,您得哭,您得好好哭一场。
鲁侍萍　（无神地）我哭不出来!
老仆人　这是天意,没有法子。——可是您自己得哭。
鲁侍萍　不,我想静一静。（呆立）
〔中门大开,许多仆人围着繁漪,繁漪不知是在哭在笑。

仆　人　（在外面）进去吧,太太,别看哪。
周繁漪　（为人拥至中门,倚门怪笑）冲儿,你这么张着嘴?你的样子怎么直对我笑?——冲儿,你这个糊涂孩子。
周朴园　（走到中门中,眼泪在面上）繁漪,进来!我的手发木,你也别看了。
老　仆　太太,进来吧。人已经叫电火烧焦了,没有法子办了。

周繁漪　（进来，干哭）冲儿，我的好孩子。刚才还是好好的，你怎么会死，你怎么会死得这样惨？（呆立）

周朴园　（已进来）你要静一静。（擦眼泪）

周繁漪　（狂笑）冲儿，你该死，该死！你有了这样的母亲，你该死！

　　　　〔外面仆人与大海打架声。

周朴园　这是谁？谁在这时候打架？

　　　　〔老仆下问，立时另一仆人上。

周朴园　外面是怎么回事？

仆　人　今天早上那个鲁大海，他这时又来了，跟我们打架。

周朴园　叫他进来！

仆　人　老爷，他连踢带打地伤了我们好几个，他已经从小门跑了。

周朴园　跑了？

仆　人　是，老爷。

周朴园　（略顿，忽然）追他去，给我追他去。

仆　人　是，老爷。

　　　　〔仆人一齐下。屋中只有朴园、鲁妈、繁漪三人。

周朴园　（哀伤地）我丢了一个儿子，不能再丢第二个了。

　　　　〔三人都坐下来。

鲁侍萍　都去吧！让他去了也好，我知道这孩子。他恨你，我知道他不会回来见你的。

周朴园　（寂静，自己觉得奇怪）年轻的反而走我们前头了，现在就剩下我们这些老——（忽然）萍儿呢？大少爷呢？萍儿，萍儿！（无人应）来人呀！来人！（无人应）你们给我找呀，我的大儿子呢？

　　　　〔书房枪声，屋内死一般的静默。

周繁漪　（忽然）啊！（跑下书房，朴园呆立不动，立时繁漪狂喊跑出）他……他……

周朴园　他……他……

　　　　〔朴园与繁漪一同跑下，进书房。

　　　　〔鲁妈立起，向书房颠踬了两步，至台中，渐向下倒，跪在地上，如序幕结尾老妇人倒下的样子。

　　　　〔舞台渐暗，奏序幕之音乐（High Mass-Bach）若在远处奏起，至完全黑暗时最响，与序幕末尾音乐声同。幕落，即开，接尾声。

《雷雨》导读　　　　　拓展阅读

拓展阅读

1. 曹禺:《雷雨·序》
2. 朱栋霖:曹禺戏剧与我国话剧文学样式的发展
3. 朱栋霖:曹禺与西方戏剧

北京人（第三幕）

曹 禺

人　物　　曾　皓——在北京落户的旧世家的老太爷，年六十三。
　　　　　　曾文清——他的长子，三十六。
　　　　　　曾思懿——他的长媳，三十八九。
　　　　　　曾文彩——他的女儿，三十三岁。
　　　　　　江　泰——他的女婿，文彩的丈夫，一个老留学生，三十七八。
　　　　　　曾　霆——他的孙子，文清与思懿的儿子，十七岁。
　　　　　　曾瑞贞——他的孙媳，霆儿的媳妇，十八岁。
　　　　　　愫　方——他的姨侄女，三十上下。
　　　　　　陈奶妈——哺养曾文清的奶妈，年六十上下。
　　　　　　小柱儿——陈的孙儿，年十五。
　　　　　　张　顺——曾家的仆人。
　　　　　　袁任敢——研究人类学的学者，年三十八。
　　　　　　袁　圆——袁的独女，十六整。
　　　　　　"北京人"——在袁任敢学术勘察队里一个修理卡车的巨人。
　　　　　　警　察
　　　　　　寿木商人　甲、乙、丙、丁。

地　点　　第一幕　中秋节。在北平曾家小花厅里。
　　　　　　第二幕　当夜十一点的光景，曾宅小花厅里。
　　　　　　第三幕　离第一幕约有一月，某一天，深夜三点钟，曾宅小花厅里。

第三幕

第一景

　　在北平阴历九月梢尾的早晚，人们已经需要加上棉绒的寒衣。深秋的天空异常肃穆而爽朗。近黄昏时，古旧一点的庭园，就有成群成阵像一片片墨点子似的乌鸦，在老态龙钟的榆钱树的树巅上来回盘旋，此呼彼和，噪个不休。再晚些,暮色更深,乌鸦也飞进了自己的巢。在苍茫的尘雾里传来城墙上还未归营的号手吹着的号声。这来自遥远,孤独的角声,打在人的心坎上说不出的熨帖而又凄凉,像一个多情的幽灵独自追念着那不可唤回的渺若烟云的以往,又是惋惜,又是哀伤,那样充满了怨望和依恋,在薄寒的空气中不住地振抖。

  天渐渐地开始短了,不到六点钟,石牌楼后面的夕阳在西方一抹淡紫的山气中隐没下去。到了夜半,就唰唰地刮起西风,园里半枯的树木飒飒地乱抖。赶到第二天一清早,阳光斜射在屋顶辉煌的琉璃瓦上,天朗气清。地面上罩一层白霜,院子里,大街的人行道上都铺满了头夜的西风刮下来的黄叶。气候着实地凉了,大清早出来,人们的呼吸在寒冷的空气里凝成乳白色的热气,由菜市买来的菜蔬碰巧就结上一层薄薄的冰凌,在屋子里坐久了不动就觉得有些冻脚,窗纸上的苍蝇拖着迟重的身子飞飞就无力的落在窗台上,在往日到了这种天气,比较富贵的世家,如同曾家这样的门第,家里早举起了炕火,屋内暖洋洋的绕着大厅的花隔扇与宽大的玻璃窗前放着许多盆盛开的菊花,有绿的、白的、黄的,宽瓣的、细瓣的,都是名种,它们有的放在花架上,有的放在地上,还有在糊着蓝纱的隔扇前的紫檀花架上的紫色千头菊悬崖一般地倒吊下来,这些都绚烂夺目地在眼前罗列着。主人高兴时就在花前饮酒赏菊,邀几位知己的戚友,吃着热气腾腾的羊肉火锅,或猜拳,或赋诗,酒酣耳热,顾盼自豪。真是无上的气概,无限的享受。

  像往日那般欢乐和气概于今在曾家这间屋子里已找不出半点痕迹,惨淡的情况代替了当年的盛景。现在这深秋的傍晚——离第二幕有一个多月——更是处处显得零落衰败的样子,隔扇上的蓝纱都退了色,有一两扇已经撕去了换上普通糊窗子用的高丽纸,但也泛黄了。隔扇前地上放着一盆白菊花,枯黄的叶子,花也干的垂了头。靠墙的一张旧红木半圆桌上放着一个深蓝色大花瓶,里面也插了三四朵快开败的黄菊。花瓣儿落在桌子上,这败了的垂了头的菊花在这衰落的旧家算是应应节令。许多零碎的摆饰都收了起来,墙上也只挂着一幅不知甚么人画的山水,裱的绫子已成灰暗色,下面的轴子,只剩了一个。墙壁的纸已开始剥落。墙角倒悬那张七弦琴,琴上的套子不知拿去作了什么,橙黄的穗子仍旧沉沉的垂下来,但颜色已不十分鲜明,蜘蛛在上面织了网又从那儿斜斜地织到屋顶。书斋的窗纸有些破了,补上,补上又破的。两张方凳随便地放在墙边,一张空着,一张放着一个作针线的簸箩。那扇八角窗的玻璃也许久没擦磨过,灰尘尘的。窗前八仙桌上放一个茶壶两个茶杯,桌边有一把靠椅。

  一片淡淡的夕阳透过窗子微弱地洒在落在桌子上的菊花瓣上,同织满了蛛网的七弦琴的穗子上,暗淡淡的,忽然又像回光返照一般的明亮起来,但接着又暗了下去。外面一阵阵地噪着老鸦。独轮水车的轮声又在单调地"吱扭扭吱扭扭"地滚过去。太阳下了山,屋内渐渐的昏暗。

〔开幕时,姑奶奶坐在靠椅上织着毛线坎肩。她穿着一件旧黑洋绉的驼绒袍子,黑绒鞋。面色焦的,手不时地停下来,似乎在默默地等待着什么。离她远远地在一张旧沙发上歪歪地靠着江泰,他正在拿着一本《麻衣神相》,十分入神地读,左手还拿着一面用红头绳缠拢的破镜子,翻翻书又照照自己的验,放下镜子又仔细研究那本线装书。

〔他也穿着件旧洋绉驼绒袍子,灰里泛黄的颜色,袖子上有被纸烟烧破的洞,非常短而又宽大得不适体,棕色的西装裤子,裤脚拖在脚背上,拖一双旧千层底鞋。

〔半晌

〔陈奶妈拿着纳了一半的鞋底子打开书斋的门走进来。她的头发更斑白,脸上仿佛又多了些皱纹。因为年纪大了怕冷,她已经穿上一件灰布的薄棉袄,青洋缎带扎着腿。看见她来,文彩立刻放下手里的毛线活计站起来。

曾文彩　（非常关心地,低声问）怎么样啦?

陈奶妈　（听见了话又止了步,回头向窗外谛听。文彩满蓄忧愁的眼睛望着她,等她的回话。陈无可奈何地摇摇头）没有走,人家还是不肯走。

曾文彩　（失望地叹息了一声,又坐下拿起毛线坎肩,低头缓缓地织着）
　　　　〔江泰略回头,看了这两个妇人一眼,显着厌恶的神气,又转过身读他的《麻衣神相》。

陈奶妈　（长长地嘘出一口气,四面望了望,提起袖口擦抹一下眼角,走到方凳子前坐下,迎着黄昏的一点微光,默默地纳起鞋底）

江　泰　（忽然搓颤着两只脚,浑身寒瑟瑟的）

曾文彩　（抬起头望江）脚冷吗?

江　泰　（心烦）唔?（又翻他的相书,彩又低下头织毛线）
　　　　〔半晌。

曾文彩　（斜觑江泰一下,再低下头织了两针,实在忍不住了）泰!

江　泰　（若有所闻,但仍然看他的书）

曾文彩　（又温和地）泰,你在干什么?

江　泰　（不理她）
　　　　〔陈奶妈看江泰一眼,不满意地转过头去。

曾文彩　（放下毛线）泰,几点了,现在?

江　泰　（拿起镜子照着，头也不回）不知道。

曾文彩　（只好看看外边的天色）有六点了吧？

江　泰　（放下镜子，回过头，用手指了一下，冷冷地）看钟！

曾文彩　钟坏了。

江　泰　（翻翻白眼）坏了拿去修！（又拿起镜子）

曾文彩　（怯弱地）泰，你再到客厅看看他们现在怎么样啦，好么？

江　泰　（烦躁地）我不管，我管不着，我也管不了，你们曾家的事也太复杂，我没法管。

曾文彩　（恳求）你再去看一下，好不好？看看他们杜家人究竟想怎么样？

江　泰　怎么样？人家到期要曾家还，没有钱要你们府上的房子，没有房子要曾老太爷的寿木，那漆了几十年的柄木棺材。

曾文彩　（无力地）可这寿木是爹的命，爹的命！

江　泰　你既然知道这件事这么难办，你要我去干什么？

陈奶妈　（早已停下针在听，插进嘴）算了吧，反正钱是没有，房子要住——

江　泰　那棺材——

曾文彩　爹舍不得！

江　泰　（瞪瞪文彩）明白啦？（又拿起镜子）

曾文彩　（低头叹息拿出手帕抹眼泪）

〔半晌。外面乌鸦噪声，水车"吱扭扭吱扭扭"滚过声。

陈奶妈　（纳着鞋底，时而把针放在斑白的头发上擦两下，又使劲把针扎进鞋底。这时她停下针，抬起头叹气）我走喽，走喽！明天我也走喽，可怜今天老爷子过的是什么丧气生日！唉，像这样活下去倒不如那天晚上……（忽然）要是往年祖老太爷做寿的时候，家里请客唱戏，院子里，客厅里摆满了菊花，上上下下都开着酒席，哪儿哪儿都是拜寿的客人，几里旮旯儿（"角落"）满世界都是寿桃，寿面，红寿帐子，哪像现在——

曾文彩　（一直在沉思着眼前的苦难，呆望着江泰，几乎没听见陈奶妈的话，此时打起精神对江泰，又温和地提起话头）泰，你在干什么？

江　泰　（翻翻眼）你看我在干什么？

曾文彩　（勉强地微笑）我说你一个人照什么？

江　泰　（早已不耐烦，立起来）我在照我的鼻子！你听清楚，我在照我的鼻子！鼻子！鼻子！鼻子！（拿起镜子和书走到一个更远的椅子上坐下）

曾文彩　你不要再叫了吧，爹这次的性命是捡来的。

江　泰　（总觉文彩故意跟他为难，心里又似恼怒，却又似毫无办法的样子,连连指着她)你看你!你看你!你看你!每次说话的口气,言外之意总像是我那天把你父亲气病了似的。你问问现在谁不知道是你那位令兄,令嫂——

曾文彩　(只好极力辩解)谁这么疑心哪?(又低首下心,温婉地)我说,爹今天刚从医院回来,你就当着给他老人家拜寿,到上屋看看他,好吧?

江　泰　(还是气鼓鼓地)我不懂,他既然不愿意见我,你为什么非要我见他不可?就算那天我喝醉啦,说错了话,得罪了他,上个月到医院也望了他一趟,他都不见我,不见我——

曾文彩　(解释)唉,他老人家现在心绪不好!

江　泰　那我心绪就好?

曾文彩　(困难地)可现在爹回了家,你难道就一辈子不见他?就当作客人吧,主人回来了,我们也应该问声好,何况你——

江　泰　(理屈却气壮,走到她面前又指又点)你,你,你的嘴怎么现在学得这么刁?这么刁?我,我躲开你!好不好?

〔江泰赌气拿着镜子由书斋小门走出去。

曾文彩　(难过地)江泰!

陈奶妈　唉,随他——

〔江泰又匆匆进来在原处乱找。

江　泰　我的《麻衣神相》呢?(找着)哦,这儿。

〔江泰又走出。

曾文彩　江泰!

陈奶妈　(十分同情)唉,随他去吧,不见面也好。看见姑老爷,老爷子说不定又想起清少爷,心里更不舒服了。

曾文彩　(无可奈何,只得叹了口气)您的鞋底纳好了吧?

陈奶妈　(微笑)也就差一两针了。(放下鞋底,把她的铜边的老花镜取下来,揉揉眼睛)鞋倒是做好了,人又不在了。

曾文彩　(勉强挣出一句希望的话)人总是要回来的。

陈奶妈　(顿了一下,两手提起衣角擦泪水,伤心地)嗯,但——愿!

曾文彩　(凄凉地)奶妈,您明天别走吧,再过些日子,哥哥会回来的。

陈奶妈　(一月来的烦忧使她的面色失了来时的红润。她颤巍巍摇着头,干巴巴的瘪嘴激动得一抽一抽。她心里实在舍不得,而口里却固执地说)不,不,我要走,我要走的。(立起把身边的针线什物往筐箩里收,一面揉揉她的红鼻头)说等吧,也等了一个多月了,愿也许了,香也烧了,可是没音没信,可怜我的清少爷跑出去,就穿了一件薄夹袍——(向外喊)小柱儿！小柱儿！

曾文彩　小柱儿大概帮袁先生捆行李呢。

陈奶妈　(从筐箩里取出一块小包袱皮,包着那双还未完全做好的棉鞋)要,要是有一天他回来了,就赶紧带个话给我,我好从乡下跑来看他。(又不觉眼泪汪汪地)打,打听出个下落呢,姑小姐就把这双棉鞋绱好给他寄去——(回头又喊)小柱儿！——(对文彩)就说大奶妈给他做的,叫他给奶妈捎一个信。(闪出一丝笑容)那天,只要我没死,多远也要去看他。(忍不住又抽咽起来)

曾文彩　(走过来抚慰着老奶妈)别,别这么难过！他在外面不会怎么样,(勉强地苦笑)三十六七快抱孙子的人,哪会——

陈奶妈　(泪眼婆娑)多大我也看他是个小孩子,从来也没出过门,连自己吃的穿的都不会料理的人——(一面喊,一面走向通大客厅的门)小柱儿,小柱儿！

　　　　〔小柱儿的声音:"哎,奶奶！"

陈奶妈　你在干什么哪？你还不收拾收拾睡觉,明儿个好赶路。

　　　　〔小柱儿的声音:"愫小姐叫我帮她喂鸽子呢。"

陈奶妈　(一面向大客厅走,一面唠叨)唉,愫小姐也是孤零零的可怜！可也白糟蹋粮食,这时候这鸽子还喂个什么劲儿！

　　　　〔陈奶妈由大客厅门走出。

曾文彩　(一半对着陈奶妈说,一半是自语,喟然)喂也是看在那爱鸽子的人！

　　　　〔外面又一阵乌鸦噪,她打了一个寒战,正拿起她的织物,——
　　　　〔江泰嗒然由书斋小门上。

江　泰　(忘记了方才的气焰,像在黄霉天,背上沾湿了雨一般,说不出的又是丧气,又是恼怒,又是悲哀的神色,连连地摇着头)没办法！没办法！真是没办法！这么大的一所房子,走东到西,没有一块暖和的地方。到今儿还不生火,脚冻得要死。你那位令嫂就懂得弄钱,你的父亲就知道他的棺材。我真不明白这样活着有什么意义,有什么意义？

曾文彩　别埋怨了,怎么样日子总是要过的。

江　泰　闷极了我也要革命！(从似乎是开玩笑又似乎是发脾气的口气而逐渐激愤地喊起来)我也反抗,我也打倒,我也要学瑞贞那孩子交些革命党朋友,反抗,打倒,打倒,反抗！都滚他妈的蛋,革他妈的命！把一切都给他一个推翻！而,而,而——(突然摸着了自己的口袋,不觉挖苦挖苦自己,惨笑出来)我这口袋里就剩下一块

　　　　　钱——(摸摸又眨眨眼)不,连一块钱也没有,——(翻眼想想,低声)看了相!
曾文彩　江泰,你这——
江　泰　(忽然悲伤,"如丧考妣"的样子,长叹一声)要是我能发明一种像"万金油"似的药多好啊!多好啊!
曾文彩　(哀切地)泰,不要再这样胡思乱想,顺嘴里扯,你这样会弄成神经病的。
江　泰　(像没听见她的话,蓦地又提起神)文彩,我告诉你,今天早上我逛市场,又看了一个相,那个看相的也说我现在正交鼻运,要发财,连夸我的鼻子生得好,饱满,藏财。(十分认真地)我刚才照照我的鼻子,倒是生得不错!(直怕文彩驳斥)看相大概是有点道理,不然怎么我从前的事都说的挺灵呢?
曾文彩　那你也该出去找朋友啊!
江　泰　(有些自信)嗯!我一定要找,我要找我那些阔同学。(仿佛用话来唤起自己的行动的勇气)我就要找,一会儿我就去找!我大概是要走运了。
曾文彩　(鼓励地)江泰,只要你肯动一动你的腿,你不会不发达的。
江　泰　(不觉高兴起来)真的吗?(突然)文彩,我刚才到上房看你爹去了。
曾文彩　(也提起高兴)他,他老人家跟你说什么?
江　泰　(黠巧地)这可不怪我,他不在屋。
曾文彩　他又出屋了?
江　泰　嗯,不知道他——
　　　　　〔陈奶妈由书斋小门上。
陈奶妈　(有些惶惶)姑小姐,你去看看吧。
曾文彩　怎么?
陈奶妈　唉!老爷子一个人拄着个棍儿又到厢房看他的寿木去了。
曾文彩　哦——
陈奶妈　(哀痛地)老爷子一个人站在那儿,直对着那棺材流眼泪……
江　泰　愫小姐呢?
陈奶妈　大概给大奶奶在厨房蒸什么汤呢。——姑小姐,那棺材再也给不得杜家,您先去劝劝老爷子去吧。
曾文彩　(泫然)可怜爹,我,我去——(向书房走)
江　泰　(讥诮地)别,文彩,你先去劝劝你那好嫂子吧。
曾文彩　(一本正经)她正在跟杜家人商量着推呢。

江　泰	哼,她正在跟杜家商量着送呢。你叫她发点良心,别尽想把押给杜家的房子留下来,等她一个人日后卖好价钱,你父亲的棺材就送不出去了。记着,你父亲今天出院的医药费都是人家愫小姐拿出来的钱。你嫂子一个人躲在屋子里吃鸡,当着人装穷,就知道卖嘴,你忘了你爹那天进医院以前她咬你爹那一口啦,哼,你们这位令嫂啊,——

　　　　　〔思懿由书斋小门上。

陈奶妈	(听见足步声,回头一望,不觉低声)大奶奶来了。
江　泰	(默然,走在一旁)

　　　　　〔思懿面色阴暗,蹙着眉头,故意显得十分为难又十分哀痛的样子。她穿件咖啡色起黑花的长袖绒旗袍,靠胳臂肘的地方有些磨光了,领子上的钮扣没扣,青礼服呢鞋。

曾文彩	(怯弱地)怎么样,大嫂?
曾思懿	(默默地走向沙发那边去)

　　　　　〔半晌。

陈奶妈	(关切又胆怯地)杜家人到底肯不肯?
曾思懿	(仍默然坐在沙发上)
曾文彩	大嫂,杜家人——
曾思懿	(猛然扑在沙发的扶手上,有声有调地哭起来)文清,你跑到哪儿去了?文清,你跑了,扔下这一大家子,叫我一个人撑,我怎么办得了啊?你在家,我还有个商量。你不在家,碰见这种难人的事,我一个妇道还有什么主意哟!

　　　　　〔江泰冷冷地站在一旁望着她。

陈奶妈	(受了感动)大奶奶,您说人家究竟肯不肯缓期呀?
曾思懿	(鼻涕眼泪抹着,抽咽着,数落着)你们想,人家杜家开纱厂的!鬼灵精!到了我们家这个时候,"墙倒众人推",还会肯吗?他们看透了这家里没有一个男人,(江泰鼻孔哼了一声)老的老,小的小,他们不趁火打劫,逼得你非答应不可,怎么会死心啊?
曾文彩	(绝望地)这么说,他们还是非要爹的寿木不可?
曾思懿	(直拿手帕擦着红肿的眼,依然抽动着肩膀)你叫我有什么法子?钱,钱我们拿不出;房子,房子我们要住;一大家子的人张着嘴要吃。那寿木,杜家老太爷想了多少年,如今非要不可,非要——
江　泰	(靠着自己卧室的门框,冷言冷语地)那就送给他们得啦。
陈奶妈	(惊愕)啊,送给他们?
曾思懿	(不理江泰)并且人家今天就要——

曾文彩　（倒吸一口气）今天？
曾思懿　嗯,他们说杜家老太爷病得眼看着就要断气,立了遗嘱,点明——
江　　泰　（替她说）要曾家老太爷的棺材！
曾文彩　（立刻）那爹怎么会肯？
陈奶妈　（插嘴）就是肯,谁能去跟老爷子说？
曾文彩　（紧接）并且爹刚从医院回来。
陈奶妈　（插进）今天又是老爷子的生日,——
曾思懿　（突然又嚎起来）我,我就是说啊！文清,你跑到哪儿去了？到了这个时候,叫我怎么办啊！我这公公也要顾,家里的生活也要管,我现在是"忠孝不能两全"。文清,你叫我怎么办哪！

〔在大奶奶的哭嚎声中,书斋的小门打开。曾皓拄着拐杖,巍巍然地走进来。他穿着藏青"线春"的丝棉袍子,上面罩件黑呢马褂,黑毡鞋。面色黄枯,形容惨怆,但在他走路的样子看来,似乎已经恢复了健康。他尽管保持自己仅余那点尊严,从眼里看得出他在绝望中再做最后一次挣扎,然而他又多么厌恶眼前这一帮人。

〔大家回过头都立起来。江泰一看见,就偷偷沿墙溜进自己的屋里。

曾文彩　爹！（跑过去扶他）
曾　　皓　（以手挥开,极力提起虚弱的嗓音）不要扶,让我自己走。（走向沙发）
曾思懿　（殷殷勤勤）爹,我还是扶您回屋躺着吧。
曾　　皓　（坐在沙发上,对大家）坐下吧,都不要客气了。（四面望望）江泰呢？
曾文彩　他,——（忽然想起）他在屋里,（惭愧地）等着爹,给爹赔不是呢。
曾　　皓　老大还没有信息么？
曾思懿　（惨凄凄地）有人说在济南街上碰见他,又有人说在天津一个小客栈看见他——
曾文彩　哪里都找到了,也找不到一点影子。
曾　　皓　那就不要找了吧。
曾文彩　（打起精神,安慰老人家）哥哥这次实在是后悔啦,所以这次在外面一定要创一番事业才——
曾　　皓　（摇首）"知子莫若父",他没有志气,早晚他还是会——（似乎不愿再提起他,忽然对文彩）你叫江泰进来吧。
曾文彩　（走了一步,心中愧怍,不觉转身又向着父亲）爹,我,我们真没脸见爹,真是没——

曾　皓　唉,去叫他,不用说这些了。(对思懿)你也把霆儿跟瑞贞叫进来。
　　　　〔文彩至卧室前叫唤。思懿由书斋门走下。
曾文彩　江泰!江——
　　　　〔江泰立刻悄悄溜出来。
江　泰　(出门就看见曾皓正在望着他,不觉有些惭愧)爹,您,您——
曾　皓　(挥挥手)坐下,坐下吧,(江泰坐,曾皓对奶妈关心地)你告诉懋小姐,刚从医院回来,别去厨房再辛苦啦,歇一会去吧。
　　　　〔陈奶妈由通大客厅的门下。
曾文彩　(一直在望着江泰示意,一等陈奶妈转了身,低声)你还不站起来给爹赔个罪!
江　泰　(似立非立)我,我——
曾　皓　(摇手)过去的事不提了,不提了。
　　　　〔江泰又坐下。静默中,思懿领着霆儿与瑞贞由书斋小门上。瑞贞穿着一件灰底子小红花的布夹袍,霆儿的袍子上罩一件蓝布大褂。
曾　皓　(指指椅子,他们都依次坐下,除了瑞贞立在文彩的背后。曾皓哀伤地望了望)现在坐中大概就缺少老大,我们曾家的人都在这儿了。(望望屋子,微微咳了一下)这房子是从你们的太爷爷敬德公传下来的,我们累代是书香门第,父慈子孝,没有叫人说过一句闲话。现在我们家里出了我这种不孝的子孙——
曾思懿　(有些难过)爹!——
　　　　〔大家肃然相望,又低下头。
曾　皓　败坏了曾家的门庭,教出一群不明事理,不肯上进,不知孝顺,连守成都做不到的儿女——
江　泰　(开始有些烦恶)
曾文彩　(抬起头来惭愧地)爹,爹,您——
曾　皓　这是我对不起我的祖宗,我没有面目再见我们的祖先敬德公!(咳嗽,瑞贞走过来捶背)
江　泰　(不耐,转身连连摇头,又唉声叹息起来,嘟哝着)哎,哎,真是这时候还演什么戏!演什么戏!
曾文彩　(低声)你又发疯了!
曾　皓　(徐徐推开瑞贞)不要管我。(转对大家)我不责备你们,责也无益。(满面绝望可怜的神色,而声调是恨恨的)都是一群废物,一群能说会道的废物。(忽然来了一阵勇气)江泰,你,你也是!——

〔江似乎略有表示。

曾文彩　（怕他发作）泰！
〔江泰默然,又不做声。
曾　皓　（一半是责备,一半是发牢骚）成天地想发财,成天地做梦,不懂得一点人情世故,同老大一样,白读书,不知什么害了你们,都是一对——（不觉大咳,自己捶了两下）
曾文彩　唉,唉！
江　泰　（只好无奈何地连连出声）这又何必呢,这又何必呢！
曾　皓　恩懿,你是有儿女的人,已经做了两年的婆婆,并且都要当祖母啦,（强压自己的愤怒）我不说你。错误也是我种的根,错也不自今日始。（自己愈说愈凄惨）将来房子卖了以后,你们尽管把我当作死了一样,这家里没有我这个人,我,我——（泫然欲泣）
曾文彩　（忍不住大哭）爹,爹——
曾思懿　（早已变了颜色）爹,我不明白爹的话。
曾　皓　（没有想到）你,你,——
曾文彩　（愤极）大嫂,你大欺侮爹了。
曾思懿　（反问）谁欺侮了爹？
曾文彩　（老实人也逼得出了声）一个人不能这么没良心。
曾思懿　谁没良心？谁没良心？天上有雷,眼前有爹！妹妹,我问你,谁？谁？
曾　霆　（同时苦痛地）妈！
曾文彩　（被她的气势所夺,气得发抖）你,你逼得爹没有一点路可走了。
江　泰　（无可奈何地）不要吵了,小姑子,嫂嫂们。
曾文彩　你逼得爹连他老人家的寿木都要抢去卖,你逼得爹——
曾　皓　（止住她）文彩！
曾思懿　（讥诮地）对了,是我逼他老人家,吃他老人家,（说说立起来）喝他老人家,成天在他老人家家里吃闲饭,一住就是四年,还带着自己的姑爷——
曾　霆　（在旁一直随身劝阻,异常着急）妈,您别,——妈您——妈——
江　泰　（也突然冒了火）你放屁！我给了钱！
曾　皓　（急喘,镇止他们）不要喊了！
曾思懿　（同时）你给了钱？哼,你才——
曾　皓　（在一片吵声中,顿足怒喊）思懿,别再吵！（突然一变,几乎是哀号）我,我就要死了！
〔大家顿时安静,只听见思懿哀哀低位。

〔天开始暗下来,在肃静的空气中愫方由大客斋门上。她穿着深米色的哔叽夹袍,面庞较一个月前略瘦,因而她的眼睛更显得大而有光采,我们可以看得出在那里面含着无限镇静,和平与坚定的神色。她右手持一盏洋油灯,左臂抱着两轴画。青见她进来,瑞贞连忙走近,替她接下手里的灯,同时低声仿佛在她耳旁微微说了一句话。愫方默默颔首,不觉悲哀地望望眼前那几张沉肃的脸,就把两轴画放进那只磁缸里,又回身匆忙地由书斋门下。瑞贞一直望着她。

曾　皓　（叹息）你们这一群废物啊！到现在还有什么可吵的？
曾瑞贞　爷爷,回屋歇歇吧？
曾　皓　（感动地）看看瑞贞同霆儿还有什么脸吵？（慨然）别再说啦,住在一起也没有几天了。思懿,你,你去跟杜家的管事说,说叫,——（有些困难）叫他们把那寿木抬走,先,先（凄惨地）留下我们这所房子吧。
曾文彩　爹！
曾　皓　杜家的意思刚才愫方都跟我说了！
曾文彩　哪个叫愫表妹对您说的？
曾思懿　（挺起来）我！
曾　皓　不要再计较这些事情啦！
江　泰　（迟疑）那么您,还是送给他们？
曾　皓　（点头）
曾思懿　（不好开口,却终于说出）可杜家人说今天就要。
曾　皓　好,好,随他们,让它给有福气的人睡去吧。（思懿就想出去说,不料曾皓回首对江泰）江泰,你叫他们赶快抬,现在就抬！（无限的哀痛）我,我不想明天再看见这晦气的东西！
〔曾皓低头不语,思懿只好停住脚。
江　泰　（怜悯之心油然而生）爹！（走了两步又停住）
曾　皓　去吧,去说去吧！
江　泰　（蓦然回头,走到曾皓的面前,非常善意地）爹,这有什么可难过的呢？人死就死了,睡个漆了几百道的棺材又怎么样呢？（原是语调里带着同情而又安慰的口气,但逐渐忘形,改了腔调,又接他一向的习惯,对着曾皓,滔滔不绝他说起来）这种事您就没有看通,譬如说,您今天死啦,睡了就漆一道的棺材,又有什么关系呢？
曾文彩　（知道他的话又来了）江泰！
江　泰　（回头对文彩,嫌厌地）你别吵！（又转脸对曾皓,和颜悦色,十分认真地劝解）那么您死啦,没有棺材睡又有什么关系呢?（指着点着）这都是一种习惯！一种看法！（说得逐渐高兴,渐次忘记了原来同情与安慰的善意,手舞足蹈地对着曾皓开了讲）譬如说,（坐在沙发上）我这么坐着好看,（灵机一动）那么,这么（忽然把条腿跷在椅背上）坐着,就不好看么?（对思懿）那么,大嫂,（陶醉在自己的言词里,像喝得微醺之后,几乎忘记方才的龃龉）我就是比方啊!（指着）你穿衣服好看,你不穿衣服,就不好看么?

曾思懿　姑老爷！

江　泰　（继续不断）这都未见得,未见得！这不过是一种看法！一种习惯！

曾　皓　（插嘴）江泰！

江　泰　（不容人插嘴,流水似地接下去）那么譬如我吧,（坐下）我死了,（回头对文彩,不知他是玩笑,还是认真）你就给我火葬,烧完啦,连骨头末都要扔在海里,再给它一个水葬！痛痛快快来一个死无葬身之地！（仿佛在堂上讲课一般）这不过也是一种看法,这也可以成为一种习惯,那么,爹,您今天——

曾　皓　（再也忍不住,高声拦住他）江泰！你自己愿意怎么死,怎么葬,都任凭尊便。（苦涩地）我大病刚好,今天也还算是过生日,这些话现在大可不必——

江　泰　（依然和平地,并不以为忤）好,好,好,您不赞成！无所谓,无所谓！人各有志！——其实我早知道我的话多余,我刚才说着的时候,心里就念叨着,"别说啊！别说啊！"（抱歉地）可我的嘴总不由得——

曾思懿　（一直似乎在悲戚着）那姑老爷,就此打住吧。（立起）那么爹,我,我（不忍说出的样子,擦擦自己的眼角）就照您的吩咐跟杜家人说吧?

曾　皓　（绝望）好,也只有这一条路了。

曾思懿　唉！（走了两步）

曾文彩　（痛心）爹呀！

江　泰　（忽然立起）别,你们等等,一定等等。

　　　　〔江泰三脚两步跑进自己的卧室。思懿也停住了脚。

曾　皓　（莫名其妙）这又是怎么?

　　　　〔张顺由通大客厅大门上。

张　顺　杜家又来人说,阴阳生看好那寿木要在今天下半夜,寅时以前,抬进杜公馆,他们问大奶奶……

曾文彩　你——
　　　　〔江泰拿着一顶破呢帽提着手杖匆匆地走出来。
江　泰　(对张顺,兴高采烈)你叫他们杜家那一批混账王八蛋再在客厅等一下,你就说钱就来,我们老太爷的寿木要留在家里当劈柴烧呢!
曾文彩　你怎么——
江　泰　(对曾皓,热烈地)爹,您等一下,我找一个朋友去。(对文彩)常鼎斋现在当了公安局长,找他一定有办法。(对曾皓,非常有把握地)这个老朋友跟我最好,这点小事一定不成问题。(有条有理)第一,他可以立刻找杜家交涉,叫他们以后不准再在此地无理取闹。第二,万一杜家不听调度,临时跟他通融(轻蔑的口气)这几个大钱也决无问题,决无问题。
曾文彩　(几乎不相信自己的耳朵)泰,真的可以,
江　泰　(敲敲手杖)自然自然,那么,爹,我走啦。(对思懿,扬扬手)大嫂,说在头里,我担保。准成!(提步就走)
曾思懿　(一阵风暴使她也有些昏眩)那么爹,这件事……
曾文彩　(欣喜)爹……
　　　　〔江泰跨进通大客厅的门槛一步,又匆匆回来。
江　泰　(对文彩,匆忙地把手一伸)我身上没钱。
曾文彩　(连忙由衣袋里拿出一小卷钞票)这里!
江　泰　(一看)三十!
　　　　〔江泰由通大客厅的门走出。
曾　皓　(被他撩得头昏眼花,现在才喘出一口气)江泰这个东西是怎么回事?
曾文彩　(一直是崇拜着丈夫的,现在惟恐人不相信,于是极力对皓)爹,您放心吧,他平时不怎么乱说话的。他现在说有办法,就一定有办法。
曾　皓　(将信将疑)哦!
曾思懿　(管不住)哼,我看他……(忽然又制止了自己,转对曾皓,不自然地笑着)那么也好,爹,这棺木的事……
曾　皓　(像是得了一点希望的安慰似的,那样叹息一声)也好吧,"死马当做活马医",就照他的意思办吧。
张　顺　(不觉也有些喜色)那么,大奶奶,我就对他们……
曾思懿　(半天在抑压着自己的愠怒,现在不免颜色难看,恶声恶气地)去!要你去干什么!
　　　　〔思懿有些气汹汹地向大客厅快步走去。

曾　皓　（追说）思懿，还是要和和气气对杜家人说话，请他们无论如何，等一等。

曾思懿　嗯！

〔思懿由通大客厅的门下，张顺随着出去。

曾文彩　（满脸欣喜的笑容）瑞贞，你看你姑父有点疯魔吧，他到了这个时候才……

曾瑞贞　（心里有事，随声应）嗯，姑姑。

曾　皓　（又燃起希望，紧接着文彩的话）唉！只要把那寿木留下来就好了！（不觉回顾）霆儿，你看这件事有望么？

曾　霆　（也随声答应）有，爷爷。

曾　皓　（点头）但愿家运从此就转一转，——嗯，都说不定的哟！（想立起，瑞贞过来扶）你现在身体好吧？

曾瑞贞　好，爷爷。

曾　皓　（立起，望瑞贞，感慨地）你也是快当母亲的人喽！

〔文彩示意，叫霆儿也过来扶祖父，曾霆默默过来。

曾　皓　（望着孙儿和孙儿媳妇，忽然抱起无穷的希望）我瞧你们这一对小夫妻总算相得的，将来看你们两个撑起这个门户吧。

曾文彩　（对曾霆示意，叫他应声）霆儿！

曾　霆　（又应声，望望瑞贞）是，爷爷。

曾　皓　（对着曾家第三代人，期望的口气）这次棺木保住了，房子也不要卖，明年开了春，我为你们再出门跑跑看，为着你们的儿女我再当一次牛马！（用手帕擦着眼角）唉，只要祖先保佑我身体好，你们诚心诚意地力我祷告吧！（向书斋走）

曾文彩　（过来扶着曾皓，助着兴会）是啊，明年开了春，爹身体也好了，瑞贞也把重孙子给您生下来，哥哥也……

〔书斋小门打开，门前现出愫方。她像是刚刚插完了花，水淋淋的手还拿着两朵插剩下的菊花。

愫　方　（一只手轻轻掠掉在脸前的头发，温和地）回屋歇歇吧，姨父，您的房间收拾好啦。

曾　皓　（快慰地）好，好！（一面对文彩点头应声，一面向外走）是啊，等明年开了春吧！——瑞贞，明年开了春，明年——

〔瑞贞扶着他到书斋门口，望着愫方，回头暗暗地指了指这间屋子，愫方会意，点点头，接过曾皓的手臂，扶着他出去，后面随着文彩。

〔霆儿立在屋中未动。瑞贞望望他，又从书斋门口默默走回来。

曾瑞贞　（低声）霆！

曾　霆　（几乎不敢望她的眼睛，悲戚地）你明天一早就走么？

曾瑞贞　（也不敢望他，低沉的声音，迟缓而坚定地）嗯。

曾　霆　是跟袁家的人一路？

曾瑞贞　嗯，一同走。

曾　霆　（四面望望，在口袋里掏着什么）那张字据我已经写好了。

曾瑞贞　（凝视曾霆）哦。

曾　霆　（掏出一张纸，不觉又四面看一下，低声读着）"离婚人曾瑞贞、曾霆，我们幼年结婚，意见不合，实难继续同居，今后二人自愿脱离夫妻——"

曾瑞贞　（心酸）不要再念下去了。

曾　霆　（迟疑一下，想着仿佛是应该办的手续，嗫嚅）那么签字，盖章，……

曾瑞贞　回头在屋里办吧。

曾　霆　也，也好。

曾瑞贞　（衷心哀痛）霆，真对不起你，要你写这样的字据。

曾　霆　（说不出话，从来没有像今天对她这般依恋）不，这两年你在我们家也吃够了苦。（忽然）那个孩子不要了，你告诉过愫姨了吧？

曾瑞贞　（不愿提起的回忆）嗯，她给孩子做的衣服，我都想还给她了。怎么？

曾　霆　我想家里有一个人知道也好。

曾瑞贞　（关切地）霆，我走了以后，你，你干什么呢？

曾　霆　（摇头）不知道。（寂寞地）学校现在不能上了。

曾瑞贞　（同情万分）你不要失望啊。

曾　霆　不。

曾瑞贞　（安慰）以后我们可以常通信的。

曾　霆　好。（泪流下来）

〔外面圆儿喊着：瑞贞！

曾瑞贞　（酸苦）不要难过，多少事情是要拿出许多痛苦，才能买出一个"明白"呀。

曾　霆　这"明白"是真难哪！

〔圆儿吹着口哨，非常高兴的样子由通大客厅的门走进。她穿着灰、蓝、白三种颜色混在一起的毛织品的裙子，长短正到膝盖，上身是一件从头上套着穿的印度红的薄薄的短毛衫，两只腿仍旧是光着的，脚上穿着一双白帆布运动鞋。她像是刚在忙着收拾东西，头发有些乱,两腮也红红的,依然是那样活泼可喜。她一手举着一只鸟笼,里面关着那只鸽子"孤独",一手提着那个大金鱼风筝,许多地方都撕破了,臂下还夹着用马粪纸铰好的二尺来长的"北京人"的剪影。

袁　圆　（大声）瑞贞,我父亲找了你好半天啦,他问你的行李——

曾瑞贞　（忙止住她,微笑）请你声音小点,好吧?

袁　圆　（只顾高兴,这时才忽然想起来,两面望一下,伸伸舌头,立刻憋住喉咙,满脸顽皮相,全用气音嘶出,一顿一顿地）我父亲——问你——同你的朋友们——行李——收拾好了没有?

曾瑞贞　（被他这种神气惹得也笑起来）收拾好了。

袁　圆　（还是嘶着喉咙）他说——只能——送你们一半路,——还问——（嘘出一口气,恢复原来的声音）可别扭死我了。还是跟我来吧,我父亲还要问你一大堆话呢。

曾瑞贞　（爽快地）好,走吧。

袁　圆　（并不走,却抱着东西走向曾霆,煞有介事的样子）曾霆,你爹不在家,（举起那只破旧的"金鱼"纸鸢）这个破风筝还给你妈!（纸鸢靠在桌边,又举起那鸽笼）这鸽子交给愫小姐!（鸽笼放在桌上,这才举起那"北京人"的剪影,笑嘻嘻地）这个"北京人"我送你做纪念,你要不要?

曾　霆　（似乎早已忘记了一个多月前对圆儿的情感,点点头）好。

袁　圆　（眨眨眼,像是心里又在转什么顽皮的念头）明天天亮我们走了,就给你搁在（指着通大客厅的门）这个门背后,（对瑞贞）走吧,瑞贞!

〔圆儿一手持着那剪影,一手推着瑞贞的背,向通大客厅的门走出。

〔这时思懿也由那门走进,正撞见她们。瑞贞望着婆婆愣了一下,就被圆儿一声"走"! 推出去。

〔曾霆望她们出了门,微微叹了一声。

曾思懿　（斜着眼睛回望一下,走近曾霆）瑞贞这些日子常不在家,总是找朋友,你知道她在干些什么?

曾　霆　（望望她,又摇摇头）不知道。

曾思懿　（嫌她自己的儿子太不精明,但也毫无办法,抱怨地叹口气）哎,媳妇是你的呀,孩子! 我也生不了这许多气了。（忽然）他们呢?

曾　霆　到上房去了。

曾思懿　（诉说，委屈地）霆儿，你刚才看见妈怎么受他们的气了。

曾　霆　（望望他的母亲，又低下头）

曾思懿　（掏出手帕）妈是命苦，你爹甩开我们跑了，你妈成天受这种气，都是为了你们哪！（擦擦泪润湿了的眼）

曾　霆　妈，别哭了。

曾思懿　（抚着曾霆）以后什么事都要告诉妈！（埋怨地）瑞贞有肚子要不是妈上个月看出来，你们还是不告诉我的。（指着）你们两个是存的什么心哪！（关切地）我叫瑞贞喝的那副安胎的药，她喝了没有？

曾　霆　没有。

曾思懿　不，我说的前天我从罗太医那里取来的那方子。

曾　霆　（心里难过，有些不耐）没有喝呀！

曾思懿　（勃然变色）为什么不喝呢？（厉声）叫她喝，要她喝！她再不听话，你告诉我，看我怎么灌她喝！她要觉得她自己不是曾家的人，她肚了里那块肉可是曾家的。现在为她肚了里那孩子了，什么都由着她，她倒越说越来了。（忽然又低声）霆儿，你别糊涂，我看瑞贞这些日子是有点邪，鬼鬼祟祟，交些乱朋友，——（更低声）我怕她拿东西出去，夜晚前后门我都下了锁，你要当心啊，我怕——

〔愫方端着一个药罐由通书斋小门进。

愫　方　（温婉地）罗太医那方子的药煎好了。

曾思懿　（望望她）

愫　方　（看她不说话，于是又——）就在这儿吃么？

曾思懿　（冷冷地）先搁在我屋里的小炭炉上温着吧！

〔愫方端着药由霆儿面前走进了思懿的屋子。

曾　霆　（望望那药罐里的药汤，诧异而又不大明白的神色）妈，怎么罗太医那个方子，您，您也在吃？

曾思懿　（脸色略变，有些尴尬，但立刻又镇静下来，含含糊糊地）妈，妈现在身体也不大好。（找话说）这几天倒是亏了你愫姨照护着，——（立时又改了口气，咳了一声）不过孩子，（脸上又是一阵暗云，狠恶地）你愫姨这个人哪，（摇头）她呀，她才是——

〔愫方由卧室出。

愫　方　表嫂，姨父正叫着你呢！

曾思懿　（似理非理，点了点头。回头对曾霆）霆儿，跟我来。

〔霆儿随着思懿由书斋小门下。

〔天更暗了。外面一两声雁叫，凄凉而寂寞地掠过这深秋渐晚的天空。

愫　方　（轻轻叹息了一声，显出一点疲乏的样子。忽然看见桌上那只鸽笼，不觉伸手把它举起，凝望着那里面的白鸽——那个名叫"孤独"的鸽子——眼前似乎浮起一层湿润的忧愁，却又爱抚地对那鸽子微微露出一丝凄然的笑容——）

　　〔这时瑞贞提着一只装满婴儿衣服的小藤箱，把藤箱轻轻放在另外一张小桌上，又悄悄地走到愫方的身旁。

曾瑞贞　（低声）愫姨！
愫　方　（略惊，转身）你来了！（放下鸽笼）
曾瑞贞　你看见我搁在你屋里那封长信了么？
愫　方　（点头）嗯。
曾瑞贞　你不怪我？
愫　方　（悲哀而慈爱地笑着）不，——（忽然）真地要走了么？
曾瑞贞　（依依地）嗯。
愫　方　（叹一口气，并非劝止，只是舍不得）别走吧！
曾瑞贞　（顿时激愤起来）愫姨，你还劝我忍下去？
愫　方　（仿佛在回忆着什么，脸上浮起一片光彩，缓慢而坚决地）我知道，人总该有忍不下去的时候。
曾瑞贞　（眼里闪着期待的神色，热烈地握着她的苍白的手指）那么，你呢？
愫　方　（焕发的神采又收敛下去，凄凄望着瑞贞，哀静地）瑞贞，不谈吧，你走了，我会更寂寞的。以后我也许用不着说什么话，我会更——
曾瑞贞　（更紧紧握着她的手，慢慢推她坐下）不，不，愫姨，你不能这样，你不能一辈子这样！（迫切地恳求）愫姨，我就要走了，你为什么不跟我说几句痛快话？你为什么不说你的——（暧昧的暮色里，瞥见愫方含着泪光的大眼睛，她突然抑止住自己）
愫　方　（缓缓地）你要我怎么说呢？
曾瑞贞　（不觉嗫嚅）譬如你自己，你，你，——（忽然）你为什么不走呢？
愫　方　（落漠地）我上哪里去呢？
曾瑞贞　（兴奋地）可去的地方多得很。第一你就可以跟我们走。
愫　方　（摇头）不，我不。
曾瑞贞　（坐近她的身旁，亲密地）你看完了我给你的书了么？
愫　方　看了。
曾瑞贞　说的对不对？
愫　方　对的。
曾瑞贞　（笑起来）那你为什么不跟我们一道走呢？

愫　方　（声调低徐,却说得斩截）我不！

曾瑞贞　为什么？

愫　方　（凄然望望她）不！

曾瑞贞　（急切）可为什么呢？

愫　方　（想说,但又——这次只静静地摇摇头）

曾瑞贞　你总该说出个理由啊,你！

愫　方　（异常困难地）我觉得我,我在此地的事还没有了。
　　　　（"了"字此处作"完结"讲）

曾瑞贞　我不懂。

愫　方　（微笑,立起）不要懂吧,说不明白的呀。

曾瑞贞　（追上去,索性——）那么你为什么不去找他？

愫　方　（有一丝惶惑）你说——

曾瑞贞　（爽朗）找他！找他去！

愫　方　（又镇定下来,一半像在沉思,一半像在追省,呆呆望着前面）为什么要找呢？

曾瑞贞　你不爱他吗？

愫　方　（低下头）

曾瑞贞　（一句比一句紧）那么为什么不想找他？你为什么不想？（爽朗地）愫姨,我现在不像从前那样呆了。这些话一个月前我决不肯问的。你大概也知道我晓得。（沉重）我要走了,此地再没有第三个人,这屋子就是你同我。愫姨,告诉我,你为什么不找他？为什么不？

愫　方　（叹一口气）见到了就快乐么？

曾瑞贞　（反问）那么你在这儿就快乐？

愫　方　我,我可以替他——（忽然觉得涩涩他说不出口,就这样顿住）

曾瑞贞　（急切）你说呀,我的愫姨,你说过你要跟我好好谈一次的。

愫　方　我,我说——（脸上逐渐闪耀着美丽的光彩,苍白的面颊泛起一层红晕。话逐渐由暗涩而畅适,衷心的感动使得她的声音都有些颤抖）——他走了,他的父亲我可以替他伺候,他的孩子,我可以替他照料,他爱的字画我管,他爱的鸽子我喂。连他所不喜欢的人我都觉得该体贴,该喜欢,该爱,为着——

曾瑞贞　（插进逼问,但语气并未停止）为着？

愫　方　（颤动地）为着他所不爱的也都还是亲近过他的！（一气说完,充满了喜悦,连自己也惊讶这许久关在心里如今才形诸语言的情绪,原是这般难于置信的）

曾瑞贞　（倒吸一口气）所以你连霆的母亲,我那婆婆,你都拼出你的性命来照料,保护。

愫　方　（苦笑）你爹走了,她不也怪可怜的吗?

曾瑞贞　（笑着却几乎流下泪）真的愫姨,你就忘了她从前,现在,待你那种——

愫　方　（哀矜地）为什么要记得那些不快活的事呢,如果为着他,为着一个人,为着他——

曾瑞贞　（忍不住插嘴）哦,我的愫姨,这么一个苦心肠,你为什么不放在大一点的事情上去?你为什么处处忘不掉他?把你的心偏偏放在这么一个废人身上,这么一个无用的废——

愫　方　（如同刺着她的心一样,哀恳地）不要这么说你的爹呀。

曾瑞贞　（分辩）爷爷不也是这么说他?

愫　方　（心痛）不,不要这么说,没有人明白过他啊。

曾瑞贞　（喘一口气,哀痛地）那么你就这样预备一辈子不跟他见面啦?

愫　方　（突然慢慢低下头去）

曾瑞贞　（沉挚地）说呀,愫姨!

愫　方　（低到几乎听不见）嗯。

曾瑞贞　那当初你为什么让他走呢?

愫　方　（似乎在回忆,声调里充满了同情）我,我看他在家里苦,我替他难过呀。

曾瑞贞　（不觉反问）那么他离开了,你快乐?

愫　方　（低微）嗯。

曾瑞贞　（叹息）唉,两个人这样活下去是为什么呢?

愫　方　（哀痛的脸上掠过一丝笑的波纹）看见人家快乐,你不也快乐吗?

曾瑞贞　（深刻地关心,缓缓地）你在家里就不惦着他?

愫　方　（低下头）

曾瑞贞　他在外面就不想着你?

愫　方　（眼泪默默流在苍白的面颊上）

曾瑞贞　就一生,一生这样孤独下去——两个人这样苦下去?

愫　方　（凝神）苦,苦也许;但是并不孤独的。

曾瑞贞　（深切感动）可怜的愫姨,我懂。我懂,我懂啊!不过我怕,我怕爹也许有一天会回来。他回来了,什么又跟从前一样,大家还是守着,苦着,看着,望着,谁也喘不出一口气,谁也——

愫　方　（打了一个寒战,蓦地坚决地摇着头）不,他不会回来的。

曾瑞贞　（固执）可万一他——

愫　方　（轻轻擦去眼角上的泪痕）他不会,他死也不会回来的。（低头望着那块湿了的手帕,低声缓缓地）他已经回来见过我!

曾瑞贞　（吃了一惊）爹走后又偷偷回来过?

愫　方　嗯。

曾瑞贞　（诧异起来）哪一天?

愫　方　他走后第二天。

曾瑞贞　（未想到,嘘一口气）哦!

愫　方　（怜悯地）可怜,他身上一个钱也没有。

曾瑞贞　（猜想到）你就把你所有的钱都给他了?

愫　方　不,我身边的钱都给他了。

曾瑞贞　（略略有点轻蔑）他收下了。

愫　方　（温柔地）我要他收下了。（回忆）他说他要成一个人,死也不再回来。（感动得不能自止地说下去）他说他对不起他的父亲,他的儿子,连你他都提了又提。他要我照护你们,看守他的家,他的字画,他的鸽子,他说着说着就哭起来,他还说他最放心不下的是——（泪珠早已落下,却又忍不住笑起来）瑞贞,他还像个孩子,哪像个连儿媳妇都有的人哪!

曾瑞贞　（严肃地）那么从今以后你决心为他看守这个家?（以下的问答几乎是没有停顿,一气接下去）

愫　方　（又沉静下来）嗯。

曾瑞贞　（逼问）成天陪着快死的爷爷?

愫　方　（默默点着头）嗯。

曾瑞贞　（逼望着她）送他的终?

愫　方　（躲开瑞贞的眼睛）嗯。

曾瑞贞　（故意这样问）再照护他的儿子?

愫　方　（望瑞贞,微微皱眉）嗯。

曾瑞贞　侍候这一家子老小?

愫　方　（固执地）嗯。

曾瑞贞　（几乎是生了气）还整天看我这位婆婆的脸子?

愫　方　（不由得轻轻地打了一个寒战）喔,——嗯。

曾瑞贞　（反激）一辈子不出门?

愫　方　（又镇定下来）嗯。

曾瑞贞　不嫁人?

愫　方　嗯。

曾瑞贞　（追问）吃苦?

愫　方　（低沉）嗯。

曾瑞贞　（逼近）受气？

愫　方　（凝视）嗯。

曾瑞贞　（狠而重）到死？

愫　方　（低头,用手摸着前额,缓缓地）到——死！

曾瑞贞　（爆发,哀痛地）可我的好愫姨,你这是为什么呀？

愫　方　（抬起头）为着——

曾瑞贞　（质问的神色）嗯,为着——

愫　方　（困难地）为着,我不知道该怎么说,——（忽然脸上显出异样美丽的笑容）为着,这才是活着呀！

曾瑞贞　（逼出一句话来）你真地相信爹就不会回来么？

愫　方　（微笑）天会塌么？

曾瑞贞　你真准备一生不离开曾家的门,这个牢！就为着这么一个梦,一个理想,一个人——

愫　方　（悠悠地）也许有一天我会离开——

曾瑞贞　（迫待）什么时候？

愫　方　（笑着）那一天,天真的能塌,哑巴都急得说了话！

曾瑞贞　（无限的悯切）愫姨,把自己的快乐完全放在一个人的身上是危险的,也是不应该的。（感慨）过去我是个傻子,愫姨,你现在还——

〔室内一切渐渐隐入在昏暗的暮色里,乌鸦在窗外屋檐上叫两声又飞走了。在瑞贞说话的当儿,由远远城墙上继续送来归营的号手吹着的号声,在凄凉的空气中寂寞地荡漾,一直到闭幕。

愫　方　不说吧,瑞贞。（忽然扬头,望着外面）你听,这远远吹的是什么？

曾瑞贞　（看出她不肯再谈下去）城墙边上吹的号。

愫　方　（谛听）凄凉得很哪！

曾瑞贞　（点头）嗯,天黑了,过去我一个人坐在屋里就怕听这个,听着就好像活着总是灰惨惨的。

愫　方　（眼里涌上了泪光）是啊,听着是凄凉啊！（猛然热烈地抓着瑞贞的手,低声）可瑞贞,我现在突然觉得真快乐呀！（抚摸自己的胸）这心好暖哪！真好像春天来了一样。（兴奋地）活着不就是这个调子么？我们活着就是这么一大段又凄凉又甜蜜的日子啊！（感动地流下泪）叫你想想忍不住要哭,想想又忍不住要笑啊！

曾瑞贞　（拿手帕替她擦泪,连连低声喊）愫姨,你怎么真地又哭了？愫姨,你——

愫　方　（倾听远远的号声）不要管我,你让我哭哭吧！（泪光中又强自温静地笑出来)可,我是在笑啊!瑞贞,——(瑞贞不由得凄然地低下头,用手帕抵住鼻端。愫方又笑着想扶起瑞贞的头)——瑞贞,你不要为我哭啊!(温柔地)这心里头虽然是酸酸的,我的眼泪明明是因为我太高兴哪!——(瑞贞抬头望她一下,忍不住更抽咽起来。愫方抚摸瑞贞的手,又像是快乐;又像是伤心地那样低低地安慰着,申诉着)——别哭了,瑞贞,多少年我没说过这么多话了,今天我的心好像忽然打开了,又叫太阳照暖和了似的。瑞贞,你真好!不是你,我不会这么快活;不是你,我不会谈起了他,谈得这么多,又谈得这么好!(忽然更兴奋地)瑞贞,只要你觉得外边快活,你就出去吧,出去吧!我在这儿也是一样快活的。别哭了,瑞贞,你说这是牢吗?这不是呀,这不是呀,——

曾瑞贞　(抽咽着)不,不,愫姨,我真替你难过!我怕呀!你不要这么高兴,你的脸又在发烧,我怕——

愫　方　(恳求似的)瑞贞,不要管吧!我第一次这么高兴哪。(走近瑞贞放着小箱子的桌旁)瑞贞,这一箱小孩儿的衣服你还是带出去。(哀悯地)在外面还是尽量帮助人吧!把好的送给人家,坏的留给自己。什么可怜的人我们都要帮助,我们不是单靠吃米活着的啊!(打开那箱子)这些小衣服你用不着,就送给那些没有衣服的小孩子们穿吧。(忽然由里面抖出一件雪白的小毛线斗篷)你看这件斗篷好看吧?

曾瑞贞　好,真好看。

愫　方　(得意地又取出一顶小白帽子)这个好玩吧?

曾瑞贞　嗯,真好玩!

愫　方　(欣喜地又取出一件黄绸子个衣服)这件呢?

曾瑞贞　(也高起兴来,不觉拍手)这才真美哪!

愫　方　(更快乐起来,她的脸因而更显出美丽而温和的光彩)不,这不算好的,还有一件(忍不住笑,低头朝箱子里——)

〔凄凉的号声,仍不断地传来,这时通大客厅的门缓缓推开,暮色昏暗里显出曾文清。他更苍白瘦弱,穿一件旧的夹袍,臂里挟着那轴画,神色惨沮,疲惫,低着头蹀蹀地踱进来。

〔愫方背向他,正高兴地低头取东西。瑞贞面朝着那扇门——

曾瑞贞　(一眼看见,像中了梦魇似的,喊不出声来)啊,这——

愫　方　(压不下的欢喜,两手举出一个非常美丽的大洋娃娃,金黄色的头发,穿着粉红色的纱衣服,她满脸是笑,期待地望着瑞贞)你看!(突然看见瑞贞的苍白紧张的脸,颤抖地)谁?

曾瑞贞　（呆望,低声）我看,天,天塌了!（突然回身,盖上自己的脸）
愫　　方　（回头望见文清,文清正停顿着,仿佛看不大清楚似的向她们这边望）啊!
　　　　　〔文清当时低下头,默默走进了自己的屋里。
　　　　　〔他进去后,思懿就由书斋小门跑进。
曾思懿　（惊喜）是文清回来了么?
愫　　方　（喑哑）回来了!
　　　　　〔思懿立刻跑进自己的屋里。
　　　　　〔愫方呆呆地愣在那里。
　　　　　〔远远的号声随着风在空中寂寞的振抖。

——幕徐落

上海屋檐下（第二幕）

夏　衍

第二幕

同日下午。

客堂间，——杨彩玉伏在桌上啜泣，匡复反背着手，垂着头，无目的地踱着，二人沉默。

客堂楼上，——小天津躺在施小宝的床上，脸上浮着不怀好意的微笑，抽着烟。施小宝哭丧着脸，在梳妆台前打扮，沉默。

亭子间，——夹在小孩哭声里面，黄家楣大声地在和他父亲谈话，言语不很清楚。不一刻，桂芬带着紧张的表情，拿了热水瓶慢慢地下楼来，她耸着耳朵在听他们父子间的谈话，开后门出去。

灶披间，——赵妻在缝衣服，无言。

一分钟之后。

太阳一闪，灿然的阳光斜斜地射进了这浸透了水汽的屋子，赵妻很快地站起身来，把湿透了的洋伞拿出来撑开，再将一竹竿的衣服拿出来晒。

黄父　　（声）瞧，不是出太阳了吗？（一手推开窗）
黄家楣　（声）爸，再住几天，晚上天晴了去看《火烧红莲寺》……（咳嗽）
黄父　　（声）下了半个月的雨，低的几亩田，怕已经氽掉啦，不回去补种，今年吃什么？

（赵妻好容易将衣服晒好，回到室内坐定，拿起针线，太阳一暗，又是一阵大点子的骤雨，连忙站起来，收进。）

赵妻　　（怨恨之声）唧！
匡复　　（踱到彩玉面前站定）那么你说……你跟志成的同居……
杨彩玉　（无语）……
匡复　　（独白似的）你跟他的同居，单是为着生活，而并不是感情上的……

杨彩玉	（无言，不抬起头来，右手习惯地摸索了一下手帕。）……（匡复从地上拾起手帕，无言地交给她，沉默。门外卖物声，阿香悄悄地从后门推门进来，好像耽心着踏湿了的鞋子似的，不敢进来。）
匡复	唔，生活，为了生活！（点头，颓然地坐下，一刻。又像讥讽，又像在透漏他蕴积了许久的感慨。）短短的十年，使我们全变啦，十年之前，为着恋爱而抛弃了家庭，十年之前，为着恋爱而不怕危险地嫁了我这样一个穷光蛋。可是，十年之后……大胆的恋爱至上主义者，变成了小心的家庭主妇了！
杨彩玉	（无言，揩了一下眼泪，望着他。）……
匡复	彩玉！怕谁也想不到吧，你能这样的……（不讲下去）
杨彩玉	（低声）你，还在恨我吗？
匡复	不，我谁也不恨！
杨彩玉	那么，你一定在冷笑，……一定在看不起我吧。当自己爱着的丈夫在监牢里受罪的时候，将结婚当做职业，将同情当做爱情，小心谨慎地替人管着家。……
匡复	彩玉！
杨彩玉	（提高一些声调）但是，在责备我之前，你得想像一下，这十年来的生活！我跟你结婚之后，就不曾过过一日平安的生活，贫穷，逃避，隔绝了一切朋友和亲戚。那时候，可以说，为着你的理想，为着大多数人的将来，我只是忍耐，忍耐，……可是你进去之后，你的朋友，谁也找不到，即使找到了，尽管嘴里不说，态度上一看就知道，只怕我连累他们。好啦，我是匡复的妻子，我得自个儿活下去，我打定了主意，找职业吧，可是葆珍缠在身边。那时候她才五岁，什么门路都走遍，什么方法都想尽啦，你想，有人肯化钱用一个带小孩的女人吗？在柏油路粘脚底的热天，葆珍跟着我在街上走，起初，走了不多的路就喊脚痛，可是，日子久了，当我问她，"葆珍，还能走吗"的时候，她会笑着跟我说："妈！我走惯啦，一点也不累。"……（禁不住哭了）这是——生活！
匡复	（痛苦地走过去抚着她的肩膀）彩玉，我一点也没有责备你的意思，我只是说……
杨彩玉	你说，这世界上有我们女人做事的机会吗？冷笑，轻视，排挤，轻薄，用一切的方法逼着，逼着你嫁人！逼着你乖乖的做一个家庭里的主妇！
匡复	彩玉！过去的事，不用讲啦，反正讲了也是没有法子可以挽回来，你得冷静一下，我们倒不妨谈谈别的问题。

杨彩玉　……(一刻)别的问题?(回转身来)

匡复　　唔……(沉默,踱着。)

　　　　(桂芬泡了开水回来,手里托着几个烧饼。阿香艳羡地跟着进来,桂芬上楼去。一刻,黄家楣与桂芬出来,站在楼梯上,黄家楣带怒地。)

黄家楣　方才我出去的时候,你跟爸爸说了些什么?

桂芬　　(摇头)

黄家楣　没有说?那为什么上半天还是高高兴兴的,一会儿就会要回去呢?他说今晚上要回去了!

桂芬　　今晚上?(吃惊)不是讲过了去看戏吗?

黄家楣　(恨恨地)已经自个儿在收拾行李啦,还装不知道。

桂芬　　装不知道?你说什么?

黄家楣　我说你赶他走的!

桂芬　　我……赶……他……走!家楣!你讲话不能太任性,我为什么要赶走他?我用什么赶走他?

黄家楣　(冷冷地)为什么,为着我当了你的衣服;用什么,用你的眼泪,用你那副整天皱着眉头的神气。他聋了耳朵,但是他的眼睛没有瞎,你故意的愁穷叹苦,使他……使他不能住下去!……

桂芬　　我故意的?……

黄家楣　我爸爸老啦,你,你,你……

桂芬　　(被激起了的反驳)你不能这样不讲理!你别看了别人的样,将我当作你的出气筒。你希望你爸爸多住几天,我懂得,这是人情,可是我问你,这样多住了几天,对他,对你,有什么好处?你这样只是逼死大家,大家死在一起,……我,(带哭声)我为什么要赶走……他……

黄家楣　……(无言,以手猛抓自己的头发。)

桂芬　　(委婉地)家楣!你自己的身体……

　　　　(亭子间小儿哭声)

黄父　　噢,别哭别哭,我来抱,好,好……

　　　　(桂芬用衣袖揩了一下眼泪,黄家楣很快地拿自己的手帕替她揩干,让桂芬回房间去。黄家楣垂着头,跟在后面。)

匡复　　(听完了他们的话)那么——你们现在的生活……

杨彩玉　(苦笑)你看!

匡复　　我看,志成也很苍老了。也许,我今天来得太意外,方才看见他的时候,觉得在他从小就有的忧郁症之外,现在又加了焦躁病啦。……

杨彩玉	……
匡复	他在厂里的境遇？
杨彩玉	(摇头)……
匡复	依旧是不结人缘？
杨彩玉	(点头，一刻。)你看，我呢？我老了吧！
匡复	(有点难以置答)唔……
杨彩玉	老啦？
匡复	(望着她)
杨彩玉	你说啊，我——
匡复	……
杨彩玉	(伴笑)不说，唔，已经不是十年前的彩玉啦！
匡复	(仓皇)不，不，我在想……
	(沉默。)
杨彩玉	想？唔，那么你看，我幸福吗？
匡复	我希望！
杨彩玉	你讲真话！你看，他能使我幸福吗？
匡复	我希望，他能够。
杨彩玉	(冷笑，避开他的视线)你说我变了，我看，你也变啦，你已经没有以前的天真，没有以前的爽快啦。
匡复	什么？你说……
杨彩玉	(很快地接上去)假使我现在告诉你，志成不能使我幸福，我现在很苦痛，葆珍跟我一样的也是受着别人的欺负，那你打算……(凝视着他)
匡复	……
杨彩玉	他在厂里不结人缘，受人欺负，被人当作开玩笑的对象，他的后辈一个个地做了他的上司，整天地耽忧着饭碗会被打破，回到家里来，把外面受来的气加倍地发泄在我的身上，一点儿不对，嘟着嘴不讲话，三天五天地做哑巴……复生！你以为这样的生活，——可以算幸福吗？
匡复	(痛苦地)彩玉，我对不住你……
	(后门推开，葆珍很性急地回来，赵妻看见她，很快地对她招手，好像要报告她一些什么消息；可是葆珍好像全不注意，大踏步地闯进客堂间里，二人的谈话中断，匡复反射地站起身来。)
杨彩玉	葆珍，过来，这是……(碍口)
匡复	(抢着)是葆珍吗？(以充满了情爱的眼光望着)

葆珍　　（吃惊）认识我？先生尊姓？
杨彩玉　葆珍！……（语阻）
匡复　　（笑着）我姓匡……
葆珍　　（很快）Kuan？怎么写？（天真烂漫）
匡复　　（用手指在桌上写着）这样一个匚里面，一个王字。
葆珍　　匡？（做着夸大的吃惊的表情）有这样奇怪的姓吗？这个字作什么解释？
匡复　　（给她一问便问住了）那倒——
葆珍　　（很快地跑到桌子边去找出一本小小的字典，翻着）匚部，一，二，三，四，……有啦，喔，Kuang，匡正，改正的意思，可是匡先生，这样的字，现在还有人用吗？
匡复　　（始终以惊奇而爱惜的眼光望着她）唔，用是用，可是已经很少啦。
葆珍　　没有用的字，先生说，就要废掉，对吗？
杨彩玉　葆珍！
匡复　　唔！你很对！（笑着）我今后就废掉它。
葆珍　　那好极啦，妈，为什么老望着我？快，给我一点儿点心，我要去上课啦。
匡复　　为什么，不是才下课吗？
葆珍　　不，（骄傲地）方才先生教我，此刻我去教人，我是"小先生"，教人唱歌，识字。
匡复　　"小先生？"
（彩玉拿了几块饼干给她，她接着边吃边说。）
葆珍　　"小先生"，不懂吗？小先生的精神，就是"即知即传人"，自己知道了，就讲给别人听……啊，时候不早啦，再会！（跳跑而去，至门口，嘴里唱着）"走私货，真便宜！"
赵妻　　（低声而有力地）葆珍！……
（葆珍不理而去）
匡复　　（不自觉地，跟了一两步，望她出去之后才回头来）唔，日子真快！
杨彩玉　（怀旧之感）你看，她的脾气，不是跟你年青的时候完全一样吗？你做学生的时候，不是为了一门代数，几晚上不睡觉，后来弄出了一场病吗？她也是一样，什么事，都要寻根究底的！
匡复　　可是现在我已经没有这种精神了。……（沉吟了一下，想起似的。）彩玉！我此刻倒觉得安心了。当我在里面脚气病利害的时候，我已经绝望，在这一世，怕总不能再和你们见面啦，可是现在，我亲眼看见了葆珍，居然跟我年青的时候一样……

杨彩玉	你安心啦？你以为葆珍很幸福吗？
匡复	不，我不是这意思……
杨彩玉	（忧郁地）在她洁白的记忆里面，也已经留下了一点洗刷不掉的黑点了，别的小孩们叫她……（望着匡复）
匡复	什么？连她也有——
	（这时候后门口小孩子争吵之声，赵妻望着门外。）
阿牛	（声）拿出来！拿出来！
阿香	（声）这是我的！姆妈（大声地叫）
赵振宇	（从学校里回来的模样，两手拦着两个孩子进来）到里面去！到里面去！（见阿牛和阿香扭在一起）哈哈……
阿牛	拿出来！（回头对他爸爸）这是我的"劳作"，她把我弄掉了，拿出来！
阿香	妈给我玩的！是我的！
	（二人扭打，赵振宇始终不加干涉，带笑地望着。赵妻连忙放了下针线出来。）
赵妻	阿牛！（看见赵振宇的那副神气，虎虎地）尽看！打死了人也不管！（去扯阿牛）
赵振宇	（神色自若）不会不会，黄梅天，让他们运动运动也好！
赵妻	不许打，阿牛你这死东西！（阿牛一拳将阿香打哭了）
赵振宇	哈哈哈……
赵妻	（死命地将阿牛扯开）你还笑！（赵振宇机械地，有点儿做作，忍住了笑。这时候阿牛猛扑过去，从阿香手里夺回了一张纸板细工）什么，你抢，抢，……（扯着阿牛进房去）
赵振宇	（蹲下来，拿出手帕来替阿香揩眼泪，一边用教员特有的口吻）别哭啦，我跟你讲过的，打胜了不要笑，打败了不许哭，哭的就是脓包！（顾虑着他妻子听见，低声地）明天再来过！（带着阿香进房间去）我跟你哥哥讲的故事你也听过的，拿破仑充军到爱尔伐岛去的时候，他怎么说？唔，唔……啊，你瞧！阿牛已经在笑啦。（大声地）哈哈哈……（前楼，——施小宝已经打扮好了，听见赵振宇的笑声，想起了什么似的往楼下走。）
小天津	（狠狠地）哪儿去？
施小宝	（举起她穿着拖鞋的脚）我又不会逃，急什么？（下楼，走到灶披间门口，对赵振宇悄悄地招手）赵先生！
赵振宇	喔，你在家？（走过去，赵妻怒目而视，望着。）

施小宝　（低声地）请你替我查一查这几天报……
赵振宇　什么事！（赵妻起身站在灶披间门口）
施小宝　请你替我查一查,Johnie——那死胚的船什么时候回到上海来？
赵振宇　喔喔,（回身去拿报,又想起了似的。）那船叫什么名字啊？
施小宝　那倒……唔,有个丸字的。
赵振宇　哈哈……有个丸字的船可多得很呐,譬如说……
施小宝　那么——
赵妻　　（故意使她听见）不要脸的！
赵振宇　你们先生快回来啦？
施小宝　（回身,忧郁地）能回来倒好啦！（上楼去,一想,又回下来,走向客堂间,看见有客,踌躇）喔,对不住,林先生不在家？
杨彩玉　嗳,有什么事吗？
施小宝　（难以启口）林师母！我跟你讲一句话。
杨彩玉　（走到门边）什么？
施小宝　林先生就回来吗？
杨彩玉　有什么事吗？……可以跟我说。
施小宝　（迟疑了一下,决然,但是低声地）您可以替我把我房间里的那流氓赶走吗？
杨彩玉　什么？流氓？（匡复站起来）
施小宝　他,他要我,……我不高兴去,过一天我那死胚回来了会麻烦……
杨彩玉　我不懂啊,那一位是你的……
小天津　（有点怀疑,站起来,走到楼梯口）小宝！
施小宝　（吃惊,很快地）他是白相人,他逼着我到——
小天津　（大声）小宝！
施小宝　（回身,上楼去,哀求似的）假使林先生回来啦,请他……（上去）
匡复　　（看她走了之后）什么事？
杨彩玉　我也不知道啊！（二人仰望着楼上）
施小宝　急什么,又不去报死！
小天津　人家等着,走啦！
施小宝　（勉强地坐下,穿高跟鞋）烟卷儿。
小天津　（摸出烟盒,已经空了,随手将自己吸着的一支递给她。）
施小宝　（接过来深深地吸了一口,就将它丢了,故示悠闲地）你可知道,Johnie明天要回来啦。
小天津　（若无其事）
施小宝　你不怕他打麻烦？

小天津	（不理会,突的站起来）走！
施小宝	（做个媚眼）可是,这也要把话讲明白了再走啊！（接近他,做个媚态）
小天津	你要我动手吗？（虎虎地将她拉开）
施小宝	（掩饰内心的狼狈）那么我明天会一五一十地告诉他,反正你是有种的。（起身,被小天津威胁着下楼。）
小天津	（在楼梯上）告诉你,Johnie 此刻在花旗,懂吗？ （施小宝不语,二人出去。赵妻怒目送之,回头来要发话,但是没有对手,只能罢了。） （门外卖物声,天骤然阴暗。桂芬走到平台上,叫。）
桂芬	林师母！请您把电灯的总门开一开！ （彩玉无言地去开了电灯总门,亭子间骤然明亮。远远的雷声。以下在匡复与彩玉讲话间,亭子间与灶披间的住户们开始作晚餐的准备。）
杨彩玉	你还没有回答我方才的话啊,你看,我们现在的生活,过得很幸福吗？
匡复	……
杨彩玉	假使,你真心说,假使你以为我跟葆珍的生活都很不幸,那么……
匡复	……
杨彩玉	你能安心吗？
匡复	（痛苦无言）……
杨彩玉	（走近一步）你为什么不讲话呀？你当初不是跟我说,你要用你一切的力量使我幸福吗？——
匡复	（痛苦地）彩玉,你别催逼我！我的头脑混乱了,我不知应该怎么办,我,我……（站起来无目的地踱着）
杨彩玉	（沉默了片刻之后）唔,复生！你记得黛莎的事吗？
匡复	（站住）黛莎？
杨彩玉	唔,我们在小沙渡路的时候,我害了伤寒,你坐在我床边跟我讲的一个故事,小说里的那女人不是叫黛莎吗？
匡复	啊啊,……
杨彩玉	那时候你嫌我软弱,讲到黛莎的时候,你总说,彩玉,要学黛莎,黛莎多勇敢啊！那叫什么书？我记不起啦！
匡复	唔,那是,……那书的名字是叫做《水门汀》吧。
杨彩玉	对啦,《水门汀》,你现在觉得黛莎那样的女人怎么样？
匡复	（不语）

杨彩玉	你跟我讲的许多故事里面,不知怎么的,我老也忘不了黛莎,也许——
匡复	(拦住她)彩玉,你别说啦,我懂得你的意思,可是……
杨彩玉	我当然不能比黛莎,可是你不是说,永远永远地要使我幸福吗?只要你活着。
匡复	……
杨彩玉	(进一步地)你说,我不能学黛莎吗?像那小说里面一样,当她丈夫回来的时候,……
匡复	(惨然)可是,你可以做黛莎,而我早已经不是格莱普啦。黛莎再遇见她丈夫的时候,她丈夫是一个战胜归来的勇士,可是我(很低地)已经只是一个人生战场的残兵败卒啦。
杨彩玉	复生!
匡复	方才你说,我也变啦,对,这连我自己也知道,我也变啦,当初我将世上的事情件件看得很简单,什么人都跟我一样,只要有决心,什么事情都可以成就,可是,这几年我看到太多,人事并不这样简单,卑鄙,奸诈,损人利己,像受伤了的野兽一样的无目的地伤害他人,这全是人做的事!……(突然想起似的)喔,可是你别误会,这,我绝不是说志成,他跟我一样,他也是弱者里面的一个!
杨彩玉	(感到异样)复生,这是你讲的话吗?弱者,你现在已经承认是一个弱者了吗?你当初不是几次几次地说……
匡复	所以,我坦白地承认我已经变啦,你瞧我的身体,这几年的生活,毁坏了我的健康,沮丧了我的勇气,对于生活,我已经失掉了自信。……你看,像我这样的一个残兵败卒,还有使人幸福的资格吗?
杨彩玉	那么你说……我们之间的……
匡复	(绝望地)我方才跟志成说,我反悔不该来看你们,我简直是多此一举啦。
杨彩玉	复生!这是你的真心话吗?以前,你是从来也不说谎话的!
匡复	……
杨彩玉	(含着怒意)那么,你太自私,你欺骗我!从你和我结婚的那时候起……
匡复	什么?(走近一步)
杨彩玉	问你自己!
匡复	彩玉!我没有这意思,我只是说对于生活,我已经失掉了自信,我没有把握,可以使你和葆珍比现在更——

杨彩玉	那么我问你,很简单,假定,这八年半里面,你没有志成这么一个朋友,我跟他也没有现在一样的关系,那么很当然,假定我跟葆珍现在已经沦落在街头,也许,两个里面已经死了一个,假定,在那样的情形之下,你找到了我,我要求你帮助,那时候,你也能跟方才一样地说:"我已经没有使你们幸福的自信,我只能让你们饿死在街上"吗?
匡复	(一句话被问住了,混乱)那……那……
杨彩玉	那么我只能说,要不是你太残酷,那就是你在嫉妒!
匡复	(茫然自失)彩玉!
杨彩玉	要是在别的情形之下,你一定会对我说,彩玉,我回来啦,别怕,我们重新再来过,可是现在,——可,你已经厌弃我了! ——为着我要生活……
匡复	彩玉,别这么说,我,我应该怎么办呢?我简直不能再想啦!(焦躁苦痛)
	(弄内性急地叫喊着的《大晚夜报》的呼声,赵振宇急忙忙地买报。)
杨彩玉	(央求地)复生!你不能再离开我,不能再离开那被人看作没有父亲的葆珍,为着葆珍,为着我们唯一的……
匡复	(沉吟了一下)这,这不使志成……不使志成更苦痛吗?
杨彩玉	(沉默了一下)可是,我早就跟你说,这只是为着生活……
匡复	(垂头,无力地)彩玉!……
杨彩玉	(捏着他的手)打起勇气来,……从前你跟我讲的话,现在轮着我对你讲啦。(笑,扶起他的头)你还年青呐,(摸着他的下巴)好啦,把胡子剃一剃!……(一边说,一边从抽斗里找出林志成的安全剃刀等等)复生!别多想啦,今天是应该快活的,对吗?
匡复	(充满了蕴积着的爱情,爆发般的)彩玉!(将头埋在她的胸口)
杨彩玉	(抚着他的头发)复生!你,你……(感极而泣,二人依偎着)(天色渐暗,沙嗓子的老枪没气力地喊着《大晚夜报》、《新闻夜报》、"无线电节目"……从前门外经过,尖喉咙的女人喊着《夜报》等等。)
	(灶披间点了电灯。)
	(突然,前门猛烈地敲门声,匡复和彩玉反射地分开。)
杨彩玉	谁?(一边去开门)
	(厂里的一个青年职员,带着一个工头模样的人进来,满头大汗。)
青年	快,叫林先生快去!
杨彩玉	他没有回来啊。

青年	(差不多要闯进来搜寻似的姿势)林师母,您帮帮忙,工务课长已经在发脾气啦,这不干我的事啊。(大声地)林先生!
杨彩玉	(惊奇)真的他没有回来啊,上半天出去了,就没有回来过!有什么事吗?
青年	(焦躁地)事可多呐,……林师母,当真……那么您知道他到那儿去吗?
杨彩玉	(着急)我怎么知道,……他什么时候走的?有什么事吗?……
青年	(不回答她,回头对工头)那您赶快到二厂去看一看。(工头将匡复上下地望了一下,下场。)林师母,事情很要紧,要是他不去,……(揩一揩额上的汗)好啦,他回来,立刻请他来,大老板也在等他。(匆匆而下)
杨彩玉	喂喂,……(看见他走了,关了门,担忧地望着匡复。)
匡复	(紧张地)什么事?
杨彩玉	近来厂里常常不安静,可是……
匡复	他到那儿去啦?……(不安地)他不会做出……
杨彩玉	(低头)不会吧,可是……(也感到不安)
	(后门外一阵笑声,骂声,门推开,李陵碑喝醉了酒,带跌带撞地进来,嘴里哼着。后门好像跟了一大群看热闹的小孩和妇女,阿香夹在里面,匡复耸耳听;但是杨彩玉却早知道这是李陵碑的日常功课了,看了一看方才拿出了的安全剃刀,去替他倒水。)
李陵碑	(醉了的声音)要我唱,我就唱,这有什么……(唱)"金乌坠,玉兔升,黄昏时候……盼娇儿,不由人,珠泪双流……"
门外人声一	好!马连良老板差不多!
门外人声二	再来一个!
门外人声三	李陵碑你的娇儿死啦!死啦!
李陵碑	(突然旋转身来)妈的,谁说,谁说,咱们阿清在当司令,也许是师长,督办,也许,……也许……
门外人声一	也许已经是炮灰!
门外人声二	别打岔,让他唱下去!
李陵碑	(用拳头威胁门旁的小孩)妈的,你们也敢欺负我!(小孩们一哄而走,笑声,但是一下又重新集合起来。)阿清当了司令回来,我就是……(舌头不大灵便)老太爷啦,妈的……(走近赵振宇身边,不客气地将他在看的报纸夺来,指着赵)赵……赵……赵先生,报上有李司令,李阿清司令到上海来的消息吗?(赵振宇带笑地望着他)登出来的时候,你……你告诉我,我请你喝酒!(将报纸还给

他)妈的,有朝一日,阿清回来……(跌跌撞撞地上楼去,苍凉地唱)"含悲泪,进大营,双眉愁皱,腹内饥,身又冷,遍体飕飕……"

赵振宇　(起身来将闲人遣走)没有什么好看!……(回头来见阿香,一把抓住)你也看,我跟你说过,李陵碑来的时候,不准笑,你……你,(不管阿香懂不懂地)你简直是幸灾乐祸啦,这,这……
　　　　(天色愈暗,杨彩玉开电灯,给匡复倒了洗脸水,望着他。)

匡复　　怎么回事?

杨彩玉　阁楼上的房客,怪人,他有一个单生子,在"一二八"打仗的时候去投军,打死啦,找不到尸首,可是他一定说,儿子还活着,在当司令,有点儿神经病啦。

匡复　　唔……(感慨系之,剃须。)

李陵碑　(声)(苍凉的歌声)"……不由人,珠泪双流……"
　　　　(黄父抱了小孩下来。远雷。)

桂芬　　(从亭子间门口)爸爸,晚啦,别抱他出去!

黄父　　(根本不曾听见,看见赵振宇殷勤地和他招呼。)

赵振宇　老先生!天要下雨啦!

黄父　　(依旧是答非所问)今晚上要回去啦,多抱一抱,哈哈……
　　　　(多少的在态度上已经有一点忧郁了。)

赵振宇　什么,回乡下去?不是说,(回头问他妻子)今晚上去看戏吗?(家楣从窗口探出头来)

黄父　　今年雨水太多,低的田春苗要补种了……

赵振宇　多玩几天呐,上海好玩的地方还多呐。

黄父　　(哄着小孩,自言自语地)好,好,外面去买东西给你吃。……(正要出门的时候,电光一闪,一个响雷,他只能回转,望了望天,对赵振宇)所以说,这个世界是变啦,咱们年纪轻的时候,天上打闪,总有雷的声音的,可是变了民国,打闪也没有声音啦,对吗?有人说:雷公敲的鼓破啦。

赵振宇　什么,方才不是……(一想就明白了)哈哈!……(大声地)老先生!雷公的鼓没有破,还是很响的,你老先生的耳朵不便啦,所以听不见啊,哈哈哈……

黄父　　什么,我说,不打雷,地上的春花就要……

赵振宇　(好容易制止了笑,对他妻子)你听见吗?他说变了民国,天就不打雷啦,哈哈哈——(又诚恳地对黄父)天上的雷,是电气,换了朝代也要响的……(又听见远雷声)诺诺,又响啦。

黄父　　(摸不着头脑)什么?天上……

赵振宇	（大声）天上的雷，不是菩萨，是电气，（对他耳朵）电气……
黄父	（还是不懂）生气？我……我不生气。
赵振宇	（大声）电气，电灯的……
赵妻	酱油没有了，去买！
赵振宇	（大声地）天上的云里面，有一种电气，电……
赵妻	（将酱油瓶拿到他的鼻子前面）去买酱油！
赵振宇	（忘其所以，用更大的声音对他妻子）叫阿牛去买！
赵妻	（一惊，狠狠地）我又不聋！
	（始终忧郁着的黄家楣，这时候也不禁破颜一笑。）
赵振宇	（省悟）啊，对啦，（低声）叫阿牛去买吧！（又回头对黄父，同样低声地）天上有一种电气，……
赵妻	（狠狠地）阿牛在念书。（把酱油瓶塞在他手里）
赵振宇	（无法可想，对黄父大声地）等一等，我就来。（出去）
黄父	（莫名其妙，对赵妻）他说什么？唔，耳朵不方便……（回身上楼去）
桂芬	（正拿了铅桶下来，在楼梯上）爸爸，当心。（开了楼梯上的电灯）
黄父	（一怔）唔，……（望着电灯，上楼去）
赵妻	（看见桂芬下来）喂，为什么老先生今晚上要回去了？
桂芬	（点头无言）
赵妻	有了什么要紧的事？家里……
桂芬	老年人多有点儿怪！说起要走，今晚上就要走啦。
赵妻	（鬼鬼祟祟）你知道，（指着客堂间低声）林师母从前的男人……
赵振宇	（回来，看见那种神气）改不好的脾气，我跟你说，人家的事，不要管，人家的丈夫也好……
赵妻	（狠狠地制止了他）嘘，（低声地）那你为什么要来管我呐？
赵振宇	（摇着头进去，忽然想起）啊，楼上的老先生呢？方才的话没有讲完呐。
赵妻	（依旧鬼鬼祟祟地对桂芬）方才我听见姓林的跟他说，葆珍怎么怎么样……（见阿香走过来听，狠狠地）听什么？小鬼！（继续对桂芬）姓林的跑走啦，方才我听见女的在哭，啊哟，这事情真糟糕吗！那男的你看见过没有？
桂芬	（摇头）还在吗？
赵妻	（点头）唔，穿得破破烂烂的，像戏里做出来的薛平贵……
	（正要讲下去的时候，林志成带着兴奋的表情，从后门进来。她很快地将要讲的话咽下，若无其事。）

(林志成手里拿了一瓶酒和一些熟食之类的东西,照旧谁也不理会地往里面走。)

赵振宇　(看见他)噢,林先生!(站起来,用手指着晚报上的记事)你们厂里今天——(林好像不听见似的走过,赵振宇只能重新坐下,赵妻兴奋地望着林志成的背影。)

杨彩玉　(望着修好了面的匡复)瞧,不是年青了很多吗?
(林志成无言地进去,杨彩玉和匡复离开了一步,匡复多少的觉得有点狼狈。)

杨彩玉　方才厂里的小陈来过啦,说要你——
林志成　(沉重地)我知道。(将酒瓶和熟食交给杨彩玉)
杨彩玉　厂里有什么事吗?说要你立刻就去……
林志成　我知道,家里没有什么菜,到弄口的小馆子里去叫几样。(对匡复)今晚上喝一点儿酒吧。
匡复　　志成,您——
林志成　(强自振作,态度很不自然)复生!咱们已经很久不在一块儿吃饭啦,你不喝酒,可是今晚上也得喝一杯,我也很久不喝啦,我今天很愉快,你要替我欢喜,我解放啦。
匡复　　(苦痛)志成,你别这么说……
林志成　不,不,今天真痛快,我从一方面受人欺负,一方面又得欺负人的那种生活里面解放出来啦。(大声)我打破了饭碗。可是从今以后,我可以不必对不住自己良心地去欺负别人啦。
匡复
杨彩玉　(差不多同时地)什么,你……
林志成　笑话,要我去收买流氓,打人,哼,我为什么要这样下流,我可以不干!哼,真痛快,什么工务课长,平常那么威风,(渐渐兴奋)今天又给我看到了!(对杨彩玉)你去预备饭吧。
匡复　　(关心地)志成,你休息一下,我看你很倦了!
林志成　不,不,我很高兴,压在心上的一块大石头,今天才拿掉啦!复生!这不是很奇怪吗?以前,我尽是害怕着丢饭碗,厂里闹着裁人的时候,每天进厂,都要看一看厂务主任的脸色;主任差人来叫的时候,全身的血,会奔到脸上来。可是今天,当他气青了脸,拍着桌子说"你给我滚蛋"的时候,我一点也不怕,我很镇静,这差不多连我自己也不相信。……
杨彩玉　(端了一盆水给他)你……
林志成　(兴奋未退)工场管理本来不是人做的,上面的将你看成一条牛,下面的将你看做一条狗。从朝到晚,上上下下没有一个肯给你看一点好脸色,可是现在,我可以不必代人受过,可以不必被人看做狗啦,(歇斯底里地)哈哈哈!

匡复　志成,你别太兴奋!……

林志成　可是,第一,你得先替我高兴啊,我从这样的生活里面逃出来……

杨彩玉　(不自禁地)那么你今后……

林志成　今后,唔。(不语,洗脸)

　　　　(这时候赵妻偷一个空,又来窥探,一方面阿香看见母亲不在,便一溜烟地往门外跑出。)

赵振宇　阿香,阿香(赵妻回头看了一眼)

　　　　(送包饭的拿了饭篮从后门进来,一径望楼上走,到前楼门外叩门,不应,偷偷地从门缝里张了一下,将饭篮放在门口,下。)

林志成　(洗了脸,彩玉去预备夜饭。林志成走到匡复面前,欲言又止)唔,复生!

匡复　什么?

林志成　我们还能跟从前一样的……做朋友吗?

匡复　那当然……可是,这事情,我还得跟你……不,嗳,我不知怎么说才好!……

　　　　(林志成颓然地坐下。赵妻回来,看见阿香不在,跑到门口。)

赵妻　阿香,阿香!(出门去,一会儿就扯着阿香进来)死东西!整天的野在外面,你不要吃饭吗?

　　　　(桂芬在平台上用打气炉烧饭。杨彩玉拿了钱出去买菜。)

林志成　(习惯地)什么,葆珍还没有回来吗?彩玉,去找一找葆珍!

　　　　(门外卖物声,静静地。)

——幕落——

《上海屋檐下》导读

少年中国说

梁启超

日本人之称我中国也,一则曰老大帝国,再则曰老大帝国。是语也,盖袭译欧西人之言也。呜呼!我中国其果老大矣乎?梁启超曰:恶。是何言,是何言,吾心目中有一少年中国在!

欲言国之老少,请先言人之老少。老年人常思既往,少年人常思将来。惟思既往也,故生留恋心;惟思将来也,故生希望心。惟留恋也,故保守;惟希望也,故进取。惟保守也,故永旧;惟进取也,故日新。惟思既往也,事事皆其所已经者,故惟知照例;惟思将来也,事事皆其所未经者,故常敢破格。老年人常多忧虑,少年人常好行乐。惟多忧也,故灰心;惟行乐也,故盛气。惟灰心也,故怯懦;惟盛气也,故豪壮。惟怯懦也,故苟且;惟豪壮也,故冒险。惟苟且也,故能灭世界;惟冒险也,故能造世界。老年人常厌事,少年人常喜事。惟厌事也,故常觉一切事无可为者;惟好事也,故常觉一切事无不可为者。老年人如夕照,少年人如朝阳;老年人如瘠牛,少年人如乳虎;老年人如僧,少年人如侠;老年人如字典,少年人如戏文;老年人如鸦片烟,少年人如泼兰地酒;老年人如别行星之陨石,少年人如大洋海之珊瑚岛;老年人如埃及沙漠之金字塔,少年人如西伯利亚之铁路;老年人如秋后之柳,少年人如春前之草;老年人如死海之潴为泽,少年人如长江之初发源。此老年与少年性格不同之大略也。梁启超曰:人固有之,国亦宜然。

梁启超曰:伤哉老大也。浔阳江头琵琶妇,当明月绕船,枫叶瑟瑟,衾寒于铁,似梦非梦之时,追想洛阳尘中春花秋月之佳趣。西宫南内,白发宫娥,一灯如穗,三五对坐,谈开元、天宝间遗事,谱霓裳羽衣曲。青门种瓜人,左对孺人,顾弄孺子,忆侯门似海珠履杂遝之盛事。拿破仑之流于厄蔑,阿剌飞之幽于锡兰,与三两监守吏或过访之好事者,道当年短刀匹马,驰骋中原,席卷欧洲,血战海楼,一声叱咤,万国震恐之丰功伟烈,初而拍案,继而抚髀,终而揽镜。呜呼,面皴齿尽,白头盈把,颓然老矣!若是者,舍幽郁之外无心事,舍悲惨之外无天地,舍颓唐之外无日月,舍叹息之外无音声,舍待死之外无事业。美人豪杰且然,而况于寻常碌碌者耶!生平亲友,皆在墟墓,起居饮食,待命于人,今日且过,遑知他日,今年且过,遑恤明年。普天下灰心短气之事，未有甚于老大者。于此人也，而欲望以拏云之手段，回天之事功，挟山超海之意气，能乎不能？

呜呼，我中国其果老大矣乎？立乎今日，以指畴昔，唐虞三代，若何之郅治；秦皇汉武，若何之雄杰；汉唐来之文学，若何之隆盛；康乾间之武功。若何之烜赫！历史家所铺叙，词章家所讴歌，何一非我国民少年时代良辰美景、赏心乐事之陈迹哉！而今颓然老矣，昨日割五城，明日割十城；处处雀鼠尽，夜夜鸡犬惊；十八省之土地财产，已为人怀中之肉；四百兆之父兄子弟，已为人注籍之奴。岂所谓老大嫁作商人妇者耶？呜呼！凭君莫话当年事，憔悴韶光不忍看。楚囚相对，岌岌顾影；人命危浅，朝不虑夕。国为待死之国，一国之民为待死之民，万事付之奈何，一切凭人作弄，亦何足怪！

梁启超曰：我中国其果老大矣乎？是今日全地球之一大问题也。如其老大也，则是中国为过去之国，即地球上昔本有此国，而今渐渐灭，他日之命运殆将尽也。如其非老大也，则是中国为未来之国，即地球上昔未现此国，而今渐发达，他日之前程且方长也。欲断今日之中国为老大耶，为少年耶？则不可不先明"国"字之意义。夫国也者，何物也？有土地，有人民，以居于其土地之人民，而治其所居之土地之事，自制法律而自守之；有主权，有服从，人人皆主权者，人人皆服从者。夫如是，斯谓之完全成立之国。地球上之有完全成立之国也，自百年以来也。完全成立者，壮年之事也；未能完全成立而渐进于完全成立者，少年之事也。故吾得一言以断之曰：欧洲列邦在今日为壮年国，而我中国在今日为少年国。

夫古昔之中国者，虽有国之名，而未成国之形也，或为家族之国，或为酋长之国，或为诸侯封建之国，或为一王专制之国。虽种类不一，要之，其于国家之体质也，有其一部而缺其一部，正如婴儿自胚胎以迄成童，其身体之一二官支，先行长成，此外则全体虽粗具，然未能得其用也。故唐虞以前为胚胎时代，殷周之际为乳哺时代，由孔子而来至于今为童子时代，逐渐发达，而今乃始将入成童以上少年之界焉。其长成所以若是之迟者，则历代之民贼有窒其生机者也。譬犹童年多病，转类老态，或且疑其死期之将至焉，而不知皆由未完全、未成立也，非过去之谓，而未来之谓也。

且我中国畴昔，岂尝有国家哉？不过有朝廷耳。我黄帝子孙，聚族而居，立于此地球之上者既数千年，而问其国之为何名，则无有也。夫所谓唐、虞、夏、商、周、秦、汉、魏、晋、宋、齐、梁、陈、隋、唐、宋、元、明、清者，则皆朝名耳。朝也者，一家之私产也；国也者，人民之公产也。朝有朝之老少，国有国之老少，朝与国既异物，则不能以朝之老少而指为国之老少明矣。文、武、成、康，周朝之少年时代也。幽、厉、桓、赧，则其老年时代也；高、文、景、武，汉朝之少年时代也，元、平、桓、灵，则其老年时代也。自余历朝，莫不有之。

凡此者,谓为一朝廷之老也则可,谓为一国之老也则不可。一朝廷之老且死,犹一人之老且死也,于吾所谓中国者何与焉?然则吾中国者,前此尚未出现于世界,而今乃始萌芽云尔。天地大矣,前途辽矣,美哉,我少年中国乎!

玛志尼者,意大利三杰之魁也,以国事被罪,逃窜异邦,乃创立一会,名曰"少年意大利"。举国志士,云涌雾集以应之,卒乃光复旧物,使意大利为欧洲之一雄邦。夫意大利者,欧洲第一之老大国也,自罗马亡后,土地隶于教皇,政权归于奥国,殆所谓老而濒于死者矣。而得一玛志尼,且能举全国而少年之,况我中国之实为少年时代者耶?堂堂四百余州之国土,凛凛四百余兆之国民,岂遂无一玛志尼其人者?

龚自珍氏之集有诗一章,题曰《能令公少年行》。吾尝爱读之,而有味乎其用意之所存。我国民而自谓其国之老大也,斯果老大矣;我国民而自知其国之少年也,斯乃少年矣。西谚有之曰:有三岁之翁,有百岁之童。然则国之老少,又无定形,而实随国民之心力以为消长者也。吾见乎玛志尼之能令国少年也,吾又见乎我国之官吏士民能令国老大也,吾为此惧。夫以如此壮丽浓郁、翩翩绝世之少年中国,而使欧西、日本人谓我为老大者何也?则以握国权者皆老朽之人也。非哦几十年八股,非写几十年白折,非当几十年差,非捱几十年俸,非递几十年手本,非唱几十年诺,非磕几十年头,非请几十年安,则必不能得一官,进一职。其内任卿贰以上、外任监司以上者,百人之中,其五官不备者,殆九十六七人也,非眼盲,则耳聋,非手颤,则足跛,否则半身不遂也。彼其一身饮食、步履、视听、言语,尚且不能自了,须三四人在左右扶之捉之,乃能度日,于此而欲责之以国事,是何异立无数木偶而使之治天下也。且彼辈者,自其少壮之时,既已不知亚细、欧罗为何处地方,汉祖、唐宗是那朝皇帝,犹嫌其顽钝腐败之未臻其极,又必搓磨之、陶冶之,待其脑髓已涸,血管已塞,气息奄奄,与鬼为邻之时,然后将我二万里山河,四万万人命,一举而畀于其手。呜呼!老大帝国,诚哉其老大也!而彼辈者,积其数十年之八股、白折、当差、捱俸、手本、唱诺、磕头、请安,千辛万苦,千苦万辛,乃始得此红顶花翎之服色,中堂大人之名号,乃出其全副精神,竭其毕生力量,以保持之。如彼乞儿,拾金一锭,虽轰雷盘旋其顶上,而两手犹紧抱其荷包,他事非所顾也,非所知也,非所闻也。于此而告之以亡国也,瓜分也,彼乌从而听之?乌从而信之?即使果亡矣,果分矣,而吾今年既七十矣八十矣,但求其一两年内,洋人不来,强盗不起,我已快活过了一世矣。若不得已,则割三头两省之土地奉申贺敬,以换我几个衙门;卖三几百万之人民作仆为奴,以赎我一条老命,有何不可?有何难办?呜呼,今之所谓老后、老臣、老将、老吏者,其修身、齐家、治国、平天下之手段,皆具于是矣。西风一夜催人老,凋尽朱颜白尽头。使走无常当医生,携催命符以祝寿。嗟乎痛哉!以此为国,是安得不老且死,且吾恐其未及岁而殇也。

梁启超曰:造成今日之老大中国者,则中国老朽之冤业也;制出将来之少年中国者,则中国少年之责任也。彼老朽者何足道,彼与此世界作别之日不远矣,而我少年乃新来而与世界为缘。如僦屋者然,彼明日将迁居他方,而我今日始入此室处,将迁居者,不爱护其窗栊,不洁治其庭庑,俗人恒情,亦何足怪。若我少年者前程浩浩,后顾茫茫,中国而为牛、为马、为奴、为隶,则烹脔鞭箠之惨酷,惟我少年当之;中国如称霸宇内、主盟地球,则指挥顾盼之尊荣,惟我少年享之。于彼气息奄奄、与鬼为邻者何与焉?彼而漠然置之,犹可言也;我而漠然置之,不可言也。使举国之少年而果为少年也,则吾中国为未来之国,其进步未可量也;使举国之少年而亦为老大也,则吾中国为过去之国,其渐亡可翘足而待也。故今日之责任,不在他人,而全在我少年。少年智则国智,少年富则国富,少年强则国强,少年独立则国独立,少年自由则国自由,少年进步则国进步,少年胜于欧洲,则国胜于欧洲,少年雄于地球,则国雄于地球。红日初升,其道大光;河出伏流,一泻汪洋;潜龙腾渊,鳞爪飞扬;乳虎啸谷,百兽震惶;鹰隼试翼,风尘吸张;奇花初胎,矞矞皇皇;干将发硎,有作其芒;天戴其苍,地履其黄;纵有千古,横有八荒;前途似海,来日方长。美哉,我少年中国,与天不老!壮哉,我中国少年,与国无疆!

三十功名尘与土,八千里路云和月,莫等闲白了少年头,空悲切。此岳武穆满江红词句也。作者自六岁时即口受记忆,至今喜诵之不衰。自今以往,弃哀时客之名,更自名曰少年中国之少年。作者附识。

1900 年

重刊《浮生六记》序

俞平伯

重印《浮生六记》的因缘,容我略说。幼年在苏州,曾读过此书,当时只觉得可爱而已。自移家北去后,不但诵读时的残趣久荡为云烟,即书的名字也难省忆。去秋在上海,与颉刚、伯祥两君结邻,偶然谈起此书,我始茫茫然若有所领会。颉刚的《雁来红丛报》本,伯祥的《独悟庵丛钞》本,都被我借来了。既有这么一段前因,自然重读时更有滋味。且这书确也有眩人的力,我们想把这喜悦遍及于读者诸君,于是便把它校点重印。

书共六篇,故名"六记",今只存《闺房记乐》以下四篇,其五、六两篇已佚。此书虽不全,而今所存者似即其精英。《中山记历》当是记漫游琉球之事,或系日记体。《养生记道》,恐亦多道家修持妄说。就其存者言之,固不失为简洁生动的自传文字。

作者沈复,字三白,苏州人,生于清乾隆二十八年,卒年无考,当在嘉庆十二年以后。可注意的,他是个习幕经商的人,不是什么斯文举子。偶然写几句诗文,也无所存心,上不为名山之业,下不为富贵的敲门砖,意兴所到,便濡毫伸纸,不必妆点,不知避忌。统观全书,无酸语,赘语,道学语,殆以此乎?

文章事业的圆成,本有一个通例,就是"求之不必得,不求可自得。"这个通例,于小品文字的创作尤为显明。我们莫妙于学行云流水,莫妙于学春鸟秋虫,固不是有所为,却也未必就是无所为。这两种说法同伤于武断。古人论文每每标一"机"字,概念的诠表虽病含混,我却赏其谈言微中。陆机《文赋》说,"故徒抚空怀而自惋,吾未识夫开塞之所由。"这是绝妙的文思描写。我们与一切外物相遇,不可著意,著意则滞;不可绝缘,绝缘则离。记得宋周美成的《玉楼春》里,有两句最好,"人如风后入江云,情似雨余粘地絮",这种况味正在不离不著之间,文心之妙亦复如是。

即如这书,说它是信笔写出的,固然不像;说它是精心结撰的,又何以见得。这总是一半儿做着,一半儿写着的;虽有雕琢一样的完美,却不见一点斧凿痕。犹之佳山佳水,明明是天开的图画,然仿佛处处吻合人工的意匠。当此种境界,我们的分析推寻的技巧,原不免有穷时。此《记》所录所载,妙肖不足奇,奇在全不着力而得妙肖;韶秀不足异,异在韶秀以外竟似无物。俨如一块纯美的水晶,只见明莹,不见衬露明莹的颜色;只见精微,不见制作精微的痕迹。这所以不和寻常的日记相同,而有重行付印,令其传播得更久更远的价值。

我岂不知这是小玩意儿,不值当作溢美的说法;然而我自信这种说法不至于是溢美。想读这书的,必有能辨别的罢。

1923 年 2 月 27 日,杭州城头巷

《重刊〈浮生六记〉序》导读

藕与莼菜

叶圣陶

同朋友喝酒,嚼着薄片的雪藕,忽然怀念起故乡来了。若在故乡,每当新秋的早晨,门前经过许多乡人:男的紫赤的胳膊和小腿肌肉突起,躯干高大且挺直,使人起健康的感觉;女的往往裹着白地青花的头巾,虽然赤脚,却穿短短的夏布裙,躯干固然不及男的那样高,但是别有一种健康的美的风致;他们各挑着一副担子,盛着鲜嫩的玉色的长节的藕。在产藕的池塘里,在城外曲曲弯弯的小河边,他们把这些藕一再洗濯,所以这样洁白。仿佛他们以为这是供人品味的珍品,这是清晨的画境里的重要题材,倘若涂满污泥,就把人家欣赏的浑凝之感打破了;这是一件罪过的事,他们不愿意担在身上,故而先把它们洗濯得这样洁白,才挑进城里来。他们要稍稍休息的时候,就把竹扁横在地上,自己坐在上面,随便拣择担里过嫩的"藕枪"或是较老的"藕朴",大口地嚼着解渴。过路的人就站住了,红衣衫的小姑娘拣一节,白头发的老公公买两支。清淡的甘美的滋味于是普遍于家家户户了。这样情形差不多是平常的日课,直到叶落秋深的时候。

在这里上海,藕这东西几乎是珍品了。大概也是从我们故乡运来的。但是数量不多,自有那些伺候豪华公子硕腹巨贾的帮闲茶房们把大部分抢去了;其余的就要供在较大的水果铺里,位置在金山苹果吕宋香芒之间,专待善价而沽。至于挑着担子在街上叫卖的,也并不是没有,但不是瘦得像乞丐的臂和腿,就是涩得像未熟的柿子,实在无从欣羡。因此,除了仅有的一回,我们今年竟不曾吃过藕。

这仅有的一回不是买来吃的,是邻舍送给我们吃的。他们也不是自己买的,是从故乡来的亲戚带来的。这藕离开它的家乡大约有好些时候了,所以不复呈玉样的颜色,却满被着许多锈斑。削去皮的时候,刀锋过处,很不爽利。切成片送进嘴里嚼着,有些儿甘味,但是没有那种鲜嫩的感觉,而且似乎含了满口的渣,第二片就不想吃了。只有孩子很高兴,他把这许多片嚼完,居然有半点钟工夫不再作别的要求。

想起了藕就联想到莼菜。在故乡的春天,几乎天天吃莼菜。莼菜本身没有味道,味道全在于好的汤。但是嫩绿的颜色与丰富的诗意,无味之味真足令人心醉。在每条街旁的小河里,石埠头总歇着一两条没篷的船,满舱盛着莼菜,是从太湖里捞来的。取得这样方便,当然能日餐一碗了。

而在这里上海又不然;非上馆子就难以吃到这东西。我们当然不上馆子,偶然有一两回去叨扰朋友的酒席,恰又不是莼菜上市的时候,所以今年竟不曾吃过。直到最近,伯祥的杭州亲戚来了,送他瓶装的西湖莼菜,他送给我一瓶,我才算也尝了新。

向来不恋故乡的我,想到这里,觉得故乡可爱极了。我自己也不明白,为什么会起这么深浓的情绪?再一思索,实在很浅显:因为在故乡有所恋,而所恋又只在故乡有,就萦系着不能割舍了。譬如亲密的家人在那里,知心的朋友在那里,怎得不恋念?怎得不怀念?但是仅仅为了爱故乡么?不是的,不过在故乡的几个人把我们牵系着罢了。若无所牵系,更何所恋念?像我现在,偶然被藕与莼菜所牵系,所以就怀念起故乡来了。

所恋在哪里,哪里就是我们的故乡了。

1923年9月7日作

《藕与莼菜》导读

荷塘月色

朱自清

　　这几天心里颇不宁静。今晚在院子里坐着乘凉，忽然想起日日走过的荷塘，在这满月的光里，总该另有一番样子吧。月亮渐渐地升高了，墙外马路上孩子们的欢笑，已经听不见了；妻在屋里拍着闰儿，迷迷糊糊地哼着眠歌。我悄悄地披了大衫，带上门出去。

　　沿着荷塘，是一条曲折的小煤屑路。这是一条幽僻的路；白天也少人走，夜晚更加寂寞。荷塘四面，长着许多树，蓊蓊郁郁的。路的一旁，是些杨柳，和一些不知道名字的树。没有月光的晚上，这路上阴森森的，有些怕人。今晚却很好，虽然月光也还是淡淡的。

　　路上只我一个人，背着手踱着。这一片天地好像是我的；我也像超出了平常的自己，到了另一个世界里。我爱热闹，也爱冷静；爱群居，也爱独处。像今晚上，一个人在这苍茫的月下，什么都可以想，什么都可以不想，便觉是个自由的人。白天里一定要做的事，一定要说的话，现在都可不理。这是独处的妙处，我且受用这无边的荷香月色好了。

　　曲曲折折的荷塘上面，弥望的是田田的叶子。叶子出水很高，像亭亭的舞女的裙。层层的叶子中间，零星地点缀着些白花，有袅娜地开着的，有羞涩地打着朵儿的；正如一粒粒的明珠，又如碧天里的星星，又如刚出浴的美人。

　　微风过处，送来缕缕清香，仿佛远处高楼上渺茫的歌声似的。这时候叶子与花也有一丝的颤动，像闪电般，霎时传过荷塘的那边去了。叶子本是肩并肩密密地挨着，这便宛然有了一道凝碧的波痕。叶子底下是脉脉的流水，遮住了，不能见一些颜色；而叶子却更见风致了。

　　月光如流水一般，静静地泻在这一片叶子和花上。薄薄的青雾浮起在荷塘里。叶子和花仿佛在牛乳中洗过一样；又像笼着轻纱的梦。虽然是满月，天上却有一层淡淡的云，所以不能朗照；但我以为这恰是到了好处——酣眠固不可少，小睡也别有风味的。

　　月光是隔了树照过来的，高处丛生的灌木，落下参差的斑驳的黑影，峭楞楞如鬼一般；弯弯的杨柳的稀疏的倩影，却又像是画在荷叶上。塘中的月色并不均匀;但光与影有着和谐的旋律,如梵婀玲上奏着的名曲。

荷塘的四面,远远近近,高高低低都是树,而杨柳最多。这些树将一片荷塘重重围住;只在小路一旁,漏着几段空隙,像是特为月光留下的。树色一例是阴阴的,乍看像一团烟雾;但杨柳的丰姿,便在烟雾里也辨得出。树梢上隐隐约约的是一带远山,只有些大意罢了。

树缝里也漏着一两点路灯光,没精打采的,是渴睡人的眼。这时候最热闹,要数树上的蝉声与水里的蛙声;但热闹是它们的,我什么也没有。

忽然想起采莲的事情来了。采莲是江南的旧俗,似乎很早就有,而六朝时为盛;从诗歌里可以约略知道。采莲的是少年的女子,她们是荡着小船,唱着艳歌去的。采莲人不用说很多,还有看采莲的人。那是一个热闹的季节,也是一个风流的季节。梁元帝《采莲赋》里说得好:

> 于是妖童媛女,荡舟心许;鹢首徐回,兼传羽杯;棹将移而藻挂,船欲动而萍开。尔其纤腰束素,迁延顾步;夏始春余,叶嫩花初,恐沾裳而浅笑,畏倾船而敛裾。

可见当时嬉游的光景了。这真是有趣的事,可惜我们现在早已无福消受了。

于是又记起,《西洲曲》里的句子:

> 采莲南塘秋,莲花过人头;低头弄莲子,莲子清如水。

今晚若有采莲人,这儿的莲花也算得"过人头"了;只不见一些流水的影子,是不行的。这令我到底惦着江南了。——这样想着,猛一抬头,不觉已是自己的门前;轻轻地推门进去,什么声息也没有,妻已睡熟好久了。

1927 年 7 月

给亡妇

朱自清

　　谦,日子真快,一眨眼你已经死了三个年头了。这三年里世事不知变化了多少回,但你未必注意这些个,我知道。你第一惦记的是你几个孩子,第二便轮着我。孩子和我平分你的世界,你在日如此;你死后若还有知,想来还如此的。告诉你,我夏天回家来着:迈儿长得结实极了,比我高一个头。闰儿父亲说是最乖,可是没有先前胖了。采芷和转子都好。五儿全家夸她长得好看;却在腿上生了湿疮,整天坐在竹床上不能下来,看了怪可怜的。六儿,我怎么说好,你明白,你临终时也和母亲谈过,这孩子是只可以养着玩儿的,他左撑右撑去年春天,到底没有撑过去。这孩子生了几个月,你的肺病就重起来了。我劝你少亲近他,只监督着老妈子照管就行。你总是忍不住,一会儿提,一会儿抱。可是你病中为他操的那一份儿心也够瞧的。那一个夏天他病的时候多,你成天儿忙着,汤呀,药呀,冷呀,暖呀,连觉也没有好好儿睡过。那里有一分一毫想着你自己。瞧着他硬朗点儿你就乐,干枯的笑容在黄蜡般的脸上,我只有暗中叹气而已。

　　从来想不到做母亲的要像你这样。从迈儿起,你总是自己喂乳,一连四个都这样。你起初不知道按钟点儿喂,后来知道了,却又弄不惯;孩子们每夜里几次将你哭醒了,特别是闷热的夏季。我瞧你的觉老没睡足。白天里还得做菜,照料孩子,很少得空儿。你的身子本来坏,四个孩子就累你七八年。到了第五个,你自己实在不成了,又没乳,只好自己喂奶粉,另雇老妈子专管她。但孩子跟老妈子睡,你就没有放过心;夜里一听见哭,就竖起耳朵听,工夫一大就得过去看。十六年初,和你到北京来,将迈儿转子留在家里;三年多还不能去接他们,可真把你惦记苦了。你并不常提,我却明白。你后来说你的病就是惦记出来的;那个自然也有份儿,不过大半还是养育孩子累的。你的短短的十二年结婚生活,有十一年耗费在孩子们身上;而你一点不厌倦,有多少力量用多少,一直到自己毁灭为止。你对孩子一般儿爱,不问男的女的,大的小的。也不想到什么"养儿防老,积谷防饥",只拼命的爱去。你对于教育老实说有些外行,孩子们只要吃得好玩得好就成了。这也难怪你,你自己便是这样长大的。况且孩子们原都还小,吃和玩本来也要紧的。你病重的时候最放不下的还是孩子。病的只剩皮包着骨头了,总不信自己不会好;老说:"我死了,这一大群孩子可苦了。"后来说送你回家,你想着可以看见迈儿和转子,也愿意;你万不想到会一去不返的。我送车的时候,你忍不住哭了,说"还不知能不能再见?"可怜,你的心我知道,你满想着好好儿带着六个孩子回来见我的。谦,你那时一定这样想,一定的。

除了孩子,你心里只有我。不错,那时你父亲还在。可是你母亲死了,他另有个女人,你老早就觉得隔了一层似的。出嫁后第一年你虽还一心一意依恋着他老人家,到第二年上我和孩子可就将你的心占住,你再没有多少工夫惦记他了。你还记得第一年我在北京,你在家里。家里来信说你呆不住,常回娘家去。我动气了,马上写信责备你。你教人写了一封复信,说家里有事,不能不回去。这是你第一次也可以说第末次的抗议,我从此就没给你写信。暑假时带了一肚子主意回去,但见了面,看你一脸笑,也就拉倒了。打这时候起,你渐渐从你父亲的怀里跑到我这儿。你换了金镯子帮助我的学费,叫我以后还你;但直到你死,我没有还你。你在我家受了许多气,又因为我家的缘故受你家里的气,你都忍着。这全为的是我,我知道。那回我从家乡一个中学半途辞职出走。家里人讽你也走。那里走!只得硬着头皮往你家去。那时你家像个冰窖子,你们在窖里足足住了三个月。好容易我才将你们领出来了,一同上外省去。小家庭这样组织起来了。你虽不是什么阔小姐,可也是自小娇生惯养的。做起主妇来,什么都得干一两手;你居然做下去了,而且高高兴兴地做下去了。菜照例满是你做,可是吃的都是我们;你至多夹上两三筷子就算了。你的菜做得不坏,有一位老在行大大地夸奖过你。你洗衣服也不错,夏天我的绸大褂大概总是你亲自动手。你在家老不乐意闲着;坐前几个"月子",老是四五天就起床,说是躺着家里事没条没理的。其实你起来也还不是没条理,咱们家那么多孩子,哪儿来条理?在浙江住的时候,逃过两回兵难,我都在北平。真亏你领着母亲和一群孩子东藏西躲的;末一回还要走多少里路,翻一道大岭。这两回差不多只靠你一个人。你不但带了母亲和孩子们,还带了我一箱箱的书;你知道我是最爱书的。在短短的十二年里,你操的心比人家一辈子还多;谦,你那样身子怎么经得住!你将我的责任一股脑儿担负了去,压死了你;我如何对得起你!

你为我的捞什子书也费了不少神;第一回让你父亲的男佣人从家乡捎到上海去。他说了几句闲话,你气得在你父亲面前哭了。第二回是带着逃难,别人都说你傻子。你有你的想头:"没有书怎么教书?况且他又爱这个玩意儿。"其实你没有晓得,那些书丢了也并不可惜;不过教你怎么晓得,我平常从来没和你谈过这些个!总而言之,你的心是可感谢的。这十二年里你为我吃的苦真不少,可是没有过几天好日子。我们在一起住,算来也还不到五个年头。无论日子怎么坏,无论是离是合,你从来没对我发过脾气,连一句怨言也没有。——别说怨我,就是怨命也没有过。老实说,我的脾气可不大好,迁怒的事儿有的是。那些时候你往往抽噎着流眼泪,从不回嘴,也不号咷。不过我也只信得过你一个人,有些话我只和你一个人说,因为世界上只你一个人真关心我,真同情我。你不但为我吃苦,更为我分苦;我之有我现在的精神,大半是你给我培养着的。这些年来我很少生病。但我最不耐烦生病,生了病就呻吟不绝,闹那伺候病的人。你是领教过一回的,那回只一两点钟,可是也够麻烦了。你常生病,却总不开口,挣扎着起来;一来怕搅我,二来怕没人做你那份儿事。我有一个坏脾气,怕听人生病,也是真的。后来你天天发烧,自己还以为南方带来的疟疾,一直瞒着我。明明躺着,听见我的脚步,一骨碌就坐起来。我渐渐有些奇怪,让大夫一瞧,这可糟了,你的一个肺已烂了一个大窟窿了!大夫劝你到西山去静养,你丢不下孩子,又舍不得钱;劝你在家里躺着,你也丢不下那份儿家务。越看越不行了,这才送你回去。明知凶多吉少,想不到只一个月工夫你就完了!本来盼望还见得着你,这一来可拉倒了。你也何尝想到这个?父亲告诉我,你回家独住着一所小住宅,还嫌没有客厅,怕我回去不便哪。

前年夏天回家,上你坟上去了。你睡在祖父母的下首,想来还不孤单的。只是当年祖父母的圹太小了,你正睡在圹底下。这叫做"抗圹",在生人看来是不安心的;等着想办法罢。那时圹上圹下密密地长着青草,朝露浸湿了我的布鞋。你刚埋了半年多,只有圹下多出一块土,别的全然看不出新坟的样子。我和隐今夏回去,本想到你的坟上来;因为她病了,没来成。我们想告诉你,五个孩子都好,我们一定尽心教养他们,让他们对得起死了的母亲——你!谦,好好儿放心安睡罢,你。

1932 年 10 月

《给亡妇》导读

拓展阅读

拓展阅读
张玉飞:哀歌一曲悼亡妻——读朱自清的《给亡妇》

故乡的野菜

周作人

我的故乡不止一个，凡我住过的地方都是故乡。故乡对于我并没有什么特别的情分，只因钓于斯游于斯的关系，朝夕会面，遂成相识，正如乡村里的邻舍一样，虽然不是亲属，别后有时也要想念到他。我浙东住过十几年，南京东京都住过六年，这都是我的故乡；现在住在北京，于是北京就成了我的家乡了。

日前我的妻往西单市场买菜回来，说起有荠菜在那里卖着，我便想起浙东的事来。荠菜是浙东人春天常吃的野菜，乡间不必说，就是城里只要有后园的人家都可以随时采食，妇女小儿各拿一把剪刀一只"苗篮"，蹲在地上搜寻，是一种有趣味的游戏的工作。那时小孩们唱道，"荠菜马兰头，姊姊嫁在后门头。"后来马兰头有乡人拿来进城售卖了，但荠菜还是一种野菜，须得自家去采。关于荠菜向来颇有风雅的传说，不过这似乎是以吴地为主。《西湖游览志》云，"三月三日男女皆戴荠菜花。谚云，三春戴荠花，桃李羞繁华。"顾禄的《清嘉录》上亦说，"荠菜花俗呼野菜花，因谚有三月三蚂蚁上灶山之语，三日人家皆以野菜花置灶陉上，以厌虫蚁，侵晨村童叫卖不绝。或妇女簪髻上以祈清目，俗号眼亮花。"但浙东却不很理会这些事情，只是挑来做菜或炒年糕吃罢了。

黄花麦果通称鼠曲草，系菊科植物，叶小微圆互生，表面有白毛，花黄色，簇生梢头。春天采嫩叶，捣烂去汁，和粉作糕，称黄花麦果糕。小孩们有歌赞美之云，

黄花麦果韧结结，
关得大门自要吃：
半块拿弗出，一块自要吃。

清明前后扫墓时，有些人家——大约是保存古风的人家——用黄花麦果做供，但不作饼状，做成小颗如指顶大，或细条如小指，以五六个作一攒，名曰茧果，不知是什么意思，或因蚕上山时设祭，也用这种食品，故有是称，亦未可知。自从十二三岁时外出不参与外祖家扫墓以后，不复见过茧果，近

来住在北京，也不再见黄花麦果的影子了。日本称为"御形"，与荠菜同为春天的七草之一，也采来做点心用，状如艾饺，名曰"草饼"，春分前后多食之，在北京也有，但是吃去总是日本风味，不复是儿时的黄花麦果糕了。

扫墓时候所常吃的还有一种野菜，俗名草紫，通称紫云英。农人在收获后，播种田内，用作肥料，是一种很被贱视的植物，但采取嫩茎瀹食，味颇鲜美，似豌豆苗。花紫红色，数十亩接连不断，一片锦绣，如铺着华美的地毯，非常好看，而且花朵状若蝴蝶，又如鸡雏，尤为小孩所喜。间有白色的花，相传可以治痢，很是珍重，但不易得。日本《俳句大辞典》云，"此草与蒲公英同是习见的东西，从幼年时代便已熟识，在女人里边，不曾采过紫云英的人，恐未必有罢。"中国古来没有花环，但紫云英的花球却是小孩常玩的东西，这一层我还替那些小人们欣幸的。浙东扫墓用鼓吹，所以少年们常随了乐音去看"上坟船里的姣姣"；没有钱的人家虽没有鼓吹，但是船头上篷窗下总露出些紫云英和杜鹃的花束，这也就是上坟船的确实的证据了。

1924 年 2 月

谈　酒

周作人

这个年头儿，喝酒倒是很有意思的。我虽是京兆人，却生长在东南的海边，是出产酒的有名地方。我的舅父和姑父家里时常做几缸自用的酒，但我终于不知道酒是怎么做法，只觉得所用的大约是糯米，因为儿歌里说，"老酒糯米做，吃得变nionio"——末一字是本地叫猪的俗语。做酒的方法与器具似乎都很简单，只有煮的时候的手法极不容易，非有经验的工人不办，平常做酒的人家大抵聘请一个人来，俗称"酒头工"，以自己不能喝酒者为最上，叫他专管鉴定煮酒的时节。有一个远房亲戚，我们叫他"七斤公公"，——他是我舅父的族叔，但是在他家里做短工，所以舅母只叫他作"七斤老"，有时也听见她叫"老七斤"，是这样的酒头工，每年去帮人家做酒，他喜吸旱烟，说玩话，打马将，但是不大喝酒（海边的人喝一两碗是不算能喝，照市价计算也不值十文钱的酒），所以生意很好，时常跑一二百里路被招到诸暨嵊县去。据他说这实在并不难，只须走到缸边屈着身听，听见里边起泡的声音切切察察的,好像是螃蟹吐沫(儿童称为蟹煮饭)的样子,便拿来煮就得了;早一点酒还未成,迟一点就变酸了。但是怎么是恰好的时期,别人仍不能知道,只有听熟的耳朵才能够断定,正如骨董家的眼睛辨别古物一样。

大人家饮酒多用酒钟,以表示其斯文,实在是不对的。正当的喝法是用一种酒碗,浅而大,底有高足,可以说是古已有之的香宾杯。平常起码总是两碗,合一"串筒",价值似是六文一碗。串筒略如倒写的凸字,上下部如一与三之比,以洋铁为之,无盖无嘴,可倒而不可筛,据好酒家说酒以倒为正宗,筛出来的不大好吃。唯酒保好于量酒之前先"荡"(置于水器内,摇荡而洗涤之谓)串筒,荡后往往将清水之一部分留在筒内,客嫌酒淡,常起争执,故喝酒老手必先戒堂倌以勿荡串筒,并监视其量好放在温酒架上。能饮者多索竹叶青,通称曰"本色","元红"系状元红之略,则着色者,唯外行人喜饮之。在外省有所谓花雕者,唯本地酒店中却没有这样东西。相传昔时人家生女,则酿酒贮花雕(一种有花纹的酒坛)中,至女儿出嫁时用以饷客,但此风今已不存,嫁女时偶用花雕,也只临时买元红充数,饮者不以为珍品。有些喝酒的人预备家酿,却有极好的,每年做醇酒若干坛,按次第埋园中,二十年后掘取,即每岁皆得饮二十年陈的老酒了。此种陈酒例不发售,故无处可买,我只有一回在旧日业师家里喝过这样好酒,至今还不曾忘记。

我既是酒乡的一个土著,又这样的喜欢谈酒,好像一定是个与"三酉"结不解缘的酒徒了。其实却大不然。我的父亲是很能喝酒的,我不知道他可以喝多少,只记得他每晚用花生米水果等下酒,且喝且谈天,至少要花费两点钟,恐怕所喝的酒一定很不少了。但我却是不肖,不,或者可以说有志未过,因为我很喜欢喝酒而不会喝,所以每逢酒宴我总是第一个醉与脸红的。自从辛酉患病后,医生叫我喝酒以代药饵,定量是勃阑地每回二十格阑姆,蒲桃酒与老酒等倍之,六年以后酒量一点没有进步,到现在只要喝下一百格阑姆的花雕,便立刻变成关夫子了(以前大家笑谈称作"赤化",此刻自然应当谨慎,虽然是说笑话)。有些有不醉之量的,愈饮愈是脸白的朋友,我觉得非常可以欣羡,只可惜他们愈能喝酒便愈不肯喝酒,好像是美人之不肯显示她的颜色,这实在是太不应该了。

黄酒比较的便宜一点,所以觉得时常可以买喝,其实别的酒也未尝不好。白干于我未免过凶一点,我喝了常怕口腔内要起泡,山西的汾酒与北京的莲花白虽然可喝少许,也总觉得不很和善。日本的清酒我颇喜欢,只是仿佛新酒模样,味道不很静定。蒲桃酒与橙皮酒都很可口,但我以为最好的还是勃阑地。我觉得西洋人不很能够了解茶的趣味,至于酒则很有工夫,决不下于中国。天天喝洋酒当然是一个大的漏卮,正如吸烟卷一般,但不必一定进国货党,咬定牙根要抽净丝,随便喝一点什么酒其实都是无所不可的,至少是我个人这样的想。

喝酒的趣味在什么地方?这个我恐怕有点说不明白。有人说,酒的乐趣是在醉后的陶然的境界。但我不很了解这个境界是怎样的,因为我自饮酒以来似乎不大陶然过,不知怎的我的醉大抵都只是生理的,而不是精神的陶醉。所以照我说来,酒的趣味只是在饮的时候,我想悦乐大抵在做的这一刹那,倘若说是陶然那也当是杯在口的一刻罢。醉了,困倦了,或者应当休息一会儿,也是很安舒的,却未必能说酒的真趣是在此间。昏迷,梦魇,呓语,或是忘却现世忧患之一法门;其实这也是有限的,倒还不如把宇宙性命都投在一口美酒里的耽溺之力还要强大。我喝着酒,一面也怀着"杞天之虑",生恐强硬的礼教反动之后将引起颓废的风气,结果是借醇酒妇人以避礼教的迫害,沙宁(Sanin)时代的出现不是不可能的。但是,或者在中国什么运动都未必彻底成功,青年的反拨力也未必怎么强盛,那么杞天终于只是杞天,仍旧能够让我们喝一口非耽溺的酒也未可知。倘若如此,那时喝酒又一定另外觉得很有意思了罢?

1926 年 6 月 20 日,于北京

《故乡的野菜》《谈酒》导读

拓展阅读

拓展阅读
1. 张鹏振:淡语家山情味长——周作人《故乡的野菜》赏析
2. 哈迎飞:论周作人闲适散文的思想品质和艺术特色

影的告别

鲁迅

人睡到不知道时候的时候,就会有影来告别,说出那些话——
有我所不乐意的在天堂里,我不愿去;有我所不乐意的在地狱里,我不愿去;
有我所不乐意的在你们将来的黄金世界里,我不愿去。
然而你就是我所不乐意的。
朋友,我不想跟随你了,我不愿住。
我不愿意!
呜乎呜乎,我不愿意,我不如彷徨于无地。

我不过一个影,要别你而沉没在黑暗里了。然而黑暗又会吞并我,然而光明又会使我消失。
然而我不愿彷徨于明暗之间,我不如在黑暗里沉没。
然而我终于彷徨于明暗之间,我不知道是黄昏还是黎明。我姑且举灰黑的手装作喝干一杯酒,我将在不知道时候的时候独自远行。
呜乎呜乎,倘若黄昏,黑夜自然会来沉没我,否则我要被白天消失,如果现在是黎明。
朋友,时候近了。
我将向黑暗里彷徨于无地。
你还想我的赠品。我能献你甚么呢?无已,则仍是黑暗和虚空而已。但是,我愿意只是黑暗,或者会消失于你的白天;我愿意只是虚空,决不占你的心地。
我愿意这样,朋友——
我独自远行,不但没有你,并且再没有别的影在黑暗里。只有我被黑暗沉没,那世界全属于我自己。

1924 年 9 月 24 日

春末闲谈

鲁 迅

　　北京正是春末，也许我过于性急之故罢，觉着夏意了，于是突然记起故乡的细腰蜂。那时候大约是盛夏，青蝇密集在凉棚索子上，铁黑色的细腰蜂就在桑树间或墙角的蛛网左近往来飞行，有时衔一支小青虫去了，有时拉一个蜘蛛。青虫或蜘蛛先是抵抗着不肯去，但终于乏力，被衔着腾空而去了，坐了飞机似的。

　　老前辈们开导我，那细腰蜂就是书上所说的果蠃，纯雌无雄，必须捉螟蛉去做继子的。她将小青虫封在窠里，自己在外面日日夜夜敲打着，祝道"像我像我"，经过若干日，——我记不清了，大约七七四十九日罢，——那青虫也就成了细腰蜂了，所以《诗经》里说："螟蛉有子，果蠃负之。"螟蛉就是桑上小青虫。蜘蛛呢？他们没有提。我记得有几个考据家曾经立过异说，以为她其实自能生卵；其捉青虫，乃是填在窠里，给孵化出来的幼蜂做食料的。但我所遇见的前辈们都不采用此说，还道是拉去做女儿。我们为存留天地间的美谈起见，倒不如这样好。当长夏无事，遭暑林阴，瞥见二虫一拉一拒的时候，便如睹慈母教女，满怀好意，而青虫的宛转抗拒，则活像一个不识好歹的毛鸦头。

　　但究竟是夷人可恶，偏要讲什么科学。科学虽然给我们许多惊奇，但也搅坏了我们许多好梦。自从法国的昆虫学大家发勃耳（Fabre）仔细观察之后，给幼蜂做食料的事可就证实了。而且，这细腰蜂不但是普通的凶手，还是一种很残忍的凶手，又是一个学识技术都极高明的解剖学家。她知道青虫的神经构造和作用，用了神奇的毒针，向那运动神经球上只一螫，它便麻痹为不死不活状态，这才在它身上生下蜂卵，封入窠中。青虫因为不死不活，所以不动，但也因为不活不死，所以不烂，直到她的子女孵化出来的时候，这食料还和被捕当日一样的新鲜。

　　三年前，我遇见神经过敏的俄国E君，有一天他忽然发愁道，不知道将来的科学家，是否不至于发明一种奇妙的药品，将这注射在谁的身上，则这人即甘心永远去做服役和战争的机器了？那时我也就皱眉叹息，装作一齐发愁的模样，以示"所见略同"之至意，殊不知我国的圣君，贤臣，圣贤，圣贤之徒，却早已有过这一种黄金世界的理想了。不是"唯辟作福，唯辟作威，唯辟玉食"么？不是"君子劳心，小人劳力"么？不是"治于人者食（去声）人，治人者食于人"么？可惜理论虽已卓然，而终于没有发明十全的好方法。要服从作威就须不活，要贡献玉食就须不死；要被治就须不活，要供养治人者又须不死。人类升为万物之灵，自然是可贺的，但没有了细腰蜂的毒针，却很使圣君，贤臣，圣贤，圣贤之徒，以至现在的阔人，学者，教育家觉得棘手。将来未可知，若已往，则治人者虽然尽力施行过各种麻痹术，也还不能十分奏效，与果蠃并驱争先。即以皇帝一伦而言，便难免时常改姓易代，终没有"万年有道之长"；"二十四史"而多至二十四，就是可悲的铁证。现在又似乎有些别开生面了，世上诞生了一种所谓"特殊知识阶级"的留学生，在研究室中研究之结果，说医学不发达是有益于人种改良的，中国妇女的境遇是极其平等的，一切道理都已不错，一切状态都已够好。E君的发愁，或者也不为无因罢，然而俄国是不要紧的，因为他们不像我们中国，有所谓"特别国情"，还有所谓"特殊知识阶级"。

但这种工作，也怕终于像古人那样，能十分奏效的罢，因为这实在比细腰蜂所做的要难得多。她丁青虫，只须不动，所以仅在运动神经球上一螫，即告成功。而我们的工作，却求其能运动，无知觉，该在知觉神经中枢，加以完全的麻醉的。但知觉一失，运动也就随之失却主宰，不能贡献玉食，恭请上自"极峰"下至"特殊知识阶级"的赏收享用了。就现在而言，窃以为除了遗老的圣经贤传法，学者的进研究室主义，文学家和茶摊老板的莫谈国事律，教育家的勿视勿听勿言勿动论之外，委实还没有更好，更完全，更无流弊的方法。便是留学生的特别发见，其实也并未轶出了前贤的范围。

那么，又要"礼失而求诸野"了。夷人，现在因为想去取法，姑且称之为外国，他那里，可有较好的法子么？可惜，也没有。所有者，仍不外乎不准集会，不许开口之类，和我们中华并没有什么很不同。然亦可见至道嘉猷，人同此心，心同此理，固无华夷之限也。猛兽是单独的，牛羊则结队；野牛的大队，就会排角成城以御强敌了，但拉开一匹，定只能牟牟地叫。人民与牛马同流，——此就中国而言，夷人别有分类法云，——治之之道，自然应该禁止集合：这方法是对的。其次要防说话。人能说话，已经是祸胎了，而况有时还要做文章。所以苍颉造字，夜有鬼哭。鬼且反对，而况于官？猴子不会说话，猴界即向无风潮，——可是猴界中也没有官，但这又作别论，——确应该虚心取法，反朴归真，则口且不开，文章自灭：这方法也是对的。然而上文也不过就理论而言，至于实效，却依然是难说。最显著的例，是连那么专制的俄国，而尼古拉二世"龙御上宾"之后，罗马诺夫氏竟已"覆宗绝祀"了。要而言之，那大缺点就在虽有二大良法，而还缺其一，便是：无法禁止人们的思想。

于是我们的造物主——假如天空真有这样的一位"主子"——就可恨了:一恨其没有永远分清"治者"与"被治者";二恨其不给治者生一枝细腰蜂那样的毒针;三恨其不将被治者造得即使砍去了藏着的思想中枢的脑袋而还能动作——服役。三者得一,阔人的地位即永久稳固,统御也永久省了气力,而天下于是乎太平。今也不然,所以即使单想高高在上,暂时维持阔气,也还得日施手段,夜费心机,实在不胜其委屈劳神之至……。

假使没有了头颅,却还能做服役和战争的机械,世上的情形就何等地醒目呵!这时再不必用什么制帽勋章来表明阔人和窄人了,只要一看头之有无,便知道主奴,官民,上下,贵贱的区别。并且也不至于再闹什么革命,共和,会议等等的乱子了,单是电报,就要省下许多许多来。古人毕竟聪明,仿佛早想到过这样的东西,《山海经》上就记载着一种名叫"刑天"的怪物。他没有了能想的头,却还活着,"以乳为目,以脐为口",——这一点想得很周到,否则他怎么看,怎么吃呢,——实在是很值得奉为师法的。假使我们的国民都能这样,阔人又何等安全快乐?但他又"执干戚而舞",则似乎还是死也不肯安分,和我那专为阔人图便利而设的理想底好国民又不同。陶潜先生又有诗道:"刑天舞干戚,猛志固常在。"连这位貌似旷达的老隐士也这么说,可见无头也会仍有猛志,阔人的天下一时总怕难得太平的了。但有了太多的"特殊知识阶级"的国民,也许有特在例外的希望;况且精神文明太高了之后,精神的头就会提前飞去,区区物质的头的有无也算不得什么难问题。

1925 年 4 月 22 日

小品文的危机

鲁　迅

仿佛记得一两月之前,曾在一种日报上见到记载着一个人的死去的文章,说他是收集"小摆设"的名人,临末还有依稀的感喟,以为此人一死,"小摆设"的收集者在中国怕要绝迹了。

但可惜我那时不很留心,竟忘记了那日报和那收集家的名字。

现在的新的青年恐怕也大抵不知道什么是"小摆设"了。但如果他出身旧家,先前曾有玩弄翰墨的人,则只要不很破落,未将觉得没用的东西卖给旧货担,就也许还能在尘封的废物之中,寻出一个小小的镜屏,玲珑剔透的石块,竹根刻成的人像,古玉雕出的动物,锈得发绿的铜铸的三脚癞虾蟆:这就是所谓"小摆设"。先前,它们陈列在书房里的时候,是各有其雅号的,譬如那三脚癞虾蟆,应该称为"蟾蜍砚滴"之类,最末的收集家一定都知道,现在呢,可要和它的光荣一同消失了。

那些物品,自然决不是穷人的东西,但也不是达官富翁家的陈设,他们所要的,是珠玉扎成的盆景,五彩绘画的磁瓶。那只是所谓士大夫的"清玩"。在外,至少必须有几十亩膏腴的田地,在家,必须有几间幽雅的书斋;就是流寓上海,也一定得生活较为安闲,在客栈里有一间长包的房子,书桌一顶,烟榻一张,瘾足心闲,摩挲赏鉴。然而这境地,现在却已经被世界的险恶的潮流冲得七颠八倒,像狂涛中的小船似的了。

然而就是在所谓"太平盛世"罢,这"小摆设"原也不是什么重要的物品。在方寸的象牙版上刻一篇《兰亭序》,至今还有"艺术品"之称,但倘将这挂在万里长城的墙头,或供在云冈的丈八佛像的足下,它就渺小得看不见了,即使热心者竭力指点,也不过令观者生一种滑稽之感。何况在风沙扑面,狼虎成群的时候,谁还有这许多闲工夫,来赏玩琥珀扇坠,翡翠戒指呢。他们即使要悦目,所要的也是耸立于风沙中的大建筑,要坚固而伟大,不必怎样精;即使要满意,所要的也是匕首和投枪,要锋利而切实,用不着什么雅。

美术上的"小摆设"的要求,这幻梦是已经破掉了,那日报上的文章的作者,就直觉地知道。然而对于文学上的"小摆设"——"小品文"的要求,却正在越加旺盛起来,要求者以为可以靠着低诉或微吟,将粗犷的人心,磨得渐渐的平滑。这就是想别人一心看着《六朝文絜》,而忘记了自己是抱在黄河决口之后,淹得仅仅露出水面的树梢头。

但这时却只用得着挣扎和战斗。

而小品文的生存,也只仗着挣扎和战斗的。晋朝的清言,早和它的朝代一同消歇了。唐末诗风衰落,而小品放了光辉。但罗隐的《谗书》,几乎全部是抗争和愤激之谈;皮日休和陆龟蒙自以为隐士,别人也称之为隐士,而看他们在《皮子文薮》和《笠泽丛书》中的小品文,并没有忘记天下,正是一塌胡涂的泥塘里的光彩和锋铓。明末的小品虽然比较的颓放,却并非全是吟风弄月,其中有不平,有讽刺,有攻击,有破坏。这种作风,也触了满洲君臣的心病,费去许多助虐的武将的刀锋,帮闲的文臣的笔锋,直到乾隆年间,这才压制下去了。以后呢,就来了"小摆设"。

"小摆设"当然不会有大发展。到五四运动的时候,才又来了一个展开,散文小品的成功,几乎在小说戏曲和诗歌之上。这之中,自然含着挣扎和战斗,但因为常常取法于英国的随笔(Essay),所以也带一点幽默和雍容;写法也有漂亮和缜密的,这是为了对于旧文学的示威,在表示旧文学之自以为特长者,白话文学也并非做不到。以后的路,本来明明是更分明的挣扎和战斗,因为这原是萌芽于"文学革命"以至"思想革命"的。但现在的趋势,却在特别提倡那和旧文章相合之点,雍容,漂亮,缜密,就是要它成为"小摆设",供雅人的摩挲,并且想青年摩挲了这"小摆设",由粗暴而变为风雅了。

然而现在已经更没有书桌;雅片虽然已经公卖,烟具是禁止的,吸起来还是十分不容易。想在战地或灾区里的人们来鉴赏罢——谁都知道是更奇怪的幻梦。这种小品,上海虽正在盛行,茶话酒谈,遍满小报的摊子上,但其实是正如烟花女子,已经不能在弄堂里拉扯她的生意,只好涂脂抹粉,在夜里蹩到马路上来了。

小品文就这样的走到了危机。但我所谓危机,也如医学上的所谓"极期"(Crisis Krisis)一般,是生死的分歧,能一直得到死亡,也能由此至于恢复。麻醉性的作品,是将与麻醉者和被麻醉者同归于尽的。生存的小品文,必须是匕首,是投枪,能和读者一同杀出一条生存的血路的东西;但自然,它也能给人愉快和休息,然而这并不是"小摆设",更不是抚慰和麻痹,它给人的愉快和休息是休养,是劳作和战斗之前的准备。

8 月 27 日

《影的告别》《春末闲谈》
《小品文的危机》导读　　　拓展阅读

拓展阅读

1. 汪卫东:《野草》的诗心
2. 徐张杰:论鲁迅向个体生命寻求"和谐"的艺术精神——以散文诗《影的告别》透析
3. 张中良:论鲁迅杂文的审美构成

推背图

鲁 迅

我这里所用的"推背"的意思,是说:从反面来推测未来的情形。

上月的《自由谈》里,就有一篇《正面文章反看法》,这是令人毛骨悚然的文字。因为得到这一个结论的时候,先前一定经过许多苦楚的经验,见过许多可怜的牺牲。本草家提起笔来,写道:砒霜,大毒。字不过四个,但他却确切知道了这东西曾经毒死过若干性命的了。

里巷间有一个笑话:某甲将银子三十两埋在地里面,怕人知道,就在上面竖一块木板,写道:"此地无银三十两。"隔壁的阿二因此却将这掘去了,也怕人发觉,就在木板的那一面添上一句道,"隔壁阿二勿曾偷。"这就是在教人"正面文章反看法"。

但我们日日所见的文章,却不能这么简单。有明说要做,其实不做的;有明说不做,其实要做的;有明说做这样,其实做那样的;有其实自己要这么做,倒说别人要这么做的;有一声不响,而其实倒做了的。然而也有说这样,竟这样的。难就在这地方。

例如近几天报章上记载着的要闻罢:

一、××军在××血战,杀敌×××人。

二、××谈话:决不与日本直接交涉,仍然不改初衷,抵抗到底。

三、芳泽来华,据云系私人事件。

四、共党联日,该伪中央已派干部××赴日接洽。

五、××××……

倘使都当反面文章看,可就太骇人了。但报上也有"莫干山路草棚船百余只大火","××××廉价只有四天了"等大概无须"推背"的记载,于是乎我们就又胡涂起来。

听说,《推背图》本是灵验的,某朝某帝怕他淆惑人心,就添了些假造的在里面,因此弄得不能豫知了,必待事实证明之后,人们这才恍然大悟。

我们也只好等着看事实,幸而大概是不很久的,总出不了今年。

四月二日

"题未定"草(六、七)

鲁　迅

六

记得T君曾经对我谈起过：我的《集外集》出版之后，施蛰存先生曾在什么刊物上有过批评，以为这本书不值得付印，最好是选一下。我至今没有看到那刊物；但从施先生的推崇《文选》和手定《晚明二十家小品》的功业，以及自标"言行一致"的美德推测起来，这也正像他的话。好在我现在并不要研究他的言行，用不着多管这些事。

《集外集》的不值得付印，无论谁说，都是对的。其实岂只这一本书，将来重开四库馆时，恐怕我的一切译作，全在排除之列；虽是现在，天津图书馆的目录上，在《呐喊》和《彷徨》之下，就注着一个"销"字，"销"者，销毁之谓也；梁实秋教授充当什么图书馆主任时，听说也曾将我的许多译作驱逐出境。但从一般的情形而论，目前的出版界，却实在并不十分谨严，所以印了我的一本《集外集》，似乎也算不得怎么特别糟蹋了纸墨。至于选本，我倒以为是弊多利少的，记得前年就写过一篇《选本》，说明着自己的意见，后来就收在《集外集》中。

自然，如果随便玩玩，那是什么选本都可以的，《文选》好，《古文观止》也可以。不过倘要研究文学或某一作家，所谓"知人论世"，那么，足以应用的选本就很难得。选本所显示的，往往并非作者的特色，倒是选者的眼光。眼光愈锐利，见识愈深广，选本固然愈准确，但可惜的是大抵眼光如豆，抹杀了作者真相的居多，这才是一个"文人浩劫"。例如蔡邕，选家大抵只取他的碑文，使读者仅觉得他是典重文章的作手，必须看见《蔡中郎集》里的《述行赋》（也见于《续古文苑》），那些"穷工巧于台榭兮，民露处而寝湿，委嘉谷于禽兽兮，下糠秕而无粒"（手头无书，也许记错，容后订正）的句子，才明白他并非单单的老学究，也是一个有血性的人，明白那时的情形，明白他确有取死之道。又如被选家录取了《归去来辞》和《桃花源记》，被论客赞赏着"采菊东篱下，悠然见南山"的陶潜先生，在后人的心目中，实在飘逸得太久了，但在全集里，他却有时很摩登，"愿在丝而为履，附素足以周旋，悲行止之有节,空委弃于床前",竟想摇身一变,化为"阿呀呀,我的爱人呀"的鞋子,虽然后来自说因为"止于礼义",未能进攻到底,但那些胡思乱想的自白,究竟是大胆的。就是诗,除论客所佩服的"悠然见南山"之外,也还有"精卫衔微木,将以填沧海,形天舞干戚,猛志固常在"之类的"金刚怒目"式,在证明着他并非整天整夜的飘飘然。这"猛志固常在"和"悠然见南山"的是一个人,倘有取舍,即非全人,再加抑扬,更离真实。譬如勇士,也战斗,也休息,也饮食,自然也性交,如果只取他末一点,画起像来,挂在妓院里,尊为性交大师,那当然也不能说是毫无根据的,然而,岂不冤哉!我每见近人的称引陶渊明,往往不禁为古人惋惜。

这也是关于取用文学遗产的问题,潦倒而至于昏聩的人,凡是好的,他总归得不到。前几天,看见《时事新报》的《青光》上,引过林语堂先生的话,原文抛掉了,大意是说:老庄是上流,泼妇骂街之类是下流,他都要看,只有中流,剽上窃下,最无足观。如果我所记忆的并不错,那么,这真不但宣告了宋人语录,明人小品,下至《论语》,《人间世》,《宇宙风》这些"中流"作品的死刑,也透彻的表白了其人的毫无自信。不过这还是空腹高心之谈,因为虽是"中流",也并不一概,即使同是剽窃,有取了好处的,有取了无用之处的,有取了坏处的,到得"中流"的下流,他就连剽窃也不会,"老庄"不必说了,虽是明清的文章,又何尝真的看得懂。

标点古文,不但使应试的学生为难,也往往害得有名的学者出丑,乱点词曲,拆散骈文的美谈,已经成为陈迹,也不必回顾了;今年出了许多廉价的所谓珍本书,都有名家标点,关心世道者癌然忧之,以为足煽复古之焰。我却没有这么悲观,化国币一元数角,买了几本,既读古之中流的文章,又看今之中流的标点;今之中流,未必能懂古之中流的文章的结论,就从这里得来的。

例如罢,——这种举例,是很危险的,从古到今,文人的送命,往往并非他的什么"意德沃罗基"的悖谬,倒是为了个人的私仇居多。然而这里仍得举,因为写到这里,必须有例,所谓"箭在弦上,不得不发"者是也。但经再三忖度,决定"姑隐其名",或者得免于难欤,这是我在利用中国人只顾空面子的缺点。

例如罢,我买的"珍本"之中,有一本是张岱的《琅嬛文集》,"特印本实价四角";据"乙亥十月,卢前冀野父"跋,是"化峭僻之途为康庄"的,但照标点看下去,却并不十分"康庄"。标点,对于五言或七言诗最容易,不必文学家,只要数学家就行,乐府就不大"康庄"了,所以卷三的《景清刺》里,有了难懂的句子:

"……佩铅刀。藏膝髁。太史奏。机谋破。不称王内前。坐对御衣含血唾。……"

琅琅可诵,韵也押的,不过"不称王向前"这一句总有些费解。看看原序,有云:"清知事不成。跃而询上。大怒曰。毋谓我王。即王敢尔耶。清曰。今日之号。尚称王哉。命抉其齿。王且询。则含血前。〇御衣。上益怒。剥其肤。……"(标点悉遵原本)那么,诗该是"不称王,向前坐"了,"不称王"者,"尚称王哉"也;"向前坐"者,"则含血前"也。而序文的"跃而询。上大怒曰",恐怕也该是"跃而询。上大怒曰"才合式,据作文之初阶,观下文之"上益怒",可知也矣。

纵使明人小品如何"本色",如何"性灵",拿它乱玩究竟还是不行的,自误事小,误人可似乎不大好。例如卷六的《琴操》《脊令操》序里,有这样的句子:"秦府僚属。劝秦王世民。行周公之事。伏兵玄武门。射杀建成元吉魏征。伤亡作。"

文章也很通,不过一翻《唐书》,就不免觉得魏征实在射杀得冤枉,他其实是秦王世民做了皇帝十七年之后,这才病死的。所以我们没有法,这里只好点作"射杀建成元吉,魏征伤亡作"。明明是张岱作的《琴操》,怎么会是魏征作呢,索性也将他射杀干净,固然不能说没有道理,不过"中流"文人,是常有拟作的,例如韩愈先生,就替周文王说过"臣罪当诛兮天王圣明",所以在这里,也还是以"魏征伤亡作"为稳当。

我在这里也犯了"文人相轻"罪,其罪状曰"吹毛求疵"。但我想"将功折罪"的,是证明了有些名人,连文章也看不懂,点不断,如果选起文章来,说这篇好,那篇坏,实在不免令人有些毛骨悚然,所以认真读书的人,一不可倚仗选本,二不可凭信标点。

七

还有一样最能引读者入于迷途的,是"摘句"。它往往是衣裳上撕下来的一块绣花,经摘取者一吹嘘或附会,说是怎样超然物外,与尘浊无干,读者没有见过全体,便也被他弄得迷离惝恍。最显著的便是上文说过的"悠然见南山"的例子,忘记了陶潜的《述酒》和《读山海经》等诗,捏成他单是一个飘飘然,就是这摘句作怪。新近在《中学生》的十二月号上,看见了朱光潜先生的《说"曲终人不见,江上数峰青"》的文章,推这两句为诗美的极致,我觉得也未免有以割裂为美的小疵。他说的好处是:"我爱这两句诗,多少是因为它对于我启示了一种哲学的意蕴。'曲终人不见'所表现的是消逝,'江上数峰青'所表现的是永恒。可爱的乐声和奏乐者虽然消逝了,而青山却巍然如旧,永远可以让我们把心情寄托在它上面。人到底是怕凄凉的,要求伴侣的。曲终了,人去了,我们一霎时以前所游目骋怀的世界猛然间好像从脚底倒塌去了。这是人生最难堪的一件事,但是一转眼间我们看到江上青峰,好像又找到另一个可亲的伴侣,另一个可托足的世界,而且它永远是在那里的。'山穷水尽疑无路,柳暗花明又一村',此种风味似之。不仅如此,人和曲果真消逝了么;这一曲缠绵悱恻的音乐没有惊动山灵?它没有传出江上青峰的妩媚和严肃?它没有深深地印在这妩媚和严肃里面?反正青山和湘灵的瑟声已发生这么一回的因缘,青山永在,瑟声和鼓瑟的人也就永在了。"

这确已说明了他的所以激赏的原因。但也没有尽。读者是种种不同的,有的爱读《江赋》和《海赋》,有的欣赏《小园》或《枯树》。后者是徘徊于有无生灭之间的文人,对于人生,既惮扰攘,又怕离去,懒于求生,又不乐死,实有太板,寂绝又太空,疲倦得要休息,而休息又太凄凉,所以又必须有一种抚慰。于是"曲终人不见"之外,如"只在此山中,云深不知处"或"笙歌归院落,灯火下楼台"之类,就往往为人所称道。因为眼前不见,而远处却在,如果不在,便悲哀了,这就是道士之所以说"全心归命礼,玉皇大天尊!"也。

抚慰劳人的圣药,在诗,用朱先生的话来说,是"静穆":

"艺术的最高境界都不在热烈。就诗人之所以为人而论,他所感到的欢喜和愁苦也许比常人所感到的更加热烈。就诗人之所以为诗人而论,热烈的欢喜或热烈的愁苦经过诗表现出来以后,都好比黄酒经过长久年代的储藏,失去它的辣性,只剩一味醇朴。我在别的文章里曾经说过一段话:'懂得这个道理,我们可以明白古希腊人何以把和平静穆看作诗的极境,把诗神亚波罗摆在蔚蓝的山巅,俯瞰众生扰攘,而眉宇间却常如作甜蜜梦,不露一丝被扰动的神色?'这里所谓'静穆'(Serenity)自然只是一种最高理想,不是在一般诗里所能找得到的。

古希腊——尤其是古希腊的造形艺术——常使我们觉到这种'静穆'的风味。'静穆'是一种豁然大悟,得到归依的心情。它好比低眉默想的观音大士,超一切忧喜,同时你也可说它泯化一切忧喜。这种境界在中国诗里不多见。屈原阮籍李白杜甫都不免有些像金刚怒目,愤愤不平的样子。陶潜浑身是'静穆',所以他伟大。"

古希腊人,也许把和平静穆看作诗的极境的罢,这一点我毫无知识。但以现存的希腊诗歌而论,荷马的史诗,是雄大而活泼的,沙孚的恋歌,是明白而热烈的,都不静穆。我想,立"静穆"为诗的极境,而此境不见于诗,也许和立蛋形为人体的最高形式,而此形终不见于人一样。至于亚波罗之在山巅,那可因为他是"神"的缘故,无论古今,凡神像,总是放在较高之处的。这像,我曾见过照相,睁着眼睛,神清气爽,并不像"常如作甜蜜梦"。不过看见实物,是否"使我们觉到这种'静穆'的风味",在我可就很难断定了,但是,倘使真的觉得,我以为也许有些因为他"古"的缘故。

我也是常常徘徊于雅俗之间的人,此刻的话,很近于大煞风景,但有时却自以为颇"雅"的:间或喜欢看看古董。记得十多年前,在北京认识了一个土财主,不知怎么一来,他也忽然"雅"起来了,买了一个鼎,据说是周鼎,真是土花斑驳,古色古香。而不料过不几天,他竟叫铜匠把它的土花和铜绿擦得一干二净,这才摆在客厅里,闪闪的发着铜光。这样的擦得精光的古铜器,我一生中还没有见过第二个。一切"雅士",听到的无不大笑,我在当时,也不禁由吃惊而失笑了,但接着就变成肃然,好像得了一种启示。这启示并非"哲学的意蕴",是觉得这才看见了近于真相的周鼎。鼎在周朝,恰如碗之在现代,我们的碗,无整年不洗之理,所以鼎在当时,一定是干干净净,金光灿烂的,换了术语来说,就是它并不"静穆",倒有些"热烈"。这一种俗气至今未脱,变化了我衡量古美术的眼光,例如希腊雕刻罢,我总以为它现在之见得"只剩一味醇朴"者,原因之一,是在曾埋土中,或久经风雨,失去了锋棱和光泽的缘故,雕造的当时,一定是崭新,雪白,而且发闪的,所以我们现在所见的希腊之美,其实并不准是当时希腊人之所谓美,我们应该悬想它是一件新东西。

凡论文艺,虚悬了一个"极境",是要陷入"绝境"的,在艺术,会迷惘于上花,在文学,则被拘迫而"摘句"。但"摘句"又大足以困人,所以朱先生就只能取钱起的两句,而踢开他的全篇,又用这两句来概括作者的全人,又用这两句来打杀了屈原,阮籍,李白,杜甫等辈,以为"都不免有些像金刚怒目,愤愤不平的样子"。其实是他们四位,都因为垫高朱先生的美学说,做了冤屈的牺牲的。

我们现在先来看一看钱起的全篇罢:"省试湘灵鼓瑟　善鼓云和瑟,常闻帝子灵。冯夷空自舞,楚客不堪听。苦调凄金石,清音入杳冥。苍梧来怨慕,白芷动芳馨。流水传湘浦,悲风过洞庭。曲终人不见,江上数峰青。"

要证成"醇朴"或"静穆",这全篇实在是不宜称引的,因为中间的四联,颇近于所谓"衰飒"。但没有上文,末两句便显得含胡,不过这含胡,却也许又是称引者之所谓超妙。现在一看题目,便明白"曲终"者结"鼓瑟","人不见"者点"灵"字,"江上数峰青"者做"湘"字,全篇虽不失为唐人的好试帖,但末两句也并不怎么神奇了。况且题上明说是"省试",当然不会有"愤愤不平的样子",假使屈原不和椒兰吵架,却上京求取功名,我想,他大约也不至于在考卷上大发牢骚的,他首先要防落第。

我们于是应该再来看看这《湘灵鼓瑟》的作者的另外的诗了。但我手头也没有他的诗集,只有一部《大历诗略》,也是迂夫子的选本,不过篇数却不少,其中有一首是:"下第题长安客舍不遂青云望,愁看黄鸟飞。梨花寒食夜,客子未春衣。世事随时变,交情与我违。空余主人柳,相见却依依。"

一落第,在客栈的墙壁上题起诗来,他就不免有些愤愤了,可见那一首《湘灵鼓瑟》,实在是因为题目,又因为省试,所以只好如此圆转活脱。他和屈原,阮籍,李白,杜甫四位,有时都不免是怒目金刚,但就全体而论,他长不到丈六。

世间有所谓"就事论事"的办法,现在就诗论诗,或者也可以说是无碍的罢。不过我总以为倘要论文,最好是顾及全篇,并且顾及作者的全人,以及他所处的社会状态,这才较为确凿。要不然,是很容易近乎说梦的。但我也并非反对说梦,我只主张听者心里明白所听的是说梦,这和我劝那些认真的读者不要专凭选本和标点本为法宝来研究文学的意思,大致并无不同。自己放出眼光看过较多的作品,就知道历来的伟大的作者,是没有一个"浑身是'静穆'"的。陶潜正因为并非"浑身是'静穆',所以他伟大"。现在之所以往往被尊为"静穆",是因为他被选文家和摘句家所缩小,凌迟了。

十二月十八——十九夜

寄小读者

冰 心

亲爱的小朋友：

我常喜欢挨坐在母亲的旁边，挽住她的衣袖，央求她述说我幼年的事。

母亲凝想地，含笑地，低低地说：

"不过有三个月罢了，偏已是这般多病。听见端药杯的人的脚步声，已知道惊怕啼哭。许多人围在床前，乞怜的眼光，不望着别人，只向着我，似乎已经从人群里认识了你的母亲！"

这时眼泪已湿了我们两个人的眼角！

"你的弥月到了，穿着舅母送的水红绸子的衣服，戴着青缎沿边的大红帽子，抱出到厅堂前。因看你丰满红润的面庞，使我在姊妹妯娌群中，起了骄傲。"

"只有七个月，我们都在海舟上，我抱你站在栏旁。海波声中，你已会呼唤'妈妈'和'姊姊'。"

对于这件事，父亲和母亲还不时的起争论。父亲说世上没有七个月会说话的孩子。母亲坚执说是的。在我们家庭历史中，这事至今是件疑案。

"浓睡之中猛然听得丐妇求乞的声音，以为母亲已被她们带去了。冷汗被面的惊坐起来，脸和唇都青了，呜咽不能成声。我从后屋连忙进来，珍重的揽住。经过了无数的解释和安慰。自此后，便是睡着，我也不敢轻易的离开你的床前。"

这一节，我仿佛记得，我听时写时都重新起了呜咽！

"有一次你病得重极了。地上铺着席子，我抱着你在上面膝行。正是暑月，你父亲又不在家。你断断续续说的几句话，都不是三岁的孩子所能够说的。因着你奇异的智慧，增加了我无名的恐怖。我打电报给你父亲，说我身体和灵魂上都已不能再支持。忽然一阵大风雨，深忧的我，重病的你，和你疲乏的乳母，都沉沉的睡了一大觉。这一番风雨，把你又从死神的怀抱里，接了过来。"

我不信我智慧，我又信我智慧！母亲以智慧的眼光，看万物都是智慧的，何况她的唯一挚爱的女儿？

"头发又短,又没有一刻肯安静。早晨这左右两条小辫子,总是梳不起来。没有法子,父亲就来帮忙,'站好了,站好了,要照相了!'父亲拿着照相匣子,假作照着。又短又粗的两条小辫子,好容易天天这样的将就的编好了。"

我奇怪我竟不懂得向父亲索要我每天照的相片!

"陈妈的女儿宝姐,是你的好朋友。她来了,我就关你们两个人在屋里,我自己睡午觉。等我醒来,一切的玩具,小人小马,都当做船,飘浮在脸盆的水里,地上已是水汪汪的。"

宝姐是我一个神秘的朋友,我自始至终不记得,不认识她。然而从母亲口里,我深深的爱了她。

"已经三岁了,或者快四岁了。父亲带你到他的兵舰上去,大家匆匆的替你换上衣服。你自己不知什么时候,把一支小木鹿,放在小靴子里。到船上只要父亲抱着,自己一步也不肯走。放到地上走时,只是一跛一跛的。大家奇怪了,脱下靴子,发现了小木鹿。父亲和他的许多朋友都笑了。——傻孩子!你怎么不会说?"

母亲笑了,我也伏在她的膝上羞愧的笑了。——回想起来,她的质问,和我的羞愧,都是一点理由没有的。十几年前事,提起当面前事说,真是无谓。然而那时我们中间弥漫了痴和爱!

"你最怕我凝神,我至今不知是什么缘故。每逢我凝望窗外,或是稍微的呆了一呆,你就过来呼唤我,摇撼我,说'妈妈,你的眼睛怎么不动了?'我有时喜欢你来抱住我,便故意的凝神不动。"

我自己也不知道是什么缘故。也许母亲凝神,多是忧愁的时候,我要扰乱她的思路,也未可知。无论如何,这是个隐谜!

"然而你自己却也喜凝神,天天吃着饭,呆呆的望着壁上的字画,桌上的钟和花瓶。一碗饭数米粒似的,吃了好几点钟。我急了,便把一切都挪移开。"

这件事我记得,而且很清楚,因为独坐沉思的脾气至今不改。

当她说这些事的时候,我总是脸上堆着笑,眼里满了泪。听完了用她的衣襟来印我的眼角,静静的伏在她的膝上。这时宇宙已经没有了,只母亲和我。最后我也没有了,只有母亲,因为我本是她的一部分!

这是如何可惊喜的事,从母亲口中,逐渐的发现了,完成了,我自己!她从最初已知道我,认识我,喜爱我。在我不知道不承认世界上有个我的时候,她已爱了我了。我从三岁上,才慢慢的在宇宙中寻到了自己,爱了自己,认识了自己;然而我所知道的自己,不过是母亲意念中的我的百分之一,千万分之一。

小朋友！当你寻见了世界上有一个人，认识你，知道你，爱你，都千百倍的胜过你自己的时候，你怎能不感激，不流泪，不死心塌地的爱她，而且死心塌地的容她爱你？

　　有一次幼小的我，忽然走到母亲面前，仰着脸问："妈妈，你到底为什么爱我？"母亲放下针线，用她的面颊，抵住我的前额，温柔地，不迟疑地说："不为什么，——只因你是我的女儿！"

　　小朋友！我不信世界上没有人能说这句话！"不为什么"这四个字，从她口里说出来，何等刚决，何等无回旋！她爱我，不是因为我是"冰心"，或是其他人世间的一切虚伪的称呼和名字！她的爱是不附带任何条件的。唯一的理由，就是我是她的女儿。总之，她的爱，是摒除一切，拂拭一切，层层的麾开我前后左右所蒙罩的，使我成为"今我"的原素，而直接的来爱我的自身！

　　假使我走至幕后，将我二十年的历史和一切都更变了，再走出到她面前，世界上从没有一个人认识我，只要我仍是她的女儿，她就仍用她坚强无尽的爱来包围我。她爱我的肉体，她爱我的灵魂，她爱我前后左右，过去，将来，现在的一切！

　　天上的星辰，骤雨般落在大海上，嗤嗤繁响。海波如山一般的汹涌，一切楼屋都在地上旋转，天如同一张蓝纸卷了起来。树叶子满空飞舞，鸟儿归巢，走兽躲到他的洞穴。万象纷乱中，只要我能寻到她，投到她的怀里……天地一切都信她！她对于我的爱，不因着万物毁灭而变更！

　　她的爱不但包围我，而且普遍的包围着一切爱我的人。而且因着爱我，她也爱了天下的儿女，她更爱了天下的母亲。小朋友！告诉你一句小孩子以为是极浅显，而大人们以为是极高深的话："世界便是这样的建造起来的！"

　　世界上没有两件事物，是完全相同的。同在你头上的两根丝发，也不能一般长短，然而——请小朋友们和我同声赞美！——只有普天下的母亲的爱，或隐或显，或出或没；不论你用斗量，用尺量，或是用心灵的度量衡来推测；我的母亲对于我，你的母亲对于你，她的和他的母亲对于她和他；她们的爱是一般的长阔高深，分毫都不差减。小朋友！我敢说，也敢信古往今来，没有一个敢来驳我这句话。当我发觉了这神圣的秘密的时候，我竟欢喜感动得伏案痛哭！

　　我的心潮，沸涌到最高度，我知道于我的病体是不相宜的，而且我更知道我所写的都不出乎你们的智慧范围之外。——窗外正是下着紧一阵慢一阵的秋雨。玫瑰花的香气，也正无声的赞美她们的"自然母亲"的爱！

　　我现在不在母亲的身畔，——但我知道她的爱没有一刻离开我，她自己也如此说！——暂时无从再打听关于我的幼年的消息。然而我会写信给我的母亲，我说："亲爱的母亲，请你将我所不知道的关于我的事，随时记下寄来给我。我现在正是考古家一般的，要从深知我的你口中，研究我神秘的自己。"

被上帝祝福的小朋友！你们正在母亲的怀里。——小朋友！我教给你，你看完了这一封信，放下报纸，就快快跑去找你的母亲——若是她出去了，就去坐在门槛上，静静的等她回来——不论在屋里或是院中，把她寻见了，你便上去攀住她，左右亲她的脸，你说："母亲！若是你有功夫，请你将我小时候的事情，说给我听！"等她坐下了，你便坐在她的膝上，倚在她的胸前。你听得见她心脉和缓的跳动。你仰着脸，会有无数关于你的，你所不知道的美妙的故事，从她口里天乐一般的唱将出来！

然后，——小朋友！我愿你告诉我，她对你所说的都是什么事。

我现在正病着。没有母亲坐在旁边，小朋友一定怜念我，然而我有说不尽的感谢！造物者将我交付给我母亲的时候，竟赋予了我以记忆的心才；现在又从忙碌的课程中替我匀出七日夜来，回想母亲的爱。我病中光阴，因着这回想，寸寸都是甜蜜的。

小朋友，再谈吧，致我的爱与你们的母亲！

你的朋友冰心

1923 年 12 月 5 日晨，圣卜生疗养院，威尔斯利

《寄小读者》导读　　**拓展阅读**

拓展阅读

徐敏：论冰心散文的审美观照方式及其形成——读《寄小读者》

我所知道的康桥

徐志摩

（一）

我这一生的周折,大都寻得出感情的线索。不论别的,单说求学。我到英国是为要从罗素。罗素来中国时,我已经在美国。他那不确的死耗传到的时候,我真的出眼泪不够,还做悼诗来了。他没有死,我自然高兴。我摆脱了哥伦比亚大学博士衔的引诱,买船票过大西洋,想跟这位二十世纪的福禄泰尔认真念一点书去。谁知一到英国才知道事情变样了:一为他在战时主张和平,二为他离婚,罗素叫康桥给除名了,他原来是 Trinity College 的 Fellow,这来他的 Fellowship 也给取销了。他回英国后就在伦敦住下,夫妻两人卖文章过日子。因此我也不曾遂我从学的始愿。我在伦敦政治经济学院里混了半年,正感着闷想换路走的时候,我认识了狄更生先生。狄更生——Galsworthy Lowes Dickinson——是一个有名的作者,他的《一个中国人的通信》(Letters From John Chinaman)与《一个现代聚餐谈话》(A Modern Symposium)两本小册子早得了我的景仰。我第一次会着他是在伦敦国际联盟协会席上,那天林宗孟先生演说,他做主席;第二次是宗孟寓里吃茶,有他。以后我常到他家里去。他看出我的烦闷,劝我到康桥去,他自己是王家学院(King's College)的 Fellow。我就写信去问两个学院,回信都说学额早满了,随后还是狄更生先生替我去在他的学院里说好了,给我一个特别生的资格,随意选科听讲。从此黑方巾黑披袍的风光也被我占着了。初起我在离康桥六英里的乡下叫沙士顿的地方租了几间小屋住下,同居的有我从前的夫人张幼仪女士与郭虞裳君。每天一早我坐街车（有时自行车）上学,到晚回家。这样的生活过了一个春,但我在康桥还只是个陌生人,谁都不认识,康桥的生活,可以说完全不曾尝着,我知道的只是一个图书馆,几个课室,和三两个吃便宜饭的茶食铺子。狄更生常在伦敦或是大陆上,所以也不常见他。那年的秋季我一个人回到康桥,整整有一学年,那时我才有机会接近真正的康桥生活,同时我也慢慢的"发见"了康桥。我不曾知道过更大的愉快。

(二)

"单独"是一个耐寻味的现象。我有时想它是任何发见的第一个条件。你要发见你的朋友的"真",你得有与他单独相处的机会。你要发见你自己的真,你得给你自己一个单独的机会。你要发见一个地方(地方一样有灵性),你也得有单独玩的机会。我们这一辈子,认真说,能认识几个人?能认识几个地方?我们都是太匆忙,太没有单独的机会。说实话,我连我的本乡都没有什么了解。康桥我要算有相当交情的,再次许只有新认识的翡冷翠了。阿,那些清晨,那些黄昏,我一个人发痴似的在康桥!绝对的单独。

但一个人要写他最心爱的对象,不论是人是地,是多么使他为难的一个工作?你怕,你怕描坏了它,你怕说过分了恼了它,你怕说太谨慎了辜负了它。我现在想写康桥,也正是这样的心理,我不曾写,我就知道这回是写不好的——况且又是临时逼出来的事情。但我却不能不写,上期预告已经出去了。我想勉强分两节写,一是我所知道的康桥的天然景色,一是我所知道的康桥的学生生活。我今晚只能极简的写些,等以后有兴会时再补。

(三)

康桥的灵性全在一条河上:康河,我敢说,是全世界最秀丽的一条水。河的名是葛兰大(Granta),也有叫康河(River Cam)的,许有上下流的区别,我不甚清楚。河身多的是曲折,上游是有名的拜伦潭——"Byron's Pool"——当年拜伦常在那里玩的;有一个老村子叫格兰骞斯德,有一个果子园,你可以躺在累累的桃李树荫下吃茶,花果会掉入你的茶杯,小雀子会到你桌上来啄食,那真是别有一番天地。这是上游;下游是从骞斯德顿下去,河面展开,那是春夏间竞舟的场所。上下河分界处有一个坝筑,水流急得很,在星光下听水声,听近村晚钟声,听河畔老牛刍草声,是我康桥经验中最神秘的一种:大自然的优美,宁静,调谐在这星光与波光的默契中不期然的淹入了你的性灵。

但康河的精华是在它的中权,著名的"Backs",这两岸是几个最蜚声的学院的建筑。从上面下来是 Pembroke, St. Katharine's, King's, Clare, Trinity, St. John's。最令人留连的一节是克莱亚与王家学院的毗连处,克莱亚的秀丽紧邻着王家教堂(King's Chapel)的闳伟。别的地方尽有更美更庄严的建筑，例如巴黎赛因河的罗浮宫一带，威尼斯的利阿尔多大桥的两岸，翡冷翠维基乌大桥的周遭；但康桥的"Backs"自有它的特长，这不容易用一二个状词来概括，它那脱离尽尘埃气的一种清澈秀逸的意境可说是超出了画图而化生了音乐的神味。再没有比这一群建筑更调谐更匀称的了！论画，可比的许只有柯罗（Corot）的田野；论音乐，可比的许只有萧班（Chopin）的夜曲。就这也不能给你依稀的印象，它给你的美感简直是神灵性的一种。

假如你站在王家学院桥边的那棵大椈树荫下眺望，右侧面，隔着一大方浅草坪，是我们的校友居（Fellows Building），那年代并不早，但它的妩媚也是不可掩的，它那苍白的石壁上春夏间满缀着艳色的蔷薇在和风中摇颤，更移左是那教堂，森林似的尖阁不可溰的永远直指着天空；更左是克莱亚，阿！那不可信的玲珑的方庭，谁说这不是圣克莱亚（St. Clare）的化身，那一块石上不闪耀着她当年圣洁的精神？在克莱亚后背隐约可辨的是康桥最潇贵最骄纵的三清学院（Trinity），它那临河的图书楼上坐镇着拜伦神采惊人的雕像。

但这时你的注意早已叫克莱亚的三环洞桥魔术似的摄住。你见过西湖白堤上的西泠断桥不是（可怜它们早已叫代表近代丑恶精神的汽车公司给踩平了，现在他们跟着苍凉的雷峰塔永远辞别了人间）？你忘不了那桥上斑驳的苍苔，木栅的古色，与那桥拱下泄露的湖光与山色不是？克莱亚并没有那样体面的衬托，它也不比庐山栖贤寺旁的观音桥，上瞰五老的奇峰，下临深潭与飞瀑；他只是怯怜怜的一座三环洞的小桥，它那桥洞间也只掩映着细纹的波鳞与婆娑的树影，它那桥上栉比的小穿阑与阑节顶上双双的白石球，也只是村姑子头上不夸张的香草与野花一类的装饰；但你凝神的看着，更凝神的看着，你再反省你的心境，看还有一丝屑的俗念沾滞不？只要你审美的本能不曾泯灭时，这是你的机会实现纯粹美感的神奇！

但你还得选你赏鉴的时辰。英国的天时与气候是走极端的，冬天是荒谬的坏，逢着连绵的雾盲天你一定不迟疑的甘愿进地狱本身去试试；春天（英国是几乎没有夏天的）是更荒谬的可爱，尤其是它那四五月间最渐缓最艳丽的黄昏，那才真是寸寸黄金。在康河边上过一个黄昏是一服灵魂的补剂。阿！我那时蜜甜的单独，那时甜蜜的闲暇，一晚又一晚的，只见我出神似的倚在桥阑上向西天凝望：——

　　看一回凝静的桥影，
　　数一数螺细的波纹：
　　我倚暖了石阑的青苔，
　　青苔凉透了我的心坎；……

还有几句更笨重的怎能仿佛那游丝似轻妙的情景:

> 难忘七月的黄昏,远树凝寂,
> 像墨泼的山形,衬出轻柔暝色,
> 密稠稠,七分鹅黄,三分橘绿,
> 那妙意只可去秋梦边缘捕捉;……

(四)

　　这河身的两岸都是四季常青最葱翠的草坪,从校友居的楼上望去,对岸草场上,不论早晚,永远有十数匹黄牛与白马,胫蹄没在恣蔓的草丛中,从容的在咬嚼,星星的黄花在风中动荡,应和着它们尾鬃的扫拂。桥的两端有斜倚的垂柳与椈荫护住。水是澈底的清澄,深不足四尺,匀匀的长着长条的水草。这岸边的草坪又是我的爱宠,在清朝,在傍晚,我常去这天然的织锦上坐地,有时读书,有时看水;有时仰卧着看天空的行云,有时反仆着搂抱大地的温软。

　　但河上的风流还不止两岸的秀丽。你得买船去玩。船不止一种:有普通的双桨划船,有轻快的薄皮舟(Canoe),有最别致的长形撑篙船(Punt)。最末的一种是别处不常有的:约莫有二丈长,三尺宽,你站直在船梢上用长竿撑着走的。这撑是一种技术。我手脚太蠢,始终不曾学会。你初起手尝试时,容易把船身横住在河中,东颠西撞的狼狈。英国人是不轻易开口笑人的,但是小心他们不出声的皱眉!也不知有多少次河中本来优闲的秩序叫我这莽撞的外行给捣乱了。我真的始终不曾学会:每回我不服输去租船再试的时候,有一个白胡子的船家往往带讥讽的对我说:"先生,这撑船费劲,天热累人,还是拿个薄皮舟溜溜吧!"我那里肯听话,长篙子一点就把船撑了开去,结果还是把河身一段段的腰斩了去!

　　你站在桥上去看人家撑,那多不费劲,多美!尤其在礼拜天有几个专家的女郎,穿一身缟素衣服,裙裾在风前悠悠的飘着,戴一顶宽边的薄纱帽,帽影在水草间颤动,你看他们出桥洞时的姿态,捻起一根竟像没分量的长竿,只轻轻的,不经心的往波心里一点,身子微微的一蹲,这船身便波的转出了桥影,翠条鱼似的向前滑了去。她们那敏捷,那闲暇,那轻盈,真是值得歌咏的。

　　在初夏阳光渐暖时你去买一支小船,划去桥边荫下躺着念你的书或是做你的梦,槐花香在水面上飘浮,鱼群的唼喋声在你的耳边挑逗。或是在初秋的黄昏,近着新月的寒光,望上流僻静处远去。爱热闹的少年们携着他们的女友，在船沿上支着双双的东洋彩纸灯，带着话匣子，船心里用软垫铺着，也开向无人迹处去享他们的野福——谁不爱听那水底翻的音乐在静定的河上描写梦意与春光！

住惯城市的人不易知道季候的变迁。看见叶子掉知道是秋，看见叶子绿知道是春；天冷了装炉子，天热了拆炉子；脱下棉袍，换上夹袍，脱下夹袍，穿上单袍；不过如此罢了。天上星斗的消息，地下泥土里的消息，空中风吹的消息，都不关我们的事。忙着哪，这样那样事情多着，谁耐烦管星星的移转，花草的消长，风云的变幻？同时我们抱怨我们的生活，苦痛，烦闷，拘束，枯燥，谁肯承认做人是快乐？谁不多少回咒诅人生？

但不满意的生活大都是由于自取的。我是一个生命的信仰者，我信生活决不是我们大多数人仅仅从自身经验推得的那样暗惨。我们的病根是在"忘本"。人是自然的产儿，就比枝头的花与鸟是自然的产儿；但我们不幸是文明人，入世深似一天，离自然远似一天。离开了泥土的花草，离开了水的鱼，能快活吗？能生存吗？从大自然，我们取得我们的生命；从大自然，我们分取得我们继续的资养。那一株婆娑的大木没有盘错的根柢深入在无尽藏的地里？我们是永远不能独立的。有幸福是永远不离母亲抚育的孩子，有健康是永远接近自然的人们。不必一定与鹿豕游，不必一定回"洞府"去；为医治我们当前生活枯窘，只要"不完全遗忘自然"一张轻淡的药方，我们的病相就有缓和的希望。在青草里打几个滚，到海水里洗几次浴，到高处去看几次朝霞与晚照——你肩背上的负担就会轻松了去的。

这是极肤浅的道理，当然。但我要没有过康桥的日子，我就不会有这样的自信。我这一辈子就只那一春，说也可怜，算是不曾虚度。就只那一春，我的生活是自然的，是真愉快的！（虽则碰巧那也是我最感受人生痛苦的时期。）我那时有的是闲暇，有的是自由，有的是绝对单独的机会。说也奇怪，竟像是第一次，我辨认了星月的光明，草的青，花的香，流水的殷勤。我能忘记那初春的牌睨吗？曾经有多少个清晨我独自冒着冷去薄霜铺地的林子里闲步——为听鸟语，为盼朝阳，为寻泥土里渐次苏醒的花草，为体会最微细最神妙的春信。阿，那是新来的画眉在那边凋不尽的青枝上试它的新声！阿，这是第一朵小雪球花挣出了半冻的地面！阿，这不是新来的潮润沾上了寂寞的柳条？

静极了，这朝来水溶溶的大道，只远处牛奶车的铃声，点缀这周遭的沉默。顺着这大道走去，走到尽头，再转入林子里的小径，往烟雾浓密处走去，头顶是交枝的榆荫，透露着漠楞楞的曙色；再往前走去，走尽这林子，当前是平坦的原野，望见了村舍，初青的麦田，更远三两个馒头形的小山掩住了一条通道。天边是雾茫茫的，尖尖的黑影是近村的教寺。听，那晓钟和缓的清音。这一带是此邦中部的平原,地形像是海里的轻波,默沉沉的起伏;山岭是望不见的,有的是常青的草原与沃腴的田壤。登那土阜上望去,康桥只是一带茂林,拥戴着几处娉婷的尖阁。妩媚的康河也望不见踪迹,你只能循着那锦带似的林木想像那一流清浅。村舍与树林是这地盘上的棋子,有村舍处有佳荫,有佳荫处有村舍。这早起是看炊烟的时辰:朝雾渐渐的升起,揭开了这灰苍苍的天幕,(最好是微霰后的光景)远近的炊烟,成丝的,成缕的,成卷的,轻快的,迟重的,浓灰的,淡青的,惨白的,在静定的朝气里渐渐的上腾,渐渐的不见,仿佛是朝来人们的祈祷,参差的翳入了天听。朝阳是难得见的,这初春的天气。但它来时是起早人莫大的愉快。顷刻间这田野添深了颜色,一层轻纱似的金粉糁上了这草,这树,这通道,这庄舍。顷刻间这周遭弥漫了清晨富丽的温柔。顷刻间你的心怀也分润了白天诞生的光荣。"春"!这胜利的晴空仿佛在你的耳边私语。"春"!你那快活的灵魂也仿佛在那里回响。

伺候着河上的风光,这春来一天有一天的消息。关心石上的苔痕,关心败草里的花鲜。关心这水流的缓急,关心水草的滋长,关心天上的云霞,关心新来的鸟语。怯怜怜的小雪球是探春信的小使。铃兰与香草是欢喜的初声。窈窕的莲馨,玲珑的石水仙,爱热闹的克罗克斯,耐辛苦的蒲公英与雏菊——这时候春光已是缦烂在人间,更不须殷勤问讯。

瑰丽的春放。这是你野游的时期。可爱的路政,这里不比中国,那一处不是坦荡荡的大道?徒步是一个愉快,但骑自转车是一个更大的愉快。在康桥骑车是普遍的技术;妇人,稚子,老翁,一致享受这双轮舞的快乐。(在康桥听说自转车是不怕人偷的,就为人人都自己有车,没人要偷。)任你选一个方向,任你上一条通道,顺着这带草味的和风,放轮远去,保管你这半天的逍遥是你性灵的补剂。——这道上有的是清荫与美草,随地都可以供你休憩。你如爱花,这里多的是锦绣似的草原。你如爱鸟,这里多的是巧啭的鸣禽。你如爱儿童,这乡间到处是可亲的稚子。你如爱人情,这里多的是不嫌远客的乡人,你到处可以"挂单"借宿,有酪浆与嫩薯供你饱餐,有夺目的果鲜恣你尝新。你如爱酒,这乡间每"望"都为你储有上好的新酿,黑啤如太浓,苹果酒姜酒都是供你解渴润肺的……。带一卷书,走十里路,选一块清静地,看天,听鸟,读书,倦了时,和身在草绵绵处寻梦去——你能想像更适性的消遣吗?

陆放翁有一联诗句:"传呼快马迎新月,却上轻舆趁晚凉";这是做地方官的风流。我在康桥时虽没马骑,没轿子坐,却也有我的风流:我常常在夕阳西晒时骑了车迎着天边扁大的日头直追。日头是追不到的,我没有夸父的荒诞,但晚景的温存却被我这样偷尝了不少。有三两幅画图似的经验至今还栩栩的留着。只说看夕阳,我们平常只知道登山或是临海,但实际只须辽阔的天际,平地上的晚霞有时也是一样的神奇。有一次我赶到一个地方,手把着一家村庄的篱笆隔着一大田的麦浪,看西天的变幻。有一次是正冲着一条宽广的大道,过来一大群羊,放草归来的,偌大的太阳在它们后背放射着万缕的金辉,天上却是乌青青的,只剩这不可逼视的威光中的一条大路,一群生物!我心头顿时感着神异性的压迫,我真的跪下了,对着这冉冉渐翳的金光。再有一次是更不可忘的奇景,那是临着一大片望不到头的草原,满开着艳红的罂粟,在青草里亭亭的像是万盏的金灯,阳光从褐色云里斜着过来,幻成一种异样的紫色,透明似的不可逼视,霎那间在我迷眩了的视觉中,这草田变成了……不说也罢,说来你们也是不信的!

　　一别二年多了,康桥,谁知我这思乡的隐忧?也不想别的,我只要那晚钟撼动的黄昏,没遮拦的田野,独自斜俯在软草里,看第一个大星在天边出现!

1926 年 1 月 15 日

给我的孩子们

丰子恺

我的孩子们！我憧憬于你们的生活，每天不止一次！我想委曲地说出来，使你们自己晓得。可惜到你们懂得我的话的意思的时候，你们将不复是可以使我憧憬的人了。这是何等可悲哀的事啊！

瞻瞻！你尤其可佩服。你是身心全部公开的真人。你什么事体都像拼命地用全副精力去对付。小小的失意，像花生米翻落地了，自己嚼了舌头了，小猫不肯吃糕了，你都要哭得嘴唇翻白，昏去一两分钟。外婆普陀去烧香买回来给你的泥人，你何等鞠躬尽瘁地抱他，喂他；有一天你自己失手把他打破了，你的号哭的悲哀，比大人们的破产，失恋，broken heart，丧考妣，全军覆没的悲哀都要真切。两把芭蕉扇做的脚踏车，麻雀牌堆成的火车，汽车，你何等认真地看待，挺直了嗓子叫"汪——"，"咕咕咕……"，来代替汽笛。宝姐姐讲故事给你听，说到"月亮姐姐挂下一只篮来，宝姐姐坐在篮里吊了上去，瞻瞻在下面看"的时候，你何等激昂地同她争，说"瞻瞻要上去，宝姐姐在下面看！"甚至哭到漫姑面前去求审判。我每次剃了头，你真心地疑我变了和尚，好几时不要我抱。最是今年夏天，你坐在我膝上发见了我腋下的长毛，当作黄鼠狼的时候，你何等伤心，你立刻从我身上爬下去，起初眼瞪瞪地对我端相，继而大失所望地号哭，看看，哭哭，如同对被判定了死罪的亲友一样。你要我抱你到车站里去，多多益善地要买香蕉，满满地擒了两手回来，回到门口时你已经熟睡在我的肩上，手里的香蕉不知落在那里去了。这是何等可佩服的真率，自然，与热情！大人间的所谓"沉默"，"含蓄"，"深刻"的美德，比起你来，全是不自然的，病的，伪的！

你们每天做火车，做汽车，办酒，请菩萨，堆六面画，唱歌，全是自动的，创造创作的生活。大人们的呼号"归自然！""生活的艺术化！""劳动的艺术化！"在你们面前真是出丑得很了！依样画几笔画，写几篇文的人称为艺术家，创作家，对你们更要愧死！

你们的创作力，比大人真是强盛得多哩：瞻瞻！你的身体不及椅子的一半，却常常要搬动它，与它一同翻倒在地上；你又要把一杯茶横转来藏在抽斗里，要皮球停在壁上，要拉住火车的尾巴，要月亮出来，要天停止下雨。在这等小小的事件中,明明表示着你们的小弱的体力与智力不足以应付强盛的创作欲,表现欲的驱使,因而遭逢失败。然而你们是不受大自然的支配,不受人类社会的束缚的创造者,所以你的遭逢失败,例如火车尾巴拉不住,月亮呼不出来的时候,你们决不承认是事实的不可能,总以为是爹爹妈妈不肯帮你们办到,同不许你们弄自鸣钟同例,所以愤愤地哭了,你们的世界何等广大!

你们一定想:终天无聊地伏在案上弄笔的爸爸,终天闷闷地坐在窗下弄引线的妈妈,是何等无气性的奇怪的动物!你们所视为奇怪动物的我与你们的母亲,有时确实难为了你们,摧残了你们,回想起来,真是不安心得很!

阿宝!有一晚你拿软软的新鞋子,和自己脚上脱下来的鞋子,给凳子的脚穿了,光袜立在地上,得意地叫"阿宝两只脚,凳子四只脚"的时候,你母亲喊着"龌龊了袜子!"立刻擒你到藤榻上,动手毁坏你的创作。当你蹲在榻上注视你母亲动手毁坏的时候,你的小心里一定感到"母亲这种人,何等杀风景而野蛮"吧!

瞻瞻!有一天开明书店送了几册新出版的毛边的《音乐入门》来。我用小刀把书页一张一张地裁开来,你侧着头,站在桌边默默地看。后来我从学校回来,你已经在我的书架上拿了一本连史纸印的中国装的《楚辞》,把它裁破了十几页,得意地对我说:"爸爸!瞻瞻也会裁了!"瞻瞻!这在你原是何等成功的欢喜,何等得意的作品!却被我一个惊骇的"哼!"字喊得你哭了。那时候你也一定抱怨"爸爸何等不明"吧!

软软!你常常要弄我的长锋羊毫,我看见了总是无情地夺脱你。现在你一定轻视我,想道:"你终于要我画你的画集的封面!"

最不安心的,是有时我还要拉一个你们所最怕的陆露沙医生来,教他用他的大手来摸你们的肚子,甚至用刀来在你们臂上割几下,还要教妈妈和漫姑擒住了你们的手脚,捏住了你们的鼻子,把很苦的水灌到你们的嘴里去。这在你们一定认为太无人道的野蛮举动吧!

孩子们!你们真果抱怨我,我倒欢喜;到你们的抱怨变为感谢的时候,我的悲哀来了!

我在世间,永没有逢到像你们样出肺肝相示的人。世间的人群结合,永没有像你们样的彻底地真实而纯洁。最是我到上海去干了无聊的所谓"事"回来,或者去同不相干的人们做了叫做"上课"的一种把戏回来,你们在门口或车站旁等我的时候,我心何等惭愧又欢喜!惭愧我为什么去做这等无聊的事,欢喜我又得暂时放怀一切地加入你们的真生活的团体。

但是,你们的黄金时代有限,现实终于要暴露的。这是我经验过来的情形,也是大人们谁也经验过的情形。我眼看见儿时的伴侣中的英雄,好汉,一个个退缩,顺从,妥协,屈服起来,到像绵羊的地步,我自己也是如此。"后之视今,亦犹今之视昔",你们不久也要走这条路呢!

  我的孩子们!憧憬于你们的生活的我,痴心要为你们永远挽留这黄金时代在这册子里。然这真不过像"蜘蛛网落花"略微保留一点春的痕迹而已。且到你们懂得我这片心情的时候,你们早已不是这样的人,我的画在世间已无可印证了!这是何等可悲哀的事啊!

《子恺画集》代序,1926年耶诞节作

《给我的孩子们》导读　　**拓展阅读**

拓展阅读

冯毅:独特的童真世界——论丰子恺的儿童题材散文

清华大学王观堂先生纪念碑铭

陈寅恪

海宁王先生自沉后二年,清华研究院同人咸怀思不能自已。其弟子受先生之陶冶煦育者有年,尤思有以永其念。佥曰,宜铭之贞珉,以昭示于无竟。因以刻石之词命寅恪,数辞不获已,谨举先生之志事,以普告天下后世。其词曰:士之读书治学,盖将以脱心志于俗谛之桎梏,真理因得以发扬。思想而不自由,毋宁死耳。斯古今仁圣所同殉之精义,夫岂庸鄙之敢望。先生以一死见其独立自由之意志,非所论于一人之恩怨,一姓之兴亡。呜呼! 树兹石于讲舍,系哀思而不忘。表哲人之奇节,诉真宰之茫茫。来世不可知者也,先生之著述,或有时而不章。先生之学说,或有时而可商。惟此独立之精神,自由之思想,历千万祀,与天壤而同久,共三光而永光。

王静安先生遗书序

陈寅恪

王静安先生既殁,罗雪堂先生刊其遗书四集。后五年,先生之门人赵斐云教授,复采辑编校其前后已刊未刊之作,共为若干卷,刊行于世。先生之弟哲安教授,命寅恪为之序。寅恪虽不足以知先生之学,亦尝读先生之书,故受命不辞。谨以所见质正于天下后世之同读先生之书者。自昔大师巨子,其关系于民族盛衰学术兴废者,不仅在能承续先哲将坠之业,为其托命之人,而尤在能开拓学术之区宇,补前修所未逮。故其著作可以移一时之风气,以示来著以轨则也。先生之学博矣,精矣,几若无涯岸之可望,辙迹之可寻。然详绎遗书,其学术内容及治学方法,殆可举三目以概括之者。

一曰取地下之实物与纸上之遗文互相释证。凡属于考古学及上古史之作,如"殷卜辞中所见先公先王考"及"鬼方昆夷玁狁考"等是也。

二曰取异族之故书与吾国之旧籍互相补正。凡属于辽金元史事及边疆地理之作,如"萌古考"及"元朝秘史之主因亦儿坚考"等是也。

三曰取外来之观念,与固有之材料互相参证。凡属于文艺批评及小说戏曲之作,如"《红楼梦》评论"及"宋元戏曲考""唐宋大曲考"等是也。

此三类之著作,其学术性质固有异同,所用方法亦不尽符会,要皆足以转移一时之风气,而示来著以轨则。吾国他日文史考据之学,范围纵广,途经纵多,恐亦无以远出三类之外。此先生之书,流布于世,世之人大抵能称道其学,独于其平生之志事,颇多不能解,因而有是非之论。寅恪以为古今中外志士仁人,往往憔悴忧伤,继之以死。其所伤之事,所死之故,不止局于一时间一地域而已。盖别有超越时间地域之理性存焉。而此超越时间地理之理性,必非其同时间地域之众人所能共喻。然则先生之志事,多为世人所不解,因而有是非之论者,又何足怪耶?尝综揽吾国三十年来,人世之剧变至异,等量而齐观之,诚庄生所谓彼亦一是非,此亦一是非者。若就彼此所是非者言之,则彼此终古末由共喻,以其互局之一时间一地域故也。

呜呼!神州之外,更有九州。今世之后,更有来世。其间傥亦有能读先生之书者乎?如果有之,则其人于先生之书,钻味既深,神理相接,不但能想见先生之人,想见先生之世,或者更能心喻先生之奇哀遗恨于一时一地,彼此是非之表欤?一千九百三十四年岁次甲戌六月三日陈寅恪谨序。

"春朝"一刻值千金
——懒惰汉的懒惰想头之一

梁遇春

十年来,求师访友,足迹走遍天涯,回想起来给我最大益处的却是"迟起",因为我现在脑子里所有些聪明的想头,灵活的意思,多半是早上懒洋洋地赖在床上想出来的。我真应该写几句话赞美它一番,同时还可以告诉有志的人们一点迟起艺术的门径。谈起艺术,我虽然是门外汉,不过对于迟起这门艺术倒可说是一位行家,因为我既具有明察秋毫的批评能力,又带了甘苦备尝的实践精神。我天天总是在可能范围之内,尽量地滞在床上(那是我们的神庙)看着射在被上的日光,暗笑四围人们无谓的匆忙,回味前夜的痴梦(那是比做梦还有意思的事),细想迟起的好处,唯我独尊地躺着,东倒西倾的小房立刻变做一座快乐的皇宫。

诗人画家为着要追求自己的幻梦,实现自己的痴愿,宁可牺牲一切物质的快乐,受尽亲朋的诟骂,他们从艺术里能够得到无穷的安慰,那是他们真实的世界,外面的世界对于他们反变成一个空虚。迟起艺术家也具有同等的精神。区区虽然不是一个迟起大师,但是对于本行艺术的确有无限的热忱——艺术家的狂热。所以让我拿自己做个例子罢。当我是个小孩时候,我的生活由家庭替我安排,毫无艺术的自觉,早上六点就起来了。后来到北方念书去,北方的天气是培养迟起最好的沃土,许多同学又都是程度很高的迟起艺术专家,于是绝好的环境同朋辈的切磋使我领略到迟起的深味,我的忠于艺术的热度也一天一天地增高。暑假年假回家时期,总在全家人吃完了早饭之后,我才敢动起床的念头。老父常常对我说清晨新鲜空气的好处,母亲有时提到重温稀饭的麻烦,慈爱的祖母也屡次向我姑母说"早起三日当一工"(我的姑母老是起得很早的),我虽然万分不愿意失去大人们的欢心,但是为着忠于艺术的缘故,居然甘心得罪老人家。后来老人家知道我是无可救药的,反动了怜惜的心肠,他们早上九点钟时候走过我的房门前还是用着足尖;人们温情地放纵我们的弱点是最容易刺动我们麻木的良心,但是我总舍不得违弃了心爱的艺术,所以还是懊悔地照样地高卧。在大学里,有几位道貌岸然的教授对于迟到学生总是白眼相待,我不幸得很,老做他们白眼的鹄的,也曾好几次下个决心早起,免得一进教室的门,就受两句冷讽,可是一年一年地过去，我足足受了四年的白眼待遇，里头的苦处是别人想不出来的。有一年寒假住在亲戚家里，他们晚饭的时间是很早的，所以一醒来，腹里就咕隆地响着，我却按下饥肠，故意想出许多有趣事情，使自己忘却了肚饿，有时饿出汗来，还是坚持着非到十时是不起来的。对于艺术我是多么忠实，情愿牺牲。枵腹做诗的爱仑波，真可说是我的同志。后来入世谋生，自然会忽略了艺术的追求；不过我还是尽量地保留一向的热诚，虽然已经是够堕落了。想起我个人因为迟起所受的许多说不出的苦痛，我深深相信迟起是一门艺术，已为只有艺术才会这样带累人，也只有艺术家才肯这样不变初衷地往前牺牲一切。

但是从迟起我也得到不少的安慰，总够补偿我种种的苦痛。迟起给我最大的好处是我没有一天不是很快乐地开头的。我天天起来总是心满意足的，觉得我们住的世界无日不是春天，无处不是乐园。当我神怡气舒地躺着的时候，我常常记起勃浪宁的诗："上帝在上，万物各得其所。"（鱼游水里，鸟栖树枝，我卧床上。）人生是短促的，可是若使我们有过光荣的青春，我们的一生就不能算是虚度，我们的残年很可以傍着火炉，晒着太阳在回忆里过日子。同样地一天的光阴是很短促的，可是若使我们有过光荣的早上（一半时间花在床上的早晨！）我们这一天就不能说是白丢了，我们其余时间可以用在追忆清早的幸福，我们青年时期若是欢欣的结晶，我们的余生一定不会很凄凉的，青春的快乐是有影子留下的，那影子好似带了魔力，惨淡的老年给它一照，也呈出和蔼慈祥的光辉。我们一天里也是一样的，人们不是常说：一件事情好好地开头，就是已经成功一半了；那么赏心悦意的早晨是一天快乐的先导。迟起不单是使我天天快活地开头，还叫我们每夜高兴地结束这个日子；我们夜夜去睡时候，心里就预料到明早迟起的快乐——预料中的快乐是比当时的享受，味还长得多——这样子我们一天的始终都是给生机活泼的快乐空气围住，这个可爱的升平景象却是迟起一手做成的。

迟起不仅是能够给我们这甜蜜的空气，它还能够打破我们结结实实的苦闷。人生最大的愁忧是生活的单调。悲剧是很热闹的，怪有趣的，只有那不生不死的机械式生活才是最无聊赖的。迟起真是唯一的救济方法。你若是感到生活的沉闷，那么请你多睡半点钟（最好是一点钟），你起来一定觉得许多要干的事情没有时间做了，那么是非忙不可——"忙"是进到快乐宫的金钥，尤其那自己找来的忙碌。忙是人们体力发泄最好的法子。亚里士多德不是说过人的快乐是生于能力变成效率的畅适。我常常在办公时间五分钟以前起床，那时候洗脸刷牙进早餐，都要限最快的速度完成，全变做最浪漫的举动，当牙膏四溅，脸水横飞，一手拿着梳，对着镜子，一面吃面包时节，谁会说人生是没有趣味呢？而且当时只怕过了时间，心中充满了冒险的情绪。这些暗地晓得不碍事的冒险兴奋是顶可爱的东西，尤其是对于我们这班不敢真正履险的懦夫。我喜欢北方的狂风，因为当我们衔着黄沙往前进的时候，我们仿佛是斩将先登、冲锋陷阵的健儿，跟自然的大力肉搏，这是多么可歌可泣的壮举，同时除开耳孔鼻孔塞点沙土外，丝毫危险也没有，不管那时是怎地像煞有介事样子。冒险的嗜好哪个人没有，不过我们胆小，不愿白丢了生命，仁爱的上帝，因此给我们卷地蔽天的刮风，做我们安稳冒险的材料。住在江南的可怜虫，找不到这一天赐的机会，只得英雄做时势，迟些起来，自己创造机会。就是放假期间，十时半起床，早餐后抽完了烟，已经十一时过了，一想到今天打算做的事情一件也没有动手，赶紧忙着起来——天下里还有比无事忙更有趣味的事吗？若是你因为迟起挨到人家的闲话，那最少也可以打破你日常一波不兴无声无臭的生活。我想凡是尝过生活的深味的人一定会说痛苦比单调灰色生活强得多，因为痛苦是活的，灰色的生活却是死的象征。迟起本身好似是很懒惰的，但是它能够给我们最大的活气，使我们的生活跳动生姿；世上最懒惰不过的人们是那般黎明即起，老早把事做好，坐着呆呆地打呵欠的人们。迟起所有的这许多安慰，除开艺术，我们哪里还找得出来呢？许多人现在还不明白迟起的好处，这也可以证明迟起是一种艺术，因为只有艺术人们才会这样地不去睬它。

现在春天到了，"春宵苦短日高起，"五六点钟醒来，就可以看见太阳，我们可以醉也似地躺着，一直躺了好几个钟头，静听流莺的巧啭，细看花影的慢移，这真是迟起的绝好时光。能让我们天天多躺一会儿罢，别辜负了这一刻千金的"春朝"。

《懒惰汉的懒惰想头》是当代英国小品文家 Jerome K. Jerome 的文集名字(*Idle Thoughts of An Idle Fellow*)，集里所说的都是拉闲扯淡，瞎三道四的废话，可是自带有幽默的深味，好似对于人生有比一般人更微妙的认识同玩味——这或者只是因为我自己也是懒惰汉，官官相卫，惺惺惜惺惺，那么也好，就随它去罢。"春宵一刻值千金"这句老话，是谁也知道的，我觉得换一个字，就可以做我的题目，连小小二句题目，都要东抄西袭凑合成的，不肯费心机自己去做一个，这也可以见我的懒惰了。

在副题目底下加了"之一"两字，自然是指明我还要继续写些这类无聊的小品文字，但是什么时候会写第二篇，那是连上帝都不敢预言的。我是那么懒惰，有时晚上想好了意思，第二天起得太早，心中一懊悔，什么好意思都忘却了。

《"春朝"一刻值千金》导读　　拓展阅读

拓展阅读
黄科安:梁遇春:创作别具一格的"杂谈式"随笔文体

《人间世》发刊词

林语堂

　　十四年来中国现代文学唯一之成功,小品文之成功也。创作小说,即有佳作,亦由小品散文训练而来。盖小品文,可以发挥议论,可以畅泄衷情,可以摹绘人情,可以形容世故,可以札记琐屑,可以谈天说地,本无范围,特以自我为中心,以闲适为格调,与各体别,西方文学所谓个人笔调是也。故善冶情感与议论于一炉,而成现代散文之技巧。《人间世》之创刊,专为登载小品文而设,盖欲就其已有之成功,推波助澜,使其愈臻畅盛。小品已成功之人,或可益加兴趣,多所写作,即未知名之人,亦可因此发见。盖文人作文,每等还债,不催不还,不邀不作。或因未得相当发表之便利,虽心头偶有佳意,亦听其埋没,何等可惜。或且因循成习,绝笔不复作,天下苍生翘首如望云霓,而终不见涓滴之赐,何以为情。且现代刊物,纯文艺性质者,多刊创作,以小品作点缀耳。若不特创一刊,提倡发表,新进作家即不复接踵而至。吾知天下有许多清新可喜文章,亦正藏在各人抽屉,供鱼蠹之侵蚀,不亦大可哀乎。内容如上所述,包括一切,宇宙之大,苍蝇之微,皆可取材,故名之为《人间世》。除游记诗歌题跋赠序尺牍日记之外,尤注重清俊议论文及读书随笔,以期开卷有益,掩卷有味,不仅吟风弄月,而流为玩物丧志之文学也。半月一册,字数四万,逢初五、二十出版,纸张印刷编排校对,力求完善,用仿宋字排印,以符小品精雅之意。尚祈海内文士,共襄其成。

《〈人间世〉发刊词》导读　　**拓展阅读**

拓展阅读

季剑青:1930年代林语堂小品文中"个人笔调"的建构

二十二年之幽默

林语堂

编者命令我做文章,以廿二年之幽默为题。据我看来,这并不是讲廿二年幽默有什么好文章好成绩,因为子路岳母忌辰初过,墓木未拱,幽默文章也只在萌芽时代。大概待其墓木已拱时,幽默自然也跟着辉发光大蔚然可观了。这里只讲在廿二年间幽默所取得之地位及其发育而已。

第一是关于幽默普通之认识,即幽默感之普遍化。幽默之事实时时排在我们面前,自道学家见之非常严重,而自具幽默感者见之,自是天衣无缝的现成幽默文章。即如道学家之严重对待幽默事,事实已是一副绝好的幽默景象。试随翻《论语》古香斋及半月要闻所载,皆无需文人笔下之点缀,自然为幽默上乘材料。此种幽默材料,廿二年极其富丰,其实中国年年月月有此事,未经点破而已。其见于半月要闻者,如陈绍宽作五年海军计划;如莲花并蒂,国府否认;如楚有舰在吴淞试炮,炮弹向后出;如青岛舰队,三天不见;如黄郛言:"不妥协,不求和,只在互相谅解之下谋和平";如汪精卫长期及一面忍耐抵抗之演变;如蒋介石劝刘珍年"养浩然之气";如蒯叔平质问袁良启事。其见于古香斋者,如四川某县禁男人穿长衫,广西禁女子服短袖,如金山女子脱裤穿裙之"鸡笼罩驱疫";如"仁王护国般若法会纪念"碑文;如陈总司令招考记室之四六布告等。这恰似美国孟肯所办 American Mercury 中之《亚美利坚杂拌》Americana 奇理异态,层出不穷,真有令人不可思议之慨。

其次关于国人对于提倡幽默之《论语》的态度。听说《论语》销路很好,已达二万(不折不扣),而且二万本之《论语》,大约有六万读者。这由以下事实可以证明,济南东门某夫妇因争读《论语》而半夜吵架,几至离婚涉讼,这可证明一本《论语》有二人阅读之可能;南京某校学生为《论语》定户,每值邮使将《论语》投入信箱时,如不立刻取出,即自不见;河南某君与情人共读《论语》,为妻撞见,因而发见《论语》是否离间夫妇之媒介的伦理学问题,此亦可证明一本《论语》有二人共读之可能;苏州政治犯监狱(反省院?)有狱吏犯私贿狱购阅《论语》卒被发觉,以致罚关黑屋,此本大约有十余人共读之可能;华盛顿公使馆图书馆员来函,因《论语》被偷,请补缺本;北平书店伙计,因读《论语》,怠慢主顾被斥,这也可以证明买《论语》的人,并不一定是先读该本《论语》之人。诸如此类,或由来函相告,或由道路传闻,虽间有失实,而每期二万本《论语》有六万读者,似可充分证明了。这可以推知苦闷之中国人是不甘自弃,能于苦闷中求超脱,取不管他妈瓦上霜之态度了。

然而《论语》颇有不满者。此又可分为二派,一是赞成幽默而鄙夷《论语》,其意思是要《论语》愈办愈好,可以不论。又一派是愤《论语》为亡国之音,对于亡国责任,向来武人推与文人,文人推与武人,谁都是爱国志士,不愿自己受过。即如我个人,忝居文人之后,亦不能免俗,认为中国弄到这个田地,是武人弄坏的。然而武人必不承认,吾亦不期望其承认,这帐是算不清的。西人有言曰,半夜里的乌鸦一般黑。中国畏葸之国民,又何尝是健全的国民?所以在阴历三十夜子时非洲林中,认出哪一个是捉乌鸦之黑人,哪一个是被黑人捉到之乌鸦,本是不可能之事。大家归罪于月亮之晦暗,你也不必怪我,我也不必怪你,此"天祸中华"说也。所以文武都是好人,只有上天不是,其过在天。然责任问题而外,亡国之音之说,仍含有道学气味。此等庸人,与我道不同不相为谋,虽袒裼裸裎于我侧,焉能浼我?故可以不理。舒梦兰描写庸人一副形容极好:"若李太白避结交叛藩之难,正当潜踪思过,乃反高居五老,纵酒赋诗,卒不免夜郎之流,庸人必讥其昧于明哲。白香山谪居江州,礼宜避嫌勤职,以图开复,乃敢夤夜送客,要茶商之妻弹琵琶,侑觞谈情,相对流涕。庸人曰,挟妓饮酒,律有明条,知法犯法,白某之罪的决不贷。乃香山悍然不顾,复敢作琵琶辞,越礼惊众,有玷官箴,今时士大夫绝不为也。即偶一为之,亦必深讳,盖未曾宣之于口,又何敢笔之于书。人之庸者,且义形于色,诟詈香山犯教而败俗,其琵琶之辞必当毁板,琵琶之亭及庐山草堂胥拆毁灭其迹,庶乎风流绝种,比户可庸矣。……彼诸庸人必且不屑行此之乐,不暇行此之乐,不肯行此之乐,不敢行此之乐,独必轻笑鄙薄古之人行此乐者。彼其中庸之貌,木讷之形,虽孔子割鸡之戏言,孟子齐人之讽谕,皆犹以为有伤盛德……"据庸人看来安禄山之乱,亦应挟妓饮酒之李白尸其咎,不应由安禄山负之。天下庸人如此之多,则《论语》之受一部分鄙夷亦"应有之义"。中国道统之积习甚深,所以如黎锦晖之《毛毛雨》,其乐美于党歌,其辞雅于桑中,亦被士君子骂得狗血淋头,被三房六妾而同时提倡读卫风郑风之《诗经》的武人所禁止。吾知卫风郑风幸系至圣大成之孔子所手定,不然亦将被三房六妾之卫道武人所禁止矣。其实西人歌曲之曲辞,不知比《毛毛雨》淫放几百倍,而西方道德似不比中国沦丧。试以《毛毛雨》译成西文,恐未必有一洋人予以淫放之讥也。《论语》读者有鄙夷《笑林广记》者,亦系道学派。吾未尝鄙夷《笑林广记》也。尝思试将美国之

《纽约客》,法国之《巴黎生活》,《笑》,法国之 Simpliccismus 中之图画文字和盘翻印译出,使中庸之貌木讷之形伪君子见之瞠目结舌而降心相从,认《论语》为惟一关心世道之幽默文章也。且吾岂为中庸之貌木讷之形者办《论语》哉?彼读《东方杂志》,可矣。

墓

何其芳

初秋的薄暮。翠岩的横屏环拥出旷大的草地,有常绿的柏树作天幕,曲曲的清溪流泻着幽冷。以外是碎瓷上的图案似的田亩,阡陌高下的毗连着,黄金的稻穗起伏着丰实的波浪,微风传送出成熟的香味。黄昏如晚汐一样淹没了草虫的鸣声、野蜂的翅。快下山的夕阳如柔和的目光,如爱抚的手指从平畴伸过来,从林叶探进来,落在溪边一个小墓碑上,摩着那白色的碑石,仿佛读出上面镌着的朱字:柳氏小女铃铃之墓。

这儿睡着的是,一个美丽的灵魂。

这儿睡着的是一个农家的女孩,和她十六载静静的光阴,从那茅檐下过逝的,从那有泥蜂做巢的木窗里过逝的,从俯嚼着地草的羊儿的角尖,和那濯过她的手、回应过她寂寞的捣衣声的池塘里过逝的。

她有黑的眼睛,黑的头发,和浅油黑的肤色。但她的脸颊,她的双手有时是微红的,在走了一段急路的时候,回忆起一个羞涩的梦的时候,或者三月的阳光满满的晒着她的时候。照过她的影子的溪水会告诉你。

她是一个有好心肠的姑娘,她会说极和气的话,常常小心的把自己放在谦卑的地位。亲过她的足的山草会告诉你,被她用死了的蜻蜓宴请过的小蚁会告诉你,她一切小小的侣伴都会告诉你。

是的,她有许多小小的侣伴,她长成一个高高的女郎了,不与它们生疏。

她对一朵刚开的花说:"给我讲一个故事,一个快乐的。"对照进她的小窗的星星说:"给我讲一个故事,一个悲哀的。"

当她清早起来到柳树旁的井里去提水,准备帮助她的母亲作晨餐,径间遇着她的侣伴都向她说,"晨安。"她也说,"晨安。""告诉我们你昨夜做的梦。"她却笑着说:"不告诉你。"

当农事忙的时候,她会给她的父亲把饭送到田间去。

当蚕子初出卵的时候,她会采摘最嫩的桑叶放在篮儿里带回来,用布巾揩干那上面的露水,而且用刀切成细细的条儿去喂它们。四眠过后,她会用指头捉起一个个肥大的蚕,在光线里透视,"它腹里完全亮了!"然后放到成束的菜子杆上去。

她会同母亲一块儿去把屋后的麻茎割下，放在水里浸着，然后用刀打出白色的麻来。她会把麻分成极纤微的丝，然后用指头绩成细纱，一圈圈的放满竹筐。

她有一个小手纺车，还是她祖母留传下来的。她常常纺着棉，听那轮子唱着单调的歌，说着永远雷同的故事。她不厌烦，只在心里偷笑着："真是一个老婆子。"

她是快乐的。她是在寂寞的快乐里长大的。

她是期待什么的。她有一个秘密的希冀，那希冀于她自己也是秘密的。她有做梦似的眼睛，常常迷漠的望着高高的天空，或是辽远的、辽远的山以外。

十六岁的春天的风吹着她的衣衫，她的发，她想悄悄的流一会儿泪。银色的月光照着，她想伸出手臂去拥抱它，向它说："我是太快乐，太快乐。"但又无理由的流下泪。她有一点忧愁在眉尖、有一点伤感在心里。

她用手紧握着每一个新鲜的早晨，而又放开手叹一口气让每一个黄昏过去。

她小小的侣伴们都说她病了，只有它们稍稍关心她，知道她的。"你瞧，她常默默的。""你说，甚么能使她欢喜？"它们互相耳语着，担心她的健康，担心她郁郁的眸子。

菜圃里的红豆藤还是高高的缘上竹竿，南瓜还是肥硕的压在篱脚下，古老的桂树还是飘着金黄色的香气，这秋天完全如以前的秋天。

铃铃却瘦损了。

她期待的毕竟来了，那伟大的力，那黑暗的手遮到她眼前，冷的呼息透过她的心，那无声的灵语吩咐她睡下安息。"不是你，我期待的不是你，"她心里知道。但不说出。

快下山的夕阳如温暖的红色的唇，刚才吻过那小墓碑上"铃铃"二字的，又落到溪边的柳树下，树下有白藓的石上，石上坐着的年青人雪麟的衣衫上。他有和铃铃一样郁郁的眼睛，迷漠的望着。在那眼睛里展开了满山黄叶的秋天，展开了金风拂着的一泓秋水，展开了随着羊铃声转入深邃的牧女的梦。毕竟来了，铃铃期待的。

在花香与绿阴织成的春夜里，谁曾在梦里摘取过红熟的葡萄似的第一次蜜吻？谁曾梦过燕子化作年青的女郎来入梦，穿着燕翅色的衣衫？谁曾梦过一不相识的情侣来晤别，在她远嫁的前夕？

一个个春三月的梦呵，都如一片片你偶尔摘下的花瓣，夹在你手边的一册诗集里，你又偶尔在风雨之夕翻见，仍是盛开时的红艳，仍带着春天的香气。

雪麟从外面的世界带回来的就只一些梦,如一些饮空了的酒瓶,与他久别的乡土是应该给他一瓶未开封的新酿了。

雪麟见了铃铃的小墓碑,读了碑上的名字,如第一次相见就相悦的男女们,说了温柔的"再会"才分别。

以后他的影子就踯躅在这儿的每一个黄昏里。

他渐渐猜想着这女郎的身世,和她的性情,她的喜好,如我们初认识一个美丽的少女似的。他想到她是在寂寞的屋子里过着晨夕、她最爱着什么颜色的衣衫,而且当她微笑时脸间就现出酒涡、羞涩的低下头去。他想到她在窗外种着一片地的指甲花,花开时就摘取几朵来用那红汁染她的小指甲,而这仅仅由于她小孩似的欢喜。

铃铃的侣伴们更会告诉他,当他猜想错了或是遗漏了的时候。

"她会不会喜欢我?"他在溪边散步时偷问那多嘴的流水。

"喜欢你。"他听见轻声的回语。

"她似乎没有朋友?"他又偷问溪边的野菊。

"是的,除了我们。"

于是有一个黄昏里他就遇见了这女郎。

"我有没有这样的荣幸,和你说几句话?"

他知道她羞涩的低垂的眼光是说着允许。他们就并肩沿着小溪散步下去。

他向她说他是多大的年龄就离开这儿,这儿是她的乡土也是他的乡土。向她说他到过许多地方,听过许多地方的风雨。向她说江南与河水一样平的堤岸,北国四季都是风吹着沙土。向她说骆驼的铃声,槐花的清芬,红墙黄瓦的宫阙,最后说,

"我们的乡土却这样美丽。"

"是的,这样美丽。"他听见轻声的回话。

"完全是崭新的发见。我不曾梦过这小小的地方有这多的宝藏,不尽的惊异,不尽的欢喜。我真有点儿骄傲这是我的乡土。——但要请求你很大的谅恕,我从前竟没有认识你。"

他看见她羞涩的头低下去。

他们散步到黄昏的深处,散步到夜的阴影里。夜是怎样一个荒唐的絮语的梦呵,但对这一双初认识的男女还是谨慎的劝告他们别去。

他们伸出告别的手来,他们温情的手约了明天的会晤。

有时,他们散步倦了,坐在石上休憩。

"给我讲一个故事,要比黄昏讲得更好。"

他就讲着"小女人鱼"的故事。讲着那最年轻,最美丽的人鱼公主怎样

爱上那王子,怎样忍受着痛苦,变成一个哑女到人世去。当他讲到王子和别的女子结婚的那夜,她竟如巫妇所预言的变成了浮沫。铃铃感动得伏到他怀里。

有时,她望着他的眼睛问:

"你在外面爱没有爱过谁?"

"爱过……"他俯下吻她,怕她因为这两字生气。

"说"。

"但没有谁爱过我。我都只在心里偷偷的爱着。"

"谁呢?"

"一个穿白衫的玉立亭亭的;一个秋天里穿浅绿色的夹外衣的;一个在夏天的绿杨下穿红杏色的单衫的。"

"是怎样的女郎?"

"穿白衫的有你的身材;穿绿衫的有你的头发;穿红杏衫的有你的眼睛。"说完了,又俯下吻她。

晚秋的薄暮。田亩里的稻禾早已割下,枯黄的割茎在青天下说着荒凉。草虫的鸣声,野蜂的翅声都已无闻,原野被寂寥笼罩着,夕阳如一枝残忍的笔在溪边描出雪麟的影子,孤独的,瘦长的。他独语着,微笑着。他憔悴了。但他做梦似的眼睛却发出异样的光,幸福的光,满足的光,如从 Paradise 发出的。

一九三三年

扇上的烟云(代序)

何其芳

设若少女妆台间没有镜子,
成天凝望悬在壁上的宫扇,
扇上的楼阁如水中倒影,
染着剩粉残泪如烟云……

"你说我们的听觉视觉都有很可怜的限制吗？"

"是的。一夏天，我和一患色盲的人散步在农场上，顺手摘一朵红色的花给他，他说是蓝的。"

"那么你替他悲哀？"

"我倒是替我自己。"

"那么你相信着一些神秘的东西了。"

"我倒是喜欢想象着一些辽远的东西，一些不存在的人物，和许多在人类的地图上找不出名字的国土。我说不清有多少日夜，象故事里所说的一样，对着壁上的画出神遂走入画里去了。但我的墙壁是白色的。不过那金色的门，那不知是乐园还是地狱的门，确曾为我开启过而已。"

"那么你对于人生？"

"对于人生我动心的不过是它的表现。唉，自从我乘桴浮于海，一片风涛把我送到这荒岛上，我是很久很久没有和人攀谈了。今天我却有一点说话的兴致。"

"那么你就说吧？"

"我说，我说我这些日子来喜欢一半句古人之言。于我如浮云。我喜欢它是我一句文章的好注脚：不知何时起世上的事都使我厌倦。那时我刚倾听了一位丹麦王子的独语，一个真疯，一个佯狂，古今来如此冷落的宇宙都显得十分热闹，一滴之饮遂使我大有醉意，不禁出语惊人了。但我现在要称赞的是这个比喻的纯粹的表现，与它的含义无关。有时我真慨叹着取譬之难。以此长久不能忘记一位匈牙利作者，他的一篇文章里有了两个优美的比喻：在黄昏里，在酒店的窗子下，他说，许多劳苦人低垂着头象一些折了帆折了桅杆的船停泊在静寂的港口；后来他描写一位少女，就只轻轻一句，说她的眼睛亮着象金钥匙。"

"是说它们可以开启乐园或者地狱的门吗？"

"而我有一次低垂着头坐在车窗边，在黄昏里，随手翻完了一册忧郁的传记，于是我抬起头，望着天边的白烟，又思索着那写过一个故事叫作《烟》的人的一生。暮色与暮年。我到哪儿去？旅途的尽头等着我的是什么？我在车厢内各种不同的乘客的脸上得着一个回答了：那些刻满了厌倦与不幸的皱纹的脸，谁要静静的多望一会儿都将哭了起来或者发狂的。但是，在那边，有一幅美丽的少女的侧面剪影。暮色作了柔和的背景了。于是我对自己说，假若没有美丽的少女，世界上是多么寂寞呵。因为从她们，我们有时可以窥见那未被诅咒之前的夏娃的面目。于是我望着天边的云彩，正如那个自言见过天使和精灵的十八世纪的神秘歌人所说，在刹那间捉住了永恒。"

"你那时到哪儿去?你这些话又胡为而来?我一点也不能追踪你思想的道路。"

"于是我很珍惜着我的梦。并且想把它们细细的描画出来。"

"是一些什么梦?"

"首先我想描画在一个圆窗上。每当清晨良夜,我常打那下面经过,虽没有窥见人影,却听见过白色的花一样的叹息从那里面飘坠下来。但正在我踌躇之间,那个窗子消隐了。我再寻不着了。后来大概是一枝梦中彩笔,写出一行字给我看:分明一夜文君梦,只有青团扇子知。醒来不胜悲哀,仿佛真有过一段什么故事似的,我从此喜欢在荒凉的地方徘徊了。一夏天,当柔和的夜在街上移动时我走入了一座墓园。猛抬头,原来是一个明月夜,《齐谐》志怪之书里最常出现的境界。我坐在白石上,我的影子象一个黑色的猫。我忍不住伸手去摸它一摸,唉,我还以为是一个苦吟的女鬼遗下的一圈腰带呢,谁知拾起来乃是一把团扇。于是我带回去珍藏着,当我有工作的兴致时就取出来描画我的梦在那上面。"

"现在那扇子呢?"

"当我厌倦了我的乡土到这海上来遨游时,哪还记得把它带在我的身边呢?"

"那么一定遗留在你所从来的那个国土里了。"

"也不一定。"

"那么我将尽我一生之力,飘流到许多大陆上去找它。"

"只怕你找着那扇上的影子早已十分朦胧了。"

一九三六年二月二十二日夜半

《〈扇上的烟云〉代序》导读　　拓展阅读

拓展阅读

1. 魏洪丘:"独语体"朦胧散文的独特创造——略论何其芳的《画梦录》
2. 杨思中:工笔重彩画离情——读何其芳《秋海棠》

边 城
——沈从文先生作

李健吾

我不大相信批评是一种判断。一个批评家,与其说是法庭的审判,不如说是一个科学的分析者。科学的,我是说公正的。分析者,我是说要独具只眼,一直剔爬到作者和作品的灵魂的深处。一个作者不是一个罪人,而他的作品更不是一个罪状。把对手看做罪人,即使无辜,尊严的审判也必须收回他的同情,因为同情和法律是不相容的。欧阳修以为王法不外乎人情,实际属于一个常人的看法,不是一个真正法家的态度。但是,在文学上,在性灵的开花结实上,谁给我们一种绝对的权威,掌握无上的生死?因为,一个批评家,第一先得承认一切人性的存在,接受一切灵性活动的可能,所有人类最可贵的自由,然后才有完成一个批评家的使命的机会。

他永久在收集材料,永久在证明或者修正自己的解释。他要公正,同时一种富有人性的同情,时时润泽他的智慧,不致公正陷于过分的干枯。他不仅仅是印象的,因为他解释的根据,是用自我的存在印证别人一个更深更大的存在,所谓灵魂的冒险者是:他不仅仅在经验,而且综合自己所有的观察和体会,来鉴定一部作品和作者隐秘的关系。他不应当尽用他自己来解释,因为自己不是最可靠的尺度;最可靠的尺度,在比照人类以往所有的杰作,用作者来解释他的出产。

所以,在我们没有了解一个作者以前,我们往往流于偏见——一种自命正统然而顽固的议论。这些高谈阔论和作者作品完全不生关联,因为作者创造他的作品,倾全灵魂以赴之,往往不是为了证明一种抽象的假定。一个批评家应当有理论(他合起学问与人生而思维的结果)。但是理论,是一种强有力的佐证,而不是唯一无二的标准;一个批评家应当从中衡的人性追求高深,却不应当凭空架高,把一个不想干的同类硬扯上去。普通却是最坏而且相反的例子,把一个作者由较高的地方揪下来,揪到批评者自己的淤泥坑里。他不奢求,也不妄许。在批评上,尤其甚于在财务上,他要明白人我之分。

这就是为什么,稍不加意,一个批评者反而批评的是自己,指摘的是自己,暴露的是自己,一切不过是绊了自己的脚,丢了自己的丑,返本还原而已。有人问他朋友,"我最大的奸细是谁?"朋友答道:"最大的奸细是你自己。"

我不得不在正文以前唱两句加官,唯其眼前论列的不仅仅是一个小说家,而且是一个艺术家。在今日小说独尊的时代,小说家其多如鲫的现代,我们不得不稍示区别,表示各个作家的造诣。这不是好坏的问题,而是性质的不同,例如巴尔扎克是个小说家,伟大的小说家,然而严格而论,不是一个艺术家,更遑论乎伟大的艺术家。为方便起见,我们甚至于可以说巴尔扎克是人的小说家,然而福楼拜,确是艺术家的小说家。前者是天真的,后者是自觉的。同是小说家,然而不属于同一的来源。他们的性格全然不同,而一切完成这性格的也各各不同。

沈从文先生便是这样一个渐渐走向自觉的艺术的小说家。有些人的作品叫我们看,想,了解;然而沈从文先生一类的小说,是叫我们感觉,想,回味;想是不可避免的步骤。废名先生的小说似乎可以归入后者,然而他根本上就和沈从文先生不一样。废名先生仿佛一个修士,一切是内向的;他追求一种超脱的意境,意境的本身,一种交织在文字上的思维者的美化的境界,而不是美丽自身。沈从文先生不是一个修士。他热情崇拜美。在他艺术的制作里,他表现一段具体的生命,而这生命是美化了的,经过他的热情再现的。大多数人可以欣赏他的作品,因为他所涵有的理想,是人人可以接受,融化在各自的生命力的。但是废名先生的作品,一种具体化的抽象的意境,仅仅限于少数的读者。他永久是孤独的,简直是孤洁的。他那少数的读者,虽然少数,却是有了福的(耶稣对他的门徒这样说)。

沈从文先生从来不分析。一个认真的热情人,有了过多的同情给他所要创造的人物,是难以冷眼观世的。他晓得怎样揶揄,犹如在《边城》里,他揶揄赤子之心的老船夫,或者在《八骏图》里,他揶揄他的主人公达士先生:在这里,揶揄不是一种智慧的游戏,而是一种造化小儿的不意的转变(命运)。司汤达是一个热情人,然而他的智慧(狡猾)知道撒狂,甚至说教。沈从文先生是热情的,然而他不说教;是抒情的,然而更是诗的。(沈从文先生文章的情趣和细致不管写到怎样粗野的生活,能够有力量叫你信服他那玲珑无比的灵魂!)《边城》是一首诗,是二佬唱给翠翠的情歌。《八骏图》是一首绝句,犹如那女教员留在沙滩上神秘的绝句。然而与其说是诗人,作者才更是艺术家,因为说实话,在他制作之中,艺术家的自觉心是真正的统治者。诗意来自材料或者作者的本质,而调理材料的,不是诗人,却是艺术家。

他知道怎样调理他需要的分量。他能把丑恶的材料提炼成功一篇无瑕的玉石。他有美的感觉,可以从乱石堆发见可能的美丽。这也就是为什么,他的小说有一种特殊的空气,现今中国任何作家所缺乏的一种舒适的呼吸。

在《边城》的开端，他把湘西一个叫做茶峒的地方写给我们，自然轻盈，那样富有中世纪而现代化，那样富有清中叶的初期小说而又风物化的开展。他不分析，他画画，这里是山水，是小县，是商业，是种种人，是风俗，是历史又是背景。在这真纯的地方，请问，能有一个坏人吗？在这光明的性格，请问，能留一丝阴影吗？"由于边地的风俗淳朴，便是作妓女，也永远那么浑厚……"我必须邀请读者自己看下去，没有再比那样的生活和描写可爱了。

可爱！这是沈从文小说的另一个特征。他所有的人物全可爱。仿佛有意，其实无意，他要读者抛下各自的烦恼，走进他理想的世界，一个肝胆相见的真情实意的世界。人世坏吗？不！还有好的，未曾被近代文明沾染了的，看，这角落不是！——这些可爱的人物，各自有一个厚道然而简单的灵魂，生息在田野晨阳的空气。他们心口相应，行为思想一致。他们是壮实的，冲动的，然而有的是向上的情感，挣扎而且克服了私欲的情感。对于生活没有过分的奢望，他们的心力全用在别人身上：成人之美。老船夫为他的孙女，大佬为他的兄弟，然后倒过来看，孙女为她的祖父，兄弟为他的哥哥，无不先有人而后——无己。这些人都有一颗伟大的心。父亲听见儿子死了，居然定下心，捺住自己的痛苦，体贴到别人的不安："船总顺顺像知道他的心中不安处，说，'伯伯，一切是天，算了罢。我这里有大兴场送来的好烧酒，你拿一点喝去罢。'一个伙计用竹筒上一筒酒，用新桐木叶蒙着筒口，交给了老船夫。"是的，这些人都认命，安于命。翠翠还痴心等着二佬回来要她哪，可怜的好孩子！

沈从文描写少女思春，最是天真烂漫。我们不妨参看他往年一篇《三三》的短篇小说。他好像生来具有一个少女的灵魂，观察的不是别人，而是自己。这种内心现象的描写是沈从文先生的另一个特征。

我们现在可以看出，这些人物属于一个共同类型，不是个个分明，各自具有一个深刻的独立的存在。沈从文先生在画画，不在雕刻；他对于美的感觉叫他不忍心分析，因为他怕揭露人性的丑恶。

《边城》便是这样一部 idyllic 杰作。这里一切是谐和，光与影的适度配置，什么样人生活在什么样空气里，一件艺术作品，正要叫人看不出是艺术的。一切准乎自然，而我们明白，在这种自然的气势之下，藏着一个艺术家的心力。细致，然而绝不琐碎；真实，然而绝不教训；风韵，然而绝不弄姿；美丽，然而绝不做作。这不是一个大东西，然而这是一颗千古不磨的珠玉。在现代大都市病了的男女，我保险这是一付可口的良药。

作者的人物虽说全部良善，本身却含有悲剧的成分。唯其良善，我们才更易于感到悲哀的力量。这种悲哀，不仅仅由于情节的演进，而是自来带在人物的气质里的。自然越是平静，"自然人"越显得悲哀：一个更大的命运影罩住他们的生存。这几乎是自然一个永久的原则:悲哀。

这一切,作者全叫读者自己去感觉。他不破口道出,却无微不入地写出。他连读者也放在作品所需要的一种空气里,在这里读者不仅用眼睛,而且五官一齐用——灵魂微微一颤,好像水面粼粼一动,于是读者打进作品,成为一团无间隔的谐和,或者,随便你,一种吸引作用。

《八骏图》具有同样效果。没有一篇海滨小说写海写得像这篇少了,也没有像这篇写得多了。海是青岛唯一的特色,也是《八骏图》汪洋的背景。作者的职志并不在海,却在籍海增浓悲哀的分量。他在写一个文人学者内心的情态,犹如在《边城》之中,不是分析出来的,而是四面八方烘染出来的。他的巧妙全在利用过去反衬现时,而现时只为推陈出新,仿佛剥笋,直到最后,裸露一个无常的人性。"这世界没有新",新却不速而至。真是新的吗? 达士先生勿需往这里想,因为他已经不是主子,而是自己的奴隶。利用外在烘染内在,是作者一种本领,《边城》和《八骏图》同样得到完美的使用。

环境和命运嘲笑达士先生,而作者也在捉弄他这位知识阶级人物。"这自以为医治人类灵魂的医生(他是一个小说家),以为自己心身健康,写过了一种病(传奇式的性的追求),就永远不至于再传染了!"就在讥诮命运的时光,命运揭开了他的瘢疤,让他重新发现他的伤口——一个永久治愈不了的伤口,灵魂的伤口。这种藏在暗地嘲弄的心情,主宰《八骏图》整个的进行,却不是《边城》的主调。作者爱他《边城》的人物,至于达士先生,不过同情而已。

如若有人问我,"你欢喜《边城》,还是《八骏图》,如若不得不选择的时候?"我会脱口而出,同时把"欢喜"改做"爱":"我爱《边城》!"或许因为我是一个城市人,一个知识分子,然而实际是,《八骏图》不如《边城》丰盈,完美,更能透示作者怎样用他艺术的心灵来体味一个更其真淳的生活。

廿四年(1935年)八月七夕

雅　舍

梁实秋

到四川来,觉得此地人建造房屋最是经济。火烧过的砖,常常用来做柱子,孤零零的砌起四根砖柱,上面盖上一个木头架子,看上去瘦骨嶙嶙,单薄得可怜;但是顶上铺了瓦,四面编了竹篦墙,墙上敷了泥灰,远远的看过去,没有人能说不像是座房子。我现在住的"雅舍"正是这样一匹典型的房子。不消说,这房子有砖柱,有竹篦墙,一切特点都应有尽有。讲到住房,我的经验不算少,什么"上支下摘""前廊后厦""一楼一底""三上三下""亭子间""茆草棚""琼楼玉宇"和"摩天大厦",各式各样,我都尝试过。我不论住在那里,只要住得久,对那房子便发生感情,非不得已我还舍不得搬。这"雅舍",我初来时仅求其能蔽风雨,并不敢存奢望,现在住了两个多月,我的好感油然而生。虽然我已渐渐感觉它并不能蔽风雨,因为有窗而无玻璃,风来则洞若凉亭,有瓦而空隙不少,雨来则渗如滴漏。纵然不能蔽风雨,"雅舍"还是自有它的个性。有个性就可爱。

"雅舍"的位置在半山腰,下距马路约有七八十层的土阶。前面是阡陌螺旋的稻田。再远望过去是几抹葱翠的远山,旁边有高粱地,有竹林,有水池,有粪坑,后面是荒僻的榛莽未除的土山坡。若说地点荒凉,则月明之夕,或风雨之日,亦常有客到,大抵好友不嫌路远,路远乃见情谊。客来则先爬几十级的土阶,进得屋来仍须上坡,因为屋内地板依山势而铺,一面高,一面低,坡度甚大,客来无不惊叹,我则久而安之,每日由书房走到饭厅是上坡,饭后鼓腹而出是下坡,亦不觉有大不便处。

"雅舍"共是六间,我居其二。篦墙不固,门窗不严,故我与邻人彼此均可互通声息。邻人轰饮作乐,咿唔诗章,喁喁细语,以及鼾声、喷嚏声、吮汤声、撕纸声、脱皮鞋声,均随时由门窗户壁的隙处荡漾而来,破我岑寂。入夜则鼠子瞰灯,才一合眼,鼠子便自由行动,或搬核桃在地板上顺坡而下,或吸灯油而推翻烛台,或攀援而上帐顶,或在门框桌脚上磨牙,使得人不得安枕。但是对于鼠子,我很惭愧的承认,我"没有法子"。"没有法子"一语是被外国人常常引用着的,以为这话最足代表中国人的懒惰隐忍的态度。其实我的对付鼠子并不懒惰。窗上糊纸,纸一戳就破;门户关紧,而相鼠而牙,一阵咬便是一个洞洞。试问还有什么法子?洋鬼子住到"雅舍"里,不也是"没有法子"?比鼠子更骚扰的是蚊子。"雅舍"的蚊风之盛,是我前所未见的。"聚蚊成雷"真有其事!每当黄昏时候,满屋里磕头碰脑的全是蚊子,又黑又大,骨骼都像是硬的。在别处蚊子早已肃清的时候,在"雅舍"则格外猖獗,来客偶不留心,则两腿伤处累累隆起如玉蜀黍,但是我仍安之。冬天一到,蚊子自然绝迹,明年夏天——谁知道我还是否住在"雅舍"!

"雅舍"最宜月夜——地势较高,得月较先。看山头吐月,红盘乍涌,一霎间,清光四射,天空皎洁,四野无声,微闻犬吠,坐客无不悄然!舍前有两株梨树,等到月升中天,清光从树间筛洒而下,地上阴影斑斓,此时尤为幽绝。直到兴阑人散,归房就寝,月光仍然逼进窗来,助我凄凉。细雨蒙蒙之际,"雅舍"亦复有趣。推窗展望,俨然米氏章法,若云若雾,一片弥漫。但若大雨滂沱,我就又惶悚不安了,屋顶湿印到处都有,起初如碗大,俄而扩大如盆,继则滴水乃不绝,终乃屋顶灰泥突然崩裂,如奇葩初绽,砉然一声而泥水下注,此刻满室狼藉,抢救无及。此种经验,已数见不鲜。

"雅舍"之陈设,只当得简朴二字,但洒扫拂拭,不使有纤尘。我非显要,故名公巨卿之照片不得入我室;我非牙医,故无博士文凭张持遍间;我不业理发,故丝织西湖十景以及电影明星之照片亦均不能张我四壁。我有一几一椅一榻,酣睡写读,均已有着,我亦不复他求。但是陈设虽简,我却喜欢翻新布置。西人常常讥笑妇人喜欢变更桌椅位置,以为这是妇人天性喜变之一征。诬否且不论,我是喜欢改变的。中国旧式家庭,陈设千篇一律,正厅上是一条案,前面一张八仙桌,一边一把靠椅,两旁是两把靠椅夹一只茶几。我以为陈设宜求疏落参差之致,最忌排偶。"雅舍"所有,毫无新奇,但一物一事之安排布置俱不从俗。人入我室,即知此是我室。笠翁《闲情偶寄》之所论,正合我意。

"雅舍"非我所有,我仅是房客之一。但思"天地者万物之逆旅",人生本来如寄,我住"雅舍"一日,"雅舍"即一日为我所有,即使此一日亦不能算是我有,至少此一日"雅舍"所能给予之苦辣酸甜,我实躬受亲尝。刘克庄词:"客里似家家似寄。"我此时此刻卜居"雅舍","雅舍"即似我家。其实似家似寄,我亦分辨不清。

长日无俚,写作自遣,随想随写,不拘篇章,冠以"雅舍小品"四字,以示写作所在,且志因缘。

《雅舍》导读　　　　　拓展阅读

拓展阅读

刘炎生:20 世纪中国散文的奇葩——梁实秋"雅舍"系列散文略论

三八节有感

丁 玲

"妇女"这两个字,将在什么时代才不被重视,不需要特别的被提出呢?年年都有这一天。每年在这一天的时候,几乎是全世界的地方都开着会,检阅着她们的队伍。延安虽说这两年不如前年热闹,但似乎总有几个人在那里忙着。而且一定有大会,有演说的,有通电,有文章发表。

延安的妇女是比中国其他地方的妇女幸福的。甚至有很多人都在嫉羡的说:"为什么小米把女同志吃得那么红胖?"女同志在医院,在休养所,在门诊部都占着很大的比例,却似乎并没有使人惊奇,然而延安的女同志却仍不能免除那种幸运:不管在什么场合都最能作为有兴趣的问题被谈起。而且各种各样的女同志都可以得到她应得的诽议。这些责难似乎都是严重而确当的。

女同志的结婚永远使人注意,而不会使人满意的。她们不能同一个男同志比较接近,更不能同几个都接近。她们被画家们讽刺:"一个科长也嫁了么?"诗人们也说:"延安只有骑马的首长,没有艺术家的首长,艺术家在延安是找不到漂亮的情人的。"然而她们也在某种场合聆听着这样的训词:"他妈的,瞧不起我们老干部,说是土包子,要不是我们土包子,你想来延安吃小米!"但女人总是要结婚的。(不结婚更有罪恶,她将要多的被作为制造谣言的对象,永远被污蔑。)不是骑马的就是穿草鞋的,不是艺术家就是总务科长。她们都是生小孩。小孩也有各自的命运:有的被细羊毛线和花绒布包着,抱在保姆的怀里,有的被没有洗净的布片抱着,扔在床头啼哭,而妈妈和爸爸都在大嚼着孩子的津贴(每月25元,价值二斤半猪肉),要是没有这笔津贴,也许他们根本就尝不到肉味。然而女同志究竟应该嫁谁呢?事实是这样,被逼着带孩子的一定可以得到公开的讥讽:"回到家庭了的娜拉。"而有着保姆的女同志,每一个星期可以有一天最卫生的交际舞。虽说在背地里也会有难听的诽语悄声的传播着,然而只要她走到那里,那里就会热闹,不管骑马的、穿草鞋的,总务科长,艺术家们的眼睛都会望着她。这同一切的理论都无关,同一切主义思想也无关,同一切开会演说也无关。然而这都是人人知道,人人不说,而且在做着的现实。

离婚的问题也是一样。大抵在结婚的时候,有三个条件是必须注意到的。一、政治上纯洁不纯洁,二、年龄相貌差不多,三、彼此有无帮助。虽说这三个条件几乎是人人具备（公开的汉奸这里是没有的。而所谓帮助也可以说到鞋袜的缝补，甚至女性的安慰），但却一定堂皇的考虑到。而离婚的口实，一定是女同志的落后。我是最以为一个女人自己不进步而还要拖住她的丈夫为可耻的，可是让我们看一看她们是如何落后的。她们在没有结婚前都抱着有凌云的志向，和克苦的斗争生活，她们在生理的要求和"彼此帮助"的蜜语之下结婚了，于是她们被逼着做了操劳的回到家庭的娜拉。她们也唯恐有"落后"的危险，她们四方奔走，厚颜的要求托儿所收留她们的孩子，要求刮子宫，宁肯受一切处分而不得不冒着生命的危险悄悄的去吃着堕胎的药。而她们听着这样的回答："带孩子不是工作吗？你们只贪图舒服，好高骛远，你们到底作过一些什么了不起的政治工作？既然这样怕生孩子，生了又不肯负责，谁叫你们结婚呢？"于是她们不能免除"落后"的命运。一个有了工作能力的女人，而还能牺牲自己的事业去作为一个贤妻良母的时候，未始不被人所歌颂，但在十多年之后，她必然也逃不出"落后"的悲剧。即使在今天以我一个女人去看，这些"落后"分子，也实在不是一个可爱的女人。她们的皮肤在开始有折皱，头发在稀少，生活的疲惫夺取她们最后的一点爱娇。她们处于这样的悲运，似乎是很自然的，但在旧的社会里，她们或许会被称为可怜、薄命，然而在今天，却是自作孽、活该。不是听说法律上还在争论着离婚只须一方提出，或者必须双方同意的问题么？离婚大约多半都是男子提出的，假如是女人，那一定有更不道德的事，那完全该女人受诅咒。

　　我自己是女人，我会比别人更懂得女人的缺点，但我却更懂得女人的痛苦。她们不会是超时代的，不会是理想的，她们不是铁打的。她们抵抗不了社会一切的诱惑，和无声的压迫，她们每人都有一部血泪史，都有过崇高的感情（不管是升起的或沉落的，不管有幸与不幸，不管仍在孤苦奋斗或卷入庸俗），这在对于来到延安的女同志说来更不冤枉，所以我是拿着很大的宽容来看一切被沦为女犯的人的。而且我更希望男子们尤其是有地位的男子，和女人本身都把这些女人的过错看得与社会有联系些。少发空议论，多谈实际的问题，使理论与实际不脱节，在每个共产党员的修身上都对自己负责些就好了。

　　然而我们也不能不对女同志们，尤其是在延安的女同志有些小小的企望。而且勉励着自己，勉励着友好。

　　世界上从没有无能的人，有资格去获取一切的。所以女人要取得平等，得首先强己。我不必说大家都懂的。而且，一定在今天会有人演说的："首先取得我们的政权"的大话，我只说作为一个阵线中的一员（无产阶级也好，抗战也好，妇女也好），每天所必须注意的事项。

第一、不要让自己生病。无节制的生活,有时会觉得浪漫,有诗意,可爱,然而对今天环境不适宜。没有一个人能比你自己还会爱你的生命些。没有什么东西比今天失去健康更不幸些。只有它同你最亲近,好好注意它,爱护它。

第二、使自己愉快。只有愉快里面才有青春,才有活力,才觉得生命饱满,才觉得能担受一切磨难,才有前途,才有享受。这种愉快不是生活的满足,而是生活的战斗和进取。所以必须每天都作点有意义的工作,都必须读点书,都能有东西给别人,游惰只使人感到生命的空白,疲软,枯萎。

第三、用脑子。最好养好成一种习惯。改正不作思索,随波逐流的毛病。每说一句话,每作一件事,最好想想这话是否正确?这事是否处理的得当,不违背自己作人的原则?是否自己可以负责?只有这样才不会有后悔。这就是叫通过理性,这,才不会上当,被一切甜蜜所蒙蔽,被小利所诱,才不会浪费热情,浪费生命,而免除烦恼。

第四、下吃苦的决心,坚持到底。生为现代的有觉悟的女人,就要有认定牺牲一切蔷薇色的温柔的梦幻。幸福是暴风雨中的搏斗,而不是在月下弹琴,花前吟诗,假如没有最大的决心,一定会在中途停歇下来。不悲苦,即堕落。而这种支持下去的力量却必须在"有恒"中来养成。没有大的抱负的人是难于有这种不贪便宜,不图舒服的坚忍的。而这种抱负只有真真为人类,而非为己的人才会有。

附及:文章已经写完了,自己再重看一次,觉得关于企望的地方,还有很多意见,但为发稿时间有限,也不能整理了。不过又有这样的感觉,觉得有些话假如是一个首长在大会中说来,或许有人认为痛快。然而却写在一个女人的笔底下,是很可以取消的。但既然写了就仍旧给那些有同感的人看看吧。

《三八节有感》导读

拓展阅读

拓展阅读

刘飞娥:女性意识的深化与超越——重读丁玲杂文《三八节有感》

更 衣 记

张爱玲

如果当初世代相传的衣服没有大批卖给收旧货的，一年一度六月里晒衣裳，该是一件辉煌热闹的事罢。你在竹竿与竹竿之间走过，两边拦着绫罗绸缎的墙——那是埋在地底下的古代宫室里发掘出的甬道。你把额角贴在织金的花绣上。太阳在这边的时候，将金线晒得滚烫，然而现在已经冷了。

从前的人吃力地过了一辈子，所作所为，渐渐蒙上了灰尘；子孙晾衣裳的时候又把灰尘给抖了下来，在黄色的太阳里飞舞着。回忆这东西若是有气味的话，那就是樟脑的香，甜而稳妥，像记得分明的快乐，甜而怅惘，像忘却了的忧愁。

我们不大能够想象过去的世界，这么迂缓，安静，齐整——在满清三百年的统治下，女人竟没有什么时装可言！一代又一代的人穿着同样的衣服而不觉得厌烦。开国的时候，因为"男降女不降"，女子的服装还保留着显著的明代遗风。从十七世纪中叶直到十九世纪末，流行着极度宽大的衫裤，有一种四平八稳的沉着气象。领圈很低，有等于无。穿在外面的"大袄"，在并非正式的场合，宽了衣，便露出"中袄"。

"中袄"里面有紧窄合身的"小袄"，上床也不脱去，多半是娇媚的，桃红或水红。三件袄子之上又加着"云肩背心"，黑缎宽镶，盘着大云头。

削肩，细腰，平胸，薄而小的标准美女在这一层层衣衫的重压下失踪了。她的本身是不存在的，不过是一个衣架子罢了。中国人不赞成太触目的女人。历史上记载的耸人听闻的美德——譬如说，一只胳膊被陌生男子拉了一把，便将它砍掉——虽然博得普通的赞叹，知识阶级对之总隐隐地觉得有点遗憾，因为一个女人不该吸引过度的注意；任是铁铮铮的名字，挂在千万人的嘴唇上，也在呼吸的水蒸气里生了锈。

女人要想出众一点，连这样堂而皇之的途径都有人反对，何况奇装异服，自然那更是伤风败俗了。

出门时裤子上罩的裙子，其规律化更为彻底。通常都是黑色，逢着喜庆年节，太太穿红的，姨太太穿粉红。寡妇系黑裙，可是丈夫过世多年之后，如有公婆在堂，她可以穿湖色或雪青。裙上的细褶是女人的仪态最严格的试验。家教好的姑娘,莲步姗姗,百褶裙虽不至于纹丝不动,也只限于最轻微的摇颤。不惯穿裙的小家碧玉走起路来便予人以惊风骇浪的印象。更为苛刻的是新娘的红裙,裙腰垂下一条条半寸来宽的飘带,带端系着铃。行动时只许有一点隐约的叮当,像远山上宝塔上的风铃。晚至一九二〇年左右,比较潇洒自由的宽褶裙入时了,这一类的裙子方才完全废除。

穿皮子,更是禁不起一些出入,便被目为暴发户。皮衣有一定的季节,分门别类,至为详尽。十月里若是冷得出奇,穿三层皮是可以的,至于穿什么皮,那却要顾到季节而不能顾到天气了。初冬穿"小毛",如青种羊,紫羔,珠羔;然后穿"中毛",如银鼠,灰鼠,灰脊,狐腿,甘肩,倭刀;隆冬穿"大毛",——白狐,青狐,西狐,玄狐,紫貂。"有功名"的人方能穿貂。中下等阶级的人以前比现在富裕得多,大都有一件金银嵌或羊皮袍子。

姑娘们的"昭君套"为阴森的冬月添上点色彩。根据历代的图画,昭君出塞所戴的风兜是爱斯基摩式的,简单大方,好莱坞明星仿制者颇多。中国十九世纪的"昭君套"却是颠狂冶艳的,——一顶瓜皮帽,帽檐围上一圈皮,帽顶缀着极大的红绒球,脑后垂着两根粉红缎带,带端缀着一对金印,动辄相击作声。

对于细节的过份的注意,为这一时期的服装的要点。现代西方的时装,不必要的点缀品未尝不花样多端,但是都有个目的——把眼睛的蓝色发扬光大起来,补助不发达的胸部,使人看上去高些或矮些,集中注意力在腰肢上,消灭臀部过度的曲线……古中国衣衫上的点缀品却是完全无意义的。若说它是纯粹装饰性质的罢,为什么连鞋底上也满布着繁缛的图案呢?鞋的本身就很少在人前露脸的机会,别说鞋底了,高底的边缘也充塞着密密的花纹。

袄子有"三镶三滚","五镶五滚","七镶七滚"之别,镶滚之外,下摆与大襟上还闪烁着水钻盘的梅花,菊花。袖上另钉着名唤"阑干"的丝质花边,宽约七寸,挖空镂出福寿字样。这样聚集了无数小小的有趣之点。这样不停地另生枝节,放恣,不讲理,在不相干的事物上浪费了精力,正是中国有闲阶级一贯的态度。惟有世界上最清闲的国家里最闲的人,方才能够领略到这些细节的妙处。制造一百种相仿而不犯重的图案,固然需要艺术与时间;欣赏它,也同样地烦难。

古中国的时装设计家似乎不知道,一个女人到底不是大观园。太多的堆砌使兴趣不能集中。我们的时装的历史,一言以蔽之,就是这些点缀品的逐渐减去。

当然事情不是这么简单。还有腰身大小的交替盈蚀。第一个严重的变化发生在光绪三十二三年。铁路已经不那么稀罕了,火车开始在中国人的生活里占一重要位置。诸大商港的时新款式迅速地传入内地。衣裤渐渐缩小,"阑干"与阔滚条过了时,单剩下一条极窄的。扁的是"韭菜边",圆的是"灯草边",又称"线香滚"。在政治动乱与社会不靖的时期——譬如欧洲的文艺复兴时代——时髦的衣服永远是紧匝在身上,轻捷利落,容许剧烈的活动。在十五世纪的意大利,因为衣裤过于紧小,肘弯膝盖,筋骨接榫处非得开缝不可。中国衣服在革命酝酿期间差一点就胀裂开来了。"小皇帝"登基的时候,袄子套在人身上像刀鞘。中国女人的紧身背心的功用实在奇妙——衣服再紧些,衣服底下的肉体也还不是写实派的作风,看上去不大像个女人而像一缕诗魂。长袄的直线延至膝盖为止,下面虚飘飘垂下两条窄窄的裤管,似脚非脚的金莲抱歉地轻轻踏在地上。铅笔一般瘦的裤脚妙在给人一种伶仃无告的感觉。在中国诗里,"可怜"是"可爱"的代名词。男人向有保护异性的嗜好,而在青黄不接的过渡时代,颠连困苦的生活情形更激动了这种倾向。宽袍大袖的,端凝的妇女现在发现太福相了是不行的,做个薄命人反倒于她们有利。

那又是一个各趋极端的时代。政治与家庭制度的缺点突然被揭穿。年青的知识阶级仇视着传统的一切,甚至于中国的一切。保守性的方面也因为惊恐的缘故而增强了压力。神经质的论争无日不进行着,在家庭里,在报纸上,在娱乐场所。连涂脂抹粉的文明戏演员,姨太太们的理想恋人,也在戏台上向他们的未婚妻借题发挥讨论时事,声泪俱下。

一向心平气和的古国从来没有如此骚动过。在那歇斯底里的气氛里,"元宝领"这东西产生了——高得与鼻尖平行的硬领,像缅甸的一层层叠至尺来高的金属项圈一般,逼迫女人们伸长了脖子。这吓人的衣领与下面的一捻柳腰完全不相称。头重脚轻,无均衡的性质正象征了那个时代。民国初建立,有一时期似乎各方面都有浮面的清明气象。大家都认真相信卢骚的理想化的人权主义。学生们热诚拥护投票制度,非孝,自由恋爱。甚至于纯粹的精神恋爱也有人实验过,但似乎不会成功。

时装上也显出空前的天真,轻快,愉悦。"喇叭管袖子"飘飘欲仙,露出一大截玉腕。短袄腰部极为紧小。上层阶级的女人出门系裙,在家里只穿一条齐膝的短裤,丝袜也只到膝为止,裤与袜的交界处偶然也大胆地暴露了膝盖,存心不良的女人往往从袄底垂下挑拨性的长而宽的淡色丝质裤带,带端飘着排穗。

民国初年的时装,大部份的灵感是得自西方的。衣领减低了不算,甚至于被蠲免了的时候也有。领口挖成圆形,方形,鸡心形,金刚钻形。白色丝质围巾四季都能用。白丝袜脚跟上的黑绣花,像虫的行列,蠕蠕爬到腿肚子上。交际花与妓女常常有戴平光眼镜以为美的。舶来品不分皂白地被接受,可见一斑。

军阀来来去去,马蹄后飞沙走石,跟着他们自己的官员,政府,法律,跌跌绊绊赶上去的时装,也同样地千变万化。短袄的下摆忽而圆,忽而尖,忽而六角形。女人的衣服往常是和珠宝一般,没有年纪的,随时可以变卖,然而在民国的当铺里不复受欢迎了,因为过了时就一文不值。时装的日新月异并不一定表现活泼的精神与新颖的思想。恰巧相反。它可以代表呆滞;由于其他活动范围内的失败,所有的创造力都流入衣服的区域里去。在政治混乱期间,人们没有能力改良他们的生活情形。他们只能够创造他们贴身的环境——那就是衣服。我们各人住在各人的衣服里。一九二一年,女人穿上了长袍。发源于满洲的旗装自从旗人入关之后一直是与中土的服装并行着的,各不相犯。旗下的妇女嫌她们的旗袍缺乏女性美,也想改穿较妩媚的袄裤,然而皇帝下诏,严厉禁止了。五族共和之后,全国妇女突然一致采用旗袍,倒不是为了效忠于满清,提倡复辟运动,而是因为女子蓄意要模仿男子。在中国,自古以来女人的代名词是"三绺梳头,两截穿衣。"一截穿衣与两截穿衣是很细微的区别,似乎没有什么不公平之处,可是一九二〇年的女人很容易地就多了心。她们初受西方文化的熏陶,醉心于男女平权之说,可是四周的实际情形与理想相差太远了,羞愤之下,她们排斥女性化的一切,恨不得将女人的根性斩尽杀绝。因此初兴的旗袍是严冷方正的,具有清教徒的风格。

政治上,对内对外陆续发生的不幸事件使民众灰了心。青年人的理想总有支持不了的一天。时装开始紧缩。喇叭管袖子收小了。一九三〇年,袖长及肘,衣领又高了起来。往年的元宝领的优点在它的适宜的角度,斜斜地切过两腮,不是瓜子脸也变了瓜子脸,这一次的高领却是圆筒式的,紧抵着下颔,肌肉尚未松弛的姑娘们也生了双下巴。这种衣领根本不可取。可是它象征了十年前那种理智化的淫逸的空气——直挺挺的衣领远远隔开了女神似的头与下面的丰柔肉身。这儿有讽刺、有绝望后的狂笑。

当时欧美流行着的双排钮扣的军人式的外套正和中国人凄厉的心情一拍即合。然而恪守中庸之道的中国女人在那雄赳赳的大衣底下穿着拂地的丝绒长袍,袍叉开到大腿上,露出同样质料的长裤子,裤脚上闪着银色花边。衣服的主人翁也是这样的奇异的配搭,表面上无不激烈地唱高调,骨子里还是唯物主义者。

近年来最重要的变化是衣袖的废除。(那似乎是极其艰难危险的工作,小心翼翼地,费了二十年的工夫方才完全剪去。)同时衣领矮了,袍身短了,装饰性质的镶滚也免了,改用盘花钮扣来代替,不久连钮扣也被捐弃了,改用揿钮。总之,这笔账完全是减法——所有的点缀品,无论有用没用,一概剔去。剩下的只有一件紧身背心,露出颈项,两臂与小腿。

现在要紧的是人,旗袍的作用不外乎烘云托月忠实地将人体轮廓曲曲勾出。革命前的装束却反之,人属次要,单只注重诗意的线条,于是女人的体格公式化,不脱衣服不知道她与她有什么不同。

我们的时装不是一种有计划有组织的实业,不比在巴黎,几个规模宏大的时装公司如 Lelong's, Schiaparelli's,垄断一切,影响及整个白种人的世界。我们的裁缝却是没主张的。公众的幻想往往不谋而合,产生一种不可思议的洪流。裁缝只有追随的份儿。因为这缘故,中国的时装更可以作民意的代表。

究竟谁是时装的首创者,很难证明,因为中国人素不尊重版权,而且作者也不甚介意,既然抄袭是最隆重的赞美。最近入时的半长不短的袖子,又称"四分之三袖",上海人便说是香港发起的,而香港人又说是由上海传来的,互相推诿,不敢负责。

一双袖子翩翩归来,预兆形式主义的复兴。最新的发展是向传统的一方面走,细节虽不能恢复,轮廓却可尽量引用,用得活泛,一样能够适应现代环境的需要。旗袍的大襟采取围裙式,就是个好例子,很有点"三日入厨下"的风情,耐人寻味。

男装的近代史较为平淡。只有一个极短的时期,民国四年至八九年,男人的衣服也讲究花哨,滚上多道的如意头,而且男女的衣料可以通用,然而生当其时的人都认为是天下大乱的怪现状之一。目前中国人的西装,固然是谨严而黯淡,遵守西洋绅士的成规,即是中装也长年地在灰色、咖啡色、深青里面打滚,质地与图案也极单调。男子的生活比女子自由得多,然而单凭这一件不自由,我就不愿意做一个男子。

衣服似乎是不足挂齿的小事。刘备说过这样的话:"兄弟如手足,妻子如衣服。"可是如果女人能够做到"丈夫如衣服"的地步,就很不容易。有个西方作家(是萧伯纳么?)曾经抱怨过,多数女人选择丈夫远不及选择帽子一般的聚精会神,慎重考虑。再没有心肝的女子说起她"去年那件织锦缎夹袍"的时候,也是一往情深的。

直到十八世纪为止,中外的男子尚有穿红着绿的权利。男子服色的限制是现代文明的特征。不论这在心理上有没有不健康的影响,至少这是不必要的压抑。文明社会的集团生活里,必要的压抑有许多种,似乎小节上应当放纵些,作为补偿。有这么一种议论,说男性如果对于衣着感到兴趣些,也许他们会安份一点,不至于千方百计争取社会的注意与赞美,为了造就一己的声望,不惜祸国殃民。若说只消将男人打扮得花红柳绿的,天下就太平了,那当然是笑话。大红蟒衣里面戴着绣花肚兜的官员,照样会淆乱朝纲。

但是预言家威尔斯的合理化的乌托邦里面的男女公民一律穿着最鲜艳的薄膜质的衣裤,斗篷,这倒也值得做我们参考的资料。

因为习惯上的关系,男子打扮得略略不中程式,的确看着不顺眼,中装加大衣,就是一个例子,不如另加上一件棉袍或皮袍来得妥当,便臃肿些也不妨。有一次我在电车上看见一个年青人,也许是学生,也许是店伙,用米色绿方格的兔子呢制了太紧的袍,脚上穿着女式红绿条纹短袜,嘴里衔着别致的描花假象牙烟斗,烟斗里并没有烟。他吮了一会,拿下来把它一截截拆开了,又装上去,再送到嘴里去吮,面上颇有得色。乍看觉得可笑,然而为什么不呢,如果他喜欢?……秋凉的薄暮,小菜场上收了摊子,满地的鱼腥和青白色的芦粟的皮与渣。一个小孩骑了自行车冲过来,卖弄本领,大叫一声,放松了扶手,摇摆着,轻倩地掠过。在这一刹那,满街的人都充满了不可理喻的景仰之心。人生最可爱的当儿便在那一撒手罢?